初中一年级

1965年父亲毕建华、母亲闫宗兰和毕淑敏、毕宁宁、毕晨光

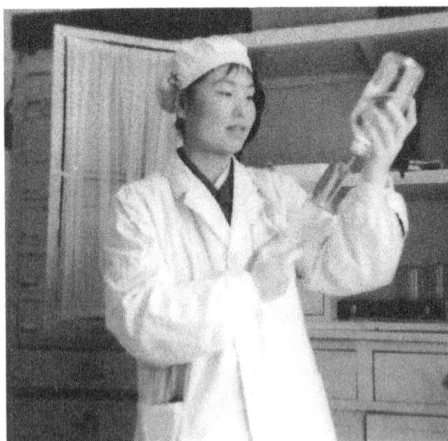

1969 年在西藏阿里军分区卫生科

20 世纪 70 年代任军医

20 世纪 70 年代在西藏冈底斯山

20 世纪 80 年代
任北京铜厂卫生所所长

在七姐妹瀑布

在巴伦支海上

在奥地利弗洛伊德故居

在加勒比海

在法国

在非典直播现场

在风雪弥漫的南极

在书架前

爷爷毕无亭，奶奶王振翠

毕淑敏自选集 ^{散文随笔卷}

毕淑敏 ◎ 著

天地出版社
TIANDI PRESS

图书在版编目（CIP）数据

毕淑敏自选集·散文随笔卷 / 毕淑敏著 . —成都：天地出版社，2018.1（2021.9重印）

（路标石丛书）

ISBN 978-7-5455-2946-3

Ⅰ . ①毕⋯ Ⅱ . ①毕⋯ Ⅲ . ①中国文学—当代文学—

作品综合集②散文集—中国—当代 Ⅳ . ① I217.2

中国版本图书馆 CIP 数据核字（2017）第 146959 号

毕淑敏自选集·散文随笔卷

出 品 人 　杨　政

著　　者　　毕淑敏

责任编辑　　陈文龙　欧阳秀娟

封面设计　　今亮后声

电脑制作　　九章文化

责任印制　　葛红梅

出版发行　　天地出版社

（成都市槐树街 2 号　邮政编码：610014）

网　　址　　http://www.tiandiph.com

　　　　　　http://www. 天地出版社 .com

电子邮箱　　tiandicbs@vip.163.com

经　　销　　新华文轩出版传媒股份有限公司

印　　刷　　廊坊市印艺阁数字科技有限公司

版　　次　　2018 年 1 月第 1 版

印　　次　　2021 年 9 月第 2 次印刷

成品尺寸　　160mm×238mm　1/16

印　　张　　33.5

字　　数　　549千

定　　价　　98.00 元

书　　号　　ISBN 978-7-5455-2946-3

序言

王蒙

新华文轩集团在做一套当代作家的自选集，第一批将出版陈忠实、史铁生、张炜、韩少功、王蒙的自选作品，目前签约的则还有熊召政、王安忆、赵玫、方方、池莉、苏童等同行文友，今后还将考虑出版港澳台及海外华语作家的自选作品。好事，盛事！

现在的文学创作并没有太大的声势，人们的注意力正在被更实惠、更便捷、更快餐、更市场、更消费也更不需要智商的东西所吸引。老龄化也不利于文学作品的阅读与推广，因为老人们坚信他们二十岁前读过的作品才是最好的，坚信他们在无书可读的时期碰到的书才是最好的，就与相信他们第一次委身的情人才是最美丽的一样。新媒体则常常以趣味与海量抹平受众大脑的皱折，培养人云亦云的自以为聪明的白痴，他们的特点是对一切文学经典吐槽，他们喜欢接受的是低俗擦边段子。

孟子早就指出来了，"耳目之官不思，而蔽于物。物交物，则引之而已矣。心之官则思，思则得之，不思则不得也。"他强调的是心（现在说应该是"脑"）的思维与辨析能力，而认为仅仅靠视听感官，会丧失人的主体性，丧失精神的获得。因为一切的精神辨析与收获，离不开人的思考。

当然，耳目也会激发驱动思维，但是思维离不开语言的符号，而文学是语言的艺术，是思维的艺术，是头脑与心灵而不仅仅是感觉的艺术。文艺文艺，不论视听艺术能赢得多多少百倍更多的受众，文学仍然是地基又是高峰，是根本又是渊薮。文学的重要性是永远不会过时与淡化的。

当代文学云云，还有一个问题，"时文"难获定论，时文受"时"的影响太大。学问家做学问的时候也是希罕古、外、远、历史文物加绝门暗器，不喜欢顺手可触、汗牛充栋的时文。

但读者毕竟读得最多最动心动情最受影响的是时文。时文而晒一晒，静一静，冷一冷，筛一筛，莫佳于出版自选集。此次编选，除王蒙一人而外都是文革后"新时期"涌现的作家，基本上是知青作家。知青作家也都有了三十年上下的创作历程与近千万字的创作成果。几十年后反观，上千万字中挑选，已经甩掉了不少暂时的泡沫，已经经受了飞速变化与不无纷纭的潮汐的考验，能选出未被淘汰的东西来，是对出版更是对读者的一个贡献。以第一批作者为例，陈忠实的作品扎根家乡土地，直面历史现实，古朴淳厚，力透纸背。史铁生身体的不幸造就了他的悲天悯人，深邃追问，碧落黄泉，振撼通透，沉潜静谧。张炜对于长篇小说的投入与追求，难与伦比，乡土风俗，哲思掂量，人性解剖，一以贯之，未曾稍懈。韩少功更是富有思辨能力的好手，亦叙亦思，有描绘有分解，他的精神空间与文学空间纵横古今天地，耐得咀嚼，值得回味。我的自选也忝列各位老弟之间，偷闲学学少年，云淡风清，傍花随柳，作犹未衰老状，其乐何如？

我从六十余年前提笔开写时就陶醉于普希金的诗：

> 我为自己建立了一座非人工的纪念碑，
> ……所以永远能和人民亲近，
> 我曾用诗歌，唤起人们善良的感情，
> 在残酷的时代歌颂过自由，
> 为倒下去的人们，祈求宽恕同情。
> ……不畏惧侮辱，也不希求桂冠，
> 赞美和诽谤，都心平静气地容忍。

看到文友们的自选集的时候，我想起了普希金的诗篇《纪念碑》。每一个虔诚的写者，都是怀着神圣的庄严，拿起自己的笔的。都是寄希望于为时代为人民修建一尊尊值得回望的纪念碑来的。当然，还不敢妄称这批自选集就已经是普希金式的纪念碑，那么，叫路标石就好。几十年光阴荏苒，总算有那么几块石头戳在那里，记录着时光和里程，记忆着希冀和奋斗，还有无限的对于生活、对于文学的爱惜与珍重。它们延长了记忆，扩展了心胸，深沉了关切与祝福，也提供给所有的朋友与非朋友，唤起各自的人生百味。

目 录

幸福的颜色 · 371

附　录

性别的按钮

女抓捕手

参加活动，人不熟，坐车上山。雾渐渐裹来，刚才还汗流浃背，此刻却寒意浸骨。

车猛地停下，司机说此处景色甚美，可照相，众人响应，熙熙攘攘同下。我刚踏出车门，劲风扑面呛来，想自己感冒未好，若是被激成了气管炎，给本人和他人都添麻烦，于是沮丧转回。

见车后座的角落里，瑟缩着一个女子，很神往地向外瞅着。

我问："喜欢这风景，为什么不下去看呢？"

她回过头来，一张平凡模糊的面孔，声音却是很见棱角。说："怕冷。我这个人不怕动，就怕冻。"

我打量她，个子不高，骨骼挺拔，着飘逸时装，没有一点儿多余的赘肉，整个身架好像是用铁丝拧成的。

她第二次引起我的注意，是偷得会议间隙去逛商场。我寻寻觅觅，两手空空，偶尔发觉她也一无所获。我说："你为何这般挑？"

她笑笑说："我不要裙子，只要裤子。好看的裤子不多。"

我说："为什么不穿裙子呢？我看你的腿很美啊。"

她抚着膝盖说："我也很为自己抱屈，但没办法啊。你想，我买的算是工作服。能穿着裙子一脚把门踹开吗？"

我如受了惊的眼镜蛇，舌头伸出又缩回。把门踹开！乖乖，眼前这个小女子何许人？杀人越货的女飞贼？

见我吓得不浅，那女子莞尔一笑道："大姐，我是警察。"

我像个真正的罪犯那样，哆嗦了一下。

后来同住一屋，熟悉了。她希望我能写写她的工作。当然，为了保密，她做了一些技术性的处理。

她说："我是抓捕手。一般的人不知道抓捕手是干什么的，其实我一说，您就明白了。看过警匪片吧，坏人们正聚在一起，门突然被撞开，外面有一人猛地扑入，首先扼住最凶恶的匪徒，然后大批的警察冲进来……那冲进来的第一个人，就叫抓捕手。我就是干那个活儿的。"

　　我抚着胸口说："哦哦……今天我才知道什么叫海水不可斗量。别见笑，请问，抓捕手是一个职务还是职称？"

　　她说："都不是。是一种随机分配。就是说，并没有谁是天生的抓捕手，也不是终身制的。但警察执行任务，和凶狠的罪犯搏斗，总要有人冲在最前头，这是一种分工，就像管工和钳工。不能一窝蜂地往里冲，瞎起哄，那是打群架……"

　　我忍不住插话："就算抓捕手是革命分工不同，也得有个说法。像你这样一个弱女子，怎能把这种最可怕、最危险的事，摊派到你头上呢？"

　　她笑笑说："谢谢大姐这般关怀我。不过，抓犯人可不是举重比赛，讲究多少公斤级别，求个公平竞争。抓捕是没有道理可讲的，抓住就是胜利，抓不住就是流血送命。面对罪犯，最主要的并不是拼力气，是机智，是冷不防和凶猛。"

　　我说："那你们那儿的领导，老让你打头阵，是不是也有点儿欺负人？险境之下，怕不能讲'女士优先'！"

　　她说："这不是从性别考虑的，是工作的需要。"

　　我说："莫非你身藏暗器，乃一真人不露相的武林高手？"

　　她说："不是。主要因为我是女警。"

　　我说："你把我搞糊涂了。刚才说和性别无关，这会儿又有关。到底是有关还是无关？"

　　她说："您看，刚才我跟您说我是抓捕手，您一脸瞧我不起的样子，嫌疑人的想法也和您差不多（听到这儿，想起一个词——物以类聚。挺惭愧的）。当我一个弱女子破门冲进窝点时，他们会一愣，琢磨：'这女人是干什么的？'这一愣，哪怕只有一秒，也赢得了最宝贵的时间。狭路相逢勇者胜啊。特别是当我穿着时装、化了浓妆的时候，准打他们一个冷不防……"

　　我看看她套在高跟鞋里秀气的脚踝，说："这是三十六计中的'兵不厌诈'。只是，你这样子，能踹开门吗？"

　　她把自己的脚往后缩了缩，老老实实地承认："不行。"

我说:"那你破门的时候,要带工具吗?比如电钻什么的?"

她说:"您真会开玩笑。那罪犯还不早溜了?我现在不能踹开门,是因为没那个氛围。真到了一门隔生死,里面是匪徒,背后是战友,力量就迸射而出。您觉着破门非得要大力士吗?不是。人的力量聚集到一点,对准了门锁的位置,勇猛爆发,可以说,谁都能破门而入。"

我神往地说:"真的?哪一天我的钥匙落在屋里时,就可以试试这招了。省得到处打电话求人。"

她很肯定地说:"只要您下定了必胜的信心,志在必得,门一定应声而开。"

我追问:"进门以后呢?"

她说:"是片刻死一般的寂静。然后我得火眼金睛地分辨出谁是最凶猛的、最大威胁的敌人,也就是匪徒中的头羊,瞬间将他扑倒,让他失去搏杀的能力。说时迟那时快,战友们就持枪冲进来,大喊一声:'我们是警察!'"

我打断她,说:"且慢且慢。难道你不拿枪,不喊'我是警察'吗?"

她非常肯定地说:"我不拿枪,并且绝不喊。"

我说:"怎么和电影里不一样啊?"

她说:"那是电影,这是真拼。我如果持枪,就会在第一时间激起敌人的警觉,对抓捕极为不利。如果我有枪,必是占用最有力的那只手,就分散了能量,无法在最短时间内将匪首击倒。再说,既是生死相搏,胜负未卜,如果我一时失手,匪徒本无枪,此刻反倒得了武器,我岂不为他雪中送炭,成了罪人?所以,我是匹夫之勇,赤手空拳。"

我说:"那你不是太险了?以单薄的血肉之躯,孤身擒匪。说实话,你害怕过吗?"

她缓缓地说:"害怕。每一次都害怕。当我撞击门的那一瞬,头脑里一片空白。这一撞之后,生命有一段时间将不属于我。它属于匪徒,属于运气。我丧失了我自己,无法预料,无法掌握……那是一种摧肝裂胆的对未知的巨大恐惧。"

我说:"你当过多少次抓捕手了?"

她说:"二百四十三次了。"

我又一次打了哆嗦,颤声问:"是不是第一次最令人恐惧?"

她说："不是。我第一次充当抓捕手之前，什么都没想。格斗之后，毫发未损，按说这是一个很圆满的开端和结局。可是，犯人带走了，我坐在匪徒打麻将的椅子上很久很久站不起来，通体没有一丝力气。无论瞧什么东西，连颜色、形状都变了，仿佛是从一个死人的眼眶往外看。"

"经历的风险越来越多，胆子越来越小。您一定要我回答哪一次最恐惧，我告诉您，是下一次。"

我说："既然你这么害怕，就不要干了嘛！"

她说："我只跟您说了恐惧越来越大，还没跟您说我战胜它的力量也越来越强了。如果单是恐惧，我就坚决洗手不干了，想干也干不成。不是，恐惧之后还有勇气。勇气和恐惧相比，总要多一点点。这就是我至今还在做抓捕手的原因。"

我叹了一口气说："你受过伤吗？"

她说："受过。有一次，肋骨被打断了，我躺在医院里，我妈来看我。我以前怕她担心，总说我是在分局管户口的。我妈没听完介绍就大哭了，进病房的时候，眼睛肿成一条缝。我以为她得骂我，就假装昏睡。没想到她看了我的伤势，就嘿嘿笑起来。我当时以为她急火攻心，老人家精神出了毛病，就猛地睁开了眼。她笑了好一会儿才止住，说：'闺女，伤得好啊。我要是劝你别干这活儿了，你必是不听的。但你伤了，就是想干也干不成了。伤得不算太重，养养能恢复，还好，也没破相……'"

"伤好了以后，我还当抓捕手。当然瞒着老人家。但我妈的话，对我也不是一点儿效力都没有。从那以后，我特别怕刀。一般人总以为枪比刀可怕，因为枪可以远距离射杀，置人于死地。刀刺人的深度有限，如果不是专门训练的杀手，不易一刀令人毙命。不是常在报上看到，某凶手连刺了多少刀，被害人最终还是被抢救过来了吗？"

"我想，枪弹最终只是穿入一个小洞，不在要害处，很快就能恢复。如果伤在紧要处，我就一声不吭地死了。死都死了，我也就没什么可怕的了。所以说枪的危害，比较可以计算得出来。但刀就不同了，它一划拉一大片，让你皮开肉绽、血肉模糊，但你还没死。那样，假如我妈看到了，会多么难过啊，我也没脸对她解释。所以，我为了妈妈，就特别怕刀，也就特别勇敢。因为在那手起刀落的时刻，谁更凶猛，谁就更有可能绝处逢生。"

话谈到此，我深深地佩服面前这个貌不惊人的女警察了。我说："你为什么选择了这么一份危险的工作？”

她说：“我个子矮，小的时候老受欺负。我觉得警察是匡扶正义的，就报名上了警校。人们常常以为，大个子的人才爱当警察，其实不。矮个子的人更爱当警察。因为高个子的人，自己就是自己的警察。”

分手的时候，她说：“能到大自然中走走，真好啊。和坏人打交道的时间长了，人就易变得冷硬。绿色好像柔软剂，会把人心重新洗得轻松暖和起来。”

戴胡子的女法老

法老是对古埃及国王的称呼，在埃及语中称作"佩罗"，现在的读音来自希伯来文的音译。它在象形文字中的意思是"高大的房屋"，后来代指"王宫"，理由很简单，王宫是最高大的房屋。新王国第十八王朝时，国王图特莫斯将法老的意思来了一个变化，成了"居住在高大宫殿中的人"，于是"法老"就顺理成章地成了对国王的尊称。

在埃及国立博物馆里可以看到一位法老的雕像，下巴颏上长着茂密的胡须，向前探出，好像一块洗袜子的小搓板，十分可笑。

还没等我笑出来，导游说："这是一位女王，她戴着假胡须。"

一提到埃及的女王，我等游客做出恍然大悟的样子，"知道知道，原来这是埃及艳后克列奥帕特拉。"

导游正色道："克列奥帕特拉只是王后，而这是真正的法老，她叫哈特舍特谢晋（通常译作哈特谢普苏特、哈特舍普苏），拥有无上权力的古埃及女王。"

女王和王后是有区别的。前者亲握权杖，而后者只是权杖的老婆。

后来，在尼罗河对岸帝王谷众多的祭庙中，看到女王哈特舍特谢晋的神庙是那样的美丽独特，据说这也是全埃及最优美典雅的建筑了。在卡纳克神庙里有哈特舍特谢晋为自己矗立的方尖碑，高 29.5 米，重达 350 吨。在上埃及阿斯旺的花岗岩采石场，还有一块重达 1000 吨的未完成方尖碑躺在山坡上，据说也是哈特舍特谢晋为自己建造的，因为开凿中石头出现裂缝才半途而废。

反复听到这位女法老的名字，看到和她有关的遗迹和景色，就对她生出了好奇。查了资料，才知道哈特舍特谢晋在位期间是公元前 1490 年到公元前 1468 年，拥有当时世界上最强大的军队、最强盛的经济。她不是傀儡，而是控制着埃及最高权杖的真正的法老。在她执政期间，对内不用严刑峻法维持了安定的秩序，对外不损一兵一卒获得了和平。

但女人是不能成为法老的，尽管哈特舍特谢晋才能出众，也无法改变这一钢铁般的传统。她也颇动了些脑筋，先是在登上王位之前，命人为自己编撰传记，并雕刻在大方尖碑上，非说自己是太阳神的嫡亲女儿。为了让神圣感进一步加强，她还在方尖碑的顶部放置了很多金盘，用来反射太阳的光芒，以便向所有的人证明她的确是来路不凡。

一不做二不休，女法老让她的建筑师把她刻画成一个有胡须的平胸战士形象。每当女法老在公共场合出现，必定是着男装并戴着假胡子，其实她有着柔和的面部，外带轮廓清秀的眉毛和大眼睛，是个十足的美女。

王室的恩怨和历史的偏见遮盖着历史的天空，无论女法老的政绩怎样突出，但传统的以男性为中心的社会是不会容忍一位女性担任长老的，就算她杜撰出了自己是太阳神的女儿这样的神话也万万不行。

结局在传说中是这样被描述的：哈特舍特谢晋刚刚驾崩，一伙军人就袭击了宫殿，把和她有关的一切都毁掉了。神庙中，她的浮雕和塑像或者被砍掉了脑袋，或者被砸断了臂膀。她的墓穴被洗劫一空，神庙墙壁上的她的名字被刻意凿平，在整个埃及的官方记录里，和她有关的记载都被销毁了……

哈特舍特谢晋执掌法老的权杖二十二年，古埃及的男人们希望她的这段历史不曾存在过。她的雕像在被焚烧之后再泼上凉水而变得残缺不全，至今还能看到烟火的痕迹。她的名字也被从方尖碑上涂掉，取而代之的是她的父亲、丈夫和继子的名字。

但历史还是记住了这个曾经当过法老的佩戴假胡须的女人。在今天的埃及，在游客们眼中，最美丽的法老神庙是哈特舍特谢晋的达尔巴赫里神庙，最高的方尖碑是卡纳克神庙中赞叹哈特舍特谢晋的方尖碑。正如哈特舍特谢晋自己在碑上所写："未来看到我的纪念碑并讨论我所作所为的人，切勿说一切不曾发生过，或许将它看作是我的自我吹嘘，而应当称颂她当之无愧，她的父亲也深感安慰。"

埃及是非常值得一去的国度。你不去美国，不去日本，你还可以想象，而且你的想象基本上是符合实际的。但你若不去埃及，你想象不出那里的神秘。

女枪手

到达西藏的第三年，发给我一支手枪。枪身很短，乌蓝色的枪口，像深不见底的老井。枪套很新，散发着皮夹克的味道。每当我走近悬挂手枪的墙壁时，都有一种神秘的感觉，好像枪是一个有生命的活物。

我们离边境线很近，要求每个人都能熟练地掌握手中的武器。教女孩子们打枪的任务，就交给了高排长，听说他的枪技很高。

第一天看到他的时候，他就哭丧着脸对我们说："谁愿意教女孩子打枪啊！你们要是一不小心走了火，轻则把我打成残疾，重了就让我以身殉国了。"

我们原本就害怕，听他这么一说，赶紧双手捧着枪说："那我们就不要这东西了。"

没想到，高排长又训起我们来："枪有什么了不起的？男人能打枪，女人也能。"说着，就开始教我们打枪的要领。

要说打枪也没什么难的，但女孩子的臂力不行，擎着枪身的右手哆嗦不止。高排长就训斥我们："又不是做贼，心虚什么？"

我们就在下面愤愤地咒他，但为了少挨说，私下都举着枪练习，渐渐地手就不那么抖了。

终于到了实弹射击的那一天。靶场设在一片空旷的原野上，50米以外竖着墨绿色的胸环靶。靶子好像一个傲慢的武士，看着我们这些初次打枪的女孩子。

我第一个走过去，心里默念着射击口诀，举枪对准靶心。高排长指挥我站定，又仔细检查了我的武器，看着我把子弹压进枪膛，说了声："你可以开始了，先打两发试验弹。"然后，撒腿就跑。

我一下子心就慌了，说："哎！你不看着我打枪了？"

他说："我什么时候说过要看着你们打枪？女孩子手下没准儿，谁知道会打到哪里去？我还是躲得远点好。"

我说："哼！想不到你这么胆小。"

高排长说："不是胆小，是不怕一万，就怕万一。"

我一甩头发说："没有你，我也一样能打个好成绩！"说着，一摆我手中的枪。没想到，食指轻微一震，手起枪抬，枪口正好朝天，"啪"的一声巨响，一发子弹带着火苗蹿上蓝天。

我吓得一哆嗦，下意识地一垂手腕。"哎呀！子弹怎么这么快就打出去了呢？我好像还没使劲呢！"没容得我把这句话说出口，"啪"的一声，第二发子弹又从枪膛迸出，枪口正好朝下，地面蹿起一团烟尘……

我惊魂未定，真想大哭一场。这真枪实弹打起来也太容易了，简直容易得可怕。我以为要用很大的劲才能把子弹打出去，谁想手枪机敏得像一只灵猫的胡须，稍微一个动作，带有极大杀伤力的子弹就射出去了，就要置人于死地。

高排长急忙跑回来，紧张地问："伤着了吗？"

我苦笑着说："没有，只是吓了一跳。"

他立刻松弛下来说："我说得怎么样？女人就是不行，幸亏我躲得远。"

我吓得不敢再打枪了。他说："一回生，二回熟。你打了天一枪、地一枪，天地都打了，还怕什么？刚才是验枪，不算成绩的，现在重新开始。"

我还是不想打枪了。高排长叹了一口气说："看来，我今天真是要舍命陪君子了。好吧，我就站在你身旁，一动不动地看着你打枪。"

说也奇怪，有高排长站在一旁，我就真的镇静下来，胸有成竹地举枪瞄准……靶心、枪准星、眼睛的瞳孔三点成一线……屏住气，心莫慌，眼睫毛也不眨……手指轻轻往下压……好，击发！

啪啪啪……我连发五枪，把规定的子弹都打了出去。

待硝烟散去后，报靶员向我们报告说："五枪打了47环——两个10环、三个9环。"

高排长对他的徒儿能打出这样的好成绩也很高兴，说："45环以上，就能算特等射手了。"没想到，我刚露出喜色，他立刻就沉下脸说："我看你是瞎猫碰上了死耗子。"

十八岁的姐姐

许多年前，我在一座很高的山上当兵。那座山叫昆仑山。

昆仑山有一个漫长的冬季，长得叫人忘掉一年当中还有其他季节。

昆仑山距平原很远很远，远得让我们这批小女兵几乎怀疑世界上还有平原存在。

冷和高使得平凡的蔬菜成为一种奢侈。属于温暖和平原的蔬菜，要经过汽车一个星期的颠簸才能抵达高原。它们要么像植物标本，干燥萎黄，纸一样菲薄；要么碧绿得令人生疑，用手一弹，果然发出翡翠般的金石之声——途中遭遇了暴风雪，暴风雪使蔬菜们永远年轻。

没有鲜菜吃，后勤部门就每月给大家发其他的吃食以弥补亏嘴。有水果罐头、核桃、葡萄干、花生米、白砂糖……农村来的兵，舍不得吃，便把这些好东西攒起来，探亲时与家人共享。只可怜了那些汽车兵，他们万里迢迢地将物品拉上昆仑山，又万里迢迢地把它们从昆仑山拉下去。

发的食品可谓五花八门，可奇怪的是，从不发块糖。不知山下的军需部门是无意中疏忽了，还是认为真正的军人不宜在嘴里含着糖。

能够随便在嘴里含着糖，听坚硬的糖块把牙齿敲出搪瓷碰撞般的声音，感觉尖锐的糖块在温暖的舌尖变得圆润光滑……真是少年人最美妙的享受之一。我们当时不过十六七岁，在一个风雪弥漫的早晨，不知谁说了一声："真想吃块糖啊！"我们从此就朝思暮想在嘴里含块真正的水果糖！

希冀只要一萌生，除了实现它，你别无他法。

我们没有块糖，但我们有砂糖。好像是当年古巴贸易给我们的货色，像海滩上的沙砾，淡黄色很粗大的颗粒。我们取出牙膏牙刷，用空牙缸盛上古巴糖，放在炉火上烤。糖堆就像雪人似的塌陷下去，融为杏黄色裹着泡沫的糖浆。

"这叫糖稀。"一位年龄最大的女兵说。她已经十八岁了，是我们的姐姐。

但糖稀怎么才能变成块糖呢？见多识广的姐姐指挥我们去提一桶水来。

昆仑山的水好冷啊！万古不化的寒冰所融之水，发出幽蓝色的荧光。那袅袅上升的森然冷气，像雾一样盘绕在桶的四周。

水提来了，我们不知道它有什么用。十八岁的姐姐端起牙缸，把冒着泡的糖稀缓缓倾于冰水之中。

糖稀吱吱叫着急遽下沉，好像一串被击中了的黄鸟。它们在水中凝固成一粒粒橙黄色琥珀样的颗粒，略作沉浮，便如一颗颗精致的小水雷，蛰伏在水底。

十八岁的姐姐有条不紊地操作，我们看得发呆。

"愣着干什么？快拿勺子到桶底去舀着吃，这是真正的糖豆啊！"十八岁的姐姐大声招呼我们。

这种真正的糖豆松软酥脆，冷得像一枚枚小冰雹。但它的确能与牙齿碰出悦耳的声响，能在舌尖迅速缩小……我们便吃得十分惬意。

我们的吃速比糖豆的生产要快得多，不一会儿，桶底便被捞净，我们就眼巴巴地看着十八岁的姐姐制造糖豆。她产得越多，我们吃得越快。这时突然有人发现，十八岁的姐姐一直在为我们操劳，她自己连一个糖豆还没吃上呢！

"这一锅给你吃！"我们异口同声地说。

所谓一锅，就是一刷牙缸子煮沸了的古巴糖糖稀。昆仑山缺氧，炉火不旺，要融好一缸糖稀，也得耐心用勺子搅拌一段时间。

十八岁的姐姐接受了我们的好意，格外精心地操作着。糖稀冒泡了……糖稀变成橘红色了……糖稀散发出蜂蜜一样略带苦涩的清香……这是最妙的火候了。我们知道，十八岁的姐姐要从从容容地制出一盘最甜最美的糖豆来了。

是时候了！十八岁的姐姐高高举起茶缸，糖稀漾出一道美而红亮的弧线，砰然溅落在水中。

想象中该出现珊瑚珠一样晶莹的糖球了……时间一秒钟一秒钟逝去，糖球像被恶人施了魔法，隐匿着不肯出现，只见澄清的桶水渐渐变得浑浊，犹如一股橙色牛奶注入其中。

这是怎么回事，是谁把糖豆藏起来了？

我们面面相觑。

十八岁的姐姐想了想说："也许是水不凉了，所以糖稀不再凝聚为糖豆……"

我们将信将疑，伸出舌尖去舔桶里的水。

水很甜很温暖，带有一种奇异的味道，好像一个在太阳下成熟的果子挤出的浆汁。

十八岁的姐姐终于没能尝到她亲手制作的糖豆，一粒也没有。

我们拎起桶要换一桶新的冰水，她说："别去别去。这桶水里溶进了这么多砂糖，不喝太可惜。"说着，她喝了满满一碗。

我们不知道该怎么谢十八岁的姐姐，只有同她一道喝那温暖甜蜜而又挟带冰雪气息的凉水，一碗又一碗……

许多年过去了，那水的奇异味道一直存在于我的舌尖……

假如酋长是女性

假如远古时代，有两个部落，为了一口水井，引起剧烈地争执，到了剑拔弩张、一触即发的关头，怎么办？

假如酋长是男性，肯定热血喷涌，气贯长虹。年轻的男子聚集在他的身边，呼啸着，奔腾着，摩拳擦掌，械斗很可能在下一秒钟爆发，刀光剑影，血流成河……

男性依据自身强壮的体魄，更相信横刀跃马得来的天下，更相信枪杆子里出一切的真理，崇尚一斗定乾坤。

假如酋长是一位女性，事态将会如何演变？

她也许首先会被即将到来的惨况，吓得闭紧了眼。她是繁殖和哺育的性别，当生命即将受屠戮的时候，她感到灵魂被锋利的剪刀镂空，锥心刺骨地疼痛。

"我们还有没有其他的办法，可以避免这场生命的搏杀？不就是为了一口水井吗？里面流动的液体，一定要用鲜血换回？孩子们，难道已经到了以血为水的地步？透明的清水比滚烫的热血更为宝贵吗？"

她苍老的双手伸向黑暗的苍穹，仿佛要在虚空中抓住一条拯救人们的绳索。

"让我们先不要用血去换水，我们避开他们，再挖一口水井吧。"女酋长软弱地退让，"人血不是水，让我们用劳动去换取和平。"

人们不甘心地服从着，将地掘出许多深洞，但是，除了原有的井，新的窟窿里干燥得如同沙漠。

人们聚啸起来，隐隐的不满像野火一般燃烧。这个女人让我们示弱，让我们劳作，却一事无成。

女酋长敏锐地觉察到了动荡的情绪，但她丝毫不理会众人的怨恨，继续指示说："让我们出去寻找，双脚踏遍每一座险峻的山峦，眼光巡视过每一条隐蔽的峡谷，手指触摸到每一处潮湿的土地，看是否还能寻觅一眼可以和水井媲美的清泉。让我们尽一切努力，将和平维持到最后一分钟。"

没有，哪里都没有新的水源。千辛万苦无功而返的人们仰天长啸。

"那我去向邻居部落的首领商量，是不是可以研究出一个折中的方案。每家分别用一天水井，合理分配资源，用公平来尝试和平。"女酋长撕扯着自己的头发，低垂着沉重的头颅。她并非不珍惜自己的尊严，但和尊严同等重要的，是人的生命。

对方部落拒绝了共同使用水井的建议，战云又一次笼罩上空。

仗到了非打不可的时候。假如是男酋长，怒发冲冠，铁马金戈，振臂一呼，兄弟们早就冲上去了，血肉横飞，白骨嶙峋，杀一个天昏地暗。血与火本身，就是惨烈的过程和最终的结论。

女酋长在这千钧一发的时候，依旧犹豫彷徨。她扪心自问，是否已经尽到最大的努力，避免战争？"是的。"她流着泪对自己说，心在泪水中渐渐泡得坚硬起来。

如果一定要刀兵相见，那就来统计一下，我们将要流出多少鲜血？是一盆血？是一桶血？还是一缸血？甚至是一个血的湖泊、血的瀑布、血的海洋？一定要将那血量尽可能地减少，哪怕多保存一滴一缕也好，血液是制造生命的原料。

女酋长掐指计算着，在即将进行的战争中，有多少妻子将失去丈夫，有多少母亲将失去儿子，有多少孩子将失去父亲，有多少家庭将不复存在……女酋长的心凄楚地战栗着，发布作战命令的手高高抬起，又轻轻放下，如是者三。

征集担架，组织救护，战争进行到哪里，医生就要追随到哪里，尽最大的努力减少牺牲，尽最大的努力争取和平……女酋长做好了种种准备之后，艰难地吹响了决斗的号角。

女酋长一方胜利了，人们围着被血水环绕的水井载歌载舞，许多人在狂欢中流下的眼泪，凝结成冰晶，他们的亲人永远地走向了远方。

女酋长望着人群，挥之不去的念头盘旋胸间。这块土地底下，真的只有一口水井吗？井水真的比生命还要宝贵吗？对方部落的人失去了水源，将如何度日，如何生存？

胜利之后的女酋长，脸上没有笑容。

这就是一个男酋长和一个女酋长之间的不同，这种不同，从上古时代就一自流传下来，源远流长直到今天。

这是我在联合国第四次世界妇女大会上，听一位黑人妇女讲的故事，她反复强调一句话：学会用女性的眼光看世界。

性别按钮

假如我们身上有一个按钮，可以随时改变我们的性别，我将在一生的许多时候使用它。让我们假设按钮的颜色，男性为红女性为绿吧，因为我们这个民族素有"红男绿女"这样一个成语。

我想象自己的身体也许像交通繁忙的十字街头，红红绿绿闪烁个不停。

当我还是一个胎儿的时候，我选择女性。因为根据最新的科学研究证明：在女性特有的那两个ＸＸ染色体上，除了表示性别，还携带着许多抗病的基因。流产夭折的孩子多半是男婴，就是因了这个缘故。请别谴责我的自私，外面的世界这么喧哗美丽，我这辆小小的跑车，不能还没驶出车站就抛锚。

当降生终于开始的时候，我毫不犹豫地选择男性。我要向人世间发出最嘹亮动人的哭声，宣告一个生命——我的到来。一个理由是女孩子的哭声多半太秀气，自己就听得没情绪。最主要的原因是为了让我的亲人们高兴。无论社会怎样进步，中国人还是喜欢男孩。尤其在产房里的时候，生了男孩的妈妈眉飞色舞，生了女孩的妈妈低眉顺眼……为了能让自己的妈妈理直气壮，为了能让望眼欲穿的爷爷奶奶喜笑颜开，我只好义无反顾地选择男性。这可绝不是向世俗的偏见低头，而只是想在出生的这一个瞬间，带给我的亲人更多的快乐。

我在襁褓中慢慢长大。这段时间，做男婴还是做女婴都无所谓。在没有发明舒适的纸尿布以前，我想还是做男孩好一些，享受干爽的机遇比较多。随着科学的不断发展，这件小事不再能左右我揿动按钮。在这段人生最美好的时光里，我男女不辨地随意躺在绵软的带栅栏的小床里，用小手追逐缓缓移动的阳光，学会对着使我们愉悦的事物微笑。我们脱离了母体的温暖，独自面对自然界的风霜。我们尝试着对饥饿和病痛发出抗争，但我们其实很无奈。假如没有亲人的呵护，无论男孩还是女孩，我们都软弱。

像初夏的青苹果，我们缓缓地长大。这段时间如果一定要我选择，我就当女孩吧。因为在这期间，我们会无师自通地学会人世间最重要的知识——语言。女孩的舌头像鹦鹉，学话的速度比男孩快多了。虽说中国流传着"贵人语迟"的民谚，但我还是喜欢做个平凡人，早早地学会向他人表达自己的看法。

接着，我们突然像春笋一样，日新月异地膨胀起来，不断地增长淘气的本事。登高爬低，没头没脑地疯跑，在自己的脸上糊泥，把玩具肢解得遍地都是，从一块石头疯狂地跳上另一块石头，在水里溅起一连串的水花……这都是男孩子的特权啊！我要做个男孩，把身上的红色按钮死死揿下。做男孩可以把鞋子踢烂、把衣服剐破、把手指划出血、把膝盖磕掉皮而不遭家长的斥责。男孩在玩耍上享有天然的豁免权，当他们无意中伤害了别人的财产和自己的身体时，大人们多半会宽容地说："嘿！男孩子嘛，就是这个样子！"

女孩子可要倒霉得多。几千年的观念像一张透明的娇柔的网，将你裹得紧紧的。你时刻感到不能自由自在地呼吸和手舞足蹈。你看到外面的一切，却不能随心所欲地飞翔。你抗议的时候，别人会莫名其妙地说："没有呀，没有谁束缚你。"真叫你有苦说不出。

开始上学了。我愿意回女儿身。男孩子太顽劣了，屁股底下像有颗大滚珠，不会安安静静在椅子上待一刻。他们终究会意识到知识的重要，可是距那大彻大悟的关头，他们还要穿过漫长的隧道。在这个觉醒的过程中，他们恶劣的成绩，将被老师斥责、同学耻笑，家长软硬兼施，邻里议论纷纷……这种经历对一个人的心智是大考验。许多男孩就在这种挫折感中，失去了人最宝贵的自尊。而女孩，就比较的平顺，因为她们知道死用功。灵灵秀秀的女孩穿得干干净净，乖乖地举手发言，讨老师的喜欢；下了课，挟着平平整整的作业本回家，给爸爸妈妈一个好成绩。小学真是一个女孩的黄金时代，她们像新生的豆荚一样饱满和嫩绿，充满着勃勃的生气。

到了十一二岁的时候，我要赶快把绿色按钮变换成红色按钮，再迟就来不及了。那位将陪伴每一个女人青春时代的殷红色朋友就要来啦！她每月一次的造访你无法拒绝，陪着她，你困倦激动好哭爱发脾气……惹不起，我们躲得起。去做男人。

男人此刻异军突起。他们在一夜之间变得强健英俊，仿佛是蜕尽了最后一层躯壳的知了，高高地飞到了白杨树梢，向全世界发出尖锐的鸣叫。尽管歌声还不够老练，但他们终究会成熟起来的。这个时期的男性永远是一个谜，你不知道他们是在哪一个早上，突然从男孩变成了男子汉。老天爷的鬼斧神工，毫不留情地把他们大脑的沟壑凿深，雕刻出他们坚毅的下巴和眉宇，在制造他们潇洒智慧的同时，慷慨地随赠了一大包的幽默。仿佛在不经意之间，他们流露出勇气与旷达。当然啦，他们也脆弱，也孤独，也想入非非，也躁动不安，但鹿一般雄壮的气息缠绕着他们，他们在奔跑中不断完善。

岁月的炉火燃烧着，熔炼着男人和女人的金丹。

女人最美丽的季节到了。俗话说女大十八变，最动人的变化悄悄地发生着，我终于忍不住跑回去做女人了。

少女的头发像鸦羽一样闪亮，你盯着看久了，会闪出墨绿的光泽。瞳孔里因为蕴含了过多的期望而显得秋水淋淋。肌肤像刚刚裱制出的白绸，细腻光滑，无一丝波痕。柔曼的腰肢，玲珑的曲线，都带着稍纵即逝的精致。

她们的心绪，像一块绿毡似的秧田。看似平静，其实每一阵微风荡过，都引起所有的枝叶震颤。

草莓红了，芭蕉被雨淋湿，成熟的樱桃想飞到天上去，无所不在的万有引力又使它飘落到黄土地上。

无论女人有多少瑰丽想象，她们一生中最重要的事，是寻找那个缺了肋骨的男人，重新嵌进他的胸膛。无论找到找不到，都有无尽的苦恼与欢乐。

男人和女人终于镶在一起了。在女人行将破裂的那一瞬，我决定逸出她的躯壳，去做一个男人。因为此时的男人好威风啊！

婚后的男人，太累太累，好像追赶太阳的夸父，一头担着事业，一头担着家庭。出于怕苦怕累的天性，又使我翻回头去想做女人，但女人已开始孕育生命。这是充满创造也充满艰险的劳动，简直是女人一生中最大的劫难。

女人变得面目全非，身躯沉重，步履蹒跚，脸上趴着褐色的蝴蝶，曲线被圆弧毫不留情地替代。心脏汹涌地鼓荡着，供给着两个人的血脉。

那是生与死的循环啊。女人或者捧出两条生命，或者与她的婴孩一起沉没海底。

面对生命的链条，我怯懦地闭上眼睛。我真的不知该选择做男人还是做女人，也许人生就是无止境的苦难，无论怎样巧妙地在礁石上跳来跳去，我们还是得被巨浪浇得透湿。

也许在真正美妙的融合中，男人和女人是一堵砌在高坡上的墙。你不可能将他们分开，你不可能说自己是其中的砖还是泥水。墙耸立着，或者轰然倒塌；或者很有风度地站上一千年，依然像刚完工那般新鲜。

真的，我们不必区分得太分明。一个好的男人和一个好的女人，在共患难的日子里，是一种奇怪的有四只脚和四只手的动物。他们虽然有两颗心，却只有一个念头——风雨同舟地向前。

新的生命诞生了。

从这儿以后，还是坚持做男人吧。

哺育的担子太重，社会又对女人提出了太多的角色要求。在家是举案齐眉的贤妻良母，出外是叱咤风云的巾帼强人；父母膝下返璞归真的孝女，社交场合典雅华贵的夫人……一副副面具需要轮流着镶在脖颈上，深夜里，女人会仰天叹息："我在哪里？"

做男人就简明扼要多了。他们缓缓地但坚定不移地向着既定的目标前进，好像一艘巨大的航空母舰。他们的轮廓在岁月中渐渐模糊，但内心仍坚定如铁。失败的时候，他们在人所不知的暗处，擦干净创口的血痕。当他们重新出现在太阳下的时候，除了觉出他的脸色略显苍白以外，一切如常。他们也会哭泣，但流出的是血不是水。血被风干了就是美丽的玫瑰花，被他们不经意地夹在成功的证书里。

男人的自由多，男人的领域大。男人被人杀戮也被人原谅，男人编造谎言又自己戳穿它。男人可以抽烟可以酗酒可以大声地骂人可以随意倾泻自己的感情。历史是男人书写的，虽然在关键的时刻往往被一只涂了蔻丹的指甲扭转，那也是因为在那只手的后面，有一个男人微笑地凝视着她。

我懵懵懂懂疲倦地走过了许多年，频繁地选择着性别按钮，连自己也感觉厌烦。似乎每一次选择的动机都是避重就轻，人类的弱点在选择中也暴露无遗。

选择的机会不是很多了，我们已经老迈。

时间是一个喜欢白色的怪物，把我们的头发和胡子染成他爱好的颜色。他的技术不是太好，于是我们就变得灰蒙蒙。孩子长大了，飞走了，留下一个空洞的巢穴。由于多年在一起生活，我们吃一样的饭，喝同一种茶叶沏成的水，甚至连枕头的高度也是一致的。我们变得很相像，像一对古老的花瓶，并肩立在博物架上，披着薄薄的烟尘。

我们不可遏制地走向最后的归宿。我们常常亲热地谈起它，好像在议论一处避暑的胜地。其实我们很害怕，不是害怕那必然的结局，是害怕孑然一身的孤独。

我们争论谁先离开的利弊。男人和女人仿佛在争抢一件珍贵的礼物，都希图率先享受死亡的滋味。

在这人生最后一轮的选择中，我选择女性。

我拈轻怕重了一辈子，这次挺身而出。男人，你先走一步好了。既然世上万事都要分出个顺序，既然谁留在后面谁更需要勇敢，我就陪伴你到最后。一个孤单的老翁是不是比一个孤单的老媪更为难？让我噙着这颗坚硬的胡桃到最后吧。

这是生命的分工，男人你不必谦让。

你病了，我会在你的床前，唱我们年轻时的歌谣。我会做你最爱吃的饭，因为你说过，除了你的母亲，这个世界上我做的饭最对你的口味。我们共同回忆以往的时光，把辛苦忙碌一辈子没来得及说的话，借病房的角落全部说完。

其实，话是说不完的。

有一天，你突然说要告诉我一个秘密。你说："男人都有自己的秘密，你对我这样好，其实我不值得你对我这样好……"

你要用秘密回报我的真诚，这样使我在你死后不会太伤心。

我立刻用苍老的手，堵住你的嘴。我说："你别说，永远别说。我们之间没有秘密，最大的秘密就是我们怎样在茫茫人海中相识，从过去一直走到将来。"

男人走了，带着他永远的秘密。

现在，我已无法再选择。

那两个红色、绿色的按钮，已经剥脱了油彩，像旧衣服上的两颗扣子。

选择性别，其实就是选择命运。男人和女人的命运有那么多的不同，又有那么多的相同。

我最后将两颗按钮一起撤下，我不知道会发生什么样的事情。

它们破裂了，留下一堆彩色的碎片。

我作为一个女人，来到这个世界上。我又作为一个女人，离开这个世界。似乎所有的选择都是徒劳。

不，我用一生的时间，活出了两生的味道。

致不美丽的女孩子

有一天，我收到了一封读者来信，撕开之后，落下来一张照片。先看了照片，没什么特别的感觉，待看了信件之后，心脏的部位就有些酸胀的感觉。我赶快伏案，写了一封回信（是手写的，不是用电脑打出来的。我在回信这件事上，总是固执地坚持手工操作）。现在征得那位女孩子的同意，把她的信和我的回复一并登出来，但愿她的父母会看到。

毕阿姨：

您好！

我有一个痛入心肺的问题。我的爸爸妈妈都长得很好看，简直就是帅哥和美女的超级组合（他们那个年代还没有这样时髦的词，好像用的是"精干"和"秀丽"这两个形容词）。人们都以为他们会生出一个金童玉女来，可惜我就恰恰取了他们的缺点组合在一起了，长得一点也不漂亮。我从小就习惯了人们见到我时的惊讶——哟，这个小姑娘长得怎么一点也不像她的爸爸妈妈啊！最令人伤感的是，我爸爸妈妈也经常会这么说，同时面露极度的失望之色。为此，我非常难过，也不愿和他们在一起走。现在唯一的希望就是他们快快老起来，那时侯，他们就不会太好看了，而我还年轻，是不是可以弥补一下先天的不足啊？您说呢？寄上一张我的照片，但愿不会吓着您。

肖晓

肖晓：

你好！

我看到了你寄来的照片，情况不像你说的那样悲惨啊！相片上，你是一个很可爱很阳光的少女哦！也许你的父母真是美男子和美女的超级组合（遗憾你没有寄来一张合影，那样的话，我也可以养养盯着电脑太久而昏花的双眼了），在这样的父母笼罩之下，真是很容易生出自卑的感觉，此乃人之常情，你不必觉得是自己的错。不过，如果你的父母也这样埋怨你，你尽可以据理力争。找一个至爱亲朋大聚会的场合，隆重地走到众人面前，一本正经地说，嘿，大家请注意，我是一件产品，内在的质量还是很好的，至于外表，那是把我制造出来的设计师的事，你们如果有意见，就找他们去提吧，或者把产品退回去要求返修，把外观再打磨一下。但愿当你说完这番话之后，大家会面面相觑，微笑着不再说什么了。

人们总是非常愿意评价他人的长相，有时单凭长相就在第一时间做出若干判断。这也许是从远古时代就流传下来的一种近乎本能的习惯，那时候的人会凭借着长相判断对方和自己是不是同属于一个部落和宗族，是不是有良好的营养和体力，甚至性情和脾气也能从面部皱纹的走向看出端倪来。现代人有了很多进步，但在以貌取人这方面，基本上还在沿用旧例，改变不大。有一句流传很广的话是这样说的——人的长相这件事，在35岁之前是要父母负责的，但在35岁之后就要自己负责了。我有时在公园看到面目慈祥很有定力的老女人，心中就会充满了感动。要怎样的风霜才能勾勒出这样的线条和风采，我们看到的不再是先天的美貌桑叶，它们已经被岁月之蚕噬咬得只剩下筋络，华贵属于天地的精华和不断蜕皮的修炼。

从相片上看你还很年轻，长相的公案，目前就推给你的父母吧。我希望你健康地长大，但中年以后的事，恐怕就要你自己负责了。如果你实在不想再听这些议论了，唯一的办法是找到一卷无边无际的胶带，牢牢地封住他们的嘴巴。看到这里，我猜你会说，你开的这个方子好是好，可我现在到哪里去找那卷无边无际的胶带呢？就是找到了，我能不能买得起？

这卷胶带在哪里，我也不知道。它是怎样的价钱，我也不知道。找找看吧，到网上搜索一番，请大家一齐帮忙找。如果实在是上穷碧落下黄泉也找不到，就只有最后一个法子，那就是让人们说去吧，你可以我行我素，依然快乐和努力地干自己想干的事。

蔚蓝的乐园

在一堂心理学课上，老师对女同学说："我们来做一个试验，请大家选择一个你认为最舒适的位置坐好，然后闭上眼睛，听我说……"

在老师特殊的语言诱导和自我的呼吸放松过程中，女人们渐渐进入一种极度松弛和冥想的状态。按照老师的每一道指示，沉浸在半是遐想半是幻觉的境况。那是一种奇异的体验，在思维飘逸中又保持了羽毛般细腻的注意力，身体的每一部分既仿佛被意志高度把持，又如边界模糊云空朦胧的雾海。

老师说："观察你自己的身体，感觉她每一部分的美好……然后深呼吸，体验血液在全身流通的温暖和欢畅，你的手指尖，你的脚心，你的每一寸肌肤，你的每一根发梢……感觉到热了吗？好……你渐渐地蜕去你女性的特征，变成一个男人……你的上肢，你的下肢，你的腹部……哦，如果你不愿意变，就不变吧……好，你已经变成一个男人了……打量你新的身体，从上到下，慢慢地抚摸他……你欣赏他吗？你喜爱他吗？……你是一个男人了，现在你要怎样呢？你走出家门……你行进在大街上，你同人家讲话，你的嗓音如何呢？……你看自己身边的女人，你的目光是怎样呢？……你以父亲的身份亲吻自己的孩子……"

四周初起是渐强渐弱的呼吸，然后趋于宁静，最后是死一样的沉寂。

待试验整体结束，大家遵照老师的指示，缓缓回到现实的真实环境中后，老师问："你们刚才在遐想中改变了一回自己的性别，有些什么特别的感触呢？"

有大约三分之一的女性说，她们原来就不喜欢变成男人，这样在变的过程中，变着变着就变不下去了，怎么也蜕不掉自己的女儿身，于是她们就决定不变了，安安稳稳做女人。应了广告上的一句话——做女人挺好。

还有大约三分之一的女人说，她们在思想和情绪上，还是觉得做男人好，但在具体想象的过程中，不知如何处置自己的身体。比如说变成男人后的身材，是像施瓦辛格那样肌肉累累，还是如同冷峻的男模特那样瘦骨嶙峋？尤其是将要抚平自己身体的曲线，脱去茂密的长发，生出毛茸茸的胡须那一步时，进展艰涩。到达消失掉女性的第一性征，萌动男性的第一性征关头，更是遭遇到了毁灭般的困难。直弄得变也不是，不变也不是，停在蜕变的中途，好似一只从壳中钻出一半身体的知了猴，既没有长出纱羽般的翅膀，也无法重新钻回泥里蛰伏，僵持在那里，痛苦不堪。可见做男人不是一个抽象的问题，倘若无法在生理上接受一个男性的结构，其他一切，岂不妄谈？

还有三分之一变性意志坚定的女性，虽然甚为艰巨，还是比较顽强地驱动自己的身体变成男性（据统计资料，有34%的女人，不喜欢自己的性别，假如有来生，可以自由选择性别的话，她们表示，坚决变成一个男人）。她们在想象中的明亮的大镜子前，匆忙端详了一下自己的身体，就急急忙忙地穿上衣服。她们并不是为了欣赏男性的身体而变成男性，她们有更重要的事情要做。要出门，当然要有相应的行头。女人们为变成男性的自己挑选什么样的衣服，是一个很有趣的问题。在日常生活中，这些女性为自己的男友或是丈夫择衣时，除了式样质地色泽以外，会注意顾及衣服的价位，也就是说，她们考虑问题是很实际的。但在想象中为男性的自己挑选衣物的时候，她们（现在要称他们了）都出手阔绰，毫不犹豫地买了名牌西装，为自己配了车，然后意气风发地走向商场、政界，成为焦点人物……当回复现实的女儿身时，她们一下子萎靡了。

真是一堂有意思有意义的课。从以上变与不变的讨论中，是否可以得出这样一个结论，女性希冀改变自己性别的愿望，并不纯是生理上对男性形体的渴慕，而更多更重要的——是想得到男性的社会地位、成功形象、财富和权柄，变性只是一个理想价值实现的变形的象征。

把复杂的愿望伪装成一个天然的性别问题，且无法由个人努力而企及，只有寄予虚无缥缈的来世，我们从中读出女性沉重的悲哀和无奈，也与社会的偏见和文化的挤压密不可分。

男性和女性在生理构造上是有不同的，主要集中在生殖系统上，这是不争的事实。生理构造的不同，可以带来行为方式上的不同，比如鸭子和鸡，前者因为掌上有蹼，羽毛的根部有奇特的皮脂腺分泌，能在水中遨游。后者就不成，落入水中，就变成了落汤鸡，有生命危险。但男性和女性，即使在生理构造上，也是相同大于不同——比如我们有同样的手指同样的眼，同样的关节同样的脚，同样的肠胃同样的牙，同样的大脑同样的心。

男女之间的差别，说到底，力量不同是个极重要的原因。在人类文明的曙光时期，天地苍莽，万物奔驰，体力是一个大筹码。在极端恶劣的生存与环境的抗争中，追逐野兽、猎杀飞禽、攀缘与奔跑……男性们占了肌肉和骨骼所给予的先天之利，根据义务与权利相统一的公平原则，他们因此得到了更多的权力和利益。跟随文明进程的语言和文化，将这些远古时流传下来的习气，凝固下来，弥漫开去，渗透到各个领域，成了铁的戒律。久而久之，不但男人相信它，女人也相信它。男人认为自己是天造地设的"强者"，女人认为自己是永远的"弱者"。

随着现代文明的进步，男女在体力上的差异，越来越不分明了。操纵机器用按钮，甚至在一场核武器的大战中，导弹和原子弹的发射，也只是弹指之间的事情，男人做得，女人也做得。因特网上，如果不真实地自报家门，谁也猜不出谈话的那一端是男是女。

最初奠定男女差异的物质基础已经动摇，渐趋消亡，但是建筑在它之上的陈旧的性别符号，却霸道地顽固地统治着我们的各个领域。

男女两性的真正平等，不是单纯地向男人世界挑战，也不是一味地向女人世界靠拢，而是在男女两性平等协商，相互沟通，既重视区别又强调统一的大前提下，建立一种新的体系，一个"中性"的价值框架。

它以人性中那些最光明仁慈的特质，来统率我们的思维和道德标准，博大宽容，善良温厚，新颖智慧，坚定勇敢。它以我们共同具有的勤劳的双手和睿智的大脑，把这颗蔚蓝色的星球，建设得更适宜人类居住和思索，造就一方男女两性共享的宇宙乐园。

虾红色情书

朋友说她的女儿要找我聊聊。我说，我——很忙很忙。朋友说她女儿的事——很重要很重要很重要。结果，两个忙字，在三个重字面前败下阵来，于是，我约她的女儿若榉，某天下午在茶艺馆见面。

我见过若榉，那时她刚上高中，一个清瘦的女孩。现在，她大学毕业了，在一家电脑公司工作。虽说女大十八变，但我想，认出她应该不成问题。我给她的外形打了提前量，无非是高了、丰满了，大模样总是不改的。

当我见到若榉之后，几分钟之内，用了大气力保持自己面部肌肉的稳定，令它们不要因为惊奇而显出受了惊吓的惨相。其实，若榉的五官并没有大的变化，身高也不见拔起。或许因为减肥，比以前还要单薄。吓到我的是她的头发，浮层是樱粉色的，其下是姜黄色的，被剪子残酷地切削得短而碎，从天灵盖中央纷披下来，像一种奇怪的植被，遮住眼帘和耳朵。以致我在很长一段时间内，觉得自己是在与一只鸡毛掸子对话。

落座。点了茶，谢绝了茶小姐对茶具和茶道的殷勤演示。正值午后，茶馆里人影稀疏，暗香浮动。

我说："这里环境挺好的，适宜说悄悄话。"

她笑了，是骨子里很单纯的，表面却要显得很沧桑的那种。

她说："到酒吧去更合适。茶馆，只适合遗老遗少们灌肠子。"

我说："酒吧，可惜吵了点。下次吧。"

若榉说："毕阿姨，您见我这副样子，咱们还有下次吗？您为什么不对我的头发发表意见？您明明很在意，却要装出毫不在意的样子。我最讨厌大人们的虚伪了。"

我看着若榉，知道了朋友为何急如星火。像若榉这样的青年，正是充满愤怒的年纪。野草似的怨恨，壅塞着他们的肺腑，反叛的锋芒从喉管探出，句句口吐荆棘。

我笑笑说："若楔，你太着急了。我马上就要说到你的头发，可惜你还没给我时间。这里的环境明明很雅致，人之常情夸一句，你就偏要逆着说它不好。我回应，说那么下次我们到酒吧去，你又一口咬定没有下次了。你尚不曾给我机会发表意见，却指责我虚伪，你不觉得这顶帽子重了些吗？若楔，有一点我不明白，恳请你告知。我不晓得是你想和我谈话，还是你妈妈要你和我谈话？"

若楔的锐气收敛了少许，说："这有什么不同吗？反正你得拿出时间，反正我得见您。反正我们已经坐进了这间茶馆。"

我说："有关系。关系大了。你很忙，我没你忙，可也不是个闲人。如果你不愿谈话，那我们马上就离开这里。"

若楔挥手说："别！别！毕阿姨，是我想和您谈，央告了妈妈请您。可我怕您指责我，所以，我就先下手为强了。"

我说："我不怪你。人有的时候会这样的。我猜，你的父母在家里同你谈话的时候，经常是以指责来当开场白的。所以，当你不知如何开始谈话的时候，你父母和你的谈话模式就跳出来，强烈地影响着你的决定，你不由自主地模仿他们。在你，甚至以为这是一种最好的开头方法，是特别的亲热和信任呢！"

若楔一下子就活跃起来，说："毕阿姨，您真说到我心里去了。其实，您这么快地和我约了时间聊天，我可高兴了。可我不知和您说什么好，我怕您看不起我。我想您要是不喜欢我，我干吗自讨其辱呢？索性拉倒！我想尽量装得老练一些，这样，咱们才能比较平等了。"

我说："若楔，你真有趣。你想要平等，但却从指责别人入手，这就不仅事倍功半，简直是南辕北辙了。"

若楔说："我知道了，下回，我想要什么，就直截了当地去争取。毕阿姨，我现在想要异性的爱情，您说怎么办呢？"

我说："若楔啊，说你聪明你是真聪明，一下子就悟到了点子上。不过，你想要爱情，找毕阿姨谈可没用，得和一个你爱他、他也爱你的男子谈，才是正途。"

若楔脸上的笑容风卷残云般地逝去了，一派茫然，说："这就是我找您的本意。我不知道他爱不爱我，我更不知道自己爱不爱他。"

若楣说着，从皮夹子里拿出了一张折叠得整整齐齐的纸，递给我。

我原以为是一个男子的照片，不想打开一看，是淡蓝色的笺纸，少男少女常用的那种，有奇怪的气息散出。字是虾红色的，好像是用毛笔写的，笔锋很涩。

"这是一封给你的情书。我看了，合适吗？"读了开头火辣辣的称呼之后，我用手拂着笺纸说。

"我要同您商量的就是这封情书。它是用血写成的。"

我悚然惊了一下，手下的那些字，变得灼热而凸起，仿佛是用烧红的铁丝弯成的。我屏气仔细看下去……

情书文采斐然，述说自己不幸的童年。从文中可以看出，他是若楣同校不同系的学友，在某个时间遇到了若楣，感到这是天大的缘分。但他长久地不敢表露，怕自己配不上若楣，惨遭拒绝。毕业后他有了一份尊贵的工作，想来可以给若楣以安宁和体面，他们就熟识了。在若即若离的一段交往之后，他发现若楣在迟疑。他很不安，为了向若楣求婚，他特以血为墨，发誓一生珍爱这份姻缘。

> 人的地位是可以变的，所以，我不以地位向你求婚。人的财富是可以变的，所以我也不以财富向你求婚。人的容貌也是可以变的，所以我也不以外表向你求婚。唯有人的血液是不变的，不变的红，不变的烫，自从我出生，它就灌溉着我，这血里有我的尊严和勇气。所以，我以我血写下我的婚约。如果你不答应，你会看到更多的血涌出……如果你拒绝，我的血就在那一瞬间永远凝结……

我恍然，刚才那股奇特的味道原来是笺上的香气混合了血的血腥气。

"你现在感觉如何？"我问若楣，并将虾红色的情书依旧叠好，将那一颗躁动的男人之心暂时地囚禁在薄薄的纸中。

"我很害怕……我对这个人摸不着头脑，忽冷忽热的……可心里又很有几分感动。血写的情书，不是每个女孩子都有这份幸运得到的。看到一个很英俊的男孩肯为你流出鲜血，心里还是蛮受用的。我把这份血书给好几个女朋友看了，她们都很羡慕我。毕竟，这个年头，愿意以血求婚的男人，太少了。"

若楣说着，腮上出现了轻浅的红润。看来，她很有些动心了。

我沉吟了半晌，然后字斟句酌地说："若榍，感谢你信任我，把这么私密的事告诉我。我想知道你看到血书后的第一个感觉。"

若榍说："……是……恐惧……"

我问："你怕的是什么？"

若榍说："我怕的是一个男人动不动就把自己的血喷溅出来，将来过日子，谁知会发生什么事！"

我说："若榍，你想得长远，这很好。婚姻不是一朝一夕的事情。每个女孩披上嫁衣的时候，一定期冀和新郎白头偕老。为了离婚而结婚的女人，不是没有，但那是阴谋，另当别论。若榍，除了害怕，当你面对另一个人的鲜血的时候，还有什么情绪？"

若榍沉入当时的情景当中，我看到她长长的睫毛在急速地颤动，那是心旌动荡的标志。

"我感到一种逼迫、一种不安全。我无法平静，觉得他以自己的血要挟我……我想逃走……"若榍喃喃地说。

我看着若榍，知道她在痛苦地思索和抉择当中。毕竟，那个男孩迫切地需要得到若榍的爱，我一点都不怀疑他的渴望。但是，爱情绝不是单一的狙击，爱是一种温润恒远。他用伤害自己的身体企图达到自己的目的，如果一朝得逞，我想他绝不会就此罢手。人，或者说高级的动物，是会形成条件反射的。当一个人知道用自残的方式可以胁迫他人按照自己的意志行事的时候，他会受到鼓励。

很多人以为，一个人的缺点，会在他或她结婚之后自动消失。我觉得如果不说这是自欺欺人，也是一厢情愿。依我的经验，所有的缺陷，都会在婚姻之后变本加厉地发作。婚姻是一面放大镜，既会放大我们的优点，也会毫不留情地放大我们的缺点。因为婚姻是那样的赤裸和无所顾忌，所有的遮挡和礼貌，都会在长久地厮磨中褪色，露出天性粗糙的本色。

"……也许，我可以帮助他……"若榍悄声地说，声音很不确定，如同冷秋的蝉鸣。

我说："当然，可以。不过，你可有这份力量？他在操纵你，你可有反操纵的信心？我们不妨设想得极端一些，假如你们终成眷属，有一天，你受不了，想结束这段婚姻，他不再以血相逼，而是升级了，干脆说，如果你要离开我，我就把一只胳膊卸下来，或者自戕……到那时，你又该如何应对呢？

如果你说，你有足够的准备承接危局，我以为你可以前行。如若不是——"

若楣打断了我的话，说："毕阿姨，你不要再说下去了。我外表虽然反叛，但内心里却很柔弱的。我没有办法改变他，和他在一起的时候，我很不安全。我不知道在下一分钟他会怎样，我是他手中的玩偶。"

那天我们又谈了很久，直到沏出的茶如同白水。分手的时候，若楣说："您还没有评说我的头发呢！"

我抚摸着她的头，在樱粉和姜黄色的底部，发根已长出漆黑的新发。我说："你的发质很好，我喜欢所有本色的东西。如果你觉得这种五花八门的颜色好，自然也无妨。这是你的自由。"

若楣说："这种头发可以显示我的个性和自由。"

我说："头发就是头发，它们不负责承担思想。真正的个性和自由，是头发里面的大脑的事，你能够把神经染上颜色吗？"

红与黑的少女

　　来访者进门的时候，带来了一股寒气，虽然正是夏末秋初的日子，气候还很炎热。

　　女孩，十七八岁的样子，浑身上下只有两种颜色——红与黑。这两种美丽的颜色，在她身上搭配起来，却成了恐怖。黑色的上衣、黑色的裙，黑色的鞋子、黑色的袜，仿佛一滴细长的墨汁洇开，连空气也被染黑。苍黄的脸上有两团夸张的胭脂，嘴唇红得仿佛渗出血珠。该黑的地方却不黑，头发干涩枯黄，全无这个年纪女孩青丝应有的光泽。眼珠也是昏黄的，裹着血丝。

　　"我等了您很久……很久……"她低声说自己的名字叫飞茹。

　　我歉意地点点头，因为预约人多，很多人从春排到了秋。我说："对不起。"

　　飞茹说："没有什么对不起的，这个世界上对不起我的人太多了，你这算什么呢！"

　　飞茹是一个敏感而倔强的女生，我们开始了谈话。她说："你看到过我这样的女孩吗？"

　　我一时不知如何回答好，就说："没有。每一个人都是特殊的，所以，我从来没有看到过两个思想上完全相同的人，就算是双胞胎，也不一样。"

　　这话基本上是无懈可击的，但飞茹不满意，说："我指的不是思想上，我知道这个世界上绝没有和我一样遭遇的女孩。打扮上，纯黑的。"

　　我老老实实地回答："我见过浑身上下都穿黑衣服的女孩。通常她们都是很酷的。"

　　飞茹说："我跟她们不一样。她们多是在装酷，我是真的……残酷。"说到这里，她深深地低下了头。

　　我陷入了困惑。谈话进行了半天，我还不知道她是为什么而来。主动权似乎一直掌握在飞茹手里，让人跟着她的情绪打转。我赶快调整心态，回到自己内心的澄静中去。这女孩子似乎有种魔力，让人不由自主地关切她，好像她的全身都散发着一个信息——"救救我！"可她又被一种顽强的自尊包裹着，如玻璃般脆弱。

我问她："你等了我这么久，为了什么？"

飞茹说："为了找一个人看我跳舞。我不知道找谁，我在这个大千世界找了很久，最后我选中了你。"

我几乎怀疑这个女生的精神是否正常，要知道，付了咨询费，只是为了找一个人看跳舞，匪夷所思。再加上心理咨询室实在也不是一个表演舞蹈的好地方，窄小，到处都是沙发腿，真要旋转起来，会碰得鼻青脸肿。我当过多年的临床医生，判断她并非精神病患者，而是在内心淤积着强大的苦闷。

我说："你是个专业的舞蹈演员吗？"

飞茹说："不是。"

我又说："但这个表演对你来说，非常重要。为了这个表演，你等了很久很久。"

飞茹频频点头："我和很多人说过我要找到看我表演的人，他们都以为我是在说胡话，甚至怀疑我不正常。我没有病，甚至可以说是很坚强。要是一般人遇到我那样的遭遇，不疯了才怪呢！"

我迅速地搜索记忆，当一个临床心理医生，记性要好。刚才在谈到自己的时候，她用了一个词，叫作"残酷"，很少有正当花季的女生这样形容自己，在她一身黑色的包装之下隐藏着怎样的深渊和惨烈？现在又说到"疯了"，到底发生了什么？

贸然追问，肯定是不明智的，不能跨越到来访者前面去，需要耐心地追随。照目前这种情况，我觉得最好的方法是尊重飞茹的选择：看她跳舞。

我说："谢谢你让我看舞蹈。需要很大的地方吗？我们可以把沙发搬开。"

飞茹打量着四周，说："把沙发靠边，茶几推到窗子下面，地方就差不多够用了。"

于是我们两个嗨哟嗨哟地干起活儿来，木质沙发腿在地板上摩擦出粗糙的声音，我猜外面的工作人员一定从门扇上的"猫眼"镜向里面窥视着。诊所有规定，如果心理咨询室内有异常响动，其他人要随时注意观察，以免发生意外。趁着飞茹埋头搬茶几的空子，我扭头对门扇做了一个微笑的表情，表示一切尚好，不必紧张。虽然看不到门扇后面的人影，但我知道他们一定不放心地研究着，不知道我到底要干什么。其实，我也不知道下面会发生什么事情，只是相信飞茹会带领着我，一步步潜入到她封闭已久的内心。

场地收拾出来了，诸物靠边，室内中央腾出一块不小的地方，飞茹只要不跳出芭蕾舞中"倒踢紫金冠"那样的高难度动作，应该不会磕着碰着了。

我说："飞茹，可以开始了吗？"

飞茹说："行了。地方够用了。"她突然变得羞涩起来，好像一个非常幼小的孩子，难为情地说："你真的愿意看我跳舞吗？"

我非常认真地向她保证："真的，非常愿意。"

她用裹满红丝的眼珠盯着我说："你说的是真话吗？"

我也毫不退缩地直视着她说："是真话。"

飞茹说："好吧。那我就开始跳了。"

一团乌云开始旋转，所到之处，如同乌黑的柏油倾泻在地，沉重黏腻。说实话，她跳得并不好，一点也不轻盈，也不优美，甚至是笨拙和僵硬的，但我一直目不转睛地看着，我知道这不是纯粹的艺术欣赏，而是一个痛苦的灵魂在用特殊的方式倾诉。

飞茹疲倦了，动作变得踉跄和挣扎。我想要搀扶她，被她拒绝。不知过了多久，她虚弱地跌倒在沙发上，满头大汗。我从窗台下的茶几上找到纸巾盒，抽出一大把纸巾让她擦汗。

待飞茹满头的汗水渐渐消散，这一次的治疗到了结束的时候。飞茹说："谢谢你看我跳舞。我好像松快一些了。"

飞茹离开之后，工作人员对我说："听到心理室里乱哄哄地响，我们都闹不清发生了什么事，以为打起来了。"

我说："治疗在进展中，放心好了。"

到了第二周规定的时间，飞茹又来了。这一次，工作人员提前就把沙发腾开了，飞茹有点意外，但看得出她有点高兴。很快她就开始新的舞蹈，跳得非常投入，整个身体好像就在这舞蹈中渐渐苏醒，手脚的配合慢慢协调起来，脸上的肌肉也不再那样僵直，有了一丝丝微笑的模样。也许，那还不能算作是微笑，只能说是有了一丁点的亮色，让人心里稍安。

每次飞茹都会准时来，在地中央跳舞。我要做的就是在一旁看她旋转，不敢有片刻的松懈。虽然我还猜不透她为什么要像穿上了魔鞋一样跳个不停，但是，我不能性急。现在，看飞茹跳舞，就是一切。

若干次之后，飞茹的舞姿有了进步，她却不再一心一意地跳舞了，说："您能抱抱我吗？"

我说："这对你非常重要吗？"

她紧张地说："您不愿意吗？"

我说："没有，我只是好奇。"

飞茹说："因为从来没有人抱过我。"

我半信半疑，心想就算飞茹如此阴郁，年岁还小，没有男朋友拥抱过她，但父母总会抱过她吧？亲戚总会抱过她吧？女友总会抱过吧？当我和她拥抱的时候，才相信她说的是真话。飞茹完全不会拥抱，她的重心向后仰着，好像时刻在逃避什么。身体仿佛一副棺材板，没有任何温度。我从心里涌出痛惜之情，不知道在这具小小的单薄身体中隐藏着怎样的冰冷。我轻轻地拍打着她，如同拍打一个婴儿。她的身体一点点地暖和起来，柔软起来，变得像树叶一样可以随风飘曳了。

下一次飞茹到来的时候，看到挤在墙角处的沙发，平静地说："您和我一道把它们复位吧。我不再跳舞了，也不再拥抱了。这一次，我要把我的故事告诉您。"

那真是一个极其可怕的故事。飞茹的爸爸妈妈一直不和，妈妈和别的男人好，被爸爸发现了。飞茹的爸爸是一个很内向的男子，他报复的手段就是隐忍。飞茹从小就感觉到家里的气氛不正常，可她不知道这是为了什么，总以为是自己不乖，就拼命讨爸爸妈妈的欢心。学校组织舞蹈表演，选上了飞茹，她高兴地告诉爸爸妈妈，六一到学校看她跳舞，爸爸妈妈都答应了。过节那天，老师用胭脂给她在脸上涂了两个红蛋蛋，在她的嘴上抹了口红。当她兴高采烈地回家，打算一手一个地拉着爸爸妈妈看她演出的时候，见到的是两具穿着黑衣的尸体。爸爸在水里下了毒，骗妈妈喝下，看到妈妈死了后，再把剩下的毒水都喝了。

飞茹当场就昏过去了，被人救起后，变得很少说话。从那以后，她只穿黑色的衣服，在脸上涂红，还有鲜艳欲滴的口红。飞茹靠着一袭黑衣保持着与父母的精神联系和认同，她以这样的方式，既思念着父母，又对抗着被遗弃的命运。她未完成的愿望就是那一场精心准备的舞蹈，谁来欣赏？她无法挣扎而出，找不到自己存在的价值和重新生活的方向。

对飞茹的治疗，是一个极为漫长的过程，我们共同走了很远的路。终于，飞茹换下了黑色的衣服，褪去了夸张的妆容，慢慢回归正常的状态。

最后分别的时候到了，穿着清爽的牛仔裤和洁白的衬衣的飞茹对我说："那时候，每一次舞蹈和拥抱之后，我的身心都会有一点放松。我很佩服'体会'这个词，身体里储藏着很多记忆，身体释放了，心灵也就慢慢松弛了。这一次，我和您就握手告别。"

淑女书女

假若刨去经济的因素，比如想读书但无钱读书的女子，天下的女人，可分成读书和不读书两大流派。

我说的读书，并不单单指曾经上过小学中学大学硕士博士，读过一本本的教材。严格地讲起来，教材不是书。好像司机的学驾驶和行车、厨师的红白案和刀功一样，是谋生的预备阶段，含有被迫操练的意味。

我说的读书，基本上也不包括报纸和杂志，虽然它们上头都印有字，按照国人"敬惜字纸"的传统，混进了书的大范畴。那些印刷品上，多是一些速朽的讯息，有着时尚和流行的诀窍。居家过日子的实用性是有的，但和书的真谛还是有些差异。

好书是沉淀岁月冲刷的沙金，很重，不耀眼，却有保存的价值。它是地球上曾经生活过的那些智慧的大脑，在永远逝去之前自摄下的思维照片。最精华的念头，被文字浓缩了。好像一锅灼热久远的煲汤，濡养着后人的神经。

书对于女人的效力，不像睡眠。睡眠好的女人，容光焕发。失眠的女人，眼圈乌青。读书的女人和不读书的女人，在一天之内是看不出来的。

书对于女人的效力，也不像美容食品。滋润得好的女人，驻颜有术。失养的女人，憔悴不堪。读书的女人和不读书的女人，在三个月之内，也是看不出来的。

日子是一天天地走，书要一页页地读。清风朗月水滴石穿，一年几年一辈子地读下去。书就像微波，从内向外震荡着我们的心，徐徐地加热，精神分子的结构就改变了，成熟了，书的效力凸显出来。

读书的女人，更善于倾听，因为书训练了她们的耳朵，教会了她们谦逊。知道这世上多聪慧明达的贤人，吸收就是成长。

读书的女人，更乐于思考。因为书开阔了她们的眼界，拓展了原本纤细的胸怀。明白世态如币，有正面也有反面，一厢情愿只是幻想。

读书的女人，更勇于决断。因为书铺排了历史的进程，荟萃了英雄的业绩。懂得万事有得必有失，不再优柔寡断、贻误战机。

读书的女人，更充满自信。因为书让她们明辨自己的长短，既不自大，也不自卑。既然伟人们也曾失意彷徨，我们尽可以跌倒了再爬起来，抖落尘灰向前。

读书的女人，较少持续地沉沦悲苦，因为晓得天外有天、乾坤很大。读书的女人，较少无望地孤独惆怅，因为书是她们召之即来、永远不倦的朋友。读书的女人，较少怨天尤人、孤芳自赏，因为书让你牢记个体只是恒河沙粒、沧海一粟。读书的女人，较少刻毒与卑劣，因为书中的光明，日积月累浸染着节操，鞭挞着皮袍下的"小"……

"淑"字，温和善良美好之意。好书对于女人，是家乡的一方的绿色水土。离了它，你自然也能活。但与书隔绝的日子，心无家园。半生过下来，女人就变得言语空虚、眼神恍惚、心地狭窄、见识短浅了。

淑女必书女。

素面朝天

素面朝天。我在白纸上郑重地写下了这个题目。夫走过来说："你是要将一碗白皮面对天空吗？"

我说："有一位虢国夫人，就是杨贵妃的姐姐，她自恃美丽，见了唐明皇也不化妆，所以叫——"

夫笑了，说："我知道。可是你并不美丽。"

是的，我不美丽。但素面朝天并不是美丽女人的专利，而是所有女人都可以选择的一种生存方式。

看着我们周围。每一棵树，每一叶草，每一朵花，都不化妆。面对骄阳，面对暴雨，面对风雪，它们都本色而自然。它们也会衰老和凋零，但衰老和凋零也是一种真实。作为万物灵长的人类，为何要将自己隐藏在脂粉和油彩的后面？

见一位化过妆的女友洗面，红的水黑的水蜿蜒而下，仿佛被洪水冲刷过后水土流失的山峦。那个真实的她，像在蛋壳里窒息得过久的鸡雏，渐渐苏醒过来。我觉得这个眉目清晰的女人才是我真正的朋友。片刻前被颜色包裹的那个形象，是一个虚伪的陌生人。

脸，是我们与生俱来的证件。我的父母凭着它辨认出一脉血缘的延续；我的丈夫，凭着它在茫茫人海中将我找寻；我的儿子，凭着它第一次铭记住了自己的母亲……每张脸，都是一本生命的图谱。连脸都不愿公开的人，便像捏着一份涂改过的证件，有了太多的秘密。所有的秘密都是有重量的。背着化过妆的脸走路的女人，便多了劳累，多了忧虑。

化妆可以使人年轻，无数广告喋喋不休地告诫我们。我认识的一位女郎，盛妆出行，艳丽得如同一组霓虹灯。一次半夜里我为她传一个电话，门开的一瞬，我惊愕不止。惨亮的灯光下，她枯黄憔悴如同一册古老的线装书。

"我不能不化妆。"她后来告诉我，"化妆如同吸烟，是有瘾的，我现在已经没有勇气面对不化妆的我。化妆最先是为了欺人，之后就成了自欺。我真羡慕你啊！"从此我对她充满同情。

我们都会衰老。我镇定地注视着我的年纪，犹如眺望远方一面渐渐逼近的白帆。为什么要掩饰这个现实呢？掩饰不单是徒劳，首先是一种软弱。自信并不与年龄成反比，就像自信并不与美丽成正比。勇气不是储存在脸庞里，而是掌握在自己手中。化妆品不过是一些高分子的化合物、一些水果的汁液和一些动物的油脂，它们同人类的自信与果敢实在是不相干的东西，犹如大厦需要钢筋铁骨来支撑，而决非几根华而不实的竹竿。

常常觉得化了妆的女人犯了买椟还珠的错误。请看我的眼睛！浓墨勾勒的眼线在说。但栅栏似的假睫毛圈住的眼波，却暗淡犹疑。请注意我的口唇！樱桃红的唇膏在呼吁。但轮廓鲜明的唇内吐出的话语，却肤浅苍白……化妆以醒目的色彩强调以至强迫人们注意的部位，却往往是最软弱的所在。

磨砺内心比油饰外表要难得多，犹如水晶与玻璃的区别。

不拥有美丽的女人，并非也不拥有自信。美丽是一种天赋，自信却像树苗一样，可以播种，可以培植，可以蔚然成林，可以直到地老天荒。

我相信不化妆的微笑更纯洁而美好，我相信不化妆的目光更坦率而真诚，我相信不化妆的女人更有勇气直面人生。

有时候若不是为了工作，假若不是出于礼仪，我这一生，将永不化妆。

发出声音永远是有用的

如果你身为一个女性，请不要抱怨。这个世界就是如此地不平等，在你以前很久，就是这样了。在你以后很久，也会是这样。

所以，它等待着你的降临和奋斗。你的降临和奋斗，也许什么也不能改变，也许能让它变得更美好一些，但起码这个世界因为有了你的存在，而有了希望。

有一年，我应邀到一所中学演讲。中国北方的农村，露天操场，围坐着几千名学生。他们穿着翠蓝色校服，脸蛋呈现出一种深紫的玫瑰红色。冬天，很冷。事先，我曾问过校方："不能找个暖和点的地方吗？"校长为难地说："乡下学校，都是这种条件，凡是开全校大会，都在操场上。"我说："其实不是在考虑自己，而是想孩子们可受得了。"校长说："您放宽心好了，没事，农村孩子，抗冻着呢。"

我从不曾在这样冷的地方讲过这么多的话。虽然，我以前在西藏待过，经历过零下四十度的严寒，但那时军人们急匆匆像木偶一般赶路，缄口不语。说话会让周身的热量非常快地流失。这一次，吸进冷风，呼出热气，在腊月的严寒中面对着一群眼巴巴的农村少年谈人生和理想，我口中吐冒一团团的白烟，像老式的蒸汽火车头。

演讲完了，我说："谁有什么问题，可以写张字条。这是演讲的惯例，我有什么地方说得不妥当，请大家指正。"孩子们掏出纸笔，往手心哈一口热气，纷纷写起来。老师们很负责地在操场上穿行，收集字条。

我打开一张字条。上面写着：我很生气，这个世界是不平等的。比如，我为什么是一个女孩呢？我的爸爸为什么是一个农民，而我同桌的爸爸却是县长？为什么我上学要走那么远的路，我的同桌却坐着小汽车？为什么我只有一支笔，他却有那么大的一个铅笔盒……

我看着那一排钩子一样的问号，心想这是一个充满了愤怒的女孩，如果她张嘴说话，一定像冲出了一股乙炔，空气都会燃起蓝白的火苗。

我大声地把她的条子念了出来。那一瞬，操场上很静很静，听得见遥远的天边，有一只小鸟在嘹亮地歌唱。我从台子上望下去，一双双乌溜溜的眼珠，在玫瑰红色的脸蛋上瞪得溜圆。还有人东张西望，估计他们在猜测字条的主人。

据说孩子们在妈妈的肚子里，就能体会到母亲的感情。很多女孩子从那个时候，就感受到了这个世界的不平等，因为你不是一个男孩，你不符合大家的期望。

这有什么办法吗？没有。起码在现阶段，没有办法改变你的性别。你只有认命。我在这里说的"命"，不是虚无缥缈的命运，而是指你与生俱来的一些不能改变的东西。比如你的性别，比如你的相貌，比如你的父母，比如你降生的时间地点……总之，在你出生以前就已经具备的这些东西，都不是你所能左右的。你只能安然接受。

不要相信别人对你说的这个世界是平等的那些话。在现阶段，这只是一厢情愿。不过，你不必悲观丧气。其实，世界已经渐渐在向平等的灯塔航行。比如一百年前，你能到学堂里来读书吗？你很可能裹着小脚，在屋里低眉顺眼地学做女红。县长的儿子，在那个时候，要叫作县太爷的公子了，你怎么可能和他成为同桌？在争取平等的路上，我们已经出发了。

没有什么人承诺和担保你一生下来就享有阳光灿烂的平等。

你去看看动物界，就知道平等是多么罕见了。平等是人类智慧的产物，是维持最大多数人安宁的策略。你明白了这件事情，就会少很多愤怒，多很多感恩。你已经享受了很多人奋斗的成果，你的回报就是继续努力，而不是抱怨。

身为女子，你不要对这样的不平等安之若素，你可以发出声音。说了和没有说，在暂时的结果上可能是一样的，但长远的感受和影响是不一样的，对你性格的发展是不一样的。而且，只要你不断地说下去，事情也许就会有变化。记住，发出声音永远是有用的，因为它们可能会被听到并引发改变。

说实话，让一个受到忽视的女孩子，很小就发出对于自己不公平待遇的呐喊，几乎是不可能的。但我思索再三，还是决定保留这个期望。因为今天的女子，也可能变成明天的母亲。如若她们因循守旧，照样端起了不平等的衣钵，如若她们的女儿发出呼声，也许能触动她们内在的记忆，事情就有可能发生变化。当然了，如果女孩子长大了，到了公共场合，这一条就更要记住并择机实施。记住，呐喊是必需的，就算这一辈子无人听见，回声也将激荡久远。

未雨绸缪的女人

有一个游戏，我做过多次。规则很简单，几十人，先报数，让参加者对总人数有个概念（这点很重要！）。找一片平坦的地面，请大家便步走，呈一盘散沙。在毫无戒备的情形下，我说："请立即每3人一组牵起手来！"场上顷刻混乱起来，人们蜂拥成团，结成若干小圈子。人数正好的，紧紧地拉着手，生怕自己被甩出去。不够人数的，到处争抢。最倒霉的是那些匆忙中人数超标的小组，你看着我，我看着你，不知谁应该引咎退出……

因为总人数不是3的整倍数，最后总有一两个人被排斥在外，落落寡合、手足无措地站着，如同孤雁。我宣布解散，大家重新无目的地走动。这一次，场上的气氛微妙紧张，我耐心等待大家放松警惕之后，宣布每4人结成一组。混乱更甚了，一切重演，最后又有几个人被抛在大队人马之外，孤寂地站着，心神不宁。我再次让大家散开。人们聚拢成堆，固执地不肯分离，甚至需要驱赶一番……然后我宣布每6个人结成一组……

这个游戏的关键，是在最后时分逐一地访问每次分组中落单的人："在被集体排斥的那一刻，是何感受？你并无过错，但你是否体验到了深深的失望和沮丧？引申开来，在你一生当中的某些时刻，你可有勇气坚信自己真理在手，忍受暂时的孤独？"

我喜欢这个游戏，在普通的面团里埋伏着一些有味道的果馅。表面是玩耍，令人思维松弛，如同浸泡在冒着气泡的矿泉中，或许在某个瞬间发生奇妙的领会。

我和很多人玩过这个游戏，年轻的、年老的……记忆最深刻的是同一些事业有成的杰出女性在一起。刚开始，也是3个人一组开始的，然后是4个人一组。当我正要发布第三次指令的时候，突然，场上的女人们涌动起来，围起了5个人一组的圈子……我惊奇地注视着她们，喃喃自语道："我说了让大家 5 人一组吗？"她们面面相觑，许久的沉默之后回答——没有。我说："那为什么你们就行动起来了？听到了什么？想到了什么？"

那一天，就这个问题，展开了激烈的讨论。大家说："我们是东方的女人，极端害怕被集体拒绝的滋味。看到了别人的孤独，将心比心，因此成了惊弓之鸟。既然前面的指令是 3 人或 4 人一组，推理下来就该是 5 人一组了，错把想象当成了既定的真实。现实的焦虑和预期的焦虑交织在一起，使我们风声鹤唳。我们是女人，更需要安全，于是竭尽全力地避开风险。至于风险的具体内容，有些是真切确实的，有些只是端倪和夸张。甚至很多人的爱情和婚姻，那出发点也是逃避孤独。"

后来，我问过一位西方的妇女研究者，她可曾遇到过这种情形？她说："没有，在我们那里，没有出现过这种情景。或许，东方的女性特别爱未雨绸缪。"我不知道这是表扬还是批评。大概，所有的优点发展到了极致，都有了沉思和反省的必要。

穿宝蓝绸衣的女人

　　在咨询室米黄色的沙发上，安坐着一位美丽的女性。她上身穿着宝蓝色的真丝绣花 V 领上衣，衣襟上一枚鹅黄水晶的水仙花状胸针熠熠发光。下着一条乳白色的宽松长裤，有一种古典的恬静花香弥散出来。服饰反射着心灵的波光，常常从来访者的衣着中就窥到他内心的律动。但对这位女性，我着实有些摸不着头脑。她似乎很能控制自己的情绪，安宁而胸有成竹，但眼神中有些很激烈的精神碎屑在闪烁。她为何而来？

　　"您一定想不出我有什么问题。"她轻轻地开了口。

　　我点点头。是的，我猜不出。心理医生是人不是神。我耐心地等待着她。我相信她来到我这儿，不是为了给我出个谜语来玩。

　　她看我不搭话，就接着说下去。"我心理挺正常的，说真的，我周围的人有了思想问题都找我呢！大伙儿都说我是半个心理医生。我看过很多心理学方面的书，对自己也有了解。"

　　她说到这儿，很注意地看着我。我点点头，表示相信她所说的一切。是的，我知道有很多这样的年轻人，他们渴望了解自己，也愿意帮助别人。但心理医生要经过严格的系统的训练，并非只是看书就可以达到水准的。

　　"我知道我基本上算是一个正常人，在某些人的眼中，我简直就是成功者。有一份薪水很高的工作，有一个爱我、我也爱他的老公，还有房子和车，基本上也算是快活。可是，我不满足。我有一个问题——就是怎样才能做到外柔内刚？"

　　我说："我看出你很苦恼，期望着改变。能把你的情况说得更详尽一些吗？有时，具体就是深入，细节就是症结。"

　　穿宝蓝绸衣的女子说："我读过很多时尚杂志，知道怎样颔首微笑，怎样举手投足。你看我这举止打扮，是不是很淑女？"

我说："是啊。"

穿宝蓝绸衣的女子说："可是这只是我的假象。在我的内心，涌动着激烈的怒火。我看到办公室内的尔虞我诈，先是极力地隐忍。我想，我要用自己的善良和大度感染大家，用自己的微笑消弭裂痕。刚开始我收到了一定的成效，大家都说我是办公室的一缕春风。可惜时间长了，春风先是变成了秋风，后来干脆成了西北风。我再也保持不了淑女的风范。开业务会，我会因为不同意见而勃然大怒，对我看不惯的人和事猛烈攻击，有的时候还会把矛头直接指向我的顶头上司，甚至直接顶撞老板。出外办事也是一样，人家都以为我是一个弱女子，但没想到我一出口，就像上了膛的机关枪，横扫一气。如果我始终是这样也就罢了，干脆永远的怒目金刚也不失为一种风格。但是，每次发过脾气之后，我都会飞快地进入后悔的阶段，我仿佛被鬼魂附体，在那个特定的时间就不是我了，而是另一个披着我的淑女之皮的人。我不喜欢她，可她又确确实实是我的一部分。"

看得出这番叙述让她堕入了苦恼的深渊，眼圈都红了。我递给她一张面巾纸，她把柔柔的纸平铺在脸上，并不像常人那般上下一通揩擦，而是很细致地在眼圈和面颊上按了按，怕毁了自己精致的妆容。待她恢复平静后，我说，那么你理想中的外柔内刚是怎样的呢？

穿宝蓝绸衣的女子一下子活泼起来，说："我给你讲个故事吧。那时我在国外，看到一家饭店冤枉了一位印度女子，明明道理在她这边，可饭店就是诬她偷拿了某个贵重的台灯，要罚她的款。大庭广众之下，众目睽睽的，非常尴尬。要是我，哼，必得据理力争，大吵大闹，逼他们拿出证据，否则绝不罢休。那位女子身着艳丽的纱丽，长发披肩，不愠不火，在整个两小时的征伐中，脸上始终挂着温婉的笑容，但是在原则问题上丝毫不让。面对咄咄逼人的饭店侍卫的围攻，她不急不恼，连语音的分贝都没有丝毫的提高，她不曾从自己的立场上退让一分，也没有一个小动作丧失了风范，头发丝的每一次拂动都合乎礼仪。"

"那种表面上水波不兴、骨子里铮铮作响的风度，真是太有魅力啦！"穿宝蓝绸衣女子的眼神充满了神往。

我说："我明白你的意思了，你很想具备这种收放自如的本领。该硬的时候坚如磐石。该软的时候绵若无骨。"

她说："正是。我想了很多办法，真可谓机关算尽，可我还是做不到。最多只能做到外表看起来好像很镇静，其实内心躁动不安。"

我说："当你有了什么不满意的时候，是不是很爱压抑着自己？"穿宝蓝绸衣的女子说："那当然了。什么叫老练，什么叫城府，指的就是这些啊。人小的时候天天盼着长大，长大的标准是什么？这不就是长大嘛！人小的时候，高兴啊懊恼啊，都写在脸上，这就是幼稚，是缺乏社会经验。当我们一天天成长起来，就学会了察言观色，学会了人前只说三分话，未可全抛一片心。风行社会的礼仪礼貌，更是把人包裹起来。我就是按着这个框子修炼的，可是到了后来，我天天压抑着自己的真实情感，变成了一个面具。"

我说："你说的这种苦恼我也深深地体验过。在阐述自己观点的时候，在和别人争辩的时候，当被领导误解的时候，当自己一番好意却被当成驴肝肺的时候，往往就火冒三丈，也顾不得平日克制而出的彬彬有礼了，也记不得保持风范了，一下子义愤填膺，嗓门也大了，脸也红了。"

听我这么一说，穿宝蓝绸衣的女子笑起来说："原来世上也有同病相怜的人，我一下子心里好过了许多。只是后来您改变了吗？"

我说："我尝试着改变。情绪是一点一滴积累起来的，我不再认为隐藏自己真实的感受是一项值得夸赞的本领。当然了，成人不能像小孩子那样，把所有的喜怒哀乐都写在脸上，但我们的真实感受是我们到底是一个怎样的人的组成部分。如果我们爱自己，承认自己是有价值的，我们就有勇气接纳自己的真实情感，而不是笼统地把它们隐藏起来。一个小孩子是不懂得掩饰自己的内心的，所以有个褒义词叫作'赤子之心'。当人渐渐长大，在社会化的过程中，学会了把一部分情感埋在心中。在成长的同时，也不幸失去了和内心的接触。时间长了，有的人以为凡是表达情感就是软弱，而要把情感隐蔽起来，这实在是人的一个悲剧。"

我们的情感，很多时候是由我们的价值观和本能综合形成的。压抑情感就是压抑了我们心底的呼声。中国古代的人就知道，治水不能"堵"，只能疏导。对情绪也是一样，单纯的遮蔽只能让情绪在暗处像野火的灰烬一样，无声地蔓延，在一个意想不到的地方猛地蹿出凶猛的火苗。想通这个道理之后，我开始尊重自己的情绪。如果我发觉自己生气了，我不再单纯地否认自己的怒气，不再认为发怒是一件不体面的事情，也不再竭力用其他的事件分散自己的注意力。因为发自内心的愤怒在未被释放的情况下，是不会像露水一样无声无息地渗透到地下销声匿迹的，它们会潜伏在我们心灵的一角，悄悄地发酵，膨胀着自己的体积，积攒着自己的压力，在某一个瞬间就毫不留情地爆发出来。

如果我发觉自己生气了，就会很重视内心感受，我会问自己，我为什么而生气？找到原因之后，我会认真地对待自己的情绪，找到疏导和释放的最好方法，再不让它们有长大的机会。举个小例子，有一段时间我一听到东北人说话的声音心中就烦，经常和东北人发生摩擦，不单在单位里，就是在公共汽车上或是商场里，也会和东北籍的乘客或是售货员争吵。终于有一天，我决定清扫自己这种恶劣的情绪。我挖开自己记忆的坟墓，抖出往事的尸骸。那还是我在西藏当兵的时候，一个东北人莫名其妙地把我骂了一顿，反驳的话就堵在我的喉咙口，但一想到自己是个小女兵，他是老兵，我该尊重和服从，吵架是很幼稚而不体面的表现，我就硬憋着一言不发。那愤怒累积着，在几十年中变成了不可理喻的仇恨，后来竟到了只要听到东北口音就过敏反感，非要吵闹才可平息心中的阻塞，造成了很多不必要的误会。

我把我的故事对穿宝蓝绸衣的女子讲完了。她说："哦，我有了一些启发。外柔内刚的柔只是表象，只是技术，单纯地学习淑女风范，可以解决一时，却不能保证永远。这种皮毛的技巧，弄巧成拙也许会使积聚的情绪无法宣泄，引起某种场合的失控。外柔需要内刚做基础，而内刚不是从天上掉下来的，是靠自我的不断探索。"

我说："你讲得真好，咱们都要继续修炼，当我们内心平和而坚定的时候，再有了一定的表达技巧，就可以外柔内刚了。"

深圳女"牙人"

起因是我在那家五星级的酒店里不好好走路，东张西望，看了那扇紧闭的小门一眼。

就在我张望的那一瞬，小门突然开了，我看见许多如花似玉的女孩端端正正地坐在里面，全神贯注地听一位女士讲着什么。

在特区，美丽的女孩不算稀奇，好像全中国的美女都集中到这里了，她们要以自己的青春、美貌、智慧和胆略换取更多的地位与金钱。除了那些使用不正当手段的，一般来说，我很钦佩她们，但她们脸上的神情打动了我。小门后面是一间宽敞豪华的多功能厅，排着桌椅，好像临时布置的课堂，不知在传授着什么诀窍，她们沉迷得如醉如痴。

恰在此时，那位主讲的女士回了一下头，我清晰完整地看到了她的形象。她穿一身"梦特娇"的黑丝裙，泛着华贵高雅的光华。但是，她长得好丑啊！两只距离很远的鼓眼睛，架着烧饼一般厚重的大眼镜，很像一个先天愚型的脸庞。特别是她的牙齿，猛烈地向前凸，好像随时要拱什么东西吃，人们俗称这种人为：龅牙齿。

但是，有一种威严像光环一样笼罩在她的周身，使课堂上所有的靓丽女子都屏气凝神地听她讲课。她叫起一个非常娇美的女孩，说："你讲讲，听了我的课，你以后打算每月挣多少钱？"

那个女孩很有魄力地说："我以前在政府当文员，每月薪水 1500 元。我既然干了这一行，起码收入要翻一番，每月 3000 元，我想差不多。"

龅牙女士问："大家觉得怎样？"女孩们窃笑着，表示赞同。

龅牙女士一字一句地说："假如你们有一天挣到刚才说的那个数，就是每月 3000 元，我对你们有一个要求，就是无论走到哪里，无论什么人问起，你们都不要说是我的学生。这太丢人了！你们每个月最少要计划挣到 1 万元。"

全场大骇。

就在这一刻，我萌发了采访鲍牙女士的愿望。

她是一位专做金融期货的交易所经纪人，是资深的行家里手。

经纪人是一个陌生的名称，是在商品交换中专门从事介绍交易，以获取佣金的中间人。古称"牙人"，专门为买方和卖方牵线搭桥。在欧美等经济发达国家，经纪人行业极为发达。随着我国改革开放事业的发展，新的经纪人也从东方古老的地平线升起来了。

鲍牙女士要同世界上几个大的交易所同步工作，由于时差，每天都干到夜里两点，上午还要分析路透社的电讯，我们只有利用共进午餐的时间交谈。

奢华典雅的西餐厅，枝形吊灯像一树金苹果，在我们头顶闪耀。

我特地带了几百块钱预备做东，心里忐忑着，不知这位腰缠万贯的富豪小姐会不会消费出我的预算！没想到，她玉手一挥说："今天我做东。"

我说："那怎么好意思？已经浪费了您的时间，再要您破费，不是太说不过去了？"她说："不要争了，我喜欢做东，喜欢最后一招手叫小姐埋单的豪迈。我要谢谢你给了我这样一个机会。"说罢，她详细地问了我的喜好，为我点了法国蜗牛、水鱼汤、甜点和一客叫"雪山火焰"的冰激凌，而她自己只要了一份行政午餐。

面对这样的小姐，你还能说什么？我只有精心地用钳子去夹蜗牛。见她的脸色不大好，我关切地问她："是不是病了？"

不想这一句，她的脸色空前地红润起来。"昨天晚上累的呀！"她说，"日本细川内阁总理辞职，引起美元对日元汇率比价的大动荡。昨天晚上我不断地下单子，所有的单子都在赚。一夜间，我为我的客户赚了15万美元，所以现在神经还松弛不下来。"

我瞠目结舌。"那您也能得不少报酬吧？"我问。

"没有。一分都没有。"鲍牙女士平静地回答我，"除了应有的佣金，无论我们为客户赚了多少钱，我们都拒绝接受额外的报答。"

"为什么？您毕竟是用自己高超的智慧为他赚了大钱啊！出于人之常情，也该这么办事的。"我说。

"我们是在用客户的钱做生意，事先已经说好了固定的佣金，其余赚了的钱自然都是客户的。我们每一笔账目都是有据可查的，不能多拿一分。这是我们这一行的职业道德。"鲍牙女士很仔细地吃她的蛋炒饭，以同样的仔细回答我的问题。

我说："既然你们为客户赚不赚拿的佣金都是一定的，那你们会不会不认真做呢？"

她说："不会。干这一行需要很强的责任心，如果你不认真，老给你的客户赔钱，他就不让你做了，你的坏声名就传出去了。你就是想做，也做不下去了。我们也像老字号一样，有自己的声誉呢。比如我，客户就多得很，遍布全国。一般的小客户我是不接的。"龅牙女士颇为自豪地说。

我频频点头，突然出其不意地问："您现在当然是门庭若市了啊，可是从前呢？您初出市的时候，人们也这么抢您吗？"

她陷入了沉思……我替那时的她发愁。

"是啊。我这个人别的本事不敢说有多少，但绝对有勇气。我翻电话簿子专找那些有名的大公司，指名点姓地要见总经理。我说：'我给你们送来了一个绝好的发财机会，就看你们能不能抓住。'"

"结果呢？"我替她捏了一把汗。

"结果是我打了400个电话，只有一个总裁愿意当面听我说说关于期货的投资问题。"

"后来呢？"我简直有点儿紧张了。因为我知道女人给人的第一面感官印象是多么重要，龅牙女士这么不扬的外貌，纵使她再踌躇满志，只怕人家一见了她的面孔，也要三思而行。更不消说大公司里簇拥着花团锦绣的小姐，让她们一陪衬，龅牙女士非无地自容不可。

我试探着说："全国最美的佳丽云集特区，您在工作中有无感到压力？"

她优雅地笑了，暴起的牙略略收敛了一些。

"你是说我长得有些困难，是不是？"她一针见血地说。

我也索性开门见山："是啊，心灵美自然是很宝贵的，但外貌美在初次打交道里，也非常重要。特别是在特区，特别是对女人。"我有些残酷地指出这一点，且看她如何作答。

她爽朗地大笑，全然不顾"女人笑不露齿"的古训，况且她的牙始终不屈不挠地暴凸在外面，就是想掩藏也是徒劳。笑罢，她很严肃地说："你说错了。特区以貌取人不假，但那是指的衣着之貌，而非相貌之貌。我长得这个样子，不但未使我的工作受挫，反倒帮了我的大忙。"

看我不解，她接着说："第一，假如你在特区看到一个非常美丽的女子，同你探讨投资的事，你的第一个念头肯定是，她没准儿是个骗子。老板可能乐意同她搭讪，跳舞或喝咖啡，但绝对不放心把钱交到她手里。我出马的时候，就免了这样一层猜度。第二，假如哪个漂亮的女人做成了什么事业，人们首先怀疑她是否利用了自己的美色，而对她的真才实学持考察态度。她在无形中先失去了人们的信任，而我则得天独厚。第三，中国人很相信老祖宗留下来的话，人人都会说：'人不可貌相，海水不可斗量。'一般人看到我这样一个貌丑的女人，竟敢气宇轩昂地走进写字楼，几乎不容置疑地判定我有超人的技艺，对我另眼看待。第四，我要见到总经理、总裁这一类的角色，免不了要同秘书小姐打交道。特区的秘书小姐往往是多功能的，这我不说你也知道。她们对来访的女宾警惕性格外的高，尤其是靓女，但是，她们对我天生不设防，甚至还怀着淡淡的怜悯，这为我的工作提供了不少方便。我在心里暗暗地对她们说：'其实你们不过是老板的雇员，而我则是他的伙伴——投资顾问。我的价值要高得多。'第五，免去了许多人的想入非非。这一点我不解释，你可以明白的，因此，我得以潜心研究期货操作的理论与实践。我对这一行充满了热爱与投入……"

面对她钢铁一样的谈话逻辑，我心悦诚服。

面对这样一个既很丑也不温柔的龅牙女子，你会觉得她的灵魂高贵而倔强。

我说："你也是一种女人的典范呢。"

她矜持地微笑说："你不要夸我，我正准备教那些新来的女孩学坏。"

我骇了一跳。我已知道那些女孩是期货代理公司新招聘的经纪人，经过刻苦的学习，就要开始正式工作了。

龅牙女士说："你不要惊奇，我主要是教会她们享受。她们必须买名牌的西装，以保持永远仪表高雅。必须每天都用名贵化妆品，以使自己的面部看起来容光焕发。出门必须打的，绝不能去挤公共大巴。她们必须学会进高档歌舞厅，借剧烈的体力运动宣泄掉白日脑力工作的紧张。她们必须吃正规的中餐或西餐，绝不允许在大排档上凑合吃一碗云吞或摊个煎饼……"

我说："想不到，你还这样事无巨细地关心女经纪人的健康。"

她冷冷地说："我不是关心她们的健康，我是关心她们的饭碗。"

我还不觉悟，说："是怕大排档不干净，坏了她们的肚子？"

她说："是怕她们的客户看到她们狼狈不堪地从公交车上走下来，满头满脸的汗，吃着肮脏的小吃。这样的话，客户还会把几十万上百万的投资交给我们吗？"

我担忧地说："这么大的花费，这些初入行的女孩能承担得起吗？"

她说："可以去借呀，会用别人的钱赚钱的人，才是聪明人。她们必须学会享受，享受可以激发人的欲望。你想拥有美妙的生活，你就得好好地干。当然，我说的是用正当手段去挣钱。假如一个人，特别是一个女人，只满足于吃糠咽菜，她是注定不会有什么大出息的。假如你享受过了，你就不愿意再过苦日子，只有拼命地去做、去挣钱，来维持你优越的生活，且不说在这种工作中，你还赢得了创造的快乐。"

我对面前的龅牙女士刮目相看，她把一种陌生而充满活力的关于女人的观念，像那盏美味的水鱼汤一样，灌进了我的胃。

我们沉默着，沉默不是金，是一种思考。

她突然微笑着说："你猜，我现在想什么？"

我说："在想一个庞大的计划吧？"

她说："不是啊。我在想，明天我再见到那些新来的女孩子，要对她们交代一件事情，那两天讲课时，忘记了。"

我说："什么事这么重要呢？"

她说："我还要告诫她们，只要当一天经纪人，腿上就永远不能穿四股丝袜，而要穿连裤袜。"

我说："一双袜子还有这么多讲究吗？"

她说："当然啦，一个在同老板讨论大投资的女经纪人，如果突然感到她丝袜的松紧带要掉，她就会惊恐万分，会把大事耽误了。"

我的目光已经注意不到她龅牙齿的缺憾，只觉得她的脸上自有一种和谐。

只见她潇洒地一挥手，说："小姐，埋单！"

写 "福" 字的女孩

春节前的北方集市，热闹得像蜂巢。熙熙攘攘，喧喧嚣嚣，过年的气氛像扑面而来的海浪，把赶集的你浇个透湿。

走到干果市，一堆堆的南瓜子、西瓜子、葵花子，散发着撩人的香气。摊主揪着你的衣袖，非要你尝一把才走。你不买他的瓜子，他不生气。你若是不肯尝尝他的货色，他就很委屈地嘟囔着说："咋啦？嫌我的瓜子不新鲜吗？新出锅的，吃一颗香你一个跟头！"

你进了炮仗市，空气中弥漫着火药库的味道。红的二踢脚，绿的震天雷，一串串红辣椒似的挂鞭，看着就让你耳边鼓起枪战般的激烈音响。那金箍棒一样粗的"小钢炮"，长长的炮捻儿温顺地垂在一侧，好像一个穿红袄的嘎小子笑嘻嘻地看着你，你不由自主地绕着它走。走得远了，你又忍不住回过头去再看它两眼……

菜市有些萧条。绿色的菜叶被冷风飕得泛出褐黄，或翠得可疑，反射出晶莹的闪光——那是被冻透了。你叹了口气往前来，菜老板说："真有心买吗？筐里有好的呀，摆在外面的是样品，原装的水灵着呢！"说着从捂着棉絮的箱里掏出一个西红柿，电光石火地朝你一闪，又掖了回去。

那半个西红柿的笑脸，灿烂无比。

你买了菜，又慢慢地向前走。来到了一处较为宽敞的场地。空地上摆了几张桌子，红纸铺台，几位先生挥毫泼墨，正在写对联。四周聚着拿钱求字的人们，人头攒动，却很安静。

这该叫个什么"市"呢？书法市吗？你好奇地站住了。

你发现了她，一个小小的女孩，提着几乎和她胳膊一般长的毛笔，也在为人写字。你不禁为她发愁，这么小的人，就算字写得好，能编出主顾满意的吉祥话吗？

看了一会儿。你笑了。担心真是多余的，她只写一个字——一个大大的酣畅淋漓的"福"字。

按说她的字写得并不是很好，但求她写字的人很多。她有一绝，笔下的"福"字竟是倒着写的。

"福"倒了——"福"到了！这是中国农民世世代代的愿望啊！

她面前有一沓裁好的红纸斗方。两个小瓶，一个装着金粉，一个装着银粉。还有一个巨型砚台，半截墨块。真是个孩子啊，桌上还散乱地扔着几片侧柏叶，一片晶晶烁烁的天然云母。

有主顾来了，她就很老到地问："您是要金福还是银福还是墨福？"

主顾问了价码，做了选择，她就按要求施工。要金银福字的，她就把金银粉用调料稀释了，然后笔走龙蛇，一个倒"福"字一笔呵成，博得一片喝彩。

有的主顾掂量了半天说："我还是要个墨福吧，便宜。"

小姑娘就不再说话，用嘴哈哈砚台里稀薄的冰晶，开始磨墨，还不时地把柏叶和云母丢进去，弄得砚池里泥泞不堪。

墨福写好了，等到收钱的时候，主顾说："少要点儿吧。你的墨是自己磨的，你看那边，用的是'一得阁'的香墨汁。"

小姑娘揉着红彤彤的手指说："我的墨汁里加了树叶，您闻闻是不是有松树味？还加了云母，在太阳底下，福字里能透出金星呢！"

主顾就把红斗方对着太阳看，周围的人也凑上去。墨字在太阳下显出苍翠的金属色泽，主顾就按数放下钱。

一位老奶奶走过来说："闺女，给我写个……小点儿的……"

女孩指着纸说："奶奶，纸都是在家就裁好了的，没小的啊。"

老人扁着嘴说："我就不信你那纸就没个边边角角碎料？做衣服的还有个布头贱卖呢！闺女，再找找吧……"

围着的人说话了："过年贴福字，有钱就贴，没钱就拉倒。这个福字可没有打折的啊！"

在人们的哄笑声中，老奶奶悄悄地离去。她低着白发苍苍的头说："我只要一个小小的福……"

女孩默不作声，挥毫饱蘸金粉，龙飞凤舞写下一个金色的倒"福"字，追上老奶奶，说："我送您一个大大的'福'……"

你站在北方晴朗而寒冷的天穹下，看着老人双手捧着金色的福字，消失在茫茫的人群中。

又有清新的松柏气味飘荡在你身后，写"福"字的女孩正在撕云母，传来极轻微的破碎声。

发的断想

"头发长，见识短"是形容女人的一句俗话，总觉得这话没道理。头发为什么同见识成反比例？

但头发的确是性别的象征。少时我在喜马拉雅、冈底斯和喀喇昆仑三山交会处的高原当兵，男人多，女人少。我们常年裹在绒绒的棉衣里，纵使用直尺去量，也绝无曲线，唯一可在轮廓上昭示出男女的是头发。为了消除男人的遐想，领导要求我们把所有的头发都藏进军帽。刘海儿自然是一根也不留，少女光亮的额头如同广场一般洁净。颈后的碎发却很麻烦，我的发际低，须把头发狠狠地拎起，茅草一样塞进军帽，帽檐因此翘得很高，像喇叭花昂然向上。每晚脱下军帽都要搓揉许久：头皮像遭了强烈的惊吓，隆起一片粟丘疹。那时候有一个梦：让头发晒晒太阳。

有一种液体叫"海鸥"，我至今不知它的成分，但它味道独特，难以忘怀。那时探家回北京，归队时总要背几大瓶，关山迢迢，不以为苦。用"海鸥"洗过的头发清亮如丝，似乎也没有头皮屑，又好分装。记得一次战友分别，想送她一点儿小礼物，正琢磨不出哪样东西称心，她说："就送我一瓶海鸥水吧，等于送我一头好头发。"

第一次用现代的洗发液，是妹妹在包裹中寄到高原的。那是一枚小小的鱼形塑料泡，泡里储着水草绿色的液体。妹妹说，那是出国回来的朋友所赠，她舍不得用，又翻越万水千山送我。好长时间舍不得剪开，只有姐妹之情，才有这份细腻与悠长。

如今，我们已经有数不胜数的洗发液了，色彩斑斓、清香扑鼻。女人们可以梳各式各样的发式，从最简单的"清汤挂面"到最繁复的朋克式，都是私事，无人干涉。女人们的头发便在春天的和风里，尽情地晒太阳。

对于一则广告的立意，我略有些微词。一个美丽的女孩求职，一切都很顺利。就在要被录用的一瞬间，突然发现了她的头皮屑，于是女孩子像鲜花一样的前程模糊了……

女人的自信心就这样与头发呈现出密不可分的正相关吗？！

男人和女人的头发都会长得很长，例如我们的清朝。而世界允许女人留长发，是上天赐给女人的财富。头发使女人显得更妩媚、更娇柔，把头发浣洗得亮丽如漆，是女人的功课，源远流长。

然而，头发毕竟是头发，女人应该心比发长。

蓝宝石刀

一次朋友聚会，来了几位新面孔。席间，有男士谈起自己新交的女友，说是一位美女。于是不但在座的男子几乎全体露出艳羡之色，就是各个年龄段的女人，也普遍显出充分的向往与好奇。

大家纷纷说，原以为美女都已随着古典情怀的消逝，被现代文明毒死，不想这厢还似尼斯湖水怪般藏着一个。众人正感叹着美女的重新出山，突然从客厅的角落里发出了一个声音："美女是有公众标准的。不是你说她是，她就是的。恋爱的人，眼里出西施。"

大家诧然复茫然，想想也有理。

"先别忙着赞叹，到底是不是个真美女，还有待考察商榷呢！"

说这煞风景话的男子，看上去细而柔的身材、平淡的五官，但并不虚弱，四肢甚至可以说是有力的。

于是有人对那位与美女交往的男子说："带着照片吗？拿出来让大伙看看嘛！一来让我们养养眼，二来也让蓝刀鉴定一下，到底算不算真美女！"

我悄声问身旁的朋友："蓝刀是谁？"

他指指细而不弱的小伙子说："他就是。"

我说："蓝刀——好古怪的名字！江湖上的？武林高手？"

朋友说："他是整形外科医学博士。因为他常用蓝宝石手术刀，所以圈内人称他蓝刀。"

美女之友架不住众人的鼓动，从西服内袋掏出一张照片。姿势娴熟，想来是常常观摩的。

彩照，长跑火炬似的在众人手间传递。几位上了年纪的，还掏出了老花镜。

好不容易轮到我。姑娘确实美丽，身材相貌都属上乘，起码不逊于时下影视界的靓丽偶像。

照片最后传到蓝刀手里。不知道是巧合还是大伙等着他一锤定音，喧哗的客厅，悄无声息了。

蓝刀只看了一眼。真的，只一眼。我觉得即使从敬业的角度来说，他也该多看几眼的。后来蓝刀解释，一是将别人女友盯住不放，有失礼仪；再是对于老农来说，庄稼长势如何，一瞄足够。

蓝刀说："总体上，还不错。这是一位 17 世纪的美人形象。"

大家驳道："美人也不是瓷器，还有时代限制？"

蓝刀正言："时间感很重要。比如盛唐以肥为美，杨贵妃就是个双下巴。连那时的菩萨塑像也个个超重。而 17 世纪的标准美人是：眼要重睑，也就是咱们平常说的双眼皮。鼻子从侧面看是微微上翘的，万万不能是鹰钩。嘴唇不可太大，更不可太小。上嘴唇较下嘴唇稍薄，反过来就是败笔。左面的颊上有一个酒窝，要是不幸长在右面就要减分。颈部可以有褶皱，但形状一定要好，如同一圈天然的项链……"

大家听到这里就大笑说："真够苛刻，难为女人了。"有起哄道："蓝刀，不要光说好的，来点具有专业水准的。"

那潜台词是期待蓝刀指出这女子的容貌缺陷。

蓝刀以目光征询美女男友意见。小伙子好像也很想长点知识，做出愿意洗耳恭听的模样。

蓝刀说："既然说到专业，我就再发表点意见，学术研究，没有别的意思。若是冒犯了，请多原谅。从照片来看，这位女性的相貌还有不足之处。一是从发际到下颌之间的距离，应为本人的三个耳朵的长度。以这个比例要求，似稍嫌长了一点儿。鼻尖、嘴唇中点和下颌点，应为一直线，此为美人非常重要的一个指标。但这位女生鼻尖稍向右偏了一点，于是面部就有了少许不平衡之感。女性好细腰，但并不是越细越好，从美学的角度来看，腰围以头围的 1.618 倍最好……"

大家哄笑起来，说："蓝刀，闭嘴吧。照你这样算下去，人间真的没有美女了。"

蓝刀也就不再就该女士发表意见。但由此引出的话题新鲜有趣，整个晚上，蓝刀成了主角。

一位桥梁工程师说："对不起，不是针对你个人。我倒是很有点看不起整容医生的。"

蓝刀很沉着地问："为什么呢？"

工程师说："虽然你们是医生，却没有急诊。我不是医生，可我知道，几乎所有的科，都有急诊。比如外科，那就不必说了。妇产科，小儿科……就连牙科吧，也有。比如你的腮帮子被人打漏了，你就得上口腔医院马上缝。可有谁急诊整形呢？它是富贵事，可有可无的。"

蓝刀说："你说得对，整形外科没有急诊。但是，一个烧伤的病人，你不为他整容，他就无法回到正常的人群当中。你倒是用急诊把他的生命挽救回来，但他却自惭形秽，自暴自弃，再也无法挺胸做人。还有，若是他不整容走到街上，月黑风高，谁要是在胡同拐角处突然看到一个满脸焦疤的人，以为遇到了妖怪，惊恐万状，虚脱休克，这人道吗？"

听蓝刀这么一讲，大家就觉得整容也是社会发展到高级阶段的产物，医学百花中的一朵。

有人问："什么人适宜做整容？"

蓝刀清清嗓子说："我先不回答这个问题。我想说的是——什么人不适宜做整容？"

大家说："原来不是掏钱就能做，你们规矩还挺大。"

蓝刀说："有八种人我是不给他做整形手术的。"

"第一种人，天天身上带着一面小镜子，无论何时何地，都随手把小镜子拿出来，顾影自怜或是自惭形秽的人，不做。"

大伙忙问："为什么？"

蓝刀说："他认为人世间最重要的事就是他的容貌，自信心和尊严都系此一事。这样的人，无论手术做得怎样成功，他都会认为未能达到目的。所以，我不能自找烦恼。"

"第二种，进我诊所时，拿着一本或几本时尚导刊，指着封面或封底的某明星或歌星的大幅照片说：'我的要求不高，就是做成她的那个鼻子加上她的那个嘴巴……'"

大家笑道："这是不能做。无论如何你无法使他满意。"

蓝刀叹气道："我心中常常又好笑又生气，便对来者说：'你以为我是谁，上帝吗？可惜，我不是。纵使我能把你修理出那样规格的鼻子和嘴巴，你可有那样的才气和奋斗？'"

"第三种不做的人是：头不梳脸不洗衣冠不整浑身散发不洁气息……"

不等蓝刀说完，大家打断道："这一条，好似不合情理吧？正是因为某些人的仪表不良，他们才要求整理容貌，你怎么反而拒之门外呢？"

蓝刀说："一个人的容貌可以被毁或是天生缺憾。但爱整洁是教养和习惯问题，不仅是对他人的敬重，更是对自己的珍惜。如果一个人没有这份热爱生命的感觉和精心维持，那么，我即使辛辛苦苦地帮他建设了较好的硬件，软件跟不上，还是没良效的。我尊重自己的劳动，我愿把宝贵的精力放到更善待自己的人身上。"

大家默然片刻后，表示可以接受，接着问："其他呢？"

蓝刀说："第四种，凡来人说：'我本人并不想来此做什么整容手术，都是我的家人——丈夫或男友，要我来做的……'这样的人，我也概不接待。"

大家说："啊，那么绝对啊？"

蓝刀说："是。容貌是自己的内政，无论它怎样丑陋，只要自己接受，别人就无权干涉。如果一个人因为惧怕或是讨好而听命于另外一个人，被迫接受了在自己身上动刀动剪动针动线，那是很不情愿和凄凉的事情。我不愿成为帮凶。"

大伙频频点头，表示言之成理。

蓝刀说："第五条，多次在就诊时间迟到或无故改变约定的人，不做。"

大家说："这倒有些奇怪，你又不是兵营。遵纪守时的问题，和医疗何干呢？"

蓝刀说："整形手术需反复多次，其中的艰苦和磨难，超乎想象。手术程序一旦开始，就不可中断。你不能把大腿上的皮瓣做好了准备移到脸上，但本人突然不干了……所以，纪律性和承诺感不好的人，我不为他做手术。医生精力有限，我不愿在医疗以外的事情上花费太多的时间。

"第六条，对同一问题，反复询问。我这次答复了，下次又问的人。我不做。"

大家笑道："蓝刀，脾气够大啊。是不是求你做手术的人太多了，店大欺客啊？问来问去，可能是那人记性不好，干吗不依不饶？"

蓝刀说："一个人对自己高度关注的事，况且我反复讲过多遍，还记不住，这是记忆问题吗？不是。是信任问题。他不信任我，所以不厌其烦地追问，好像审讯。我虽可理解这种心情，但我不能给一个不信任我的人动手术。无论是对我还是对他，都不愉快。"

大家愣了一下，没人再作声，表示尊重一名资深医生对病人的挑剔。

"第七条，态度特好或是态度特不好的病患，对医生满口奉承和送礼的病患，表现得特别合作或是特别不合作的病患，一概不做。"蓝刀一字一顿很慢地说。

大家道："这一条，能顶好几条。情况却大不一样。态度不好的不做，明白。但态度特好的也不做，费解。"

蓝刀说："他为什么特别殷勤？后面肯定有这样一个假设——如果他不送礼，我就不会尽心尽意地为他手术。他能奉承我，就也能诋毁我，不过是正反面吧。手术是一件充满概率的事情，即使我小心翼翼，殚精竭虑，也不可能百战百胜。为了那个无所不在的概率，我要保留弹性。我需要有医生的安全感和世人对'万一'的理解，得给自己留一条后路。"

客厅的空气一下子变得有点儿沉重。

"该第八条了，也就是最后一条了。"沉默半晌，大家提醒蓝刀。

蓝刀说："这一条，简单。凡是手术前不接受照相的人，不做。"

有人打趣道："整形大夫是不是和某影楼联营了，可以提成？要不，为什么有这样古怪的要求？"

蓝刀道："一个人破了相，不愿摄下自己不美的容颜，可以理解。但是，为了对比手术的效果，为了医学档案的需要，留有确切的原始记录，总结经验教训，都要保留病患术前的相貌。当然，会做好保密工作的。但是，有些人说什么也不接受这一合情合理的要求。没办法，既然他连面对真实情形的勇气都没有，怎能设想他和医生鼎力配合呢？所以，只有拒之门外了。"

蓝刀说到这里，很有一些痛惜之意。

分手的时候，蓝刀热情地说："欢迎大家到我的诊所做客。"

大伙回答："蓝刀，我们会去的。不是去整形，是听你说这些有趣的话。"

柔和的力量

女人比男人更需要智慧，因为她们是更柔软的动物。智慧是优秀女人贴身的黄金软甲，救了自身，才可救旁人。没有智慧的女人，是一种遍体透明的藻类，既无反击外界侵袭的能力，又无适应自身变异的对策，她们是永不设防的城市。智慧是女人纤纤素手中的利斧，可斩征途的荆棘，可斫身边的赘物。面对波光诡谲的海洋，智慧是女儿家永不凋谢的白帆。

优秀的智慧的女性，代表人类的大脑半球，对世界发出高亢而略带尖锐的声音，在每一面山壁前回响。

但女人难得智慧。她们多的是小聪明，乏的是大清醒。过多的脂粉模糊了她们的眼睛，狭隘的圈子拘谨了她们的想象。她们的嗅觉易在甜蜜的语言中迟钝，她们的脚步易在扑朔的路径中迷离。智慧不单单是天赋的独生女，她还是阅历、经验、胆魄三位共同的学生。智慧是一块璞，需要雕琢，而雕琢需要机遇。

不是每一块宝石都会璀璨，不是每一粒树种都会挺拔。

我是一个保守的农人，面对一块贫瘠土地上的麦苗，实在不敢把收成估计得太好。智慧的女人通常比我们想象得要少。

优秀的女人还需要勇气，在这颗小小的星球上，什么矛盾都不存在了，男人和女人的矛盾依然欣欣向荣。交战的双方永远互相争斗，像绳子拧出一道道前进的螺纹。假如你是一个优秀的女人，无论你朝哪个领域航行，或迟或早地都将遭遇这个世界上最优秀的男人，不要奢望有一处干燥的麦秸可供你依傍，不要总在街上寻找古旧的屋檐避雨。当你不如一个男人的时候，他会宽宏大量地帮助你；当你超过一个男人的时候，他会格外认真地对抗你。这不知是优秀女人的幸还是不幸。善良的、智慧的、有勇气的女人，要敢在黑暗的旷野独自唱着歌走路，要敢在没有桥没有船也没有乌鸦的野渡口，像美人鱼一般泅过河。

这个比例有多少?

望着越来越稀疏的队伍,我真不忍心将筛孔做得太大。但女人天性胆小,就像含羞草乐意把叶子合起来一样。你不能苛求她们。

现在,在漫长阶梯上行走的女人已经不多了。

最后,让我们来说说美丽吧。

在这样艰苦的跋涉之后再来要求女人的美丽,真是一种残酷,犹如我们在暴风雨以后寻找晶莹的花朵。

但女人需要美丽。美丽,是女人最初也是最终的魅力。不美丽的女人辜负了造物主的青睐,她们不是世上的风景,反倒成了污染。

何为美丽,一千个人有一千种说法。我只能扔出我的那一块砖。

美丽的女人,首先是和谐的。面容的和谐,体态的和谐,灵与肉的和谐。美丽,并非一些精致巧妙的零件的组合,而是一种整体的优美,甚至缺陷也是一种和谐,犹如月中的桂影。那不是皓月引发无数遐想最确实的物质基础吗?和谐是一种心灵向外散发的光辉,它最终走向圣洁。

美丽的女人,其次应该是柔和的。太辛辣、太喧嚣的感觉不是美,而是一种刺激。优秀女人的美丽像轻风,给世界以潜移默化的温馨。当然它也可容纳篝火一般的热情。可是你看,跳动的火苗舒卷的舌头是多么的柔和,像嫩红的枫叶,像浸湿的红绸,激情的局部仍旧是细致而绵软的。

美丽的女人,应该是持久的。凡稍纵即逝的美丽,都不是属于人,而是属于物的。美丽的女人少年时像露水一样纯洁,年轻时像白桦一样蓬勃,中年时像麦穗一样端庄,老年时像河流的入海口,舒缓而磅礴。

美丽的女人经得起时间的推敲。时间不是美丽的敌人,只是美丽的代理人。它让美丽在不同的时刻呈现出不同的状态,从单纯走向深邃。

女人的美丽不是只有一根蜡烛的灯笼,它是可以不断燃烧的天然气。时间的掸子轻轻扫去女人脸上的红颜,但它是有教养的,还女人一件永恒的化妆品——叫作气质,可惜有的女人很傻,把气质随手丢掉了。

也许可以说,所有美好的女人都是美丽的。

我在女性的群体里砌了一座金字塔,它是我心目中的女性黄金分割图。

这样一路算下来,优秀的女人多乎哉?不多也。

是不是我的比例过于苛刻?是不是我对世界过于悲观?是不是我看女人

的暗影太多？是不是优秀和平庸原不该分得太清？

现代的世界呼唤精品。女士们买一个提包都要求质量上乘，为什么我们不寻求自身的优秀？

优秀的女人也像冰山，能够浮到海面上的只有庞大体积的几十分之一。精品绝不会太多，否则就是赝品或大路货了。

难道女人不该像拥有眼睛一样拥有善良吗？难道没有智慧的女人不是像没有翅膀的鸟儿一样无法翱翔？难道坚忍不拔、果敢顽强对于女人不是像衣裳一般重要？难道女人不是像老妪爱惜自己的最后一颗牙齿一样爱惜美丽？

让我们都来力争做一个优秀的女人吧。为了世界更精彩，为了自身更完美，为了和时间对抗，为了使宇宙永恒。

我眉飞扬

眉毛对人并不是非常重要的。我之所以这么说，是因为人如果没有了眉毛，最大的变化只是可笑。脸上的其他器官，倘若没有了，后果都比这个损失严重得多。比如没有了眼睛，我说的不是瞎了，是干脆被取消掉了，那人脸的上半部变得没有缝隙，那就不是可笑能囊括的事，而是很可怕的灾难了。要是一个人没有鼻子，几乎近于不可思议，脸上没有了制高点，变得像面饼一样平整，多无聊呆板啊。要是没了嘴，脸的下半部就没有运动和开合，死板僵硬，人的众多表情也就没有了实施的场地，对于人类的损失，肯定是灾难性的。流传的相声里，有理发师捉弄顾客，问："你要不要眉毛啊？"顾客如果说要，他就把眉毛剃下来，交到顾客手里。如果顾客说不要呢，他也把顾客的眉毛剃下来，交到顾客手里。反正这双可怜的眉毛，在存心不良的理发师傅手下，是难逃被剃光的下场了。但是，理发师傅再捣蛋，也只敢在眉毛上做文章，他就不能问顾客："你要不要鼻子啊？"按照他的句式，再机灵的顾客，也是难逃鼻子被割下的厄运。但是，他不问。不是因为这个圈套不完美，而是因为即使顾客被套住了，他也无法操作。同理，脸上的眼睛和嘴巴，都不能这样处置。可见，只有眉毛，是面子上无足轻重的设备了。

但是，也不。比如我们形容一个人快乐，总要说他眉飞色舞，说一个男子英武，总要说他剑眉高耸，说一个女子俊俏，总要说她蛾眉入鬓，说到待遇的不平等，总也忘不了"眉高眼低"这个词，还有"柳眉倒竖""眉开眼笑""眉目传情""眉头一皱计上心来"……哈，你看，几乎在人的喜怒哀乐里，都少不了眉毛的份儿。可见，这个平日只是替眼睛抵挡汗水和风沙的眉毛，在人的情感词典里，真是占有不可忽视的位置呢。

我认识一位女子，相貌、身材、肤色连牙齿，哪里长得都美丽。但她对我说，对自己的长相很自卑。我不由得又上上下下左左右右地将她打量了个遍，就差没变成一台超声波仪器，将她的内脏也扫描一番。然后很失望地对她说："对不起啦，我实在找不到你有哪处不够标准，还请明示于我。"她一脸沮丧地对我说："这么明显的毛病你都看不出，你在说假话。你一定是怕我难受，故意装傻，不肯点破。好吧，我就告诉你，你看我的眉毛！"

我这才凝神注意她的眉毛。很粗很黑很长，好似两把炭箭，从鼻根耸向发际……

我说："我知道那是你画了眉，所以也没放在心里。"

女子说："你知道，我从小眉毛很淡，而且是半截儿的。民间有说法，说是半截儿眉毛的女孩会嫁得很远，而且一生不幸。我很为眉毛自卑。我用了很多方法，比如人说天山上有一种药草，用它的汁液来画眉毛，眉毛就会长得像鸽子的羽毛一样光彩颀长，我试了又试，多年用下来，结果是眉毛没见得黑长，手指倒被那种药草染得变了颜色……因为我的眉毛，我变得自卑而胆怯，所有需要面试的工作，我都过不了关，我觉得所有考官都在直眉瞪眼地盯着我的眉毛……你看你看，直眉瞪眼这个词，本身就在强调眉毛啊……心里一慌，给人的印象就手足无措，回答问题也是语无伦次的，哪怕我的笔试成绩再好，也惨遭淘汰。失败的次数多了，我更没信心了。以后，我索性专找那些不必见人的工作，猫在家里，一个人做，这样，就再也不会有人见到我的短短的暗淡的眉毛了，我觉得安全了一些。虽然工作的薪水少，但眉毛让我低人一等，也就顾不了那么多了。

我吃惊道："两根短眉毛，就这样影响你一生吗？"

她很决绝地说："是的，我只有拼力弥补。好在商家不断制造出优等的眉笔，我画眉的技术天下一流。每天，我都把自己真实的眉毛隐藏起来，人们看到的都是我精心画出的美轮美奂的眉毛。不会有人看到我眉毛的本相。只有睡觉的时候，才让眉毛暂时地恢复原形。对于这个空当，我也做了准备。我设想好了，如果有一天我睡到半夜，突然被火警惊起，我一不会抢救我的财产，二不会慌不择路地跳楼，我要做的最重要的一件事，就是掏出眉笔，把我的眉毛妥妥帖帖地画好，再披上一条湿毛毯匆匆逃命……"

我惊讶得说不出话来，然后是深切的痛。我再一次深深体会到，一个人如果不能心悦诚服地接受自己的外形，包括身体的所有细节，那就会在心灵上造成多么锋利、持久的伤害，如霜的凄凉，甚至覆盖一生。

至于这位走火也画眉的女子，由于她内心的倾斜，在平常的日子里，她的眉笔选择得过于黑了，她用的指力也过重了，眉毛画得太粗太浓，显出强调的夸张和滑稽的戏剧化了……她本想弥补天然的缺陷，但在过分补偿的心理作用下，即使用了最好的眉笔，用了漫长的时间精心布置，也未能达到她所预期的魅力，更不要谈她所渴望的信心了。

眉毛很重要。眉毛是我们脸上位置最高的饰物（假如不算沧桑之刃在我们的额头上镌刻的皱纹）。一双好的眉毛，也许在医学美容专家的研究中，会有着怎样的弧度、怎样的密度、怎样的长度、怎样的色泽……但我想，眉毛最重要的功能，除了遮汗挡沙之外，是表达我们真实的心境。当我们自豪的时候，它如鹰隼般飞扬；当我们思索的时候，它有力地凝聚；当我们哀伤的时候，它如半旗低垂；当我们愤怒的时候，它——扬眉剑出鞘……

假如有火警响起，我希望那个女子能够在生死关头记住生命大于器官，携带自己天然的眉毛从容求生。

我眉飞扬，不论在风中还是雨中，水中还是火中。

教养的证据

教养的证据

教养是个高频词。时下，如果说某人没教养，就是大批评大贬义了。如果说一个女人没教养，简直就如同说她是三陪小姐了。

什么叫教养呢？词典上说是"文化和品德的修养"，但我更愿意理解为"因教育而养成的优良品质和习惯"。

一个人可以受过教育，但他依然是没有教养的。就像一个人可以不停地吃东西，但他的肠胃不吸收，竹篮打水一场空，还是骨瘦如柴。不过这话似乎不能反过来说——一个人没有受过系统的教育，他却能够很有教养。

教养不是天生的。一个小孩子如果没有人教给他良好的习惯和有关的知识，他必定是愚昧和粗浅的。当然，这个"教"是广义的，除了指人学经师，也包括家长的言传身教和环境的耳濡目染。

教养和财富一样，是需要证据的。你说你有钱不成，得拿出一个资产证明。教养的证据不是你读过多少书，家庭背景如何显赫，也不是你通晓多少礼节规范，能够熟练使用刀叉，会穿晚礼服……这些仅仅是一些表面的气泡，最关键的证据可能有如下若干。

热爱大自然。把它列为有教养的证据之首，是因为一个不懂得敬畏大自然，不知道人类渺小的人，必是井底之蛙，与教养谬之千里。这也许怪不得他，因为如果不经教育，一个人是很难自发地懂得宇宙之大和人类的微薄的。没有相应的自然科学知识，人除了显得蒙昧和狭隘以外，注定也是盲目傲慢的。之所以从小就教育孩子要爱护花草，正是这种伟大感悟的最基本的训练。若是看到一个成人野蛮地攀折林木，通常人们就会毫不迟疑地评判道："这个人太没有教养了。"可见教养和绿色是紧密地联系在一起。懂得与自然协调地相处，懂得爱护无言的植物的人，推而广之，他多半也可能会爱惜更多的动物，爱护自己的同类。

一个有教养的人，应该能够自如地运用公共的语言，表达自己的内心和同他人交流，并能妥帖地付诸文字。我所说的公共语言，是指大家——从普通民众到知识分子都能理解的清洁和明亮的语言，而不是某种狭窄的土语俚语或者某特定情境下的专业语言。这个要求并非画蛇添足，在这个千帆竞发的时代，太多的人，只会说他那个行业的内部语言，只会说机器、仪器能听懂的语言，却不懂得和人亲密地交流。这不是一个批评，而是一个事实。和人的交流的掌握，特别是和陌生人的沟通，通常不是自发产生的，是要通过学习和练习来获得的。一个没有受过教育的人，他所掌握的词汇是有限的和贫乏的，除了描绘自己的生理感受，比如饿了、渴了、睡觉以及生殖的欲望之外，他们对于自己的内心感知甚为模糊，因为那些描述内心感受的词汇，通常是抽象和长于比兴的。不通过学习，难以明确恰当地将它表达出来。那些虽然拥有一技之长，但无法精彩地运用公共语言这种神圣的媒介，来沟通和解读自我心灵的人，难以算是一个有教养的人。技术是用来谋生的，而仅仅具有谋生的本领是不够的，就像豺狼也会自发地猎取食物一样，那是近乎无须教育也可掌握的本能。而人，毫无疑问地应比豺狼更高一筹。

　　一个有教养的人，对历史有恰如其分的了解，知道生而为人，我们走过了怎样曲折的道路。当然，教养并不能使每个人都像历史学家那样博古通今，但是教养却能使一个有思考爱好的人，知晓我们是从哪里来，要到哪里去。教养通过历史使我们不单活在此时此刻，也活在从前和以后，如同生活在一条奔腾的大河里，知道泉眼和海洋的方向。

　　一个有教养的人，除了眼前的事物和得失以外，他还会不由自主地想到他远大的目标。教养把人的注意力拓展了，变得宏大和光明。每一个个体都有沉没在黑暗峡谷的时刻，当你跋涉和攀缘中，虽然伤痕累累，因为你具有的教养，确知时间是流动的，明了暂时与永久。相信在遥远的地方定有峡谷的出口，那里有瀑布在轰鸣。

　　一个有教养的人，特别是女人，对自己的身体，有着亲切的了解和珍惜之情，知道它们各自独有的清晰的名称，明了它们是精致和洁净的，身体的每一部分都有着不可替代的功能，并无高低贵贱的区别。他知道自己的快乐和满足，有很大的一部分是建筑在这些功能灵敏的感知上和健全的完整上的。他也毫无疑义地知道，他的大脑是他的身体的主宰。他不会任由他的器官牵制他的所作所为，他是清醒和有驾驭力的。他在尊重自己身体的同时，也尊重他人的身体。在尊重自我的权利的同时，也尊重他人的权利。在驰骋自我意志的骏马时，也精心维护着他人的茵茵草地。

一个有教养的人，对人类种种优秀的品质，比如忠诚、勇敢、信任、勤勉、互助、舍己救人、临危不惧、吃苦耐劳、坚贞不屈……充满敬重敬畏敬仰之心。不一定每一个人都能够身体力行，但他们懂得爱戴和歌颂。人不是不可以怯懦和懒惰，但他不能把这些陋习伪装成高风亮节，不能由于自己做不到高尚，就诋毁所有做到了这些的人是伪善。你可以跪在泥里，但你不可以把污泥抹上整个世界的胸膛，并因此煞有介事地说到处都是污垢。

有教养的人知道害怕，知道害怕是件有意义有价值的事情。它表示明了自己的限制，知道世上有一些不可逾越的界限。知道世界上有阳光，阳光下有正义的惩罚。由于害怕正义的惩罚，因而约束自我，是意志力坚强的一种体现。

有教养的人知道仰视高山和宇宙，知道仰视那些伟大的发现和人格，知道对于自己无法企及的高度表达尊重，而不是糊涂地闭上眼睛或是居心叵测地嘲讽。

教养是不可一蹴而就的。教养是细水长流的。教养是可以遗失也可以捡拾起来的。教养也具有某种坚定的流传和既定的轨道性。教养是一些习惯的总和，在某种程度上，教养不是活在我们的皮肤上，是繁衍在我们的骨髓里。教养和遗传几乎是不相关的，是后天和社会的产物。教养必须要有酵母，在潜移默化和条件反射的共同烘烤下，假以足够的时日，才能自然而然地散发出香气。教养是衡量一个民族整体素质的一张片子。脸面上可以依靠化妆繁花似锦，但只有内在的健硕才经得起冲刷和考验，才是力量的象征。

看着别人的眼睛

　　很小的时候，如果我有了过失，说了谎话，又不愿承认的时候，妈妈就会说："看着我的眼睛。"如果我襟怀坦荡，我就敢看着她的眼睛，否则就只有羞愧地低头。

　　从此，我面对别人的时候，看着他的眼睛。

　　当我失败的时候，看着亲人的眼睛，我无地自容。但悲伤会使我的眼睛噙满泪水，却不会使我闭上眼睛。看着批评我的目光，我会激起正视缺点的勇气与信念。我会仔细回顾我走过的路，看看自己是怎样跌倒的，今后避开同样的危险。

　　当我受到表扬的时候，我也快乐地注视着别人的眼睛。我不喜欢假装谦虚把睫毛深深地垂下，一个人回到僻静处悄悄地乐。我愿意把心中的喜悦像满桶的水一样溢出来，让我的朋友们分享。在我的亲人、我的朋友的眼睛里，我读出他们的快活和对我更高的希冀。表扬不但没有使我忘乎所以，反倒使我感到肩上的担子沉重。成功好比是一座小山，一个准备走很远的路的旅人，站得高了，才会看到目的地的篝火。他会加快自己的脚步。

　　当我面对陌生人的时候，我会格外注视他的眼睛。眼睛是心灵的窗户，这已经是被说腻了的古话，可我要说眼睛不仅仅是窗户，它是心灵的家。假如陌生人的目光坦诚而友好，我会向他伸出我的手。假如陌生人的目光犹疑而彷徨，我断定他是一个没有主见的人，不能成为朋友。假如陌生人的目光躲闪而阴暗，我会退避三舍，在心里敲起警钟。假如陌生人的目光孤苦无告，我愿意提供力所能及的帮助。

　　当我面对熟识的人的时候，我会观察他的眼睛有没有变化。岁月会改变一个人的眼光，就像油漆的家具会变色一样。但是有些老朋友的眼光是不会变的，像最清澈的水晶，晶莹一生。但他们的眼睛会随着思绪的喜怒哀乐变幻颜色，作为朋友，我愿与他们分担。假如他们悲哀，我愿为他们宽心。假如他们喜悦，我愿与他们分享。假如他们焦虑，我愿出谋划策。假如他们忧郁，我愿陪着他们沿着静静的小河走很远很远。

当我独自一人面对镜子的时候，我严格地审视自己的眼睛。它是否还保持着童年人的纯真与善良？它是否还凝聚着少年人的敏锐与蓬勃？它在历尽沧桑以后，是否还向往人世间的真善美？面对今后岁月的风霜雨雪，它是否依旧满怀勇气与希望？

当我面对森林的时候，我注视着森林的眼睛。它就是树干上斑驳的年轮和随风摇曳的无数嫩叶。它们既苍老又年轻，流露出大自然无限的生机。

当我在月夜里面对星空的时候，我注视着宇宙的眼睛。那是苍穹无数的星辰。天是那样的幽蓝而辽阔，周围是那样的静寂而悠远。作为一个单独的人，我们是多么的渺小啊！但正是看似微不足道的人类，开始了征服宇宙的长征。在这个意义上，人类有时那样伟大而悲壮。每一个孤立的人，都像小星一样微弱，但集结起来，就可以给迷途的人指引方向，就可以在黑暗中放出光明。

我注视着滔滔的流水，浪花就是它的眼睛。生命在于运动，假如大海没有了波涛，就结束了它浩瀚博大的使命，大海就瞎了，成为死水一潭再也不能负载舟楫远航，再也不能任海鸥翱翔，再也不能繁养无数的水族，再也不能驮着我们在海滩上嬉戏……

世界上所有的生灵都有它们的眼睛。就看你用不用心寻找，就看你有没有勇气和它对视。

当我刚刚开始学习注视别人的眼睛的时候，心中很有些不安。我觉得自己是个小小的孩童，我怎么敢看着别人的眼睛？那不是太不尊敬人了吗？我对妈妈讲了我的顾虑，她笑了，说："那你明天试着看看老师的眼睛。"

第二天，在课堂上，我开始注视老师的眼睛。好怪啊，老师好像专门给我一个人讲课似的。我的思考紧紧地跟随老师的讲解，在知识的密林里寻觅。当讲到重要的地方，我看到老师的眼睛里冒出精彩的火花，我知道自己一定要记住它。当老师的眼光像湖水一样平静的时候，我知道这只需要一般掌握。当我在读老师的眼睛的时候，老师也在读我的眼睛。假如我显现出迷惘与困惑，老师就会停顿他讲解的步伐，在原地连兜几个圈子，直到我的目光重又明亮如洗。假如我调皮地向他眨眨眼睛，他会突然把讲了一半的话咽进嘴里。

他知道我已心领神会，可以继续向下讲了。

我这才知道，眼睛对眼睛，是可以说话的。它们进行无声地交流，在这种通行的世界语里，容不得谎言，用不着翻译。它们比嘴巴更真实地反映着一个人隐秘的内心世界。

随着年龄的增长，我明白了注视别人的眼睛，是一种郑重，是一种尊敬，是一种信任，是一种坦诚。

当然了，这种注视不是死瞪瞪地盯着人家看，那样可真有点儿傻乎乎并且不文雅了。注视的目光应该是宁静而安然的，好像是我们在晴朗的天气眺望远处的青山。

如果我听懂了他的话，我会轻轻地点头。如果我需要他详细解说，我会用目光传达出这种请求。

注视别人的眼睛，也给自己提出了更高的要求。

当我注视别人的眼睛说"谢谢你"的时候，我必须发自内心地真诚。

当我注视别人的眼睛说"对不起"的时候，我必须传递由衷的歉意。

当我注视别人的眼睛说"我能把这件事做好"时，我一定要有"下一个必胜"的信心。

当我注视别人的眼睛说"请相信我"时，我觉得自己陡然间增长了才干和胆魄。

医学家证明，人在说谎的时候，无论他多么历练老辣，他的眼睛都会泄露他的秘密。他的瞳孔会扩散变大，他的视线会游移，眼睑也会不由自主地下垂。

为了我们能够勇敢地注视别人的眼睛并且不怕被别人注视，让我们做一个襟怀坦荡、心灵像水晶般透明的人。

倾听，是你的魅力

我读心理学博士方向课程的时候，有一篇作业是研究"倾听"。刚开始我想，这还不容易啊，人有两耳，只要不是先天失聪，落草就能听见动静。夜半时分，人睡着了，眼睛闭着，耳轮没有开关，一有月落乌啼，人就猛然惊醒，想不倾听都做不到。再者，我做内科医生多年，每天都要无数次地听病人倾倒满腔苦水，鼓膜都起茧子了。所以，倾听对我应不是问题。

查了资料，认真思考，才知差距多多。在"倾听"这门功课上，许多人不及格。如果谈话的人没有我们的学识高，我们就会虚与委蛇地听。如果谈话冗长烦琐，我们就会不客气地打断叙述。如果谈话的人言不及义，我们会明显地露出厌倦的神色。如果谈话的人缺少真知灼见，我们会讽刺挖苦，令他难堪……凡此种种，我都无数次地演过，至今一想起来，无地自容。

世上的人，天然就掌握了倾听艺术的，可说凤毛麟角。

不信，咱们来做一个试验。

你找一个好朋友，对他或她说："我现在同你讲我的心里话，你却不要认真听。你可以东张西望，你可以搔首弄姿，你也可以听音乐、梳头发，干一切你忽然想到的小事，你也可以环顾左右而言他……总之，你什么都可以做，就是不必听我说。"

当你的朋友决定配合你以后，这个游戏就可以开始了。你必须拣一件撕肝裂胆的痛苦事来说，越动感情越好，切不可潦草敷衍。

好了，你说吧……

我猜你说不了多长时间，最多3分钟就会鸣金收兵，无论如何也说不下去了。面对着一个对你的疾苦、你的忧愁无动于衷的家伙，你再无兴趣敞开襟怀。不但你缄口了，而且你感到沮丧和愤怒。你觉得这个朋友愧对你的信任，太不够朋友，你决定以后和他渐疏渐远，你甚至怀疑认识这个人是不是一个错误……

你会说，不认真听别人讲话，会有这样严重的后果吗？我可以很负责地告诉你，正是如此。有很多我们丧失的机遇，有若干阴差阳错的讯息，有不少失之交臂的朋友甚至各奔东西的恋人，那绝缘的起因，都是我们不曾学会倾听。

好了，这个令人不愉快的游戏我们就做到这里。下面，我们来做一个令人愉快的活动。

还是你和你的朋友。这一次，是你的朋友向你诉说刻骨铭心的往事。请你身体前倾，请你目光和煦。你屏息关注着他的眼神，你随着他的情感冲浪而起伏。如果他高兴，你也报以会心的微笑；如果他悲哀，你便陪伴着垂下眼帘；如果他落泪了，你温柔地递上纸巾；如果他久久地沉默，你也和他一样缄口不言……

非常简单。当他说完了，游戏就结束了。你可以问问他，在你这样倾听他的过程中，他感到了什么。

我猜，你的朋友会告诉你，你给了他尊重，给了他关爱。给他的孤独以抚慰，给他的无望以曙光，给他的快乐加倍，给他的哀伤减半。你是他最好的朋友之一，他会记得和你一道度过的难忘时光。

这就是倾听的魔力。

倾听的"倾"字，我原以为就是表示身体向前斜着，用肢体语言表示关爱与注重。翻查字典，其实不然。或者说仅仅这样的理解是不够全面的。倾听，就是"用尽力量去听"。这里的"倾"字，类乎倾巢出动，类乎倾箱倒箧、倾国倾城、倾盆大雨……总之殚精竭虑、毫无保留。

可能有点夸张和矫枉过正，但倾听的重要性我以为必须提到相当的高度来认识，这是一个人心理是否健康的重要标志之一。人活在世上，说和听是两件要务。说，主要是表达自己的思想情感和意识，每一个说话的人都希望别人能够听到自己的声音。听，就是接收他人描述内心想法的信息，以达到沟通和交流的目的。听和说像是鲲鹏的两只翅膀，必须协调展开，才能直上九万里。

现代生活飞速地发展，人的一辈子，不再是蜷缩在一个小村或小镇，而是纵横驰骋、漂洋过海；所接触的人，不再是几十一百，很可能成千上万。要在相对短暂的时间内，让别人听懂你的话，让你听懂别人的话，并且在两颗头脑之间产生碰撞，这就变成了心灵的艺术。

现今鼓励青年的励志书很多，教你怎样展现自我优点，怎样在第一时间给人一个好印象，怎样通过匪夷所思的面试，怎样追逐一见钟情的异性……都有不少绝招。有人就觉得人际交往是一个充满了技术的领域，可以靠掌握若干独门功夫就能翻云覆雨的领域。其实，享有好的人际关系，学会交流，听比说更重要。

从人的发展顺序来看，我们是先学着听。我之所以用了"学着"这个词，是指如果没有系统的学习，有的人可能终其一生都没能学会如何"听"。他可以听到雪落的声音，可他感觉不到肃穆；他可以听到儿童的笑声，可他感受不到纯真；他可以听到旁人的哭泣，却体察不到他人的悲苦；他可以听到内心的呼唤，却不知怎样关爱灵魂。

从婴儿开始，我们就无意识地在听。听亲人的呼唤，听自然界的风雨，听远方的信息，听社会的约定俗成。这是一种模糊的天赋，是可以发扬光大，也可以湮灭无闻的本能。有人练出了发达的听力，有人干脆闭目塞听。有很多描绘这种状态的词语，比如"充耳不闻""置若罔闻"；对"闻"还有歧视性的偏见，比如"百闻不如一见"。

听是需要学习的，它比"说"更重要。如果我们没有听到有关的信息，我们的"说"就是无的放矢。轻率的人，容易下车伊始就哇哩哇啦地说，其实沉着安静地听，更是人生的大境界。

只有认真地听，你才能对周围有更确切的感知，才能对历史有更准确地把握，才能把他人的智慧集于己身，才能拓展自己的眼界和胸怀。

读书是一种更广义的倾听。你借助文字，倾听已逝哲人的教诲。你借助翻译，得知远方异族的灵慧。

倾听使人生丰富多彩，你将不再囿于一己的狭隘，潜入浩瀚的深海。倾听使人谦虚，知道山外有山、天外有天。倾听使人安宁，你知道了孤独和苦难并非只莅临你的屋檐。倾听使人警醒，你知道此时此刻有多少大脑飞速运转，有多少巧手翻飞不息。

倾听是美丽的，你因此发现世界是如此五彩缤纷。倾听是一种幸福的表达，因为你从此不再孤单。

倾听是分层次的。某人在特定的时刻，讲了特定的话。只有当我们心静如水，才能听到他的话外音。年轻人最易犯的毛病是——他明白所有倾听的要素，也懂得做出倾听的姿态，其实呢，他在想着自己待会儿要说的话。他关注的不是述说者，而是自己。"佯听"是很容易露馅的，只要他一开口讲话，神游天外的破绽就败露了。两个面对面述说的人，其实是最危险的敌人。一切都被心灵记录在案。

倾听是老老实实的活儿，来不得半点虚假和做作。倾听是对真诚直截了当地考验。所以，如果你不想倾听，那不是罪过。如果你伪装倾听，就不单是虚伪，而且是愚蠢了。

当我深刻地明白了倾听的本质而不是仅仅把它当成讨好的策略后，倾听就向我展示了它更加美丽的内涵，它无处不在，与生活息息相关。如果你谦虚，以万物为师长，你会听到松涛海啸、雪落冰融，你会听到蚂蚁的微笑和枫叶的叹息。如果你平等待人，你的耐心就有了坚实的基础，你可以从述说者那里获得宝贵的馈赠，这就是温暖的信任和支撑。

年轻的朋友们，让我们学会倾听吧。当你能够沉静地坐下来，目光清澄地注视着对方，抛弃自己的傲慢和虚荣，微微前倾你的身姿，那么你就能听到心与心碰撞的清脆音响，宛若风铃。

仇人的显微镜

　　人一生，会听到很多评价和意见，你不想听也不行。意见的来源，是个有趣的问题。

　　说到意见的来源，最简单的可以分成两大类。一方面来自爱你的人，因为希望你进步，希望你好，希望你幸福，所以他们会指出你的不足。通常我们对这类意见，要么是重视过度，要么是过度地不重视。前者是因为亲人在我们眼中就是人间的上帝，句句是真理。后者也因为和凡间的上帝相处得太久了，反倒觉得老生常谈，把它当成了耳旁风。还有一大类意见，来自恨你的人。我说的这个"恨"，不是血海深仇，不是国恨家仇，它统指对你印象不好的人，和你不对付的人，和你有过节巴望着你倒霉的人。按时下年轻人的话讲，就是和你相克，也许是血型不符，也许是星座不合。那些和你暗中龁着茬的龌龊人，恕我简称为你的"仇人"。

　　对待仇人的意见，有一句很经典的话，叫作"走自己的路，让别人说去吧"。这虽是一剂良药，缺点是起效较慢。很多人试验过这法儿，有时好几个月甚至好几年之后，才能渐渐在想起仇人们的冷语时，心境淡然，还有一个前提——你必须已经找到了一条路，正在走着，方向感明确，有主心骨，步履轻快——说这话的时候底气才较充足。倘若正在彷徨和苦闷中，雨雾迷蒙，路还不知在何方，或者干脆在路边崴了脚或被野兽啃伤了，创口流着血，那这句经典就稍嫌隔靴搔痒，有点近似精神胜利法了。

　　面对仇人的攻伐，如何是好？

　　仇人的话，杀伤力之所以大，是因为那其中常常是有几分真实的。完全的谎话，其实倒并不可怕，因为除了极为弱智的人，一般都可识破。古语说"谣言止于智者"，现在资讯发达，人也吃了很多深海鱼油，智者可能比古时还要多些，所以对完全胡说八道的东西倒不必太过担心。如果仇人的话，是完全的真实，我看是应该感激的，请你低下自己的头。这不是认输或是领认了侮辱，而是真心实意地表达对真实的敬畏。只要他说的对，不必介意他的人品，只需看重他的意见。仇人的真知灼见，也许会让你因此得到终身受用的教诲，他在无意中就送了一个大礼给你，他就成了你的恩人。这就是很多人常常说的，我最感激的是那些侮辱攻击放弃我的人，他们让我懂得了如何做人，才有了今天的成就……

每逢我看到这种话，总觉得略微娇情了些。我不会感谢那些本来想侮辱我的人，他们不应该因为仇视和狭隘受到感激。仇恨和狭隘，常常是可以置人于死地的；你没有死，是因为你救了自己。你应该感谢的只有一个人，那就是你自己。

即使你从仇人喷涌而来的污泥浊水中，荡涤出了金沙，你也可以依然保持你的仇恨，如同保持你脊骨的硬度，但这并不妨碍你思忖他们的意见。因为只有仇人，才会深深研究你的要害。因为他恨你，所以他就时刻盯着你，对你观察得格外细致，思索得格外刻毒。试想一下，如果我们用显微镜看事物，那普天之下，就没有一处洁净的地方了，到处都是繁殖的细菌，蠕动的螨虫……

然而，依然有阳光。

你的仇人，就是瞄准你的显微镜。

第 6000 次回答

　　某机构驻北京办事处的首席代表，是一位外籍女华人。

　　一次聊天，她说，本公司待遇优厚，事业发展很有前途，因此每次招聘白领，硕士、博士云集，真像一句北京土话形容的——可用簸箕论堆儿撮。好中选优，我的用人标准非常简单。开始阶段，完全唯文凭是举，而且一定要名牌大学的高才生。

　　我说，这样做是否有遗珠之憾？自学成才的也大有人在，俗话说包子有肉不在褶儿上，路遥知马力，日久见人心啊。

　　首席代表点头道，你讲的也有几分道理，但现代社会如此快节奏，哪儿有时间像个老农似的慢慢考察马的能力？我没有火眼金睛能看穿人的心肺，只有凭借他的历史。如果是匹千里马，早该穿云破雾战功赫赫。馅儿里藏着很多肉的包子，必会油汪汪、香气扑鼻，不能等咬了一口才知道。

　　名牌大学的学生，当然也非个个金刚不坏之身，但杰出人才的保险系数大一些。你想啊，重点大学的学生一般来自重点中学，重点中学来自重点小学……据说一个小学生大约要考 500 次试。念到博士毕业，便经历了成千上万次考试。

　　都说现在学生压力大、精神负担重，能在大负荷下成绩优等，不曾考试昏倒，没有长期失眠，精神无分裂，身体未崩溃……不正说明了他毅力顽强、心理素质稳定，是可堪造就的人才吗？

　　再者，我喜欢名牌大学学生的自信和优越感，那是一种从小积攒起来的雄厚功力和接受了某种训练培育出的虚张声势型自信，内在质量不一样。后面这种东西，一般的场合下还可凑合，但到关键时刻需要大胆魄、大气概时就易溃败瓦解。

　　现代商战很残酷，谁能在气势上压倒对方，进退有度，坚持到最后一分钟，才能成为长远的赢家。当然，衡量人的整体素质，是综合指标，但我哪儿有那么多时间一一鉴定？只有忙中取巧，简化约分，把复杂的问题程式化。

打仗时，大家挑选勇敢的人。和平年代，人们便用名牌大学这孔筛子，做用人的初步甄别。

我说，您的这套观点和现在的素质教育不符啊。人才应该是一个更广博的概念。

首席代表说，我也是无奈。除了分数，中国现在还有哪种比较公平公开而又负责任的评定指标可供用人单位参考？国外是有这种标准的。

我女儿和她的伙伴，都特别踊跃地参加志愿者服务队伍。工作是义务的，没有报酬，但登记处的表格摞得天高。孩子们要是得知申请获得接受，被指派了为公众服务的机会，会非常高兴。

动机并不完全出于无私的爱心，关键在于活动结束后，用人部门会出示对志愿者能力和责任感的评语。此种经历和得分，对于就业极为重要。

女儿领受任务回家，对着镜子咧着嘴不停笑。她平常性格内向，不大动表情。

那一天，她直笑得腮帮上的肌肉都哆嗦起来，好像白天跑了太多的路，睡觉时小腿抽筋一样。我说，艾尼卡，你这是怎么啦？按照中国话说，是吃了笑婆婆的尿了吗？女儿说，妈妈，我被分到一家像迪士尼乐园那样的游乐城，将穿着员工的制服站在一个岔路口为游人指路。经过测算，游人从进园玩到我所站立的地方，有三分之一的人会有需要方便的念头。

虽然一路标有显著的卫生间指示牌，但仍有很多人会四处张望，向服务人员打听——洗手间在哪里？这个时候，我的工作，喏，就是一边打手势一边笑容满面地回答：请往这边走。

工作基本就是如此，很简单，很单调，但是必不可少。今天，公园服务总管问我，你知道每天要说多少遍"请往这边走"吗？我说，不知道。总管说，要回答6000遍。这句话，我相信你在说第一遍的时候会亲切可人、温柔有加，说到1000次的时候也还算彬彬有礼，但你能保证在每天第6000次重复它时，脸上依旧是真切的笑意，口气中没有一丝厌倦的情绪吗？如果你做不到，现在离开还来得及。

我心中一抽，女儿个性强，能承担如此乏味的工作和持续地善待他人吗？没有把握啊。忙问，艾尼卡，你怎样回答？女儿说，我想，这是一个培养爱心、锻炼耐力的好机会，再说为了得到一个就业参考的好分数，我就咬牙答应下来了。您没看我正在练习微笑吗？

艾尼卡真的说到做到了。我曾在游乐园快下班的时候偷窥过她，那大概已经是她当天的第5000多次微笑了，依旧纯真善良、举止到位，无一敷衍。以至义务劳动结束时，她说，妈妈，我已经忘记如何表示愤怒了。当然，她得到了很好的评语。

听完首席代表的话，我说，您这样一讲，我是又明白又糊涂了。明白的是，艾尼卡是一个好孩子。糊涂的是，既然人的优良品质是培养出来的，这不又和您的天生自信学说矛盾了吗？

首席代表笑起来说，不要钻我的空子啊。天生素质当然最好，如果不具备，就只好退而求其次。好比天然的大虾捕捞光了，人工养殖的也行啊。天才加上训练，就更棒啦！

你站在金字塔的第几层

美国心理学家马斯洛有一段名言："如果你有意地避重就轻，去做比你尽力所能做到的更小的事情，那么我警告你，在你今后的日子里，你将是很不幸的。因为你总是要逃避那些和你的能力相联系的各种机会和可能性。"每逢读到，我总是心怀战栗地感动。

一个人就像是一粒种子，天生就有发芽的欲望。只要是一颗健康的种子，哪怕是在地下埋藏千年，哪怕是到太空遨游过一圈，哪怕被冰雪封盖，哪怕经过了鸟禽消化液的浸泡，哪怕被风剑霜刀连续斩杀……只要那宝贵的胚芽还在，一到时机成熟，它就会在阳光下探出头来，绽开勃勃的生机。

现代心理学有很多精彩的论证，这些论证不能像实证的物理、化学，拿出若干铁一般的证据，心理学的很多假说，建立在对人的行为的推断和研究之上，被千千万万的人所证实。

马斯洛先生所创建的人的基本需要的"金字塔"理论，就是这样一个伟大的学说。他研究了很多人的行为和动机，特别是那些自我实现程度很高的人，之后得出了一个结论。简言之，就是在我们人类的精神内核中，存在着一个内在需要的金字塔，分成了五个台阶。

在第一个台阶上，是我们的温饱需要——最基本的生存之道。饥肠辘辘，你今晚吃什么饭？是人的第一考虑。寒冬腊月的，你今夜睡在哪里？是火车站的长凳还是马路上的水泥管？这都是头等大事。

当这个需要满足之后，紧接着就是安全的需要了。你有了吃有了住，你今天的生命是有了保障了，可是如果你被其他的人或是动物或是自然界的恶劣条件所侵犯，你远期的生命就陷在水深火热之中了。因此，一旦温饱不成问题，人马上就考虑安全系数。这一点，如果你不相信，尽可以放眼看去，马上能看到富人区森严的保安和世上风行的形形色色的自卫器械。当你从一个熟识的环境换到一个新环境，那不安和紧张，与陌生人交谈时的畏葸和不自在，如此等等，都从另一个方面证实了安全对人的重要性。

现在我们已经到了金字塔的第三台阶。在这个台阶上大大地写着"爱"。这不仅是男女之爱，亲子之爱，手足之爱……这些源于血缘和繁衍的爱意，还有同伴之爱、集体之爱、祖国之爱、民族之爱、文化之爱……总之，这里所提到的"爱"，有着宽泛的含义，但它是那样不可或缺，是人类精神活动的高级需要。我们常常说，一个不懂得爱的人是灰暗和孤独的。也就是说人的精神需要如果不能完成这种超越和提升，就是饱含瑕疵的半成品。

爱之高处，就是尊严感了。人是一种特殊的动物，人是有尊严感的。一条虫子可以没有尊严，一株树木可以没有尊严，但是一个人不是这样。如果丧失了尊严感，那就不是一个完整的人了。中国的古话里有"不吃嗟来之食"，有"士可杀不可辱"，有"君子一言，驷马难追"，等等，讲的都是尊严的问题。

在金字塔的最高点，屹立着自我价值的体现和追求。什么是自我价值的最高体现——那就是充满了创造性的劳动。我以为劳动是有高下之分的，不是指在价值层面上，而是指在带给人的由衷喜悦程度上。你可以想象并同意一个科学家在得不到任何报酬的情形下，不倦地研究某一个与现实相隔十万八千里的学术问题。比如"哥德巴赫猜想"，为自己换不到一块窝头，但毫无疑问，陈景润乐在其中；你基本上不能同意一位老农在得知三年没有人收购麦子的情况下，除了自己够吃之外还会不辞劳苦地广撒麦种。在前者，创造性的劳动里面蕴含着强大的挑战和快乐；在后者，则充斥着重复性劳动的艰辛和疲惫。

人类精神需要的金字塔，在某种意义上讲，是一种铁律，几乎是不可逃避的。当然，我们不能想象一个人在自己的温饱都得不到保障的时候，能够像斯蒂芬·霍金那样去研究宇宙大爆炸这样的问题。这也就是鲁迅先生所说的：年轻人，一是要生存，二是要发展。有一个顺序，有孰先孰后的问题。在解决了温饱和安全这些最基本的生存需要之后，你必定要不满足，你必定要有新的追求。人类精神发育的法则，你是绕不过去的。你吃得饱了，你睡得暖了，你有大房子了，你安居乐业了，你很有安全的保障了……可是，我敢说，在心底最深邃的地方，你有火焰一样的躁动，你如果无法满足它，你就没有恒久的快乐。

让我们回到本文开端所引用的马斯洛的那段话。你以为你逃避了风险，你以为你躲避了责任，你以为你成功地掩饰了自己的才华，你以为你心甘情愿地收敛包裹自己，你就可以在人们的艳羡之中安安稳稳地过此一生了吗？我相信，你可以用奢华的装备和风流倜傥的举止成功地欺骗几乎所有的人，包括和你至亲至爱之人，但是，每每月朗星稀之时，你永远欺骗不了的一个人，就会在你独处的时候顽强地站在你的面前，拷问你、鞭挞你、谴责你、纠正你……这个人不是别人，正是你自己！由于每一个人都是那样地与众不同，由于你所具有的内在生命力一直在熊熊燃烧，所以，当你完成了自己人生的台阶之后，你就要向上攀登。你只有在这种不倦的探索中才能丰富自己的人生，才能得到生命的欢愉，才能感觉到自己内在的充实和价值。

人是追求创造性快乐的动物，如同飞越大洋的候鸟脑内的罗盘，掌控着我们的一系列选择和决定。你一生将成为怎样的人？在你的价值体系里是怎样的顺序？这些看起来很浩大很空茫的标准，实际上很细致地决定着我们的工作、学习、生活的各个层面。

记得我在北大讲演的时候，有同学递上来一张字条，上面写着："我智商很高，从小到大一直是班干部，考上北大更证明了我的实力。只要我愿意，继续读硕士和博士都不成问题。你说，我选择金钱作为我一生奋斗的大目标，你看怎样？"

我把这张字条念了。我说："我很感谢这位同学对我的信任，人生的价值是多元的，以金钱为自己终生的奋斗目标，也大有人在。但我以为，金钱只是手段，在它之后，还有更为深远的目标在引导着你。如果你唯钱是图，那么，你的周围将没有真正的朋友。因为古往今来，已经无数次地证明了，在金钱的旗帜下会聚拢来很多无耻小人。同时，你很可能得不到真正的爱情。因为爱情可以被金钱所出卖，却不可被金钱所购买。那个爱上你的人，有可能不是爱你本人，而是爱上了你的信用卡。如果你把金钱当成了证明你的自我价值的工具，我要说，除了单一和狭隘，还有一种盲从，你用世俗的标准代替了内在的准星。"

我翻阅了几期《华融之声》，看到华融人的志气和理想。谈到从工商银行调到华融来的理由，最主要的是期望自己的能力得到更好地发展。我觉得这是很好的理由，是内心和外在的统一，是朝着自我实现路上的迈进。当然了，自我实现的路，绝不会是一帆风顺的。我们常常会遭遇到挫折和失败，但人生的价值并不在于永远是胜利和成功，而在于这个过程当中我们得到了独一无二的属于自己的体验。在生存之道解决之后，在工作中得到乐趣，就是一个极好的选择。要知道，我们每个人，一生用于工作的时间大于7万小时。可不要小瞧了这7万小时，如果你是在快乐和创造中，你是在自我寻找价值的挑战中，你的人生就会过得很充实。如果你只是为了更多的钱、更宽敞的房子、更多的应酬和名声上的虚荣，你将在7万小时甚至更多的时间里委屈着自己，扼杀着自己，毁灭着自己的自由。

我在美国印第安人的保留地，遇到一位印第安族的心理学家。她说："在我们古老的印第安人那里，有一个风俗，即使自己的温饱没有解决，我们也会用自己的食物拯救他人。因为，对我们来说，帮助别人是精神的传统。"

她说："我并不是要挑战马斯洛，我只是说，精神有时比肉体更重要。"

这是那位印第安族心理学家最后留给我的话。

盲人看

　　每逢放学的时候，附近的那所小学就有稠密的人群糊在铁门前，好似风暴前的蚁穴。那是家长等着接各自的孩童回家。

　　在远离人群的地方，有个人倚着毛白杨悄无声息地站着，从不张望校门口。直到有一个孩子飞快地跑过来，拉着他说，爸，咱们回家。他把左手交给孩子，右手拄起盲杖，一同横穿马路。

　　多年前，这盲人常蹲在路边，用二胡拉很哀伤的曲调。他技艺不好，琴也质劣，音符断断续续地抽噎，叫人听了只想快快远离。他面前的盛着零钱的破罐头盒，永远看得到锈蚀的罐底。我偶尔放一点儿钱进去，也是堵着耳朵到近前。

　　后来，他摆了个小摊子，卖点儿手绢、袜子什么的，生意很淡。一天晚上，我回家，一下公共汽车，黑寂就包抄过来。原来这一片突然停电，连路灯都灭了，只有电线杆旁一束光柱如食指捅破星天。靠近才见是那盲人打了手电，在卖蜡烛、火柴，价钱很便宜。我赶紧买了一份，喜滋滋地觉着带回光明给亲人。

　　之后的某个白日，我又在路旁看到盲人，就气哼哼地走过去，说："你也不能趁着停电发这种不义之财啊！那天你卖的蜡烛算什么货色啊？蜡烛油四下流，烫了我的手。烛捻儿一点也不亮，小得像个萤火虫尾巴。"

　　他愣愣地把塌陷的眼窝对着我，半天才说："对不住，我……不知道……蜡烛的光……该有多大，萤火虫的尾巴……是多亮。那天听说停电，就赶紧批了蜡烛来卖。我知道……黑了，难受。"

　　我呆住了。那个漆黑的夜晚，即使烛光如豆，还是比完全的黑暗好了不知几多。一个盲人在为明眼人操劳，我还不分青红皂白地指责他，我好悔。

　　后来，我很长时间没有到他的摊子买东西。确信他把我的声音忘掉之后，有一天，我买了一堆杂物，然后放下了 50 块钱，对盲人说："不必找了。"

我抱着那些东西，走了没几步，被他叫住了："大姐，你给我的是多少钱啊？"

我说："是 50 元。"

他说："我从来没拿过这么大的票子。"

见他先是平着指肚，后是立起掌根，反复摩挲钞票的正反面。我说："这钱是真的，你放心。"

他笑笑说："我从来没收过假钱。谁要是欺负一个瞎子，他的心就先瞎了。我只是不能收您这么多的钱，我是在做买卖啊。"

我知道自己又一次错了。

不知他在哪里学了按摩，经济上渐渐有了起色，从乡下找了一个盲姑娘，成了亲。一天，我到公园去，忽然看到他们夫妻相跟着，沿着花径在走。四周湖光山色美若仙境，我想，这对他们来讲，真是一种残酷。

闪过他们身旁的时候，听到盲夫在炫耀地问："怎么样？我领你来这儿，景色不错吧？好好看看吧。"

盲妻不服气地说："好像你看过似的。"

盲夫很肯定地说："我看过，常来看的。"

听一个盲人连连响亮地说出"看"这个词，叫人顿生悲凉，也觉出一些滑稽。

盲妻反唇相讥道："介绍人不是说你胎里瞎吗？啥时看到这里好景色的呢？"

盲夫说："别人用眼看，咱可以用心看，用耳朵看，用手看，用鼻子看……加起来一点儿不比别人少啊。"

他说着，用手捉了妻子的手指，沿着粗糙的树皮攀上去，停在一片极小的叶子上，说："你看到了吗？多老的树，芽子也是嫩的。"

那一瞬，我凛然一惊。世上有很多东西，看了如同未看，我们眼在神不在。记住并真正懂得的东西，必得被心房茧住啊。

后来盲夫妇有了果实，一个瞳仁亮如秋水的男孩。他渐渐长大，上了小学，盲人便天天接送。

初起那孩童躲在盲人背后，跟着杖子走。慢慢胆子壮了，绿灯一亮，他就跳着要越过去。父亲总是死死拽住他，用盲杖戳着柏油路说："让我再听听，近处没有车轮声，我们才可动……"

　　终有一天，孩子对父亲讲："爸，我给你带路吧。"他拉起父亲，东张西望，然后一蹦一跳地越过地上的斑马线。于是盲人第一次提起他的盲杖，跟着目光如炬的孩子，无所顾忌地前行，脚步抬得高高，轻捷如飞。

　　孩子越来越大了。当明眼人都不再接送这么高的孩子时，盲人依旧每天倚在校旁的杨树下，等待着。

柱子的弹性

有一个故事，说的是一根柱子。一根 300 年前的柱子。那根柱子很坚固，支撑着一座宏伟的大厅。那座大厅很大，大到修建的时候没有人相信一根柱子就能支撑起沉重的穹顶。年轻的建筑师用了种种的科学方程式，来证实他的这根柱子是何等的牢靠和坚固，足够应用。人们虽然不能反对他的公式，但却可以反对由他来担当这座市政大厅的总设计师。

年轻的设计师面临着一个选择。如果他坚持他的设计，那么，他的设计就永远停留在纸上了。如果他变更他的设计，人们就看不到这根独撑穹顶的柱子了。设计师沉吟再三，修改了他的图纸，又添加了四根柱子。人们对这个更加稳妥的设计拍手叫好，据此建起了壮丽的大厦。

很多年过去了。年轻的设计师变成了墓碑，大地震袭击了城市，很多建筑都倒塌了，唯有具有五根柱子的市政大厅依然巍峨耸立。人们说："幸亏有五根柱子啊！"

终于到了维修的时刻。人们惊讶地发现，除了最早设计的那根独撑天下的柱子，其余的四根柱子距离穹顶都有一道窄窄的间隙。也就是说，它们并不承接穹顶的重量，只是美丽的摆设。

于是人们惊叹这匪夷所思的设计，给予设计者以排山倒海的赞美。回答他们的只是墓草的摇曳。

设计师没有收获生前的称誉，但他收获了一根柱子。设计师是可以怒发冲冠一走了之的，但为了他的柱子的诞生，他妥协和避让了。设计师是可以在事成之后即刻就公布他的计谋的，但为了他的柱子无可辩驳的质地，他保持了宁静的缄默。设计师是可以在一份遗嘱或一部著作中表达他的先见和果敢的，但为了他的柱子的荣誉，他不再贪恋丝毫的浮华。设计师为了他的柱子，隐没在历史的尘埃中。

这是一根有弹性的柱子。他的设计者把自己的性格赋予了它，于是柱子比设计师活得更长久。

失却四肢的泳者

一位外国女孩，给我讲了这样一个故事。

举行残障人运动会，报名的时候，来了一个失却双腿的人，说他要参加游泳比赛。登记小姐很小心地询问："您在水里将怎样游呢？"失却双腿的人说："我会用双手游泳。"

又来了一个失却双臂的人，也要报名参加游泳比赛。小姐问："您将如何游呢？"失却双臂的人说："我会用双脚游泳。"

小姐刚给他们登记完，又来了一个既没有双腿也没有双臂，也就是说，整个失却四肢的人，也要报名参加游泳比赛。小姐竭力镇静，小声问："您将怎样游泳？"那人笑嘻嘻地答道："我将用耳朵游泳。"

他失却四肢的躯体好似圆滚滚的梭。由于长久的努力，他的耳朵硕大而强健，能十分灵活地扑动向前。下水试游，他如同一枚鱼雷出舱，速度比常人还快。于是，知道底细的人们暗暗传说，一个伟大的世界纪录即将诞生。

正式比赛那一天，人山人海。当失却四肢的人出现在跳台的时候，简直山呼海啸。发令枪响了，运动员扑通扑通入水。一道道白箭推进，浪花迸溅，竟令人一时看不清英雄的所在。比赛的结果出来了，冠军是失却双臂的人，亚军是失却双腿的人，季军是……

英雄呢？没有人看到英雄在哪里，起码是在终点线的附近找不着英雄独特的身姿。真奇怪，大家分明看到失却四肢的游泳者跳进水里了啊！

于是更多的人开始寻找，终于在起点附近摸到了英雄。他沉入水底，已经淹死了。在他的头上，戴着一顶鲜艳的游泳帽，遮住了耳朵。那是根据泳场规则，在比赛前由一位美丽的姑娘给他戴上的。

我曾把这个故事讲给旁人听。听完之后的反应，形形色色。

有人说："那是一个阴谋。可能是哪个想夺冠军的人出的损招，扼杀了别人才能保住自己。"

有人说："那个来送泳帽的人，如果不是一个漂亮的女孩子就好了，泳者就不会神魂颠倒。就算全世界的人都忘记了他的耳朵的功能，他也会保持清醒，拒绝戴那顶美丽却杀人的帽子。"

有人说："既然没了手和脚，就该守本分，游什么泳呢？要知道水火无情，孤注一掷的时候，风险随时会将你吞没。"

有人说："为什么要有这么混账的规则，游泳帽有什么作用？各行各业都有这种教条的规矩，不知害了多少人才，重重陋习何时才会终结？"

我把这些议论告诉女孩。她说："干吗都是负面？这是一个笑话啊，虽然有一点儿深沉。当我们完整的时候，奋斗比较容易。当我们没有手的时候，我们可以用脚奋斗。当我们没有脚的时候，我们可以用手奋斗。当我们手和脚都没有的时候，我们可以用耳朵奋斗。"

但是，即使在这时，我们依然有失败甚至完全毁灭的可能。很多英雄，在战胜了常人难以想象的艰难困苦之后，并没有得到最后的成功。

凶手正是自己的耳朵——你最值得骄傲的本领！

断臂的姐姐

我有一个妹妹，比我年轻（这是废话啦），聪慧机警。她在北大读完计算机专业，到一家工厂当工程师。多年来，她一直是我的作品的忠实读者，经常提出一些很尖锐、很中肯的意见，使我受益匪浅。

原以为我俩一文一理，是两股道上跑的车，绝无聚头的日子。不想随着国门打开，洋货涌入，国产计算机的局势日见危急，妹妹所在的工厂濒临倒闭，最后竟到了只发微薄的生活费的境地。

一日，老母对我说，看你写些小文章，经常有淡绿色的汇款单寄来，虽说仨瓜俩枣的，管不了什么大事，终是可以让你贴补些家用，给孩子买只烧鸡的时候，手不至于哆嗦得太甚。你既有了这个本事，何不教你亲妹妹两招。她反正也闲得无事，试着写写，万一高中了，岂不也宽裕些？

母亲这样一说，倒让我很不好意思起来，好像长久以来自己私藏了一件祖传的宝贝，只顾独享，怠慢了一奶同胞的妹妹。

我支吾着说，世界级的大文豪海明威先生说过，写作这种才能，是几百万人当中才能摊上一份的，不是谁想写都能写的。

老母撇撇嘴说，她与你同父同母，我就不信只有你能写，她就写不得！

话说到这份儿上，我只有对妹妹说，你写一篇，拿来给我看看。

妹妹很为难地说，写什么呢？我又不像你，到过人迹罕至的西藏。我是生在北京，长在北京，最远的旅行就是到了北大的未名湖畔。这样简单的人生经历，写出的文章，只怕小孩子都不会看的。

我说，先不要想那么多吧。你就从你最熟悉最喜欢的事情写起，不要有任何顾虑和框框。写的时候也不要回头看，写作就像走夜路，一回头就会看到鬼影，失了写下去的勇气。你只管一门心思地写，一切等你写出来再说。

妹妹听完我的话，就回她自己的家去了。其后的很长一段时间无声无息。

当我几乎把这件事忘记的时候,她很腼腆地交给我几张纸,说是小说稿写完了,请我指正。

我拿着那几张纸,翻来覆去地看了好几遍,好像是在研究这纸是什么材料制成的。我知道妹妹很紧张地注视着我,等待着我的裁决。我故意把这段时间拉得很长——不是要折磨她,是在反复推敲自己的结论是否公正。

我慢吞吞地说,你的文章,我看完了。我在这里看到了许多不成熟和粗疏的地方,但是,我要坦率地说,你的文字里面蕴含着一种才能……

妹妹吃惊地说,你不是骗我吧?不是故意在鼓励我吧?这是真的吗?我真的可以写一点儿东西吗?

我说,我有什么必要骗你呢?写作是一件很辛苦的事情,说真的,我真不愿你加入这个行列,它比你做电脑工程师的成功概率要低得多。但是,如果你喜欢,可以一试,李白说过,天生我材必有用。如果你爱好用笔来传达你对人世间的感慨,就沿着这条路走下去好了。

妹妹的脸红起来,说,姐姐,我愿一试。

我说,那好吧,回去再写十篇来。

用了大约一年时间,妹妹的十篇文章才写好。我一次都没有催过她。我固执地认为,一个人如果真正热爱一个行当,不用人催,他也会努力的。若是不热爱,催也无用。

当我看到厚厚一沓用计算机打得眉清目秀的稿子时,知道妹妹下了大功夫。读稿的时候,我紧张地控制着表情肌,什么神态也不显露出来。看过之后,把稿子随手递还。

怎么样呢?她焦灼地问。

我淡淡地说,还好,起码比我想象的要好得多。有几篇甚至可以说是很不错的了。

妹妹很明显地松了一口气,说,这下我就放心了。把稿件又塞给我。

想干什么?我陡然变色。

妹妹说,我写好了,属于我的事就干完了,剩下的活儿就是你的了。你在文学界有那么多的朋友,帮我转一下稿子,该是轻而易举的啊。

我说,是啊是啊,举手之劳。但是,我不能给你做这件事。

在旁侧耳细听的老母搭了腔,你平常不是经常给素不相识的文学青年转稿子吗,怎么到了自己的亲妹妹头上反倒这样推三阻四?

我把手压在妹妹的文稿之上，对她说，转稿子是很容易的事情，只是我想让你经历一个文学青年应该走的全部磨炼过程。正是因为你不仅仅是为了发一篇稿子，你是为了热爱，把写作当作终生喜爱的事业来看待的，所以我更不能帮你这个忙。为你转了稿，其实是害了你。经了我的手，你的稿子发了，你就弄不清到底是自己已到了能发表的水平还是沾了姐姐的光。况且我能帮你发一篇，我不能帮你发所有的篇目。就算我有力量帮你发了所有的作品，那究竟是你的能力还是我的能力呢？一个有志气的人，应该一针一线、一砖一瓦都由自己独立完成。

妹妹沉思良久后说，姐姐，这么说，你是不愿帮我的忙了？

我说，妹妹，姐姐愿意帮你。只是如何帮法，要依我的主意。在这件事上，请你原谅，姐姐只肯出脑，不肯出手。我可以用嘴指出你的作品有何不足，但我不会伸出一根手指接触你的稿子。

老母在一旁说，是不是因你当初是单枪匹马走上文坛的，今天对自己的妹妹才这般冷面无情？

我说，妈妈，我至今感谢你和父亲在文化圈子里没有一个熟人，感谢我写第一篇作品时的举目无亲。它激我努力，逼我向前。我不能因自己干了这一行，就剥夺了妹妹从零开始的努力过程。这对于一个作家是太重要的锻炼，犹如一个婴儿是吃母乳还是喝苞谷糊糊长大，体质绝不相同。

妹妹说，姐姐于我，要做西西里岛上出土的维纳斯，不肯伸出双臂。

我说，错，维纳斯的胳膊是别人给她折断的，欲补不能；我是王佐，自断一臂。

妹妹说，我懂了。

在其后又是将近一年的时光中，妹妹像没头苍蝇似的，为她的文稿寻找编辑部。我在一旁冷眼旁观，这中间我有无数次机会举荐她的稿子，但我时时同自己想要帮她一把的念头，做着不懈的斗争。我替毫不相干的青年转稿子，殷勤地向编辑询问他们稿子的下落，竭尽全力地为他们的作品说好话……但我信守诺言，没有一个字提及妹妹的作品。

妹妹在图书馆找到各种编辑部的地址，忐忑不安地寄出她的稿子，然后是夜不能寐的、漫长焦灼的等待……终于，她的十篇文稿全部投中，在各种刊物上发表了。

居然无一退稿！而且这都是我自己奋斗来的啊！妹妹喜极而泣，自信心空前地加强了。

老母对我说，想不到你这招儿居然很灵，只是为一服虎狼之药，药性凶猛了些。

我说，哪里是什么虎狼之药，不过是平常人的正常遭遇罢了。我们现在凡做一事，总是先想到认识什么人，试图依靠他人的力量。其实，这世上最值得信赖的人正是你自己。尤其是那种成功概率比较低的事，更要凭自己的双手去做，以积累经验。过程掺了水分，不如不做。

老母笑吟吟地说，现如今两个女儿的文字都可换回些柴米油盐酱醋茶钱，喜煞人也。

我拉着妹妹的手说，革命尚未成功，你我仍须努力啊。

为富人担保的穷人

南方的一座小城。

瘦弱的女人，大约四十岁，朴素到陈旧的装束，使人很难把她和推销信用卡这种新潮行当联系起来。她业绩显赫，在很短的时间内就推销了上千张，每张卡一千元开户，且全部是个人购买。

你干得很出色啊。我说。

人到了没办法的时候，就给逼出主意来了……我原在工厂做工，后来不景气……银行给了我一大堆表，每张表相当于一张卡。要是我不能把这些卡推销出去，今后的工作就很难说……她淡淡地讲着，表情也像一张新的信用卡，平和而干净。

你的第一张卡卖给谁了呢？是不是很难？我小心地问，万事开头难，以她的年纪、长相和性格，第一步肯定布满荆棘。

没想到她笑起来，说，第一张是一点也不难的，我一下子就卖出去了。我自己买了我的第一张卡。虽然没那么多闲钱，但我得先学会用卡，要是我都稀里糊涂的，还能指望别人买卡吗？

说着，她从衣袋里掏出一个男用钱夹，里头小隔层很多，好像盛不了多少钱，是人造革的。她一边说一边很亲切地抚摸着皮夹，好像它是一只有呼吸的小动物。它是我工作的帮手，用个文明词，就是道具。

她接着讲述卖第二张卡的经历。

那是一户大款。我把来意说了。他连头也不抬地说，你给我出去，我不要什么卡。积我多少年的经验，没有什么比现钱更好使的东西了。

我说，您的生意越做越大，钱会越聚越多。总有一天，您带的现钱会使您走不动路。

他把头抬起来一字一顿地说，那我会雇人给我扛着钱。

我说积我多少年的经验，钱放在谁的口袋里，也不如放在自己兜里保险。我请您看看这个国外最新式样的钱夹。

　　他注意地盯着我说，你是推销钱夹还是推销信用卡的？

　　我不理他，把小隔层一个个展示给他看。然后说："这些地方都是装信用卡的，真正有钱的人，随身带的是卡而不是钱。当然他们有时也带一点儿零钱，那是为了付小费和施舍乞丐。用卡是一种文明的方式，真正的大亨是不屑于用大拇指数钱的，他们只用食指把卡推过去。假如您到大饭店请朋友吃饭，当着客人的面数一大沓旧钞票，是一件煞风景的事。别的不说，就说钞票不干净，上面带着数不清的病菌，您跟别人握手，人家也许会嫌您脏……

　　他突然打断我的话，说，你还有完没完了？咒我啊？我买你的卡就是了！

　　说完这段经历，她又安静地沉默下来。

　　我说，你对大款倒真是不卑不亢，但世上的大款终究是少数，对工薪阶层你说什么呢？

　　女人说，我对那些常常出差的人讲，你们出门在外，最怕的不就是丢钱吗？办事且不说，单是在天上飞来飞去，机票钱就不是个小数目。放在哪里呢？只有放在贴身的内衣口袋里最保险，咱们都这么大岁数了，我也不怕难为情，街上卖的带拉锁的裤头就是干这个使的。可夏天您就不出汗了？出了汗您就不洗内衣了？那点钱像耗子搬家似的藏来藏去，烦不烦人？要是遇着临时用钱的事，你还得上厕所掏钱，着急不着急？

　　听你这么一说，他们一定乐意买卡了。我说。

　　也不一定。有的人是立马儿掏钱了，也有的人说，别把你的卡说得那么好，带钱会丢，带卡就不会丢了吗？小偷可不认这个理！

　　那你怎么回答呢？我有些替她着急。

　　我就说，使卡的时候，要和本人的身份证配合着用。您把卡装在左兜里，把身份证装在右兜里。单偷了卡，他也没法用。哪儿那么巧，小偷先掏了您左兜又掏您右兜，您就把卡和身份证一块儿都丢了呢？回来补个卡就是了，避免了损失。听我这么一说，那些出差的人就笑起来，说我们买你的卡就是了。

　　我说，这座城市并不大，就算大款和出差的人都买了你的卡，离你要完成的数量也还差着呢。

　　她叹了一口气说，是啊，我就是只有再想办法了。

　　比如碰到有人结婚，我就找到他的朋友们，说，你们正在想送给新人什么礼物吧？我给你们出个主意，凑钱送他们一张信用卡吧，这比送人家一大堆锅碗瓢盆、床单被面要好。一是小两口可以买自己心爱的东西，你们就尽了心意。二是什么时候人家用起这卡来，都会想起朋友的情意。哪怕卡上的钱用完了，他们自己往卡里续钱，也还记得你们开的这个头……

要是哪个单位效益好，预备表彰先进模范，我就去对领导说，给你们的先进人物送一张卡吧，这个礼物新颖……

女人说，不过，一下子能奖励一千块钱的单位并不多。有的领导说，我们的胃口没有那么大。我就说，您只需奖二十块钱就行。轮到领导搞不懂了。我说，每张卡需要20块钱的开户费，您把这个钱出了，剩下的钱由个人出，也可以啊。现在的20块钱实在算不了什么，买只烧鸡还缺条腿呢。您要是单奖给谁20块钱，保证拿不出手，可您奖了他这个开户的手续，礼轻情意重啊！中国人有时候挺怪的，心疼小钱，不心疼大钱。许多人不愿意让这个开户的资格作废，就买了卡……

我说，看来你很顺利啊。

她停顿了一下说，我光跟您说好的了，也有很为难的时候。

我说，举一个你最为难的例子好吗？

她低下头，短发遮没了半个脸庞，一种疲倦的沧桑浮上眼帘，眼角罩起银杏叶一般的纹路。

有一次，我向一位总经理推销信用卡……她困难地说。

无论在哪个部门，我都是从最大的头头开始推销。上行下效，中国人信这个。只要领导买了，底下的人就放心了，要不，你说破天，大家也不信你。

买卡是需要担保人的。也就是说，如果持卡人恶意透支的话，担保人要承担损失。因为银行是以天为单位结算的，如果有人在一天内快速支出巨额，不到晚上结算的时候，电脑是反映不出来的。假如这个人跑了，银行的损失就得找担保人了。

我请总经理代表单位为他的职员担保。

他说，这年头，谁能担保得了谁呢？当父母的担保不了儿女，丈夫担保不了老婆。我不能为他们担保。

我说，如果你不能为所有的员工担保，只为您的高级职员担保吧。

他说，那也不行，我信不过他们。

我说，那您只为您的副总经理担保如何？

总经理说，除了我自己，我不相信这世界上的任何人。

我定定地看着他，一字一句地说，这个世界上总还是好人多。

他似笑非笑地对我说，你真是这样认为吗？

我说，真的，我受过很多次骗，但我还是愿意相信别人。当我搞不清一个人该相信还是不该相信的时候，我只有相信他。

他的脸色很难看，说，你的话算数吗？

我说，我虽是一个女人，但比许多男人更守信用。

他说，那好吧，我给你一个实践的机会。咱们两个素不相识，现在，你如果肯给我做担保人，我就买你的卡。而且，我为我的员工做担保。

我一下子愣在那里了。他是腰缠万贯的大富翁，我是一个下了岗的女工。如果他要恶意透支，我就是砸锅卖铁也还不上他欠的钱啊！但我知道我不能退却，这已经不单是能不能推销出去一张卡的事情了，还关乎着某种做人的规则。

在他富丽堂皇的老板台前，我停顿了片刻。不是我迟疑，而是为了能让他更好地听清我的话。我再次一字一句地对他说——我是一个穷人，我愿意为您担保。

女人说完这句话后，久久地沉默了。

我说，你以后害怕了吗？

她说，是啊，不过，我不后悔，只是这事至今没跟我丈夫讲，他是个安分守己的人，若知道了，会吓得睡不着觉的。

停了许久，女人说，其实，这还不是最为难的；我最难过的是有一次碰到从前一起做工的姐妹。

她们问我现在在做什么？我跟她们说起卡来。并不是要显摆什么，只是天天都和卡打交道，卡已经成了我生活中的一部分，不由自主地说起来了。单是说说卡是怎么回事也就罢了，千不该万不该，我不该在介绍完卡以后说了一句，卡有这么多的方便，你也买张卡吧……

我真的不是故意要推销卡，只是一种习惯。以前的姐妹就说，你说的这个卡大概真是很好。我们信你的话。可对我们来说有什么用呢？能用这卡从自由市场买菜吗？能上小卖部买酱油吗？能到煤店里买煤吗？能在学校里用它交孩子的学费吗……

我站在马路当央，一句话也说不出来……

推销卡的女人垂着眼帘，忽然，她睁开了眼睛，她问，您知道什么样的人最不喜欢买卡吗？

我猜测着说，是收入比较窘迫的人吧？

她说，您错了。收入少的人不买卡，只是觉着卡和自己的关系不大，就像人们不关心火星上发生什么事一样。如果他们挣了钱，还是会买的。

最不喜欢买卡的人是那些有灰色收入的人，因为卡上的每一笔钱都有案可查，你什么时候在什么地点花了多少钱，电脑这只神眼都会忠实地记录下来。虽说是给用户保密，但心里有鬼的人不愿在世上留下任何痕迹，他们只愿意神不知鬼不觉地在暗处花钱。所以，有些人我是从来不动员他们买卡的。他们是卡的黑洞。

她疲惫地一笑，说，卡是个新事物，是和世界接轨的东西。可有些简单的东西到了咱们这儿，就变得复杂起来。我现在只盼那个我做担保的富人，不要上了恶意透支的黑名单。

保安是谁变的

　　我跟保安的会面主要在小区的一出一进当中。看着那些年轻的面庞，我常常想，他们以前是做什么的呢？在进入城市之前，在穿上保安的制服之前，他们是什么人呢？蝴蝶是毛虫变的，蚊子是孑孓变的，青蛙是蝌蚪变的，保安是谁变的？

　　和一些保安聊过天，他们都很谨慎，从不多说什么，至多只讲自己家在农村，上过或是初中或是小学，好像上过高中的不是很多，基本上是招工来的。用人单位的代表到了乡里，说有到北京干活的机会，需怎样的条件，谁愿意去？于是年轻人纷纷应征。有的是亲戚朋友介绍来的，滚雪球一般。总之，保安基本上来自农村。

　　一个农村的小伙子，冷不丁来到了繁华的大都市，他们的心地会发生怎样的变化呢？我没看到过针对保安的相关研究，设想一下，可能会有这样几种可能吧。

　　一是惊讶。高楼大厦车水马龙，不夜的霓虹灯和袒胸露背的华衣……这些和寂静的山村、简朴的民俗实在是天壤之别。人在震惊之后，很容易滋生出渺小和自卑的心理。能以平和之心对抗陌生的繁华，是一种再造的定力，而非人的本性轻易可以到达的高度。

　　一天，我在西客站附近上了公共汽车，一位老者也上了车，因这周围有家医院，他佝偻着腰，几乎可以断定他有病。从他迅速扫视四周的眼神又可以觉出他的病并不是很重。他走到一位看守着行李的小伙子面前，很果断地说，你站起来。那个小伙子不知何故，带着乡下人的服从和退缩马上站了起来。老者很利落地坐在了小伙子的位置上，然后说，给老年人让座是应该的，进了城，以后学着点儿。那小伙子愣愣地、冷冷地站着，一言不发，让人无法猜测他的心事。

我看不过，就挤过去，对那位老人家说，他给你让座是应该的，可你也该说声谢谢啊，这也是应该的啊。说完之后，我就直勾勾地盯着他，表示自己的坚持。那位老人很不甘心，见周围也有人用目光支持我，才很不情愿地说了声，谢……

小伙子还是愣愣地站着，毫无表情。我不知道这个小伙子以后会不会变成保安，即使不是真正在册的正规保安，也许会摇身一变成了黑保安，看他那漠然的神情和高大的身板，这可能性还真不小。

曾经传得沸沸扬扬的"凶桥"的故事，说的是在北京健翔桥附近有一座过街天桥发生抢劫案，劫匪穷凶极恶，抢了钱还不说，临走时还在血肉模糊的事主腿上又刺了几刀，防着被害人爬起来追赶或报案。公安辛苦破案，最后查出凶手原来是附近灯具店的黑保安。

又是保安！不管是黑是白，这几年，听到的保安打砸抢的案子，实在是不少了，还有屡屡发生的监守自盗。"保安"那在人们心中原本趋向暗淡的形象，如今干脆抹上了血痕。

扯远了，回到刚才的话题。于是在想，青年农民进了城，穿上保安的衣服，他们就真的变成了负有庄严使命的保安了吗？谁来帮助他们完成这个巨大的转变？不单是要训练他们走正步、敬礼和纠察、服从，更要教会他们敬业和尊重、忠诚和勇敢。

比如那个被迫让座的小伙子，我敢说城市给他的第一课肯定是不愉快的。凭什么我的座位要让给你？凭什么你坐了我的座位连个谢谢也不说？凭什么城里人就可以指令乡下人？

我在报道中看到寻求保安杀人越货的动机时，总有一条是说这些年轻人一旦进入城市就会产生不平衡的心理，然后想找一条快速发财出人头地的路子。于是，抢劫偷盗就成了享乐的捷径。

原来那关键是不平衡。这就是变化的第二条。是啊，退一万步讲，同样是人，为什么你降生在城市，我就在农村？为什么你锦衣玉食，我却要风餐露宿？为什么你坐享其成，我却要白手起家？这一连串的问号如乌鸦盘旋在年轻的心的上空，如果没有疏导和讨论，那一时的偏颇就可能酿出滔天的惨祸。

不错，人间是有很多不平，这不平是与生俱来的，几乎是一种命定。我指出这一点，不是取消你的奋斗，而是请你的奋斗站在坚实的基础上。你不可以犯法，你不可以靠伤害他人以达到自己的目的。你不可以将道德和传统只维持在一个狭小的圈子里。比如在你的小村庄，你知情达理，是个好孩子，一旦到了城市的汪洋大海，你觉得什么人都不认识你了，你不必为口碑负责，你就可以空前地放肆起来。

我认识一个乡村的女孩，她品行方正。到了城市不久，她就觉得当保姆挣钱太辛苦、太慢了，她要去当小姐。我说，你知道这小姐不是戏文里知书达理带着丫鬟的小姐，是有很多下流的东西在里面的。女孩说，阿姨，我都知道，可这又怎么样？就是下流了，也没有一个人认识我；我回家去，照样是一流的，起码也是个中上流吧。

我无言。淳朴的乡村以古老的方式约束之下的道德，一旦脱离了那个环境，就变得如同出土的丝绸，在一个极短暂的时间还能保持着绚烂，然而很快就褪色而灰飞烟灭了。因此，我对那些沙哑着嗓子颂扬乡村的歌唱始终心存疑虑，怕那只是理想中的眷恋，而非真正意义上的向往。

一日，我和朋友约了在街头见面，为了醒目，地点就选在了一家银行大厦的前面。随着年龄渐长，我越来越像个没出过门的老太太，凡是同人约定的事，总要早早地上路，生怕晚了。北京这地方，堵起车来，谁都没有办法，无论你打出多少时间的富余，还是要迟到。若是顺利了，简直就提前到不可思议的地步。那一天，恰好是后面一种情况。我百无聊赖地流连在碧绿色的玻璃幕墙边，像个准备打劫银行的匪徒踱来踱去，这毫无疑问引来了一位年轻保安的询问。我如实禀告。他笑起来说，你和我妈有点儿像，她要是哪天出门，早早地就上路了，有时会提前好几个钟点就到了。

我问，你妈妈现在在哪里呢？

聊天就这样开始了。他告诉我，他来自陕西的一个小村子，说他老妈以前是从来不看《新闻联播》的，因为那正是家中刷锅洗碗、喂猪的时间，老妈在灶台边忙得昏天黑地。可自从儿子到北京当了保安，老妈就雷打不动地开始看新闻了。老爹说，你不就着灶膛还是温和的，把猪食熬了，还关心什么国家大事？这都是老爷们儿的事，和你无关。老妈坐在小凳子上一动不动看着屏幕，说，我不是关心国家大事，我是关心我的儿子，他在北京做保安，新闻里播北京的事多，也许我会看到儿子。老爸说，哪儿有那么巧？就是有了，我叫你就是，你该干什么就干什么吧。老妈说，电视上如果有了儿子的影儿，那也是领导坐着车从他站岗的地方一晃就过去了，哪里等得及你叫我？

还是我自己守着吧。

小伙子告诉我，他的父母就这样一直守着电视机，等着他在屏幕上以一个保安的姿态出现。他告诉过他们，自己穿上保安的衣服威风凛凛。

其实保安这一行是很无聊的，天天守着一个地方。最初的新鲜劲儿过去之后，再好的风景也会看腻。以后年岁大了，不能老做保安啊，要有一技之长啊。可我的一技之长在哪里？雇你的人是不会想这些的，可你自己会想，几乎每天都在想，但光想又有什么用呢？要有行动。可我的行动目标在哪里呢？不知道。

我看到面前的小伙子眼神里露出散淡的光，完全没有焦点。正在这时，我的朋友来了，我就离开了这位年轻的保安，但他的目光让我久久难忘。我想，这就是保安进入城市之后面临的第三个挑战了，那就是——茫然。

惊讶、不平衡和茫然，这三点变化带来的震动，其实也完全能从正面来解读。人为什么会惊讶？是因为我们离开了熟悉的环境，面临未曾有过的机遇和多种崭新的可能性。人为什么会不平衡？因为早先的稳定被打破了，一种变化的种子已经悄然发芽。当然了，不是每一粒种子都能开花，但播下种子就比荒芜的旷野强过百倍。面对不平衡，不怨天尤人，不妄自菲薄，沉下心来，细分短长，以自身的努力来补上命运的差异。至于说到茫然，我甚至以为，适当的茫然不单是一种可以接纳的阶段，而且几乎是年轻人的特权。你有权茫然，但是不可以茫然太久，太久的茫然就是思索的懒惰和行动的放弃。茫然的前提是要有向前一步寻找的动力，你须把茫然化作一种探寻的勇敢。茫然如同糯米，只有开阔的视野和不懈的学习，才能如同适宜的温度，将茫然的酒曲发酵成醇厚的甜酒。

你很难想象，在当今城市中有一位白发苍苍的保安在执行任务，保安已经从传统的打更老大爷或高尚别墅的女管家，变成了如今朝气蓬勃的年轻人的事业。无数青涩的果子将在这个行业中缓缓成熟，散发出活力的芳香和丰收的光彩。

抵制“但是”

但是——是我们常常用到的一个词。我们原来有一个领导，就因为太爱使唤这个词了，外号就叫“老但”。

“但是”的意思，主要是做连词，好像那把皮坎肩的碎皮子缀在一处的彩色丝线。多用在一句话的后半截，表示转折语气。

比方说：你这次的考试成绩不错，但是——不能骄傲自满。

比方说：这地方的风景挺优美的，但是——离城里太远了点。

比方说：这女孩身材相当好，但是皮肤太黑了些。

等等。

我不知道“但是”这个词刚发明的时候，是不是对它的前半部和后半部的分量，一视同仁？也就是说，它只是一个公平的纽带，并不偏着谁向着谁。可惜在长期的运用过程中，“但是”这个词，成了类似音乐简谱中附点的标记，把后面半拍的节奏，挪到前面去了。当人们看到这个词的时候，无论在“但是”的前面，堆积了多少美好的说明，都像碰上盐酸的污垢，冒了些泡沫，就没了踪影。人们记住的总是“但是”后面的转折，如同好不容易爬上高坡，还没来得及喘口气，“但是”这个陡峭的下坡，不由分说把你搋住，一下就滑到了谷底。

于是，“但是”就几乎成了贬义的先兆。只要一出现，气氛就大变。它成了把人心捆成炸药包的细麻绳，成了马上有冷水泼面的前奏曲。“但是”让你打了个激灵，立马把“但是”前面的温暖忘了，只有抖擞起精神，准备迎击扑面而来的顿挫。

“但是”便在这种频频警戒的气氛中，削减了平凡的联结之意，增添了沮丧的灰色意味。

其实，所有的光明都有暗影，“但是”的本意不过是强调事情还有另一方面。可惜日积月累的负面暗示，使得"但是"这个预报一出现，就抹去了喜色，忽略了成绩，轻慢了进步，贬斥了攀升。

一位心理学专家讲学时说，她主张大家从此不用"但是"，而改用"同时"。

比如我们形容天气的时候，早先是这样说：今天的太阳很好，但是风很大。

今后可以改成：今天的太阳很好，同时风很大。

当你最初看这两句话的时候，好像没有多大的分别。你不要急，轻声地多念几遍，那分量和语气的差异，就体味出来了。

但是风很大——会把人的情绪向糟糕那一面倾斜，注意力凝固在不利的因素上。觉着太阳好是件不值得太高兴的事情，风大才是关键。借助了"但是"的威力，风就把阳光打败了。

同时风很大——它更中性和客观，好似一个导游小姐，在指点我们注意了某一种情形之后，又把她手中的金属棒，向另一个方向示去。前言余音袅袅，后语也言之凿凿。不偏不倚，公允而平整。它使我们的心神安定，目光精准，两侧都观察得到，头脑中自有定夺。

一词之差，它的背后，是怎样看待世界和自身。

我们绝不文过饰非，也不夸大其词。好比是花和虫子，一并存在。我们的眼光降落在哪里？

降落在花丛中？降落在虫背上？

"但是"，是一副偏光镜，把我们的目光聚焦在虫子上。花园里花朵很美丽，"但是"把虫子的影子放大。

"同时"，是一个透明的水晶球，把我们均衡地分散在两方面。花园里花朵很美丽，"同时"，它也提示尚有虫子。

"但是"和"同时"，谁更持重和完整，更有利于我们对客观事物的评价和对主观判断的把持，想必会有公论。

如此讨论，仿佛和一个简单的连词过不去，有悖恕道。不过，这不单是如何连接上下两句话的问题，在词的背后隐伏着思维方式。

当我尝试着用"同时"代替"但是"以后，一天两天，似也看不出多大的变化。可时间长了，我发现自己比较地多了勇气，因为我的精神得到了补给和呵护。我发现自己比较地对人友善，因为我更明确地发现了他人的长处和优异。我发现自己较为敏捷地从跌倒的地上爬起，因为我看到了沟坎也看到了辙印。我发现自己多了宽容和慈悲，因为每当我意识到不足的时刻，都同时给自己鼓励。

指纹间的菌落

那时我是一个年轻的实习医生。在外科做手术的时候，最害怕的是当一切消毒都已完成，正准备戴上手套，穿上洁白的手术衣，开始在病人身上动刀操练的时候，突然从你身后，递过来一只透明的培养皿。护士长不苟言笑地指示道："你留个培养吧。"这是一句医学术语，翻成大众的语言就是——用你已经消完毒的手指，在培养基上抹一下。然后护士长把密闭的培养皿送到检验科，在暖箱里孵化培养。待到若干时日之后，打开培养皿，观察有无菌落生长，以检查你在给病人做手术前，是否彻底消毒了你的手指。如果你的手不干净，就会在手术时把细菌带进病人的腹腔、胸腔或是颅脑，引起感染，严重时甚至会危及病人的生命。

我很讨厌这种抽查，要是万一查出你手指带菌，多没面子！于是我消毒的时候就格外认真。外科医生的刷手过程，真应了一句西谚：在碱水里洗三次。先要用硬毛刷子蘸着肥皂水一丝不苟地直刷到腋下，直到皮肤红到发痛，再用清水反复冲洗，恨不能把你的胳膊收拾得像一根搓掉了皮、马上准备凉拌的生藕。然后整个双臂浸泡在浓度为 75% 的酒精桶里，度过难熬的五分钟。最烦人的是胳膊从酒精桶里拔出后，为了保持消过毒的无菌状态，不能用任何布巾或是纸张擦拭湿淋淋的皮肤，只能在空气中等待皮肤渐渐晾干。平日我们打针的时候只涂一小坨酒精棉，皮肤就感到辛凉无比。因为酒精在挥发的时候，带走了体内的热能，这是一个强大的物理降温过程。现在我们的上肢大面积裸露着，假若是冬天，不一会儿就冻得牙齿鼓点一般叩个不停。

更严格的是在所有过程中，双臂都要像受刑一般高举着，无论多么累，都不能垂下手腕，更严禁用手指接触任何异物。简言之，从消毒过程一开始，你的手就不是你的手了，它成了一件有独立使命的无菌工具。

我的同学是一位漂亮女孩，她的手很美，鸡蛋清一般柔嫩，但在猪毛刷子日复一日的残酷抚摸下，很快变得粗糙无光。由于酒精强烈的脱脂作用，她的手臂也像枯树干一样，失去了少女特有的润泽。"单看上肢，我就像一个老太婆了。"她愤愤地说。

以后的日子里，她洗手的时候开始偷工减料。比如该刷三遍，她一遍就草草过关。只要没人看见，她就把白皙的胳膊从酒精桶里解放出来，独自欣赏……有一天，我们正高擎双手，像俘虏兵投降一样傻站着，等着自己的臂膀风干时，她突然说："我的耳朵后边有点痒。"

这是一件小事，但对于此时的我们来说，却是一件很难办的事。消过毒的手已被管制，我俩就像卸去双臂的木偶，无法接触自己的皮肤。按照惯例，只有呼唤护士，烦她代为搔痒。因手术尚未开始，护士还在别处忙，眼前一时无人。同学说痒得不行，忍不了。我说："要不咱们俩像山羊似的，脑袋抵着脑袋互相蹭蹭？"她说："我又不是额头痒，是脖子下面的凹处痒，哪里抵得着？"我只好说："你就多想想邱少云吧！"同学美丽的面孔在大口罩后面难受得扭歪了。突然，可能是因为痒痛难熬，她电光石火般地用消过毒的手，在自己耳朵后面抓了一把。

我惊愕得说不出话来，几乎不相信自己的眼睛。正在这时，护士长走了进来，向我和同学伸出了两个细菌培养皿……

其实事情到这个份儿上，还是可以挽救的。同学可以直率地向护士长申明情况，说自己的手已经污染，不能接受检验。然后再重复烦琐的洗手过程，她依旧可以正常参加手术。但她什么也没有说，哆哆嗦嗦地探出手指，在培养基上捺了一下……那天是一个开腹手术，整个过程我都恍惚不安，好像自己参与了某种阴谋。

病人术后并发了严重的感染，刀口溃烂腐败，高烧不止，医护人员陷入了紧张的治疗和抢救。经过化验，发现致病菌强大而独特。它是从哪里来的呢？老医生不止一次面对病历自言自语。过了几天，手术者的细菌培养结果出来了，我的同学抹过的培养基上，呈现出茂密的细菌丛，留下指纹状的菌落阴影，这正是引致病人感染的险恶品种。

那一刻，我的同学落下了一串串眼泪。由于她的过失，病人承受了无妄之灾。她的手在搔痒的时候沾染了病菌，又在手术过程中污染了病人的腹腔，酿成病人巨大的痛苦。

病人的命总算挽救回来了，但这件事被我牢牢地记在心里，不敢忘怀。

随着年岁渐长，我从中悟出了许多年轻时忽略的道理。

首先是感染和腐败几乎是一种必然。牛奶放在那里，不加温不冷冻，随它去，就一定会变酸发臭。没有特殊的防腐措施，想在常温下保持牛奶的新鲜品质，是痴人说梦。铁会生锈，木头会腐烂，水面布满青苔，密闭的房屋长毛生霉，空气中发出臭鸡蛋的味道……腐败几乎无处不在，见缝下蛆。我那个同学只是用手搔了一下耳后，千真万确，仅此一下，病菌就潜伏到了她的手上，播种到手术刀口里，引发了恶劣的后果。细菌的生命力和感染力，真是不可思议地强大，任何侥幸心理都是万万要不得的。

二是防感染和腐败的措施，只要认真执行，是一定有效的。凡是认真执行了刷手要诀的人，每次细菌培养都是阴性，他们的手术后的感染率几乎是零。感染和腐败不是不可战胜的，只要有切实可行、行之有效的措施，严格地执行用鲜血换来的经验教训，腐败和感染就可以被制伏。

三是对于同样的致病菌，每个人的抵抗力不同，结局也就有天壤之别。潜伏在同学耳朵旁的细菌，肯定已在她身上生存多时，相安无事。可是移植到了病人身上，就引发了骇人的后果，盖因彼此的素质不同，结果也就因人而异。同学是正常人，有良好的防御系统，所以病菌伤害不了她。但开刀的病人就不同了，其自身抵抗力薄弱，雪上加霜，差点被要了性命。当然我这样说，并不是要求病榻上的人要有运动健将一般的体魄，只是说加强自身的防御系统，是抵御病菌最有效的武器。一个人遭受细菌的感染不可避免，但有了足够的准备，即使细菌侵入，也可以在最短的时间内将其歼灭。

最后是要找到一个黄金般的点。应该说抗感染的杀菌药物是十分有效的，医生把致病细菌培养出来，它就成了靶子。把各种抗菌药物以不同的浓度加到培养皿里，观察哪种药物杀菌最有效，然后对症下药，把病菌最敏感的药物用下去，力争在最短的时间里取得胜利。记得老医生总是很仔细地计算用药的剂量，根据病情反复测算。我看得不耐烦，说搞这么复杂干什么，不是治病救人吗，当然剂量越大效果越好。老医生说，任何药物都是有毒性的，正是为了治病救人，才要找到一个最恰当的剂量，既能干净彻底地消灭病菌，又能最大限度地保护病人。这是一门艺术。一个好医生的职责，就是要找到这个像黄金分割点一样宝贵的结合点……

我记住了他的话，但更深刻地领悟它，却是在年岁渐长，看到了许多医学领域以外的问题之后。

病菌和微生物向我们撒下了天罗地网，由它们引致的感染与腐败，每日每时都在发生。和形形色色的腐败菌做斗争，也许将贯穿经济和政治生活的整个历史。我们将会有更优秀的医生，我们将会有更强大的药品，我们将会有更严格的消毒手段，但加强自身的抵抗力，永远是最重要的。在旷日持久的战斗中，不断地完善自己，修复自己，人类才会保持蓬勃的生命力，欣欣向荣。

美容师的作品

一家很有名的制造商，产品从服装到化妆品到无数精美的饰品。

一天，商家召开盛大的产品推销会，其中最有趣的项目是——造就绅士。他们聘用的高级美容师，从城市最肮脏的角落，找到了一个身材高大的流浪汉，衣衫褴褛面容晦暗。美容师先给他拍了照片，存档以观后效。接着便用芬芳的洗液为他冲沐理发，用名牌剃须刀给他刮胡子，敷上一层又一层含有药物成分的润肤品、面霜和眼霜……打理清洁后，根据他的身高和肤色，选配了最适宜的衬衣、西装、领带，甚至还有一根很棒的手杖和一顶昂贵的帽子……

于是，众目睽睽之下，这个穷困潦倒颓败已极的莽汉，被商家的产品包装一新，成了仪表堂堂的绅士。在场的人叹为观止，公司的销售额飙升。

会后，某经理决定雇用这名容光焕发的绅士。约他第二天早晨报到，绅士点头答应了。但是，第二天早上，绅士没有来。经理决定耐心等下去，第三天、第四天……绅士还是没来。经理就去流浪汉聚集的地方找，终于找到了他。

绅士脸上长出了白而短的乱须，身上散发着恶浊的气味，西服、领带以及华美的帽子全不见了，或许被他换了酒喝。此刻，他醉醺醺地躺在垃圾箱旁，只有那根手杖还枕在头下。

经理把他叫醒，说："美容师改变了你的外貌，但是他们没有改变你的内心。所以，你还是你啊。现在，你乐意跟我走吗？"

流浪汉站起身，跟着经理走了。后来，他终于从里到外成了新人。

改变一个的外貌，也许几个小时就够了。美容师没有错，但改变一个人的精神，绝不是化妆品和纺织品能够胜任的。只有劳动和信仰，才能真正改变我们。

杧果女人

　　小学同学朦从北美回来探亲，因国内已无亲属，她要求往日同伴除了叙旧以外，就是陪她逛街购物吃饭。于是，大家排了表，今日是张三明日是李四，好像医院陪床一般，每天与她周游。

　　朦的先生在外发了财，朦家有花园洋房游泳池，朦的女儿在读博士，朦真是吃穿不愁，可是朦依然很朴素，就像当年在乡下插队时一般。朦说："我这么多年主要是当家庭妇女，每日修剪草坪和购物。要说有什么本领，就是学会了如何当一名消费者。"

　　朦说："中国的商家已经学会了赚钱，可很多人还不知道钱要赚得有理。中国老百姓也已经知道了，钱可以买来服务。可这服务是什么质量的，心里却没数。"

　　和朦乘出租汽车。司机一边开车，一边用打火机引着了烟。朦对我说："你抽烟吗？"我偏头躲着烟雾说："不抽。"朦说："我也不抽。"然后是寂静，只有发动机的震颤声。等了一会儿，朦对司机说："师傅，我本来是想委婉地提醒您一下，没想到您没察觉。那我就得明说了，请您把烟熄了。"司机愣了一下，好像没听懂她的话，想了想，还算和气地说："起得早，困。抽一支，提提神。我这车，不禁烟，没看不贴禁止吸烟的标志吗？"朦说："这跟禁烟标志无关，而是您抽烟并没有得到我们的允许啊。"司机说："新鲜。抽烟这事，连老婆都管不着我，干吗要得到你们的允许？"

　　朦说："您老婆给您钱吗？"

　　司机说："新鲜。我老婆给我什么钱？是我给她钱，养家糊口。"

　　朦沉着地说："这就对了。您老婆和您是私事，您可听也可不听。我们出了钱，从上车到目的地这段时间内，买了您的服务。我们是您的雇主，您在车内吸烟，怎能不征询主人的意见呢？"

我捏了一把汗，怕司机火起来。没想到，他握着烟想了半天，把长长的烟蒂丢到车窗外面了。过了一会儿，司机看看表，把车上的收音机打开，开始听评书连播《肖飞买药》。音波起伏，使车内略显尴尬的气氛得到了某种稀释。

藤的眉头皱起来，这一次，她不再旁敲侧击，径自说："师傅，我心脏不好，不能听这种激动的声音。请您关闭音响。"

司机旧恨新仇一起发作，于是恨恨地说："怎么着？这评书我是每天都听的，莫非今天拉了你，就得坏了我的规矩，让我不知道肖飞是怎么从鬼子眼皮底下逃出去的？你这个女人脑子有毛病！"

我虽从感情上向着藤，但司机的话也不无道理。别说肖飞还是有趣的故事，赶上毛头司机让你听汗毛都竖起的摇滚，不也得忍了吗？我忙打圆场说："师傅，我这位朋友爱静，就请您把喇叭声拧小点儿，大家将就一下吧。"

没想到首先反对我的是藤。她说："这不是可以将就的事。师傅愿意听《肖飞买药》，可以。您把车停了，自个儿坐在树荫下，爱怎么听就怎么听，那是您的自由。既然您是在从事服务性的工作，就得以顾客为上帝。"

司机故意让车颠簸起来，冷笑着说："怎么着？我就是听，你能把我如何？"说完，把声音扩到震耳欲聋。

藤毫不示弱地说："那您把车停下。我们下车！"

司机说："我就不停，你有什么办法？莫非你还敢跳车？！"

藤坚定地说："我为什么要跳车？我坐车，就是为了寻求便利。我付了钱，就该得到相应的待遇，您无法提供合乎质量的服务，我就不付您报酬。天经地义的事情，走遍天下我也有理。"

我以为司机一定会大怒，把我们抛在公路上。没想到在藤的逻辑面前，他真的把收音机关了，虽然脸色黑得好似被微波炉烘烤过度的虾饼。

司机终于把我们平安拉到了目的地。下车后，我心有余悸。藤却说："这个司机肯定会记住这件事的，以后也许会懂得尊重乘客。"

吃饭时，落座藤挑选的小馆，她很熟练地点了招牌菜。藤说此次回国，除了见老朋友，最重要的是让自己的胃享享福，它被洋餐折磨得太久太痛苦了。菜上得很快，好像是自己的厨艺。藤一个劲儿地劝我品尝，我一吃，果然不错。轮到藤笑眯眯地动了筷子，入了口，脸上却变了颜色，招来服务员。

"你们掌勺的大厨，是不是得了重感冒？不舒服，休息就是，不宜再给客人做饭。"蒙很严肃地说。

服务员一路小跑去了操作间，很快回来报告说："掌勺的人很健康，没有病。"她一边说着，一边脸上露出嫌蒙多此一举的神色。

我也有些怪蒙，你也不是防疫站的官员，管得真宽，忙说："快吃快吃，要不菜就凉了。"

蒙又夹了一筷子菜，仔细尝尝，然后说："既然大厨没生病，那就一定是换了厨师。这菜的味道和往日不一样，盐搁得尤其多。我原以为是厨师生了感冒，舌苔黄厚，辨不出咸淡，现在可确定是换了人。对吗？"她征询地望着服务员。

服务员一下子萎靡起来，又有几分佩服地说："您的舌头真是神。大厨今天有急事没来，菜是二厨代炒的。真对不起。"

服务员的态度亲切可人，我觉得大可到此为止。不想蒙根本不吃这一套，缓缓地说："在饭店里，是不应该说'对不起'这几个字的。"

蒙说："如果我享受了你的服务，出门的时候，不付钱，只说一声'对不起'，行吗？"

服务员不语，答案显然是否定的。

蒙循循善诱地说："在你这里，我所要的一切都是付费的。用'对不起'这种话安慰客人，不做实质的解决，往轻点儿说，是搪塞，重说，就是巧取豪夺。"

这时一个胖胖的男人走过来，和气地说："我是这里的老板，你们的谈话我都听到了，有什么要求，就同我说吧。是菜不够热，还是原料不新鲜？您要是觉得口感太咸的话，我这就叫厨房再烧一盘，您以为如何？"

我想，蒙总该借坡下驴了吧。没想到蒙说："我想少付你钱。"

老板压着怒火说："菜的价钱是在菜谱上明码标了的，你点了这道菜，就是认可了它的价钱，怎么能吃了之后砍价呢？看来您是常客，若还看得起小店，这道菜我可以无偿奉送，少收钱却是不能开例的。"

蒙不慌不忙地说："菜谱上是有价钱不假，可那是根据大厨的手艺定的单，现在换了二厨，他的手艺的确不如大厨，你就不能按照原来的定价收费。因为你付给大厨的工钱和付给二厨的工钱是不一样的。既然你按他们的手艺论价，为什么到了我这里，就行不通了呢？"

话被蒙这样掰开揉碎一说，理就是很分明的事了，于是，蒙达到了目的。

和朦进街上的公共厕所，朦感叹地说："真豪华啊，厕所像宫殿，这好像是中国改变最大的地方。"

女厕所里每一扇洗手间的门都紧闭着，女人们站在白瓷砖地上，看守着那些门，等待轮到自己的时刻。

我和朦各选了一列队伍，耐心等待。我的那扇门还好，不断地开启关闭，不一会儿就轮到了我。朦可惨了，像阿里巴巴不曾说出"芝麻开门"的口诀，那门总是庄严地紧闭着。我受不了气味，对朦说了声："我到外面去等你啊。"便撤了出去。等了许久，许多比朦晚进去的女人，都出来了，朦还在等待……等朦终于解决问题了以后，我对朦说："可惜你站错了队啊。"

朦嘻嘻笑着说："烦你陪我去找一下公共厕所的负责人。"

我说："就是门口发手纸的老大妈。"朦说："你别欺我出国多年，这点儿规矩还是记得的。她管不了事。我要找一位负责公共设施的官员。"

我表示爱莫能助，不知道这类官司是找环保局还是园林局（因为那厕所在一处公园内）。朦思索了片刻，找来报纸，毫不犹豫地拨打了上面刊登的市长电话。

我吓得用手压住电话插簧，说："朦你疯了，太不注意国情！"

朦说："我正是相信政府是为人民办事的啊。"

我说："一个厕所，哪里值得如此兴师动众？"

朦说："不单单是厕所，还有邮局、银行、售票处等，中国凡是有窗口和门口的地方，只要排队，都存在这个问题。每个工作人员速度不同，需要服务的人耗时也不同，后面等待的人不能预先获知准确信息。如果听天由命，随便等候，就会造成不合理、不平等、不公正……关于这种机遇的分配问题，作为个人调查起来很困难，甚至无能为力。比如，我刚才不能一个个地问排在前面的女人，你是解大手还是解小手，以确定我该排在哪一队后面……"

我说："朦，你把一个简单的问题说得很复杂。简明扼要地告诉我，你打算在厕所里搞一场什么样的革命？"

朦说："要求市长在厕所里设条一米线，等候的人都在线外，这样就避免了排错队的问题，提高效率，大家心情愉快。北美就是这样的。"

我说："朦，你在国内还会上几次厕所？还会给谁寄钱或取邮件？我们浸泡其中都置若罔闻，你又何必这样不依不饶？你已是一个北美人，马上就要回北美去，还是到那里安稳地享受你的厕所一米线吧。"

檬说："这些年，我在国外，没有什么本事，就是买买东西上上街。我不像别的留学生回国，有很多报效国家的能力。我只是一个家庭妇女，觉得那里有些比咱高明的地方，就想让这边学了来。这几天我让你们陪我，是想让你们明白我的心。我不是英雄，没法振臂一呼，宣传我的主张；也不是作家，不会写文章，让更多的人知道我的想法。我只有让你们从我看似乖张的举动里，感觉到这世上有一个更合理的标准存在着，可以学习借鉴。"

　　我为檬的苦心感动，但还是说："就算你说的有理，这些事也太小了。要知道，中国有些地方连温饱都没有解决啊。"

　　檬说："我对中国充满信心。温饱解决之后，马上就会遭遇这些问题。对于普通人来说，我们流泪，有多少是为了远方的难民？基本上都是因为眼睛里进了沙子。身边的琐事标志着文明的水准。现代化不是一个空壳，它是一种更公正更美好的社会。"

　　我把压在电话插簧之上的手指松开了，让檬去完成找市长的计划。那个电话打了很长，檬讲了许多她以为中国可以改进的地方，十分动情。

　　分手的时候，檬说："有些中国人入了外国籍以后，标榜自己是个'香蕉人'，意思是自己除了外皮是黄色的，内心已变得雪白。而我是一个'杧果人'。"

　　我说："'杧果人'，好新鲜。怎么讲？"

　　檬说："杧果皮是黄的，瓤也是黄的。我永远爱我的中国。"

女孩，请与我同行

　　那天，说好晚上九点到广播电台，直播一个呼唤真情的节目。都怪我临走时又刷了刷碗，出门比预定时间晚了五分钟。大城市里似乎活动着一条诡谲的规律，假如你晚了半步，就像跌入了黑暗的潜流，步步晚下去，所有的事物都开始和你作对。

　　我家门口是交通要道，平日打的，易如反掌。但此刻仿佛全北京的人都拥挤在出租汽车上，奔驰而来的汽车没有一辆亮出"空驶"的红灯。时间在焦急的等待中转瞬即逝，我急得头上热气腾腾。

　　顾不得往日的矜持，我跳到马路中央拦车。可惜每一辆迎面驶来的出租汽车的窗玻璃上都黑压压地涂满了人，任凭我将手臂摇得像风雨中的旗杆，车群还是拐着弯呼啸而过。

　　我想，也许我站的地方不理想，就向路口逼近，最后简直戳到红绿灯底下了。

　　现在，是最后的时限了。假如我再搭不上车，直播室里将留下一幅焦灼的空白。我无法设想那边即将到来的慌乱情景，只是疯狂地向每一辆的士招手。

　　突然，一辆红色的夏利出租车从天而降，稳稳地停在了我的身旁。司机是一个快活的小伙子，他露着一口白牙微笑着问我："您到哪里去？"

　　我伸手拉开车门，上了车报出地名。猛然一个尖锐的女声撕破了我们的耳鼓："你怎么问她不问我？是我先看到你的，是我先挥手的。这是我拦的车，该我上的……"

　　我们都愣了，看着这从一旁杀出的女孩。她穿着一身银粉色的连衣裙，夜风吹起裙裾，像套着一柄漂亮而精巧的阳伞。

　　略一思索，就明白了眼前的事态。女孩刚来到人行道上挥手拦车，车就停了。她以为这是她的功劳。

来不及同她做太多的解释，甚至不想分辨究竟是谁先举起的手（其实很简单，只要问一问司机就真相大白）。我只是想，既然我们在同一方向拦车，大目标就是一致的。于是问她："小姐，您到哪里？"

她不屑于理我，对着司机报出了她的目的地。司机轻松地说："我正不知道怎么回答您呢，这下好了，你俩顺路，您先到，那位女士后到。谁也不耽误……"

我敞着车门对她说："小姐，谁拦的车已经无所谓了，要紧的是我们赶快上路。对不起，我的确有急事，来不及再拦别的车了。既然我的路远，车费就由我来付。小姐，快上车吧，请与我同行。"

美丽的小姐掏出高雅的钱夹，也是娇艳的粉红色，对司机说："钱，我有的是。我从没习惯同别人坐一辆出租车。你请她下去，我多付你钱。"

我突然感到异乎寻常的寒冷，在这春意荡漾的夜晚。

那一瞬，我漠然向隅缄口无言。要是司机撵我下车，我只有乖乖地下去。就是过后义愤填膺地举报车号，司机也完全可以不认账，说他是先看到粉红色小姐后看到的我，这便是死无对证的事。况且按照我待人处世息事宁人的习惯，也绝不会打上门去告谁。

在那个时刻，甚至连广播电台的直播都茫然地离我远去。在人与人之间如此隔膜的今日，温情的呼吁是多么苍白微弱。

我抱着肘，怕冷似的等待着，等待一个陌生人的裁决。

司机对小姐说："我当然愿意多挣点儿钱啦。您忙吗？"

小姐嫣然一笑说："我不忙。就是晚饭后遛遛弯儿。"她很自信地看着司机，对自己的魅力毫不怀疑。

我已经做好了下车的准备，听见司机对小姐说："既然您不忙，那我就先送这位女士了。您再打别的车好吗？"

说着，他发动了引擎，夏利像一颗红色的保龄球，沿着笔直的长安街驶去。

女孩粉红色的身影，像一瓣飘落的樱花，渐渐淡薄。

我很想同司机说点儿什么，可是说什么呢？感谢的话吗？颂扬的话吗？在这车水马龙的都市里，似乎都被霓虹灯的闪烁淹没了。

"像这样的事多吗？"我终于说了。

"什么事？"他转动着方向盘，目视前方。

"就是同一方向行驶的乘客，却不愿搭乘。"

"多。挺多。其实同方向搭乘，既省了钱，又省了油，还省了时间，不消说还减轻了城市的交通污染。可是，有许多人就是不愿搭乘。不过一般人不愿合着坐，不坐就是了。像今天这位小姐，公然用钱来逞强的人，也不多。"司机一边说着，一边灵巧地避让着车流。

我轻轻地叹了一口气，问他也是问自己："人哪，为什么要这样喜好孤独？"

正巧前面是一盏红灯，司机拨弄着一个用作装饰的金"福"字，平静地说："因为他们有时间，因为他们有钱。"

绿灯像猫头鹰的眼一般亮了。他一踩油门，车又箭矢般前进。一路上，我们再无交谈。

到达北京人民广播电台，离预定的直播时间还有五分钟。

我急急地把一张整币递给他，甩上车门就往楼里跑，那一道道进直播间的手续颇为费时。

司机在后面喊："还没找您钱呢！"

我头也不回地说："不用找了。别在意，那不是奖你的，是我没时间了。如果你不忙，待会儿请打开收音机，会听到我在节目里说起你……"

我不知道司机是不是听到了我的话，更不知道那朵粉红色的樱花，在坐着另一辆出租汽车兜风的时候，听到了我的呼唤没有。

我在说——女孩，请与我同行。

向大珍珠母贝和好葡萄学习

如果一个女人的招牌菜不是美貌而是善良，那么她的魅力可以持续到生命结束之前，只要她不得老年痴呆症或者成为植物人。

在大洋洲，生活着一种大珍珠母贝。珍珠是世界上唯一来自活体的生物——牡蛎的宝石。牡蛎已经进化了五亿年。一只勤奋工作的大珍珠母贝，在八年的寿命中，可以繁育出四颗珍珠。随着牡蛎年龄的增长，它所能容纳的珍珠也越来越大。这就是说，到了生命的晚期，这只牡蛎就有可能孕育出它这一生中最大的珍珠。

我希望年老的女人都如同大珍珠母贝，光彩熠熠，也如同厚重铺排的织锦缎，安然华贵，不炫目，但可以收藏。不时抚摸着，粗糙的指肚勾连起陈年的丝缕，带出织就时的润泽。

女人年过三十，就要学会接受自己的容貌走下坡路的这个事实。就像花瓣要接受凋零，越是盛极一时倾国倾城的美丽，越要面对春风不再的年轮变化。首先在理论上不害怕，然后在时间上安然接纳。人出生在这世界上，并不是一件成品。你的很多方面，还有待完善。变老是完善的工序之一。

"三毫米的旅程，一颗好葡萄要走十年。"这是一句广告语。想想看，一粒吹弹得破的葡萄都如此坚韧不拔，要从一个青葱少女变成睿智妇人，没有几十年的历练，恐也难修成正果——向葡萄好好学习。

上天赐予没有强壮肌肉的女子两样战无不胜的伟大礼物，那就是思索和时间。

由于气候、智力、精力、趣味、年龄、视力等方面的原因，人的先天平等是永远不可能的。所以，不平等应该被认作颠扑不破的自然规律，但我们可以把这不平等变得不易觉察，就像我们把鱼和熊掌之间的差异慢慢磨平一些——说句实在话，我总觉得鱼和熊掌不在一个数量级上，不知道是不是远古的时候鱼比较少、熊掌比较多。

磨平沟壑，文化和教育能起很大的作用。女子要把学习当成最好的娱乐。学得多了，你就慢慢开始了思考。女子不要视时间为敌人，给自己一个良好的预言，你会惊奇地发现，希望之花一朵朵开放。

生活对女人的要求越来越高。你不但要像袋鼠一样敏捷跳跃寻找食物，还要有一个温暖的育儿袋。

很多受伤的女人像一只疲倦的海鸟，她们飞了那么远的路，在羽翼低垂、嘴角渗血的时候，仍然要不顾一切地回到自己的巢，呵护自己的幼雏。

这样的女人，我们深深鞠躬。

溪水金沙

人的天性如溪水，学习的本能就是金沙。它们潜伏在水中，浪花翻溅时一眼看不到它的颗粒，但因了它们的存在，水变得更有分量和价值。

我相信那些不含有金沙的小溪已经干涸，因为人类生存的环境曾经并且还将是刺骨险恶，你一个人的经历是不丰富的，你同时代的借鉴是不全面的，你一个行业的规则是不完整的……如果不爱学习、不善于学习、不坚持学习的话，就会被层出不穷的打击和灾变来征伐与掩埋，这个人的遗传基因就昙花一现地湮灭了。

所以，乐观地说，我们每个人都是那些爱学习的人的后代，唯有这项潜藏在血液中的专擅，令我们比所有的动物都更繁荣递进。

学习是有很多种方法的。比如抬头望天，你可以学到星空的叙事是无与伦比的宏大，滋生出的渺小和畏惧感让你一生警醒、谦逊。比如低头俯地，你可以窥到万物葱茏、物竞天择、优胜劣汰、残酷、公平，激发出的紧迫和危机感让你不敢有一刻懈怠与放松。比如听妈妈讲那过去的事情，你会生出无限的柔情，不但绕指，更是绕心。比如看风光大片、科幻影像，你会惊骇莫名，有一种充满未知的狂喜和震撼……

然而，我以为最好的学习还是阅读。

首先我们要感谢文字。因为有了文字，我们的情感血脉才有了附着的骨骼，我们的理论枝蔓才有了攀缘的篱笆，我们的科技成果才有了传袭的衣钵，我们的历史才有了一面面古镜矗立照耀。

时代进步，从布帛竹简到计算机液晶屏，书写变得越来越快，阅读变得越来越方便了。记得我小时候，看一本长篇小说要个把星期，那还算快的呢！借书给朋友，不过百八十页，半个月后要她还，她说，这才几天啊你就催，我还没看完呢，小气呀小气！

读书，一种是技艺之书，讲的是各行各业的特殊规则；还有一种是普遍的知识，比如文史哲。读行业之书的人多，读普遍知识的人少。有一年我到国内著名的一所医科大学授课，我说，你们这些未来中国最杰出的医生，有谁读过《红字》？有谁读过《罪与罚》？请举手。台下抬臂者寥寥。在感谢了这些博士生的诚实之后，我深表遗憾。

一个医生，除了读医书以外，也要读艺术。因为你面对的不是一只装满了病痛脓血的破罐子，而是一个活生生的人。生死契阔啊，他们在最悲苦无助的时候和你狭路相逢，你要医治他，不仅仅是凭着你的精湛医术，而且要凭着你强大的人格和综合的力量。如果你想当一个名医而非庸医，请在读医书的同时也展读人文科学方面的书籍。提高了你的素养，是你的福气，是你爹妈、妻子、丈夫、孩子的福气，同时也造福了你的病患。

我相信，一个读过很多专业以外书籍的建筑师盖出的楼房一定更漂亮和更实用。我相信，一个读过很多专业以外书籍的学者，授课传业的时候一定更风趣、更幽默、更旁征博引、口吐莲花。我相信，一个读过很多专业以外书籍的科学家，提出的设想和理论一定更曲径通幽、独树一帜。我相信，一个读过很多专业以外书籍的管理者，企业一定更具活力和创新精神。

我们曾经有过阅读备感艰难的时代。高玉宝的"我要读书"就是明证。那时候的无法阅读，是因为贫困和压迫。后来又有过对知识的蔑视，阅读也被视为通向反动的阶梯。

我上初中一年级的时候，正逢"文化大革命"。学校停课闹革命，图书馆也关闭了，任何人不得进入。得知可以不再读书的第一天，心情像焰火一样蓬松、绚烂。但日子一天天驰去，牙口徒长，知识却永远停留在十三岁的水平，那种渐进式的痛楚巨蚕噬桑般把意志镂空。

后来，图书馆开了一道小小的门缝，说是可以借阅"毒草"了，代价是你看完一本之后要交出一篇大批判文章。还书的时候，批判稿须一并附上，如果审查合格，就可以继续借阅；如果你敷衍了事或者干脆交不出批判文章，便永久取消你的借阅资格。

大家蜂拥去借书。但几轮之下，就门可罗雀了。规则严苛，审查文稿者声色俱厉，拥有借阅资格的人越来越少。

我面临一个悖论。我喜爱"毒草"的芬芳，可我不得不批判它们。为了能继续阅读，只有口是心非。

记得我曾面对苍穹向大师们祷告，说，你们既然能创造出那么多心境复杂的人物，一定也能体谅一个中国女孩此时的难处，为了能亲近你们，就原谅我说你们的一点点坏话吧，请不要生气……

现如今，很多人不再贫穷，也没有人压制阅读，可时间成了瓶颈，很多人苦恼的是总也找不到空闲来阅读。

那是因为有太多的诱惑。

阅读是没有香氛的，于是抵不过餐桌的美味。阅读是孤独的，于是没有觥筹交错的热闹。阅读是伴有思考和停顿的，于是没有游戏般的顺畅和惬意。阅读甚至是充满碰撞和痛楚的，因为有忏悔的顾盼和掘进的深入。

但是，优秀的阅读是有力量的，因为在阅读的时候，你不是一个人，而是和古今中外的先驱者们并行。

人可以最大限度地逼近真实

朋友给我讲过这样一个故事。

他祖父小的时候，很聪明，也很有毅力，学业有成，正欲大展宏图之际，曾祖将他叫了去，拿出一个古匣，对他说，孩子，我有一件心事，终生未了。因为我得到它们的时候，一生的日子已经过了一半，剩下的时间，不够我把它做完的。做学问，就要从年轻的时候着手，我要是交给你一件半成品，不如让你从头开始。

原委是这样。早年间，江南有一家富豪，酷爱藏书。他家有两册古时传下的医书，集无数医家心血之大成，为杏林一绝。富豪视若珍宝，秘不传人，藏在书楼里，难得一见。后来，富豪出门遇险，一位壮士从强盗手里救了他的性命。富豪感恩不尽，欲以斗载的金银相谢。壮士说，财宝再多、再贵重，也是有价的；我救了你，你的命无价。富豪说，莫非壮士还要取了我的命去？壮士大笑说，我不是要你的命，是想用你的医书，救普天下人的性命。富豪想了半天，说，我可以将医书借给你三天，但是三日后的正午，你必得完璧归赵。说罢，命人从嵯峨的木制书楼里，将饱含檀香气味的医书捧了出来。

壮士得了书后，快马加鞭急如星火地赶回家，请来乡下的诸位学子，连夜赶抄医书。书是孤本，时间又那样紧迫，荧荧灯火下，抄书人目眦尽裂，总算在规定时间之内，依样画葫芦地描了下来。壮士把医书还了富豪，长出一口气，心想从此以后，便可以用这深锁在豪门的医学宝典，造福于天下黎民了。

谁知，抄好的医书拿给医家一看，才知竟是不能用的。医家以人的性命为本，亟须严谨稳当。这种在匆忙之中由外行人抄下的医方，讹脱衍倒之处甚多，且错得离奇，漏得古怪，寻不出规律，谁敢用它在病人身上做试验呢？

壮士造福百姓之心不死，急急赶回富豪家。想晓以大义，再请富豪将医书出借一回，这一次，请行家高手来抄，定可以精当了。当他的马冷汗涔涔到达目的地时，迎接他的是冲天火光。富豪家因遭雷击燃起天火，藏书楼内所有的典籍已化为灰烬。

从此这两册抄录的医书，就像鸡肋，一代代流传了下来。没有人敢用上面的方剂，也没有人舍得丢弃它。书的纸张黄脆了，布面断裂了，后人就又精心地誊抄一遍。因为字句的文理不通，每一个抄写的人都依照自己的理解，将它订正改动一番，闹得愈加面目全非，几成天书。

曾祖的话说到这里，目光炯炯地看着祖父。

祖父说，您手里拿的就是这两册书吗？

曾祖说，正是。

祖父说，您是要我把它们校勘出来？

曾祖说，我希望你能穷毕生的精力让它死而复生。但你只说对了一半，不是它们，是它。工程浩大，你这一辈子，是无法同时改正两本书的。现在，你就从中挑一本吧。留下的那本，只有留待我们的后代子孙，再来辨析正误了。

祖父看着两本一模一样的宝蓝色布面古籍，费了斟酌。就像在两个陌生的美女之中，挑选自己终身的伴侣，一时不知所措。

随意吧。它们难度相同，济世救人的功用也是一样的。曾祖父催促。

祖父随手点了上面的那一部书。他知道从这一刻起，这一个动作，就把自己的一生，同一方未知的领域，同一个事业，同一种缘分，牢牢地粘在一起了。

好吧。曾祖把祖父选定的甲册交到他手里，把乙册收了起来，不让祖父再翻，怕祖父三心二意，最终一事无成。

祖父没有辜负曾祖的期望，皓首穷经，用了整整半个世纪的时间，将甲书所有的错漏之处更正一新。册页上临摹不清的药材图谱，他亲自到深山老林一一核查。无法判定成分正误的方剂，他采集百草熬药炼成汤，以身试药，几次昏厥在地。为了一句不知出处的引言，他查阅无数典籍……那册医书就像是一盘古老石磨的轴心，天文地理，古今中外，凡是书中涉及的知识，祖父都用全部心血一一验证，直至确凿无疑。祖父的一生围绕着这册古医书旋转，从翩翩少年一直到鬓发如雪。

按说祖父读了这许多医书，该能成为一代良医。但是，不。祖父的博学只为那一册医书服务，凡是验证正确的方剂，祖父就不再对它们有丝毫留恋，弃而转向新的领域探索。他只对未知事物和纠正谬误有兴趣，一生穷困艰窘，竟不曾用他验证过的神方医治过病人，获得过收益。

到了祖父垂垂老矣的时候，他终于将那册古书中的几百处谬误全部订正完了。祖父把眼睛从书上移开，目光苍茫，好像第一次发现自己已走到生命的尽头。

人们欢呼雀跃，毕竟从此这本伟大的济世良方可以造福无数百姓了。

但敬佩之情只持续了极短的一段时间。远方出土了一座古墓，里面埋藏了许多保存完好的古简，其中正有甲书的原件。人们迫不及待地将祖父校勘过的甲书和原件相比较，结果是那样令人震惊。

祖父校勘过的甲书，同古简完全吻合。

也就是说，祖父凭借自己惊人的智慧和毅力，以广博的学识和缜密的思维，加之异乎寻常的直觉，像盲人摸象一般在黑暗中摸索，将甲书在漫长流传过程中产生的所有错误全改正过来了。

祖父用毕生的精力，创造了一项奇迹。

但这个奇迹，又在瞬忽之间烟消灰灭，毫无价值。古书已经出土，正本清源，祖父的一切努力都化为劳而无功的泡沫。人们只记得古书，没有人再忆起祖父和他苦苦寻觅的一生。

讲到这里，朋友久久地沉默着。

古墓里出土了乙医书的真书吗？我问。

没有。朋友答。

我深深地叹息说，如果你的祖父在当初选择的那一瞬间挑选了乙书，结果就完全不一样了啊。

朋友说，我在祖父最后的时光也问过他这个问题。祖父说，对我来讲，甲书乙书是一样的，我用一生的时间，说明了一个道理，人只要全力以赴地钻研某个问题，就有可能最大限度地逼近它的真实。

祖父在上天给予的两个谜语之中，随手挑选了一个。他证明了人的努力，可以将千古之谜猜透。

这已经足够。

爱的回音壁

爱的回音壁

现今中年以下的夫妻，几乎都是一个孩子，关爱之心，大概达到中国有史以来的最高值。家的感情像个苹果，姐妹兄弟多了，就会分成好几瓣。若是千亩一苗，孩子在父母的乾坤里便独步天下了。

在前所未有的爱意中浸泡的孩子，是否物有所值，感到莫大幸福？我好奇地问过。孩子们撇嘴说，不，没觉着谁爱我们。

我大惊，循循善诱道，你看，妈妈工作那么忙，还要给你洗衣做饭，爸爸在外面挣钱养家，多不容易！他们多么爱你们啊……

孩子很漠然地说，那算什么呀！谁让他们当了爸爸妈妈呢？也不能白当啊！他们应该的。我以后做了爸爸妈妈也会这样。这难道就是爱吗？爱也太平常了！

我震住了。一个不懂得爱的孩子，就像不会呼吸的鱼，出了家族的水箱，在干燥的社会上，他不爱人，也不自爱，必将焦渴而死。

可是，你怎样让由你一手哺育长大的孩子，懂得什么是爱呢？从他的眼睛接受第一缕光线时，已被无微不至的呵护包围，早已对关照体贴熟视无睹。生物学上有一条规律，当某种物质过于浓烈时，感觉迅速迟钝麻痹。

如果把爱定位于关怀，随着孩子年龄的增长，对他的看顾渐次减少，孩子就会抱怨爱的衰减。"爱就是照料"这个简陋的命题，把许多成人和孩子一同领入误区。

寒霜陡降也能使人感悟幸福，比如父母离异或是早逝。但它是灾变的副产品，带着天力人力难违的僵冷。孩子虽然在追忆中明白了什么是被爱，那却是一间正常人家不愿走进的课堂。

孩子降生人间，原应一手承接爱的乳汁，一手播撒爱的甘霖，爱是一本收支平衡的账簿，可惜从一开始，成人就刻不容缓地倾注了所有爱的储备，劈头盖脸砸下，把孩子的一只手塞得太满。全是收入，没有支出，爱沉淀着，淤积着，从神奇化为腐朽，反而让孩子成了无法感知爱意的精神残疾。

我又问一群孩子，那你们什么时候感到别人是爱你的呢？

没指望得到像样的回答。一个成人都争执不休的问题，孩子能懂多少？比如你问一位热恋中的女人，何时感受被男友所爱，回答一定是光怪陆离。

没想到孩子的答案明朗、坚定。

我帮妈妈买醋来着。她看我没打了瓶，也没洒了醋，就说，闺女能帮妈干活了……我特高兴，从那以后，我知道她是爱我的。翘翘辫女孩说。

我爸下班回来，我给他倒了一杯水，因为我们刚在幼儿园里学了一首歌，词里说的是给妈妈倒水，可我妈还没回来呢，我就先给我爸倒了。我爸只说了一句，好儿子……就流泪了，从那次起，我知道他是爱我的。光头小男孩说。

我给我奶奶耳朵边插了一朵花，要是别人，她才不让呢，马上就得揪下来，可我插的，她一直带着，见着人就说，看，这是我孙女打扮我呢……我知道她最爱我了。另一个女孩说。

我大大地惊异了，讶然这些事的碎小和孩子们铁一般的逻辑，更感动他们谈论时的郑重神气和结论的斩钉截铁。爱与被爱高度简化了，统一了。孩子在被他人需要时，感觉到了一个幼小生命的意义。成人注视并强调了这种价值，他们就感悟到深深地爱意，在尝试给予的同时，我们懂得了什么是接受。爱是一面辽阔光滑的回音壁，微小的爱意反复回响着、折射着，变成巨大的轰鸣。当付出的爱被隆重接受并珍藏时，孩子终于强烈地感觉到了被爱的尊贵与神圣。

被太多的爱压得麻木，腾不出左手的孩子，只得用右手，完成给予和领悟爱的双重任务。

天下的父母，如果你爱孩子，一定让他从力所能及的时候，开始爱你和周围的人。这绝非成人的自私，而是为孩子的一世着想的远见。不要抱怨孩子天生无爱，爱与被爱是铁杵成针、百年树人的本领，就像走路一样，需要反复练习，才会健步如飞。

如果把孩子在无边无际的爱里泡得口眼翻白，早早剥夺了他感知爱的能力，育出一个爱的低能儿，即使不算弥天大错，也是成人权力的滥施，或许要遭天谴的。

在爱中领略被爱，会有加倍的丰收。孩子渐渐长大，一个爱自己、爱世界、爱人类也爱自然的青年，便喷薄欲出了。

非血之爱

爱，有无数种分类法。我以为最简明的是——以血为界。

一种是血缘之爱，比如母亲之爱亲子，儿子之爱父亲，扩展至子孙爱姥姥、爷爷奶奶，亲属爱表兄表弟、堂姐堂妹……甚至爱先人、爱祖宗，都属于这个范畴。

还有一种爱在血外，姑且称为——非血之爱，比如爱朋友、爱长官、爱下属、爱动物……最典型的是爱自己的配偶。

血缘之爱是无法选择的，你可以不爱，却不可能把某个成员从这条红链中剜除。一条血脉在你诞生之前许久，已经苍老地盘绕在那里，贯穿悠悠岁月。血缘之爱既至高无上，又无与伦比的沉重，也充满天然的机缘和命运的随意。它的基础十分简单，一种名叫"基因"的小密码，按照数字的规律递减着、组合着，叠加着，遂成为世界上最神圣、最博大的爱的基石。

非血之爱则要奇诡神秘得多。你我原本河海隔绝，天各一方，在某一个瞬间突然结成一体，从此生死相依，难道不是人世间最司空见惯又最不可思议的偶然吗？无数神鬼莫测的巧合混杂其中，爱与恨泥沙俱下，无以澄清。激情在其中孕育，伟大与卑微交织错落。精神与人格，在血之外的湖泊中遨游，搅起滔天雪浪，演出无数悲欢离合的故事……爱恋的光谱，比最复杂的银河外星系轨道还难以预料。

血缘之爱使我们感知人间最初的温暖与光明，督我们成长，教我们成人。它是孤独人生与大千世界的脐带，攀缘着它，我们一步步长大，最终挣脱它的羁绊，投入非血之爱。然后我们又回归，开始血缘之爱的新的轮回。

血缘之爱是水天一色的淳厚绵长，非血之爱更多一见钟情的碰撞和百转千回的激荡。

血缘之爱有红年缆绳指引，有惊无险，经历误会挫折，多能化险为夷，曲径通幽。非血之爱全凭暗中摸索，更须心灵与胆魄相照，在苍茫荒原中，辟出人生携手共进的小径。非血之爱，使每个人思考与成长，比之循规蹈矩的血缘，更考验一个人的心智。

爱一个和你有血缘关系的人，是一种本能，一种幸福，一种责任，一种对天地造化的缠绵呼应。

爱一个和你没有血缘关系的人，是一种需要，一种渴望，一种智慧，一种对美与永恒的无倦追索。

我们的一生，屡屡在血与非血的爱中沐浴，因此而成长。

谁是你的重要他人

"重要他人"是一个心理学名词，意思是在一个人心理和人格形成的过程中，起过巨大影响甚至是决定性作用的人物。

"重要他人"可能是我们的父母长辈，或者是兄弟姐妹，也可能是我们的老师，抑或萍水相逢的路人。童年的记忆遵循着非常玄妙神秘的规律，你着意要记住的事情和人物，很可能湮没在岁月的灰烬中，但某些特定的人和事，却挥之不去，影响我们的一生。如果你不把它们寻找出来，并加以重新认识和把握，它就可能像一道符咒，在下意识的海洋中潜伏着，影响潮流和季风的走向。你的某些性格和反应模式，由于"重要他人"的影响，而被打上了深深的烙印。

这段话有点拗口，还是讲个故事吧。故事的主人公是我和我的"重要他人"。

她是我的音乐老师，那时很年轻，梳着长长的大辫子，有两个漏斗一样深的酒窝，笑起来十分清丽。当然，她生气的时候酒窝隐没，脸绷得像一块苏打饼干，木板样干燥，很是严厉。那时我大约十一岁，个子长得很高，是大队委员，也算个孩子里的小官，有很强的自尊心和虚荣心了。

学校组织"红五月"歌咏比赛，要到中心小学参赛。校长很重视，希望歌咏队能拿好名次，为校争光。最被看好的是男女声小合唱，音乐老师亲任指挥。每天下午集中合唱队的同学们刻苦练习。我很荣幸被选中，每天放学后，在同学们羡慕的眼光中，走进音乐教室，引吭高歌。

有一天练歌的时候，长辫子的音乐老师突然把指挥棒一丢，一个箭步从台上跳下来，东瞄西看。大家不知所以，齐刷刷闭了嘴。她不耐烦地说，都看着我干什么？唱！该唱什么唱什么，大声唱！说完，她侧着耳朵，走到队伍里，歪着脖子听我们唱歌。大家一看老师这么重视，唱得就格外起劲。

长辫子老师铁青着脸转了一圈儿，最后走到我面前，做了一个斩钉截铁的手势，整个队伍瞬间安静下来。她叉着腰，一字一顿地说，毕淑敏，我在指挥台上总听到一个人跑调儿，不知是谁。我走下来一个人一个人地听，现在总算找出来了，原来就是你！一颗老鼠屎坏了一锅汤！现在，我把你除名了！

我木木地站在那里，无法接受这突如其来的打击。刚才老师在我身旁停留得格外久，我还以为她欣赏我的歌喉，唱得分外起劲，不想却被抓了个"现行"。我灰溜溜地挪出队伍，羞愧难当地走出教室。

那时的我，基本上还算是一个没心没肺的女生，既然被罚下场，就自认倒霉吧。我一个人跑到操场上，找了个篮球练起来，给自己宽心道，嘿，不要我唱歌就算了，反正我以后也不打算当女高音歌唱家。还不如练练球，出一身臭汗，自己闹个筋骨舒坦呢！（嘿！小小年纪，已经学会了中国小老百姓传统的精神胜利法）这样想着，幼稚而好胜的心也就渐渐平和下来。

三天后，我正在操场上练球，小合唱队的一个女生气喘吁吁地跑来说，毕淑敏，原来你在这里！音乐老师到处找你呢！

我奇怪地说，找我干什么？

那女生说，好像要让你重新回队里练歌呢！

我挺纳闷，不是说我走调厉害，不要我了吗？怎么老师又改变主意了？对了，一定是老师思来想去，觉得毕淑敏还可用。

从操场到音乐教室那几分钟路程，我内心充满了幸福和憧憬，好像一个被发配的清官又被皇帝从边关召回来委以重任，要高呼"老师圣明"了（正是瞎翻小说，胡乱联想的年纪）。走到音乐教室，我看到的是挂着冰霜的"苏打饼干"。长辫子老师不耐烦地说，毕淑敏，你小小年纪，怎么就长了这么高的个子？！

我听出话中的谴责之意，不由自主地就弓了身子塌了腰。从此，这个姿势贯穿了我的整个少年和青年时代，总是略显驼背。

老师的怒气显然还没发泄完，她说，你个子这么高，唱歌的时候得站在队列中间，你跑调儿走了，我还得让另外一个男生也下去，队列才平衡。人家招谁惹谁了？全叫你连累的，上不了场。

我深深低下了头，本来以为只是自己的事，此刻才知道还把一个无辜者拉下水，实在无地自容。长辫子老师继续数落，小合唱本来就没有几个人，队伍一下子短了半截，这还怎么唱？现找这么高个子的女生，合上大家的节奏，哪儿那么容易？现在，只剩下最后一个法子了……

老师看着我，我也抬起头，重燃希望。我猜到了老师下一步的策略，即便她再不愿意，也会收我归队。我当即下决心要把跑了的调儿扳回来，做一个合格的校合唱队员！

我眼巴巴地看着长辫子老师，队员们也围了过来。在一起练了很长时间的歌，彼此都有了感情。我这个大嗓门儿走了，那个男生也走了，音色轻弱了不少，大家也都欢迎我们归来。

长辫子老师站起来，脸绷得好似新纳好的鞋底。她说，毕淑敏，你听好，你人可以回到队伍里，但要记住，从现在开始，你只能干张嘴，绝不可以发出任何声音！说完，她还害怕我领会不到位，伸出细长的食指，笔直地挡在我的嘴唇间。

我好半天才明白了长辫子老师的禁令——让我做一个只张嘴不出声的木头人。我的泪水憋在眼眶里打转，却不敢流出来。我没有勇气对长辫子老师说，如果做傀儡，我就退出小合唱队。在无言的委屈中，我默默地站到了队伍之中，从此随着器乐的节奏，口形翕动，却不得发出任何声音。长辫子老师还是不放心，只要一听到不和谐音，锥子般的目光第一个就刺到我身上……

小合唱在"红五月"歌咏比赛中拿了很好的名次，只是我从此遗下再不能唱歌的毛病。毕业的时候，音乐考试是每个学生唱一支歌，但我根本发不出自己的声音。音乐老师已经换人，并不知道这段往事，她很奇怪说，毕淑敏，我听你讲话，嗓子一点毛病也没有，怎么就不能唱歌呢？如果你坚持不唱歌，你这门没有分数，你不能毕业。

我含着泪说，我知道。老师，不是我不想唱，是我真的唱不出来。老师看我着急成那样，料我不是成心捣乱，只得特地出了一张有关乐理的卷子给我，我全答对了，才算有了这门课的分数。

后来，我报考北京外国语学院附中，口试的时候，又要考唱歌。我非常决绝地对主考官说，我不会唱歌。那位学究气的老先生很奇怪，问，你连《学习雷锋好榜样》也不会？那时候，全中国的人都会唱这首歌，我要是连这也不会，简直就是白痴。但我依然很肯定地对他说，我不唱。主考官说，我看你胳膊上戴着三道杠，是个学生干部。你怎么能不会唱？我当时心里想，我豁出去不考这所学校了，说什么也不唱。我说，我可以把这首歌词默写出来，如果一定要测验我，就请把纸笔找来。那老人居然真的去找纸笔了……我抱定了被淘汰出局的决心，拖延时间不肯唱歌，和那群严谨的考官们周旋争执，弄得他们束手无策。没想到发榜时，他们还是录取了我。也许是我一通胡搅蛮缠，使考官们觉得这孩子没准儿以后是个谈判的人才吧。入学之后，我迫不及待地问同学们，你们都唱歌了吗？大家都说，唱了啊，这有什么难的。我可能是那一年北外附中录取新生中唯一没有唱歌的孩子。

在以后几十年的岁月中，长辫子老师那竖起的食指，如同一道符咒，锁住了我的咽喉。禁令铺张蔓延，到了凡是需要用嗓子的时候，我就忐忑不安，逃避退缩。我不但再也没有唱过歌，就连当众演讲和出席会议做必要的发言，都会在内心深处引发剧烈地恐慌。我能躲就躲，找出种种理由推脱搪塞。有时在会场上，眼看要轮到自己发言了，我会找借口上洗手间溜出去，招致怎样的后果和眼光，也完全顾不上了。有人以为这是我的倨傲和轻慢，甚至是失礼，只有我自己才知道，是内心深处不可言喻的恐惧和哀痛在作祟。

直到有一天，我在做"谁是你的重要他人"这个游戏时，写下了一系列对我有重要影响的人物之后，脑海中不由自主地浮现出了长辫子音乐老师那有着美丽的酒窝却像铁板一样森严的面孔，一阵战栗滚过心头。于是我知道了，她是我的"重要他人"。虽然我已忘却了她的名字，虽然今天的我以一个成人的智力，已能明白她当时的用意和苦衷，但我无法抹去她在一个少年心中留下的惨痛记忆。烙红的伤痕直到数十年后依然冒着焦煳的青烟。

弗洛伊德精神分析学派认为，即使在那些被精心照料的儿童那里，也会留下心灵的创伤。因为儿童智力发展的规律，当他们幼小的时候，不能够完全明辨所有的事情，以为那都是自己的错。

说到这里，我猜聪明的你，可能已经明了了这个游戏的做法。

请在一张白纸上，写下"×××的重要他人"，这个"×××"当然就是你的名字。

然后，另起一行，依次写下"重要他人"的名字和他们入选的原因，这个游戏就完成了。

步骤只有一、二，它所惊扰的断层却常常引发剧烈的地震。

孩子的成长，首先是从父母的瞳孔中确认自己的存在。他们稚弱，还没有独立认识世界的能力。如同发育时期的钙和鱼肝油会进入骨骼一样，"重要他人"的影子也会进入儿童的心理年轮。"重要他人"说过的话，做过的事，他们的喜怒哀乐和行为方式，会以一种近乎魔法的力量，种植在我们心灵最隐秘的地方，生根发芽。

在我们身上，一定会有"重要他人"的影子。

美国有一位著名的电视主持人，叫作奥普拉·温弗瑞。2003年，她登上了《福布斯》身家超过十亿美元的"富豪排行榜"，成为黑人女性获得巨大成功的代表。

父母没有结婚就生下了她，从小住的房子连水管都没有。一天，温弗瑞正躲在屋角读书，母亲从外面走进来，一把夺下她手中的书，破口大骂道：你这个没用的书呆子，把你的屁股挪到外面去！你真的以为你有什么了不起？你这个白痴！

温弗瑞九岁就被表兄强奸，十四岁怀了身孕，孩子出生后就死了。温弗瑞自暴自弃，开始吸毒，然后又暴饮暴食，吃成了一个大胖子，还曾试图自杀。那时，没有人对她抱有希望，包括她自己。就在这时，她的生父对她说：

> 有些人让事情发生，
> 有些人看着事情发生，
> 有些人连发生了什么都不知道。

极度空虚的温弗瑞开始挣扎奋起，她想知道自己的生命中究竟会有些什么样的事情发生。她要顽强地去做"让事情发生的人"。大学毕业之后，她获得了一个电视台主持人的职位。1984年，她开始主持《芝加哥早晨》的节目，大获成功，在很短的时间里成为全美收视率最高的节目。她开始发动全国范围内的读书节目，她对书的狂热和她的影响力，改变了很多书的命运。只要她在自己的脱口秀节目里对哪本书给予好评，那本书的销量就会节节攀升。

温弗瑞成立了自己的公司，创办了畅销杂志，还参股网络公司。她乐善好施的名声和她的节目一样响亮。她每年把自己收入的百分之十用来做慈善捐助。温弗瑞亲手推动了太多的事情发生！她认为这主要来源于父亲的那一句话。

如果让温弗瑞写下她的"重要他人"，她的父亲一定是高居榜首。他不但给予了温弗瑞生命，而且给予了她灵魂。温弗瑞的母亲也算一个。她以精神暴力践踏了幼小的温弗瑞对书籍的热爱，潜藏的愤怒在蛰伏多年之后变成了不竭的动力，使成年以后的温弗瑞，以极大的热情投入到和书籍有关的创造性劳动之中，不但自己读了大量的书，还不遗余力地把好书推荐给更多的人。那个侮辱侵犯了温弗瑞的表哥，也要算作她的"重要他人"，这直接导致了温弗瑞的巨大痛苦和放任自流，也在很多年后，促使了温弗瑞执掌财富之后，把大量的款项用于慈善事业，特别是援助儿童和黑人少女。

看，"重要他人"就是如此影响人的生活和命运的。

美国通用电气公司的 CEO 杰克·韦尔奇，被誉为全球第一 CEO。在短短二十年里，韦尔奇使通用电气的市值增加了三十多倍，达到了四千五百亿美元，排名从世界第十位升到了第二位。韦尔奇说，母亲给他的最伟大的礼物就是自信心。韦尔奇从小就口吃，就是平常所说的"结巴"。在大学读书的时候，每逢星期五，天主教徒是不准吃热血动物肉的，所以在学校的餐厅里，韦尔奇经常会点一份烤面包夹金枪鱼。奇怪的是，女服务员端上来的都是两份。为什么呢？因为韦尔奇结巴，总是把这份食谱的第一个单词重复一遍，服务员就听成了"两份金枪鱼"。

面对这样一个吭吭哧哧的孩子，韦尔奇的母亲居然找出了完美的理由。她对幼小的韦尔奇说："这是因为你太聪明了，没有任何一个人的舌头，可以跟得上你这样聪明的脑袋。"

韦尔奇记住了母亲的这种说法，从未对自己的口吃有过丝毫的忧虑。他充分相信母亲的话，他的大脑比他的舌头转得更快。母亲引导着韦尔奇不断进取，直到他抵达辉煌的顶峰。母亲是韦尔奇的"重要他人"。

再讲一个苹果的故事。正确地说，是两个苹果的故事。

一位妈妈有两个孩子，她拿出两个苹果。苹果一个大一个小，妈妈让两个孩子自己来挑，大儿子很想要那个大苹果，正想着怎么说才能得到这个苹果，弟弟先开了口，说，我想要大苹果。妈妈呵斥道，你想要大的苹果，你不能说。这个大儿子灵机一动，改口说，我要这个小苹果，大苹果就给弟弟吧。妈妈说，这才是好孩子。于是，妈妈就把小苹果给了小儿子，大儿子反倒得到了又红又大的苹果。大儿子从妈妈这里得到了一条人生的经验：你心里的真心话不可以说，你要把真实掩藏起来。后来，这个大儿子就把从苹果中得到的道理应用于自己的生活，见人只说三分话，耍阴谋使诡计，巧取豪夺，直到有一天把自己送进了监狱。这位成了犯人的大儿子，如果写下自己的"重要他人"，我想他会写下妈妈和这个红苹果。

还有一位妈妈，有一篮苹果和一群孩子，也是人人都想得到大苹果。妈妈把苹果拿到手里，说，苹果只有一个，你们兄弟这么多，给谁呢？我把门前的草坪划成了三块，你们每人去修剪一块草坪。谁修剪得又快又好，谁就能得到这个大苹果。

众兄弟中的老大得到了红苹果。

他从中悟出的生活哲理是——享受要靠辛勤的劳动换取。

这个信念指导着他，直到他最后走进了白宫，成为著名的政治家。如果由他来写下自己的"重要他人"，妈妈和红苹果也会赫然在列。

看了以上的例子，你是不是对"重要他人"的重要性有了进一步的认识？也许有的人会说，我儿时的记忆早已模糊，可不记得什么他人不他人的了。我现在的所作所为，都是我自己决定的，和其他人没关系。

这个说法有一定的道理，在我们的意识中，很多决定的确是经过仔细思考才做出的。但人是感情动物，情绪常常主导着我们的决定。而情绪是怎样产生的呢？这也和我们与"重要他人"的关系密切相关。

有一位著名的心理学家，叫作艾利斯，他认为，人的非理性信念会直接影响一个人的情绪，使他遭受困扰，导致人的很多痛苦。比如，有的人绝对需要获得周围环境的认可，特别是获得每一位"重要他人"的喜爱和赞许，其实这是不可能实现的事。有人就是笃信这个观念，把它奉作真理，千辛万苦，甚至委屈自己来取悦"重要他人"，以后还会扩展到取悦更多的人，甚至所有的人，以得其赞赏。结果呢，达不到目的不说，还令自己沮丧失望、受挫和被伤害。

传统脑神经学认为，每一种情绪都是经过大脑的分析才做出反应的，但近年来，美国的神经科学家却找到了情绪神经传输的栈道。通过精确的研究，科学家们发现，有部分原始信号是直接从人的丘脑运动中枢，引起逃避或是冲动的反应，其速度极快，大脑的分析根本来不及介入。大脑里，有一处记忆情绪经验的地方，叫作杏仁核，它将我们过去遇见事情时的情绪、反应记录下来，好像一个忠实的档案保管员。在以后的岁月中，只要一发生类似事件，杏仁核就会越过大脑的理性分析，直接做出反应。

真是"成也萧何，败也萧何"。杏仁核这支快速反应部队，既帮助我们在危急的时刻，成功地缩短应对时间，保全我们的利益，也会在某些时候形成固定的模式，贻误我们的大事。

杏仁核里储存的关于情绪应对的档案资料，不是一时一刻积存的。"重要他人"为什么会对我们产生那么重要的影响，我猜想，关于"重要他人"的记忆，是杏仁核档案馆里使用最频繁的卷宗。往事如同拍摄过的底片，储存在暗室，一有适当的药液浸泡，它们就清晰地显影，如同刚刚发生一般，历历在目，相应的对策不经大脑筛选已经完成。

魔法可以被解除。那时你还小，你受了伤，那不是你的错。但你的伤口至今还在流血，你却要自己想法包扎。如果它还像下水道的出口一样嗖嗖地冒着污浊的气味，还对你的今天、明天继续发挥着强烈的影响，那是因为你仍在听之任之。童年的记忆无法改写，但对一个成年人来说，却可以循着"重要他人"这条缆绳，重新梳理我们和"重要他人"的关系，重新审视我们应对问题的规则和模式。如果它是合理的，就变成金色的风帆，成为理智的一部分。如果它是晦暗的荆棘，就用成年人有力的双手把它粉碎。这个过程不是一蹴而就的，有时自己完成力不从心，或是吃力和痛苦，还需要借助专业人士的帮助，比如求助于心理咨询师。

也许有人会说，"重要他人"对我的影响是正面的，正因为心中有了他们的身影和鞭策，我才取得了今天的成绩。这个游戏，并不是要把"重要他人"像拔萝卜一样连根揪出来，然后与之决裂。对我们有正面激励作用的"重要他人"，已经成为我们精神结构的一部分。他们的期望和教诲已化成了我们的血脉，我们永远不会丢弃对他们的信任和仁爱。但我们不是活在"重要他人"的目光中，而是活在自己的努力中。无论那些经验和历史多么宝贵，对于我们来说，已是如烟往事。我们是为了自己而活着，并为自己负起全责。

经过处理的惨痛往事，已丧失实际意义上的控制魔力。长辫子老师那句"你不要发出声音"的指令，对今天的我来说，早已没有辖制之功。

就是在最饱含爱意的环境中长大的孩子，也会存有心理的创伤。

寻找我们的"重要他人"，就是抚平这创伤的温暖之手。

当我把这一切想清楚之后，好像有热风从脚底升起，我能清楚地感受到长久以来禁锢在我咽喉处的冰霜噼噼啪啪地裂开了，一个轻松畅快的我，从符咒下解放了出来。从那一天开始，我可以唱歌了，也可以面对众人讲话而不胆战心惊了。从那一天开始，我宽恕了我的长辫子老师，并把这段经历讲给其他老师听，希望他们面对孩子稚弱的心灵，懂得该是怎样地谨慎小心。

童年时被烙印下的负面情感，是难以简单地用时间的橡皮轻易地擦去。这就是心理治疗的必要所在。和谐的人格不是从天上掉下来的，而是和深刻的内省有关。

告诉缺水的人哪里有水源，告诉寒冷的人哪里有篝火，告诉生病的人哪里有药草，告诉饥饿的人哪里有野果，这些都是天下最好的礼物。

如果让我选出自己最喜欢的游戏，我很可能要把票投给"谁是你的重要他人"。感谢这个游戏，它在某种程度上修改了我的人生。人的创造和毁灭都是由自己完成的，人永远是自己的主人。即使当他在最虚弱最孤独的时候，他也是自己的主人。当他开始反省自己的状况，开始辛勤地寻找自己生命所依据的法则时，他就渐渐变得平静而快乐了。

今世的五百次回眸

佛说，前世的五百次回眸，才换来今生的擦肩而过。顿生气馁，这辈子是没的指望了，和谁路遇和谁接踵，和谁相亲和谁反目，都是命定，挣扎不出。特别想到我今世从医，和无数病患咫尺对视。若干垂危之人，我手经治，每日查房问询，执腕把脉，相互间凝望的频率更是不可胜数，如有来世，将必定与他们相逢，赖不脱躲不掉的。于是这一部分只有作罢，认了就是。但尚余一部分，却留了可以掌握的机缘。一些愿望，如果今生屡屡瞩目，就埋了一个下辈子擦肩而过的伏笔，待到日后便可再接再厉地追索和厮守。

今世，我将用余生五百次眺望高山。我始终认为高山是地球上最无遮掩的奇迹。一个浑圆的球，有不屈的坚硬的骨骼隆起，离太阳更近，离平原更远，它是这颗星球最勇敢最孤独的犄角。它经历了最残酷的折叠，也赢得了最高耸的荣誉。它有诞生也有消亡，它将被飓风抚平，它将被酸雨冲刷，它将把溃败的肌体化做肥沃的土地，它将在柔和的平坦中温习伟大。我不喜欢任何关于征服高山的言论，以为那是人的菲薄和短视。真正的高山不可能被征服的，它只是在某一个瞬间，宽容地接纳了登山者，让你在它头顶歇息片刻，给你一窥真颜的恩赐。如同一只鸟在树梢啼叫，它敢说自己把大树征服了吗？山的存在，让我们永葆谦逊和恭敬的姿态，知道在这个世界上，有一些事物必须仰视。

今生，我将用余生一千次不倦地凝望绿色。我少年成边，有十年的时间面对的是皑皑冰雪，看到绿色的时间已经比他人少了许多。若是因为这份不属于我选择的怠慢，罚我下辈子少见绿色，岂不冤枉死了？记得在千百个与绿色隔绝的日子之后，我下了喀喇昆仑山，在新疆叶城突然看到辽阔的幽深绿色之后，第一反应竟是悚然，震惊中紧闭了双眼，如同看到密集的闪电。眼神荒疏了忘却了这人间最滋润的色彩，以为是虚妄的梦境。就在那一瞬，我皈依了绿色。这是最美丽的归宿，有了它，生命才得以繁衍和兴旺。常常听到说地球上的绿地到了××年就全部沙化了，那是多么恐怖的期限。为了人类的长盛不衰，我以目光持久地祷告。

今生，我将一万次目不转睛地注视人群。如果有来生，我期望还将成为他们中的一员，而不是其他的什么动物或是植物。尽管我知道人类有那么多可怕的弱点和缺陷，我还是为这个物种的智慧和勇敢而赞叹。我做过一次人类了，我知道了怎样才能更好地做人。做人是一门长久的功课，当我们刚刚学会了最初的运算，教科书就被合上。卷子才答了一半，收卷的铃声就响了，岂不遗憾？

把自己喜欢的事一一想来，我还要看海看花，看健美的运动员，看睿智的科学家，看慈祥的老人和欢快的少女，当然还有无邪的小童，突然就笑了。想我这余生，也不用干其他的事了，每天就在窗前屋后呆呆地看山看树看人群吧，以求个来世的擦肩而过。这样一路地看下去，来世的愿望不知能否得逞，今生的时光可就白白荒废了。于是决定，从此不再东张西望，只心定如水，把握当前。

不为虚缈的擦肩而过，而把余生定格在回眸之中。喜欢山所表达的精神，就游历和瞻仰山的峭拔和广博，期望自己也变得如许坚强。喜欢绿色和生命，喜爱人的丰饶和宝贵，就爱惜资源，尊重自己，也尊重他人。

恋爱为什么无疾而终

　　我开诊所的时候，有一天来了一位美丽的姑娘。她的外表看起来几乎无懈可击：身材玲珑有致，充满了女性的味道，但绝不张扬。皮肤有一种珍珠般的柔和光泽，莹莹闪光而不烁目，头颈上下浑然一体，没有任何泾渭分明的色差界限，看得出是天生丽质，不是蜜粉涂抹化妆所为。五官很清俊，搭配在一起，鹅蛋脸，柳眉入鬓，只是嘴巴有点大，和中国古代的仕女形象有一点区别，但我知道，如今大嘴巴正是性感的标志。一袭粉蓝色的职业装，双腿优雅地叠架在一起，浑圆的膝盖在剪裁贴身的高档毛料下，若隐若现。我们就称她为梓怡吧。

　　梓怡款款说来，我是从国外回来的，我知道心理医生是干什么的。不一定非要出了大问题，比如抑郁症或是要自杀什么的，才来看心理医生。我在一般人眼里很正常，甚至是太正常了。我要求教您的也是一个很正常的问题，就是——我的恋爱为什么总是无疾而终？刚开始交往得好好的，彼此都谈得来。但是深入接触之后，那些男子就都退避三舍了。真的，不是我不愿意，都是他们先打退堂鼓了。您可以想见这样的结局对我的打击有多大，也许说是打击，也不完全准确，更多的是好奇。我怎么啦？我难道配不上他们吗？我各方面的条件都很优越，说实话，我跟他们交往，已经抱了一种下嫁的姿态。我有国外的文凭，收入很高，自己有房子有车，其他的硬件条件，您也看到了，不是我自夸，真的也是百里挑一呢。而且，我也很会示弱呢！

　　我有点惊奇，轻声重复道，示弱？！

　　她说，对啊，我会把我的收入打个五折，不然太高了，会让男方自卑。我也会心甘情愿地跟着男朋友到小馆子吃饭，要知道我平日出差，都是五星级酒店呢！我并不怕吃苦，但该让男士有表现绅士风度的机会，我是一定留给他们的……刚开始交往不久，我就会督促他们给家中的老人买礼物贺生日。

倒不是我故意要装出贤惠的样子，实在是我也常常惦念自己的父母，希望大家都能有一颗孝顺之心……您说我做的还有哪些不够呢？真想不明白。

现在，不但是梓怡想不明白，连我也一头雾水了。我想，莫非那些男子真是有眼无珠，这么好的一个妙龄女子，为什么他们却不知珍惜？

心理咨询需要过程，第一、二次见面，我们只能是互相了解，建立彼此信任的关系。临走的时候，梓怡拿出钱夹，说，我要送您一件礼物。我说，你已经按照规定交纳了费用，我不能再接受你的礼物。她微笑着说，这不是一件平常的礼物，您一定要收下。说着，她拿出一张相片。这是她本人的艺术照，照片上的梓怡更是光彩照人。我只有收下，当面拒绝接受一个人的照片，几乎等于宣战。

咨询的频率是每周一次。在其后几天，我常常会看着梓怡的照片愣神。这样姣好的一个女子，居然很可能寂寞老去，问题究竟出在哪里呢？

终于，我找到了一个方向。梓怡下次来的时候，我说，看来你是很喜欢照相啦？她说，是啊！哪个不喜欢挽留青春呢？我说，如果不保密的话，能不能把你自己的闺房照下来给我看看？特别是墙壁的颜色。她说，这有什么难的！我装修得可精美了，也非常舒适，每个屋子的色彩都不一样。对了，您要这些图片有什么用呢？我开玩笑说，我也要装修房子，猜想你的家一定很有创意，很想学习一下呢。几天后，梓怡用电子邮件把她家的图片发来了。看得出来，她很细心，把边边角角都照了下来，的确是匠心独运，有很多机灵的小点子。其实，我是醉翁之意不在酒。

再下一次我见到梓怡，我说，那些男士离你而去的时间，让我来猜一猜。梓怡说，好啊，心理学家有的时候也兼算命吗？

我说，这和算命无关，只和我的一个小小推断有关。我猜他们先是和你交往了一段时间，彼此感觉都不错。然后你们约会的场所就从公园、酒吧、咖啡厅等公共场合，转到了比较私密的空间。

梓怡说，您说得一点都不错。我们总不能在凛冽的寒风中在街上走来走去吧？他们会邀请我到他们家去，但是在关系没有最后确定下来之前，我不愿早早地就见到他们的亲属，那样留给自己选择的余地就比较狭小了。我希望婚姻这件事的按钮始终在两个当事人自己的手中，这才有最大的自由。既然他们家不能去，那么到我家就比较合适了。况且，我看到一些教女孩子如何谈恋爱的书籍上写了，约会不要到陌生的地方去，要到自己熟悉的地方。

您说，还有什么地方比自己的家更熟悉的呢？在我的家里，我会更安全，也更自在。

我点点头，表示深深的赞同。我说，但是，悲剧接着发生了，当你以为恋爱关系稳步向前推进的时候，男方突然表示撤退了……

梓怡哀戚地说，您如何知道的？正是这样啊……我莫名其妙，不断地追问这到底是为了什么，可他们就是不说，逼急了，就丢出一句：你一定能找到比我更好的人！这叫什么话嘛！推诿逃避，连说一句真话的勇气都没有！梓怡生起气来。实话实说，梓怡就是在生气的时候也是楚楚动人。

我说，我倒是猜出了一点苗头。

梓怡很惊讶，说，您认识他们之中的某一个人吗？

我说，不认识。可我这里有照片。

梓怡真是一个对照片很有兴趣的人，她立刻打起精神，凑过来说，谁的照片？

我把洗出来的照片摊在沙发前的茶几上。梓怡只看了一眼，就说，这有什么可看的？这不就是我发给您的我家的照片吗？

我说，对啊。你的家，你自然是最熟悉的。但最熟悉的东西，你却未必最能认清它。你看看这墙壁……

在所有的墙壁上，都镶有梓怡的大幅照片：有娇媚的，有哀怨的，有若有所思的，有充满期盼的……我说在"所有的墙壁上"，并没有夸张，就连卫生间的马桶上方，都有梓怡的靓照在俯视。在这样的地方如厕，闹不好会排泄不净。

梓怡是聪明女子，她若有所思地说，这有什么不对吗？这是我自己的家啊。

我说，对啊，如果这永远只是你一个人居住和观赏，也许问题并不很大。但是，你让另外一个人走进了你的家门，在这样一个高度自恋的氛围中，那个人很可能感到压抑。这里是你的一统天下，没有他人喘息的空间了……

梓怡的故事到此为止，结局大家都可以猜得到。后来，她结婚了，对爱人非常满意。她给我打了一个电话，说，我知道心理医生的规矩是不能和来访者有密切关系的。我如果请您来参加婚礼，我以后有了什么问题，就不好再求您帮助了。所以，为了我以后还能在为难的时候找到您，我就只打这个电话告诉您我的婚讯。

我说，好啊，祝福你。

直到现在，我再也没有接到梓怡的求助。想来，她一切都还好吧。

如果你有很多美丽的照片，请不要把自己的家变成展示这些照片的博物馆。那无意中将是一种排斥他人、唯我独尊的信号，说明你的世界里充满了你，让人却步。高傲自恋的女人，在让人欣赏的同时，会让人远离。男人和女人都对高度自我的人敬而远之。

爱情没有快易通

我和朋友做过一个游戏，很有趣。

你说你也想做，好啊，我希望大家都有机会参与，别看我们都已是成人，其实每个人心底都埋着一颗喜爱玩耍的种子。我先来讲一讲规则，所有的游戏都是有规则的，要想玩得好，就得守纪律，要不就乱套了。

那规则就是——找一张白纸，写上你的一个常常出现的情绪，比如愤怒、怀念、孤独、忧郁等等。哦，看到这里，你可能要说，都是让人懊丧的情绪啊？正面的可不可以写呢？当然可以啦，比方高兴、喜悦、慈爱、关切等等，都行。

好了，现在你已写好了自己的想法。把那张藏着你的秘密的纸条对折，然后让它安安稳稳地平躺在桌上，一副大智若愚的模样，暂时谁也不让看。

此刻它就像一个沉睡的蚕宝宝，一动不动地眠着，只有到了揭开谜底的时分，才带着长长的思绪，飞出美丽的白蛾。

然后你找一个人，最好是对你比较了解，你把他当作知心朋友的人。你对他或她说，此刻，我正被一种情绪缠绕着，满心念的都是它。现在，你猜猜看，那是一种什么思绪？

他或她肯定会说："我又不是你肚子里的虫，我怎么会知道？"

你说："别急啊，我会给你线索。这就是我的表情。平日当我被这种情绪笼罩的时候，我就做出这副模样，你猜猜看。"

说完以上的话以后，你就坐到他对面（为了叙述方便，我就不论男女，都用"他"字了）。最好找一个光线明媚的地方，让你的一颦一笑，都让他尽收眼底。好啦，现在你心里默念着刚才写在纸上的字，脸上做出你沉浸在这种思绪中时对应的表情，也可以辅助身体的语言。比如你平日愁苦的时候，蛾眉紧锁，杏眼低垂，再加上挂着腮帮子，耷拉着头……总之，不要刻意表演，越自然，越像生活中真实的你，越好。

你保持如此的表情和姿势一分钟后，就可以恢复常态了。然后让你的朋友说出，刚才你在想什么……

他或许会沉默，会思索，会疑惑……注意啊，你一定要有足够的耐心，并且有克制力，不可提示，不可启发，不可诱导。否则咱们就前功尽弃啦。

依我和朋友玩过多次的经验，此时绝大多数的人会沉思良久，好像他们面对的不是一个朝夕相处、耳濡目染的大活人，而是恐龙什么的，然后久久不吭声。最后在大家都等得不耐烦的时候，才迟迟疑疑地吐出一个词，比如"苦闷……""孤单……"等，然后忙不迭地打开桌上的纸条。一看之下，半晌不语，那答案和猜测往往风马牛不相及。

比如一个美丽的女孩子，做出眺望远方的模样。她的男友猜测——你是在想家！想父母！她呸了一声说："糊涂虫，我是在想你！"男友说："我不就在你身边吗？当你出现这种神态的时候，我总是吓得屏气息声，不敢打破沉默。我不知道自己哪点没有做好，惹得你不满意，你才如此凄楚地思念他人……"女孩子说："你怎么会这么笨呢？你既然爱我，就该懂得我的心。"男孩子说："爱，只能解决一部分问题，并不能解决所有的问题。该说的你还得说出来，沉默不是金，是土是空气。"女孩子说："我像革命先烈一样，我就是不说。我非要你猜，猜得出来我就嫁你，猜不出来，我就离开你……"男孩子就愁眉苦脸地说："如果今后的几十年，天天都在灯谜和哑语中生活，累不累啊？！"

另一个男子眼睛特别大。他做出第一个表情的时候，看着那铜铃一般圆睁的双眸，大家异口同声地说："噢，你在愤怒！"

他一脸失望地说："才不是呢。好了，这个不算，我再做一次。"他做出的第二个表情，又是如法炮制，瞪起双眼。大家稍微犹豫了一下，还是口径一致地说："你在发火！"

他不甘心，又来了第三次。这一次的结果就更令人惆怅了。大家没精打采地说："你换个新内容让我们也好抖擞精神，干吗又做出打架的样子？！"

男子后来沮丧地告知我们：他的纸条上，第一次写下的是"幸福"，第二次写下的是"喜爱"，第三次写下的是——"慈祥"！

你肯定要说，差得这般十万八千里，我才不信呢！你一定是没选好对象，或者围观的人太弱智，才如此指鹿为马。

我一点也不生气你的这种指责，我很希望你能亲自试一试。找自己最亲爱的人，最好。假如能百发百中地猜对，那真是人间少有的幸福伴侣。

我耐心地等待着你的试验……怎么样？做完了吧？你不仅仅做了一次，而是做了许多次。桌上的纸条叠起又打开，打开又写下，好像一只只归巢后又被驱赶而出的信鸽。你很希望能打破我的预言。但你做完后，为什么长久地沉默不语？还透出淡淡的忧伤？你的手指把纸条扯成一缕缕，任它飘荡，好似破碎的思绪。

是的，真正的现实就是这般冷静而无商榷。最厚重的隔膜，就在咫尺之遥。在你以为肌肤相亲的帷幔当中，横亘着无法穿越的海峡。

科学技术是越来越发达了，但迄今没有一种仪器，可以测量出人类情感的进行状态，可以预计出人的情绪指数。当我们能够探知遥远星球的一次轻微地震的时候，我们不知道自己的同床伴侣，是否辗转反侧。爱情没有快译通，心灵的交流如此细腻朦胧。当我们以为自己洞察他人心扉的时候，其实往往隔靴搔痒、南辕北辙。

不要怨天尤人，不要动不动就上纲上线到爱与不爱。爱不是万能钥匙，爱不能在每一个瞬间都摧枯拉朽。爱无法破译人间所有的符码，爱纵是金属，也会有局限和疲劳。增进了解可以加固爱，误会错怪可以动摇爱，这是我们每个人都曾有过的体验。

隔膜往往是双层的。当我们无法正确地表达的时候，我们首先就失却了被人悟知的前提。所以，训练我们明快简捷、准确平和的表达能力，是人生的重要课题。不要以为说出自己的心思是一件很简单的事情，在很多的时候，我们先是不敢说，再之是不肯说，然后是不屑说，最后就成了不会说。尤其是当我们软弱的时候，我们没有勇气说；当我们悲哀的时候，我们被文化的传统训导为不可说，说了就显得懦弱，说了就是渺小；当我们痛苦的时候，我们以为不当说，说了就遭人耻笑；当我们孤独的时候，我们想不起说。

其实，一个人的坚强与否，不在于他是否说出自己的苦难，而在于他如何战胜自己的苦难。说的本身，也是一种描述和正视，当我们能够直视那些令人痛楚的症结的时候，力量也就随之产生了。

既不夸大也不缩小，既不言过其实也不矫饰虚掩，直面惨淡的人生，逼视淋漓的鲜血，该是人生勇敢和智慧的大境界。

其次我们要会听。有人说，听，谁还不会啊，是个人都带着自己的耳朵，想不听还办不到呢！

了解和交流，在于两颗心的同一律动，在于你深深地明了对方向你描述的那一切。从这个意义上来说，"会听"，也许是人生另一番需要修炼的深远功夫。坦诚地说出自己的感受，即便艰难，好歹还有自我的内心世界可以参照，只需勇气和描述的技术，基本就可完成。但听的功力，除了有一双好耳朵，还需有一颗擦拭干净、不畸形、不变异的心。如果自心是哈哈镜，把人家的话听得变了形，那责任就不在说者，而在听者。

　　会听的心，要有大的空间，除了容纳自身，还能接纳他人。会听的心，要有对人的真诚，因为听的那一刻，你将把心灵至尊的位置，让给你的朋友。会听的心，是柔软和温暖的，令人感到融融的温馨。会听的心，是坚强的，因为它有自己顽强的意志，不会在袭来的痛苦之中摇摆淹没……

　　有一个可以救命的外科手术，叫作"心脏搭桥"，说的是在堵塞了血管的心脏上，再造一条新的流畅的脉络，让新鲜的充足的血液流入衰弱的心脏。我很喜欢这个手术的名称，借来一用。我们除了在自己的心脏上搭桥，也需在不同的心脏之间搭桥，以传达我们彼此间的感觉和友谊。

爱的喜马拉雅

有一句流传广远的话，广泛见于对英模楷范的宣扬中，那就是——他心中装着全体人民，唯独没有他自己。

反复灌输之下，就形成了一条关于爱的约定俗成："你爱众人吗，那你就肯定不爱你自己。你爱自己吗，那你就不可能爱更多的人。"爱自己和爱他人是南辕北辙的。这句话的核心内容是——爱自己与爱他人不能共存。

按照这种说法，爱是一种不可分割的脆弱之物。它是整体的，又是非此即彼的。它不是红的，就是白的，绝不可能是粉红的。如果可以分而治之的，就不是爱了，只是一块烤煳的蛋糕。爱是排他的，而在这架跷跷板的两端，坐着我们自己的屁股和整个人民的利益。

这就使得爱变得残酷和狭隘起来。要一个人不爱自己，是不合生理和正常规律的。如果我们不爱自己，感觉冷了，不去加衣服，感觉饿了，不吃东西……那样我们连自己最基本的生存，都发生了不可照料的恐慌，如何还有余力爱他人、爱世界？

把个人的利益和整体的利益分裂对立起来，是一种人为的敌意。顺序颠倒，情理不合。我们从自身的愉悦、自身的宝贵，感受到了世界的可爱和他人的价值。在使自己美好的同时，我们使整个世界由于我的存在，而多了一只飞舞闪亮的萤火虫，虽然微小，却不乏光明和美丽。

爱是那样一种复杂和需要反复咀嚼和提炼的感觉。没有哪个词，可以成功地复制和转移我们对于爱的表达。爱是可以溶解那么多情感的特殊液体，爱又是单纯、简约、精粹到任何语言的描述都显得索然和赘疣。

爱是人类所有发明中伟大和莫测的最初和收尾的精品，爱是永远不会有过剩危机的精神享用。

爱从自己开始，爱又绝不仅仅局限于自己。爱最后还是要降落在自己脑海的机场上，爱从我们内心的光源辐射到辽远的宇宙。爱能比我们的双脚走得更快更稳，爱能比我们的目光看得更深更远，爱能比我们的语言更美更多，爱能比我们的判断更直接更明晰……爱是这样的一座宝库，当你把信任存入它的柜台后，它就把世上最美妙神奇的精神财富，源源不断地偿付给你。

也许有人会说，那古往今来的先烈和志士们，为了他人的利益，不惜牺牲了自己的性命，那又是在爱谁呢？

这的确曾是幼小的我百思不解的问题。每当我的思绪碰到这个隔离墩的时候，就不由自主地刹车了。但我终于在一个明朗的早上，豁然开朗。先贤们依旧是爱自己的，而且爱得非同寻常，爱得摧枯拉朽。他们不惜以自己有形的生命，去殉葬了无形的理想。他们热爱自己的信仰，胜过爱自己的四肢百骸。他们是爱的喜马拉雅。正是由于他们的存在，更加证明了爱自己，会使人产生出怎样不可战胜的力量和勇气。表达了爱对死亡的威胁，是一种不可逾越的永恒。那是爱的珠穆朗玛啊！在那寒冷苍莽的顶峰，爱就显现出圣洁和孤独的雪光。因为一般人的不可企及，就把它神化以至想当然地——对不起，我说得可能有点儿冒犯，因为我们未能以生死相抵——我们把先贤的献身简化了。我们以为他们不曾想到自己，实际上，他们把自己的意志和选择看得高于和重于人仅有一次的生命，他们是超拔和孤独的巨臂。

清醒地、果敢地把生命投入某项事业当中的人，具备大智大勇大爱，值得人类瞻仰和崇敬。如果你未能体察这一点，且慢擅论信仰，犹如"夏虫不可语冰"。

还有一种略带神秘色彩的悖论，即爱是纯粹理论的冥想，或曰爱是纯技巧的堆积。

看起来水火不相容，其实是一个问题的两极。

很多人以为爱是虚无缥缈的感情，以为爱在我们的日常生活中，发生的频率十分稀少。以为只有空虚的、细腻的、多愁善感的人，才会在淋淋秋雨的晚上和薄雾袅袅的清晨，品着茶、吹着箫，玩味什么是爱。以为爱的降临必有异兆，在山水秀美之地或风花雪月之时，锅碗瓢盆、刀枪剑戟必定与爱不相关。

还有很多人以为自己不会爱，是缺乏技巧，以为爱是如烹调书和美容术一样，可以列出甲乙丙丁分类传授的手艺，以为只要记住在某种场合施爱的程序和技巧，比如何时献花、何时牵手，自己在爱的修行上就会有一个本质性的转变和决定性的提高。风行的各类男人女人、少男少女的杂志上，不时地刊登各种爱的小窍门、小把戏，以供相信这一理论的读者牛刀小试。至于尝试的结果，从未见过正式的统计资料，也无人控告这些经验的传授者有欺诈倾向。想来读者多是善意和宽容的，试了不灵，不怪方子，只怪自家不够勤勉。所以，各种秘方层出不穷，成为诸如此类刊物长盛不衰的不二法门。这也从另一个侧面说明，多少人求爱无门，再接再厉、屡败屡战。

爱有没有方法呢？我想，肯定是有的。爱的方法重要不重要呢？我想，一定是重要的。但在爱当中，最重要的不是方法，而是你对于爱的理解和观念。

你郑重地爱，严肃地爱，欢快地爱，思索地爱，轻松地爱，真诚地爱，朴素地爱，永恒地爱，忠诚地爱，坚定地爱，勇敢地爱，机智地爱，沉稳地爱……你就会派生出无数爱的能力、爱的法宝、爱的方法、爱的经验。

爱是一棵大树。方法，是附着在枝干上的蓓蕾。

某年春节，我到江南去看梅花。走了很远的路，爬了许久的山，看到了无边无际的梅树，只是，没有梅花。

天气比往年要冷一些，在通常梅花怒放的日子，枝上只有饱满的花骨朵儿。怎么办呢？只有打道回府了。主人看我失望的样子，突然说："我有一个办法，可以让梅花瞬时开放。"

我说："真的吗？你是谁？武则天吗？就算你真的是，如果梅花也学了牡丹，宁死不开，你又怎样呢？"

主人笑笑说："用了我这办法，梅花是不能抵挡的。你就等着看它开放吧！"

她说着，从枝上折了几朵各色蓓蕾（那时还没有现在这般的环保意识，摘花——罪过），放在手心，用热气暖着哈着，轻轻地揉搓……

奇迹真的在她的掌心缓缓地出现了。每一朵蓓蕾，好似被魔掌点击，竟在严寒中一瓣瓣地绽开，如同少女睡眼一般绽出了如丝的花蕊，舒展着身姿，在风中盛开了。

主人把花递到我手里，说："好好欣赏吧。"我边看边惊讶地说："如果有一只巨掌，从空中将这梅林整体温和地揉搓，顷刻间就会有花海涌动了啊！"

主人说："用这法子可以让花像真的一样开放，但是——"她的"但是"还没有讲完，我已知那后面的转折是什么了。就在如此短暂的工夫，在我手中蓬开的花朵，就已经合拢、枯萎，那绝美的花姿如电光石火一般，飘然逝去。

"怎么谢得这么快？"我大惊失色。

"因为这些花没有了枝干。没有枝干的花，绝不长久。"主人说。

回到正题吧。单纯的爱的技术，就如同那没有枝干的蓓蕾，也许可以在强行的热力和人为的抚弄下开出细碎的小花，但它注定是短命和脆弱的。

我们珍视爱，是看重它的永恒和坚守。对于稍纵即逝的爱，我们只有叹息。

爱在什么时候，都会需要技术的。而且这些技术，会随着历史的进程，发展得更完善和周到。同时，我们无论在什么时候都更看重那技术之下的，深埋在雄厚土壤中的爱的须根。

如果你需要长久的、致密的、坚固的、稳定的爱，你就播种吧，你就学习吧，你就磨炼吧，你就锲而不舍地坚持求索吧，爱必将降临在每一个真诚地寻找它的眸子里。

关于爱的奇谈怪论

爱是人们常常谈论的话题，因为在空气、水分、食物和安全之后，就是我们的爱了。比如安全这个问题，表面上看来是对环境的要求，其实是对爱的一种深化，我们只有在爱中，才感觉自己是有价值，是值得爱护、保护、珍惜和发展的。一个丧失了安全感的人，是无法从容爱自己和爱世界的。比如人际关系，更是爱的浓缩和放大。难以设想，一个不爱他人的人，会有广泛的朋友和良好的社会关系。当然，他的身旁可能会聚集着一些人，但那不是心灵的需要，只是利益的驱使。谈到自我实现，更是爱的高级阶段。因为你的爱，超越了一己的范畴，才扩展到更广阔的人和事物。在这种升腾与弥散的过程中，爱变成一种柔和的光芒，从一个核心的晶体稳定地散发着，把温暖和明亮播扬到远方。

但是，当人们议论起爱的时候，却有着许多混淆和迷乱的地方。爱成了一个大花脸，大家都随心所欲地涂抹着它的面孔，把自制的油彩敷在她的嘴角和眉梢。爱于是变得诡谲和莫测起来。有几个流传很广的说法，我想提出讨论。

其一：爱和年龄有关吗？

这是人们通常不付诸书面，但却彼此心照不宣的概念。具体意思是——只有年轻人才享有充沛富饶的爱意，它的浓度随着年龄的增长而逐步递减，从高耸的爱的山峰萎缩至贫瘠的爱的荒原。由于这一假设的存在，年轻人因此而沾沾自喜，觉得自己仿佛享有一个爱的太平洋，可以不加计算地挥霍爱意。上了年龄的人则很气馁，当谈到爱的时候，很有一些王顾左右而言他的窘迫。爱的门扉已经像一间到了下班时间的商场，缓缓关闭。店员们带着疲惫的笑容在重复着"欢迎光临"，你也花光了所有的积蓄，即使别人不翻白眼，自己也无颜再耽搁，只有缩着脖子夹着尾巴却步抽身，才是明智之举。

有一种影响约定俗成——那就是——爱，似乎是年轻人的专利，或者只有他们才有深入探讨这个话题的必要。当人们说到中年或老年人的爱意时，会扭扭捏捏地觉得那是一种爱的残次品，不那么正宗，不那么地道。比如在形容青年以上年纪人的爱情的时候，基本不会用"火热"这个词，而只以"温馨"代替。毋庸置疑，温馨比火热的程度，要差着好几个数量级呢。

在人们决定俗成的看法中，爱是有年龄限制的。它大量地存在于生命旺盛的青少年，而较少地分泌于生命渐趋平稳和衰落的成熟和晚期。

这岂止是谬误的，首先是奇怪的。它把爱这种密切属于人类的高等和神圣的感情，简化到相当于睾丸素、黄体酮之类的内在的激素分泌物和诸如皱纹和胡须这种简单的外在指标了。

这必然首先牵涉到爱是一种生理现象还是一种精神现象？

持年轻人拥有最多的爱意的看法的人，其实是把爱定位在激素特别是性激素的产量上了。如果这样来看，年轻人是一定会把老年人打败的。但不幸的或者有幸的是，爱是一种精神状态，是一种需要不断修炼和提高的艺术，是一种积累经验审视自我的完善过程。因此，爱是和年龄无关的。

证据就是，爱可以在年轻人那里发生，也可以在老年人那里发生。从有人类以来的无数故事和历史可以证明，爱不是年龄的产品，它是心灵的能力。

其二：爱和对象有关。

中国有一句俗语，现在被人用得越来越多了，那就是——遇人不淑。原来是女人专用的，如今也常常听到被抛弃和被耍弄的男人长吁短叹此词。爱错了人的惨剧，古往今来，总是屡屡发生。人们在唏嘘之余，总是悲叹那薄命女子痴情汉，怎么不把眼睛擦亮，偏偏遇到了不该爱不能爱的人，糊里糊涂地就爱上了，且爱得水深火热？！

于是顺理成章地归纳出：在此情此景中，爱是没有过错的，错的是那爱的对象，不能承接爱，不能感受爱，不配得到爱……总之一句话——所爱非人。不是有一首很有名的歌吗，叫作《爱上一个不该爱的人》……

这就很有一点讨论的必要了。

爱在这种悲剧中，似乎是孤立的一盆水，可以从楼台上闭着眼睛，泼到任何一个人的头上，凭的是冥冥之中的概率。和那个施爱者是没有关系的。甚至有一种可怕的论调，爱是盲目的，爱是碰运气，爱是不可知不可测定的，爱是没有规律的……

爱在这里蒙上了宿命和诡谲的色彩，被妖魔化了之后，躲在命运的山洞里，伺机以画皮的模样谋害我们。

这样以少数人的愚蠢所导致的失利，来嫁祸于爱的清白之躯，是不公平和不正派的。

爱是一个正常心智的明媚选择，它积聚了一个人的精神能量和所有的素养智慧，是综合力量的体现。它首先表现在施爱者是有力量和有眼光的。如果你根本没有爱的能力，好比压根儿不会游泳，你误入爱的海洋，你被淹得两眼翻白，甚至有生命危险，但这不是海水的过错，这是因为你对自己技艺判断的失误。这是你的责任，怎么能迁怒于一望无际、波澜壮阔的大海呢？人们对于自然界是如此的宽宏大量和易于理解，为什么就对与我们休戚与共的爱，如此苛求相逼呢？这后面是否掩藏着我们人类对自己的宽纵和对无言情感的肆意欺凌呢？

你爱错了，责任在你。不但说明你的眼睛不亮、视力散光、聚焦不准，而且说明你根本就不懂什么是爱。灾祸发生之后，搞清楚责任，是一件痛苦和扫兴的事情，特别是在枝蔓生长到一败涂地的时候，挖掘出最初那悲惨的种子，原来竟是自己亲手播种，当灾异显出狰恶之相时，自己非但没有亡羊补牢斩草除根，反倒以血饲虎姑息养奸以致贻害无穷……需要极大的勇气和力量来审判自己。

甚至可以武断地说，由于这类悲剧事件的主人公，原本就对爱的理解，颇多肤浅偏颇，当他们气定神闲的时候，你都不能指望他们的明智与清醒，在危机倒海翻江而来的时候，期待他们能有很好的自省力度，几近奢望。同时，我也深信，不幸的现场，如果善加发掘，是一堂虽然付出高昂学费，但也会物有所值的宝贵课堂。有时，幸福这个老师，和颜悦色地教授给你学问，绝对逊色于灾难声色俱厉的鞭挞。可惜的是，浑身伤痕的爱的败阵者，怨天尤人地呓语着，骂遍了天下人，单单饶过了自己。所以，我很想煞风景地提醒一下善良的人们，对于在爱的战役中的败将，如果他或她没有对自身的反思和批判，如果在交了一笔昂贵的爱的学费之后，学会的只是指责和怨恨，那么，无论他或她显出多么楚楚可怜的模样，你可以帮助以金钱，却勿倾泻情感。他们不懂真爱，还须努力学习。

搞清爱的最主要方面，不是在于爱的对象，而在于爱的主体，是沉冷峻严的判断。当你在人世间承受着种种知识的积累的时刻，你还须不断历练对于爱的思索和实践。你要善于总结经验。如果不把主要的光圈聚焦在自己的爱的基准上，只是在大千世界的林林总总中发泄怨气、推卸责任，你就不但受到了来自他人的情感重创，而且还丢失了以后避开类似伤害的亡羊补牢的篱笆。

有很多人以为，只要成功地找到了一个可爱的人，爱就如霍乱病菌一般，自动地以几何数量级地滋生起来，剩下的事，就是不断地收获爱的果实了。他们以为，爱主要是一个寻找的过程，找对了，就一好百好，找错了，就一了百了；是一件虎头蛇尾的事，成败仅仅维系在开端部分。

于是，找到那爱的对象就成了千钧一发生死未卜的事情。此事一完成，就马放南山、刀枪入库，只剩等着岁月这个发牌员，验证我们当初押下的签了。

爱是一时一事还是一生一世？

爱是一锤定音还是守护白头？

爱是一失足成千古恨还是勤勉呵护日积月累？

爱是变数还是常数？爱是概率还是守恒？

……

你的爱情等待你的看法。你的爱情验证你的看法。你能够有什么样的爱情观，你就有什么样的爱情。你的观念就是你的命运。

原谅我说得这般决绝甚至带有一点霸道。因为它实在太简单了。引发悲惨结局的肇事者，常常不是对复杂事物的判断，而是对常识的藐视和忽略。

修补爱情

东西用得久了，便会磨损。小到一双鞋子，大到整个天空。于是诞生了修补这个行当。从业人员从街头古朴的老鞋匠，到谁都未曾谋面的一位叫作女娲的神仙。

只有珍贵的东西，才需要修补。我们不会修补一次性的筷子和菲薄的面巾纸，但若损坏的是一双象牙筷子和一幅名贵字画，又是家传的珍宝和友人的馈赠品，那就大不一样了。你会焦灼地打探哪里有技艺高超的工匠，为了让它们最大限度地恢复原貌，不惜殚精竭虑。

我们修补，是因为我们怀有深情。在那破损的物件的皱褶里，掩藏着岁月的经纬和激情的图案。那是情感之手留下的独一无二的指纹，只属于特定的人和特定的刹那。

考古人员修复文物，所费的精力，绝对大于再造一件新品。比如一个陶罐，掉了耳朵，破了边沿，漏了帮底，假若它是新出厂的，肯定会被扔在垃圾箱里。但一件文物在修复者眼里，它们是不可替代的唯一。于是修复者绞尽脑汁，将它复原到美轮美奂。陶罐里盛着凝固的历史和永恒的时间。

修补是一个工程，需要大耐心、大勇气、大智慧。耐心是为了对付那旷日持久的精雕细刻，勇气是为了在漫长的修复过程中，坚定自己的信念和抵御他人的不屑。智慧是为了使原先的破损处，变得更加牢靠而美观。

人们常常担心修补过的器物是否还有价值。也许在外观上会遗有痕迹，但在内在品质上，修补处该更具强韧的优势。听一位师傅说，锔过的碗，假如再摔于地，哪怕别处都碎成指甲盖大的碗碴儿，但被锔钉箍过的磁片，依旧牢牢地拢在一起。

爱情是我们一生中最需精心保养的器皿，它具备可资修补的一切要素。爱是珍贵的，爱是久远的，爱是有历史的，爱是渗透了情感的，爱是无价之宝。

爱情的修理工作，不能假手他人，只能是我们自己干。当我们签下爱情契约的时候，也随手填写了它的保修单。我们既是爱情的制造者，也是它的使用者和维修点。这种三合一的身份，使人自豪幸福也使人尴尬操劳。爱情系统一旦出了故障，我们无法怨天尤人，只有痛定思痛地查找短路，更换元件，改善各种环境和条件……

古书上说，假如宝玉有了裂纹，可用锦缎包裹，肌肤相亲，昼夜不离身。如此三年，那美玉得了人的体温滋养，就会渐渐弥合，直至天衣无缝，成为人间至宝。

不知这法子补玉是否灵验？若以此法修补爱情，将它放进两颗胸膛，以心血灌溉，以精神哺育，以意志坚持，以柔情陶冶，它定会枯木逢春，重新郁郁葱葱。

蝴蝶盾

江南。雨雪迷蒙的早春。傍晚。小城。远远的红灯。

我离开寄住的招待所，好奇地向那盏红灯走去。几晚了，从窗口望见它，如一只椭圆形的红蚕豆，在江南嫩绿的空气中孤悬。尤为奇怪的是，灯火下飘着一些斑驳的影子，若彩色的巨蚊，翩翩翻转，又不曾片刻飞离。

近了，看到一个细弱的小伙子，蹲在灯下，用剪刀劈开粉色的绸带，三缠两绕的，一朵小小的莲花，就在指尖亭亭玉立地绽开了，他的手，好像是埋在池塘里的一段藕。

再看蚊形巨影，不禁哑然失笑。那是小伙子用各色绸带编织的小物件，翡翠色的螳螂、巧克力色的蚂蚱、橘红色的龟、冰蓝色的玫瑰……一律以丝线穿了，吊在灯下的铁丝上。这些美丽的幌子，随每一阵微风，幽灵般起舞。破碎的雨滴，洒在它们的翅膀、脊背和花瓣上，像抹了露水似的，彩亮动人。

我说："卖的吗？"

他抬起头。一双被夜熬红的眼。

"卖的啊。买一只吧。多好看啊。除了挂着的这些，我还会编好多别样的。天上飞的，地下跑的，只要你叫得出名，我都编得来。"

他望着我，很快地说。手不停操作，盲人按摩师一般娴熟。

我本打算看了端的就走的，这下反不好意思，想了想说："编一只凤凰吧。"

不知为什么，他却踌躇了，好在只是片刻间的犹豫，马上接了问："什么色呢？"

"红的吧。"我说，想起涅槃，火和再生什么的。

"红的不好看，像烧鸡。"他很坚决地否定，并不怕因此驱走了顾客。

"青色吧，青鸟，很吉祥的。"他权威地决定，不待我表态，十指翻飞地操作起来。

先是裁绸带。烧饼大的绸带卷，在小伙子手中无声地流淌着，渐渐缩小如贝。啊嗬，一只凤凰要用这么长的绸带啊！我惊讶着，嘴边不敢有动静，怕惊动了他手心渐渐成形的生命。

十分钟后，一只蟹青色凤凰诞生了。骨架很魁梧，尾羽却不够丰满，嶙峋模样，令人忆起乌鸦。

我付了钱，然后说："小伙子，可惜没我想象得好。"

他收拾着残屑很镇定地说："那你再买一只别的吧。凤凰不容易讨好，世上本没有的东西，每人心底想的都不一样。实实在在的，比较好办。"

我说："那好，这回我改要蝴蝶。"

他突然愣了，问："你是从外地来的吧？"

我说："是啊。"

他说："此地人都知道，我是不编蝴蝶的。"

我纳闷，说："蝴蝶很难吗？我看比蜻蜓和猫什么的，容易多了。你刚才还天上地下地夸口呢。"

已经入夜了，周围很寂静，没有主顾。薄薄的雾丝掠过灯笼的红光，像拭不净的血色玛瑙。那些悬挂着的绸制精灵，突然在某个瞬间一齐停止摆动，好像被符咒镇住了，不动声色地倾听。

他接着问："你是马上就要离开吗？"

我说："明天一大早。"

他下了很大决心似的，说："破一次例，卖你一只蝴蝶吧。"

他也不再征询我对颜色的意见，思索着，径直施工。绸带卷沙沙滚动着，用料之多之杂，几乎够编一头斑斓猛虎。

他边编边说，家乡多棕榈，人人都会用叶编些好玩的东西。后来到外闯荡，人小力单，总也挣不到钱。突然看到城里人用作捆扎礼品的绸带，和棕榈叶差不多，就琢磨用它编物件。绸带软滑，很多编法都需另创。优点是颜色多，耐保存。现代人如今喜欢手工制品，他走南闯北，生意不错。

"常想，全中国编这东西的，就我一个人吧？也许，该到北京申请个专利。"

小伙子结束谈话的同时，完成的蝴蝶也递到我手里。

这是我生平所见最为精致的编制物，身肢纤巧，探须抖颤，好像刚从卷心菜畦受惊起飞。翅膀色彩鬼魅般绮丽，镶有漆墨般的黑点，如同一排豹睛，若有所思地注视着孤寂清冷的世界。

我失声道："这么艳的蝴蝶，能抵十只凤凰！"

小伙子诡谲一笑，说："它的价钱比这要贵得多。"

我吓一跳，忙说："啊呀，那我就买不起了。"

小伙子忙解释："收您的，不会那么多，与凤凰同价。"

我定下心，又问："那你为什么不多编些蝴蝶？"

他说："多了，就不值钱了。三个月前，我刚到这里，原想住住就走的。此地不大，喜欢小玩意儿的人必也有限，打一枪就转移，流动作业呗。记得也是这时分，来了一个男人，两天前，他买过我的货。这趟劈头问：'你能编多少种蝴蝶？'我说：'没算过，大约……总有……几十种吧。'"

"他说：'我用大价钱收你的蝴蝶。条件是，蝴蝶不得重样，不许给别人编，每日一只，一共百天。'

"我就在这儿住下了。除了摆摊，就是每天早上供应那男人一只蝴蝶。刚开始并不难，照我以前编过的花样，做给他就可交差。一月之后，渐渐有些吃力了。日日都要设计出新图谱，夜里想得脑仁儿开锅。我用各种颜色的绸带搭配翅膀，镶上奇异的条纹和斑点。在身躯和蝶须上大变花样……有时真恨蝴蝶为什么没有八只翅膀四条须，那么做文章的篇幅可翻一倍。终于有一天，我对他说：'老板，我不想再给你一个人编蝴蝶了，我要走了。'男人落下泪来，说他在苦苦追求一个女孩，每天都给她送花。女孩刚开始连看都不看，就把花抛掉。后来他偶尔随花附了一只从我这里买的蝴蝶，没想到那女孩就收下了花。为了每天得到一只奇异的蝴蝶，女孩一直同他交往，并说如果能集到一百只不重样的蝴蝶，就答应嫁他。男人说完，又把蝴蝶的价码加倍，并许事成之后，给我更多的钱。他说：'蝴蝶就是老婆，千万别让她飞了。'

"我又留下来了。到今天为止，共编了八十九只蝴蝶，还有十一只就满百数之约。每当我煎熬心血编出一只前所未有的蝴蝶时，总在想：那个得到这只蝴蝶的女孩，究竟是谁？长什么样？她若真是喜欢我的蝴蝶，在有月亮的晚上细细端详，也许能猜破我编进蝴蝶翅膀花纹中的心思。

"我想问她，她爱的究竟是人还是蝴蝶？为什么女人总想用某种东西，考验男人？还要把自己一生的幸福，寄托在一个没头脑的死物件上呢？即使那样东西再宝贵，再难寻找，某个男人费尽心机为你找到了它，就是爱情了吗？

要知道，你不是同蝴蝶过日子，而是同一个活人，相伴走过一生啊。

"也许，我会在编满一百只蝴蝶之前，突然逃离这里。我还有十天的时间，可以来琢磨这事。如果那女孩真的爱他，即使攒不到百只蝴蝶，也会欢喜地嫁他吧？如果蝴蝶一旦没有了，女孩醒了，重新考虑自己的决定，是不是更好？我给了她一个妥善脱身的借口。"

一阵夹杂雪粒的风吹来，悬挂着的彩色精灵，互相碰撞着跳起舞。我把手中纤巧的编织物很仔细地包好，对他说："放心吧。在我没离开小城之前，不会有人看到蝴蝶。"

道了别，缓缓离开。很远了，稀薄的空气还充满着淡淡的红光，从背后的方向绕过我的衣角，涌进无边的雾丝。

再祝你平安

那天接到一个电话，很陌生的女声，轻柔中隐含压抑，说："毕老师，我想跟您谈谈。"

我说："啊，你好。此时我正在工作，以后再谈，好吗？"

那女人说："我可能没有以后了，或者说以后的我就和现在的我不一样了。我是您的读者。一次您在劳动人民文化宫签名售书，我买过您的书。那天孩子正生病，因为喜欢您，我是抱着生病的儿子去的。当时我还请您在书上留一句话，您想了想，下笔写的是'祝你和孩子平安'。一般不会这样给人留字，是不是？而且您并不是写'祝全家平安'。您没提到我的丈夫，您只说我和孩子。您那时一定就已看穿了我的命运，我那时是平安的。不，按时间推算，那时我就已经不平安了，但我不知道，我以为自己是平安的。现在，我不平安了，很不平安。我怎么办？我不能和任何人说我的事，心乱如麻。我狂躁地想放纵一下自己，那样也许会使我解脱。起码世上可以有人和我一样受罪受苦，我没准儿会好一些……"

我一边听着她的话，一边竭力回忆着，售书……生病的孩子……可惜什么也记不清。我是经常祝人平安的，觉得这是一种看似浅淡其实很值得珍惜的状态。沉默中，我知道自己不能轻易放下话筒，在电话的那一边，有一颗哭泣而战栗的心灵。

我假装茅塞顿开，说："哦，是！我想起来了。你别急，慢慢说，好吗？现在我已经把电脑关了，什么都不写了，专门听你说话。"

女人停顿了片刻，很坚决很平静地说："毕老师，我得了梅毒。"

那一瞬，我顿生厌恶，差点将话筒扔了。以我当过多年医生的阅历原不该如此震动，但我以为，一位有着如此清宁嗓音并且热爱读书的女人，是不该得这种病的。

也许正因为长久行医的训练，我在片刻憎恶后重燃了普度众生的慈悲心。你可以拒绝一个素昧平生的读者，但你不能拒绝一个殷殷求助的病人。

我说："得了梅毒，要抓紧治。别去街上乱贴广告的江湖郎中那儿瞎看，一定要到正规的医院就诊。不要讳疾忌医，有什么症状就对医生如实说啊。"

女人说："毕老师，您没有看不起我，我很感动。这不是我的错，是我丈夫把脏病传染给我的。我们是大学同学，整整四年啊，我们沉浸在相知的快乐中。我总想，有的人一辈子也找不到自己的那一半，但我在这样年轻的时候，一下子就碰上了，这是老天对我的恩惠，像中了一个十万分之一的大奖。毕业之后，我留在北京，他分到外地。好在他工作的机动性很强，几乎每个月都能找到机会回京。后来我们有了孩子，相亲相爱。也许因为聚少离多，从来不吵架，比人家厮守在一起的夫妻还亲近甜蜜。从去年下半年开始，他突然不回家了。你说他不恋家吧，几乎每天给家里打个长途电话，花的电话费就海了去了，没完没了地跟我说些鸡毛蒜皮的事，可就是人不回来，连春节也是在外面过的。前些日子，他总算归家了，但一副心事重重的样子。问他，什么也不说。哪怕这样，我一点疑心也不曾起过，我相信他比相信自己还坚决，就算整个世界都黑了，我们也是两个互相温暖的亮点。后来，我突然发现自己得了奇怪的病，告诉他后，他的脸变得惨白，说：'我怕牵连了你，一直不敢回家。事情过去这么长时间了，我以为自己已经完全治好了，才回来。终是没躲过，害了你。'

"我摇着他的身子大喊道：'到底是怎么回事，你老老实实说清楚！'

"他说：'一次，真的只有一次。我陪着上面来的领导到歌厅，他叫了'小姐'，问我要不要？我刚开始说不要，那领导的脸色就不好看，意思是我若不要小姐，他就不能尽兴。我怕得罪领导，就要了……事情就这么简单。三个星期后，我发现自己烂了，赶紧治。那一段时期，我的神经快要崩溃了，天天给家打电话，但没法解脱。现在我把一切都告诉你了，我对不起你，听凭你处置。无论你采取怎样严厉的制裁，我都接受。'

"这是三天前的事。说完，他就走了。我查了书，《本草纲目》上说：'杨梅疮古方不载，亦无病者。近时起于岭表，传及四方……'他正是在广州染上的。三天了，我没合一下眼，没吃一口饭，只喝一点儿水，因为我还得照料孩子……我甚至也没想看病的事，因为我要是准备死，病也就不重要了……"

听到这里，我猛地打断她的话，说："你先听我说几句，好吗？我行过二十多年医，早年当过医院的化验员，在高倍显微镜下观察过活的梅毒螺旋体。那是一些细小的螺丝样的苍白生物，在新鲜的墨汁里（唯有对梅毒菌，采取这种古怪的检验方式）会像香槟酒的开瓶器一样呈钻头样垂直扭动。它们简陋而邪恶，同时也是软弱和不堪一击的，在 40℃的温度下，转眼就会死亡。"

我顿了一下，但不给她插话的间隙，很快接着说："你一个良家妇女、一个受过高等教育的知识女性、一个贤惠温良的妻子、一个严谨家庭出身的女儿、一个可爱男孩的母亲，就这样为了一种别人强加给你的微小病菌，自己截断生命之弦吗？你若死了，就是败在长度只有十几微米的苍白的螺旋体手里了！"

电话在远方沉寂了很久很久，她才说："毕老师，我不死了。但我要报复。"

我说："好啊。在这样的仇恨之前，不报复怎能算血性女人。只是，你将报复谁？"

她说："报复一个追求我的领导。他也是那种寻花问柳的恶棍，我一直全力地躲避他，但这回，我将主动迎上去诱惑！虽然这个领导不是那个领导，但骨子里他们是一样的，我必让他身败名裂。"

我说："对这种人，不必污了我们的净手。他放浪形骸，螺旋体、淋病菌和艾滋病毒自会惩罚他。等着瞧，病菌有时比人类社会的法则更快捷更公平。"

女人叹了一口气说："好吧，我依您。可我满腔愁苦何处诉？日月无光、天塌地陷啊！"

我说："事情真有那么严重吗？你还是你，尽管身上此时存了被人暗下的病菌，但灵魂依旧清白如雪。"

她说："我丈夫摧毁了我的信念。此刻，我万念俱灰。"

我说："女人的信念仅仅因为丈夫而存在吗？当我们不曾有丈夫的时候，我们信谁？信自己！当丈夫背叛堕落的时候，我们信谁？信自己！当丈夫因为种种理由离我们而去的时候，我们信谁？信自己！丈夫再好，也是外部世界的一部分，变与不变，自有它的轨道，不依我们指挥。世上唯一可以永远依傍、永不动摇的，是我们自己的心灵与意志。"

电话的那一端，声响全无。许久许久，我几乎以为线路已断。当那女人重新讲话的时候，音量骤大了百分之三十。

"您能告诉我，我今后怎么办？原谅我的丈夫吗？我是一个尊严感很强的女人，无法在今后漫长的岁月里假装忘记了这件事。不忘记就无法原谅。解散这个家，所有的人都会问这是为什么。内幕就得大白天下，我也无法面对周围人和亲友悲悯的目光。我想，有没有既凑合着过下去又让我心境平衡的办法呢？只有一个方子，就是我也自选一个短儿、一个瑕疵，我和丈夫就半斤对八两了。我有一位大学男同学，对我很好。我想，等我治好病以后，当然是完完全全地好了，我就把一切告诉他，和他做一次爱，这样我和丈夫就扯平了，我的痛苦就会麻痹。您说，我是否有权利这样做？"她急切地询问，好像在洪水中扑打逃生的门板。

这一回，轮到我长久地踌躇了。我不是心理医生，不知该如何准确地回答她，只好凭感觉说："我以为，在不违反法律的情形下，你有权利做自己想做的事。但在这之前，请三思而后行，以错误去对抗一个错误，并不像三岔路口的折返，也许会蒙出个正确的来，它往往导致更复杂更严重的错误，而绝不是回到完美。女人在沉重的打击之下，心智容易混乱。假如我们一时想不出好办法，就把痛苦放到冰箱里吧。新鲜的痛苦固然令人阵痛恐惧，但还不是最糟，我们可以在悲愤之后，化痛苦为激励。最可怕的是痛苦的腐烂和蔓延，那将不可收拾。"

她沉吟半晌，然后说："谢谢您。我会好好地想想您说过的话。打搅您了。我在这世上，没有一个可信任又可保密的人，只有对您说。耽误了您这么多时间，很抱歉。"

我说："假如多少能给你一点帮助，我非常乐意减轻你的痛苦。"我又说："最后能问你是怎样知道我的电话号码的吗？"

她在整个谈话过程中第一次轻轻地笑了，说："信息社会，我们只要想找一个人，他就逃不掉。您说对吗？"

我也笑了，说："对。假如今后我还有机会给你留言，会再一次写上——祝你和孩子平安。"

我在寻找那片野花

一位女友，告诉我这样一件事。

上小学的时候，班上有个女同学，叫作荞，家境贫寒，每学期都免交学杂费的。她衣着破烂，夏天总穿短裤，是捡哥哥剩下的。我和她同期加入少先队。那时候，入队仪式很庄重。新发展的同学面向台下观众，先站成一排，当然脖子上光秃秃的，此刻还未被吸收入组织嘛。然后一排老队员走上来，和新队员一对一地站好。这时响起令人心跳的进行曲，校长或是请来的英模——总之是德高望重的长辈，口中念念有词，说着"红领巾是红旗的一角，是用烈士的鲜血染成的"等教诲，把一条条新的红领巾发到老队员手中，再由老队员把这一鲜艳的标志物，绕到新队员的脖子上，亲手绾好结，然后互敬队礼，宣告大家都是队友啦！隆重的仪式才算完成。

新队员的红领巾，是提前交了钱买下的。荞说她没有钱。辅导员说，那怎么办呢？荞说，哥哥已超龄退队，她可用哥哥的旧领巾。于是那天授巾的仪式，就有一点特别。当辅导员用托盘把新领巾呈到领导手中的时候，低低说了一句。同学们虽听不清是什么，但能猜出来——那是提醒领导，轮到荞的时候，记得把托盘里的那条旧领巾分给她。

满盘的新领巾好似一塘金红的鲤鱼，支棱着翅角。旧领巾软绵绵地卧着，仿佛混入的灰鲫，落寂孤独。那天来的领导，可能老了，不曾听清这句格外的交代，也许他根本没想到还有这等复杂的事。总之，他一一发放领巾，走到荞的面前，随手把一条新领巾分给了她。我看到荞好像被人砸了一下头顶，身体矮了下去。灿如火苗的红领巾环着她的脖子，也无法映暖她苍白的脸庞。

那个交了新红领巾的钱，却分到一条旧红领巾的女孩，委屈至极。她当场不好发作，刚一散会，就怒气冲冲地跑到荞跟前，一把扯住荞的红领巾说，这是我的！你还给我！

领巾是一个活结，被女孩拽住一股猛扯，就系死了，好似一条绞索，把荞勒得眼珠凸起，喘不过气来。

大伙儿扑上去拉开她俩。荞满眼都是泪花，窒得直咳嗽。

那个抢领巾的女孩自知理亏，嘟囔着，本来就是我的嘛！谁要你的破红领巾！说着，女孩把荞哥哥的旧领巾一把扯下，丢到荞的身上，补了一句——我们的红领巾都是烈士用鲜血染的，你的这条红色这么淡，是用刷牙出的血染的。

经她这么一说，我们更觉得荞的那条旧得凄凉。风雨洗过，阳光晒过，淌了颜色，布丝已褪为浅粉。铺在脖子后方的三角顶端部分，几成白色。耷拉在胸前的两个角，因为摩挲和洗涤，絮毛纷披，好似参开的锅刷头。

我们都为荞鸣不平，觉得那女孩太霸道了。荞却一声未吭，把新领巾折得齐整整，还了它的主人，又把旧领巾端端系好，默默地走了。

后来我问荞，她那样对你，你就不伤心吗？荞说，谁都想要新领巾啊，我能想通。只是她说我的红领巾，是用刷牙出的血染的，我不服。我的红领巾原来也是鲜红的，哥哥从九岁戴到十五岁，时间很久了。真正的血，也会褪色的。我试过了。

我吓了一跳。心想，她该不是自己挤出一点儿血，涂在布上，做过什么试验吧？我没敢问，怕得到一个肯定的答复。

毕业的时候，荞的成绩很好，可以上重点中学，但因为家境艰难，只考了一所技工学校，以期早早分担父母的窘困。

在现今的社会里，如果没有意外的变故，接受良好的教育，是从较低阶层进入较高阶层的——不说是唯一，也是最基本的孔道。荞在很小的时候，就放弃了这种可能。她也不是国色天香的女孩，没有王子骑了白马来会她。所以，荞以后的路，就一直在贫困的底层挣扎。

我们这些同学，已近了知天命的岁月。在经历了种种的人生，尘埃落定之后，屡屡举行聚会，忆旧兼互通联络。荞很少参加，只说是忙。于是那个当年扯她领巾的女子说，荞可能是混得不如人，不好意思见老同学了。

荞是一家印刷厂的女工。早几年，厂子还开工时，她送过我一本交通地图。说是厂里总是印账簿一类的东西，一般人用不上的。碰上一回印地图，她赶紧给我留了一册，想我有时外出或许会用得着。

说真的，正因为常常外出，各式地图我很齐备。但我还是非常高兴地收下了她的馈赠。我知道，这是她能拿得出的最好的礼物了。

一次聚会，荞终于来了。她所在的工厂宣布破产。她成了下岗女工。她的丈夫出了车祸，抢救后性命虽无碍，但伤了腿，从此吃不得重力。儿子得了肝炎休学，需要静养和高蛋白。她在几个地方连做小时工，十分奔波辛苦。这次刚好到这边打工，于是抽空和老同学见见面。

我们都不知说什么好，只是紧握着她的手。她的掌上有很多毛刺，好像一把尼龙丝板刷。

半小时后，荞要走了。同学们推我送送她。我打了一辆车，送她去干活儿的地方。本想在车上多问问她的近况，又怕伤了她的自尊，正斟酌为难时，她突然叫了起来：你看！你快看！

窗外是城乡结合部的建筑工地，尘土纷扬，杂草丛生，毫无风景。我不解地问，你要我看什么呢？

荞很开心地说，我要你看路边的那一片野花啊。每天我从这里过的时候，都要寻找它们。我知道它们哪天张开叶子，哪天抽出花茎，哪天早晨突然就开了……我每天都向它们问好呢！

我一眼看去，野花已风驰电掣地闪走了，不知是橙是蓝，看到的只是荞的脸，憔悴之中有了花一样的神采。于是，我那颗久久悬起的心，稳稳地落下了。我不再问她任何具体的事情，彼此已是相知。人的一生，谁知有多少艰涩在等着我们？但荞经历了重重风雨之后，还在寻找一片不知名的野花，问候着它们。我知道在她心中，还贮备着丰足的力量和充沛的爱，足以抵抗征程的霜雪和苦难。

此后我外出的时候，总带着荞送我的地图册。

朋友这样结束了她的故事。

男女眼中的玫瑰花

通常有恋爱中的男生，说不明白为什么女朋友为了一句话或是一件小事，就吵吵嚷嚷地要分手，或是采取冷战策略，来个不理不睬。

有一次，我在心理诊所接待了一个因为失恋而抓耳挠腮的青年男子，名叫小耕。小耕开门见山地说，我到您这里来，不是为了解决自己的心理问题，只是想请教一下，我采取什么方法才能让女生回心转意。或者说，我不想和您说我自己心里想的是什么，因为我是怎么想的并不重要，重要的是她心里想的是什么。如果您也不知道，您就要帮我猜一猜，她的心思到底是什么。

我看小耕气急败坏、语无伦次的样子，说，她是谁？

小耕说，咱们就叫她乔玉吧。

我说，小耕，你先不要急，把情况慢慢说清楚。

小耕和乔玉是一对恋人。在情人节前很久，小耕就答应那一天会给乔玉一个惊喜。乔玉向往地说，你会给我九十九朵玫瑰吗？送到我们公司来，让我也享受一次众人瞩目的光彩！还没等到小耕回答，乔玉又改变主意了，说，算了，我不要那么多了。九十九朵玫瑰太奢华了，只要九朵就好了，不过，一定要包装得特别漂亮啊！小耕满口答应，他虽然出身农村，但现在是一家很大的公司的主管，收入相当不错。

小耕工作很忙，之前没有预订玫瑰。到了2月14日那天，没想到玫瑰花价格疯涨，小耕觉得不值，就没有买。到了傍晚，花房快打烊的时候才去买的。他心想反正也是烛光下的晚宴，花只要是红的，包在朦胧闪光的花纸中，看起来都是一样的。他们已经到了谈婚论嫁的节骨眼，他想把每一分钱都节省下来，花在刀刃上，何必被华而不实的花贩子宰呢！

焦急地等了一天的乔玉，终于等来了九朵打蔫的玫瑰花。她火眼金睛，一下就看出小耕买的是处理玫瑰。她还算顾大局，当着众人什么也没说。一出了众人的视线，乔玉立刻把花儿扔到了地上，大发脾气，踩着花瓣说自己望眼欲穿等来的却是这种货色。那么，在小耕眼中，自己肯定也是处理品，他们的爱情也是处理品，都不配享用上等的玫瑰。她说他这样吝啬，以后的日子肯定没法过了。

小耕无限委屈地说——我无论如何都想不通，那么多山盟海誓，就抵不过玫瑰有点枯萎的花瓣吗？！况且，一般人根本看不出来，她却要这样无限上纲上线。我也非常伤心，也很生气，心想罢了，像这样小心眼、爱计较的女生，不要了也罢！但这几天我思来想去，觉得她真是做妻子的最佳人选，很想挽回。我的初步打算是：找一家海南岛的五星级酒店，订下面朝大海的总统客房，然后让那边把房间钥匙先送过来。然后我在这边订下两张机票。当这些步骤都完成以后，我就用快递把房间钥匙和机票一起送到她的公司，以表达我对她的真情实意。您看怎么样呢？

这表面上是一个问句，但小耕渴望听到赞同回答的表情太明显了，眼巴巴地看着我。实在不忍心给他泼冷水，可正因为出于爱护，我才要讲实话。

我尽量把语速变慢，让他能有个思想准备。我说，请原谅我，我觉得你这个方案不怎么样。

他恼火起来，说，你们女人怎么和我们男人想的就是不一样！

我不计较他的态度，说，首先，一朵玫瑰花，在你的字典里代表着什么？

小耕想也没想就回答说，玫瑰就是玫瑰，一朵花而已。现在的小女生赋予了玫瑰那么多浪漫和想象，其实都是瞎掰。花就是花，无知无觉，开上一两天就谢了。什么九十九朵玫瑰代表爱情天长地久，全是商家编出来骗人的鬼话。谁上当谁是傻瓜！

我说，我能理解你对玫瑰花的定义。说实话，我很有些赞成你的意见呢。花就是花，很简单。

小耕得到了支持，情绪缓和下来，说，务实的人，都持这种看法。

我说，你的女朋友是怎样看待玫瑰花的？

他说，我知道。在这以前，乔玉说过很多次了。她说，玫瑰花代表着爱情的信物，一个女孩子，要是在谈恋爱的时候，都没有得到过满捧满怀的芬芳玫瑰，就是枉做了一世女子。

我说，你不是说乔玉是做妻子的上好人选吗？如果她天天要你送玫瑰，我看也很靡费呢。

小耕听了老大的不乐意，突然与我反目为仇，说，不允许你这样讲乔玉。她其实是很会过日子的女孩子，只不过要在恋爱的时候耍点情趣。

这结果，正中我意。我说，对啊。玫瑰花在你的字典里和在她的字典里，是完全不同的含义。玫瑰花盛开在不同的字典里。你觉得那只是一朵普通的花，她却把自己的理想和价值都寄托在里面了。

我说，女子喜爱花，其实历史悠久。远古时代，人们逐水草而居，靠天吃饭，生活很没有保障。如果在住所附近看到了花，就等于看到了希望。因为花谢了以后，就会有果实慢慢膨大起来，再等一些时候，就到了收获的时节。所以，在女人的记忆深处，对花的喜爱，是一种安全和务实的需要。只不过由于时过境迁，大家已经忘记这其中的传承，只记得看到花时那种单纯的欢喜。一般的花，如果美丽，就没有香味。如果有醉人的香气，花瓣就微小黯淡，两者都占全的很少。这也是来自植物的本能，它们要吸引昆虫，要借助风势，才能传播自己的花粉，繁殖后代。通常只要一种手段就够了，花儿们也就懒得又美丽又芬芳。玫瑰是一个例外，它美艳馥郁，于是被人们挑选来做了爱情的使者。

人的生活中，需要偶尔的浪漫和奢侈，这也是生命因此有趣和值得眷恋的理由。我觉得，爱情中的人们有资格稍微浪费一点，因为这种时刻毕竟不多啊。

小耕想了想说，我明白了，原来她在玫瑰上寄托了自己的尊严，我买了处理的凋零玫瑰，她就觉得我刺伤了她的尊严。可是，我不是决定改正了吗？我订了豪华客房，表示我不是一个小气鬼。我用特快专递的钥匙和双人机票，表示了歉意，用实际行动来响应她的浪漫主张，这不就挽回了吗？

我直截了当地回答他，此招恐怕不甚可行。理由是：乔玉觉得在玫瑰花上丧失的是尊严感，已经表示和你绝交。现在还没有达成谅解，你就直接寄双人机票给她，这又一次说明你没有尊重她的选择。所以，别看你花了那么多钱，很可能适得其反呢！再有，你说她是个会过日子并不奢靡的女孩，你租了总统客房，以为能讨得她的欢心，这样她就会认为你断定她是个奢华虚荣的女子，我想她也不会乐意。所以，这很可能是一个事倍功半的馊主意。

听我这样一说，小耕有点急了，说，这也不行，那也不成，我可怎么办呢？

我说，小耕，你不要着急。办法就在你手里，不妨再想想看。我就不相信，恋爱中的人还能想不出和解的法子？你一再说她是个通情达理的女孩，那么，这件事还是有希望的。

小耕想了半天，说，我要郑重地向她道歉，说我从今以后会非常尊重她的意见和想法。如果是我承诺的事，就一定做到。如果我有另外的建议，就一定当面向她提出，再不会先斩后奏、一意孤行。

我说，试试吧。预祝你好运气！

小耕走了。其后的某一天，我收到了速递来的一袋喜糖，喜袋上用透明胶纸粘了一朵粉红色的玫瑰花。我想，这就是故事的结局了吧。

温暖的荆棘

这一天，咨询者迟到了。我坐在咨询室里，久久地等候着。通常，如果来访者迟到太久，我就会取消该次咨询。因为是否守时，是否遵守制度，是否懂得尊重别人，都是咨询师需要以行动向来访者传达的信息。试想一下，如果一个人在没有不可抗力的情况下对准备帮助自己的人都不能践约，你怎能期待他有良好的改变呢？再说，重诺守信也是现代社会的基本礼仪。因为等得太久，我半开玩笑地问负责安排时间的工作人员，这是一位怎样的来访者，为什么迟到得这样凶。

工作人员对我说，请您不要生气，千万再等等他们吧。我说，他们是谁，好像打动了你？为什么你的语气充满了柔情，要替他们说好话？我记得你平常基本上是铁面无私的，如果谁迟到超过15分钟，你都会很不客气。

工作人员笑着说，我平常是那么可怕吗？就算铁石心肠也会被那个小伙子感动。他们是一对来自外省的青年男女，失恋了，一定要请你为他们做咨询，央求的时候男孩嘴巴可甜了。现在他们坐在火车上正往北京赶呢。倾盆大雨阻挡了列车的速度，小伙子不停地打电话道歉。

我说，像失恋这样的问题，基本上不是一两次咨询就可以见到成效的。他们身在外地，难以坚持正规的疗程，不知道你和他们说过吗？

工作人员急忙说，我都讲了，那个男生叫柄南，说他们做好了准备，可以坚持每星期一次从外地赶来北京。

原来是这样。那就等吧，原来是下午的咨询，就这样移到了晚上。他们到达的时候，浑身淋得像落汤鸡一般，女孩子穿着露肚脐的淡蓝短衫和裤腿上满是尖锐破口的牛仔裤，十分前卫和时髦的装束，此刻被雨水黏在身上，像一个衣衫褴褛的丐帮弟子。她叫阿淑。

柄南也被淋湿，但因他穿的是很正规的蓝色西裤和白色长袖衬衣，虽湿但风度犹存。柄南希望咨询马上开始，这样完成之后，还能趁着天不算太黑去找旅店。

工作人员请他们填表。柄南很快填完，问，可以开始了吗？

我说，还要稍微等一下。有个小问题：吃饭了吗？

吃了。两个人异口同声地回答。

我又问，吃的是哪一顿饭呢？

他们回答说，中午饭。

我说，现在已经过了吃晚饭的时间。空着肚子做咨询，你们又刚刚经了这么大的风雨，怕支撑不了。这里有茶水、咖啡和小点心，先垫垫肚子再说。

两个人推辞了一下，可能还是冷和饿占了上风，就不客气地吃起来。点心有两种，一种有奶油夹心，另一种是素的。阿淑显然是爱吃富含奶油的食品，把前一种吃个不停。柄南只吃了一块奶油夹心饼之后就专吃素饼了。看得出，他是为了把奶油饼留给阿淑吃。其实点心的数量足够两个人吃的，他还是呵护有加。

等到两人吃饱喝足之后，我说，可以开始了。

柄南对阿淑说，你快去吧。

我说，不是你们一起咨询吗？

柄南说，是她有问题，她失恋了；我并没有问题，我没有失恋。

我说，你是她的什么人呢？

柄南没有正面回答我的问题，只是说，她是我的女朋友。

我说，难道失恋不是两个人的事吗？为什么她失恋了，你却没有失恋？

柄南说，你慢慢就会知道的。

我真叫这对年轻人闹糊涂了。好比有一对夫妻对你说他们离婚了，然后又说女的离婚了，男的并没有离婚……恨不能就地晕倒。

咨询室的门在我和阿淑的背后关闭了。在这之前，阿淑基本上是懈怠而木讷的，除了报出过自己的名字和吃了很多奶油饼外，她的嘴巴一直紧闭着。随着门扇的掩合，阿淑突然变得灵敏起来，她用山猫样的褐色眼珠迅速睃巡寻四周，好像一只小兽刚刚从月夜中醒来。在我面前坐定伸直她修长的双腿之后的第一句话是——您这间屋子的隔音性能怎么样？

我还是第一次碰到来访者问这样的问题，就很肯定地回答她，隔音效果很好。

阿淑还是不放心，追问道，咱们这里说什么话，外面绝对听不到？"

我说，基本上是这样的，除非谁把耳朵贴在门上。但这大体是行不通的，工作人员不会允许。

阿淑长出了一口气，说，这样我比较放心。

我说，你千里迢迢地赶了来，有什么为难之事呢？

阿淑说，我失恋了，很想走出困境。

我说，可是看起来你和柄南的关系还挺密切啊。

阿淑说，我并不是和他失恋了，是和别人。那个男生甩了我，对此我痛不欲生。柄南是我以前的男友，我们早不来往好几年了。现在听说我失恋了，就又来帮我。陪着我游山玩水，看进口大片，吃美国冰淇淋，您知道这在外省的小地方是很感动人的。包括到北京来见您，都是他的主意……阿淑说话的时候不时地看着门的方向，好像怕柄南突然把门推开。

我说，阿淑，谢谢你对我的信任，让我对你们的关系比较清楚一点了。那么，我还想更明确地听你说一说，你现在最感困惑的是什么呢？

阿淑说，天下没有免费的午餐，当然也没有免费的人陪着你走过失恋。现在的问题是，我要甩开柄南。

说到最后这一句话的时候，阿淑把声音压得很低，凑到我的耳朵前，仿佛我们是秘密接头的敌后武工队员。

我在心底忍不住笑了——在自己的咨询室里，我还从来没有过这样鬼鬼祟祟的样子呢。面容上当然是克制的，来访者正在焦虑之中，我怎能露出笑意？我说，看来你很怕柄南听到这些话？

阿淑说，那是当然了。他一直以为我会浪子回头和他重修旧好，其实，这是根本不可能的。谢谢他，我已经从旧日的伤痕中修复了，可以去争取新的爱情了，但这份爱情和柄南无关。我到您这儿来，就是想请您帮我告诉他，我并不爱他。我是失恋了，但这并不等于他盼来了机会。我会有新的男朋友，但绝不会是他。

我看她去意坚决，就说，你已经想得很清楚了？

阿淑说，是的，很清楚了，就像白天和黑夜的分割那样清楚。

我说，这个比方打得很好，让我明白了你的选择。但是，我还有一点很疑惑，你既然想得这样清楚，为什么不能说的同样清楚呢？你为什么不自己对柄南大声说分手？你们朝夕相处，肯定不止有 1000 次讲这话的机会。为什么一定要千里迢迢地跑到北京，求我来说呢？

阿淑把菱角一样好看的嘴巴撇成一个外八字，说，您怎么连这都不明白？我不是怕伤害他嘛！

我说，你很清楚你不承认是柄南的女朋友就伤害了他？

阿淑说，几年前，我第一次离开他时，他几乎吞药自杀，好不容易才缓过神来。这一次，真要出了人命关天的事，我就太不安了。

我说，阿淑，看来你内心还是一个善良的女孩。只是，当你深陷在失恋的痛苦的时候，你明知自己无法成为柄南的女友，还是要领受他的关爱和照料，因为你需要一根救命的稻草。现在，你浮出了旋涡，就想赶快走出这种暧昧的关系。只是，你不愿意看到这种悲怆的结局，你希望能有一个人代替你宣布这个残忍的结论，所以你找到了我……

阿淑说，您真是善解人意。现在，只有您能帮助我了。

我说，阿淑，真正能帮助你的人，只有你自己。虽然我非常感谢你的信任，但是，我不能代替你说这样的话，你只有自己说。当然了，这个"说"就是泛指表达的意思。你可以选择具体的方式和时间，但没有人能够替代你。

阿淑沉默了半天，好像被这即将到来的情景震慑住了。她吞吞吐吐地说，就算我知道了这样做是对的，我还是不敢。

我说，阿淑，咱们换一个角度想这件事。如果柄南不愿意和你保持恋人的关系了，你会怎样？

阿淑说，这是不可能的。

我说，世上万事皆有可能，我们现在就来设想一下吧。

阿淑思忖了半天，说，如果柄南不愿意和我交朋友了，我希望他能当面亲口告诉我这件事。

我说，对啊。己所不欲，勿施于人。如果柄南找到一个第三者，托他来转达，你以为如何呢？

阿淑咬牙切齿地说，那我会把第三者推开，大叫着好汉做事好汉当，千方百计找到柄南，揪住他的衣领，要他当面锣对面鼓地给我一个说法、一个解释、一个理由、一个结论！

我说，谢谢你的坦诚，答案出来了。失恋这件事，对于曾经真心投入的男女来说，的确非常痛苦。但再痛苦的事件，我们都要有勇气来面对，因为这就是真实而丰富多彩的人生的本来面目。困境时刻，恋情可以不再，但真诚依旧有效。对于你刚才所说的四个"一",我基本上是同意一半,保留一半。

阿淑很好奇,说,哪一半同意呢?

我说,我同意你所说的——对失恋要有一个结论、一个说法。因为"失恋"这个词,你想想就会明白,它其中包含了个"失"字,本质就是一种丧失,有物质更有精神的一去不复返,有生理更有心理的分道扬镳。对于生命中重要事件的沉没,你需要把它结尾。就像赛完了一场马拉松或是吃完了一顿宴席,你要掐停行进中的秒表,你要收拾残羹剩饭,刷锅洗碗。你不能无限制地孤独地跑下去,那样会把你累死。你也不能面对着曲终人散的空桌子发呆,那渐渐腐败的气味会像停尸间把人熏倒……

阿淑说,这一半我明白了,另一半呢?

我说,我持保留意见的那一半,是你说在失恋分手的时候要有一个解释、一个理由。

阿淑说,我刚才还说少了,一个解释、一个理由哪里够用?最少要有十个解释、十个理由!轰轰烈烈的一场生死相依,到头来悄无声息地烟消云散了,还不许问为什么,真想不通!郁闷啊郁闷!

我说,我的意思不是瞒天过海什么都不说,不是让大家如堕五里雾中,死也是个糊涂鬼。人心是好奇的,人们都愿意寻根问底,踏破铁鞋地寻找真谛。这在自然科学方面是个优良习惯,值得发扬光大,但在情感问题上,盘根问底要适可而止。失恋分手已成定局,理由和解释就不再重要。无论是性格不合还是家长阻挠,无论是两地分居还是第三者插足,其实在真正的爱情面前,都不堪一击。没有任何理由能粉碎真正的伴侣,只有心灵的离散才是所有症结的所在。理由在这里不再重要,蛮重要的是你要接受现实。

阿淑点点头说,我明白您的意思了。我应该有勇气面对自己的失恋,我不能靠着柄南的提问来暖和自己。况且,这体温也不是白给的,他需要我用体温去回报。温暖就变成了荆棘。

我说,谢谢你这样深入地剖析了自己,勇气可嘉。特别是"体温"这个词,让我也百感交集。本来你们重新聚在一起,是为了帮你渡过难关,现在,一个新的难关又摆在你们面前了。

阿淑身上的湿衣已经被她年轻的肌体烤干了,显出亮丽的色彩。她说,是啊,我很感谢柄南伸出手来,虽然这个援助并不是无偿的。现在,我要勇敢地面对这件事了,逃避只会让局面更复杂。

我说，好啊，祝贺你迈出了第一步。天色已经不早了，你们奔波了一天，也需安歇。今天就到这里吧，下个星期咱们再见。

阿淑说，临走之前，我要向您交一个功课。

这回轮到我摸不着头脑，我说，并不曾留下什么功课啊？

阿淑拿起那张登记表，说，这都是柄南代我填的，好像我是一个连小学二年级都没毕业的睁眼瞎，或是已经丧失了文字上的自理能力的废人。他大包大揽，我看着好笑，也替他累得慌。可是，我不想自己动手。我要做出小鸟依人的样子，让柄南觉得自己是强大的，让他感觉我们的事情还有希望。现在，我知道在这个问题上，我利用了柄南，自己又不敢面对，就装聋作哑得过且过。现在，我自己来填写这张表，我不需要您代替我对他说什么了，也不需要他代替我填写什么了。

我真是由衷地为阿淑高兴，他的脚步比我最乐观的估量还要超前。

看着他们的身影隐没在窗外的黑暗中，我不知道他们还会并肩走多远，也不知道他们的道路还有多长，但我想他们会有一个担当和面对。工作人员对我说，你倒是记着让来访者吃点心当晚饭，可是你自己到现在什么也没吃啊。

我说，工作之前不会觉得饿，工作之中根本不会想到饿。现在工作已经告一段落，饿和不饿也不重要了。

青虫之爱

我有一位闺中好友，从小怕虫子。不论什么品种的虫子，她都怕。披着蓑衣般茸毛的洋拉子，不害羞地裸体的吊死鬼，她一视同仁地怕。甚至连雨后的蚯蚓，她也怕。放学的时候，如果恰好刚停了小雨，她就会闭了眼睛，让我牵着她的手，慢慢地在黑镜似的柏油路上走。我说，迈大步！她就乖乖地跨出很远，几乎成了体操动作上的"劈叉"，以成功地躲避正蜿蜒于马路的软体动物。在这种瞬间，我可以感受到她的手指如青蛙腿般弹着，不但冰凉，还有密集的颤抖。

大家不止一次地想法儿治她这毛病，那么大的人了，看到一条小小毛虫，哭天抢地的，多丢人啊！早春一天，男生把飘落的杨花坠儿，偷偷地夹在她的书页里。待她走进教室，我们都屏气等着那心惊肉跳的一喊，不料什么声响也未曾听到。她翻开书，眼皮一翻，身子一软，就悄无声息地瘫倒在桌子底下了。

从此再不敢锻炼她。

许多年过去，各自都成了家，有了孩子。一天，她到我家中做客，我下厨，她在一旁帮忙。我择青椒的时候，突然从青椒蒂旁钻出一条青虫，胖如蚕豆，背上还长着簇簇黑刺，好一条险恶的虫子。因为事出意外，怕那虫蜇人，我下意识地将半个柿子椒像拉了环的手榴弹扔出老远。

待柿子椒停止了滚动，我用杀虫剂将那虫子杀死，才想起酷怕虫的女友，心想刚才她一直目不转睛地和我聊着天，这虫子一定是入了她的眼，未曾听到她惊呼，该不是吓得晕厥过去了吧？

回头寻她，只见她神态自若地看着我，淡淡说，一个小虫，何必如此慌张。

我比刚才看到虫子还愕然地说，啊，你居然不怕虫子了？吃了什么抗过敏药？

女友苦笑说，怕还是怕啊。只是我已经能练得面不改色，一般人绝看不出破绽。刚开始的时候，我就盯着一条蚯蚓看，因为我知道它是益虫，感情上接受起来比较顺畅。再说，蚯蚓是绝对不会咬人的，安全性较高……这样慢慢举一反三，现在我无论看到有毛没毛的虫子，都可以把惊恐压制在喉咙里。

我说，为了一个小虫子，下这么大的功夫，真有你的，值得吗？

女友很认真地说，值得啊。你知道我为什么怕虫子吗？

我撇撇嘴说，我又不是你妈，怎么会知道啊！

女友拍着我的手说，你可算说到点子上了，怕虫就是和我妈有关。我小的时候是不怕虫子的。有一次妈妈听到我在外面哭，急忙跑出去一看，我的手背又红又肿，旁边一条大花毛虫正在缓缓爬走。我妈知道我叫虫蜇了，赶紧往我手上抹牙膏，那是老百姓止痒解毒的土法。以后，她只要看到我的身旁有虫子，就大喊大叫地吓唬我……一来二去的，我形成了条件反射，看到虫子，灵魂出窍。

后来如何好的呢，我追问。

依我的医学知识，知道这是将一个刺激反复强化，最后，女友就成了生理学家巴甫洛夫教授的例案，每次看到虫子，就恢复到童年时代的大恐惧中。世上有形形色色的恐惧症，有的人怕高，有的人怕某种颜色。我曾见过一位女士，怕极了飞机起飞的瞬间，不到万不得已，她是绝不搭乘飞机的。一次实在躲不过，上了飞机。系好安全带后，她骇得脸色煞白，飞机开始滑动，她竟号啕痛哭起来……中国古时的"一朝被蛇咬，十年怕井绳"说的也是这回事。只不过杯弓蛇影的起因，有的人记得，有的人已遗忘在潜意识的晦暗中。在普通人看来是微不足道的小事，对当事人来说是痛苦煎熬，治疗起来十分困难。

女友说，后来有人要给我治，说是用"逐步脱敏"的办法。比如先让我看虫子的画片，然后再隔着玻璃观察虫子，最后直接注视虫子……

原来你是这样被治好的啊！我恍然大悟道。

嘿！我根本就没用这个法子。我可受不了，别说是看虫子的画片了，有一次到饭店吃饭，上了一罐精致的补品。我一揭开盖儿，看到那漂浮的虫草，当时就把盛汤的小罐摔到地上了……女友抚着胸口，心有余悸地讲着。

我狐疑地看了看自家的垃圾桶，虫尸横陈，难道刚才女友是别人的胆子附体，才如此泰然自若？我说，别卖关子了，快告诉你是怎样重塑了金身？

　　女友说，别着急啊，听我慢慢说。有一天，我抱着女儿上公园，那时她刚刚会讲话。我们在林荫路上走着，突然她说，妈妈……头上……有……她说着，把一缕东西从我的头发上摘下，托在手里，邀功般地给我看。

　　我定睛一看，魂飞天外，一条五彩斑斓的虫子，在女儿的小手内，显得狰狞万分。

　　我第一个反应是像以往一样昏倒，但是我倒不下去，因为我抱着我的孩子。如果我倒了，就会摔坏她。我不但不曾昏过去，神志也是从来没有过的清醒。

　　第二个反应是想撕肝裂胆地大叫一声。因为你胆子大，对于惊叫在恐惧时的益处可能体会不深。其实能叫出来极好，可以释放高度的紧张。但我立即想到，万万叫不得。我一喊，就会吓坏了我的孩子。于是我硬是把涌到舌尖的惊叫咽了下去，我猜那时我的脖子一定像吃了鸡蛋的蛇一样，鼓起了一个大包。

　　现在，一条虫子近在咫尺。我的女儿用手指抚摸着它，好像那是一块冷冷的斑斓宝石。我的脑海迅速地搅动着。如果我害怕，把虫子丢在地上，女儿一定从此种下了虫子可怕的印象。在她的眼中，妈妈是无所不能无所畏惧的，如果有什么东西把妈妈吓成了这个样子，那这东西一定是极其可怕的。

　　我读过一些有关的书籍，知道当年我的妈妈，正是用这个办法，让我从小对虫子这种幼小的物体，骇之入骨。即便当我长大之后，从理论上知道小小的虫子只要没有毒素，实在值不得大惊小怪，但我的身体不服从我的意志。我的妈妈一方面保护了我，一方面用一种不恰当的方式，把一种新的恐惧，注入我的心里。如果我大叫大喊，那么这根恐惧的链条还会遗传下去。不行，我要用我的爱，将这链条砸断。

　　我颤巍巍地伸出手，长大之后第一次把一只活的虫子捏在手心，翻过来掉过去地观赏着那虫子，还假装很开心地咧着嘴，因为——女儿正在目不转睛地看着我呢！

　　虫子的体温，比我的手指要高得多，它的皮肤有鳞片，鳞片中有湿润的滑液一丝丝渗出，头顶的茸毛在向不同的方向摆动着，比针尖还小的眼珠机警怯懦……

女友说着，我在一旁听得毛骨悚然。只有一个对虫子高度敏感的人，才能有如此令人震惊的描述。

那一刻，真比百年还难熬。女儿清澈无瑕的目光笼罩着我，在她面前，我是一个神。我不能有丝毫的退缩，我不能把我病态的恐惧传给她……

不知过了多久，我把虫子轻轻地放在了地上。我对女儿说，这是虫子。虫子没什么可怕的。有的虫子有毒，你别用手去摸。不过，大多数虫子是可以摸的……

那只虫子，就在地上慢慢地爬远了。女儿还对它扬扬小手，说："Bye……"

我抱起女儿，半天一步都没有走动。衣服早已被黏黏的汗水浸湿了。

女友说完，好久好久，厨房里寂静无声。

我说，原来你的药，就是你的女儿给你的啊。

女友纠正道，我的药，是我给我自己的，那就是对女儿的爱。

梅勒妮的卵子

据媒体报道，加拿大一个7岁的女孩弗拉维患有一种罕见的先天性基因疾病特纳综合征，这种由染色体缺失引发的疾病会破坏患者的卵子生成。

为帮助女儿将来生儿育女，38岁的母亲梅勒妮捐出自己的21个卵子保存在液体氮气中，以供将来和女儿弗拉维丈夫的精子结合，通过人工授精孕育出孩子。7月3日，在法国里昂举行的欧洲生殖与胚胎学会年会上，加拿大维多利亚皇家医院麦克吉尔生殖中心公布了首例母亲为女儿捐赠卵子的医疗细节。

这项计划自曝光以来，一直产生激烈的伦理争议。当天的会上，生殖伦理组织的一名成员认为，梅勒妮没有充分考虑将来出生的婴儿面临的伦理困境。因为就生物学意义而言，弗拉维生下的婴儿将是她"同母异父"的弟弟或妹妹，而梅勒妮虽是婴儿的外婆，但还是事实上的母亲。

梅勒妮表示："我只是在尽可能地帮助我的孩子，给她任何所需要的东西，如果需要我捐出一个肾，我也将毫不犹豫。因为年纪的原因，我不得不现在捐献卵子。我将把孩子看作自己的外孙，弗拉维会照料孩子，将是孩子真正的母亲。"她同时表示，弗拉维将决定是否采用这些卵子，"我只是给她提供一个选择，如果她愿意，她可以采用别人的卵子。"

我可以理解梅勒妮的选择。她因为自己的女儿罹患特纳综合征而满怀内疚，她要尽自己的力量帮助女儿，甚至不惜把自己的卵子冷冻起来，以备将来女儿如果需要做母亲的时候，多一个选择。她甚至说出了"如果需要我捐出一个肾，我也将毫不犹豫"这样的话，让人们为母爱的执拗而感叹。

但是，一个卵子和一个肾毕竟有着本质的不同。从梅勒妮的口气里看，好像一个肾比一个卵子更重要，可能是因为捐献出一个肾，身体所受的损伤远比捐献卵子要大得多。但从生命伦理学的角度上来说，卵子和肾的意义是不同的。肾脏是无知无觉的，但卵子关乎构建另外一个生命的开端。那个生命将成为有独立人格的个体，他会追问"我从哪里来"这样的终极问题。不知道梅勒妮是否想到，既然她的亲生女儿会罹患这种先天性的染色体疾病，那么她本人的卵子并不一定是完全健康的。退一万步讲，即使是完全正常的，弗拉维接受了这个卵子并成功孕育，弗拉维将如何面对这样一个同母异父的"孩子兼弟（妹）"？即使弗拉维可以面对这个事实，她将来的丈夫是否可以接受这样一个婴孩？纵然他们都可以过关，那么这个孩子长大得知真相之后，是否可以安然维持内心的平衡？

未知数太多了。医学固然可以在技术层面把一个卵子保存几十年，但我相信，无论是梅勒妮还是参与这一活动的医生们，都无法清楚地回答以后的问题。在关乎生命伦理的问题上，如果你没有想清楚，请不要贸然进入危险的领域，因为这绝不仅仅是技术的问题，它已经进入了造物主的范畴。

对于参与这一操作的医生们，很想问他们一个问题：假如有一对富有的夫妇，出了足够的金钱，要求把他们的精子和卵子分别冷冻起来，100年后再交配生出一个婴孩，所有的抚养费，富翁家事先都储备好了，并指定了基金会负责。试问，有人愿意接受这项工作吗？

我想，一定有医生跃跃欲试。100年，这将挑战所有现代医术的极限啊！

但是，人类社会会接受这个愿望吗？对于一门深入生命过程以内的科学，医生们应该格外冷静和慎重。

尽一切努力把自己的基因遗传下去，是动物的本能。这就使我虽然能够理解梅勒妮和医生们的想法，但仍认为这是一种更高形式的自私。付出比较小的代价，得到自己的内心安宁，却全然不顾这个事件将对他人发生的未知影响，这就是对整个人类社会的不负责任。

爱怕什么

爱挺娇气挺笨挺糊涂的，有很多怕的东西。

爱怕撒谎。当我们不爱的时候，假装爱，是一件痛苦而倒霉的事情。假如别人识破，我们就成了虚伪的坏蛋。你骗了别人的钱，可以退赔；你骗了别人的爱，就成了无赦的罪人。假如别人不曾识破，那就更惨。除非你已良心丧尽，否则便要承诺爱的假象，那心灵深处的绞杀，永无宁日。

爱怕沉默。太多的人，以为爱到深处是无言。其实爱是很难描述的一种情感，需要详尽的表达和传递。爱需要行动，但爱绝不仅仅是行动，或者说语言和感情的流露，也是行动不可或缺的一部分。

我曾经和朋友们做过一个测验，让一个人心中充满一种独特的感觉，然后用表情和手势做出来，让其他不知底细的人猜测他的内心活动。出谜和解谜的人都欣然答应，自以为百无一失。结果，能正确解码的人少得可怜。当你自觉满脸爱意的时候，他人误读的结论千奇百怪。比如认为那是——矜持、发呆、忧郁……

一位妈妈，胸有成竹地低下头，做出一个表情。我和另一位女士愣愣地看着她，相互对视了一下，异口同声地说：你要自杀！她愤怒地瞪着我们说：岂有此理！你们怎么那么笨？！我此刻心头正充盈着温情！愚笨的我俩挺惭愧的，但没等我们道歉的话出口，那妈妈恍然大悟道：原来是这样！怪不得我每次这样看着儿子的时候，他会不安地说：妈妈，我又做错了什么？你又在发什么愁？

爱是那样地需要表达，就像耗电太快的电器，每日都得充电。重复而新鲜地描述爱意吧，它是一种勇敢和智慧的艺术。

爱怕犹豫。爱是羞怯和机灵的，一不留神它就吃了鱼饵闪去。爱的初起往往是柔若无骨的碰撞和翩若惊鸿的动力。在爱的极早期，就敏锐地识别自己的真爱，是一种能力，更是一种果敢。爱一桩事业，就奋不顾身地投入；爱一个人，就勇往直前地追求；爱一个民族，就挫骨扬灰地献身。爱一种信仰，就至死不悔。

爱怕模棱两可。要么爱这一个，要么爱那一个，遵循一种"全或无"的铁则。爱，就铺天盖地，不遗下一个角落。不爱就抽刀断水，金盆洗手。迟疑延宕是对他人和自己的不负责任。

爱怕沙上建塔。那样的爱，无论多么玲珑剔透，潮起潮落，遗下的只是无珠的蚌壳和断根的水草。

爱怕无源之水。沙漠里的河啊，即便不是海市蜃楼，波光粼粼又能坚持几天？当沙暴袭来的时候，最先干涸的正是泪水积聚的咸水湖。

爱怕假冒伪劣。真的爱也许不那么外表光鲜、色彩艳丽，没有精致的包装，没有夸口的广告，但是它有内在的质量保证。真爱并非不会发生短路与损伤，但是它有保修单，那是两颗心的承诺，写在天地间。

爱是一个有机整体，怕分割。好似钢化玻璃，据说坦克轧上也不会碎，可惜它的弱点是宁折不弯，脆不可裁。一旦破碎，就裂成了无数蚕豆大的渣滓，流淌一地，闪着凄楚的冷光，再也无法复原。

爱的脚力不健，怕远。距离会漂淡彼此相思的颜色。假如有可能，就靠得近一点，再近一点，直到水乳交融、紧密无间。万万不要人为地以分离考验它的强度，那样你也许会后悔莫及。尽量地创造并肩携手天人合一的机会。

爱像仙人掌类的花朵，怕转瞬即逝。爱可以不朝朝暮暮，爱可以不卿卿我我，但爱要铁杵磨针，恒远久长。

爱怕平分秋色。在爱的钢丝上不能学高空王子，不宜做危险动作。即使你摇摇晃晃，一时不曾跌落，也是偶然性在救你，任何一阵旋风，都可能使你飘然坠毁，最明智最保险的是赶快从高空回到平地，在泥土上留下深深的脚印。

爱怕刻意求工。爱可以披头散发，爱可以荆钗布裙，爱可以粗茶淡饭，爱可以风餐露宿。只要有一腔真情，爱就有了依傍。

爱的时候，眼睛近视散光，只爱看江山如画；耳朵是聋的，只爱听莺歌燕舞。爱让人片面，爱让人轻信。爱让人智商下降，爱让人一厢情愿。爱最怕的是腐败。爱需要天天注入激情和活力，但又如深潭，波澜不惊。

说了爱的这许多毛病，爱岂不一无是处？

爱是世上最坚固的记忆金属，高温下不熔化，冰冻不脆裂。造一架爱的航天飞机，你就可以驾驶着它，遨游九天。

爱是比天空和海洋更博大的宇宙，在那个独特的穹隆中，有着亿万颗爱的星斗，闪烁光芒。一粒小行星划下，就是爱的雨丝，缀起满天清光。

爱是神奇的化学试剂，能让苦难变得香甜，能让一分钟永驻成永远，能让平凡的容颜貌若天仙，能让喃喃细语压过雷鸣电闪。

爱是孕育万物的草原。在这里，能生长出能力、勇气、智慧、才干、友谊、关怀……所有人间的美德和属于大自然的美丽天分，爱都会赠予你。

在生和死之间，是孤独的人生旅程。保有一份真爱，就是照耀人生得以温暖的灯。

孩子，我为什么打你

有一天与朋友聊天，我说，就是在"文化大革命"中当红卫兵，我也没打过人。我还说，我这一辈子，从没打过人……

你突然插嘴说：妈妈，你经常打一个人，那就是我……

那一瞬，屋里很静很静。那一天我继续同客人谈了很多的话，但说所有的话我都心不在焉。孩子，你那固执的一句话，仿佛爬山虎无数细小的卷须，攀满我的整个心灵。

面对你纯正无瑕的眼睛，我要承认：在这个世界上，我只打过一个人。不是偶然，而是经常；不是轻描淡写，而是刻骨铭心。这个人就是你。

在你最小最小的时候，我不曾打你。你那么幼嫩，好像一粒包在荚中的青豌豆。我生怕任何一点儿轻微的碰撞，将你稚弱的生命擦伤。我为你无日无夜地操劳，无怨无悔。面对你熟睡中像合欢一样静谧的额头，我向上苍发誓：我要尽一个母亲所有的力量保护你，直到我从这颗星球上离开的那一天。

你像竹笋一样开始长大。你开始淘气，开始恶作剧……对你摔破盆碗、拆毁玩具、遗失钱币、污脏衣着……我都不曾打过你。我想这对于一个正常而活泼的儿童，都像走路会跌跤一样应该原谅。

第一次打你的起因，已经记不清了。人们对于痛苦的记忆，总是趋向于忘记。总而言之，那时你已渐渐懂事，初步具备童年人的智慧：它混沌天真又我行我素，它狡黠异常又漏洞百出。你像一匹顽皮的小兽，放任无羁地奔向你向往中的草原，而我则要你接受人类社会公认的法则……为了让你记住并终生遵守它们，在所有的苦口婆心都宣告失败，在所有的夸奖、批评、恐吓以及奖赏都无以奏效之后，我被迫拿出最后一件武器——这就是殴打。

假如你去摸火，火焰灼痛你的手指，这种体验将使你一生不会再去抚摸这种橙红色的抖动如绸的精灵。孩子，我希望虚伪、懦弱、残忍、狡诈这些最肮脏的品质，当你初次与它们接触时，就感到切肤的疼痛，从此与它们永远隔绝。

我知道打人犯法，但这个世界给了为人父母者一项特殊的赦免——打是爱，世人将这一份特权赋予母亲，当我行使它的时候臂系千钧。

我谨慎地使用殴打，犹如一个穷人使用他最后的金钱。每当打你的时候，我的心都在轻轻颤抖。我一次又一次问自己：是不是到了非打不可的时候？不打他我还有没有其他的办法？只有当所有的努力都归于失败，孩子，我才会举起我的手……

每一次打过你之后，我都要深深地自责。假如惩罚我自身可以使你汲取教训。孩子，我宁愿自罚，哪怕它将强烈10倍。但我知道，责罚不可以替代也无法转让，它如同饥馑中的食品，只有你自己嚼碎了咽下去，才会成为你生命体验中的一部分，这道理可能有些深奥，也许要到你也为人父母时，才会理解。

打人是个重体力活儿，它使人肩酸腕痛，好像徒手将1000块蜂窝煤搬上5楼。于是人们便发明了打人的工具：戒尺、鞋底、鸡毛掸子……

我从不用那些工具。打人的人用了多大的力，便要遭受到同样的反作用力，这是一条力学定律。我愿在打你的同时，我的手指亲自承受力的反弹，遭受与你相等的苦痛。这样我才可以精确地掌握分量。不至于失手将你打得太重。

我几乎毫不犹豫地认为：每打你一次，我感到的痛楚都要比你更为久远更为悠长。因为，重要的不是身累，而是心累……

孩子，我多么不愿打你，可是我不得不打你！我多么不想打你，可是我一定得打你！这一切，只因为我是你的母亲！

孩子，听了你的话，我终于决定不再打你了。因为你已经长大，因为你已经懂了很多的道理。毫不懂道理的婴孩和已经很懂道理的成人，我以为都不必打，因为打是没有用的。唯有对半懂不懂、自以为懂其实不甚懂道理的孩童，才可以打，以助他们快快长大。

孩子，打与不打都是爱，你可懂吗？

带白蘑菇回家

妈妈爱吃蘑菇。

到青海出差，在幽蓝的天穹与黛绿的草原之间，见到点点闪烁的白星。

那不是星星，是草原上的白蘑菇。

路旁有三三两两的藏胞，坐在五颜六色的口袋中间，仰着褐色的面庞，向经过的汽车微笑。袋子口，颤巍巍地露出花蕾般的白蘑菇。

从鸟岛返回的途中，我买了一袋白蘑菇，预备两天后坐火车带回北京。

回到宾馆，铺下一张报纸，将蘑菇一柄柄小伞朝天，摆在地毯上，一如它们生长在草原时的模样。

服务员进来整理卫生，细细的眉头皱了起来。我忙说："我要把它们带回去送给妈妈。"小姐就暖暖地笑了，说："您必须把蘑菇翻个身，让菌根朝上，不然蘑菇会烂的。草原上的白蘑菇最难保存。"

听了服务员的话，我让白蘑菇趴在地上，好像晒太阳的小胖孩儿，温润而圆滑地裸露在空气中。

上火车的日子到了。服务员帮我找来一只小纸箱，用剪刀戳了许多梅花形的小洞，把白蘑菇妥妥地安放进去。原先的报纸上印了一排排圆环，好像淡淡的墨色的图章。我吓了一跳，说："是不是白蘑菇腐坏了？"服务员说："别怕，新鲜的白蘑菇的汁液就是黑的。"

进了卧铺车厢，我小心翼翼地把纸箱塞在床下。对面一位青海大汉说："箱子上捅了那么多的洞，想必带的是活物了。小鸡？小鸭？怎么不听见叫？天气太热，可别憋死了。"

我说："带的是草原上的白蘑菇，送给妈妈。"

他轻轻地重复："哦，妈妈……"好像这个词语对他已十分陌生。半晌后他才接着说："只是你这样的带法，到不了兰州，蘑菇就得烂成污水。"

我大惊失色说："那可怎么办？"

他说："你在卧铺下面铺开几张纸，把蘑菇晾开，保持它的通风。"

我依法处置，摆了一床底的蘑菇。每日数次拨弄，好像育秧的老农。蘑菇们平安地穿兰州，越宝鸡，直逼郑州……不料中原一带，酷热无比，车厢内闷如桑拿浴池，令人窒息。青海大汉不放心地蹲下检查，突然叫道："快想办法！蘑菇表面已生出白膜，再捂下去，就不能吃了！"

在蒸笼般的火车里，你还有什么办法可想？我束手无策。

大汉二话不说，把我的白蘑菇重新装进浑身是洞的纸箱。我说："这不是更糟了？"他并不解释，三下五除二，把卧铺小茶几上的水杯、食品拢成一堆，对周围的人说："烦请各位把自家的东西拿到别处去放，腾出这个小桌来放小箱子。箱子里装的是咱青海湖的白蘑菇，她要带回北京给妈妈。我们把窗户开大，让风不停地灌进箱子，蘑菇就坏不了啦。大家帮帮忙，我们都有妈妈。"

人们无声地把面包、咸鸭蛋和可乐瓶子端开，为我腾出一方洁净的桌面。

风呼啸着。郑州的风，安阳的风，石家庄的风……接连不断，穿箱而过，白蘑菇黑色的血液，渐渐被蒸发了，烘成干燥的标本。

青海大汉坐的窗口是迎风的一面，疾风把他的头发卷得乱如蒿草。无数灰屑敷在他铁棠色的脸上，犹如漫天抛撒的芝麻。若不是为了这一箱蘑菇，窗子原不必开得这样大。我几次歉意地说同他换换位子，他却一摆手说："草原上的风比这还大。"

终于，北京到了。我拎起蘑菇箱子同车友们告别，对大家说："我代表自己和妈妈谢谢你们！"

大家说："你快回家去看妈妈吧。"

由于路上蒸发了水分，白蘑菇比以前轻了许多。我走得很快，就要出站台的时候，青海汉子追上我，说："有一件很要紧的事，忘了同你交代——白蘑菇炖鸡最鲜。"

妈妈喝着鸡汤说："青海的白蘑菇味道真好！"

额头与额头相贴

如今家家都有体温表。苗条的玻璃小棒，头顶银亮的铠甲，肚子里藏一根闪烁的黑线，只在特定的角度瞬忽一闪。捻动它的时候，仿佛是打开裹着幽灵的咒纸，病了或是没病，高烧还是低烧，就在焦灼的眼神中现出答案。

小时家中有一支精致的体温表，银头好似一粒扁杏仁。它装在一支粗糙的黑色钢笔套里，我看过一部反特小说，说情报就是藏在没有笔尖的钢笔里，那个套就更有几分神秘。

妈妈把体温表收藏在我家最小的抽屉——缝纫机的抽屉里。妈妈平日上班极忙，很少有工夫动针线，那里就是家中最稳妥的所在。

大约七八岁的我，对天地万物都好奇得恨不能吞到嘴里尝一尝。我跳皮筋回来，经过镜子，偶然看到我的脸红得像在炉膛里烧好可以夹到冷炉子里去引火的煤炭。我想，我一定发烧了，我觉得自己的脸可以把一盆冷水烧开。我决定给自己测量一下体温。

我拧开黑色笔套，体温表像定时炸弹一样安静。我很利索地把它夹在腋下，冰冷如蛇的凉意从腋下直抵肋骨。我耐心地等待了五分钟，这是妈妈惯常守候的时间。

终于到了，我小心翼翼地拿出来，像妈妈一样眯起双眼把它对着太阳晃动。

我什么也没看到，体温表如同一条宁澈的小溪，鱼呀虾呀一概没有。

我百般不解，难道我已成了冷血动物，体温表根本不屑于告诉我了吗？

对啦！妈妈每次给我夹表前，都要把表狠狠甩几下，仿佛上面沾满水珠。一定是我忘了这一关键操作，体温表才表示缄默。

我拿起体温表，全力甩去。我听见背后发出犹如檐下冰凌折断般的清脆响声。回头一看，体温表的扁杏仁裂成无数亮白珠子，在地面轻盈地滚动……

罪魁是缝纫机板锐利的折角。

怎么办呀?

妈妈非常珍爱这支温度表,不是因为贵重,而是因为稀少。那时候,水银似乎是军用品,极少用于寻常百姓,体温表就成为一种奢侈。楼上楼下的邻居都来借用这支表,每个人拿走它时都说:"请放心,绝不会打碎。"

现在,它碎了,碎尸万段。我知道,任何修复它的可能都是痴心妄想。

我望着窗棂发呆,看着它们由灼亮的柏油样棕色转为暗淡的树根样棕黑色。

我祈祷自己发烧,高高地发烧。我知道妈妈对得病的孩子格外怜爱,我宁愿用自身的痛苦赎回罪孽。

妈妈回来了。

我默不作声。我把那只空钢笔套摆放在最显眼的地方,希望妈妈主动发现它,我坚持认为被别人察觉错误比自报家门要少些恐怖,表示我愿意接受任何惩罚而不是凭自首减轻责任。

妈妈忙着做饭。我的心越发沉重,仿佛装满水银(我已经知道水银很沉重,丢失了水银头的体温表轻飘得像支秃笔。)。

实在等待不下去了,我飞快地走到妈妈跟前,大声说:"我把体温表给打碎了!"

每当我遇到害怕的事情,我就迎头跑过去,好像迫不及待的样子。

妈妈把我狠狠地打了一顿。

那支体温表消失了,它在我的感情里留下黑洞。潜意识里我恨我的母亲——她对我太不宽容!谁还不失手打碎东西?我亲眼看见她打碎一个很美丽的碗,随手把两片碗碴儿一撂,丢到垃圾堆里完事。

大人和小人,是如此的不平等啊!

不久,我病了。我像被人塞到老太太裹着白棉被的冰棍箱里,从骨头缝里往外散发寒气。"妈妈,我冷。"我说。

"你可能发烧了。"妈妈说,伸手去拉缝纫机的小抽屉,但手臂随即僵在半空。

妈妈用手抚摸我的头。她的手很凉,指甲周旁有几根小毛刺,把我的额头刮得很痛。

"我刚回来,手太凉,不知你究竟烧得怎样,要不要赶快去医院……"妈妈拼命搓着手指。

妈妈俯下身，用她的唇来吻我的额头，以试探我的温度。

母亲是严厉的人，在我的记忆以来，从未吻过我们。这一次，因为我的过失，她吻了我。那一刻，我心中充满感动。

妈妈的口唇有一种菊花的味道，那时她患很严重的贫血，一直在吃中药。她的唇很干热，像外壳坚硬内瓤却很柔软的果子。

可是妈妈还是无法断定我的热度。她扶住我的头，轻轻地把她的额头与我的额头相贴。她的每一只眼睛看定我的每一只眼睛，因为距离太近，我看不到她的脸庞全部，只感到一片灼热的苍白。她的额头像碾子似的滚过，用每一寸肌肤感受我的温度，自言自语地说："这么烫，可别抽风……"

我终于知道了我的错误的严重性。

后来，弟弟妹妹也有过类似的情形。我默然不语，妈妈也不再提起。但体温表像树一样栽在我心中。

终于，我看到了许许多多支体温表。那一瞬，我脸上肯定灌满了贪婪。

我当了卫生兵，每天需要给病人查体温。体温表插在盛满消毒液的盘子里，好像一位老人生日蛋糕上的银蜡烛。

多想拿走一支还给妈妈呀！可医院的体温表虽多，管理也很严格。纵使打碎了，原价赔偿，也得将那破损的尸骸附上，方予补发。我每天对着成堆的体温表处心积虑、摩拳擦掌，就是无法搞到一支。

后来，我做了化验员，离温度表更遥远了。一天，部队军马所来求援，说军马们得了莫名其妙的怪症，他们的化验员恰好不在，希望人医们伸出友谊之手。老化验员对我说："你去吧！都是高原上的性命，不容易，人兽同理。"

一匹砂红色的军马立在四根木柱内，马耳朵像竹笋般立着，双眼皮的大眼睛贮满泪水，好像随时会跌倒。我以为要从毛茸茸的马耳朵上抽血，战战兢兢地不敢上前。

兽医们从马的静脉里抽出暗紫色的血。我认真检验，周到地写出报告。

我至今不知道那些马得的是什么病，只知道我的化验结果起了至关重要的作用。

兽医们很感激，说要送我两筒水果罐头作为酬劳。在维生素匮乏的高原，这不啻一粒金瓜子。我再三推辞，他们再四坚持。想起人兽同理，我说："那就送我一只体温表吧！"

他们慨然允诺。

春草绿的塑料外壳，粗大若小手电。玻璃棒如同一根透明铅笔，所有刻码都是洋红色的，极为清晰。

"准吗？"我问。毕竟这是兽用品。

"很准。"他们肯定地告诉我。

我珍爱地用手绢包起。本来想钉个小木匣，立时寄给妈妈，又恐关山重重、雪路迢迢，在路上震断，毁了我的苦心。于是耐着性子等到了一个士兵的第一次休假。

"妈妈，你看！"我高擎着那支体温表，好像它是透明的火炬。

那一刻，我还了一个愿。它像一只苍鹰，在我心中盘桓了十几年。

妈妈仔细端详着体温表说："这上面的最高刻度可测到摄氏四十六度，要是人，恐怕早就不行了。"

我说："只要准就行了呗！"

妈妈说："有了它总比没有好。只是，现在不很需要了，因为你们都已长大……"

婚姻的四棱柱

婚姻的四棱柱

人们谈论婚姻的频率，就像谈论坏天气。女人们凑到一处，更是"三句话不离本行"，家是女人永远的职业。若是在公园里看到掩面哭泣的女人，十有九成是为了爱情。

婚姻的第一种开端模式：莫逆之交。

天下婚姻万千，开端总是几种模式。好像你要是得了感冒，起因脱不了受凉或传染。要是患了痢疾，便一定是病从口入了。婚姻的第一种开端模式，是莫逆之交。何为莫逆？字典上写的是：彼此情投意合，非常要好。顾名思义，"莫"是"没有"的意思，"逆"是"方向相反"的意思。莫逆之交是一个否定之否定，表示高度的协调与一致。

有人说，要是夫妻两个人，几十年都没有一点分歧，是不是太乏味，太枯燥？好像对着镜子中的自己，如影随形一辈子，会不会无聊至极？这种揣测，乍一听很是有理。争吵好像是家庭的味精，矛盾仿佛黏合剂。曾经很长一段时间内，我也赞同这个观点。后来一次出差，遇到一对老夫妇，他们温存而默契的眷恋，深深感动了我。与那些无时无刻都想显示幸福的年轻夫妇不同，他们宁静谦和，彼此一个手势一声叹息，对方都心领神会……他们的和谐，像一串老檀香木珠，隐隐地但是持久地散发着温馨的香气，让每一个看到这情景的人，心中叹息。

我说："你们银婚金婚的，就真没红过脸吗？那是不是也太没意思了？"老翁说："我们有产生分歧的时候，但是不会吵架。人可以同自己争吵，但人不可以同一个如此深爱自己的人反目。我们都有使对方冷静的能力。吵架不会使人感到生活有趣，只会使人痛恨生活。生活的美好来自和谐与温暖。"

我又对老媪说："你们一辈子不吵架，别人都不信呢。"

老媪微笑着说："别说你们不信，就是我们自己也不信。当初我们结婚的时候，并没想到一生不吵架。但这么多年过去了，我们真的无架可吵。有一天，我对老伴说："咱们吵一架吧，尝尝吵架的滋味。"他积极响应说："好啊，开始吧。"于是我说："你先吵吧。"他谦让说："还是你先吵吧。"我们互相看着，谦让了半天，结果还是没吵成。想起来，好懊丧啊。"

我说："哈！你们的经验是什么呢？让大家都学习一下多好。"

老翁慢吞吞地说："这可能是学不来的。我们平时都不同别人说我们不吵架的事，那会惹人笑话，好像这么大岁数了还在说谎。因为天下夫妻几乎都吵架，大家都不相信世上有不吵架的夫妻。我们很幸福，可幸福不是展品，我不想让所有的人都传颂这件事。我只能告诉你，也许我们是一个例外，但莫逆之交的夫妻，一生从不吵架的夫妻，绝对存在。我们可以没见过钻石，但我们不能否认，世上有这种硬度极高的宝贝，在旷野中闪烁。"

第二种婚姻的开端模式，是患难之交。它好像最具戏剧性，古时的公子落难，小姐搭救；才女风尘，名士救援……惊险与曲折，自是不必说了。到了现代，就演变成或是战斗负伤，或是打成"右派"，或是上山下乡，或是远走他乡，或是病体难支，或是飞来横祸……总之是一方遭遇大悲惨、大厄运，辗转于苦痛之中；另一方肝胆相照，鼎力相助，挽狂澜于既倒。于是爱的萌芽，就在这恶劣苦旱的土壤中滋生，掀开巨石，迎着风暴，绽开了绿的叶和红的花。

依我以前的印象，觉得这种开端的婚姻是极稳固、极难得的。你想啊，大风大雨都闯过来了，在风和日丽的日子，岂不要收获加倍的幸福？没想到，许多惨痛的婚变，就蜷缩在这只涂满沧桑的旧匣子里。究其原因，在于事件起始部分的不平等。婚姻这件事，最要紧的是脸对脸、心靠心。

若有一方居高临下，就会埋伏畸变的导火索。当事人可能不自觉，但危险的种子已经种下。大难当头的时候，人的正义感、怜悯心都会异乎寻常地发达起来，拔刀相助与见义勇为，仁爱之心与乐善好施，甚至母性与女儿性，大丈夫"我不下地狱谁下地狱"的豪情，都油然而生，像五颜六色的调味酒，依次倾入堆积冰块的苦难之杯。于是略带苦味但却荧光四射的命运鸡尾酒，在艰窘之中，由位置较好的一方绚丽地调配成功，递了过来。那另一方，在孤独苦寂中，将自我的感激误认为爱情，起初出于理智婉拒，最终抗拒不了凄凉与冷寞，依了人的本能，欣然接受，也是情理中的事。双方痛饮混合了各种复杂成分的婚姻酒，醉一个酩酊。那些世界上最动人的山盟海誓，往往发生在此时。然岁月更迭，逆境不可能永远存在，当外界的压力解除，爱情脱尽附加的藩篱，以本真的面目凸现的时候，潜伏的阴影就膨胀了。一旦双方地位、学识、教养、门第……的卵石，在激流消退后的平滩上裸露出来，无情的舆论又像烈日，将石头晒得如火如荼，婚姻的危机就笼罩头顶了。

况且，婚姻不是账本，旧话重提没有用，一方永远的施予，另一方总是赤字，心里就失去平衡。有些恩情，也如仇恨一般，太深重了，便无法报答，有时简直想一逃了事。不平等的婚姻，当跷跷板上位置低下的一方，腾然升起的时候，双方能否寻找到新的支点，是婚姻能否继续的要素。患难是泥沙俱下的荒地，在那里寻到的爱情，绝非纯金精钢，还需顺境霹雳火的锤炼。

所以，患难之交不但不保险，很可能是饱含危机的婚姻。只要看古今中外多少愁云惨淡的故事，都产生于这类土壤，就可知它的曲折艰险。并非要人在难中不谈爱情，我只是想说，苦难不是婚姻的保单。假如你是跷跷板位置较高的一方，请做好位置颠覆后的准备。假如你是位置较低的一方，请扪心自问：天翻地覆之后，我能否忠诚依然？！假如回答都是：不。不妨在患难中，对爱情三思而后行。

第三种婚姻的开端模式是一见钟情。

与其说它属于社会学心理学范畴，我更愿意相信它在生理学中的地位。原本素不相识的男女，在毫无先兆的一见之下，迸出激烈的火花，从此如醉如痴，天地为之动容。朝思暮想，百计千方，不成眷属，终日寝食不安。有的学者，对这种婚姻模式，给予高度的评价，认为它是人类本性的爆发，无功利杂质掺入，纯真契合，地久天长。我想，在那男女一见的瞬间，一定发生了一种我们目前的科学还不能完全解释的生理变化，大量的神秘物质分泌入血；年轻的机体，从瞳孔到心灵，都感到极大的愉悦。这种物质以高度的愉悦，牵引着我们，操纵着我们，使我们不假思索地按照它凌驾一切的指令，决定了终身的伴侣。对这种"惊鸿只一瞥，爱到死方休"的神秘过程，我不敢妄加揣测。私下里猜它的来源一定非常古老，是人类延续种族繁荣昌盛的钥匙之一。想那雌雄的相投，必无长远的卿卿我我，常常是电光石火的一瞬，成就了好事。一定有存在于基因的密令，操纵着冥冥中的结合。我想探究的是，作为高度发达创造了语言交流的人类，是否须对"一见定乾坤"的传统重新审视？那毕竟是一种非常状态，犹如飓风，无法天长地久地陪伴我们。不知道在哪一天黎明，激情悄然离去，连个招呼也不打，剩下冷却到常温的男女，相对无言。失却了神秘物质的激励和保护，以它为先导的婚姻，是否也将随风飘逝？婚姻不是"一见"，是一世相守的千见万见亿见。钟情是否永不疲劳的金属，始终保持着最初的弹性？一见钟情的质量，不在开头，而在结尾。它可有终身的保修期？

现在要说四棱柱的最后一面了——萍水相逢。

这词一听，便让人生出凄凉漂泊之感。当人们谈论婚姻的双方，原是"萍水相逢"时，多的是无奈与宿命，还有些许的调侃，好像一只得来容易的旧履，不值得珍惜。

我们太轻慢了萍水啊。何谓萍？那是一种随波荡漾的低等植物，淡淡绿绿，草芥一般。任何一抹风都可以将它将了去，抛向远方，颇似普通人的命运。两朵浮萍，没有背景，没有根，被不知何处来的气流推着，无目的地漫游，怎的就撞到了一起？俗话说：相逢是缘，相守是分。为什么遭遇的是这一朵浮萍，而不是那一株水草？为什么碰撞在这一块水域，而不是在那一方波涛？偶然的萍水相逢里头，藏着一个天大的必然缘分？萍与萍之间，还有一个最大的优势，那就是平等。水平水平，天下没有比水更平坦的东西了。生在水里的植物，该是最懂得这道理的。纵是不懂，水以天然的流动，也教会你懂。平等是一切婚姻的柱石，它不是一种有形的资产，却是长治久安的地平线。在平等的伞下缔结的爱情，少的是不着边际的浪漫，多的是同在一片蓝天下的理智。它们依傍于水，浮沉于水。雨打飘萍的时候，需同舟共济，水涨船高的时候，需荣辱不惊。需要磨合，需要考验，一个平淡的开端，未必不预示着一段肝胆相照的历史，象征着一个美满妥帖的结局。

萍水相逢和一见钟情，真是有些像呢，都是素昧平生，都是相约到老。千万不要把两者搞混啊。在开端的时候，它们像一对孪生姐妹，但女大十八变，渐渐地就有些质的分野了。一个是在瞬间爆炸，一个是徐徐地加温。婚姻的本质更像是一种生长缓慢的植物，需要不断灌溉，加施肥料，修枝理叶，打杀害虫，才有持久的绿荫。

在婚姻的入口处，立着这根四棱的柱子，每一面雕刻着不同的花纹，指示着不同的道路。每一个经过的男人、女人，都按照自己的意愿，选择了一个入口。家庭就像单向的铁路，是没有回程票的。我们在婚姻的列车上，铿锵向前。在生命的终点站，有几多夫妇，手牵着手，从容出站？

结婚约等于

世界上的事情，有些是不好比的。

比如，一颗星球和一片树叶，孰重孰轻？

当然是星球重了。但那颗星球远远地在天上飘着，和我们没有什么关系。一片树叶袅袅地坠下来，却惹得一位悲秋的女子写下千古绝唱。孰轻孰重？

但人们仍然喜爱比较，古时流传"不比不知道，一比吓一跳""人比人得死，货比货得扔"等诸多话语，说明"比"的重要性。如今科学加盟，更是创出了许多先进的指标，使"比"这件事，空前地科学和精确起来。

看到过一张社会再适应评定量表。

那表的左端，将我们生活中可能遭遇的变化，列成长长的一排。从亲人死亡、夫妻不和、离婚退休、违法破产、搬家坐牢，一直到睡眠习惯的改变、和亲家翁吵架这样的事件，都做成明细的账表，共计有数十种之多。

表的右侧，列出各相应事件的生活变化单位，简言之，就是一个事件对生活影响的严重程度。据说，这个表是根据五千多人的病史分析和实验室所获资料得来，可以对某个人因为生活变化而造成的适应程度，做出数量估计。

当生活变化单位超过150时，80%的人感到严重不适、抑郁或心脏病发作。

这段话说起来十分拗口，其实就是把我们在生活中经常遭遇到的事，跟小学生的算术卷子似的，每题各打一个分，说明它对我们身心的影响。把最近碰上的事的分叠加起来，就得到了一个总分，大致表明它们对我们生存境况的影响。不过，这个分可不像高考的分越高越好，而是患病的危险性同分数成正比。

居生活事件严重程度前三项的是：

配偶的死亡：得分100。

离婚：得分 73。

夫妻分居：得分 65。

可见，在纷繁的世界上，家庭和亲人对我们至关重要。爱护家庭，就是爱护我们自己的生命。

金钱对身心的影响，远没有想象中那般明显。

少于一万元的抵押和贷款，居于严重等级的第 37 级台阶上，分值仅仅为 17，只相当于过一次半圣诞节。

各种节日也被列入影响生活的事件，比如圣诞节，它的分值是 12。刚开始很有些不得要领，过节是快乐的事情，怎么反成了坏事？静下心来想想，也有道理。在每一个盛大的节日后，都有许多人疲倦和病痛。假如是身在远方的游子，每逢佳节倍思亲，潸然泪下，忧郁足以致病了。

与上司的矛盾，分值是 23，只相当于一次半睡眠习惯的改变（睡眠习惯的改变分值为 16）。

这表是洋人制定的，不大符合我们的国情。他们在职业上来去比较自由，与老板闹僵了也不是什么了不起的事，对自己的情绪影响不大。若是中国的统计数字，和领导翻了脸，对目前的形势和以后的出路都会投下巨大的阴影，这一点儿分值肯定是不够用的，起码需高上一倍。

表上所列大多是消极事件，就是我们常说的坏事，但也有积极事件。比如，制定者们将杰出的个人成就这一辉煌事件的影响值，定为 28 分，相当于儿女离家（29 分）和姻亲纠纷（29 分）。

我们这个民族信奉的是"人逢喜事精神爽"，高兴还来不及呢，哪里还会因此有病？

反过来一想，中医素有"大喜伤心"与"乐极生悲"之说，大约也是这个道理。比如，《儒林外史》中的范进中举，不知算不算具备了"杰出的个人成就"，但鬼迷心窍，一时疯傻，须他的岳丈一巴掌打在脸上才苏醒过来，却是千真万确的。

结婚这一栏的分值是 50。

约等于一个半知心好友的死亡（好友死亡为 37 分）。

约等于一次搬迁（20 分）加上一次转学（20 分），再加上一次轻微的违法行为（11 分）的总和。

约等于个人受伤或害病（这一项为53分）。

超过了被解雇（47分）和退休（45分）。

结婚这件大喜事，竟有这样高的不良影响分值，世间许许多多的女子，可能也同我一样出乎意料，对人生的这一重要转折估计不足。

这张表当然也不是权威，但它毕竟从另一个角度向我们发出异样的警报。

结婚给女人带来了巨大的变化，从女儿变成媳妇，从恋人变成妻子，从自由身进入了特定的角色。

中国有句古话，叫作"凡事预则立，不预则废"，这张表就相当于我们生活的预报表。它是客观而严峻的。

过多沉迷于玫瑰色想象，对幸福不切实际的甜蜜憧憬，会削弱承受艰难的耐力。

婚姻并不仅仅是快乐，是节日，是两情相悦，是生死与共，它还是考验，是煎熬，是一种对熟悉生活的破坏和一种崭新模式的建立，是包含了智慧、勇气、人格、意志的双方重新组合。

就像进入一块陌生的大陆，所有事情都有可能发生，我们对此必须有清醒的认识和足够的心理准备。

结婚约等于一次必将穿越风暴的航行。当新船驶离港口的时候，两个水手要将自己的身心调整到最光明、最昂扬的状态，镇静地眺望远方，携手向前。

成千上万的丈夫

有成千上万的男人，可以成为我们的丈夫。

这句话，从一位当律师的女友嘴中一字一顿地吐出时，坐在对面的我，几乎从椅子滑到地上。

别那么大惊小怪的，这话也可以反过来对男人说，有成千上万的女人，可以成为你们的妻子。你知道我不是指人尽可夫的意思，教养和职业，都使我不会说出这类傻话，我是针对文学家常常在作品中鼓吹的那种"唯一"，才这样标新立异。女友侃侃而谈。

没有唯一，唯一是骗人的，你往周围看看，什么是唯一？太阳吗？宇宙有无数个太阳，比它大的、比它亮的，恒河沙数。钻石吗？也许有一天我们会飞到一颗钻石组成的星球，连旱冰场都是钻石铺成的。那种清澈透明的石块，原子结构很简单，更容易复制了，指纹吗？指纹也有相同的，虽说从理论上讲，几十亿上百亿人当中，才有这种可能性，好在我们找丈夫不是找罪犯，不必如此精确，世上的很多事情，过度精确，必然有害，伴侣基本是一个模糊的数学问题，该马虎的时候一定要马虎。

有一句名言很害人，叫作"每一片绿叶都不相同"。我相信在科学家的电子显微镜下，叶子间会有大区别，楚河汉界，但在一般人眼中，它们的确很相似，非要把基本相同的事物看得不相同，是神经过敏故弄玄虚。在森林里，如果带上显微镜片，去看高大的乔木，除了满眼惨绿，头晕目眩，无法掌握树林的全貌，只得无功而返，也许还会迷失方向，连回家的路都找不到了。

婚姻是一般人的普通问题，不要人为地把它搞复杂。合适做你丈夫的人，绝非前无古人、后无来者的异数，就像我们是早已存在的普通，那些普通的男人，也已安稳地在地球上生活很多年了。我们不单单是一个人，更是一种类型，就像喜欢吃饺子的人，多半也热爱包子和馅饼。大豆和蓖麻天生和平共处，玫瑰花和百合种在一处，每处都花朵繁茂，枝叶青翠。但甘蓝和芹菜相克，彼此势不两立，丁香和水仙更是水火不相容，郁金香干脆会置勿忘草于死地……如果你是玫瑰，只要清醒地坚定地寻找到百合种属中的一朵，你就基本获得了幸福。

当然了，某一类人的绝对数目虽然不少，但地球很大，人又都在走来走去，我们要在特定的时间，遭遇到特定的适宜伴侣，也并不是太乐观的事。

相信唯一，你就注定在茫茫人海东跌西撞寻寻觅觅，如同一叶扁舟想捕获一条不知道潜在何处的鳟鱼，等待你的是无数焦渴的黎明和失眠的月夜。

抱着拥有唯一的愿望不放，常常使女人生出组装男友和丈夫的念头，相貌是非常重要的筹码，自然列在前茅，再加上这一个学历高，那一个家庭好，另一个脾气温柔，还一个事业有成……女人恨不能将男人分解，剁下各自最优异的部分，由女人纤纤素手用以上零件黏合成一个完美的新男人，该是多么美妙！

只可惜宇宙浩茫，到哪里寻找这胶水！

这种表面美好的幻想核心，是一团虚妄的灰雾在作祟，婚姻中自然天成的唯一佳侣，几乎是不存在的。许多婚礼上，我们以为天造地设的婚姻，夭折得如同闪电。真正的金婚银婚，多是历久弥新的磨合与默契。

女人不要把一生的幸福，寄托在婚前对男性千锤百炼的挑拣中，以为选择就是一切，对了就万事大吉，错了就一败涂地，选择只是一次决定的机会，当然对了比错了好。但正确的选择只是良好的开端，即使航向对头，我们依然还会遭遇风暴，淡水没了，船橹漂走，风帆折了……种种危难如同暗礁，潜伏航道，随时可能颠覆小船，选择错了，不过是输了第一局，开局不利，当然令人懊恼。然而赛季还长，你可整装待发，蓄势来看，只要赢得最终胜利，终是好棋手。

在我们人生旅途中，不得不常常进入出售败绩的商场，那里不由分说地把用华丽外衣包装的痛苦强售给我们。这沉重惨痛的包袱，使人沮丧，于是出了店门，很多人动用遗忘之手，以最快的速度把痛苦丢弃了，这是情绪的自我保护，无可厚非，但很可怜，买椟还珠，得不偿失，付出的是生命的金币，收获的只是垃圾。如果我们能够忍受住心灵的煎熬，细致地打开一层层包装，就会在痛苦的核心里找到失败追击赠送的珍贵礼品——千金难买的经验和感悟。

如果执着地相信唯一，在苦苦寻找之后一无所获，或是得而复失，懊恼不已，你就拿到了一本储蓄痛苦的零存整取存单，随时都有些进账可以添到收入一栏里记载了，当它积攒到一笔相当大的数目，在某个枯寂的晚上，一股脑儿提出来，或许可以置你于死地。

即使选择非常幸运地与唯一靠得很近，也不可放任自流，唯一不是终生的平安保险单，而是需要养护、需要滋润、需要施肥、需要精心呵护的鲜活生物，没有比婚姻这种小动物，更需要营养和清洁的维生素了，就像没有永远的敌人一样，也没有永远的爱人，爱人每一天都随新的太阳一同升起，越是情调丰富的爱情，越是易馊，好比鲜美的肉汤如果不天天烧开，便很快滋生杂菌以致腐败。

不要相信唯一。世上没有唯一的行当，只要勤劳敬业，有千千万万的职业适宜我们经营。世上没有唯一的恩人，只要善待他人，就有温暖的手在危难时接应。世上没有唯一的机遇，只要做好准备，希望就会顽强地闪光。世上没有唯一只能成为你的妻子或丈夫的人，只要有自知之明，找到相宜你的类型，天长日久真诚相爱，就会体验相伴的幸福。

女友讲完了，沉思袅袅地笼罩着我们。

我说，你的很多话让我茅塞顿开，但是……

但是……什么呢？直说好了。女友是个爽快人。

我说，是否因为工作和爱人都不是你的唯一，所以才这般决绝？不管你怎么说，我依然相信世界上存在唯一，这种概率，如同玉石，并不能因为我们自己不曾拥有，就否认它的宝贵。

女友笑了，说，这种概率若是稀少到近乎零的地步，我们何必抓住苦苦不放？世上有多少婚姻的苦难，是因追求缥缈的唯一而发生的啊！对我们普通的男人和女人来说，抵制唯一，也许是通往快乐的小径。

全职主夫

早上，告别伊利诺伊州的小镇，出发到芝加哥去。行程的安排是——我和安娜先乘坐当地志愿者的车，一个半小时之后到达罗克福德车站，然后从那里再乘坐大巴直抵芝加哥。

早起收拾行囊，在岳拉娜老奶奶家吃了早饭，安坐着等待车夫到来，私下揣摩：今天我们将有幸与谁同行？

几天前，从罗克福德车站到小镇来的时候，是一对中年夫妇接站。丈夫叫鲍比，妻子叫玛丽安。他们的车很普通，牌子我叫不出来，估计也就相当于国内的"夏利"那个档次。车里不整洁也不豪华，但还舒适。我这样说，一点也没有鄙薄他们财力或热情的意思，只是觉得有一种平淡的家常。

丈夫开车，车外是大片的玉米地。玛丽安面容疲惫但很健谈，干燥的红头发飘拂在她的唇边，为她的话增加了几分焦灼感。我说："看你很操劳辛苦的样子，还到车站迎接我们，非常感谢。"

玛丽安说："疲劳感来自我的母亲患老年性痴呆十四年，前不久去世了。都是我服侍她的，我是一名家庭主妇。我知道陪伴一名老人走过她最后的道路，是多么艰难的过程。母亲去世了，我一下子不知道干什么好了。照料母亲成了我生命的一部分。现在，我干什么呢？虽然我有家庭，鲍比对我很好……"

说到这里，开车的鲍比听到点了他的名，就扭过头，很默契地笑笑。

玛丽安说："孩子也很好，可这些都填补不了母亲去世后留下的黑洞。这一段经历，我不想让它轻易流失。你猜，我选择了怎样的方式悼念母亲？"

我说："你要为母亲写一本书吗？"

这的确是我能想出的悼念母亲的较好办法了。

玛丽安说："不是每个人都有能力写书的。"我说："那么，你想出的办法是什么？"玛丽安说："我想出的办法是竞选议员。"

我的眼睛睁圆了。当议员？这可比写书难多了，不由得对身边的玛丽安刮目相看。议员是谁都当得了的？这位普通的美国妇女，消瘦疲倦，眼圈发黑，看不出有什么叱咤风云的本领，居然就像讨论晚餐的豌豆放不放胡椒粉那样，淡淡地提出了自己的议员之梦。

　　玛丽安沉浸在对自我远景的设计中，并未顾及我的惊讶。她说："我要向大家呼吁，给我们的老年人更多的爱和财政拨款。服侍老人不但是子女的义务，而且是全社会的代价高昂的工作。这不但是爱老年人，也是爱我们每一个人。我到处游说……"

　　我忍不住插嘴："结果怎么样？你有可能当选吗？"

　　玛丽安一下羞涩起来，说："我从没有竞选的经验，准备也很不充分。当然，财力也不充裕。所以，这第一次很可能要失败了。但是，我不会气馁的。我会不懈地争取下去，也许你下次来的时候，我已经是州议员了。"

　　玛丽安说到这里，鲍比就把汽车的喇叭按响了。宽广的道路上没有一个人，也没有任何险情，喇叭声声，代表鲍比的喉咙，为妻子助威。

　　我对玛丽安生出了深深的敬佩。怎么看她都不像一个能执掌政治的女人，但是谁又能预料她献身政治后的政绩，不是辉煌和显赫呢？因为她的动机是那样单纯和坚定！

　　有了来时和这位"预备役议员"的谈话，我就对去时与谁同车，抱有了强烈的期待。

　　车夫来了。一个很高大而帅气的男子，名叫约翰。一见面，约翰连说了两句话，让我觉得行程不会枯燥。

　　第一句话是："出远门的人，走得慌忙，往往容易落下东西。我帮你们装箱子，你们再好好检查一下，不要遗漏了宝贝。"

　　在他的提醒下，我迅速检点了一番自己的行囊。乖乖，照相机就落在了客厅的沙发上。在整个美国的行程中，我只这一次丢了东西，还被细心的约翰挽救了回来。

　　约翰的第二句话是："你的箱子颜色很漂亮。它不是美国的产品，好像是意大利的。"

　　我惊奇了。惊奇的是一个大男子汉，居然在记忆中储存着有关女士箱子的色彩和款式的资料，并把产地信手拈来。

　　我说："谢谢你的夸奖。你对箱子很了解啊。能知道你是做什么工作的吗？"

我猜想，他可能是百货公司的采购员。

约翰把车发动起来，他的车非常干净清爽。他一边开车一边回答："我的工作嘛，是足球教练。"

我自作聪明地说："赛球的时候走南闯北的，所以你就对箱子有研究了。"

约翰笑起来说："我这个足球教练，只教我的三个孩子。我有三个男孩，他们可爱极了。"

他说着，竟然情不自禁地减速，然后从贴身的皮夹里掏出一张照片，转手递给我们。三个如竹笋一般修长挺拔的孩子踩着足球，笑容像新鲜柠檬一样灿烂。约翰说："我的工作，就是照顾我的三个孩子。我接送他们上学，为他们做饭，带他们游玩和锻炼。我的邻居看到我把自己的孩子带得这样好，就把他们的孩子也送到我这儿训练，我就多少挣一点小钱。但绝大多数时间，我是挣不到一分钱的。因为我不好意思领工资，我是全职的家庭主夫啊。"

我赶快把自己的脸转向窗外，因为我无法确保自己的五官不因巨大的愕然而错位。令我惊奇的不仅是这样一个正当壮年的健康男子，居然天天在家从事育子和家务劳动，更重要的是他在讲这些话的时候，那种安然的坦率和溢于言表的幸福感。我从来没有见过一个男子说到自己的职业是——家庭主夫时，如此的心平气和。不对。不准确。不是心平气和，是意气风发。

我变得小心翼翼起来。我怕我不合时宜的语调，出卖了我的惊讶。我说："你的妻子是做什么的？"

约翰说："法官。她是法官。在我们这一带非常有名气的法官。"我说："那你这样……没有工作，对不起，我的意思是你在家里……工作……她心理平衡吗？"

约翰很有几分不解地说："平衡？她为什么不平衡呢？这是一种多么好的组合！她那么喜欢她的孩子，可是她要工作，把孩子交给谁来照料呢？当然是我了，她才最放心。"

话说到这个份儿上，我顾虑再追问下去是否有些不敬，但我实在太想知道答案了，只好冒着得罪人的危险说："要是您不介意，我还想问问，您心理平衡吗？"约翰说："我？当然，平衡，我那么爱我的孩子，能够整天和我的孩子在一起，我是求之不得的。世界不是每个男人都有这样的福气的。他们不一定能娶到我夫人这样能干的女子，我娶到了。这是我的天大的运气啊。"

交流到这个程度，我心中的问号基本上被拉直，变成惊叹号了。我只有彻头彻尾地相信，世界上有一种非常快乐的家庭主夫生活着，绽放着令世界着迷的笑脸。

到了车站，当我和安妮把行李搬了下来，和约翰友好地招手告别，突然安妮一声惊叫："天啊，我的手提电脑……哪里去了？"

约翰不慌不忙地说："别急。很可能是落在岳拉娜老奶奶家了，待我问问她。"

约翰拨打手提电话，果然，电脑是在岳拉娜老奶奶家。

怎么办呢？

那一瞬，很静。听得见枫树摇晃树叶的声音。从车站到我们曾经居住的小镇，一来一回要三个小时。约翰刚才还说，他要赶回去给孩子做饭呢！

我们看着约翰，约翰看着我们。气氛一时有些微妙和尴尬。临行之前，他三番五次地叮嘱我们，现在不幸被他言中……

约翰是很有资格埋怨我们的，哪怕是一个不悦的眼神。或者出于不得不顾及的礼节，他可以帮助我们，但他有权利表达他的为难和遗憾。

但是，没有。他此刻的表情，我真的无法确切形容，原谅我用一个不恰当但能表达我当时感觉的词——他是那样的"贤妻良母"，真正的温和温暖的笑容，耐心而和善。好像一个长者刚对小孩子说过：你小心一点，别摔倒了。那孩子就来了一个嘴啃泥。他的第一个反应不是埋怨和指责，而是本能地微笑和照料。他很轻松地说："不要紧。出门在外的人，这样的事情常常发生。你们不要着急，我这就赶回小镇。照料完我的孩子们的午饭，我就到岳拉娜家取电脑，然后立即赶回这里。等着我吧。在这段时间里，你们可以看看美丽的枫树。只有伊利诺伊的枫树，是这样冷不防地就由黄色变成红色的了，非常俏皮。离开了这里，你就看不到如此美丽的枫树了。"

约翰说着，挥挥手，开着车走了。我和安妮坐在秋天的阳光下，看着公路上，约翰的车子变成一只小小甲虫，消失在远方。我们什么也不说，等待着他亲切的笑容在秋阳下重新出现。

婚姻鞋

　　婚姻是一双鞋，先有了脚，然后才有了鞋，幼小的时候光着脚在地上走，感受沙的温热、草的润凉，那种无拘无束的洒脱与快乐，一生中会将我们从梦中反复唤醒。

　　走的路远了，便有了跋涉的痛苦。在炎热的沙漠被炙得像鸵鸟一般奔跑，在深陷的沼泽被水蛭蜇出肿痛……

　　人生是一条无涯的路，于是人们创造了鞋。

　　穿鞋是为了赶路，但路上的千难万险，有时尚不如鞋中的一粒沙石令人感到难言的苦痛。鞋，就成了文明人类祖祖辈辈流传的话题。

　　鞋可由各式各样的原料制成。最简陋的是一片新鲜的芭蕉叶，最昂贵的是仙女留给灰姑娘的那只水晶鞋。

　　不论什么鞋，最重要的是合脚；不论什么样的姻缘，最美妙的是和谐。

　　切莫只贪图鞋的华贵，而委屈了自己的脚。别人看到的是鞋，自己感受到的是脚。脚比鞋重要，这是一条真理，许许多多的人却常常忘记。

　　我做过许多年医生，常给年轻的女孩子包脚，锋利的鞋帮将她们的脚踝砍得鲜血淋漓。缠上雪白的纱布，套好光洁的丝袜，她们袅袅地走了。但我知道，当翩翩起舞之时，也许会有人冷不防地抽搐嘴角，那是因为她的鞋。

　　看到过祖母的鞋，没有看到过祖母的脚。她从不让我们看她的脚，好像那是一件秽物。脚驮着我们站立行走。脚是无辜的，脚是功臣。丑恶的是那鞋，那是一副刑具，一套铸造畸形、残害天性的模型。每当我看到包办而蒙昧的婚姻，就想到祖母的三寸金莲。

　　幼时我有一双美丽的红皮鞋，但我很讨厌穿它，就像鞋窝里潜伏着一只夹脚趾的虫。每当我不愿穿红皮鞋时，大人们总把手伸进去胡乱一探，然后说："多么好的鞋，快穿上吧！"为了不穿这双鞋，我进行了一个孩子所能爆发的最激烈的反抗。我始终不明白：一双鞋好不好，为什么不是穿鞋的人具有最后的决定权？！？

同样，旁人不要说三道四，假如你没有经历过那种婚姻。

滑冰要穿冰鞋，雪地要着雪靴，下雨要有雨鞋，旅游要有旅游鞋。大千世界，有无数种可供我们挑选的鞋，脚却只有一双。朋友，你可要慎重！

少时参加运动会，临赛的前一天，老师突然给我提来一双橘红色的带钉跑鞋，祝愿我在田径比赛中如虎添翼。我褪下平日训练的白网球鞋，穿上像橘皮一样柔软的跑鞋，心中的自信突然溜掉了。鞋钉将跑道镂出一溜齿痕，我觉得自己的脚被人换成了蹄子。我说我不穿跑鞋，所有的人都说我太傻。发令枪响了，我穿着跑鞋跑完全程。当我习惯性地挺起前胸去撞冲刺线的时候，那根线早已像绶带似的悬挂在别人的胸前。

橘红色的跑鞋无罪，该负责任的是那些劝说我的人。世上有很多很好的鞋，但要看适不适合你的脚。在这里，所有的经验之谈都无济于事，你只需在半夜时分，倾听你自己的脚的感觉。

看到好几位赤着脚参加世界田径大赛的南非女子的风采，我报以会心一笑：没有鞋也一样能破世界纪录！脚会长，鞋却不变，于是鞋与脚，就成为一对永恒的矛盾。鞋与脚的力量，究竟谁的更大一些？我想是脚。只见有磨穿了的鞋，没有磨薄了的脚。鞋要束缚脚的时候，脚趾就把鞋面挑开一个洞，到外面凉快去。

脚终有不长的时候，那就是我们开始成熟的年龄。认真地选择一种适合自己的鞋吧！一只脚是男人，一只脚是女人，鞋把他们联结为相似而又绝不相同的一双。从此，世人在人生的旅途上，看到的就不再是脚印，而是鞋印了。

削足适履是一种愚人的残酷；郑人买履是一种智者的迂腐；步履维艰时，鞋与脚要精诚团结；平步青云时，切不要将鞋儿抛弃……

当然，脚比鞋贵重。当鞋确实伤害了脚，我们不妨赤脚赶路！

晚饭后，谁来洗碗

古时的民谚和今时的营养学家都教诲我们"晚吃少"，但对于忙碌的普通人来说，晚饭总是一天中最隆重的家庭盛宴。

于是，有了"晚饭后，谁来洗碗"的问题。

如果奢华到可以去饭馆里吃，自然是服务员来洗。如果雇了保姆或小时工，就是打工者洗。如果家中有任劳任怨的前辈，就是老人来洗。如果要锻炼娇生惯养的子女，就是孩子来洗……当然还有种种的特殊情况，都不在本文范围。这里讨论的对象，特指夫妻双双上班、收入平平、买不起洗碗机的工薪族，也就是说，将它局限在最普通的饮食男女之间。

洗碗之所以是一个问题，因为每一个家庭不可以须臾离开它。

听过一对新婚夫妇大打出手的传闻，起因就是谁都不愿意洗碗，便每顿饭启用新碗。好在是新人，亲朋志喜的礼物里有大量碗盆。然而坐吃山空，当最后一个碗也干涸了汤汁之后，男方指责女方不尽妇道，女方说："碗又不是我一个人消耗的，凭什么非要我来洗？"争论的结果是从文斗变成武斗，所有的碗摔碎之后，分道扬镳。

这个故事也许极端了一些，但月光下，没有因为晚饭后洗碗问题有过龃龉的家庭，大约不多。

认识一位男劳模的妻子，负担了绝大多数的家务，真是高风亮节，但是她拒绝洗碗。客人到她家，看到窗明几净，唯有厨房里堆积着成山的脏碗。大家说："你既然把别的事都做了，何苦和这几个碗过不去呢？一捋袖子几分钟不就干完了吗？"女人说："我什么都干了，他单刷个碗还不应该吗？要是连碗都不洗，这个家还有个公平没有呢？"

家庭内部，洗碗有象征意义。它不单是一个体力劳动的问题，还具有某种价值法则。

晚饭后，谁洗碗？我不是权威的统计部门，采取的是很局限、很笨拙的口头调查。问了十个家庭，结果有八位主妇扬眉吐气地告诉我："晚饭后，丈夫在洗碗！"

我相信这个数据的部分可靠性。很多男子汉不无自豪神色地谈到自己"妻管炎"的时候，最充分的一个论据是——我们家的碗都是我洗的！

洗碗于是成了中国城市男人值得夸耀的家务政绩，成了中国女人"翻身得解放"的铁案。

沾满油污的碗，真就承载了那么强大的心理价值吗？

许多年前的大家庭，洗碗也许是很繁重的劳动，要到井旁打水，要用碱去油污，打碎了碗要受到长辈的斥责……但在如今的城市里，工序已被大大简化。水是自来水，油腻由"洗洁灵"对付，抹布由"百洁丝"代替……一个三口之家的锅碗瓢盆，假如是手脚比较利索的人勤勉操作，一定可以在十分钟内结束战斗。

洗碗只是诸多家务劳动中的一项，虽然比较烦琐。它现在被女人得意地提到如此高的地位，或者说是被男人有意贬到一个下贱的地位，是否为了掩盖一个最基本的事实——家庭中谁负担了更多的劳动？

例如，晚饭是谁做的呢？只要不是让家人吃方便面，一顿初具规模的晚饭，从自由市场的采买，到热气腾腾地端上餐桌，必定比洗碗要耗费数倍的时间与体力。在我上述调查的十个家庭中，都是女人做饭。我们甚至可以说，洗碗的男人绝大多数是不做饭的。因为不做饭，他的愧疚、补偿、感激、将功折罪，就表现为洗碗的行动。

洗碗在家庭中的惩罚意味是不言而喻的。

"因为你没做饭，所以你得洗碗。"女人说。

因为男人洗了碗，洗碗又是一种卑下的劳动，所以男女找到了一个对等的支点，于是心理平衡。

但劳动没有高低贵贱之分，洗碗和做饭的劳动量和它们的技术含量并不相等。人为地将某一种劳动打上耻辱或者高尚的印记，给予劳动本身一种原本不属于它的附加值，有意无意中为一个深藏不露的目的服务——用较少的劳动与较多的劳动平衡。这种平衡不单是体力、时间，而且是心理、道义、舆论。换句话说，是用一种虚幻空洞的口头价值，弥补劳动上实实在在的赤字。

洗碗的男人自我夸耀，几乎成了一种社会习尚。也许是善意吧，但我以为，本质上是洗碗者不自觉的自我辩护，是为了使自己心安理得的特制盾牌。

男人和女人同样奔波，同样辛苦。回到家里，共同承担家务，这其中很难分清谁应该干得更多一些。但洗碗与做饭就像散步与疾跑，它们的劳动量显然是不相等的。一定要说它们相等，或者用种种调侃和误导，让它们之间的天平指针保持平衡，假如不是糊涂，就有些像瞒天过海的小商贩，成心要缺斤短两。

晚饭后洗碗的那个人，是很辛苦的。无论是男人还是女人。

但洗碗只是所有家务劳动当中的一部分，一只碗无法抵挡烦琐、细致、辛苦的其他劳动。夸大一点不及其余，便弥漫着别有用心的味道了。

一夫多妻制是否合理

一夫一妻制不一定是最终的制度，但却是现行的制度。不一定是最好的制度，但却是最稳定的制度。如果你是一个期望平顺和安宁的人，请支持这个制度并保卫它。

我在心理诊所接待过这样一位成功人士，他对我说，他有很多钱，具体的数目他就不告诉我了，因为怕吓到我。我说，我不像你想象的那样胆小。对我来说，无论钱多钱少，在人格上都是一样的。而且，我估计你的钱一定解决不了你的问题，要不然，你就不会这样千里迢迢地一大早到我的诊所里来了。

他是外地来的咨客，因为事务繁忙，他特地预约了早上第一位的访谈时间，咨询后将从诊所直接到机场，赶回去参加董事会。

他说，您说的有一定道理。但是有钱人遇到的问题和没钱人遇到的问题是不同的。

我说，如果我和你讨论钱的问题，我可能没有你经验丰富。不过你今天抽出这么宝贵的时间到我这里来，一定是打算讨论我比较内行的事情吧？

他说，好吧。是这样的，我觉得一夫一妻制度不是最好的制度。

我说，那么看来你一定是在夫妻关系上出了问题。现在，我们面临着两个方向：要么，讨论一夫一妻制度是否合理；要么，在这个框架之中讨论你所遇到的问题。

我们姑且把这位腰缠万贯的成功人士称作聚贵先生好了。

聚贵思考了一会儿，说，我还是想和您务虚。

我说，好啊。你对一夫一妻制度有什么意见？

他说，一个成功的男人就应该有多个配偶，这样他才能产下更多的子嗣，他的优秀基因才得以更广泛地流传。穷人就应该少生孩子，他们连自己都养不活，生了孩子让社会负担，这合理吗？

我说，你的意思是说你自己应该有多个配偶，而有些人应该一个配偶也没有，这样更有利于物种的进化。是这样的吗？

聚贵先生说，基本上是这样的吧。

我说，其实这不是什么新观点。我觉得这个规则已经实行了一亿年。

聚贵先生说，您开什么玩笑？有人类才多少年啊？！

我说，您反问得很有道理啊。人类确实没有这么长的历史，但是动物界有。动物基本上就是实行的这个规矩，强壮的雄性胜者通吃，垄断交配权。在人类的早期社会，基本上也是这样的。在中国，直到辛亥革命之前，三妻四妾一直是合法的。所以，你的观点不是什么新发明，是复辟。

聚贵先生说，如果能这样就好了。

我说，人们之所以放弃了这个方法，可能有种种原因。其中很大的一个原因，我想是一夫一妻制更有利于安宁和平。不然同性之间为了争夺配偶打得头破血流，引发无数杀戮和战争，破坏和谐统一，导致文明退化。再有就是从女性角度来考虑，一夫一妻制度更有利于感情的稳固和长远，也更利于抚育后代。还有一个原因，就是保护物种的多样性。不一定优良的基因就一定没有缺憾，也不一定在一轮竞赛中落后的基因就一无是处。况且，人类后代的产生，是父母基因各自先减数分裂，然后再融合在一起，成为一个新的生命，那是一个玄妙的过程，所以，也很有可能出现负负得正或是正正得负的局面。

当然了，人类是在不断探索和进步，包括探索人类社会自身的组织形式。你可以找出一夫一妻制的种种弊病，但我看这一制度是迄今以来比较好的制度。我们现行的法律都按照这个制度运行，你一个人要想复古复辟，恐怕十分艰难。

聚贵先生抱着略微有些秃顶的脑袋说，那我怎么办呢？

我说，你可以到还保留着一夫多妻制的某些国家去。或者，回到清朝。再有一个法子，就是放弃一夫多妻制的想法，务实地站在 21 世纪的中国土地上，想想你怎么走出困境。

聚贵先生说，我没法子到现在还保留着一夫多妻的国家去，我也没法子回到清朝。我只有改变了。

关于聚贵先生的困境和他走出困境的步骤，我在这里就不赘述了。总而言之，男子中抱着一夫多妻想法的人，不在少数。有些人或许没有察觉，以为自己有道德规范管着呢，不会犯这样的错误。这里其实有一点需要高度注意，雄性期待着比较多的配偶，是一种生物本能。这一点不必讳言，也不是耻辱。在人类的进化史上，这种同动物界类似的法则，也绵延过漫长年代。现行的一夫一妻制，既是一种进步，也是一种对人的本能的制约。这种制约是为了人类社会更多的和平和发展。起码，它在现阶段是最可行的。

认识到了这一点，我们看待这一类的出轨和变故，比较能心平气和。

柳枝骨折

学医时，教授拿着一根柳枝进教室。嫩绿的枝条上，萌着鹅黄的叶，好似凤眼初醒的样子。严谨的先生啪地折断了柳枝，断茬儿锐利，只留青皮褴褛地连缀着，溅出一堂苦苦的气息。教授说，今天我们讲人体的"柳枝骨折"。说的是此刻骨虽断，却还和整体有着千丝万缕的联系。医生的职责，就是把断骨接起来，需要格外的冷静，格外的耐心……

多年以后，偶到大兴安岭。苍莽林海中，老猎人告诉我，如果迷了路，就去找柳树。

我问为什么？他说，春天柳树最先绿，秋天它最后黄。有柳树的地方必有活水，水往山外流，你跟着它，就会找到家。

一位女友向我哭诉她的不幸，说家该纯洁，家该祥和。眼前这一切都濒临崩塌，她想快刀斩乱麻，可孩子小……

我知她家并非恩断义绝，就讲起了柳枝骨折。植物都可以凭着生命的本能愈合惨痛的伤口，我们也可更顽强更细致地尝试修补破损的家。

女友迟疑地说，现代的东西，不破都要扔，连筷子都变成了一次性的……何况当初海誓山盟、如今千疮百孔的家！

我说，家是活的，会得病也会康复。既然高超的仪器会失灵，凌空的火箭会爆炸，精密的计算机会染病毒，蔚蓝的天空会发生厄尔尼诺，婚姻当然也可能骨折。

一对男女走入婚姻的时候，就是共同种下了一棵柳树，期待绿荫如盖。他们携手造了一件独一无二的产品——他们的家，承诺为其保修，期限是整整一生。

柳树生虫。当家遭遇危机的时候，修补是比丢弃更繁琐艰巨的工程。有多少痛苦中的人嫌烦了，索性扔下断了的柳枝，另筑新巢。这当然也是一种选择，如同伤臂截肢。但如果这家中还有孩子，那就如同缕缕连缀的青色柳丝，还需三思而后行！

女友听了我的话，半信半疑道，缝缝补补修复起来的家，还能牢靠吗？

我说，当年的课堂上，我们也曾问过教授，柳枝骨折长好后，当再次遭受重大压力和撞击的时候，会不会在原位裂开，鲜血横流？

教授微笑着回答，樵夫上山砍柴，都知道斧刃最难劈入的树瘤，恰是当年树木折断后愈合的地方。

有一种笑，令人心碎

做心理医生，看到无数来访者。一天有人问道，在你的经历中，最让你为难的是怎样的来访者？说实话，我还真没想过这个问题。他这一问，倒让我久久地愣着，不知怎样回答。

后来细细地想，要说最让我心痛的来访者，不是痛失亲人的哀号，或是奇耻大辱的啸叫，而是脸挂无声无息微笑的苦人。

有人说，微笑有什么不好？不是到处都在提倡微笑服务吗？不是说微笑是成功的名片吗？最不济也是笑比哭好啊。

比如一个身穿黑衣的女孩对我说，您知道我的外号是什么吗？我叫"开心果"。我是所有人的开心果。只要我周围的人有了什么烦心事，他们就会找到我。我听他们说话，想方设法地逗着大家快乐，给他们安慰。可是，我不欢喜的时候，却找不到一个人理我了。周围一片灰暗，我有一个人躲在被窝里哭……

我听着她的话，心里非常伤感，但她脸上的表情却让我百思不得其解。那是不折不扣的笑容，纯真善良，几乎可以说是无忧无虑的。连我这双饱经风霜的老眼，也看不出有什么痛楚的痕迹。她的脸和她的心，好像是两幅不同的拼图，展示着截然相反的信息，让人惊讶和迷惑，不知该信哪一面。

我说，听了你的话，我很难过。可看你的脸，我察觉不出你的哀伤。她下意识地摸摸自己的脸说，咦，我的脸怎么啦？很普通啊。我平时都是这样的。

于是我在瞬间明白了她的困境。她脸上的笑容是她的敌人，把错误的信息传达给了别人。当她需要别人帮助的时候，她的脸、她的笑容在说着相反的话——我很好，不必管我。

有一个男子，说他和妻子是青梅竹马，说他以妻子的名字起了证照，办起了自家的公司。几年打拼，积聚下了第一桶金。小鸟依人的妻子身体不好，丈夫说。你从此就在家里享福吧，我有能力养你了。你现在已经可以吃最好的伙食和最好的药，等我以后发展得更好了，你还可以戴着最好的首饰去看世界上最好的风景。再往后，你也会住上最好的房子……他为妻子画出美好的远景之后，就雷厉风行地赚钱去了。当他有一天风尘仆仆地回到家中的，妻子不在屋中。他遍寻不到，焦急当中，邻居小声说，你不是还有一套房子吗？他说，不，我没有另外的房子。邻居锲而不舍地说，你有，你还有一套房子，我们都知道，你怎么能假装不知道？男子想了想说，哦，是了，我还有一套房子。你能带我到那套房子去吗？邻居说，一个人怎么能忙得把自己的房子在哪里都忘了呢？它不是在××路××号吗？邻居说完就急忙闪开了，不想听他道谢的话。男子走到了那个门牌前，看到了自己最要好的朋友的车就停在门前。他按响了门铃，却没有人应答。

这是一栋独立的别墅，时间正是上午十点。男子找了一个适合的角度，可以用眼睛的余光罩住别墅所有的出口和窗口。然后他点燃了一支烟，他狠狠地抽了半天，才发现根本就没有点燃。他就这样一支接一支地抽下去，直到太阳升到正午，还是没有见到任何动静。他面无表情地等待着，知道在这所别墅的某个角落里，有两道目光偷窥着自己。到了下午，他还如蜡像一般纹丝不动。傍晚时分，门终于打开了，他的朋友走了出来。他迎了上去，在他还没开口的时候，那个男人说，算你有种，等到了现在。你既然什么都知道了，你要怎么办，我奉陪就是了。说着，那个男人钻进车子，飞一样地逃走了。丈夫继续等着，等着他的妻子走出门来，但是，直到半夜三更，那个女人就是不出来。后来，丈夫怕妻子出了什么意外，就走进别墅。他以为那个懦弱负疚的妻子会长跪在门廊里落泪不止，他预备着原谅她。但他看到的是盛装的妻子端坐在沙发里等他，说你怎么才来？我都等急了。我告诉你，你听不到你想听的话，但你能想到的所有事情都发生了，你爱怎么办就怎么办吧，我们等着你……说完这些话，那个女人就袅袅婷婷地走出去了，把一股陌生的香气留给了他。他说，那天他把房间里能找到的烟都吸完了，地上堆积的烟灰让人以为这里曾经发生过火灾。

我听过很多背叛和遗弃的故事，这一个就其复杂和惨烈的程度来说，并不是太复杂。之所以给我留下相当深刻的印象，是因为这位丈夫在整个讲述过程中的表情——他一直在微笑。不是任何意义上的苦笑，而是真正的微笑。

这种由衷的笑容让我几乎毛骨悚然了。

我说，你很震惊，很气愤，很悲伤，很绝望，是不是？

他微笑着说，是。

我恼怒起来，不是对那对偷情的男女，而是对面前这被侮辱和损害的丈夫。我说，那你为什么还要笑？！

他愣了愣，总算暂时收起了他那颠扑不破的笑容，委屈地说，我没有笑。

我更火了，明明是在笑，却说自己没有笑，难道是我老眼昏花或是神经错乱了吗？我急切地四处睃寻，他很善意地说，您在找什么？我来帮助您找。

我说，你坐着别动，对对，就这样，一动也不要动。我要找一面镜子，让你看看自己是不是无时无刻不在笑！

他吃惊地托住自己的脸，好像牙疼地说，笑难道不好吗？

我没有找到镜子。我和那男子缓缓地谈了很多话，他告诉我，因为母亲是个残疾人，父亲在他出生后不久就把他们母子抛弃了。母亲带着他改嫁了一个傻子，那是一个大家族。他从小就寄人篱下。无论谁都可以欺负他。出了任何事，无论是谁摔碎了碗、打烂了暖瓶，无论他是否在场，都说是他干的，他也不能还嘴。他苦着脸，大家就说他是个丧门星，说给了他饭吃，他起码要给个笑脸。为了少挨打，他开始学着笑。对着小河的水面笑，小河被他的泪水打出一串旋涡。他对着破碎的坛子里蓄积的雨水练习笑容，那笑容把雨水中的蚊子都惊跑了。不管怎么样，他练出了无时无刻不在微笑的脸庞，渐渐地，这种笑容成了面具。

这个故事让我深深地发现了自己的浅薄。微笑，有时不是欢乐，而是痛苦到了极致的无奈。微笑，有时不是喜悦，而是生存下去的伪装。深刻检讨之下，我想到了一个词形容这种状况，叫作——佯笑。

佯攻是为了战略的需要，佯动是为了迷惑敌人，佯哭是为了获取同情，佯笑是为了什么呢？当我探求的时候，发现在我们周围浮动着那么多的佯笑。如果佯笑出现在一位中年及以上的人脸上，我还比较能理解，因为生活和历史给了他们太多的苍凉，但我惊奇地看到很多年轻人也被佯笑的面具所俘获，你看不到他们真实的心境。

其实，这不是佯笑者的错，但需要佯笑者来改变。我想，每一个婴儿出生之后，都会放声啼哭和由衷地微笑，那时候，他们是纯真和简单的，不会伪装自己的情感。由于成长过程中种种的不如意，孩子们被迫学会了迎合和讨好。他们知道，当自己微笑的时候，比较能讨到大人的欢心，如果你表达了委屈和愤怒，也许会招致更多的责怪。特别是那些在不稳定不幸福的家庭中长大的孩子，他们幼小的脑海还无法分辨哪些是自己的责任、哪些不过是成人的迁怒。孩子总善良地以为是自己的错，是自己惹得大人不高兴了。由于弱小，孩子觉得自己有义务让大人高兴，于是开始练习伴笑。久而久之，伴笑几乎成了某些孩子的本能。所以，在这个意义上说，伴笑也不是百无一用的，它掩饰了弱小者的真实情感，在某些时候为主人赢得片刻的安宁。

可是伴笑带来的损伤和侵害，是潜在和长久的。你把自己永远钉在了弱者的地位，不由自主地仰人鼻息。在该愤怒的时候，你无法拍案而起；在该坚持的时候，你无法固守原则；在合理退让的时候，你表现出了谄媚；在该意气风发的时候，你难以潇洒自如……还可以举出很多。当很多年轻人以为自己的风度和气质是一个技术操作性的问题时，其实背后是一个顽固的心结，那就是你能否流露出自己的真实情感。

我们常常羡慕有些人那么轻松自在和收放自如，我们不知道怎样获得这样的自由。最简单的方法就是全面地接受自己的情绪，做一个率真的人，学会和自己的心灵对话。你不可要求自己的心总是快乐，不可要求自己的脸上总是阳光灿烂。你不能掩盖和粉饰心情，你必须承认矛盾和痛楚。只有这样，我们才能真正驾驭自己的情绪，成为自己的主人。

回到那位被背叛的男子，当他终于收起了微笑，开始抽泣的时候，我觉得这是他的大进步、大成长。他的眼泪比他的笑容更显示坚强。当他和自己的内心有了深刻的接触之后，新的力量和勇气也就油然而生了。

现代商战把微笑也变成了商品，我以为这是对人类情感的大不敬。微笑不是一种技巧，而是心灵自发的舞蹈。我喜欢微笑，但那必须是内心温泉喷涌出的绚烂水滴，而不是靠机器挤压出的谁的呻吟。

请不要伴笑！那样的笑容令人心碎。

对女机器人提问

　　在某届博展会上，展出了科学家新近制造出的女机器人。形象仿真、容貌美丽，并具有智慧（当然是人们事先教给她的），可以用柔和的嗓音，回答观众提出的各种问题。

　　在女机器人的耳朵里，装有可把观众所提问题记录下来的仪器。展览结束之后，经过统计，科学家惊奇地发现，男人所提的问题，和女性大不同。

　　男人们问得最多的是——你会洗衣服吗？你会做饭吗？你会打扫房间吗？

　　女人们问的多是——你是怎样被制造出来的？你的目光能看多远？你的手有多大劲儿呢？

　　看到这则报告之后，我很有几分伤感。一个女人，即使是一个女机器人，也无法逃脱家务的桎梏。在人类的传统中，女性同家务紧密相连。一个家，是不可能躲开家务的。所以，讨论家务劳动，也就成了重要的话题。

　　家务活儿灰色而沉闷。这不仅表现在它的重复与烦琐，比如刷碗和拖地，日复一日年复一年味同嚼蜡，更因为它的缺乏创造性。你不可能把瓷盘刷出一个窟窿，也不能把水泥地拖出某种图案。凡是缺乏变化的工作，都令人枯燥难挨。

　　更糟糕的是，家务活动在人们的统计中，是一个黑洞。如果你活跃在办公室，你的劳动就进入了人们的视野，被重视和尊敬。但是你用同样的时间在做家务，你好像就是在休息和消遣，一片空白，什么也不曾留下。在我们的职业分类中，是没有"家庭主妇"这一栏的。倘若一个女性专职相夫教子，问她的孩子，你妈妈在家干什么呢？他多半回答：我妈妈什么都不干，她就是在家待着。丈夫回家，发现了某种疏漏，就会很不客气地说，我在外忙得要死，你整天在家闲着，怎么连这么点小事都干不好呢！

在人们的意识中，家务劳动是被故意忽视或者干脆就是被藐视的。它张开无言的长满黑齿的巨嘴，把一代代女人的青春年华吞噬，吐出的是厌倦和苍老。

于是，很多女人就在这样的幽闭下，发展出病态的洁癖。她们把房间打扫得水晶般洁净，不允许任何人扰乱这种静态的美丽。谁打破了她一手酿造的秩序，她就仇恨谁。她们把自己的家变成了雅致僵死的悬棺，即使是孩子和亲人，也不敢在这样的环境中伸展腰肢畅快呼吸。她们被家务劳动异化成一架机器，刻板地运转着，变成了无生气的殉葬品。

在外工作的女人们更处于两难境地。除了和男性一样承担着工作的艰辛以外，更有一份特别的家务，在每个疲惫的傍晚，顽强地等待着她们酸涩的手指。如果一个家不整洁，人们一定会笑话女主人欠勤勉，却全然不顾及她是否已为本职工作殚精竭虑。更奇怪的是，基本没有人责怪该家的男人未曾搞好后勤，所有的账独独算在女人头上。瞧，世界就是如此有失公允。

记得听过一句民谚——男人世上走，带着女人两只手。我觉得不公道。某人的个人卫生，当然应该由他自己负责，干吗要把担子卸到别人头上？为什么一个男人肮脏邋遢，人们要指责他背后的女人？如果一个女人衣冠不整，为什么就没人笑话她的丈夫？在提倡自由平等的今天，家务劳动方面，却是倾斜的天平。

更有一则洗衣粉的广告，让人不舒服。画面上一个焦虑的女人，抖着一件男衬衫说，我的那一位啊，最追求完美。要是衣领袖口有污渍，他会不高兴的……愁苦中，飞来了××洗衣粉，于是女人得了救兵，紧锁的眉头变了欢颜。结尾部分是洁白挺括的衬衫，套在男人身上，那男人微笑了，于是皆大欢喜。

我很纳闷，那位西装笔挺的丈夫，为什么不自己洗衬衣呢？自己的事情自己做，这难道不是我们从幼儿园就该养成的美德吗？怎么长大了成家了，反倒成了让人服侍的贵人？我的本意不是说夫妻之间要分得那么清，连洗件衣服也要泾渭分明，但基本的权利和义务还是要有个说法。自己的衣服妻子帮着洗了，首要的是感激和温情，哪能因为自己把衣服穿得太脏了洗不净，反倒埋怨劳动者？是否有点儿吹毛求疵？再者，你做不做完美主义者可以商榷，但不能把这个标准横加在别人头上，闹得人家帮了你，反倒受指责，这简直就是恩将仇报了。

近年来，在已婚女性当中，流行一种"蜂后症候群"。意思是，一个女人，既要负起繁育后代的责任，又要杰出而强大，成为整个蜂群的领导者，驰骋在天空。如果做不到，内心就会遗下深深的自责。

女性解放自己，首先要让自己活得轻松快乐。现代社会的发展使人们有越来越多的时间回到家庭，与亲人独处。一个家的舒适与否，很大程度上取决于家务劳动的质量和数量。作为这一工作的主要从业人员，妇女应该得到更大的尊重和理解。男性也需要伸出自己有力的臂膀，分担家务，把自己的家园建设得更美好更温馨。

路远不胜金

有一天，我先生对我说，以前结婚的时候，也没送过你什么礼物。现在我补送你一个金戒指吧。

我说，心意领了，但金器我是不要的。

先生笑了，说你肯定是舍不得花钱。其实买金很合算，戴在手上，是件装饰品，除了好看，本身的价值也在。不喜欢这个样式了，还可以打成新的样子。你为什么不喜欢？

我说，我算的是另一笔账啊。

他很感兴趣，让我说个明白。

我说，我是一个劳动妇女，戴了金，干起活儿来就不方便了。俗话说：远路无轻载。

先生就笑了，说，你以为我会给你买一个多么沉重的金镏子？想得美，我们只能买金戒指，不过几克重。

我说，你听我说。我每天伏在桌前，不辨昏晨地写作。在电脑上敲出一个字，最少要击键两次。就算这个戒指五克重吧，手起手落，一个字就要多耗十克的重量。天长日久地下来，就不是一个小数目。假设我要写一部百万字的长篇小说，这小小的戒指就化作十吨的金坨，缀在手指的关节上，该是多大的负担啊！要做的事情太多，路远不胜金。

先生说，要不我们买一条金项链，你写作的时候脖子总是不动的。

我说，我不喜欢项链的形状，它是锁链的一种。我崇尚简洁和自由，觉得美的极致便是自然。再说，我多年之前就被 X 光判了颈椎增生，实在不忍再给沉重如铅的脖子增加负担。

先生叹了一口气说，作为一个女人，你浑身上下没有一克金，真的不遗憾？

我说，我有许多遗憾的东西，比如文章写得不漂亮，做饭的手艺不精良，一坐车就头昏，永远也织不出一件合身的毛衣……但对金子这件事不遗憾。

先生说，你这是反潮流。

我说，不是反潮流，实在是无所谓。金是什么？不就是地球上的一种不算太少也不算太多的金属吗？有了这种金属就象征你高贵，没有这种金属就注定卑贱吗？这颗星球上还有很多种稀有金属，比如铂，比如铑，比如能造原子弹的铀和镭……都比金昂贵得多。我们不可能把所有的金属都披挂在身上，金属除了它在工业上的用途，并不代表更多的含意。如果你喜欢，你就佩戴好了，就像乡下的女孩在春天里，把一支野花簪在发梢。如果你因了种种缘故，没有一克金，那也没有什么可怯懦的，依然可以挺直腰杆，快快乐乐的生活。

作为一个女人，如果我们拥有天空和海洋，如果我们拥有知识和事业，如果我们拥有自信和尊严，如果我们拥有亲人对我们和我们对亲人的挚爱，我们的生命就很完满。

拥有已太多，无金又何妨！

关于婚姻和家庭的独白

你认定了一个男人或一个女人为终身伴侣，就是斩钉截铁地拒绝了这世界上数以亿计的男人和女人。也许他们更坚毅更美丽，但拒绝就是取消，拒绝就是否决，拒绝使你一劳永逸，拒绝让你义无返顾，拒绝在给予你自由的同时，取缔了你更多的自由。拒绝是一条单航线，你开启了闸门，就奔腾而下，无法回头。

拒绝的实质是一种否定性的选择。

我们的拒绝常常过于匆忙。这是因为我们在有可能从容拒绝的日子里，胆怯地挥霍掉了光阴。我们推迟拒绝，我们惧怕拒绝。我们把拒绝比作困境中的背水一战，只要有一分可能，就鸵鸟式地缩进沙砾。殊不知当我们选择拒绝的时候，更应该冷静和周全，更应有充分的时间分析利弊与后果。拒绝应该是慎重思虑之后一枚成熟的浆果，而不是强行捋下的酸葡萄。

结婚通常是在我们尚未完全明了它的严重性前，就匆忙决定了的一件事。

它是年轻人最大的也是最初的一场赌注。

晚婚和思考可以部分地补救我们的缺乏经验。

但它从根本上说，是不可预测的。

现代文明给了我们弥补的机会，这就是离婚。

如果一个人从第一次婚姻里学到的不是正确的经验，就可悲地进入了一轮更盲目的赌博。

失败有时可以提供教训，有时会使我们更加昏了头脑。

女孩为了使自己显得可爱，就不由自主地在男人面前装傻。

喜欢傻女人的男人，不是自己弱智，无法同聪慧的女孩并驾齐驱；就是旧礼教的信徒，以为女子无才便是德。

同这样的男人分手，原是不足惜的。

夫妻吵架表面上看来都是因为极小的事情，但下面常常潜伏着由来已久的情感危机。假如我们不想分手，就一定要把这股暗流找出来，清醒地对待它，排解它。

当我们守候在年迈的父母膝下时，哪怕他们鬓发苍苍，哪怕他们垂垂老矣，你都要有勇气对自己说：我很幸福。因为天地无常，总有一天你会失去他们，会无限追悔此刻的时光。

我不相信一见钟情。钟情其实是"一见"之后经过漫长时间思索的确认。如果只有一见，而没有其后的八见、十见、百见……情就始终无所黏附，不过是飘在空中的尼龙丝。

如果真的因一见而没齿不忘，那实际上钟的不再是情，而是自己浪漫的想象与幻觉。

幸福并不与财富地位声望婚姻同步，它只是你心灵的感觉。

对于我们的父母，我们永远是不可重复的孤本。无论他们有多少儿女，我们都是独特的一个。

假如我不存在了，他们就空留一份慈爱，在风中蛛丝般无以附丽地飘荡。

假如我生了病，他们的心就会缩成石块，无数次向上苍祈祷我的康复，甚至愿灾痛以十倍的烈度降临于他们自身，以换取我的平安。

我的每一滴成功，都如同经过放大镜，进入他们的瞳孔，摄入他们心底。

假如我们先他们而去，他们的白发会从日出垂到日暮，他们的泪水会使太平洋为之涨潮。

面对这无法承载的亲情，我们还敢说我不重要吗？

母亲的关切就像一件旧时的毛衣，在严寒的日子里，我们会忆起它的温暖；在风和日丽的春天，我们就把它遗忘。但对母亲来说，每一缕思念都那样绵长，每一条关于我们的音讯都令她长久地咀嚼。我们每一点微小的成绩都会熨平她额上的皱纹，我们的每一次挫折和失误都会令她扼腕叹息……

这也许是一条奇怪的放大定律——儿女的风吹草动，会凝聚成疾风骤雨降临母亲的心灵。当我们跋涉在人世间的时候，母亲的心追随着我们，感应着我们，承受着我们的苦难，分担着我们的忧愁。

尽管世上规定了母亲节，其实母亲无节日。或者说，母亲也是天天过节日的。孩子会笑了，孩子会走了，这就是母亲的节日啊。孩子唱第一首歌，孩子写第一个字，这都是母亲的节日啊。

孩子得了第一次奖，虽说只是一支普通的铅笔，这也是母亲盛大的节日啊。

孩子学得了知识，孩子建立了功业，孩子在世界上找到了属于他的另一半，孩子有了更小的孩子……这都是母亲的节日啊。

孩子的每一滴进步，都是母亲永远铭记在心的节日。

一位母亲，培养出一个优秀的孩子，那就是人类永恒的节日。

一个不爱母亲的人，基本上是没有救的。无论他取得了怎样的成就，在他的内心深处，永远是冷漠的。

去学女儿拳

家庭暴力的"暴"字，不知古文字学怎样讲，我从字形上，总是联想到男人对女人的凶恶。上书一个"日"字，为阳中至盛；下面一个"水"字，属阴中至柔。男人若凌驾于女人之上，没有平等，没有仁爱，暴力就随之滋长，疯狂蔓延。

我认识一位贤慧的女人，只因一点儿小事，被丈夫打得鼻青脸肿。那汉子一米八的个头，会使漂亮的左勾拳，呼呼生风，蒜钵大的拳头打在女人的侧腰部，伤了肾，血尿持续了很久。

她让我帮拿个主意，我说："离婚离婚！"她说："孩子呢？"

我说："看着父亲施暴，母亲受欺侮，孩子的心灵就正常吗？"关于孩子问题，我们反复商量，总算达成共识：完整并不是在一切情况下永远最好，真理比父亲更重要。

为了搞清楚离婚这件事，女人自学了法律专业的课程，由于是带着问题学，毕业的时候，不但成绩优异，在婚姻法方面，简直就是专家了。我再也没资格提什么建议或意见，女人已洞若观火。

艰难的问题是房子，远比孩子复杂得多。单位不会给女人栖身之所，只能从现有的单元中分割一屋。一想到要是离了婚，仍和那样的男人共居一道走廊，共进一间厨房，共使一个厕所，共用一把大门的钥匙……女人就不寒而栗。

日子就这么一日日熬着，一月月拖着。我问："他还打你吗？"女人长叹一口气说："你知道杀人的人，一看见别人露出的脖子，手就发痒。打人也像杀人一样，有个戒。开了戒，就上了瘾，他经常用左拳在空气中挥出一道道风……"

我看着她，说不出话。许久，我说："我能帮你的，就是家门永远向你敞开。无论半夜还是黎明，你随时都可以进来。"

她说："我最怕的不是跑出家门之后，而是在家门里面。打的时候，我恐惧极了。蜷成一团挨打，除了刚开始并不感觉疼。只是想，我要被打死了，大脑很快就麻木了。只记得抱着头，我不能被打傻，那样，谁给我的孩子做饭呢？"

我说："你这时赶快说点儿顺从的话给他听，好汉不吃眼前亏。抽冷子抓紧时间往外跑，大声地喊'救命啊！'"

她说："你没有挨过打，你不知道，那种形势下，无论女人说什么，男人都会越打越起劲，打人打疯了，根本不把女人当人。"

凶残的家庭暴力！

我以为家庭暴力最卑劣、最残酷的特征是——在家庭内部，赤裸裸地完全凭借体力上的优势，人性泯灭，野性膨胀。肆意倚强欺弱，野蛮血腥践踏他人权利。或者说，暴力的施行者，根本就没有进化到文明人类，是两脚之兽。

由于妇女和儿童在体力上的弱势，他们常常是家庭暴力最广泛、最惨重的受害者。

朋友还在度日如年地过着，我不知道怎样帮她。一天，突然在报上看到一条招生广告：新开武术班，教授自由散打、擒拿格斗，还有拳理拳经十八般武艺……

我马上给她打电话，既然没有房子离婚，既然没有庇护所栖身，既然生命被人威胁，既然权利横遭践踏，女人应该学会自卫，让我们去学女儿拳！当暴力降临的时候，为我们赢得宝贵的时间，以求正义和法律的保护。

默契的建筑

所有建造家庭的人，都不会希望在这所百年大计的房屋中埋藏灾难的因子。但是，你从热闹的婚礼归来，过一段时间再去瞧瞧，会惊奇地发现，占相当一个百分比的婚姻建筑，不再是举行婚礼时美丽风光的模样。油饰一新的外表开始衰败，地基被蝼蚁蛀了密集的窝孔，承重梁根本就没用钢筋，甚至古怪到没有玻璃没有门，所用砖瓦都是伪劣产品……这些可叹可怜的小屋，在风雨中摇摇欲坠，不时传来断裂和毁坏的噪声。再过几年看看，有的已夷为平地，主体结构杳无踪影，遗下一片废墟。有的被谎言的爬山虎密密匝匝地封锁，你再也窥不到内部的真实。有的门户大开，监守自盗歹人出没，爱情的珍藏已荡然无存。有的徒有虚名地支撑着，炕灰灶冷了无生机……更可怕的是，在这样衰败的婚姻陋室中，你或许会听到婴儿的哭声，生命的规律在令人不安地运行着。

我想，有朋友会说——你是乌鸦嘴啊。所有处于热恋和谈论婚嫁阶段和已经披上婚纱的女子，都直觉地反感我以上所描述的种种情形。以为那只是小说和电视连续剧中出现的情节，是让人茶余饭后听着解闷的，是绝不会发生在自己身上的。我能理解这种心情，自己也不愿在大喜的日子里，做令人不快的预言。但是，原谅我，我听过太多的女孩谈过粉红色的梦想，我看到过太多的女子感伤哀怨的目光。我想说，你是你的婚姻的工程师啊，光有美好的蓝图不中用，你还得亲自施工。你有怎么样的观念和技术，你就会收获一份怎样的婚姻。

要说什么样的建筑最结实呢？马上想到几点。起码，你的地基得牢吧，你所用的材料得是精选而来吧，你得精心设计精心施工吧，不能建成一个"三无"工程，也不能边设计边施工。你不能光图样子好看，不注重内在质量吧，你得量体裁衣，不能贪大求洋吧，你得……

嘿！太多了。但是，仅仅做到了这些，建筑是否就能愈久弥坚？

国外一次大地震，山摇地动房倒屋塌。清理时，救援者惊奇地发现，新盖的建筑大部分都倒塌了，倒是那些古老的建筑，晃动了几下依然站稳着脚跟。科学家们考察的结果，是那些古老建筑的结合部位往往比现代建筑要牢靠得多。

我常常凝目注视着那些历经千年、斗拱飞檐的宫殿，奇怪它们在风雨中不浸润、在动荡中不倒塌的诀窍，到底是什么呢？思索再三，我想，除了深深的地基以外，很重要的是材料交接部位的吻合和默契。

是建筑，就肯定要有接缝，如同性别不同、年龄不同、背景不同、爱好不同……的男人和女人，某一天，就走到一处屋檐下面来了。物和物的接缝，人和人的接缝，这一部位，肯定是整体中最软弱的所在了。只要有几道接榫处渗漏或松动，外界的风沙和侵蚀就会乘虚而入，日积月累，"千里之堤，溃于蚁穴"的悲剧，几乎就是必然的了。

我看到过一个故事。说的是古代有一位杰出的工匠，在房屋就要完工的时候，突然发现大梁有一处的接榫不很扎实，留有小小的缝隙。那是一柱巨梁，高高在上，如果不是他的明察秋毫，任谁也发现不了的。况且，他既是施工者，也是检查者，只要他不说，谁也不会责怪。但是，他一个敬业的工匠，为了保持这座建筑百年千年不朽的质量，他是一定要在最初的片刻，就让木头与木头达到默契。可惜愿望虽好，但此时此刻，他攀在高顶之上，没有办法没有材料……为了达到严丝合缝的完美，他右手挥起了板斧，把自己左手的小指剁下，将那断指填进木头的缝隙。木头的顶端得了血肉的充填，顷刻间变得浑然一体。后来，那座建筑屹立了千年。

这是一个关于质量和牢靠的故事。我记住了它，是因为它的斑斑血迹。联想到我们的婚姻建筑，几十年的风雨迷离啊，有什么比默契更为重要？

默契，就是不说很多的话，我却知道你所有的想法。默契就是深深的理解，你中有我，我中有你。默契，就是彼此的包容和一体。默契就是一种无言的约定和一项延续终生的承诺。默契无钉无铁，但是坚硬无比。默契无胶无漆，却针插不进、水泼不进。默契是朴素的，默契是千篇一律的，默契不事喧哗，默契又无往不胜。

家中的气节

我想说，家中无气节。这话，肯定不堪一击。中国人饿死事小，失节事大，哪里敢辱没气节的丰姿呢？但我指的只是家中的琐碎，不过借用一下此词的英名。

世上举案齐眉的家庭一定是有的，不能以我等瓢勺相碰的日子，揣测人家的和睦是虚伪，但也一定不多，因为矛盾的普遍性制约着我们。

大多数家庭都时常爆发争执，像界碑不清的小国边境冲突不断。要是演变成正式宣战，干脆离婚罢了，也不在范畴之内。那些先是苦恋苦爱，既争执不断，又处于冷战状态的家庭，似有讨论气节的余地。

有多少原则问题呢？真正的国计民生，大概并不构成分歧的核心。甚至对家庭的大政方针，比如孩子要上大学，父母要延年益寿，工作要努力，住房要增加……双方也是高度和谐统一的。问题往往出在一些很小的分工或是态度的优劣上，比如你是做饭还是洗衣？你为什么不和颜悦色而是颐指气使……有时，简直就不知是为了什么，双方把外界的怒气直接打包带回家，单刀直入地进入了对峙阶段，除了不扔原子弹，家庭阴冷的气氛同大战无异。

为了对付这种莫名其妙的僵持，时新杂志上登出了许多驭夫或驭妻的"诀窍"，教你如何化干戈为玉帛。这些供人莞尔的小诀窍，不知灵不灵。我看这其中的死结——就是如何对待家中的气节。

家是什么呢？是一对男女的永不毕业的大学，是适宜孩子居住的圣殿，是灵魂的广阔海滩，精神的太阳浴场。我们在尘世奔波、会见他人时的种种面膜，须在家中清洗复原。意志的疲软顿挫，须在亲情中柔软着陆。人们以为家中的人多温柔和蔼，真是错了。在涡轮般旋转的今天，家居的人也许比街市的人更脆弱，更敏感，更易冲动激惹。

常常听到因小事争吵的女人说，我从此不理丈夫，等他来同我说第一句话。男人就更是不肯低下高昂的头，好像家是宁死不屈的刑场。

冷漠后恢复交谈的第一句话真是那么重要吗？重于我们曾经有过的一生一世的寻找？第二句话真就那么卑下吗？低贱到后发制人，丧失了品格和尊严？第三句话真就那么平淡了吗？淡到它如同抛弃我们以前拥有过的万语千言？

什么是家中的气节？既然我们相爱，爱就是我们共同的气节。你的失态，在我看来，是你的思绪溃败了。在这一个瞬间，我是你的强者。原谅、宽恕、包容和鼓励，就是家庭永远常青的气节。

有些人以沉默对待冷漠，消极地把缰绳交给时间。时间通常是一个中性的调解员，会使人们渐渐恢复冷静。但孤寂中只顾自家意气的男女不要忘了，时间也会跟我们开居心叵测的玩笑呢。当你缄默着不肯谅解时，家的瓶颈便出现第一道裂纹。继续对抗下去，锤子无聊地敲击着婚姻之瓶，随着时间的叠加，瓶子也许会訇然破碎。

太看重一己气节的人，其实是一种枯燥的自卑。你以为在亲人面前争得了面子，失去的却是尊重与宽容。片刻的满足带来了长久的隐患，聪明的男人和女人，千万别因小失大。

分歧时，不必拍案而起。争执起，义正词可不严。有失误，莫要声色俱厉。灾临头，携手共赴家难。如果一定要有家中气节，我想这几条该在其中。

婚姻有漏

实行计划生育多年，当年的婴孩开始踏上婚姻的红地毯。现在要想找一个家中有兄弟姐妹的配偶，概率已越来越稀少。在法院工作的朋友告诉我，双方都是独生子女的婚姻，离婚率相当高，且从结婚到离婚的时间短，甚至只有几天。我吓了一跳说，为什么？她说，理由当然是各式各样的，但我看，主要是事因有漏。

事情之发生，都有一个原因。这个原因如果不纯粹，就是因有漏。漏是沙漏地漏，一个缓缓下旋的洞。情感有多少血液，经得住这般从夏到秋夜以继日地漏？一个有漏的婚姻，从一开始就是不结实的。当所有的情感都漏光的那一天，婚姻就瘪了。

那么，婚姻的理由究竟是什么呢？有的人因为世俗的压力、父母的祈盼、舆论的导向，甚至觉得在玩一个有趣的游戏。有的人以为那是一笔投资，一注筹码，一套吃饭的碗筷，一栋半山的豪宅。有的人只是头脑发热、荷尔蒙亢奋，更可怕的还有政治与经济的陷阱与阴谋，都会织进婚姻之因。

除了这些以往婚姻中常见的漏，朋友说，独生子女的婚姻漏，最高发的是他们太想找到朝夕相伴的手足（这当然不是错），但是，却缺少和兄弟姐妹亲密相处的经验。他们缺少忍耐。

婚姻是需要忍耐的。长久的持续的充满定力的忍耐。忍耐一个任性的姑娘成长为干练的妻子，忍耐一个办事不牢的小伙子成为坚如磐石的汉子。忍耐孩子在啼哭和不断摔跤中长大，忍耐彼此的白发和倦怠。忍耐性格的摩擦和裂变，忍耐孤独与风寒……

婚姻无漏的理由只有一个，那就是爱。因为有了爱，才会长出茁壮的忍耐。忍耐磨砺着爱的光洁，使它在坚硬的同时，润泽而美丽。

家的疆域

　　一个家就像一潭水，经常有风和石头经过，扰乱平静。夫妻间发生争执的人和事，有时同自家没一点儿关系，颇有株连的味道。比如遥远的地方有一个女人死了，妻子说，真吓人啊。丈夫说，有什么了不起？这世上每天死的人多了去了。妻子就说，想不到你是一个这么绝情的人，有朝一日我死了，只怕你也无动于衷。丈夫说，这不是强加于人吗？她死和你死有什么关系呢？真是小题大做！妻子说，我都要死了，你还说是小题，在你心里，究竟谁才是大事？！……于是争吵就水到渠成地发生。

　　家是一个那么容易发生地震的地方，其频率和烈度大大超乎我们的想象，震中却往往不足挂齿。好像人们相知得越多，越难以彼此从容地体谅。如果说我们对外界的人，还有耐心探讨动机的多种可能性，作出比较理性客观的判断，对在同一屋檐下爆发的争吵，几乎从一开始就认定对方是挑衅和非善意。我们可能为一件毫不相干的人和事，发起剧烈的口角，直到完全忘记了唇枪舌剑的诱因，只遗留下锋利言辞对彼此心灵的伤害。每逢阴雨，那伤痕还会像蚯蚓似的蠢蠢欲动。

　　或许对家庭的势力范围，作个明确的划分会有益处。家是我们共同的领地，它从建立那天起，就是一个崭新的国度。每个男人和女人，在婚前都有自己的疆界和朋友。走到一起来的时候，除了携着自身，还举一反三地带来了原先的爱好、习惯和亲朋……要知道，新组家庭的国境线，并不是男女双方原有管辖区域简单地算术叠加。如果你悲惨地那样以为了，就会对不期而至的遭遇战惊诧莫名，被无穷的战火轻则熏伤重则灼灭。

　　每一对夫妻都需要细致地研究，这个刚刚诞生的小小联合体，有哪些不同的兴趣和特殊的禁忌。

　　当我们对某一人和事慷慨陈词的时候，也许表面上看不出血肉相依的联系，但实际上凸显的是自己对世间的特定视角。既然我们在其他场合，都可以谦虚地承认自己并非万能，在家中为什么要强硬地固执己见？想来是希望最亲近的人，能与自己心心相印。一旦遭到误解和反驳，愤怒和沮丧便呈现三倍的猛烈与尖锐。

所以，对于那些敏感而无关大局的话题，明智的办法就是像两个边境不清的邻国，各自后撤，以便维持和平共处。

无伤大雅的分歧，可避让与迂回。对远处的人和事，不妨模糊朦胧，求同存异。对那些有可能导致战火的危险话题，明智地腾挪躲闪。对共同感兴趣的部分，大张旗鼓同仇敌忾。

当然疆域可以渗透，可以磨合，可以扩展，可以融会贯通天下大同。但那需要时间，很漫长的时间，也许一生一世。涂抹疆域界线的橡皮，只能是爱。持之以恒地相互热爱，甘远醇厚。爱到心驰神往，爱到天人合一。

家可以延伸得很远很远，包容大千世界。家可以蜷缩得很小很小，仅两个人也打得不可开交。家的边陲可以绿树成荫繁花似锦，围起一个小鸟的天堂。家也可以狼藉一片血流漂杵，筑成一双男女的死牢。关键需每位成员既是国王也是兵，建设它守卫它，和谐地调整家的内政外交，处理好家的边关防务。

在家的日子，我们要更宽容，更聪慧，更善良，更真诚。

家无垠。

家问

家是什么？

家会很小很小，螺蛳壳是蜗牛的家。家会很大很大，宇宙是星星的家。

家会很轻很轻，像一粒浮尘，被人一指掸掉，不留一丝痕迹。家会很重很重，像一座铅山，压在脊上，寸步难行。

家会很快乐很幸福，像一眼不老的喜泉。家会很凄楚很悲凉，像一汪深不可测的泪潭。

问年轻人：家是什么？

他们回答：家是粉红色的玫瑰，有刺更有蕾。家是甜蜜的吻，热烈的拥抱，柔情似水的情话和思念时的邮票。

问中年人：家是什么？

他们回答：家是心灵与肉体的港湾，能停泊万吨巨轮，也能栖息独木小舟。家是无私的付出与接纳，家是脱去疲劳的热水澡。家是一个苹果，你一大口，我一小口。家是一副重担，我愿这边的力臂短，你那边的力臂长。

问老年人：家是什么？

他们回答：家是黄昏湖边的挽扶，家是灯下互相剪去丝丝白发。家是一件旧风衣，风也是它，雨也是它。家是虽非一见钟情，却望白头偕老的漫漫旅程。家是墓前的一枝黄菊。

问孩子：家是什么？

他们回答：家是妈妈柔软的手和爸爸宽阔的肩膀，家是一百分时的奖赏和不及格时的斥骂。家是可以耍赖撒谎当皇帝，也得俯首听命当奴隶的地方。家是既让你高飞又用一根线牵扯的风筝轴。

问情人：家是什么？

他们回答：家是舔着伤口的两只狼，家是荷尔蒙的汹涌分泌。家是一日不见，如隔三秋。家是猜忌、争执、思恋、指责的杂耍场。家是枕边泪、窗前月，家是今夜你会不会来？

问养家的人：家是什么？

他说，家不是勋章，你挂在胸前，别人也看不见。家是一条暗地里逼你不断挣钱的鞭子，直抽得你遍体鳞伤。

问弃家的人：家是什么？

他说：家是一种能力，一种学习。我自忖无力从那里毕业，就中途逃亡了。

问无家的人：家是什么？

他说：家是羁绊，家是约束，家是熄灭人创造激情的沼泽地，家是一种奢侈的靡费。

问恋家的人：家是什么？

他说：家是树上的喜鹊窝。纵然世界毁灭了，只要家在，依然有一切。

问恨家的人：家是什么？

他说：家是爱情的终点，家是英雄气短的坟墓。家是累赘，家是负担。家是挂在你项上的枷锁，家是你自卖自身的契约。

我不知世上还有另外的场所，会如此众说纷纭，褒贬不一。

纵观家庭，是大千世界的缩影。人们在家中卸去重重角色的面具，露出天然嘴脸，最坦率最赤裸。人性的善与丑，方寸之间，纤毫毕现。一代伟人，能治理好一个国，未必能调理好一个家。能统率千军万马的将军，可能是妇孺裙钗下的败将。

有人以为家是最自由最放任的所在，可以放荡不羁。其实，家是最考验责任感的圣坛。对一个你所挚爱的人，都不忠诚，你还能为世人所信吗？对一个托付终身的人，都无法负起责任，你还能承诺他人的期嘱吗？连自己的一脉血缘都不能照料和抚育，你还能爱国爱民吗？在家中，我们看到了太多的丑恶。对亲人施暴的人，不可能对他人仁慈。在家中阴郁的人，不可能对太阳微笑。在家中诡计多端的人，不可能真诚对待友人。在家中粉饰虚伪的人，不可能直面惨淡人生。

如果没有准备好，请不要撕下走进家庭的门票。如果没有爱自己也爱他人的能力，请不要构造家庭的地基。

很多人抱着从家庭掠取支援的动机，匆匆为自己寻一个可供汲取能量的后勤仓库。殊不知，家庭不是无中生有、变出魔力的黑斗篷。家庭的温暖，先要无私无偿地培养和付出，然后才像春草，毛茸茸地生长起来。一旦失了爱情的滋养，再稳固的家也会很快风化。爱的力量，有时很巨大，有时很贫瘠，全看你是否以心血灌溉。

家庭里如果没有神圣感和勇气，请别要孩子。

家庭缔结之时，并不是简单男女人数相加，而是诞生了另样的结构，一个崭新的物种。这个物种的花朵和果实，就是孩子。

一花一世界，一家一宇宙。婴儿降临世上，家是包裹他的蛹壳。倘若家中注满健康的爱的花粉，他就吸吮着它，用爱滋养构建着自己的听觉嗅觉知觉，渐渐地酿成心中小小的蜜饯。在爱中长大的孩子，爱是他的羽衣，爱是他的长矛。在爱中蓬勃成长的孩子，他看天下，就比较明朗；他看人性，就比较乐观；他看自身，就比较尊严；他看他人，就比较客观；他看丑恶，就比较勇敢；他看前途，就比较光明；他看事物，就比较冷静；他看死亡，就比较泰然。

在纷乱和丑恶的气氛中成长的孩子，是伪劣家庭的痛苦产品。他们在家中最先看到并习得的待人处世经验，是破碎疏离和粗暴残酷。他们是那样幼小，缺乏分辨的能力，以为这就是人世间的模型。当他们走进社会的时候，会不由自主地以不良家庭的模式对待他人，将紊乱与不谐传染到更远的范畴。更令人惊惧的是，来自不完美家庭的孩子们，彼此具有病态的吸引力，仿佛冥冥中有一块恶作剧的磁石，牵引性格有缺憾的男女，格外同病相怜，迫不及待地走到一起。病态中建立的家庭，如履薄冰，全是悲剧。如果不能卓有成效地斩断铰链，这种会伤人的家庭，就像顽强的稗草，代代相传，贻害无穷。

家可以很单纯，一个人也是一个完整的家。家可以很复杂，整个地球是一个共同的屋顶。

家啊，是理解奉献思念呵护，是圣洁宽容接纳和谐，是磨合欣赏忠诚沟通，是心心相印浪漫曲折生死相依海角天涯。

家庭幸福预报

今日世上多预报。比如天气预报、地震预报、商情预报、服装流行趋势预报，甚至连几十上百年后的日月食，都有了分秒不差的天象预报。不知为什么一桩婚姻诞生时，却没人对它的走向，发布家庭幸福趋势预报。

料想此事太难。

人无慧眼，可穿透岁月层叠的雾岚，窥见新人的沧海桑田。天会变，道亦会变。地位、相貌、健康、性格……都像拥挤的卵石，在时间的渠里磕磕绊绊，几十年冲刷下来，筚路蓝缕，旧貌新颜，有的化作晶莹玛瑙，有的碎成粉碴石屑。意志不是金刚水钻，没有那么坚不可摧的硬度，柔软多孔的人心是善变的精灵。

更无一把衡尺，可丈量幸福的杯子是否饱满。你以为汹涌澎湃，他却道涓涓细滴。你陷入悲痛欲绝，她沉浸风花雪月。思维无并联，神经永绝缘，是动物的造化之幸，也是人的悲哀之源。幸福也许是高速车上捆绑的安全带，因人制宜，松窄可调，不到车毁人危的关头，看不出它所捆定的价值。

幸福无框架，幸福无定义。幸福不会立此存照，幸福无法预支和储蓄。幸福可以压缩，幸福可以扩展。幸福无保修，幸福无退换……谁愿面对一件标准模糊的朦胧产品，说短论长？

家庭的幸福，难道真是百面妖魔，没有丝毫蛛丝马迹可循？幸福的趋势，竟如盲人摸象，永无程序可考？设想婚礼的筵席上，若有预告幸福指点迷津的权威术士，该是最受敬畏的上宾。

不知未卜先知的哲人，有何手段击穿未来，烛照今夕？依我之心，窃以为该先测测双方的智商。假如智慧相等或差池在正负百分之十的范围内，幸福便有了十分中二点五分的保障。想想看，若在几十年的耳鬓厮磨中，每一句话都呢喃两遍以上，彼此才能缓缓沟通，是否慢性受刑？爱是生死与共的事，其难度不次于哥德巴赫猜想。分秒必争斗转星移的今日，脑是每个人首要的固定资产，评估它的功能状态，是严肃认真必备必需的手续。男女相悦不仅是荷尔蒙的迸发，更是理智勾回清醒的把握。

教育的差异可在漫长的日子里填平补齐，更何况家中回荡的多是人生冷暖，并非先贤凝固的文字。假如智慧不对等，鸿沟非人力可充垫，循环往复的对牛弹琴，最易生出惨淡的麻痹和难以疗救的倦怠。世上有许多背景悬殊的夫妻，在外人以为必是寡淡无味的相守中，其乐融融。不仅是情操的契合，实有神智棋逢对手的持久快意。

单有智商是不够的，还需品质的优良与性格的互补，分数前者占三后者占二吧。

婚姻是一场马拉松呢，从鬓角青青搏到白发苍苍。路边有风景，更有荆棘，你可以张望，但不能回头。风和日丽要跑，狂风暴雨也要冲，只有清醒如水的意志加持之以恒的耐力，才能撞到终点的红绳。

婚姻在某种程度上，是阴阳的大拼盘。我总怀疑性格的近似，是滋生不幸的助剂。粉了还要紫，绿了还要青，雪上加霜是搭配学上犯忌的事。然而相反相成，刚柔相济，图纸上令人神往，实施起来难度很大。度的掌握重要而微妙。逆反太凶，则是冤家对头，虽有强的磁场引力，但长久相克，磨损太甚，只怕两败俱伤。然而适当的尺寸，又像丝丝入扣的魔鞋，缥缈大地，谁知游走何方？有的人寻找一生，找到了，是大幸运；找不到，无望无奈，也可保有死水微澜的宁静。最怕的是委委屈屈地将就，合久必分，却又当断不断。好像快餐店的塑料低背椅，可呆片刻，难以枯守一生。道貌岸然地坚持，必是颈项腰腿痛。半辈子熬过去，脊柱都弯矮了。

善良在幸福这锅汤里，就像优质味精，断断少不得。我看至少把一点五分给它。现今有人觉得善良简直就是无用的别号，我却以为无论在生意场、社交场上，善良多么忍辱蒙羞落荒而走，友谊与家居的优美疆域，永是它世袭罔替的领地。丧失善良的友谊，是溶了蒙汗药的酒池肉林。缺乏善良的婚姻，是危机四伏无法兑现的期票。婚姻易碎，婚姻易老，善良如绵绵长长包裹婚姻瓷器完整的丝缕，似青青翠翠保养婚姻花叶常青的圣水。

剩下的一分，不知判给谁好。机遇、门第、如影随形的契机、冥冥之中的缘分……都在争抢终局的发言权。它们都很重要，假如有道判定婚姻幸福的公式，都该罗列其内，在结尾处结结实实占一席之地。但我思索再三，决定将这场婚姻预言的最后因子，留给通常在爱情中故意漠视的金钱。

很世俗，但很实际。贫贱夫妻百事哀，当一生的基本生活需要都没有保障的时候，我不知家庭幸福的青鸟，可以栖息在哪枝无果的树上做巢。婚姻里沉淀着那么多的柴米酱醋盐，每一件都与金钱息息相关。我们有许多清高的场合可以不谈钱，但家是一个必须坦荡地经常地反复地赤裸裸地议论金钱的地方。对金钱的共同掌握和使用方向的通力合作，是家庭木桶防止渗漏的坚实铁箍。

钱绝不可以太少，男人女人，一定要用自己的双手，用血汗化作干净的金钱，注满列车正常行驶的油箱。钱多比钱少好，但不要超过双方卓越的智力与优良的品质可以控制的范畴。单纯的金钱，就像单纯的水一样，不加消毒照料，就会慢慢蒸发腐坏。只有金钱与善良结合，才是世上很多美好事物的摇篮。

如果我们看到一对男女结成连理的时候，智商均衡，天性互助，多温柔宽厚之心，也不乏冷静果决之勇，坚韧友爱，钱不多也不少，顾了温饱，尚有些微节余，可以奠定共同事业的起点……那么无论他们的身材多么矮弱，相貌多么平凡，出身多么低微，文化多么有待提高，情感多么不善表达，誓言如何稀少轻淡……甚至在外人眼里他们贫寒寂静，简单甚至简陋，我都有足够的理由期待，他们会在艰窘中生长出至亲至爱的快乐与幸福。

我希望祝福成真。

假如一对新人智商殊异，性格无补，少温良仁爱的善美，多冷厉森严的辣手，钱不是太多就是太少……无论他们身高如何匹配，相貌如何俊美，家世如何源远，文凭如何耀眼，情感如何缠绵，山盟如何海誓……有多少外在的光环闪烁；也无论青梅竹马，患难之交，萍水相逢，千里姻缘，弄巧成拙，指腹为婚……有多少内里的故事流传，我却总带着凄凉的心境，仿佛看到幸福终结的海市蜃楼，在不远处波光粼粼。哀痛使我无法扮出由衷的微笑。

这一回，但愿我看走眼了吧。

婚姻断想

"婚姻"两个字，很有趣。右边是表声的字符："昏"和"因"，左边都是"女"字旁。我们的古人造字是很讲究的，为什么对于所有人都同等重要的一件事，不是用"人"字旁呢？也许他们把深意蕴含其中——婚姻对女人来说，有更加密切的关系。所以，这个有关婚姻的研究机构，设在妇联，是很有根据和远见的。

一位心理学家说过——婚姻关系是人类所有关系中，最为亲密和最为紧密的关系……我初次听到此话，先是惊奇，然后有些不以为然。我想，母子关系、父子关系，甚至祖孙关系，难道不是更为亲密和紧密的关系吗？我们不是都有这样的经验：母亲的怀抱和父亲的臂膀，是我们永久依傍的港湾吗？

那位心理学家接着说，爱一个和自己有血缘关系的个体，这在某些动物，完全可以做到，近乎是一种本能。比如一只母鹿在饿狮袭来的时候，宁愿牺牲自己，也要保护仔鹿的生命……动物界重复过无数次这般可歌可泣的场景，想来谁都不会怀疑的。但是爱一个和自己没有丝毫血缘关系的个体，直至结成相濡以沫、生死相依的关系，这只在人类社会中才存在。

它在习俗和法律上被称为——婚姻。因此，婚姻是一个创举，是一种进化，是一门艺术。在它中间，包藏着人类所有品质和关系的总和。它的基础应该是爱。

婚姻实质上是一个中性的词。也就是说，它可以分为好的婚姻和不好的婚姻。高贵与卑鄙、真诚与虚伪、宽宥与刻薄、奉献与索取、提携与拖累、升华与堕落……凡此种种人类精神世界的状态，都可以在婚姻中找到它们的模型。试想一下，两个性别、背景、教养、性格、职业、爱好……都不同的人，走到一间屋檐下，四目相对朝夕以共，那确是一种肝胆相照"图穷匕首见"的赤裸裸的真实。矛盾终将暴露，摩擦必然产生，理解和退让是润滑油，共勉和并进是婚姻的理想状态。在婚姻中，人们将被迫学习交流和谅解，在这种缩小了的世界中，模拟整个人生的风云。

研究婚姻是一个大题目，尤其对准备走进婚姻的青年人来说，更应该是必修课。但在现实中，却是一个相对薄弱的环节。中国的古话说：男大当婚女大当嫁。好像只要年纪到了，就去婚嫁就是了，至于婚嫁之后的事，男女青年自会料理。在我们的文化中，把对于婚姻的了解和把握，看成是一种瓜熟蒂落、水到渠成的事情。只要岁数到了，自然无师自通。这种看法，带有原始社会的遗风，把婚姻的内核几乎等同于性的本能。但是人类进化到了今天，婚姻关系绝不仅仅是性的结合，而远远有了更为深邃宽广的内容。如果说，单纯的生理机能还可待自然法则来开启，但是婚姻的社会性，却是必须学习才能掌握。可惜我们的学校里，从中学到大学，是不许谈恋爱的，既然连前奏都在禁止之列，那么主题就更是不登大雅之堂了。这就出现了一个悖论——我们期待着更多的高质量的婚姻，但是即将走入婚姻家庭的成员，却是对此重大事件云山雾罩不甚了了……他们和她们，或者是道听途说、半遮半掩地自学成才，或者是两眼一抹黑、仓促上阵，或者是花拳绣腿、知其一不知其二更不知其三。更可怕的是有些人自以为掌握了驭妻驭夫的婚姻秘诀，其实是以讹传讹的腐朽观念……这种婚姻的愚民政策，导致了很多惨淡经营得过且过的低质量婚姻。无知导致了很多悲剧上演。由此可见婚姻教育极为重要，须未雨绸缪，从尚未走进婚姻的年轻人抓起，才可事半功倍。

这正是婚姻研究机构的使命和责任。

每一个孩子都是从小处在父母的某种婚姻状态之中的。他们不但是这种关系的目击者、承受者，而且还是学习者和传递者。所以，我们常常听到这样的故事：一个从小生活在离异家庭中的孩子，长大了，非常渴望真情的幸福。但是，当他走进婚姻之后，如同中了魔法，竟然亦步亦趋地重复了父母失败的婚姻，他不乏勇气和追求，屡败屡战，然而终是重蹈覆辙，难以自拔。我们在唏嘘这种人间悲剧的背后，也不由得深深地反思——某些失败婚姻的模式，也同某种病症一般，具有传染和遗传的特质吗？

在婚姻中，有很多未知的领域需要探索和研究，任重而道远。

当一个新世纪来临的时候，人们常常许下许多愿望。愿家庭都快乐幸福，是全世界所有踏进和准备踏进婚姻的人共同的期望。让我们为这个理想而努力。

心灵的盛宴

挖掘心灵第一图

　　一位睿智老人说，在每个人心灵深处，都珍藏着一幅对这个世界最初的印象图画。它储存在脑海的褶皱中，平时被繁杂的信息遮挡，好像昏睡的幽灵，不理晨昏。但它无所不在地笼罩着我们，统领着每个人对世界的基本视点。好像一纸符咒，规定了我们探询世界的角度。

　　这话挺玄秘的，有点巫术的味道。我不服，挑战地问，可以当场试试吗？

　　老人很谦和地一笑，说，一家之言，你可以信，也可以不信。

　　我说，我恰好知道一个人的心底图像，您若说中了，我就信。

　　老人淡然回答，行啊。

　　我说，这个人啊，脑海里留下的最朦胧也最原始的印象是一片无边的荒漠，尘沙漫天，苍黄渺茫；但他周围的小环境不错，好像是一个温暖的怀抱，有袅袅的香气环绕……

　　说完，我定定地看着老人，且听他如何分解。

　　老人缓缓说，他的精神世界对立而单纯，沉重而简明。对世界本质的认识充满疑惧，觉得人力无法胜天；宇宙不可知；人是孤独渺小的生物，基调混沌而迷茫。但他还会快乐而努力地活着，时时感受到温情和带着暖意的希望，寻找一个光亮、安静、芬芳的所在……

　　说完后，老人问我，他是这样一个人吗？

　　我抑制住自己的大惊异，说，对与不对，以后我再告诉您。现在，我最想知道的就是您这种分析的基本方法，能教我一些吗？

　　老人说，少许心得，不值多说。有点占卜的意味，但并不是街头的摆摊算卦。首先，你让被试者静静地躺下，拼命想早先的事。意识好比柳絮，能飞多远飞多远。回忆的触角竭力向脑仁深处钻，最后变得似睡非睡似醒非醒，一片混沌最好。让人由眼前的明明白白泡入米汤样的童年。到了再也沉不下去的时候，他的心里就会猛地浮出一幅画。让他把这幅画讲给你听，然后……

老人一一道来，我全身心紧急动员，照单接收。老人说，喏，基本思路就这些，剩下的事看你的悟性了。

我说，您可要"传帮带"啊。

其后的一段时间，我像个居心叵测的探子，不断启发诱导各色人等，把他们脑海中留下的生命原初印象，挖掘出来，一一告诉我，由我再转达老人。老人娓娓道出其中蕴含的深意，好似隔山买牛。至于那人真实生活中的脾气品性，老人完全不感兴趣，也绝不想知道。在他的眼里，每个人的图谱，就是性格之书打开的目录，他不过是读出来而已。

开头不顺利。第一位男人所谈，简陋得像撕下的小人书碎片。

那幅图像嘛？好像是一个黑夜，不知是灯灭了，还是眼睛得了病，总之黑暗环绕……完了，就这些。他干巴巴地舔舔嘴唇说。

他那时黑暗，我此时也黑暗。到处像泼了墨汁，如何分析？只好拼命启发他再想深入些。搜肠刮肚半晌，他补充如下：我摸着黑，仿佛找到一碗粥，就把它喝下去了。我妈妈走过来，眼泪洒在我脸上。很凉……喔，就这些，再也没有了。他坚决地结束了回忆。

真是老虎吃天啊。我沮丧地请教老人，老人说，唔，足够了。他是个悲观主义者，一生都在寻找。他对自己终极寻找的东西究竟是什么，本人也闹不清楚。在这寻找的途中，他会得到温暖和利益的回报，他会很珍视亲情。但这些并不能缓解他寻找的焦虑，冲淡他与生俱来的悲哀，稀释充满他周围的茫茫黑色。

我频频点头，最终也没有告诉老人，那是一位苦苦求索的哲学家的心底图像。反正老人并不需要他人的验证。

一个矮小的年轻人不好意思地说，我的第一图像，似乎没什么好说的，支离破碎。那是我和我弟弟在抢被窝。你知道，我小的时候家里很穷，打通腿，就是两人合盖一个被筒。谁都想把自己盖得暖和些，就拼命把被子朝自己身上裹……就这些，整夜抢啊抢的。穷人家的被子小，遮了这头捂不了那头。我比弟弟个儿大，总是占上风的时候多些。这就是全部了。

老人分析：这个年轻人竞争性很强，在他的眼里，"弱肉强食"是生存的基本状态。他信奉实力决定一切。因此他会不遗余力地为自己争夺尽可能多的物质利益和生存空间。但他一般不会害人，不会使用特别凶残的手段。在他的内心里，还残存着"普天之下皆兄弟"的道义。

实际情况：那年轻人个子不高，说苛刻点几乎要算其貌不扬了，加上家境贫寒，按照常理该是比较自卑的。但他不，一点都不，整天意气风发、精神抖擞的，上大学，考研究生，什么都不落空。每当竞争的时候，他总是毫不退却、奋勇向前。计谋算不上很光明正大，便手段也并不卑劣，懂得趋利避害、适可而止。也许是天时加上人和，他的运气一直不错。

一位依旧美丽的中年女企业家告诉我，世界在她眼里是盘根错节的森林，热带雨林，遮天蔽日的。她在摸索着走，有时是爬，到处都有陷阱和叫不出名字的昆虫，很华丽也很狰狞……下着雨，很冷，有大毛虫发育成的极冷艳的蝴蝶在脖子后面盘旋……

我对这幅图像的真实性抱有深刻的怀疑。她祖籍北方，从未踏入北回归线以南。再说一个幼小婴孩，想象得出热带雨林的具体模样吗？还有毛虫和蝴蝶，这样复杂重叠的象征物，也是孩童鞭长莫及的。她的叙述，更像一场成人梦境，一个幻觉。

但女企业家谈话时的郑重神态，使我无法贸然认定她在说谎。

老人听完我的转述与疑问说，这是真实的。心灵的真实不仅仅是亲眼所见，更多的时候，是一种浓缩升华后的感受。哪怕你说图像尽头是一幅外星人联欢的图画，我也确信无疑。人的感受有一种特质——无比忠诚。出于种种的利害关系，它可以欺骗别人，但它为自己保留下的图谱，却不会是赝品。这位女性对世界的看法，是荒诞奇诡而又不乏夺人心魄的诱惑与美丽，她应该擅长打拼，奋斗出了很高的成就。她好强，勇于挑战，但在不断的挣扎寻觅中，又感到巨大的孤独与人世的险恶。她臆造了一片热带雨林……

我无话可说。老人就像与那女人相识了一百年，用电脑扫描了她的整个人生，留下一纸谶语。

随着积累的人们心底第一幅图像数量的增多，我渐渐发觉探索源头的奥秘对每个人是一次心灵的剖析和飞跃。知道了自己眺望世界的基本视角，便有了揭示自身很多特点的钥匙。我们也许不能改变它，却可以因此变得更加理智和从容。

老人有一天对我说，你第一次对我描述的那个人，就是在沙漠中睁开眼睛看世界的人，是谁啊？你还没有告诉我。

我说，那个人就是我。我母亲抱着我，行进在从新疆到北京天地一色的途中。

轰毁你心中的魔床

魔鬼有张床。它守候在路边，把每一个过路的人，揪到它的魔床上。魔床的尺寸是现成的，路人的身体比魔床长，它就把那人的头或脚锯下来。那人的个子矮小，魔鬼就把路人的脖子和肚子像拉面一样抻长……只有极少的人天生符合魔床的尺寸，不长不短地躺在魔床上，其余的人总要被魔鬼折磨，身心俱残。

一个女生向我诉说：我被甩了，心中苦痛万分。他是我的学长，曾每天都捧着我的脸说，你是天下最可爱的女孩。可说不爱就不爱了，做得那么绝，一去不回头。我是很理性的女孩，当他说我是天下最可爱的女孩的时候，我知道我姿色平平，担不起这份美誉，但我知道那是出自他的真心。那些话像火，我的耳朵还在风中发烫，人却大变了。我久久追在他后面，不是要赖着他，只是希望他拿出响当当硬邦邦的说法，给我一个交代，也给他自己一个交代。

由于这个变故，我不再相信自己，也不相信他人。我怀疑我的智商，一定是自己的判断力出了问题。如此至亲至密，说翻脸就翻脸，让我还能信谁。

女生叫萧凉，萧凉说到这里，眼泪把围巾的颜色一片片变深。失恋的故事，我已听过成百上千，每一次，不敢丝毫等闲视之。我知道有股红的血从她心中坠落。

我对萧凉说，这问题对你，已不单单是失恋，而是最基本的信念被动摇了，所以你沮丧、孤独、自卑，还有愤怒的莫名其妙……

萧凉说，对啊，他欠我太多的理由。

人是追求理由的动物。其实，所有的理由都来自我们心底的魔床——那就是我们对一些问题的看法和观念。它潜移默化地时刻评价着我们的言行和世界万物。相符了，就皆大欢喜，以为正确合理。不相符，就郁郁寡欢、怨天尤人。

这种魔床，有一个最通俗最简单的名字，就叫作"应该"。有的人心里摆得少些，有三个五个"应该"。有的人心里摆得多些，几十个上百个也说不准，如果能透视到他的内心，也许拥挤得像个卖床垫的家具城。

魔床上都刻着怎样的字呢？

萧凉的魔床上就写着"人应该是可爱的"。我知道很多女生特别喜欢这个"应该"。热恋中的情人，更是三句话不离"可爱"。这张魔床导致的直接后果，就是我们以为自己的存在价值，决定于他人的评价。如果别人觉得我们是可爱的，我们就欢欣鼓舞，如果什么人不爱我们了，就天地变色日月无光。很多失恋的青年，在这个问题上百思不得其解，苦苦搜索"给个理由先"。如果没有理由，你不能不爱我。如果你说的理由不能说服我，那么就只有一个理由，就是我已不再可爱，一定是我有了什么过错……很多失恋的男女青年，不是被失恋本身，而是被他们自己心底的魔床锯得七零八落。残缺的自尊心在魔床之上火烧火燎，好像街头的羊肉串。

要说这张魔床的生产日期，实在是年代久远，也许生命有多少年，它就相伴了多少年。最初着手制造这张魔床的人，也许正是我们的父母。当我们还是婴儿的时候，那样弱小，只能全然依赖亲人的抚育。如果父母不喜欢我们，不照料我们，在我们小小的心里，无法思索这复杂的变化，最简单的方式，我们就以为是自己的过错。必是我们不够可爱，才惹来了嫌弃和疏远。特别是大人们的口头禅："你怎么这么不乖？如果你再这样，我就不喜欢你了……"凡此种种，都会在我们幼小的心底，留下深深的印记。那张可怕的魔床蓝图，就这样一笔笔地勾画出来了。

有人会说，啊，原来这"应该如何如何"的责任不在我，而在我的父母。其实，床是谁造的，这问题固然重要，但还不是最重要的。心理学家弗洛伊德说过，一个孩子，就是在最慈爱的父母那里长大，他的内心也会留有很多创伤（大意。原谅我一时没有找到原文，但意思绝对不错）。我们长大之后，要搜索自己的内心，看看它藏有多少张这样的魔床，然后亲手将它轰毁。

一位男青年说，我很用功，我的成绩很好。可是我不善辞令，人多的场合，一说话就脸红。我用了很大的力量克服，奋勇竞选学生会的部长，结果惨遭败北。前景黑暗，这可不是个好兆头，看来我一生都会是失败者。

于是，他变得落落寡合，自贬自怜，头发很长了也不梳理，邋遢着独往独来的，好似一个旧时的落魄文人。大家觉得他很怪，更少有人搭理他了。

他内心的魔床就是：我应该是全能的。我不单要学习好，而且样样都要好。我每次都应该成功，否则就一蹶不振。挫折被放在这张魔床上翻身反复比量，自己把自己裁剪得七零八落。一次的失败就成了永远的颓势，局部的不完美就泛滥成了整体的否定。

一个不美丽的大学女生每天顾影自怜。上课不敢坐在阶梯教室的前排，心想老师一定只愿看到"养眼"的女孩。有个男生向她表示好感，她想我不美丽，他一定不是真心的。如果我投入感情，肯定会被他欺骗，当作话柄流传。于是，她斩钉截铁地拒绝了他，以为这是决断和明智。找工作的时候，她的简历写得很好，每每被约见面试，但每一次都铩羽而归。她以为是自己的服饰不够新潮化妆不够到位，省吃俭用买了高级白领套装外带昂贵的化妆品，可惜还是屡遭淘汰……她耷拉着脸，嘴边已经出现了在饱经沧桑的失意女子脸上才可看到像小括弧般的竖形皱纹。

如果允许我们走进她枯燥的内心，我想那里一定摆着一张逼仄的小床。床上写着："女孩应该倾国倾城。应该有白皙的皮肤，应该有挺秀的身躯，应该有玲珑的曲线，应该有精妙绝伦的五官……如果没有，她就注定得不到幸福，所有的努力都会白搭，就算碰巧有一个好的开头，也不会有好的结尾。如果有男生追求长相不漂亮的女孩，一定是个陷阱，背后必有狼子野心，切切不可上当……"

很容易推算，当一个人内心有了这样的暗示，她的面容是愁苦和畏惧的，她的举止是局促和紧张的，她的声音是怯懦和微弱的，她的眼神是低垂和飘忽的……她在情感和事业上成功的概率极低，到了手的幸福不敢接纳，尚未到手的机遇不敢追求，她的整个形象都散射着这样的信息——我不美丽，所以，我不配有好运气！

讲完了暗淡的故事，擦拭了委屈的泪水，我希望她能找到那张魔床，用通红的火把将它焚毁。

谁说不美丽的女子就没有幸福？谁说不美丽的女子就没有事业？谁说命运是个好色的登徒子？谁说天下的男子都是以貌取人的低能儿？

心中的魔床有大有小，有的甚至金光闪闪，颇有迷惑人的能量。我见过一家证券公司的老总，真是事业有成、高大英俊，名牌大学洋文凭，还有志同道合的妻子，活泼聪颖的孩子……一句话，简直人该有的他都有，可他寝食无安，内心的忧郁焦虑非凡人所能想象，不知是什么灼烤着他的内心。

我总觉得这一切不长久。人无远虑，必有近忧。水至清则无鱼，谦受益满招损。我今天赚钱，日后可能赔钱。妻子可能背叛，孩子可能车祸。我也许会突患暴病，世界可能会地震火灾飓风，即使风调雨顺，也必会有人祸，比如911事件……我无法安心，恐惧追赶着我的脚后跟，惶恐将我包围。他眉头紧皱着说。

我说，你极度不安全。你总在未雨绸缪，你总在防微杜渐。你觉得周围潜伏着很多危险，它们如同空气看不着摸不到但却无所不在无所不能。

他说，是啊。你说得不错。

我说，在你内心，可有一张魔床？

他说：什么魔床？我内心只有深不可测的恐惧。

我说，那张魔床上写着：人不应该有幸福。只应该有灾难。幸福是不真实的，只有灾难才是永恒。人不应该只生活在今天，明天和将来才是最重要的。

他连连说，正是这样，今天的一切都不足信，唯有对将来的忧患才是真实的。

我说，每个人都有过去现在和将来。对我们来讲，无论过去发生过什么，都已逝去。无论你对将来有多少设想，都还没有发生。我们活在当下。

由于幼年的遭遇，他是个缺乏安全感的人。惊惧射杀了他对于幸福的感知和欣赏。只有销毁了那魔床，他才能晒到金色的夕阳，听到妻儿的欢歌笑语，才能从容镇定地面对风云，即使风雨真的袭来，也依然轻裘缓带玉树临风。

说穿了，魔床并不可怕，当它不由分说就宰割着你的意志和行为之时，面对残缺，我们只有悲楚绝望。但当我们撕去了魔床上的铭文，打碎了那些陈腐的"应该"，魔力就在一瞬间倒塌。随着魔床轰塌，代之以我们清新明朗的心态。

魔由心生。时时检点自己的心灵宝库，可以储藏勇气，可以储藏智慧，可以储藏经验和教训，可以储藏期望和安慰，只是不要储藏"应该"。

所有的动力
都来自内心的沸腾

一个人躺在地上，如果他不想起来，那么十个人也拉不起他来，即使起来了，他也马上会趴下。

所有的动力都来自内心的沸腾。如果你做不到一件事，无论是搞好关系，还是寻找爱人或者减肥，都是因为你还没有真正想做。

这是一个很有意思的心理小游戏。来，纠集起十来个人，然后找一个人来扮演那个躺在地上的人，不用找体重特别沉的，那样容易影响咱们这个游戏的真实感。请这位朋友赖在地上，大家用尽全力把他拽起来……

我见过三十个人都拉不起一个人的情景。我本来在上文中想写这个数字，但又怕大家觉得太夸张了，就写了十来个人，这是千真万确的。只要你不想起来，没有人能把你拉起来。心理上的问题也是一样的，只要你没想通，只要你不是真的心服口服，那么，无论外界多么努力，都是劳而无功。

女子当了妈妈，对待自己的孩子时，要记得这个游戏。他虽然小，也有自己的独立意志，你要把道理给他讲清楚，而且要让他明白这样做的目的是什么。有人会觉得孩子还小，没必要讲那么多。可是，成长是一个逐渐发生的过程，你不能在一颗幼小的心里种下强权的种子。以理服人而不是以力服人，这是从小就要养成的习惯。

你举目四望，很容易就能发现：很多人的生理上的需求得到了满足，但他们仍然不满意，奔突不止，躁动不宁，缺少一种能使他变得生机勃勃的动力，缺乏稳定祥和。像这样缺乏主动性的生活，无论表面上多么风光，都是不值得羡慕的。

那种使自己变得生机勃勃的动力是什么呢？谁来回答你呢？谁来帮你寻

找呢？谁为你一锤定音？没有别人，只有你自己。只有当理想的光芒照耀着我们，而且它和广大人群的福祉相连，我们才会有大的安宁和勇气。

你可曾体会种子的疼痛？那种挣开包裹自己的硬壳，顶出板结的土壤的苦难，对一个柔弱的芽来说，可以说是顶天立地的壮举。一个人觉醒时的力量，应该大于一颗种子啊！

有些人把梦想变成现实，有些人把现实变成了梦想。关键是，你的梦想是什么，你为你的梦想做了什么。

有梦想，就不会寂寞，当你寂寞的时候，只要招招手，你的梦想就飞到了你身边。剩下的事，就是琢磨怎样把梦想变成行动了。

心境防割

　　旅游的时候认识了一对夫妻,他们的职业是制作防割手套。我问,这手套坚硬到何种程度呢?他们笑而不答,说,回到北京后你到我们那里参观一下就知道了。

　　第一眼看见防割手套,平凡到令人垂头丧气。和普通车工钳工戴的白线手套没有任何区别,如果一定要找到不同,就是价钱要贵出很多。也许看出了我的不屑,男主人抽出一把寒光四射的匕首握在手中说,你戴上手套,然后来夺我的刀。细端详,那刀尺把长,尖端像西班牙人的鞋子弯弯翘起,开了刃,血槽深深。我胆战心惊道,这刀可以杀死一头恐龙了,不敢。他又说,要么我戴上手套,请你来割我吧。我说,那干脆就滑到了犯罪边缘,本人奉公守法,恕我也不能从命。他无奈,只有亲戴手套,自己来割自己了。

　　戴上防割手套的左手有些臃肿,右手执刀杀气腾腾。晶光闪烁的长刃劈下的那一瞬,我骇得紧闭了眼睛。等到哆哆嗦嗦打开眼帘,以为看到的是皮开肉绽、血花翻飞,不想雪白的左手套上只有一道淡淡的痕迹。主人优雅地舒了几下掌,如同少妇的额头被抹上了速效去皱霜,痕迹很快就平复了。

　　我大觉神奇,不由得一试。戴上手套,用刀锋在指掌上反复切割,先轻后狠。那真是一种奇妙的感受,你能感觉到薄刃的锋芒和切割的重量,然而它却如溪水掠过,毫发无伤。主人告诉我,看似普通的棉纱里,捻进了500根高弹钢丝。临走的时候,主人送我一副防割手套,笑道,从此你可空手夺刃了。

　　感叹防割手套的神奇,不由得想到:倘加上十倍百倍之量,用千万根钢丝织就一件背心,披挂在身便心硬如铁了,再没有什么情感的剑戟能刺出血洞,再没有什么理智的矛斧能劈裂成沟壑。享有一颗风雨无摧、刀枪不入的心,岂不万般惬意!

有一段时间，我出门时书包里常带着防割手套，期望着碰上一个行凶的歹徒，冲上去见义勇为又能保全须全尾。然世事虽纷杂，运气却太平，梦想竟无法成真。坚固的防割手套渐渐蒙尘，如同骁勇的大将空白了少年头。终有一天，我在乡下干活的时候，想到委它以新任。花圃中月季正香艳，这是最渴望修剪的花卉。此花盛开之后如不从瓣下第三分叉处刈除，就会花渐小，香渐远，魅力大失。只是那些月季的锐刺尽忠职守，如同美女的贴身保镖虎视眈眈。我手笨，每一回都被扎得十指痛痒。

连刀剑都能阻挡，还怕小小的荆棘吗？我戴上防割手套，所向披靡地抓起了月季花茎。顿时，双手像被蜂群包围，数不清的小刺同时扎入肌肤。慌乱摘下手套查看，七八处鲜血淋漓，实为我充任业余园丁以来受伤最惨痛的一次。

原来，这特制手套能够防止长刀短剑的切割，却并不能阻止细小毛刺的揿入。钢丝绞接的缝隙是小针出入自由的高速路。

那天，我贴着大约十张创可贴完成了剪枝工作，一边挥舞园艺剪一边想，悲哀啊，看来十万根钢丝也无法保证我们的心境不受损毁。更不消说，人是不能无时无刻都裹在钢丝里面的，那样我们将丧失对人间百态的灵敏触碰和对风花雪月赏心悦目的叹息。

你想保有你对世界的好奇和快乐吗？你必须除去心的伪装，敞开你的心扉。心必将一生裸露着，狂风为她梳洗，暴雨为她沐浴。心没有褽衣，也没有斗笠。心会受伤，心也会流血，这就是心的功能啊。

把心藏在钢铁中，且不说钢铁也是有缝隙的，就算心境防割，心再也不能活泼地游弋，那才是心最大的哀伤呢。关于这种悲惨的境况，古语中有一个恰如其分的词，叫作"心死"。

一个心理健康的人，心可以流血，自己就能撕下衣襟止血；心可以撕裂，自己能够飞针走线地缝合。他可以有累累的创伤，更会有创伤愈合之后如勋章般的痕迹。

锻造心情

心情好像一种很柔软的东西，经常因为自然界的风花雪月或是人世间的阴晴冷暖，剧烈波动着，蛛丝般震颤飘荡，无所依傍，哪里用得上"锻造"这样充满金属音响的词呢？

心情于我们是那样的重要。健康与美丽，如若没有一副好心情，犹如沙上建塔，水中捞月，一切都无从谈起。心情与我们形影不离，不，它甚至比影子的追随还要牢固得多。光不存在的时候，影子就藏在深深的黑暗中了。只有心情牢牢黏附在胸膛最隐秘的地方，坚定不移地陪伴着我们。快乐的人，在黑暗中也会绽出笑容；凄苦的人，即使睡着了，梦中也滴泪。

心情是心田的庄稼。只要心脏在跳动，心情就播种着，活跃着，生长着，更迭着，强有力地制约着我们的生存状态。可能没有爱情，没有自由，没有健康，没有金钱，但我们必有心情。

心情是我们的收割机呢！如果你懊丧，收获的就是退缩畏葸和一事无成。如果你落落寡合，只一味地倾诉苦难，朋友最终会离去，留你孑然面对孤灯。如果你昂扬，希望就永远微茫地闪动，激你前行。如果你百折不挠，生活每一次把你压扁，你都会充满了韧性和幽默地弹跳而起，螺旋向上。如果你向每一丛绿树和鲜花打招呼，它们必会回报你欢笑与芬芳……

如果你渴望健康和美丽，如果你珍惜生命每一寸光阴，如果你愿意为这世界增添晴朗和欢乐，如果你即使倒下也面向太阳，那么，请锻炼心情。

它宁静而坚定，像火山爆发后凝固的岩浆，充满海绵状的孔隙又坚硬无比。它可以蕴含人生的苦难，但绝不会被苦难所击碎。它感应快乐的时候如丝如弦，体贴人间的每一分感动。它凝重时如锚如链，风暴中使巨轮安稳如磐。它在一次次精彩的淬火中，失去的是杂质，获得的是强韧。它延展着，包容着，被覆着我们裸露的神经，保卫着我们精神的海洋与天空。它是蓝色澄清的内心疆域，在那里栖息着我们永不疲倦的灵魂。

让我们的成品——沉稳宁静广博透明的心，覆盖生命的每一个清晨和夜晚。从此不再因外界的风声鹤唳而瑟瑟发抖，不再因世间的荣辱得失而锱铢必较，不再因身体的顿挫不适而万念俱灰，不再因生命的瞬忽飘逝而惆怅莫名……

人生因此健康，因此美丽。

好心态

一个健全的心态，比一百种智慧都更有力量。

现在把智商炒得火热，可是我总觉得很多事情没办好，不是我们的智商不够，而是心态不稳。心理现在也成了一个几乎被说滥了的词。棋下输了，会说，其实是在心理上输了。跳水砸了，会说不是技不如人，而是心理上的问题。考试慌张，没能考出应有的成绩，自然也是心理上的毛病了……凡此种种，还可以举出很多。有时心想，心理问题变成了一个大箩筐，什么东西都可以丢进去。

不过，心理还真是一个大箩筐，也许它的容积，比我们想象的更大。我们的大脑，虽说是整个肌体的总司令，但其实只占了整个身体能量的一小部分。还有一大部分，是习惯成自然，类乎山高皇帝远的封建诸侯国，自成体系。也就是说，肌体几乎是在独立自主的情形下，下意识地完成着很多重要工作。比如，正常时分，你能知道自己的胃肠道是如何消化食物的吗？能知道自己的血压是如何调整的吗？想必大多数人一脸茫然。

如果人们紧张慌乱手足无措，诸侯小国也顿时进入了非常状态。放弃了平日的稳定和协调，乱成一锅粥，其后果不堪设想。这就是为何在比赛中，有的选手会因为过度紧张，犯一些不可思议的低级错误。

说到底，也没什么不可思议的。紧张几乎是万恶之源，一旦肌体进入了不协调状态，我们会词不达意、手足无措、丢三落四、张口结舌、漏洞百出、匪夷所思……总之，各种谬误风起云涌，让人防不胜防。

有人看到这里，就会很悲观，说照你这样一讲，岂不就没救了？无论我们事先准备得如何好，到时候，神通广大的潜意识一作乱，我们就前功尽弃、毁于一旦了啊！的确是这样。平日锻炼自己养成健全的心态，遇事冷静不慌，全部身心高度协调，这比智慧更重要。

造心

蜜蜂会造蜂巢。蚂蚁会造蚁穴，人会造房屋，机器，造美丽的艺术品和动听的歌。但是，对于我们最重要最宝贵的东西——自己的心，谁是它的建造者？

孔雀绚丽的羽毛，是大自然物竞天择造出。白杨笔直刺向碧宇，是密集的群体和高远的阳光造出。清香的花草和缤纷的落英，是植物吸引异性繁衍后代的本能造出。卓尔不群坚韧顽强的性格，是禀赋的优异和生活的历练造出。

我们的心，是长久地不知不觉地以自己的双手，塑造而成。

造心先得有材料。有的心是用钢铁造的，沉黑无比。有的心是用冰雪造的，高洁酷寒。有的心是用丝绸造的，柔滑飘逸。有的心是用玻璃造的，晶莹脆薄。有的心是用竹子造的，锋利多刺。有的心是用木头造的，安稳麻木。有的心是用红土造的，粗糙朴素。有的心是用黄连造的，苦楚不堪。有的心是用垃圾造的，面目可憎。有的心是用谎言造的，百孔千疮。有的心是用尸骸造的，腐恶熏天。有的心是用眼镜蛇唾液造的，剧毒凶残。

造心要有手艺。一只灵巧的心，缝制得如同金丝荷包。一罐古朴的心，淳厚得好似百年老酒。一枚机敏的心，感应快捷电光石火。一颗潦草的心，门可罗雀疏可走马。一摊胡乱堆就的心，乏善可陈杂乱无章。一片编织荆棘的心，暗设机关处处陷阱。一道半是细腻半是马虎的心，好似白蚁蛙咬的断堤。一朵绣花枕头内里虚空的心，是假冒伪劣心界的水货。

造心需要时间。少则一分一秒，多则一世一生。片刻而成的大智大勇之心，未必就不玲珑。久拖不决的谨小慎微之心，未必就很精致。有的人，小小年纪，就竣工一颗完整坚实之心。有的人，须发皆白，还在心的地基挖土打桩。有的人，半途而废不了了之，把半成品的心扔在荒野。有的人，成百里半九十，丢下不曾结尾的工程。有的人，精雕细刻一辈子，临终还在打磨心的剔透。有的人，粗制滥造一辈子，人未远行，心已灶冷坑灰。

心的边疆，可以造得很大很大。像延展性最好的金箔，铺设整个宇宙，把日月包含。没有一片乌云，可以覆盖心灵辽阔的疆域。没有哪次地震火山，可以彻底颠覆心灵的宏伟建筑。没有任何风暴，可以冻结心灵深处喷涌的温泉。没有某种天灾人祸，可以在秋天，让心的田野颗粒无收。

心的规模，也可能缩得很小很小，只能容纳一个家、一个人、一粒芝麻、一滴病毒。一丝雨，就把它淹没了。一缕风，就把它粉碎了。一句流言，就让它痛不欲生。一个阴谋，就置它万劫不复。

心可以很硬，超过人世间已知的任何一款金属。心可以很软，如泣如诉如绢如帛。心可以很韧，千百次的折损委屈，依旧平整如初。心可以很脆，一个不小心，顿时香消玉碎。

造心的时候，可以有很多讲究和设计。

比如预埋下一处心灵的生长点，像一株植物，具有自动修复、自我养护的神奇功能。心受了创伤，它会挺身而出，引导心的休养生息，在最短的时间内，使心整旧如新。

比如高高竖起心灵的避雷针，以便在危急时刻，将毁灭性的灾难导入地下，耐心等待雨过天晴。

比如添加防震防爆的性能，在心灵遭受短时间高强度的残酷打击下，举重若轻，镇定地维持蓬勃稳定。

比如……

优等的心，不必华丽，但必须坚固。因为人生有太多的压榨和当头一击，会与独行的心灵，在暗夜狭路相逢。如果没有精心的特别设计，简陋的心，很易横遭伤害一蹶不振，也许从此破罐破摔，再无生机。没有自我康复本领的心灵，是不设防的大门。一汪小伤，便漏尽全身膏血。一星火药，便可烧毁绵延的城堡。

心为血之海，那里汇聚着每个人的品格智慧精力情操，心的质量就是人的质量。有一颗仁慈之心，会爱世界爱人爱生活，爱自身也爱大家。有一颗自强之心，会勤学苦练百折不挠，宠辱不惊大智若愚。有一颗尊严之心，会珍惜自然善待万物。有一颗流量充沛羽翼丰满的心，会乘上幻想的航天飞机，抚摸月亮的肩膀。

造心是一项艰难漫长的工程，工期也许耗时一生。通常是母亲的手，在最初心灵的模型上，留下永不消退的指纹。所以普天下为人父母者，要珍视这一份特别庄重的义务与责任。

当以我手塑我心的时候，一定要找好样板，郑重设计，万不可草率行事。造心当然免不了失败，也很可能会推倒重来。不必气馁，但也不可过于大意。因为心灵的本质，是一种缓慢而精细的物体，太多的揉搓，会破坏它的灵性与感动。

造好的心，如同造好的船。当它下水远航时，蓝天在头上飘荡，海鸥在前面飞翔，那是一个神圣的时刻。会有台风，会有巨涛。但一颗美好的心，即使巨轮沉没，它的颗粒也会在海浪中，无畏而快乐地燃烧。

呵护心灵

那一年我 17 岁，在西藏雪域的高原部队当卫生兵，具体工作是化验员。

一天，一个小战士拿着化验单找我，要求做一项很特别的检查。医生怀疑他得了一种古怪的病，这个试验可以最后确诊。

试验的做法是：先把病人的血抽出来，快速分离出血清。然后在 56 摄氏度的条件下，加温 30 分钟。再用这种血清做试验，就可以得出结果来了。

我去找开化验单的医生，说，这个试验我做不了。

医生说，化验员，想想办法吧，要是没有这个化验的结果，一切治疗都是盲人摸象。

听了医生的话，本着对病人负责的精神，我还仔细琢磨了半天，想出一个笨法子，就答应了医生的请求。

那个战士的胳膊比红蓝铅笔粗不了多少，抽血的时候面色惨白，好像是要把他的骨髓吸出来了。

我点燃一盏古老的印度油灯。青烟缭绕如丝，好像有童话从雪亮的玻璃罩子里飘出。柔和的茄蓝色火焰吐出稀薄的热度，将高原严寒的空气炙出些微的温暖。我特意做了一个铁架子，支在油灯的上方。架子上安放一只盛水的烧杯，杯里斜插水温计，红色的汞柱好像一条冬眠的小蛇，随着水温的渐渐升高而舒展身躯。

当烧杯水温到 56 摄氏度的时候，我手疾眼快地把盛着血清的试管放入水中，然后双眼一眨不眨地盯着温度计。当温度升高的时候，就把油灯向铁架子的边移动。当水温略有下降的趋势，就把火焰向烧杯的中心移去，像一个烘烤面包的大师傅，精心保持着血清温度的恒定……

时间艰难地在油灯的移动中前进，大约到了第 28 分钟的时间，一个好朋友推门进来。她看我目光炯炯的样子，大叫了一声说，你不是在闹鬼吧，大白天点了盏油灯！

我瞪了她一眼说，我是在全心全意地为病人服务，正像孵小鸡一样地给血清加温呢！

她说，什么血清？血清在哪里？

我说，血清就在烧杯里呀。

我用目光引导着她去看我的发明创造。当我注视到水银计的时候，看到红线已经膨胀到 70 摄氏度。劈手捞出血清试管，可就在我说这一句话的工夫，原本像澄清茶水一般流动的血清，已经在热力的作用下凝固得像一块古旧的琥珀。

完了！血清已像鸡蛋一样被我煮熟，标本作废，再也无法完成试验。

我恨不得将油灯打得粉碎。但是油灯粉身碎骨也于事无补，我不该在关键时刻信马由缰。现在面临的问题是我该怎么办，空白化验单像一张问询的苦脸，我不知填上怎样的回答。

最好的办法是找病人再抽上一管鲜血，一切让我们重新开始，但是病人惜血如命，我如何向他解释？就说我的工作失误了吗？那是多么没有面子的事情！人人都知道我是一个尽职尽责的好化验员，这不是给自己抹黑吗？

想啊想，我终于设计出了如何对病人说。

我把那个小个兵叫来，由于对疾病的恐惧，他如惊弓之鸟战战兢兢。

我不看他的脸，压抑着心跳，用一个 17 岁女孩可以装出的最大严肃对他说，我已经检查了你的血，可能……

他的脸唰地变成霜地，颤抖着嗓音问，我的血是不是有问题？我是不是得了重病？

这个……你知道像这样的检查，应该是很慎重的，单凭一次结果很难下最后的结论……

说完这句话，我故意长时间地沉吟着，一副模棱两可的样子，让他在恐惧的炭火中慢慢煎熬，直到相信自己罹患重疾。

他瘦弱的头颅点得像啄木鸟，说，我给你添了麻烦，可是得了这样的病，没办法……

我说，我不怕麻烦，只是本着对你负责，对你的病负责，还要为你复查一遍，结果才更可靠。

他苍白的脸立刻充满血液，眼里闪出星星点点的水斑。他说，化验员，真是太谢谢了，想不到你这样年轻，心地这样好，想得这么周到。

小个子说着，几乎是迫不及待地撸起袖子，露出细细的臂膀，让我再次抽他的血。

我心里窃笑着，脸上还做出不情愿的样子，很矜持地用针扎进他的血管。这一回，为了保险，我特意抽了满满的两管鲜血，以防万一。

古老的油灯又一次青烟缭绕，我自始至终都不敢大意，终于取得了结果。

他的血清呈阴性反应，也就是说——他没有病。

再次见到小个子的时候，他对我千恩万谢。他说，化验员哪，你可真是认真哪。那一次通知我复查，我想一定是我有病，吓死我了。这几天，我思前想后，把一辈子的事都想过了一遍。幸亏又查了一次，证明我没病。你为病人真是不怕辛苦啊！

我抵着嘴不吭声。

后来领导和同志们知道了这件事，都夸我工作认真并谦虚谨慎。

在以后很长的时间里，我都为自己当时的灵动机智而得意。

我的年纪渐长，青春离我远去，肌体像奔跑过久的拖拉机，开始穿越病魔布下的沼泽。有一天，当我也面临重病的笼罩，对最后的化验结果望穿秋水的时候，我才懂得了自己当年的残忍。我对医生的一颦一笑察言观色，我千百次地咀嚼护士无意的话语。我明白了，当人们忐忑在生死边缘时，心灵是多么的脆弱。

为了掩盖自己一个小小的过失，不惜粗暴地弹拨病人弓弦般紧张的神经，我感到深深的懊悔。

我们可以吓唬别人，但不可吓唬病人。当他们患病的时候，精神是一片深秋的旷野，无论多么轻微的寒风，都会引起萧萧黄叶的凋零。

让我们像呵护水晶一样呵护人的心灵。

每人心中都有一个本子

一次我应邀在电台直播，谈些人生感慨什么的，不时有听众的热线打进，大家就聊天。突然，一个很细弱的女声传来，说，毕老师，我有一个本子，不知该怎么办。你能帮我想个主意吗？

我问，什么本子呢？

她说，就是那种老式的本子，每个人年轻的时候，都有那种本子。我想，你也曾有过的。

我的心像古老的张衡发明的蛤蟆状地动仪一样，接收到一颗铜球，激烈地共振了一下。我知道她所说的那种本子。我确实有过那种本子。我说，啊，是。我知道，我有过。你打算让我给你出个什么主意呢？

她一口气说下去，不再停歇。看来，她为这个问题，思虑很长时间了。

没有人需要这种本子了，这种本子老土。我有时翻翻，也觉得特可笑。却想，可不能把它扔了，烧了，里头藏着我年轻时的梦。多不容易搜集来的呀！我那时用功着呢，别人看电影，我不去，一笔一画地抄呀抄。现在一看，挺幼稚的，可我不忍心把它毁了，心血啊。还抄了不少景物和人物描写，比如《创业史》里徐改霞的长相，《林海雪原》里少剑波如何英俊……还有气象谚语，像"天上鲤鱼瘢，晒谷不用翻""天上鱼鳞瘢，不雨也风颠"……我那时就特分辨不清，鲤鱼瘢和鱼鳞瘢有什么不同？天气好坏能差那么多吗？想了多年，也闹不明白。如今，也不用想了。有了天气预报，什么都简单了。本子还有什么用？再没人需要它了……

我听着，不知如何回应，只有陪着叹息。从她透露的摘抄词，再加上听她的声音，我判断她早已不年轻。有些人生的纪念物，对自己是宝，对他人只是废物。

也许，怀旧的人，可以在自己的家里，建一所微型的历史博物馆。我本想这样说，但一想到这个年纪的中国妇女，一般不惯幽默。不知人家住房是否宽敞，可有这份闲心？要是碰上个下岗女工，反触动了伤心处。于是只有以沉默相伴。

她突然很热切地说：想了很长时间，我决定把本子寄给你。那里面有关文学的描写，对你的写作肯定会有帮助的。

我微微地苦笑了。这种描写，对我不会有实际用处。但这是一个直播节目，我们的对话，已通过电波飞进万千耳朵。我不忍伤害一颗朴素而炽热的心，于是很快地回答说，好啊！谢谢你把这么宝贵的纪念物托付给我，我一定会仔细拜读，妥善保护的。

她接着问了我的工作地址，喃喃地重复着、记录着……其他的电话接踵打进来，她的声音就在鼎沸中淹去了。

几天后，我收到了一个厚厚的包裹，打开来，一个红色的塑料笔记本收入眼底。

果然是逝去年代的遗物。扉页上，盖着洇了红油的公章，不太好的墨字写着"奖给劳动模范□□□"。这个笔记本不但有着文学的意义，还是主人光荣的记载。

我细细地翻看本子。字体从稚嫩到圆熟，抄录的内容也形形色色。它不是日记，没有个人生活的流水账，但却能从里面看出生命的过程。除了文艺书籍的片段，更多的是那个时代流传的一些名人名言。抄录者好像不喜欢按部就班地准确记载，有一些话并不注明出处，使人分辨不清是她抄下的，还是自己发明的。

> 在人生的前半，有享乐的能力，而无享乐的机会。在人生的后半，有享乐的机会，而无享乐的能力。
>
> ——马克·吐温

恕我孤陋寡闻，从来不知马克·吐温有这样一段言论，不知他在何时何地讲的这个话。我虽然很钦佩他老人家的文学成就，但对这段话不敢苟同。我以为，享乐的能力和机会应该是同步的。你用劳动创造机会，同时享乐。把机会和能力割裂开来，大概是 20 世纪的顺序了。

我想，这段话是本子的主人在年轻时抄录下的吧。那时，她肯定以为自己是不应该享乐的。她以这话激励自己。现在，大约她已到了有享乐机会的年纪了，不知她能否安然享乐？

> 一个人专心于本身的时候，他充其量也只能成为一个美丽的、小巧的包裹而已。
>
> ——罗斯金

又一次惭愧了，不知这位罗斯金是谁。我从这段话里，猜测到主人是相貌普通的女子。在很长的岁月里，她用这话勉励着自己，不愿做一个美丽、小巧的包裹，而期望着成为勤奋而努力的战士。

> 人间最美丽的情景是出现在当我们怀念母亲的时候。
>
> ——莫泊桑

这话非常好。主人在这段语录下，画了代表强调意思的曲线。想来，她是一个非常注重亲情的人。她是孝女吧？但也有另一种可能，她从小就失去了母亲。但愿我的后一判断有误。

> 在最不尊重人类自由的地方，人对英雄的崇拜最为炽烈。
>
> ——斯宾塞

> 人之才能，自非圣贤。有所长，必有所短。有所明，必有所蔽。
>
> ——王守仁

> 当爱情发言的时候，就像诸神的合唱，使整个的天界陶醉于仙乐之中。
>
> ——莎士比亚

> 恋爱中止后不说对方的坏话，也是一种道德。
>
> ——国分康孝

"为什么美女总是跟庸庸碌碌的男人结婚？""因为，聪明的男人避开跟美女结婚。"

——毛姆

啊，她这一阶段，在谈恋爱吧？失恋了？

有朋友的人像草原一样广阔，没有朋友的人像手掌一样狭窄。

与邪佞人交，如雪入墨池，虽融为水，其色愈污。与端方人处，如炭入熏炉，虽化为灰，其香不灭。

——此话无出处

每只鸟都认为自己的声音最美。

——阿拉伯谚语

即使把蛇装进竹管里，它也不会因而变直。

——日本谚语

她是否受到了某种伤害？挺过来了吧？

她脚上穿的是一双绣了小蓝花的青布鞋，毛蓝布裤子，红罩衣，浅花头帕下拢着浓密的黑发，黑发在脑后梳成一根油亮亮的粗辫子，粗辫从脑后绕到前边，滑过肩头，垂在富于曲线的胸脯上。辫梢扎了个红毛线的蝴蝶结，身材颀长，体态丰满，一堆银耳坠垂在秀丽的脸盘旁……

——人物外貌描写

……

我错落地翻动着本子，无声地读着这些话语，感到一颗心，拖着长长的彗尾，在人生的天际艰难运行。

我很感动，因为自己也有一个这样的本子。从中学时记起，追随我到高原，直至我饱经沧桑。

有一些我们久久蕴积肺腑，却表达不出的心结，被先哲们一语道破，在征途的驿站旁，等着我们路过。当无意间相逢时，心会陡地一颤，紧接着是温暖和相知的潮水涌起。

每个人内心都存着这样的本子，记载着我们尊崇的规则。无论它是否凝结为显形的字迹，都在暗中规定和指挥着我们的思维。

近年，不大有人记这样的本子了。很多人奉行的宗旨，是一些可做却不可说的秘诀。有一个女孩告诉我，她听从这样一些小技巧：

永远别问理发师你是否需要理发。

（他总是说你需要理发。推而广之，不要向可能成为你的对手的人、利益与你相悖的人，请教任何东西。）

美貌是一封无声的推荐信，一旦付出，就要成为定期债券。

（在出租相貌的时候，一定要计算出到期的收益。蚀本的生意万不可干。）

烧掉自己最难看的照片。

（千万要在第一眼看到之后，就赶快燃起火柴。假装它从来不曾存在过。这会增强自信心。不信，你试试。）

要付的钱晚付，要收的钱早收。

……

女人第一次结婚是为了心爱的男人，第二次是为了找伴侣，第三次是害怕孤独，第四次是习惯成自然。

对于狗来说，每一个主人都是拿破仑。

她说，我这些还是比较上得台面的，有的人，干脆只记一句——人不为已，天诛地灭。

我无言。翻看我们心中的本子，会更精练更浓烈地知道我们是怎样的人。

我把红本子珍藏起来。不想一段时间以后，那女子又给我来了一封信，说自从把本子寄给我以后，寝食无安，好像把最珍贵的东西丢了。

她说，真的不是我不相信您，只是我以前没意识到，这本子对我是如此重要。您能把它还给我吗？假如您喜欢其中的某些部分，我可以把它复印了，再给您寄去。我不会要您一分钱的。

我马上把本子挂号寄回并附言。我说，本子我已看完了，对我帮助很大。不必再印了。非常感谢你。我完全能理解你的情感，因为我也有同样的本子。

又过了些日子，我收到了厚厚的邮包。打开来看，那女子把她的笔记本，工工整整地重抄了一份，给我寄来了。

后面多了一句话，没有写明出处，我不知是她自己杜撰的，还是从哪里抄来的。

　　当你全心全意梦想着什么的时候，整个宇宙都会协同起来，助你实现自己的心愿。

心是一只美丽的小箱子

　　小时候上学，很惊奇以"心"为偏旁的字怎么那么多。比如：念、想、意、忘、慈、感、愁、思、恶、慰、慧……哈！一个庞大的家族。

　　除了这些安然地卧在底下的"心"以外，还有更多迫不及待站着的"心"。这就是那些带"竖心"旁的字，比如：忆、怀、快、怕、怪、恼、恨、惭、悄、惯、惜……原谅我就此打住，因为再举下去，实在有卖弄学问和抄字典的嫌疑。

　　从这些例证，可以想见当年老祖宗造字的时候，是多么重视"心"的作用，横着用了一番还嫌不过瘾，又把它立起来，再用一遭。

　　其实，从医学解剖的观点来看，心虽然极其重要，但它的主要工作，是负责把血液输送到人的全身，好像一台水泵，干的是机械方面的活儿，并不主管思维。汉字里把那么多情绪和智慧的感受，都堆到它身上，有点张冠李戴。

　　真正统率我们思想的，是大脑。

　　人脑是一个很奇妙的器官。比如学者用"脑海"来描述它，就很有意思。一个脑壳才有多大？假若把它比成一个陶罐，至多装上三四个大"可乐"瓶子的水，也就满满当当了。如果是儿童，容量更有限，没准儿刚倒光几个易拉罐，就沿着罐口溢出水来了。可是，不管是成人还是小孩的大脑，人们都把它形容成一个"海"，一个能容纳百川波涛汹涌的大海。这是为什么？

　　大脑是我们情感和智慧的大本营，它主宰着我们的思维和决策。它能记住许多东西，也能忘了许多东西。记住什么忘却什么，并不完全听从意志的指挥。比方明天老师要检查背诵默写一篇课文，你反复念了好多遍，就是记不住。就算好不容易记住了，到了课堂上一紧张，得，又忘得差不多了。你就是急得面红耳赤抓耳挠腮，也毫无办法。若是几个月后再问你，那更是云山雾罩一塌糊涂。可有些当时只是无意间看到听到的事情，比如路旁老奶奶一句夸奖的话，秋天庭院里一片飘落的叶子，当时的印象很清淡，却不知被谁施了魔法，能像刀刻斧劈一般，永远留在我们记忆的年轮上。

我不知道科学家最近研究出了哪些关于记忆和遗忘的规则，反正以前是个谜。依我的大胆猜测，谜底其实也不太复杂。主管记住什么、忘记什么的中枢，听从的是情感的指令。我们天生愿意保存那些美好、善良、友谊、勇敢的事件，不爱记着那些丑恶、虚伪、背叛、怯懦的片段。当然，这并不是说人应该篡改真相，文过饰非虚情假意瞎编一气，只是想说明我们的心，好像一只美丽的小箱子，容量有限。当它储存物品的时候，经过了严格的挑选，把那些引起我们忧愁和苦闷的往事，甩在了外面，保留的是亲情和友情。

我衷心希望每个人的小箱子里，都装满光明和友爱。

是怨恨还是快乐

那天，一位姑娘走进我的心理诊室，文文静静地坐下了。她的登记表上"咨询缘由"一栏，空无一字。我按照登记表上的字迹，轻轻地叫出她的名字——苏蓉，你好。

苏蓉愣了一下，是聪明人特有的那种极其短暂的愣怔，瞬忽就闪过了，轻轻地点点头。但我还是觉出她对自己名字的生疏，回答的迟疑超过了正常人的反应时间。这只有一个解释，那就是"苏蓉"二字不是她的真名。

因为诊所对外接诊，我们不可能核对来者的真实身份，很多人出于种种考虑，登记表上填的都是假名。

名字可以是假的，但我相信她的痛苦是真的。

我打量着她。衣着黯淡却不失时髦，看得出价格不菲。脸色不好，但在精心粉饰之下，有一种凄清的美丽。眉头紧蹙，口唇边已经出现了常常咬紧牙关的人特有的纵行皱纹。

我说，只要不危及你自身和他人的安全，只要无关违犯法律的问题，我们这里对来访者的情况是严格保密的。我希望你能填写出你来心理咨询的缘由，这样，你对自己的问题可以有一个梳理，我作为咨询师，也可以更清晰地了解你的情况，加快工作。

听了我的话，她沉吟了一下，抓起茶几上的黑色签字笔，在表格"咨询缘由"一栏上，写下了这样一行字：

"怨恨还是快乐？我不知道。这是一个问题。"

这句话套自莎士比亚的名句《哈姆雷特》中王子的独白——"生存还是死亡，这是一个问题！"看来，这位美丽的姑娘为此已思考了很久。

我点点头，表示明白她的困境。对于一般人来说，在怨恨和快乐之间做出选择，根本就不是一个问题。所有的人都会毫不迟疑地选择快乐，这是唯一的答案，此刻的苏蓉却深受困扰。不管她的真名叫什么，我都按照她为自己选定的名字称她苏蓉。此时此刻，名字并不重要，重要的是她真实的苦恼和深在的混沌。

我说，苏蓉，究竟发生了什么，让你如此迷茫？

她微微侧了一下身子，好像要抵挡正面袭来的冷风。

我得了乳腺癌，您想不到吧？不但您想不到，我也想不到。乳腺癌的发病率越来越高，发病年龄越来越低。我还没有结婚，青春才刚刚开始。直到我躺在手术台上，刀子划进我胸前皮肤的时候，我还是根本不相信这个诊断。我想，做完了手术，医生们就会宣布这是一个天大的误会。没想到病理检验确认了癌症，我在听到报告的那一刻，觉得脚下的大地裂了一道黑缝，我直挺挺地掉了下去，不停地坠呀坠，总也找不到落脚的支点。那是持续的崩塌之感，我彻底垮了。紧接着是六个疗程的化疗，头发被连根拔起，每天看着护工扫地时满簸箕的头发，我的心比头发还要纷乱。胸前刀疤横劈，胳膊无法抬起，手指一直水肿……好了，关于乳腺癌术后的这些凄惨情况，我知道您写过这方面的书，我也就不多重复。总之，从那一刀开始，我的生活被彻底改变了……

一番话凄惨悲切，我关注地望着这个年轻姑娘，感觉到她所遭遇到的巨大困境。

她接着说，我辞了外企的高薪工作，目前在家休养。我想，我的生命很有限了，我要用这有限的生命来做三件事情。

哪三件事情呢？我很感兴趣。

第一件事，以我余生的所有时间来恨我的母亲……

无论我怎样克制自己的情绪，还是不由自主地把震惊之色写满一脸。我听到过很多病人的陈述，在心理咨询室里也接待过若干癌症晚期病人的咨询。深知重病之时，正是期待家人支持的关键时刻，这位姑娘，怎能如此决绝地痛恨母亲呢？

她看出了我的大惑，说，您不要以为我有一个继母。我是我母亲的亲生女儿，我的母亲是一个医生。以前的事情就不去说它了，母亲一直对我很好，但天下所有的母亲都对自己的女儿好，这很正常，没有什么特别的。我要说的是在得知我病了以后，她惊慌失措，甚至比我还要不冷静。她没有给过我任何关于保乳治疗的建议，每天只是重复说着一句话，快做手术快做手术！我是一个外行人，主修的专业是对外贸易，简直就是一个医盲。因为是当事人，肿瘤到底是良性还是恶性的，医生也没敢说得太明确。但我妈妈知道所有的情况，可她就没有做深入的调查研究，也没有请教更多的专家，也不知道还有保存乳房治疗乳腺癌的方法，就让那残忍的一刀切下来了。时至今日，我不恨给我主刀的医生，他只是例行公事，一年中经他的手术切下的脏器，也许能装满一辆宝马车。我咬牙切齿地痛恨我母亲。她身为医生，唯一的女儿得了这样的重病，她为什么不千方百计地想办法，为什么不替还没成家还没有孩子的女儿多考虑一番？！她对我不负责任，所以我刻骨铭心地恨她。

我要做的第二件事是死死绑住一个男人。苏蓉说。

看到我不解的表情，她重复道，是绑住他，用复仇的绳索五花大绑。这个男人是我工作中认识的，很有风度，也很英俊。他有家室，以前我们是情人关系，常在一起度周末，彼此愉悦。我知道这不符合毕老师您这一代人的道德标准，但对我来说是无所谓的事情。我从来没有要求他承诺什么，也不想拆散他的家庭，因为那时我还有对人生和幸福的通盘设计，和他交往不过是权宜之计。他喜欢我，我也喜欢他，我不贪图他的钱财，他也不必对这段婚外情负有什么责任。可是，当我手术以后重新看待这段感情的时候，我的想法大不相同了。今非昔比，我已经失去了一只乳房，作为一个女人来说，我已不再完整。这个残缺丑陋的身体，连我自己都无法接受，更不能设想把它展现在其他的男人面前。我的这位高大的情人，是这个世界上见证过我的完整、我的美丽的最后一个男人了。我爱他，珍惜他，我期待他回报我以同样的爱恋。我对他说，你得离婚娶我。他说，苏蓉，我们不是说好了各自保留空间，各自寻求发展吗？就像两条铁轨，上面行驶着风驰电掣的火车，但铁轨本身是永不交叉的。我说，那是以前，现在情况不同了。打个比方吧，我原本是辆红色的小火车，有名利，有地位，有钱，有高学历，拉着汽笛风驰电掣隆隆向前，人们都羡慕地看着我。现在，火车脱轨了，零件散落一地，残骸中还藏着几颗定时炸弹，随时都可能引爆。车颠覆了，铁轨就扭缠到一起了，你中有我，我中有你。要么永不分开，要么玉石俱焚。听了我的决绝表态，他吓坏了，说要好好考虑一下。这一考虑就是一个月杳无音信。以前他的手机短信长得几乎像小作文，充满了柔情蜜意，现在消失得无影无踪。我不知道他考虑的结果如何，如果他同意离婚后和我结婚，那这第二颗定时炸弹的雷管，我就暂时拔下来。如果他不同意，我就把他和我的关系公布于众。他是有身份、好脸面的人，不敢惹翻我，我会继续不择手段地逼他，直到他答应或是我们同归于尽……

我要做的第三件事，是拼命买昂贵的首饰。只有这些金光闪闪、晶莹剔透的小物件，才能挽留住我的脚步。我常常沉浸在死亡的想象之中，找不到生存的意义。我平均每两周就有一次自杀的冲动，唯有想到这些精美的首饰，在我死后，不知要流落到什么样的人手里，才会生出一缕对生的眷恋。是黄金的项圈套住了我的性命，是钻石的耳环锁起我对人间最后的温情，是水晶摆件映出的我的脸庞，让我感知到生命是如此年轻，还存在于我的皮肤之下……

她的目光没有焦点，嘴唇不停地翕动着，声音很小，有一种看淡生死之后的漠然和坦率，但也具有猛烈的杀伤力。我的心随之颤抖，看出了这佯装镇定之下的苦苦挣扎。

她又向我摊开了所有的医疗文件，她的乳腺癌并非晚期，目前所有的检查结果也都还在正常范围之内。

我确信她的生命受到了严重的威胁，但这不是来自被病理切片证实了的生理的癌症，而是她在癌症击打之下被粉碎了的自信和尊严。癌症本身并非不治之症，癌症之后的忧郁和愤怒、无奈和恐惧、孤独和放弃、锁闭和沉沦……才是最危险的杀手。

我问她，你为什么得了癌症呢？

苏蓉干燥的嘴唇张了几张，说，毕老师您这不是难为我吗？不单我不知道自己是怎样得了癌症的，就连全世界的医学专家都还没有研究出癌症的确切起因。我当然想知道，可是我不知道。

我说，苏蓉你说得很对。每一个得了癌症的人都要探寻原因，他们百思不得其解。而人是追求因果的动物，越是找不到原因的事，就越要归纳出一个症结。在你罹患癌症之后，你的愤怒、你的恐惧、你的绝望，包括你的惊骇和无助，你都要为自己的满腔悲愤找到一个出口。这个出口，你就选定在……

苏蓉真是个绝顶聪明的女孩，我刚说到这里，她就抢先道，哦，我明白了，您的意思是我把得了癌症之后所有的痛苦伤感都归因到了母亲身上？

我说，具体怎样评价你和母亲的关系，这是一个很复杂的课题，我们也许还要进行漫长的讨论。但我想澄清的一点是，你母亲是你得癌症的首要原因吗？

苏蓉难得地苦笑了一下，说，那当然不是了。

我说，你母亲是一个治疗乳腺病方面的专家吗？

苏蓉说，我母亲是保健院的一个基层大夫，她最擅长的是给小打小闹的伤口抹碘酒和用埋线疗法治痔疮。

我又说，给你开刀的主治医生，是个专家吧？

苏蓉很肯定地说，是专家。我在看病的问题上是个完美主义者，每次到了医院，都是点最贵的专家看病。

我接着说，你觉得主刀大夫和你妈妈的医术比起来，谁更高明一些呢？

苏蓉有点不高兴了，说这难道还用比吗？当然是我的主刀医生更高明了，人家是在英国皇家医学院进修过的大牌。

我一点都不生气，因为这正是我所期待的回答。我说，苏蓉，既然主刀医生都没有为你制订出保乳治疗的方案，你为什么不恨他？

苏蓉张口结舌，嗫嚅了好半天才回答道，我恨人家干什么？人家又不是我家的人。

我说，关键就在这里了。关于你母亲在你生病之后的反应，我相信肯定不是十全十美的，如果给她足够的时间，也许她会为你做得更充分一些。没有为你进行保乳治疗的责任，主要不是在你母亲身上。这一点，不知道你是否同意？

苏蓉沉默了一会儿，点点头，说，我同意。

我说，一个人成人之后，得病就是自己的事情了。你可以生气，却不可以长久地沉浸其中，无力自拔。你可以愤怒，却不可以将这愤怒转嫁给他人。你可以研究自己的疾病，但却不要寄托太理想、太完美的方案。你可以选择和疾病抗争到底，也可以一蹶不振，以泪洗面，这都是自己的事情。只有心理上长不大的人，才会在得病的时候，又恢复成一个小女孩的幼稚心理。在我们的文化中，有一种值得商榷的现象。比如小孩子学走路的时候，如果他不小心摔了一跤，当妈妈的会赶快跑过去，搀扶起自己的孩子，心疼地说，哎呀，是什么把我们宝宝碰疼了啊？原来是这个桌子腿啊！原来是这个破砖头啊！好了好了，看妈妈打这个桌子腿，看妈妈砸这个破砖头！如果身旁连桌子腿、破砖头这样的原因都找不到，看着大哭不止的宝宝，妈妈会说，宝宝不哭了，都是妈妈不好，没有照顾好你。有的妈妈还会特地买来一些好吃的、好玩的东西哄宝宝……久而久之，宝宝会觉得如果受到了伤害，必定是身边的人的责任……

我的话还没有说完，苏蓉就忍不住微笑起来，说，您好像认识我妈妈一样，她就是这样宠着我的。不过现在我意识到了，身患病痛是自己的事情，不必怨天尤人。我已经长大了，已能独立面对命运的残酷挑战并负起英勇还击的责任。

苏蓉其后接受了多次的心理咨询，并且到医院就诊，口服了抗抑郁的药物。在双重治疗之下，她一天天坚强起来。在第一颗定时炸弹摘下雷管之后，我们开始讨论那个高大的男人。

我说，你认为他爱你吗？

苏蓉充满困惑地说，不知道。有时候好像觉得是爱的，有时又觉得不爱。比如自从我对他下过最后通牒之后，他就一个劲儿地躲着我。其实，在今天的通信手段之下，没有什么人是能够彻底躲得掉另外一个人的。我只要想找到他，天涯海角都难不住我。我只是还没有最后决定。

我说，苏蓉，以我的判断，你在现在的时刻格外需要真挚的爱情。

苏蓉的眼睛里立刻蓄满了泪水，她说，是啊，我特别需要一个人能和我共同走过剩下的人生。

我说，你觉得这个人可靠吗？

这一次，苏蓉很快回答道，不可靠。

我说，把自己的生命和一个不可靠的人联系在一起，我只能想象成一出浩大悲剧的幕布。

苏蓉幽幽地吐出一口长气说，如果我是一个完整的女人，我会很清楚自己该怎么办。但是，我已经残缺了。

我说，谁认为一个动过手术的女人就不配争取幸福？谁认为身体的残缺就等同于人生的不幸？这才是最大的荒谬呢！

苏蓉那一天久久地没有说话。我等待着她。沉默有的时候是哺育力量的襁褓。毕竟，这是一个严峻到残酷的问题，谁都无法代替她思考和决定。

后来她对我说，回家后流了很多的泪，纸巾用光了好几盒。她终于有能力对自己说，我虽然切除了一侧乳房，依然是完整的女人，依然有权利昂然追求自己的幸福。哪个男人能坦然地接受我，珍惜我，看到我的心灵，这才是爱情的坚实基础。建立在要挟和控制之上的情人关系，我不再保留。

我们最后谈到的问题，是那些美丽的首饰。

我说，我也喜欢首饰呢，但是仅仅限于在首饰店中隔着厚厚的玻璃欣赏。我记得一位名人说过，全世界的女人都喜欢首饰和丝绸，喜欢它们闪闪发亮的光泽和透明润滑的质感。面对钻石的时候，会感觉到几千万年的压力和锤炼才能成就的那种非凡光辉。

苏蓉一副遇到知己的快乐表情，说，您也喜欢首饰，这太好了。我说，首饰虽好，但生活本身更美好。让我留在这个世界上的动力，是我要做的事情和我身边的友情，当然，还有快乐。

苏蓉轻轻笑道，我的看法和您是一致的。从此以后，我会节制自己买首饰的欲望。可能常去看看，但不会疯狂地购买了。至于以前买下的首饰嘛，我想自己留下一部分，然后把一些送给朋友们。我还是很喜爱金光闪闪和玲珑剔透的小物件，但我不必把它们像铁锚一样紧紧地抓在手里，生怕一松手遗失了它们，就等于丢掉了自己的性命……我不必用没有温度的首饰来锁住自己，相反，我将用它们把我的生活打扮得更光彩夺目。

终于，分离的日子到了。当最后一个疗程结束，苏蓉走出诊室的时候，我目送着她。我已经无数次经历过这样的时刻，伤感又令人振奋。一个心理咨询师所有的努力，都是为着这一天的早日到来。苏蓉握着我的手说，毕老师，我就不和您说再见了，咱们就此别过，因为我不想再见到您了。这不等于说我不感谢您，不怀念您。也许正是因为知道难得再见，我的思念会更加持久和惆怅。今后的某一天，也许是黎明日出时分，也许是皓月当空的时候，也许是正中午也说不定，您的耳朵根子会突然发热，那就是我在远方深情地呼唤着您。我不见您，是相信我自己有能力对付癌症，不论是身体的癌症还是心理上的癌症，只要精神不屈，它们就会败退。怨恨和快乐，这不再是一个问题，今后的关键是我如何建立自己的心情乐园。顺便说一句，即使我的癌症复发，即使我的生命走到尽头，我相信，只要我有意识地选择快乐，谁又能阻挡我呢？

她的美丽和从容，让我充满了感动。我微笑着和她道别，遵循她的意愿，也希望自己永远不再见到她。有的时候，也许是半夜时分，也许是风中雨中，耳朵并没发热，也会想起她来。我不知道她是否已经和母亲建立起了新型的关系，也不知道她是否找到了心仪的男友，不知道她的首饰盒里可曾增添了新的成员。但我很快地对自己说，相信苏蓉吧，她已经成功地把三颗炸弹摘除了，重新开始了自己新的生活。

为什么是我

　　我会见全美癌症康复中心门诊部的吉妮赖瑞女士。她说，我们这里有各式各样的癌症资料，你对哪些方面最感兴趣呢？我说，因为我自己就是女性，所以我对女性的特殊癌症很想多了解一些。吉妮赖瑞说，那我就向你详细介绍乳癌中心的工作情况吧。在美国，1999 年，共有新发乳癌病人 18.28 万。每个病人的手术费用是 1 万美元。政府对 40 岁以上的乳腺癌病人，每人提供 750 美元的资助。

　　乳腺癌是严重危害妇女健康的杀手，是第二号杀手，危害极大。

　　听着吉妮赖瑞女士的介绍，我叹息说，身为女性，真是够倒霉的了。因为你是女的，因为你的性别，你就要比男人多患这个系统的疾病，而且还不是一般的病患，一发病就这样凶险。

　　吉妮赖瑞说，是啊，作为我们没得这个病的人都这样想，那些一旦得知自己患了乳腺癌的妇女，她们内心所受的惊恐和震撼是非常巨大的。除了人最宝贵的生命受到了威胁以外，即使度过了急性期，也还有许许多多的问题摆在面前。有一些癌症，比如肺癌、胃癌，做了手术，除了身体虚弱，从外表上看不出来。但是，乳腺癌就完全不一样了。即使手术非常成功，由于乳腺被摘除，女性的外形发生了极大的变化，曲线消失了，胸口布满了伤疤，肩膀抬不起来，上臂水肿……她会觉得自己不再是个女人了，她不能接受自己的新形象。她的心理上所掀起的风暴，其猛烈的程度，是我们常人所难以想象的。乳腺癌的病人，假如发现得较早，术后一般有较长的存活期，她们面临的社会评价、婚姻调适、就业选择等问题，就有了更多特殊的障碍。也许她这一时想通了，但一遇到风吹草动，沮丧和悲痛又把她打倒。还有对复发的恐惧，化疗中难以忍受的折磨，头发脱落青春不再……

　　所以，我们专为乳腺癌病人办的刊物的名称就叫作——《为什么是我》。

为什么是我？

我轻轻地重复着这个名称。乍一听，有点不以为然，觉得不像个刊物的名称，不够有力，透着无奈。但设身处地一想，假如我得知自己患了乳腺癌（我猜大多数人一定是从检验报告中得知的，那一瞬，恐怖而震惊），面对苍穹，发出无望的呻吟和愤怒的控诉，极有可能就是这句凄冷的话——为什么是我？！

我说，你们这个刊物的名字起得好。这使那些不幸的妇女，听到了一声好像发自她们内心的呼唤。

吉妮赖瑞说，是啊。孤独感是癌症病人非常普遍的情绪。现代人本来就很孤独，你若得了癌症，更感到自己是世界上最倒霉的人，觉得别人都难以理解你。特别是女性，那一刻的绝望和忧郁，可能比癌症本身对人的摧残更甚。我们首先要帮助病人收集有关的资料，让她们尽快地得到良好的治疗。当然，我们也会推荐她们多走访几家医院，多看几位医生，听听各方面的意见。如诊断无误，就及早做手术。在疾病的早期，信息的收集、沟通和比较，是非常重要的。我们的工作主要集中在这方面。当病人一旦进入手术室，我们就转入下一个步骤。也就是说，当患病的妇女乳房被切掉的那一刻，我们的志愿者就已经等在手术室的门外了。

患病的妇女从麻醉中醒来，都会特别关注自己乳房的情况。这时，我们组织的受过专门训练的护士，为她们开始服务。待到病人们的身体渐渐康复，下一步的心理和精神支持就变得更加重要了。

我们的癌症看护中心是一个有着56年历史的机构，和各个医院都有很密切的联系，可以及时得到很多情况。我们还在报上发表"征友启事"，建立起乳腺癌病人的小组。从我们的经验看，小组的分类越细致越好。乳腺癌本身就有各种分期，早期、中期、晚期……各期病人所遇到的具体困难和对生命的威胁以及其他相关问题，每个人考虑的轻重缓急是不一样的。还有年龄的区别，一个20多岁的白领女性和一个70多岁的贫民老妪，忧虑的问题显然也是不相同的。所以，经过广泛的征集，我们建立起各式各样的乳腺癌康复小组。比如新发的还是复发的，比如有孩子的母亲还是独身女性，比如是离异的还是未婚的，比如乳房修复成功还是不很成功的，比如有乳腺癌家族史还是没有这种历史的，比如同是非洲裔还是亚洲裔……

特别是在长期存活的乳腺癌病人当中，遇到的问题就更是常人所不曾遇到的。比如未婚还是离异的乳腺癌病人，是否再次结婚？何时交友较为适宜？再婚的风险性如何？怎样与男性约会？在交往的哪一个阶段告知男友自己的乳腺癌病况……

这一番介绍，只听得我瞠目结舌。以我当过医生的经历，想象这些都不是很困难的事情，但最关键的是——我从来也不曾考虑过这些问题。我相信自己在医生当中绝非最不负责任的，但我们当医生的，即使是一个好医生吧，也只是局限在把病人病变的乳房切下来，没有术后感染，我的责任就尽到了。病人出院了，我的责任也就终结了。至于这个病人以后的生活和生存状态，那只有靠她自己挣扎打斗了。有多少泪水曾在半夜湿透衾被？有多少海誓山盟的婚姻在手术刀切下之后也砰然而断？

身为女性，身为医生，我为自己的粗疏和冷漠而惭愧。我由衷地钦佩这家机构所做的工作。疾病本身并不是最可怕的，世界上没有一种原因，可以直接导致人的苦闷和绝望。可怕的是人群中的孤独，是那种被人抛弃的寂寞。癌症使人思索很多人生的大问题，它可怕的外表之下，是一个坚硬的哲学命题。你潇潇洒洒随意处置，曾以为是无限长的生命，突然被人明确地标出了一个终点。那终点的绳索横亘在那里，阴影的紧迫已经毫不留情地投射过来。人与人的关系，在这天崩地裂的时候，像被闪电照亮，变得轮廓清晰、对比分明。灾难是一种神奇的显影剂，把以往隐藏起来的凸显出来，模糊的尖锐起来，朦胧的变得锋利，古旧的娇艳起来。在这种大变故的时候，人是孤单的，人是渺小的，人是脆弱的。

中国有句古话，叫作"人生得一知己足矣"，又说"同病相怜"。我觉得癌症康复中心小组的精髓，就体现在了这一点。在茫茫人海中，把相同的人挖掘出来，是一项伟大的工程。也许你正躲在暗处哭泣，但走进一间明亮的房间，你看到100个和你同样的人，同样的病症，同样的经历，同样的苦恼，然而她们正在微笑。这本身就具有多么大的喜剧意义啊。

这是一个朴素的做法。凡是具有穿透人心的魔力的事件，本身都是朴素的。

人们相濡以沫，勇气就在相互的交往中发酵着、膨胀着，汇成强大的力量。

你不能要求没有风暴的海洋

痛苦和磨难，是人生不可分割的一部分。只有接受这一事实，我们才能超越它，更加看清生命的意义。

你说你不要这些苦难，那么生命也就失去了框架。很多自杀的人，就是因为没有理会这种意义，一厢情愿地认为生命是应该只有甘甜没有挫败的。特别是在恋爱早期，那种汹涌的荷尔蒙带来的欢愉，让人把激情当成了常态。生命的常态，其实就是平稳和深邃，还有暗流。在最深刻的层面，我们不单与别人是分离的，而且与世界也是分离的，兀自踽踽前行。

生命的每一步都带着人们向死亡之境跌落，不要存在幻想，这才让你比较持久稳定，安然地居住在孤独中，胸中如有千沟万壑、千军万马。只有接受这一事实，我们才能超越死亡，腾起在空中，看清生命的意义。

有一次，到沙漠中间的一个城市去，临行之前和当地的朋友联络。她不停地说，毕老师，你可要做好准备啊，我们这里经常是黄沙蔽日。不过，这几天天气很不错，只是不知道它能不能坚持到你到来的那一天。

我有点纳闷。虽然人们常常说，"您的到来带来了好天气"，或者说，"天气也在欢迎您呢"，谁都知道，这是典型的客套。个体的人是多么渺小啊，我们哪里能影响到天气！

不过这位朋友反复地提到天气，还是让我产生了好奇。我说，不管好天气还是坏天气，我们都不能挑选。天气是你们那里的一部分，就是黄沙蔽日，也是你们的特色啊。

说者无意，听者有心。后来，这位朋友对我说，她听了我的话，就放下心来。我很奇怪，因为自觉这番话里，并没有多少劝人安心的含义啊。她说，我们这里天气多变，经常有朋友一下飞机就抱怨，闹得主客都很尴尬。

我说，坏天气也是大自然的一部分，就像每个人的生命中都必定下雨，某些日子势必黑暗又荒凉。就像你不可能总是吃细粮，那样你就会得大肠癌。你一定要吃粗纤维。坏天气、悲剧、死亡、生病，都是生命中的粗纤维，我们只有安然接纳。

你不可能要求一个没有风暴的海洋。那不是海，是泥潭。

压抑也许成癌

感觉是一切虚幻事件的核心。它从未确立过任何事情，但又和任何事情息息相关。情绪是埋在所有真实上面的浮土，不把它们清理干净，真相就无从裸露。

传统的教育，教导我们要忍让，要宽容，要忘却。然而长久的压抑会带来更大的反弹，积攒的痛苦如暴风骤雨袭来，霹雳能将我们击为灰烬。

没有哪一样事物，通过压抑，可以自然而然地消失。地球内部的压力，会通过火山爆发来释放。水库的压力，会通过堤岸崩塌、洪水溃泻而释放。身体的不适，会演变成急病，让你不得不全神贯注地解决。金钱的压力，会恶化成破产。感情的压力，会走向分道扬镳。所以，要学会循序渐进地释放压力，千万不要忽略了小的不安。它们摞起来，会把精神拧弯。

人们常常以为抑郁的人是没有能量的。我们看到他们萎靡不振，好似一团沾满灰尘的瘫软抹布。但其实，压抑是一种极大的能量，不信你看抑郁的人，他们可以决绝地自杀，从高处一跃而下，这需要何等的胆量和执着。千万不要轻视了抑郁的人，以为他们没有能力改变。能量执拗地存在着，只是失却了方向，不是向外攻击就是向内攻击。

尊重你的情感，并不是要情感直接做出决定，而是尊重情感的波涛起伏；不是压抑情感，而是疏通情感。中医说，不通则痛，通则不痛。先要将痛苦纾解开来。拧成一团乱麻般的情绪症结，简直就是毒药。用不着外界的纷扰，单是内心的混乱，就完全能导致崩溃了。该恨谁，就在心中将他诅咒千遍。可以用最恶毒的字眼，只是不要让别人听到。你救赎的是自己的灵魂，和他人无关。如果还不解气，就把一个抱枕靠垫或荞麦皮枕头当作替罪羔羊，扔到地上拳打脚踢，直到羽绒飞扬、遍地鹅毛也在所不惜，荞麦皮漏撒一地，就慢慢扫起。假如怒火还未消，就在纸上写上仇者的姓名，然后明明白白地写出：我恨你！恨你……

我教过一个朋友这招，他呱呱嘴说，做不来。

我说，为什么呀？这并不是很难的动作啊！如果你找不到安静的地方，我可以把自己的家借给你。哪怕你声震九霄，也没有人会听到。

他说，那不是像个神经病吗？！

我说，怎么会！你压抑得太久，已经忘了如何来表达愤怒。整天装在西服革履的套子里，已经没有真的血肉。接触自己最内在的情感，它既然存在着，就必有其合理的走向。就像当年大禹治水，不是围追堵截，而是疏导引流。现在，你的情绪像堵车一样塞在一起，神经通路已完全不畅通，哪能做出英明决定？听我的，开始吧。

他犹疑着说，这很不习惯。

我说，是啊，你已经习惯了掩藏和压抑。其实，凡是在我们心灵中存在的能量，无论是正面的还是负面的，压抑都是有害的。你压抑了正面的能量，本该你承担的义务，你偏偏躲闪；本该你做出的决定，你犹豫不决；本该你担当的职务，你假装谦虚拱手相让……你以为你这是大度，是高风亮节，是安全、敦厚，其实不过是懦夫。而且那些被压抑的能量，迅速地凝变成了牢骚、怀才不遇、指手画脚、不在其位而谋其政，让人厌烦……这还算是好的，因为你把能量的矛头对准了外界。

更糟糕的选择，是缄口不语，把一切真知灼见藏在肚皮里，愣愣地旁观着这个世界，在无人的风口抚胸长叹。向内攻击的结果也是以自身为假想敌，罹患种种疾病……被压抑的能量化作钢刀，在胸廓之内到处乱戳。也可能跑到哪里聚成块垒，就成了凶险的癌瘤。至于那些原本就是负面的能量，得不到宣泄，会更为虎作伥，肆无忌惮地向外攻击，最极端的变成了杀人的冲动也说不定。所以，情绪是万万压抑不得的，就像高压蒸汽，一定要给它找一个出口。不然，等着吧，爆炸是免不了的。

我所推荐的抱枕法，是一个简便易行、安全可靠的方法。只要你养成了习惯，对于让你万分不舒服的事，直面相对，找到问题的症结，把脾气宣泄出去，你会觉得云开雾散、月朗风清，精神就轻松了好多。

你可能半信半疑地说，好吧，我相信你一回，这样猛烈地自我发泄一通，情绪或许能平稳一些。但是，发泄完了，情况还是那个情况，现状还是那个现状，于事无补啊！

不！不是这样的！情绪遮挡视线之时，能看到的出路是很少的，有时简直就是大雾弥天，日月无光。当我们安静下来，心灵的能量就渐渐呈现出来，就能发现很多被震怒的荒草遮掩的曲折小径。

你可能还是不信，希望你什么时候试一试。这法子成本不高，至多就是把抱枕摔开线了，芦花四扬，也没什么了不起的。我就曾经把一个枕头摔开了线，之后心平气和地把开线之处缝起，虽略损美观，但并无大碍。

有人能摸索出其他适合自己的方法排解幽愤，这也很好。比如阿甘，他的法子就是跑步。无休止地跑，在步履交替的过程中，他慢慢疗治了自己的创伤。

怎么样，朋友？你找到了自己蒸发情绪的好法子了吗？如果你已经找到了，恭喜你啊。这样你就比较能面对真实的自我，不会把自己压抑出癌症来。

走出黑暗巷道

　　那个女孩子坐在我的对面，单薄而脆弱的样子，好像一只被踩扁的冷饮蜡杯。我竭力不被她察觉地盯着她的手——那么小的手掌和短的手指，指甲剪得短短的，仿佛根本不愿保护指尖，恨不能缩回骨头里。

　　就是这双手，协助一双男人的手，把一个和她一般大的女孩子的喉管掐断了。

　　那个男子被处以极刑，她也要在狱中度过一生。

　　她小的时候，家住在一个小镇上，是一个很活泼好胜的孩子。一天傍晚，妈妈叫她去买酱油，在回家的路上，她被一个流浪汉强暴了。妈妈领着她报了警，那个流浪汉被抓获。他们一家希望这件事从此被人遗忘，像从没有发生过那样最好。但小镇的人对这种事有着经久不衰的记忆和口口相传的热情。女孩在人们炯炯的目光中渐渐长大，个子不是越来越高，好像是越来越矮。她觉得自己很不洁净，走到哪里都散发出一种异样的味道。因为那个男人在侮辱她的过程中，说过一句话，我的东西种到你身上了，从此无论你在哪儿，我都能把你找到。她原以为时间的冲刷，可以让这种味道渐渐稀薄，没想到随着年龄的增大，她觉得那味道越来越浓烈了。怪异的嗅觉，像尸体上的乌鸦一样盘旋着，无时不在。她断定世上的人，都有比猎狗还敏锐的鼻子，都能侦察出这股味道。于是她每天都哭，要求全家搬走。父母怜惜越来越皱缩的孩子，终于下了大决心，离开了祖辈的故居，远走他乡。

　　迁徙使家道中落。但随着家中的贫困，女孩儿缓缓地恢复过来，在一个没有人知道她过去的地方，生命力振作了，鼻子也不那么灵敏了。在外人的眼里，她不再有显著的异常，除了特别爱洗脸和洗澡。无论天气多么冷，女孩儿从不间断地擦洗自己。由于品学兼优，中学毕业以后她考上了一所中专。在那所人生地不熟的学校里，她人缘不错，只是依旧爱洗澡。哪怕只剩吃晚饭的钱了，宁可饿着肚子，她也要买一块味道浓郁的香皂，为全身打出无数泡沫。她觉得比较安全了，有时会轻轻地快速微笑一下。童年的阴影难以抑制青春的活力，她基本上变成一个和旁人一样的姑娘了。

这时候，一个小伙子走来，对她说了一句话，我喜欢你，喜欢你身上的味道。她吓得半死，还是清醒地意识到，爱情并没有嫌弃她，猛地进入到她的生活中来了。她没有做好准备，她不知道自己能不能爱，该不该同他讲自己的过去。她只知道这是一个蛮不错的小伙子，自己不能把射来的箭，像个印第安人的"飞去来"似的放回去。她执着而痛苦地开始爱了，最显著的变化是更频繁地洗澡。

一切顺利而艰难地向前发展着，没想到新的一届学生招进来。一天，女孩在操场上走的时候，像被雷电击中，肝胆俱碎。她听到了熟悉的乡音，从她原来的小镇来了一个新生。无论她装得怎样健忘，那个女孩子还是很快地认出了她。

她很害怕，预感到一种惨痛的遭遇，像刮过战场的风一样，把血腥气带了来。果然没多久，关于她幼年时代的故事，就在学校流传开来。她的男朋友找到她，问，那可是真的？

她很绝望，绝望使她变得无所顾忌，她红着眼睛狠狠地说，是真的！怎么样？

那个小伙子也真是不含糊，说，就算是真的，我也还爱你！

那一瞬，她觉得天地变容，人间有如此的爱人，她还有什么可怕的呢？还有什么不可献出的呢？

于是他们同仇敌忾，决定教训一下那个饶舌的女孩。他们在河边找到她，对她说，你为什么说我们的坏话？

那个女孩有些心虚，但表面上却更嚣张和振振有词。说，我并没有说你们的坏话，我只说了有关她的一个事实。

她甚至很放肆地盯着爱洗澡的女孩说，你难道能说那不是一个事实吗？

爱洗澡的女孩突然就闻到了当年那个流浪汉的味道，她觉得那个流浪汉一定是附在这个女孩身上，千方百计地找到她，要把她千辛万苦得到的幸福夺走。积攒多年的怒火狂烧起来，她扑上去，撕那饶舌女孩的嘴巴，一边对男友大吼说，咱们把她打死吧！

那男孩巨螯般的双手，就掐住了新生的脖子。

没想到人怎么那么不经掐，好像一朵小喇叭花，没怎么使劲，就断了。再也接不上了。女孩直着目光对我说，声音很平静。我想她一定千百次地在脑海中重放过当时的影像，不明白生命为何如此脆弱，为自己也为他人困惑。

热恋中的这对凶手惊慌失措。他们看了看刚才还穷凶极恶、现在已了无声息的传闲话者，不知道下一步该怎么动作。

咱们跑吧，跑到天涯海角，跑到跑不动的时候，就一道去死。他们几乎同时这样说。

他们就让尸体躺在发生争执的小河边，甚至没有丝毫掩盖。他们总觉得她也许会醒过来。匆忙带上一点积蓄，蹿上火车。不敢走大路，就漫无目的地奔向荒野小道，对外就说两人是旅游结婚。钱很快就花光了，他们来到云南一个叫"情人崖"的深山里，打算手牵着手，从悬崖跳下去。

于是拿出最后的一点钱来，请老乡给做一顿好吃的，然后就实施自杀。老乡说，我听你们说话的声音，和《新闻联播》里的是一个腔调，你们是北京人吧？

反正要死了，再也不必畏罪潜逃，他们大大方方地承认了。

我一辈子就想看看北京。现在这么大岁数，原想北京是看不到了。现在看到两个北京人，也是福气啊！老人说着，倾其所有，给他们做了一顿丰盛的好饭，说什么也分文不收。

他们低着头吃饭，吃得很多。这是人间最后一顿饭了，为什么不吃得饱一点呢？吃饱之后，他们很感激，也很惭愧，讨论了一下，决定不能死在这里。因为尽管山高林密，过一段日子，尸体还是会被发现。老人听说了，会认出他们，就会痛心失望的。他一生看到的两个北京人，还是被通缉的坏人。对不起北京也就罢了，他们怕对不起这位老人。

他们从情人崖走了，这一次，更加漫无目的。最后，不知是谁说的，反正都是一死，与其我们死在别处，不如就死在家里吧。

他们刚一回到家，就被逮捕了。

她对着我说完了一切，然后问我，你能闻到我身上的怪味吗？

我说，我只闻到你身上有一种很好闻的栀子花味。

她惨淡地笑了，说，这是一种很特别的香皂，但味道不持久。我说的不是这种味道，是另外的……就是……你明白我说的是什么……闻得到吗？

我很肯定地回答她，除了栀子花的味道，我没闻到任何其他的味道。

她似信非信地看着我，沉默不语，过了许久，才缓缓地说：今生今世，我再也见不到他了，就是有来世，天上人间苦海茫茫，哪里就碰得上！牛郎织女虽说也是夫妻分居，可他们一年一次总能在鹊桥上见一面。那是一座多么轻盈美丽的桥啊！我和他，即使相见，也只有在奈何桥上。那座桥，桥墩是白骨，桥下流的不是水，是血……

我看着她，心中充满哀伤。一个女孩子，幼年的时候，就遭受生理和心理的创伤，又在社会的冷落中屈辱地生活。她的心理畸形发展，暴徒的一句妄谈，居然像咒语一般控制着她的思想和行为。她慢慢长大，好不容易恢复了一点做人的尊严，找到了一个爱自己的男孩，又因为这种黑暗的笼罩，不但把自己拖入深渊，而且让自己所爱的人走进地狱。

旁观者清。我们都看到了症结的所在。但作为当事人，她在黑暗中苦苦地摸索，碰得头破血流，却无能为力逃出那桎梏的死结。

身上的伤口可能会自然地长好，但心灵的创伤，自己修复的可能性很小。我们能够依赖的只有中性的时间。但有些创伤虽被时间轻轻地掩埋，表面上暂时看不到了，但在深处依然存有深深的窦道。一旦风云突变，那伤痕就剧烈地发作起来，敲骨吸髓地令我们痛楚起来。

我们每个人都有一部精神的记录，藏在心灵的多宝格内。关于那些最隐秘的伤疤，除了我们自己，没有人知道它陈旧的纸页上滴下多少血泪。不要祈求它会自然而然地消失，那只是一厢情愿的神话。

重新揭开记忆疗伤，是一件需要勇气和毅力的事情。所以很多人宁可自欺欺人地糊涂着，也不愿清醒地焚毁自己的心理垃圾。但那些鬼祟也许会在某一个意想不到的瞬间幻化成形，牵引我们步入歧途。

我们要关怀自己的心理健康，保护它，医治它，强壮它，而不是压迫它，掩盖它，蒙蔽它。只有正视伤痛，我们的心，才会清醒有力地搏动。

自信第一课

1972年的一天，领导通知我速去乌鲁木齐报到，新疆军区军医学校在停顿若干年后这一年第一次招生，只分给阿里军分区一个名额，首长经过研究讨论，决定让我去。

按理说，我听到这个消息应该喜出望外才是。且不说我能回到平地，吸足充分的氧气，让自己被紫外线晒成棕褐色的脸庞得到"休养生息"，就是从学习的角度讲，"重男轻女"的部队能够把这样宝贵的唯一的名额分到我头上，也是天大的恩惠了。但是在记忆中，我似乎对此无动于衷，也许是雪山缺氧把大脑冻得迟钝了。我收拾起自己简单的行李，从雪山走下来，奔赴乌鲁木齐。

1969年，我从北京到西藏当兵，那种中心和边陲的，文明和旷野的，优裕和茹毛饮血的，高地和凹地的，温暖和酷寒的，五颜六色和纯白的……一系列剧烈反差让我的心发生了沧海桑田般的变化。面对死亡咫尺之遥，面对冰雪整整三年，我再也不是当初那个天真烂漫的城市女孩，内心已变得如同喜马拉雅山万古不化的寒冰般苍老。我不会为了什么突发事件和急剧的变革而大喜大悲，只会淡然承受。

入学后，从基础课讲起，用的是第二军医大学的教材，教员由本校的老师和新疆军区总医院临床各科的主任、新疆医学院的教授担任。记得有一次，考临床病例的诊断和分析，要学员提出相应的治疗方案。那是一个不复杂的病案，大致的病情是由病毒引起重度上呼吸道感染，病人发烧、流涕、咳嗽、血象低，还伴有一些阳性体征。我提出方案的时候，除了采用常规的治疗外，还加用了抗生素。

讲评的时候，执教的老先生说："凡是在治疗方案里使用了抗生素的同学都要扣分。因为这是一个病毒感染的病例，抗生素是无效的。如果使用了，一是浪费，二是造成抗药，三是无指征滥用，四是表明医生对自己的诊断不自信，一味追求保险系数……"老先生发了一通火，走了。

后来，我找到负责教务的老师，讲了课上的情况，对他说："我就是在方案中用了抗生素的学员。我认为那位老先生的讲评有不完全的地方。我觉得冤枉。"

教务老师说："讲评的老先生是新疆最著名的医院的内科主任，曾在国民党的军队里做到很高的医官，他的医术在整个新疆是首屈一指的。把这老先生请来给你们讲课，校方已冒了很大的风险。他是权威，讲得很有道理。你有什么不服的呢？"

我说："我知道老先生很棒。但是具体问题要具体分析。他提出的这个病例并没有说出就诊所在的地理位置。比如要是在我的部队，在海拔5000米以上的高原，病员出现高烧等一系列症状，明知是病毒感染，一般的抗生素无效，我也要大剂量使用。因为高原气候恶劣，病员的抵抗力大幅度下降，很可能合并细菌感染。如果到了临床上出现明确的感染征象时才开始使用抗生素，那就晚了，来不及了。病员的生命已受到严重威胁……"

教务老师沉默不语。最后，他说："我可以把你的意见转告给老先生，但是，你的分数不能改。"

我说："分数并不重要。您听我讲完了看法，我已知足了。"

教室的门开了，校工闪了进来，搬进来一把木椅子摆在讲案旁，且侧放。我们知道，老先生又要来了。也许是年事已高，也许是习惯，总之，老先生讲课的时候是坐着的，而且要侧着坐，面孔永远不面向学生，只是对着有门或有窗的墙壁。不知道他这是积习，还是不屑于面对我们，或是有什么难言之隐。

这一次，老先生反常地站着。他满头白发，面容黢黑如铁，身板挺直如笔管，让我笃信了他曾是国民党医官一说。

老先生目光如锥，直视大家，音量不大，但在江南口音中运了力道，话语中就有种清晰的硬度了。他说："听说有人对我的讲评有意见，好像是一个叫毕淑敏的同学。这位同学，你能不能站起来，让我这个当老师的也认识你一下？"

我只有站起来。

老先生很注意地看了我一眼，说："好。毕淑敏，我认识你了，你可以坐下了。"

说实话，那几秒钟，真把我吓坏了。不过，有什么办法呢？说出的话就像注射到肌肉里的药水一样，是没办法抠出来的。

全班寂静无声。

老先生说："毕淑敏，谢谢你。你是好学生，你讲得很好。你的话里有一部分不是从我这儿学到的，因为我还没有来得及教给你那么多。是的，作为一个好的医生，一定不能全搬书本，一定不能教条，要根据具体的情况决定治疗方案。在这一点上，你们要记住，无论多好的老师，也不可能把所有的规则都教给你们。我没有去过毕淑敏所在的那个5000米高的阿里，但是我知道缺氧对人的影响。在那种情况下，她主张使用抗生素是完全正确的。我要把她的分数改过来……"

我听到教室里响起一阵轻微的欢呼。因为写了抗生素治疗的不仅我一个，很多同学都为这一改正而欢欣。

老先生紧接着说："但在全班，我只改毕淑敏一个人的分数。你们有人和她写的一样，还是要被扣分。因为你们没有说出她那番道理，是知其然而不知其所以然。你现在再找我说也不管事了，即使你是冤枉的也不能改。因为就算你原来想到了，但对上级医生的错误没敢指出来。对年轻的医生来说，忠诚于病情和病人，比忠实于导师要重要得多。必要的时候，你宁可得罪你的上司，也万万不能得罪你的病人……"

这席话掷地有声。事过这么多年，我仍旧能够清晰地记得老先生如锥的目光和舒缓但铿锵有力的语调。平心而论，他出的那道题目是要求给出在常规情形下的治疗方案，而我竟从某个特殊的地理环境出发，并苛求于他。对一个初出茅庐的年轻人的不全面的异议，老先生表现出虚怀若谷的气量和真正医生应有的磊落品格。

真的，那个分数对我来完全不重要，重要的是我在此番高屋建瓴的话语中悟察到了一个优等医生的拳拳之心。

我甚至有时想，班上同学应该很感激我的挑战才对。因为没过多长时间，老先生就因为身体的关系不再给我们讲课了。如果不是我无意中创造了这个机会，我和同学们的人生就会残缺一段非常凝重宝贵的教诲。

我的三年习医生涯，在我的生命中是一个重大的转折。我从生理上洞察人体，也从精神上对自己有了更多的信任。我知道了我们的灵魂居住在怎样的一团组织之中，也知道了它们的寿命和局限。如果说在阿里的时候我对生命还是模模糊糊的敬畏，那么，教师的教诲使我确立了这样的观念：一生珍爱自身，并把他人的生命看得如珠似宝，全力保卫这宝贵而脆弱的珍品。

精神的三间小屋

　　面对那句"人的心灵，应该比大地、海洋和天空都更为博大"的名言，自惭形秽。我们难以拥有那样雄浑的襟怀，不知累积至那种广袤，须如何积攒每一粒泥土、每一朵浪花、每一朵云霓。

　　甚至那句恨不能人人皆知的中国古话"宰相肚里能撑船"，也让我们在敬仰之余，不知所措。也许因为我们不过是小小的草民，即便怀有效仿的渴望，也终是可望而不可即，便以位卑宽宥了自己。

　　两句关于人的心灵的描述，不约而同地使用了空间的概念。人的肢体活动，需要空间。人的心灵活动，也需要空间。那容心之所，该有怎样的面积和布置？

　　人们常常说，安居才能乐业。如今城里人一见面，就问，你是住两居还是三居室啊？……喔，两居室窄巴点，三居室虽说也不富余，也算小康了。

　　身体活动的空间是可以计量的，心灵活动的疆域，是否也有个基本达标的数值？

　　有一颗大心，才盛得下喜怒，输得出力量。于是，宜选月冷风清竹木萧萧之处，为自己的精神修建三间小屋。

　　第一间小屋，盛着我们的爱和恨。

　　对父母的尊爱，对伴侣的情爱，对子女的疼爱，对朋友的关爱，对万物的慈爱，对生命的珍爱……对丑恶的仇恨，对污浊的厌烦，对虚伪的憎恶，对卑劣的蔑视……这些复杂而对立的情感，林林总总，会将这间小屋挤得满满，间不容发。

　　你的一生，经历过的所有悲欢离合喜怒哀乐，仿佛以木石制作的古老乐器，铺陈在精神小屋的几案上，一任岁月飘逝，在某一个金戈铁马之夜，它们会无师自通，与天地呼应，铮铮作响。假若爱比恨多，小屋就光明温暖，像一座金色池塘，有红色的鲤鱼游弋，那是你的大福气。假如恨比爱多，小屋就阴风惨惨，厉鬼出没，你的精神悲戚压抑，形销骨立。如果想重温祥和，就得净手焚香，洒扫庭院，销毁你的精神垃圾，重塑你的精神天花板，让一束圣洁的阳光，从天窗洒入。

无论一生遭受多少困厄欺诈，请依然相信人类的光明大于暗影。哪怕是只多一个百分点呢，也是希望永恒在前。所以，在布置我们的精神空间时，给爱留下足够的容量。

第二间小屋，盛放我们的事业。

一个人从 25 岁开始做工，直到 60 岁退休，他要在工作岗位上度过整整 35 年的时光。按一日工作 8 小时，一周工作五天，每年就要为你的职业付出两千个小时。倘若一直干到退休，那就是 7 万个小时。在这个庞大的数字面前，相信大多数人都会始于惊骇、终于沉思。

假如你所从事的工作，是你的爱好，这 7 万个小时，将是怎样快活和充满创意的时光！假如你不喜欢它，漫长的 7 万个小时，足以让花容磨损、日月无光，每一天都如同穿着淋湿的衬衣，如芒在背。

我不晓得一下子就找对了行业的人，能占多大比例。从大多数人谈到工作时乏味麻木的表情推算，估计这样的幸运儿不多。不要小觑了事业对精神的濡养或反之的腐蚀作用，它以深远的力度和广度，挟持着我们的精神，以成为它麾下持久的人质。

适合你的事业，不靠天赐，主要靠自我寻找。这不但是因为相宜的事业并非像雨后白桦林的菌子一样，俯拾即是，而且因为我们对自身的认识，也是抽丝剥茧，需要水落石出的流程。你很难预知，将在 18 岁还是 40 岁甚至更沧桑的时分，才能真正触摸到倾心的爱好。当我们太年轻的时候，因为尚无法真正独立，受种种条件的制约，那附着在事业外壳上的金钱地位，或是其他显赫的光环，也许会灼晕了我们的眼睛。当我们有了足够的定力，将事业之外的赘生物一一剥除，露出它单纯可爱的本质时，可能已耗费半生。然费时弥久，精神的小屋，也定须住进你所爱好的事业。否则，鸠占鹊巢，李代桃僵，那屋内必是鸡飞狗跳，不得安宁。

我们的事业，是我们的田野。我们背负着它，播种着，耕耘着，收获着，欣喜地走向生命的远方。规划自己的事业生涯，使事业和人生，呈现缤纷和谐、相得益彰的局面，是第二间精神小屋坚固优雅的要诀。

第三间小屋，安放我们自身。

这好像是一个怪异的说法。我们自己的精神住所，不住着自己，又住着谁呢？

可它又确是我们常常犯下的重大失误——在我们的小屋里，住着所有我们认识的人，唯独没有我们自己。我们把自己的头脑，变成他人思想汽车驰骋的高速公路，却不给自己的思维，留下一条细细的羊肠小道。我们把自己的头脑，变成搜罗最新信息、网罗八面来风的集装箱，却不给自己的发现，留下一个小小的储藏盒。

我们说出的话，无论声音多么嘹亮，都是别的喉咙嘟囔过的。我们发表的意见，无论多么周全，都是别的手指圈画过的。我们把世界万物保管得好好的，偏偏弄丢了开启自己的钥匙。在自己独居的房屋里，找不到自己曾经生存的证据。

如果真是那样，我们精神的小屋，不必等待地震和潮汐，在微风中就悄无声息地坍塌了。它纸糊的墙壁化为灰烬，白雪的顶棚变作泥泞，露水的地面成了沼泽，江米纸的窗棂破裂，露出惨淡而真实的世界。你的精神，孤独地在风雨中飘零。

三间小屋，说大不大，说小不小。非常世界，建立精神的栖息地，是智慧生灵的义务，每人都有如此的权利。我们可以不美丽，但我们健康。我们可以不伟大，但我们庄严。我们可以不完满，但我们努力。我们可以不永恒，但我们真诚。

当我们把自己的精神小屋建筑得美观结实、储物丰富之后，不妨扩大疆域，增修新舍，矗立我们的精神大厦，开拓我们的精神旷野。因为，精神的宇宙，是如此地辽阔啊。

切开忧郁的洋葱

忧郁是一只近在咫尺的洋葱，散发着独特而辛辣的味道，剥开它紧密黏连的鳞片时，我们会泪流满面。

一位为联合国工作的朋友告诉我，她到过战火中的难民营，抱起一个小小的孩子。她紧紧地搂着这幼小的身躯，亲吻她枯干的脸颊。朋友是一位博爱的母亲，很喜爱儿童，温暖的怀抱曾揽过无数的孩子，但这一次，她大大地惊骇了。那个婴孩软得像被火烤过的葱管，萎弱而空虚，完全不知道贴近抚育她的人，没有任何欢喜的回应，只是被动地僵直地向后反张着肢体，好似一块就要从墙上脱落的白瓷砖。

朋友很着急，找来难民营的负责人，询问这孩子是不是有病或是饥寒交迫，为什么表现得如此冷漠？那负责人回答说，因为有联合国的经费救助，孩子的吃和穿都没有问题，也没有病。她是一个孤儿，父母双亡。孩子缺少的是爱，从小到大，从没有人抱过她。因她不知"抱"为何物，所以不会反应。

朋友谈起这段往事，感慨地说，不知这孩子长大之后，将如何走过人生。

不知道。没有人回答。寂静。但有一点可以预见，她的性格中必定藏有深深的忧郁。

我们都认识忧郁。每一个人，在一生的某个时刻，都曾和忧郁狭路相逢。

自然界的风花雪月，人生的悲欢离合，从宋玉的悲秋之赋到绿肥红瘦的谓叹，从游子的枯藤老树昏鸦到弱女的耿耿秋灯凄凉，忧郁如同一只老狗，忠实而疲倦地追着人们的脚后跟，挥之不去。随着现代社会的发达，忧郁更成了传染的通病。"忧郁症"已经如同感冒病毒一般，在都市悄悄蔓延、流行。

忧郁像雾，难以形容。它是一种情感的陷落，是一种低潮的感觉状态。它的症状虽多，灰色是统一的韵调。冷漠，丧失兴趣，缺乏胃口，退缩，嗜睡，无法集中注意力，对自己不满，缺乏自信……不敢爱，不敢说，不敢愤怒，不敢决策……每一片落叶都敲碎心房，每一声鸟鸣都溅起泪滴，每一束眼光都蕴含孤独，每一朵脚步都狐疑不定……

一个女大学生给我写信，说她就要被无尽的忧郁淹没了。因为自己是杀人凶手，那个被杀的人就是她的妈妈。她说自己从三岁起双手就沾满了母亲的鲜血，因为在那一天，妈妈为了给她买一串糖葫芦过生日，横穿马路，倒在车轮下……

"为此，我怎能不忧郁？忧郁必将伴我一生！"信的结尾处如此写着，每一个字，都被水洇得像风中摇曳的蓝菊。

说来这女孩子的忧郁，还属于忧郁中比较谈得清的那种，因为源于客观的、重要人物的失落，在某种程度上，是我们不得不面对的痛苦反应。更有那说不清道不明的忧郁，树蚕一样噬咬着我们的心，并用重重叠叠的愁丝，将我们裹得筋骨蜷缩。

忧郁这种负面情感的源头，是个体对失落的反应。由于丧失，所以我们忧郁。由于无法失而复得，所以我们忧郁。由于从此成为永诀，所以我们忧郁。由于生命的一去不返，所以我们忧郁。

从这种意义上讲，忧郁几乎是人类这种渺小的动物，面对宇宙苍穹时，与生俱来的恐惧，所以我们无法从根本上消除忧郁。我相信，凡有人类生存的日子，我们就要和忧郁为朋，虽然我们不喜欢，但我们必须学会与忧郁共舞。

正因为这种本质上的忧郁，所以我们才要在有限的生存岁月中挑战忧郁，让我们自己生活得更自由，更欢愉，更生气勃勃。

失落引发忧郁。当我们分析忧郁的时候，首先面对的是失落。细细想来，失落似可分为不同性质的两大类。

一是目前发生的真实与外在的失落，可以被我们确认并加以处理的。比如失去父母，失去朋友，失去恋人，失去工作，失去金钱，失去股票，失去名声，失去房产，失去自信……惨虽惨矣，好歹失在明处，有目共睹。

二是源自自我发展的早期便被剥夺或严重的失望经验，导致内在的深刻失落。这话说起来很拗口，其实就是失在暗地，失得糊涂，失得迷惘，失在生命入口端的混沌处。你确切无疑地丢失了，却不知遗落在哪一驿站？

这可怕的第二种失落，常常是潜意识的，表明在我们的儿童期有着不同程度的缺憾和损失。因为我们未曾得到醇厚的爱，或因这爱的偏颇，使我们的内心发展受阻。因为幼小，我们无法辨析周围复杂的社会，导致丧失了对他人的信任，并在这失望中开始攻击自己。如同联合国那位朋友所抱起的女婴，她已不知人间有爱，她已不会回报爱与关切。在这种凄楚中长大的孩子，常常自我谴责与轻贱，认为自己不可爱、无价值，难以形成完整高尚的尊严感。

过度的被保护和溺爱，也是一种失落。这种孩子失落的是独立与思考，他们只有满足的经验，却丧失了被要求负责的勇气，丧失了学会接受考验和失败的能力，丧失了容纳失望的胸怀。一句话，他们在百般呵护下残害了自我的成长性和控制力的发展。他们的脑海深处永远藏着一个软骨的啼哭的婴孩，因为愤怒自己的无力，并把这种无能感储入内心，因而导致无以名状的忧郁。

人的一生，必须忍受种种失落。就算你早年未曾失父失母、失学失恋，就算你一帆风顺平步青云，你也必得遭遇青春逝去、韶华不再的岁月流淌，你也必得纳入体力下降、记忆衰退的健康轨道，你也必有红颜易老、退休离职的那一天，你也必得遵循生老病死、新陈代谢的铁律。到了那一刻，你是否有足够的弹性抵御忧郁？

还有一种更潜在的忧郁，是因为我们为自己立下了不可能达到的高标准，产生了难以满足的沮丧感。这种源自认定自我罪恶的忧郁症状，是与外界无关的，全需我们自我省察，挣脱束缚。

忧郁的人往往是孤独的，因为他们自卑与自怜。忧郁的人往往互相吸引，因为他们的气味相投。忧郁的人结为夫妻，多半不得善终，因为无法自救亦无力救人。忧郁的人往往易于崩溃，因为他们哀伤，更因为他们羸弱、绝望。

难民营的婴儿，不知你长大后，能否正视自己的童年？失却的不可复来，接受历史就是智慧。记忆中双手沾着血迹的女大学生，你把那串猩红的糖葫芦永远抛掉吧，你的每一道指纹都是洁白的，你无罪。母亲在天国向你微笑。

不要嘲笑忧郁，忧郁是一种面对失落的正常反应。不要否认我们的忧郁，忧郁会使我们成长。不要长久地被忧郁围困，忧郁会使我们萎缩。不要被忧郁吓倒，摆脱了忧郁的我们，会更加柔韧刚强。

自卑情结是幸福的最大敌人

有一种天然的感觉，伴随我们一生。有人说，那是爱，其实不是。爱不是天生就具备的品德，是需要学习的。一个刚刚出生的婴儿，并不懂得爱，但他感到了自卑。哭声就是自卑的旗帜，那是对寒冷（相比于母体内的恒温）、对孤独（相比于母体内的依傍）的第一声惊恐的告白，也是被迫独立生活的宣言。这个景象挺有象征意义。人在强大的自然规律面前，没有法子不自卑。但是，人又不能被自卑打倒，人就是在同自卑的抗争中成长壮大起来的。

可以说，自卑是幸福的最大敌人。道理很简单，一个人若是时时事事都沉浸在自卑中，那他如何还能享受幸福？！

所以，人不要被自卑打垮，而是要超越自卑。咱们先来找找自卑的反义词是什么。我小时候，很喜欢找反义词这类题目，在寻找中，你对原本的那个词有了更深入的了解，就像黑和白站在一起，一定显出黑的更黑、白的更白。只有在黑暗中，你才可能看到所有的光。如果黑和灰站在一起，就容易混淆。

自卑的反义词是自信。自卑和自信，都有一个"自"，就是"自己"的意思。那么，自己对待自己，有什么不同呢？自卑的人，自己看不起自己；自信的人，自己相信自己。从这里入手，我们就找到了自卑和自信最显著的分水岭，那就是，一事当前，自信的人说，我能做这件事；自卑的人会说，我办不成这件事。

面对人生，自信的人说：我能成为理想中那样的人，我要掌握自己的命运。

面对人生，自卑的人会说：我不能成为自己想成为的那样的人，我只能随波逐流，被外力摆布。

自卑这个词，平日里大家说得很多，但究竟什么是自卑呢？自卑有哪些表现呢？自卑为什么会成为幸福的大敌呢？

简言之，自卑就是有关自我的消极信念，影响了成长。

记得儿时读过《好兵帅克》这部小说，里面有个人物，特别喜欢求本溯源。比如他说到窗户，就要说窗户是木头做的，他马上就会接下来解释，木头是树木，那树木又是从哪里来的呢？它们来自森林……

现在我们谈到"自卑"，多少也陷入到了这种论证的漫长小径。有点啰嗦，请原谅。

自卑的人，充满了对自己的不良观念和不适宜的评价。自卑的要害是——自我否定。

看看"否"这个字，"口"上面是个"不"字，一个人一张口就吐出"不"来。人是需要说"不"的，不知道说"不"的人，一生太辛劳，完全丧失了自我。但是，如果一个人一辈子说"不"太多，尤其是对自己总是说"不"，那就成了大问题。

最详细地论证了自卑这种情绪的是个体心理学的创始人阿德勒，他发现了一个自卑情结。

阿德勒是一位奥地利精神病学家，被称为"现代自我心理学之父"。他1870年出生于维也纳的一个商人家庭，排行老二。家境富裕，家人都很喜欢音乐。按说这是一个丰衣足食的幸福环境，可是，童年的阿德勒却一点也不快乐。为什么呢？原因来自他的亲哥哥。两人虽是一母所生，但哥哥高大健壮活蹦乱跳，人见人爱，阿德勒却自小体弱多病，还是个驼背。他5岁那一年，又生了一场大病，更让他身材矮小面容丑陋。好在阿德勒很聪明，后来他考入大学，毕业后当了医生。由于自身的残疾，1907年，他发表了有关由身体缺陷引发自卑的论文，从此声名大噪。他不赞成弗洛伊德的性决定论，强调社会文化因素在人格形成和发展中的决定性作用。他的主要观点是：追求卓越是人类动机的核心，而如何追求卓越，则是取决于每个人独特的生活风格。追求卓越是一种天生的内驱力，使人力图成为一个没有缺陷的人、一个完善的人。人总是有缺陷的，由于身体或其他原因引发的自卑，一方面能摧毁一个人，使人自甘堕落或发生精神病；另一方面，它还能使人发愤图强，力求振作，以补偿自己的缺点。

比如说，古代希腊的代蒙斯赛因斯，小时候患有口吃，可他迎着困难上，刻苦锻炼，最后成了著名的演说家。美国的罗斯福总统，患有小儿麻痹症，但他最终成为美国总统。尼采身体羸弱，他就研究权力哲学，成了一代大哲学家。

自卑者主要的误区，在于认为自己不配享有真正的幸福。

既然我们每个人都有自卑，那么，自卑有什么样的表现形式呢？

1. 如果大家在一起聚会，或者是某些会议和公众场合，有一些人常会格外安静或是特别喧嚣。

那么，请注意，这就很可能是自卑在发作。因为他们觉得自己不配引得别人的注意，他们想尽量隐藏自己。让我们用《红楼梦》中的黛玉来做个例子。先说林黛玉进贾府一节。黛玉因母亲去世，外祖母念及黛玉年幼无人照顾便派人把黛玉接进贾府。黛玉这个孤苦伶仃的孩子，将长期生活在贾府，仰人鼻息。她将来的命运在很大程度上取决于外祖母、舅母王夫人、琏二嫂子等人是否怜爱她。因为过去常听她母亲说外祖母家与别家不同，今天来了，就"步步留心，时时在意，不肯轻易多说一句话，多行一步路，唯恐被人耻笑了他去"。黛玉察言观色，先是说自己是读了书的，因为听到外祖母说读书不过是识了两个字，不是睁眼瞎子罢了，再谈到这个话题的时候，就马上改口，说自己也不过是只识了几个字。连吃完饭后是不是马上漱口，也要静观他人的行为举止，虽然这里许多事情不合家中之式，却也不得不随的，把以前的习惯一一纠正过来。这一切表现，固然有黛玉的聪敏机智、入境随俗，但其根源是自卑。因为人在矮檐下，不得不低头。尽管有外婆贾母的关照（这关照后来也打了折扣），但黛玉自知寄人篱下，只得委曲求全。同时，她又经常表现出清高孤傲，这就是黛玉的一种补偿心理。如果她很自信，就不会这样谨小慎微，也不会那样孤僻而十分敏感。因为自卑而导致的这种双重表现，其实不符合黛玉渴望自由不拘礼数大胆追求爱情的天性，于是她在贾府的日常生活中，就经常出语犀利不饶人，并抑郁多病。现实的残酷和黛玉骨子里的自卑，联手打造了她的悲剧。

还有特别喧嚣的人，到处都能听到他的声音，给人的印象是飞扬跋扈。在职场中，有一些人就是爱把功劳都归于自己，把错误都推诿给他人。他们信奉的是"无理也言高"，很不可一世的样子。人们常常以为这些人是自信过了头。其实，自信永远不会过头，他们那种表现还是自卑。唯恐别人看不到自己的成就，唯恐因为有了过失就丧失了威望，所以不择手段地拔高自己，贬损他人。

2. 自卑的人，通常采用的姿势多是弯腰驼背或是趾高气扬。

先要声明一点，这一条，指的是没有先天残疾而且不缺钙的正常人。我们常常看到快速发育中的青少年弯腰驼背，父母会大声训斥孩子："把腰直起来！把胸挺起来！说了你一百遍了，怎么还记不住！"

管不管事呢？当时是管事的，少年人把腰背一挺直，立刻就精神了许多。但是用不了多久，少年人的腰和背就又塌下去了，变成萎靡不振、含胸蓄腹的样子。

这基本上是个老大难问题，于是有聪明的厂家生产出了这类产品，用外力训练孩子挺起胸膛，希望塑造出好的体型。我认识一个女孩子，用这一类产品的时候，效果不错，挺胸抬头的。可一旦摘下来，就立刻恢复原状。

这到底是因为什么呢？孩子为什么要低头含胸？后来，我通过和她交谈，才明白她对长大一事心怀恐惧，胸部开始发育了，她觉得这是一件令人羞耻的事情，让她抬不起头来，所以，她就总是向前躬着腰……

自卑的理由千奇百怪，我还碰到一个含胸的女子，她却是因为觉得自己是"太平公主"而心生自卑，生怕挺起胸来，人家一眼就会看出她胸前曲线不明显，索性整天弯着腰，企图打个马虎眼，让别人看不出个所以然来……

至于那些过于趾高气扬的人，多半也是自卑。他们顾虑别人小瞧了自己，就格外地夸张形体，好让人觉得他的能耐更大一些。说实话，凡在公共场合看到这一类的人，我就心生悲悯，觉得他适得其反，因为这种体态，恰好暴露了他的不自信。

3. 还有一个识别自卑出没的极好标志，就是一个人的语速。

如果你听到某人说话特别快或者特别慢，那多半是在他成长的过程中，有过特别不自信的阶段。也许那个阶段已经过去了，但就像严重的创伤会留下触目惊心的疤痕，语速也是一种记载。有一位朋友，话说得十分紧促，如狂风骤雨袭来，密不留白。听他说话，简直像被轰炸。我说，你能不能讲得慢一点呢？像现在这样，你说得吃力，听的人也很吃力，大家都辛苦啊！他思谋道，我讲话的速度是当初当推销员练出来的。你想啊，好不容易敲开了门，我第一个动作是把脚尖别到他家的门轴下方，这样对方要想关门，让你吃个闭门羹，他就会用门扇挤了你的脚。一般人虽然不喜欢上门推销的人，但还不至于恶到碾破你的脚趾头的地步，所以，我这第一个回合，就算胜了。第二个回合，就是介绍我要推销的产品。这个时候，语速一定要快，要像机关枪连发一样，不给对方以喘息的机会。要是说得慢了，对方一下子打断你的话，说我们家不需要这个东西，你快走吧！我就前功尽弃了。但是，只要你能坚持不懈地说下去，不定哪句话就打动了对方，买卖也许就做成了。这个时候，语速就是一切。

我说，其实你是怕人家赶你走，所以你无法从容。但是今天不一样了，你可以自由自在地发表自己的看法，让别人也能在轻松中接受你的观点。不然，太快的语速会产生一种压迫感，也暴露了你的慌张。

我还有一位女性朋友，说话速度极慢。你问她一个问题，她许久不答复你，慢到你以为她对你有意见，根本就不屑于理睬你。当你几乎绝望的时候，她慢条斯理地开了腔，说出几个字。你以为说完了，刚要赞同或是反驳她，没想到她又用极慢的语速接着说下去，好像得了语言的便秘。

我说，你不能把话说得快一些吗？急死人了！

她慢吞吞地说，我就是一个慢性子，从小养成的。

我说，我看你做事的时候，并不慢。

她说，做事当然可以不慢，但说话，必须要慢。

我很奇怪，说这是为什么呢？真正的慢性子，说话做事都很慢的。

她说，做事是自己来完成。说话就会让人听见，就会有影响。

我说，这是当然的。说话，除了自言自语，当然是需要让别人听见了，因为语言是交流的工具嘛！交流就会有影响，这不正是说话的人期望的吗？要是你说了半天的话，却一点反响也没有，岂不令人沮丧？

她说，可是，如果我说错了，就全完了，我输不起。

这就话里有话了。后来，通过反复的交谈我才知道，她小的时候，家世很不幸。父母被打成右派，被人揪斗，都是因为"说话"惹的祸。她从小就很自卑，觉得自己和别人不一样，低人一等，说话便格外小心，在所有需要发出声音的场合，都瞻前顾后百般思谋。

人对于自己的声音，有一种原始的掩饰欲。这可能来自远古时代，野兽的力量十分强大，如果你发出声响，被旷野中的凶猛动物发觉，那么你的命运就很悲惨。如果你在群体中，发出与别人不同的声音，那么等待你的后果恐怕也是凶多吉少。而单个的人，如果被群体所抛弃，那也就意味着离死亡不远了。

4.自卑的人，还有一个比较显著的标志，那就是他们的服饰要么十分夸张要么不修边幅。

我估计这一条的后半部分可能会惹翻一些人。他们也许说，夸张的服饰我们是没有的，但有的时候，因为忙，因为贫苦，因为某种特殊的理由，我们曾不修边幅，但这并不等于我就自卑啊。你这样说，是不是太武断了呢？

请原谅，上面讲的自卑容易出没的场所，都是一些大而化之的说法。如果有充足的理由，那么无论是夸张还是不修边幅，都不在此列。但如果没有任何理由，有些人就是要打扮得与众不同，如果不能以特别的奢华或是精致来吸引人的目光，那么，他们就会反其道而行之，干脆以特别的怪异、肮脏、耸人听闻以博得众人的目光，那么几乎可以没有疑义地确定，这个人的内心充满了自卑。他没有法子展现自我的才干，或者说也许根本就在这个方向没有才干，却不甘寂寞。最简单易行的方式，就是标新立异吸引人眼球，以达到让自己不同凡响的目的。

5. 自卑的人，他们看人时，眼光通常不愿意和别人正面接触。

眼睛其实是不发光的，我们平常所说的"眼光"，是指看到了对方瞳孔和角膜的反光。

中国文化中，对"眸"和"眼光"，给予特别的重视。

孟子曰："存乎人者，莫良于眸子。眸子不能掩其恶。胸中正则眸子了焉，胸中不正则眸子眊焉。听其言也，观其眸子，人焉瘦哉！"

这段话是什么意思呢？

大致是说："观察人，最好的办法莫过于观察人的眸子。眸子，不能遮掩人的丑恶。心正则眸子明亮，心不正则眸子昏暗。听他说话，观察他的眸子，人内心深处的正与邪，岂能隐藏呢？"

我们都知道"眼睛是心灵的窗户"这句话，据说这是意大利文艺复兴时期画家达·芬奇从画画的角度来说的。孟子虽然不是画家，但他从如何辨识人的角度，把这个道理说得非常清楚了。美容医生可以修理人的眼眶、眼角、眼梢、眼皮……甚至可以栽上眼睫毛，可没有一个医生能够用技术美化人的眼神。

孟子在和白圭讨论治水问题的时候，直视白圭的眸子，从他闪烁不定的目光里看出隐隐幽幽的狡诈与险恶，便感觉他"胸中不正"。后来的事实证明，白圭真的是个以邻为壑、残害邻国百姓的小人。

人身上的器官无数，为什么独独眼眸负载着这么重要的使命，有这么显著的功能呢？

说白了，眼眸就是黑眼球，眼光，就是指瞳孔开阖的大小。眼睛要往哪儿看，眼球就会偏向哪一方。如果一个人的眼球呆滞不动，那么我们通常会认为这个人的脑子比较笨，不灵活。至于瞳孔的大小，更是衡量生命是否存在的极为重要体征之一。临床医生判定一个人是否死亡，有一个很重要的指征，就是看他的瞳孔是否散大。

那么，决定瞳孔和角膜开阖的机关在哪里？它们受到人的两组神经支配，分属于交感神经和副交感神经。这两组神经，还有一个别名，叫作"植物神经系统"。

说到这里，可能有人要奇怪，人明明是动物，怎么在身体里还潜藏着一套植物性神经？当初我学习军医课程的时候，也对此大为疑惑。专门请教教授，教授说，植物神经系统是人类神经系统非常重要和古老的组成部分，又叫非随意神经，支配内脏器官、血管、心脏、腺体和瞳孔等部位。它主要负责大脑对内脏器官的指令传达工作，但人们平常是感觉不到它的。

请注意这其中的两点。一是支配内脏，二是不随意。除了经过特别训练的人，一般的人想让自己的心跳加快或是减慢，想让自己的血压升高或是降低，想让自己的胃液多分泌或是少分泌一点，都是无能为力的。也就是说，这一套神经系统，不受意志的支配，它们像自由生长的植物一样，自行决定何时工作何时放松，独立于我们的意识之外。故此命名"植物神经"。

现在，你是不是明白了瞳孔的重要性呢？它是诚实的，它不受你的意志支配，它更反映你的本能，代表你的真实想法。从某种意义上说，如果你存心造假说谎，你的瞳孔会出卖你！瞳孔大小的改变，和心理有极大的关系。这就是在中国文化中，我们的老祖宗特别注重眼光的缘由。

瞳孔的变化范围非常大，当极度收缩时，人眼瞳孔的直径可小于1毫米，而极度扩大时，可大于9毫米。这对人体其他的平滑肌或横纹肌而言几乎不可能达到。

所以，自卑的人，他们潜意识里觉得自己万事不如人，没有和别人平等对视的勇气，他们的目光常常是游离和躲闪的。他们怕被别人窥破了心事，就更加不愿意正眼看人。他们以为这样能让自己的不安躲藏得更久一些，殊不知弄巧成拙，欲盖弥彰。

6. 自卑的人，多半看起来焦虑不安或是麻木不仁。

医学里有一个词，叫作"易激惹"，就是说有的人抵抗外界刺激的阈值特别低，轻微的变故，就会在他那儿引起强烈而短暂的情绪反应，这不仅仅包括易怒，还包括易喜易悲易烦躁……人们常常以为这是天生的性格使然，其实，不准确。在这些人的内心深处，常常蛰伏着一个幼稚的孩童。人们不是爱说，三月天，孩儿脸。意思就是只有不成熟的小孩子，才像春天的天气一样，复杂多变。

还有一部分自卑的人，恰好反其道而行之，他们面无表情，麻木不仁。也许有人会说，这不是和前面所说矛盾吗？七情上脸，喜怒形于色，你说不对；那泰山崩于前而面不改色，你也说不对，到底怎样才好呢？

以上所说，只是自卑的人比较常见的表情，并没有绝对的正确与错误之分。如果你觉得自己有这方面的倾向，思谋要不要改变？如果你说，我不改变。那么，也完全是你的自由。谨为希望有所改变的朋友们，提供小小的参考。适时适度的表情，这就是一个人成熟的标志之一。

7. 自卑的人，多半很少发表自己的意见或者爱轻而易举地承诺。

这一条的前半部分比较容易让人想通。因为自卑，觉得自己无足轻重，故缄口不言。因为怕说出来的话和众人的意见不同，被人嫌恶，所以能免则免，不开口。更有甚者，觉得自己人微言轻，说和不说一个样儿，索性在嘴巴上贴了封条，时间长了，基本丧失了在公共场合说话的能力和勇气，这也可理解。

可是，为什么有一些自卑的人，会轻而易举地许诺呢？记得多年以前的春晚，有郭冬临等人出演的一个小品，名字叫《有事儿您言语》，说的就是有这样一个小人物，特别爱对别人说"有事儿您言语"，意思就是你有了为难的地方，需要帮助的时候，就告诉我一声。那潜台词就是，我会尽力帮忙，我是你的救星。帮忙本是一件好事，但所有的帮忙，都要量力而行。如果超出了自己的能力范围，张口就许诺，骨子里就是逢迎和讨好，让自己苦恼和吃力。小品中的这个人物，为了显得自己有门路，答应给别人买火车票。他自带大衣半夜三更地到售票处打地铺排队，还故意少报购票款，以显得自己手眼通天，可以买到便宜票。结果是自己吃了很多苦头，闹了很多误会，家庭不和，委屈做人……这个通过艺术家典型化的人物，好似给自卑做了一个注脚。

他为什么要自讨苦吃呢？就是想在别人面前表现自己很能干，让人能高看自己一眼。说到底，我们平日里的很多忙碌，多半是因为轻易地答应了别人自己难以完成的承诺。刚说完了就后悔，可是又不想被人扣上"吹牛""不诚信"的帽子，只得打落牙齿吞进肚子里，勉力为之，苦不堪言。

也许曾经下过决心，下次一定不能这样轻诺，可事到临头就又忘了。有人觉得这是自己记性不好，其实根子在自卑。

如果你同某人聊天，在谈话中，他会很快就装作无意地提到自家有地位的亲属，或是强调自己经历中最光彩的篇章，那么你基本上也可以断定——碰上了一个自卑的人。

咱们中国有句古话，叫作"好汉不提当年勇"。为什么好汉不提呢？因为倘若是真的好汉，他还会不断创建出新的勇敢的功绩，所以用不着搬弄当年的勇敢来为自己脸上贴金。那么，什么人爱提当年勇呢？我们的俗语中没有说，让我们试着把这句话补充完整——"赖汉好提当年勇"。什么人是赖汉呢？我觉得就是对自己不自信的人，他不相信自己还有再创丰功伟绩的机会，又怕人家小瞧了他，只好把往事一遍遍地重复。

我认识一个人，几十年前我和她聊天，10分钟之内，她必然会装作有意无意地提到她家一位显赫的亲属。当然，她会说得很谦虚，很节制，但她一定会提到。这位亲属，已经成了她胸前悬挂的勋章。几十年过去了，我们重逢，在前10分钟内，她没有提到这位亲属。我想，她终于从那位光芒四射的亲属的影子中走了出来。然而，在第11分钟，她又提起了他……我并不是因为自己没有这样显赫的亲属而心生妒意，也不是对她所讲的亲属内幕没有一丁点儿兴趣，但我还是坚持认为，在涉及该亲属的时候，当然可以提及。但如果那话题和此没有关系还要生拉硬拽地把老人家从坟墓中唤醒，就是一种自卑的特殊表现形式了。

8. 自卑的人会夸大自己的成绩，贬低别人的作用。

这一条很好理解，就不再赘述了。

9. 自卑的人经常为自己辩解，辩解通常多变而苍白。

因为他们并没有一定之规，没有坚定的信念，所以语气常常是犹豫不决，决定常常会在压力下更改。他们通常活力不足而显得疲惫困倦，叫苦连天更是家常便饭。

自卑的人，难以对不符合自己意愿的人说"不"。说"不"这个能力，说难很难。有的人一辈子也说不出来，他们的一生，就是不独立自主的一生，选择被形形色色的潮流所左右，行为被七嘴八舌的人所控制，时间被莫名其妙的事儿所分割，连感情也是禁锢混乱的。这样的人，到了临死的那一天，也许才会猝然发现，他们的头脑，不过是他人思维的跑马场；他们的手脚，不过是别人意志的复印机。他们一生都在讨好别人，都希望能够得到承认和肯定，却不知这世上并没有一个机构，负责评判我们的生命。他们不知道自己的真正需求是什么，除了迎合别人，就是表现出什么都不需要的麻木状态，远在生理的生命还没有消亡之前，心理的生命已经被扼杀。

10. 自卑的人也很容易走向另外一个极端，那就是成为一个严苛的完美主义者。

他们会觉得只要有一点不完美，人就是没有价值的，就应受到批评或是责罚。为了避免这种让人难堪的结果出现，他们不断地鞭策自己，精益求精到了违背常识的地步，过分希望取悦他人，对批评过于敏感。一旦出了一丁点过错，情绪就会长久地沉浸在悲伤、焦虑、内疚、害羞、挫败感和心生愤懑当中，难以排解……

这种人如果当了领导，就会大权独揽，奉行"一言堂"，对别人无法信任，更难以采纳他人意见；总想成为聚会的中心人物，当不被人瞩目时，就手足无措百无聊赖，甚至到了自造新闻，语不惊人死不休的地步。

11. 自卑的人，还很可能避免参加比赛。

他们用种种冠冕堂皇的理由为自己辩解，其实不过是因为害怕失败，害怕自己不被众人承认而提前选择了逃避。

12. 自卑的人，多半不会很好地照料自己。

他们无视自己的身体健康，不能善待身体，觉得身体不过是完成任务的工具，不会倾听身体的声音。他们生病时，多半不去主动就医。因为他们认为生病是一件表示自己虚弱的事情，不可告人，就咬牙挺住，以至于常常到了疾病的晚期才被发现，酿成难以挽回的悲剧。

13. 自卑的人常常过量饮酒，把这种由于酒精引起的兴奋状态，当作是排解压力的最好手段。也有的人沉迷网络，甚至吸毒……因为在平凡的世界和人群中，他们无法找到自己的幸福，于是企求麻醉和沉沦。

原谅我零零碎碎地举出了这么多自卑的表现，其实还可以举出更多，咱们暂且打住。自卑的人最主要的误区，在于他们认为自己不配也不可能享有真正的幸福。

　　这是一个悲惨的自我预言，尤为悲惨的是，如果你真的这样预言自己的人生，它就可能真的变成现实。我们不是常常说心想事成吗？想好事，不一定真的成，因为还需有天时地利人和诸等因素配合，但一个倒霉的预言却常常应验。因为要想把事情弄糟，只要人这一个因素，就足够了。

我们的生命，
不因别人的喜欢而存在

先说这自卑并不可怕的理由是——人人都有，就像死亡，人人都要经历，所以从根本上来说，就不必害怕。

为什么人人都会有自卑呢？

咱们先从大的方面说，自卑的第一个原因是人类相对于宇宙和自然界的渺小。面对苍茫玄妙的寂寥星空，你太渺小了。面对拔地而起的万丈山岳，你太渺小了。面对浩渺无际的汹涌海洋，你太渺小了。面对铺天盖地的葱郁植物，你太渺小了。记得我母亲在世的时候，一天我们和朋友在森林中漫步，看到一棵几人合抱不过来的大树，我们纷纷猜测这树的年龄。虽然众说不一，但大家都同意树龄最少有几百年了。母亲在密林中对我说，人是活不过一棵树的。后来，母亲去世的当日，我回到家中，透过泪眼看到母亲养在花瓶里的一丛水竹依然郁郁葱葱，心中哀痛万分地想，人岂止活不过树，连一捧草也活不过的，顿时泪水奔涌而出。所以，面对大自然，人生出自卑之感，是有道理的。

自卑的第二个原因，来自人类童年时期的幼小和无助。这一点，不言而喻。据科学家研究，因为人类脑容量的不断增大，就使得人类的胎儿不可能在母腹中发育到完全成熟才分娩而出，所以人类的婴儿几乎是一个半成品的时候，就独自面对这个世界了。他不能走，连爬也要等待几个月之后才能慢慢练习而成，完全不像马或者鹿的幼崽，几个小时之后就能蹒跚地跟在母亲身后行走了。人类婴孩不能寻找食物，除了等待妈妈的乳汁，他们没有丝毫谋生的本领。人类婴儿更没有抵抗天敌的能力，谁想置他于死地，都易如反掌。因此人类婴孩有一个漫长的童年期，除了仰人鼻息，没有法子独立。这个孱弱的阶段，谁都躲不过。

自卑的第三个原因，来自我们每个人成长经验中的创伤性记忆和理念。

如果说前两个原因还是人人有份的话，这第三个原因，有一点个体差异。但完全不曾遭遇创伤的人，也是没有的。

什么能造成我们的精神创伤呢？让我举几个例子。

第一是有关性别的。普遍来讲，多是因封建残余的重男轻女观念，中国女孩普遍比较容易在这一处留下创伤，形成死穴。就算家里不忽视女孩，当她走到社会上，也还是会受到无所不在的性别文化的影响，歧视犹如空气，弥漫在很多地方的上空，令人无法逃遁。而且，有的男孩也不喜欢自己的性别。我就曾经听到一个男孩说，因为在他之前，叔叔啦伯父啦，还有自己父母这个小家，整个大家庭里生的都是男孩，于是无论从祖父母还是父母，都希望这最后一个孩子是个女孩。那时候还允许提前用超声波鉴定胎儿性别，不知道是不是医生大意了，告知人们将要出生的是个女孩，全家期盼。没想到却是个小伙子出世了，一片哗然。妈妈懊丧地说，我希望能来件小棉袄，不想还是一把小茶壶。于是，这个小伙子很为自己的性别苦闷，长久地不开心。

第二种常见的心理创伤，就是对自己的外形不满意。

比如嫌自己的个子不够高，肤色不够白，头发不是漆黑油亮，眼睛不是双眼皮，腿不够修长，手的形状不良，嗓音不美，鼻子塌陷等等。

对自己的长相不满意，这应该是很有历史传统的自卑理由。尤其是对女子，咱们的古话中说的郎才女貌，简直把女子的相貌提到了繁衍学的原则高度。这个倾向，在现代社会越演越烈。为什么会发生这种变化呢？很大一个原因，是因为影视艺术的普及。过去我们形容一个人的长相，只能靠语言。用语言这个东西形容外貌，留给人很大的想象空间，好赖其实是没有定论的。过去人们称赞一个人好看还是不好看，涉及的地理范畴，基本上就是在一个村子内打转转，说某某相貌好，就会说，这是村子里最漂亮的姑娘。一个村子里有多少人呢？也就几百人吧。大一点的村子上千人，也就到头了。选美基础最广泛的佳人，大概要数"倾国倾城"的范围，那时候的国和城，也不能和今日相比，不过方圆几千几万平方公里的面积。

再加上封建余孽——长期以来，美貌女子都被男人用来向外界展示地位和财富。在金钱的陪衬下，再丑的男人也变得闪闪发光。

今天就大不同了。因为电视媒体、网络媒体的发展，由于整容术、化妆术的协同作战，银幕和屏幕纷纷把包装极端完美的佳丽展示给大众，形成了一种视觉上的压迫，几乎让所有人都认为自己长相上有瑕疵，从而自惭形秽。

如此普遍地制造形体上的自卑，是现代文明带给我们的副产品之一。如果不加以有意识地对抗、消解和升华，就会批量生产出众多自卑的女子，当然，也包括男子。

这个世界上，是不是有人就天生丽质，长得特别好看呢？我想，一定是有的。这个概率是不是很高呢？我觉得不高。我始终认为，人不要把自己的希望放在小概率事件上，不要总是期望成为"一小撮"，还是立足于当大多数。什么叫"平常心"，就是认定自己普通，认定自己是芸芸众生当中的一员，在这个基础上，来设计自己的一生。这有点像打扑克，有没有抓到一把好牌的时候呢？当然有，红桃是主，你全是红桃，大小王也都在手……我相信这种可能性不是零。但是，如果你打扑克把自己的输赢建构在这样的遥想之上，你就根本不能算是会打扑克。

很多人嫌自己的个子不够高。有一位男性朋友，几个月不见，他突然长高了半头。我说，你三十多岁了，还能长个儿，可喜可贺啊。他苦笑着说，这不是提经理了吗，我的手下都比我个儿高，闹得我觉得自己要总是那么矮小，就没有权威感，于是定做了一双增高鞋。咱们是老朋友，谁有多高还不知道吗？别拿我开玩笑啊。

我说，不是开玩笑。高跟鞋的滋味不好受。我以前写过一篇小文章，听到某些人讲高跟鞋有多少好处，我从一个医生的角度就想不通。要是高脚跟有好处，人类早就在进化的过程中把脚后跟增厚了。还有，要是真有这么多好处，干吗男人们不穿高跟鞋？我基本上想不出在这个世界上有好处的事儿，是男人们不抢着做的。现在谢谢你告诉我，方知道男人们也开始进军这个领域了。

他继续苦笑说，您这话还真说对了，穿高跟鞋实在是不舒服。不过男人们的高跟鞋和女人的有所不同，它基本上是整体加高，就是底厚，累得慌，估计让脚趾骨畸形的可能性还稍小点。

我说，你想过为什么男子汉都崇尚高大？

他搔搔脑瓜顶说，这还真没认真想过，可能是约定俗成吧。

我说，其实，每一种约定俗成的后面，都有蜿蜒曲折的心理痕迹。

他说，愿听其详。

我说，古代的时候，人们没有工具。要和野兽作战，当然得身大力不亏啊，这样活下来的概率就比较大。打得赢就打，打不赢就跑，腿长的人当然在搏杀中更占便宜。一来二去的，人们就认为身材高大的人比较有安全感，女子们也愿意和这样的人结成伴侣，高个子的基因遗传的比例也更大些。再有，远古时代，人们眺望远方，高的人看得就更远些，便于早些发现食物和威胁。当人们抬起头，看到的日月星辰都在高处。地球上的高山，也让人肃然起敬。所以，我们的文化中，不单因为高大提供了更多生存的便利，而且也被赋予了精神的意义。比如，说一个人的品质好，就形容他"高风亮节"；敬佩一个人，就说"高山仰止"；德行好，被称为"高尚"……像这样的例子还有很多，我就不一一列举了。反过来，当我们说某个人某种行为不良时，就多用"低下""卑微""低贱""渺小"这一类的词。潜移默化的力量是很大的，所以当你提升了职务，你会想到要使自己的形象看起来更魁梧一些，这也是人之常情。只不过，真正的领导才能，和个头大小，没有太大的关系啊。

关于外貌，容我再多说两句。

过去咱们中国人讲的是"路遥知马力，日久见人心""人不可貌相，海水不可斗量"，比较注重的是心灵美。大家都在一个村庄住着，谁是个什么人，彼此心里都有数儿。生活节奏慢，冷水泡茶，慢慢了解。现在节奏这样快，大量的人员流动，很多人我们只见一面，就永不相逢。找工作面试讲究的就是第一印象，哪里还等得你"日久见人心"？所以，外貌在择业、交友包括机遇等方面，就有了更大的分值。

面对这种严酷的情况，我觉得也不必气馁。毕竟，人的一生是一条河流，而不是一场阵雨。要找到真正称心如意的工作，靠的是你和这份工作的高度契合；要找到携手变老的伴侣，靠的是彼此价值观的稳定和性格的和谐；要找到同甘共苦的朋友，靠的是诚信和不离不弃的友谊。所以，千变万化，看起来眼花缭乱，但最根本的东西是不会变的，你不必慌。

有的人嫌自己的头发不好，十分苦恼。对于头发，我觉得它更像是一本随身携带的健康档案。为什么这样说呢？因为中医的理论认为：肾为先天之本，具有藏精、主发育与生殖、主水液代谢、主纳气、主骨、生髓、充脑、开窍于耳、司二便、其华在发等功能。

请注意"其华在发"这一句。肾是人的先天之本，主要承担发育和生殖的担子。过去的人找对象，当然要注重对方的身体是否健康。可是那时并没有现如今这样的全面婚检制度，如何了解对方的身体状况呢？这就要求对方（主要是女子）留头发。未婚的女子以长发为标志。在古代，是留一条油光光的大辫子。在那首有名的上山下乡知青歌曲《小芳》中，也唱到"辫子粗又长"。人们都喜欢头发黑亮的女子，归根结底就是看中了这姑娘的健康状况良好。为什么古时结婚的时候，新娘子要在婚礼当天把头发挽成发髻？就是表示"我的档案已经交到单位了，无干人等就不要查看了"的意思。随着社会的进步，现在已经不留长辫子了，但变成了马尾辫。更有风情的表达，是干脆披肩发。这也就是为什么洗发广告里，刘德华会说："我的梦中情人，有一头乌黑的长发……"

顺便说一句，飞机上的空姐，多是美丽的女孩子。她们也留长发，但会用丝网把头发紧紧地盘起来。我觉得那传达了一个很明确的信息：是的，我很美丽，我在周到地为您服务。但是，我不让你看到我的头发的全貌。因为这是我的工作要求，并没有其他的意味，请你珍重，不要遐想……

第三种常见的心理创伤，是觉得自己不够聪明。

聪明这件事，以前是太局限了，主要用记忆力的好坏来做判断。记忆力好，就一好遮百丑。咱们前面已经讲过了，人的能力有很多种，东方不亮西方亮，黑了南方有北方。我相信每一种存在都有它的理由，每一颗种子里都有乾坤。

2009年11月13日报载，我国又出现8个新职业。中国人力资源和社会保障部12日在上海召开的第12批新职业道德发布会，正式向社会发布我国生产操作和服务业领域进来产生的8个新职业的信息。这8个新职业是：皮革护理员、调味品品评师、机动车驾驶教练员、混凝土泵工等。

我想，如果你的味觉特别发达，恐怕将来应考调味品品评师应该是个不错的方向吧，英雄就有了用武之地。

第四种常见的心理创伤，是自卑的人认定自己是不讨人喜欢的。

关于这一点，我觉得首先要更正的前提是——我们的生命，不是因为讨别人喜欢而存在的，我们是自在之物，我们不必讨任何人的喜欢，就可以欢天喜地地背负大地，面朝青天。只要你认定了这一点，枷锁就被打开，你就可以自由地呼吸了。

承认自卑，
是迈开改变它的第一步

　　自卑的人最爱说的一句话就是——我的运气不好，总是碰上倒霉的事情。同时伴以悲切哀苦的表情。

　　天底下有没有倒霉的事情呢？一定是有的。会不会只落在你一个人头上呢？一定不是的。万不要发出这样的抱怨，这简直就是对厄运寄出了邀请函，还是特快专递。人的期望也是一种能量，美好的能量会召唤来天使，邪恶的能量会诱惑来地魔。就算你不信我这种说法，也请你放弃认定自己是倒霉蛋的想法。这真是让亲者痛仇者快的语言。假如你不是自虐狂，就要离这种消极晦气的想法远一点！再远一点！

　　天地间，能够展开旗帜的风，其实经常刮起。如果你手中没有旗，没有幡，甚至连手绢都没有一块，谁又能看到希望中的招展呢？

　　自卑的人常常会想，我不重要，必定低人一等。

　　这个想法是错误的。它错在哪里了呢？第一错，是把人分成了三六九等。有人说，你看看周围，平等吗？不平等到处可见啊！我说你看到的我也看到了，我也知道这个世界是不平等的，但我们是不是要为一个比较平等的社会而奋斗呢？如果你愿意参加这样一场战斗，那么，你就不要把自己列入不平的行列。至于说到谁重要谁不重要，我以前曾经写过一篇《我很重要》的文章，就是说我们每个人都很重要。多年以来，我收到过若干封读者来信，说他们曾经挣扎在死亡的边缘，因为看到了我这篇文章，才发现自己并非像草芥一样无足轻重，其实自己也很重要……我始终认为，一篇文章能够起到的作用，是极为渺小的。这些人最终从死亡的旋涡飞腾而起，是因为在他们的内心深处，残存着希望的火种，他们知道自己的价值，他们知道自己是重要的。

人生只有一次，如飞而逝，为什么不把它千姿百态地度过？为什么不在最短的时间内，向这个世界发出最嘹亮动人的表达？分享你的才华，表演你的天赋，帮助更多的人们，体验到人生原来可以这样度过，做一个精灵般的模板，让孤独远去。

人得病的时候，往往是自卑的，因为健康受损了。

人的生命就是一个向上的抛物线，当我们的体力到达顶峰之后，就会逐渐衰弱下去，直到最后一蹶不振，回归泥土。

早年我当实习军医的时候，有一位垂死的老者对我说，人为什么要变得一点力量也没有呢？为什么再也听不见鸟叫了呢？为什么尝不到年轻时吃过的好味道呢？为什么看不清窗外的景色呢？为什么原来能做的事情，现在一点也做不成了呢？为什么连大小便我都自己完不成了呢？人为什么要在这种情况下死去？

那时还年轻，我第一次目睹死亡在我面前慢慢地降临，第一次知道老者也有这么多的为什么。在那之前，我以为死亡是一瞬间的事情，比如被子弹击中，比如发生车祸的刹那，我以为人老了自然就会把一切想通看开。直到在这位老人面前，我知道了正常的死亡就是缓慢地枯萎和凋零，我知道了人对于病痛和死亡有那么多义愤填膺的不甘。

如果是今天，我也许会用别的语言和这位老者交谈。可惜，那时候的我太年轻。我和他没心没肺地探讨，那么，您认为如果人不是老了才死，该是什么阶段死亡比较相宜？

老者很认真地思考我的这个问题，说，还是童年的时候死吧，那时他还不知道死亡是什么东西。

我刚从小儿科实习完，就很不服地说，他们那么小，还不知生命是怎么回事就死了，好像不合适。

老者想想说，那就年轻时死掉好了，省得老年时这般无力。

那时我二十出头，正属于老者认为该死的年龄，立刻大叫起来，说，我们意气风发血气方刚的，为什么要死呢？再说，青壮年都死了，人类社会怎么发展呢？

老者不理我，按照自己的思绪说下去，要不，就正当年的时候死吧。该看的，都看到了；该吃的，都尝过了；该干的活儿，也干得差不多了，就死吧。

我说，都活到这会儿了，炉火正红，干吗不精神抖擞地活下去呢？生硬地把一棵参天大树伐倒，那是不道德的。

老人听完了我的话，望着窗外坠落的夕阳，半晌没有说话，突然就张开没牙的嘴绽开了微笑。他说，好吧，还是把死亡留到人老的时候吧。虽然一天天枯竭，心里很不是滋味，但已经如此有滋有味地走过一辈子，也会接受这个结尾……

疾病是死亡吹拂而来的阵风。如果你能接受生命的灿烂，也请接受死亡这匹深蓝色的幕布。它们本是一体，就像经线和纬纱，在经纬交织之处，缀着疾病的碎花。不要因为疾病而害怕和自卑，它们原本就是生命的正常组成部分，泥沙俱下。

对死亡思索的能量之大，足以改变任何一个人对世界的看法。从此你的人生才能进入真正意义上的独立自主，进入了没有参照系的探寻与建造。

更有甚者，认为思考死亡能让人快乐。这可不是我心血来潮信口开河。美国《心理学》月刊发布的最新研究报告指出，当人们思考死亡并不得不面对生死抉择的时候，往往会变得更快乐。这是一种心理免疫反应，大脑会下意识地搜寻并触发体内的快感。

提出这一结论的是肯塔基大学心理学家德沃尔和佛罗里达州立大学的罗伊·鲍梅斯特，他们在432名志愿者中进行了一场测试。其中有一半人被告知，你可能马上就要死了，请简短地写出将要发生什么。另一半人被要求写出牙痛的感觉。结果表明，前一组学生写出的词汇更积极、更乐观。科学家们认为，当人们想到死亡的时候，可能有一些害怕，但人们最终会恢复过来，并意识到现实生活带来的快乐。

哈佛大学的心理学教授丹尼尔·吉尔伯特也证实这一观点。他说，人和其他动物的不同，在于能意识到自己随时都可能离世，而如果将这种意识贯穿到日常生活中，就可能形成心理免疫反应，反而变得更加坚强起来。这种心理反应也是心理健康的标志之一。

科学家们没有指出这种思考的根据是什么，只是提到了一句"大脑会下意识地搜寻并触发体内的快感"。我冒昧地揣测，很可能是内啡肽参与了其中的意识转折。

有的人觉得自己的自卑很有理由，因为他生而残疾。残疾不是自卑的同义词，也不是它的反义词。在精神的领域里，它是一个中性的存在。如果你残疾，只是表明你将遭受更多的磨难，并不代表着你的意志必然被压倒，不代表着你自卑是常态。你依然可以颜面亲和，用语喜人，微笑着面对厄运。

以上所列出的这些偏见，仅仅是偏见的很小一部分。偏见是个巨大的仓库，几乎世上所有的事物都可以被偏见涂抹成自卑的理由。下面，让我们试着来反驳这些偏见。

1. 关于性别，我们已经说了很多。早年间，有一位女子昂然宣布她是一位女权主义者。人们对女权主义者总是有一个先入为主的印象，觉得她们大多穿着中性服装，横眉立目的，言谈举止之间，咄咄逼人。但眼前的这一位完全不是人们想象中的样子，她温文尔雅十分谦和。

我说，你好像不像女权主义者啊。

她莞尔一笑道，你以为女权主义者都会随时从口袋里抽出一支枪吗？

我说，究竟怎样才算是一个女权主义者呢？

她若有所思道，有很多定义。我喜欢最简单的一种。

我说，我也喜欢简单。你说的是哪一种呢？

她说，如果你认为这个世界上目前还存在着男女不平等的现象，如果你觉得这个现象是不公平的，你愿意通过你的努力，让它变得比较公平，那么，你就是一个女权主义者了。

我不知道这是不是女权主义者的经典定义。但我坚定地认为，男性和女性在生命的价值上是完全平等的，因此，无论是男子还是女子，都不必因为自己的性别而自卑。

2. 关于外貌的话题，我们也已经说了很多。以前，我觉得这不是一个太重要的问题，也许因为当医生的经历，让我觉得健康比美观更重要。也许是因为我年轻的时候，在西藏阿里当兵，那时候那地方男女比例高度失调，无论我多么其貌不扬，也还是有人追求，所以不拿长相太当回事儿。不过这几年当心理医生，我知道有太多的年轻人对此耿耿于怀，甚至到了锱铢必较的地步。

一个人的外貌不能选择，很多并不美丽的人也依然成功和快乐。世界上长得十全十美的人非常稀少，甚至说是没有的。而且人们对于外貌美丽的看法和评价标准，常常改变。当经历饥荒和战乱的年代之后，人们就以胖为美，比如唐代的大美女杨玉环，按照今天的观点，就有所缺憾了。单是从健康的角度，也值得商榷。她就是算不上肥胖，超重也是一准儿的。如果她不在马嵬坡归天，安然活到老年，糖尿病啊高血压啊，估计也是逃不掉的。但在物质供应比较丰富的时代，就多以瘦削为美。在一个艾滋病没有得到有效控制的国度里，又回到了以胖为美。当地艾滋病的发病率很高，大家都知道艾滋病发病后，人很容易消瘦，所以大家觉得这个人挺胖，就说明他目前可能还未感染艾滋病，这个标准很滑稽。

按照"不美貌就自卑"的逻辑，所有的人都要陷入自卑的泥坑，永远不能自拔。

3. 关于"我不够聪明"的辩护词。

我们在前面讲过，聪明只是人的众多才能当中的一种，并不能概括所有的智慧。况且聪明人也往往办傻事，聪明反被聪明误。刘备没有诸葛亮聪明，可他是诸葛亮的领导。林黛玉聪明，可她并不幸福。

4. 再为"我不讨人喜欢"翻案。

我们的价值不是因为别人喜欢不喜欢而存在的，别人如何看待你，是他的自由。你是不是要全盘接受一个不喜欢你的人的看法，并且把它变成自己的行动准则呢？

5. 至于"我的运气不好，总是碰上倒霉事情"的说法，这就像说"我的运气很好，总是碰上幸运的事情"，都是禁不起推敲的，这不是普遍规律。如果有人说，只要我出手，事情一定会办好。我们都会笑话他太幼稚了，反之也是一样的。当然了，把事情办好不容易，如果你打定主意，要把事情办坏，那失败的概率就真的可能很高了。但是，请注意，我们说的是"你打定主意要把事情办坏"，如果不是别有用心，有谁会这样办事情呢？当然了，这也从反面证明了，如果你自卑，总是对自己进行消极的暗示，你的状况真的会江河日下，那你更要改变自己的自卑心理，让自己早日走出阴影。

6. 关于一个人到底重要还是不重要，你可以去看看大自然。在一处名胜古迹景区，有一株古树，据说是周朝时就栽在那里了。古树生机盎然，沧桑古朴。我想它有几千年的历史，这真是值得骄傲的一棵树啊。但是，我一低头，看到古树下的小草，嫩绿纤细，一阵微风吹来，它就摇晃不停，要好半天才能稳定下来。我想，在一个有着几千年历史的老爷爷面前（从西周算起，三千多年了），这棵小草，实在是应该非常自卑，简直就是不应该活着了。可是，大自然不是这样的，你看不到一棵树木因为羞惭而不努力生长。为什么我们成了万物之灵长，反倒连这个简单朴素的道理都忘记了？

所有的人都很重要，因为你是一个独特的生命，没有人能替代你的感觉，代替你生命的过程。不是只有伟大的人才重要，每一个生命都宝贵而重要。如果每一个人都是不重要的，那么我们整体也就不重要了。

如果你从根本上怀疑自己存在的必要，那就真是无可救药了。

7. 关于得病的人，健康受损的人，是不是要自卑，我觉得可以这样反过来看。

如果你觉得只有健康的人才能享有自尊，那么你实际上就否定了很多人的生命过程，也否定了自己。你在和新陈代谢这样一个伟大的规律风车作战，你比堂吉诃德的助手桑丘还可笑，失败就在所难免了。

8. 关于生而残疾的话题，前面已经说过。

自我排查，找到自卑的根源

中国有句俗话，叫作"冤有头，债有主"。导致每个人自卑的源头是不一样的。空洞地说"我不自卑！""我是世界上最棒的！"很可能事倍功半，还有可能一点功也没有，适得其反。

有一些号称能够克服自卑的训练班，让大家像上了发条的小熊，根本不管对方的反应，就口吐白沫地自说自话，这是本末倒置。表面上看起来你好像敢在公共场合毫无顾忌地发言，似乎翻天覆地地改变了，其实是把人训练得麻木了，丧失了审时度势的能力，一厢情愿地以自我为中心。这不是消除自卑，而是让人更自卑了。

一旦脱离了老师传授的这套八股，学员们就不知道该如何处理复杂的情境，人的主观能动性，就这样被这种催眠式的野蛮训练所扼杀。其实自卑并不可怕，只要找到了自卑的根源，把以前的观念来个更新，思想改变了，行动自然而然就跟着改变了，自卑并不是不可逾越的拦路虎。

找到你自卑根源的这个功课，谁来做呢？只有你自己来做，你的观念里有雷区，你要自我排查。

刚开始这样做的时候，一定很不习惯甚至是痛苦的。可你要坚持，要从源头出发。很多想法固化在脑海中，已经形成了条件反射，好像有一个按钮，一触即发。

有时候，你自己根本就没有觉察到，情绪的红按钮已经揿下，行为的导弹就射出去了。开弓没有回头箭，你已被情绪所绑架。

比如，你觉得自己长相丑陋，并因此而自卑。你的心理源头是什么呢？就是人们只喜欢、只重视长相漂亮的人，只有那些人才是重要的，才能取得成功……这个想法潜伏在你的思维的海底，好像一个铁锚，固定着你这艘船。那么凡是人多的地方，你就会躲避，你觉得不要让更多的人看到你不美观的相貌，那样会招致别人的冷淡以致蔑视，你对大家解释的理由是——我这个人嘛，性格内向，好静不好动。接下来，凡是需要表达意见的场合，你就会三缄其口，因为你觉得不要引人注意，自己是不值得大家重视的，最好的方式就是像鼹鼠一样，躲在阴影中还不算最安全，干脆潜藏到地底下，理由嘛，更是冠冕堂皇：多听听别人的意见，稳重老练，后发制人。人家给你介绍了一个各方面情况很好的对象，你很可能找各种理由拖延着不肯见面，一见面，总怕会被人拒绝，那样等于自取其辱……

凡此种种，还可以举出很多表现形式。表面上看起来，每一件事都会有具体的理由，不但站得住脚还很有说服力的理由，其实呢？在种种千变万化的表现背后，都是自卑的心结在作怪。

不要小看了自卑，它也很有自己的一套逻辑呢。

自卑的人长期在一种潜在的焦虑当中。你不喜欢自己的身体，厌恶自己的身体，还要让它做这做那的。它做得好，你觉得这只是偶然的运气，而你是不配得到这个好结果的；它做得不好，你就更奠定消极的概念，觉得自己自卑有理有据。

消极的预期形成恶性循环。

比如你觉得自己一定会在见到某个人的时候紧张，结果真的非常惊慌失措，举止大失水准。这种不愉快的记忆，留下了深刻的烙印，下次出现类似情境的时候，噩梦重演。结果呢？悲惨的圆圈就画出了关键的一笔。

之后，启动自我保护的程序。

逃避一切可能让自己感觉挑战的场合和工作，缩小自己的人际交往圈子，把自己封闭起来。丧失探索精神，没有开拓的勇气……

自卑的人，偶尔也会成功。你不要以为成功一定会让人抖擞精神，自卑情结严重的人，成功也无法振作他们。他们会忽视自我成功的价值，无法充分理解成功的喜悦和感知成功的意义。只觉得这一次是天上掉馅饼，碰巧了，很快就会过去了，新的轮回开始，好运却不会再来。新的挑战会让自卑的人重新被焦虑胀满。自卑的人很可能一生就在不停地担忧中度过，不曾充分地享受过生活。

只是单纯地告知人们你正在遭受自卑之害，通常不但没有什么正确积极的作用，还会让这个人陷入到更深的自卑之中。

自卑是一种慢性病，它会常常复发。所以，我们每个人和自卑的战斗，也是任重道远。下面，我就举几种自卑出没的时刻。

1. 看到光彩照人的成功人士。

我们这一辈子，总是要看到很多比我们自己优秀得多的人。如果你看到的总是比你差劲的人，那你就要反思一下自己的生活状态是不是不断地沉沦。如果你在前进的过程中，经常遭遇到让你望其项背的人，那么，恭喜你啊，你是在不断的进步中。你会自卑，不过这种自卑是可以化成动力的。

2. 看到美丽的人。

这个世界上，有很多美丽的人，就像有很多美丽的风景。你看到美丽的风景，会不会很愉快？这是大自然的鬼斧神工，能得亲眼相见，是福气啊。我看到美丽的人，就会由衷地欣赏他们。不要时时用自己来和美人比较，那不但是自卑的发源地，闹得心情沮丧，而且暴殄天物，蹉跎了一段心旷神怡的好时光。

3. 看到豪华场景，比如看到大房子、别墅、名车。

女人们对房子特别敏感，究其原因，可能和特别需要安全感有关。

男人们对速度和力量情有独钟，于是对汽车尤其是好车简直有天生的崇拜。在看到好房子和好车的时候，我们不由自主地想到自己的寒酸，格外容易滋生自卑的感觉。应对的方式，就是明白这是一种自远古遗传下来的人之常情，情有可原。不过，在解决了最基本的住房以外，不必在这个问题上花费太大的精力。所谓房子，就是你日常活动的范围。我看电视里的动物节目，说狮虎一类的大型猛兽，每一只大约需要几十平方公里的活动领地，这是因为他们需要觅食。城市里的现代人食物基本上都是现成的，家就是睡觉和日常活动的场所，因此家不需要太大。

北京曾经抓住一个小偷，专门去别墅偷东西，还在人家家里睡觉，主人都不曾发现。因为这家别墅太大了，主人巡视不过来。可见房间太大了，就丧失了实际的使用效果，只不过是雇佣更多的人来服侍自己，讲更大的排场而已。而一个人自力更生，自己照顾自己，是生命的起码道德。如果一个人连日常生活都须仰仗他人，若不是极度年老体衰，就是患有重病。除此以外，我以为是不相宜的。

4. 面对自己从未见过的山珍海味，就餐场所非常奢华。

这种时刻容易使人气馁。从一个人的吃相，很容易就判断出他幼年时生存的状态。除非经过特别的训练，否则你的吃相，就是你的儿时照片簿。

不过，就算你不会某种吃饭的礼仪，这也不是你的过错，你不必自惭形秽。如果需要，学习一下就可以应对了，然后就是熟能生巧，没什么了不起的。而且，我总觉得吃的方式不必太精细，烹调的工序不必太复杂，食材不必太穷凶极恶。吃得太怪异，违背了人的消化系统的进化法则，违背了大自然的循环之术。

如果谁借着吃什么和怎么吃，借着住在哪里和住的地方有多么奢靡，来炫耀自己的等级和价值，哈！那他就是还没有彻底远离动物的生存方式，骨子里也还是自卑。你若在食物和住所上心生畏葸，这可以理解，但不必被这种感觉压倒。你不能立下一个誓言，决定以后要比他吃的还好，住的地方还要更大……

如果是这样，你就必定永远在这种物质的挑战面前败北。想通了这一切，你就可以在从来没有领略过的一切稀奇和炫目的物质面前安然。你可以欣赏和惊奇，你可以感叹和陶醉，但你不会跪倒。

5. 面对珠宝店和名表店。

它们出现的时候，强烈地压榨我们的自尊心。因为所标价位数字后面的零太多了，好像一串放倒了的糖葫芦。我的对策是通常不去看，虽然看的时候，我不会畏缩。我知道自己买不起它们，但我不会被它们烁目的光芒晃花了双眼。钟表的本质就是标明时间，从这个意义上来说，一块10元的电子表和一块天价的名表，使用价值是一样的。

我这样说，一定有人大不以为然。会说你是狐狸，你吃不到葡萄。我不是狐狸，我吃不到葡萄，可我知道再怎样甜的葡萄，它也仍旧是葡萄，而不是香梨。

每逢报道哪里造出了天价的手机、天价的电脑、天价的马桶、天价的钢笔……我都会很好奇地追究一下，它们究竟凭什么"天价"呢？仔细找来材料一研究，结果挺乏味的，不过是大面积地镶满了钻石。当然，马桶上镶钻石不大靠谱，于是就改成了黄金。总之，这些器物并不是在功能上有何等过人之处，只是把我们大家知道的贵金属或宝石附加在上面。万变不离其宗，就是为了表明身份。

珠宝的历史长于人类。地球诞生之后不久，钻石就已经在地球上结晶。从这一点上来说，人类是要向钻石致敬的。一块最年轻的钻石，年龄也有10亿年。

与人类脆弱的生死轮回不同，钻石一旦形成，便是永生。这种特性，让它具有了阶级性，成为地位和财富的象征。它使需要仔细鉴别的贵贱高低，一目了然。其实，没人能真正拥有珠宝，不过是暂时地保存。好比一个银行职员，虽然过手大量金钱，但那和你又有多少关系呢？下了班，你还是要回自己的家，过自己的日子。

据说在地质学家的办公室里贴有一条标语——"钻石不过是因为压力而改良的煤块，而且是缺氧的煤块。"可谓一言中的。

所以，不必在珠宝面前气馁。说起来，现在要想表明身份，比古代要难一些。那时候的酋长，无非是在头顶上插高耸的羽毛。到了皇帝那会儿，就要穿绣着特定图案的龙袍，出门的时候，要黄土撒街清水泼道。官至几品，穿戴上有一定的规定，不得僭越。所有这些外在的标志，无非是让等级一目了然。

现代社会提倡人人平等，但无所不在的歧视依然顽固地存在，它们乔装打扮，用新的形式演绎着古老的命题。过去有钱人穿绫罗绸缎，现在形形色色廉价的化学纤维可以仿出逼真的绸缎效果，于是人们只好创出了名牌这种东西。它们制作精良，但再精良，也不值那么昂贵的价格。于是美其名曰是品牌的附加值。

什么叫"附加值"呢？说穿了，就是穿这种衣服的人多是有钱人，表明一种身份。这种口碑一旦形成，这些物品的使用价值就退居二线了，站在最前列的作用是标明拥有者的身份。过去的人靠顶戴花翎显示地位，现代的人不能在自己的脑门上贴上字条，说我拥有多少财产、拥有多高的地位，其中的某些人，就靠名牌来衬托身份。这就是需要名牌的心理学诉求。

名牌成了虚荣的人们表示财富和地位的翎毛。把这些想通了，你就有了底气，不会在奢华面前膝盖发软。或者也可以稍微软一软，但之后就坚定起来，昂然向前走自己的路。

6. 面对自己买不起的衣物。

人不必穿的太华贵，太绚烂，太匪夷所思，这违背了服装的初衷。总会有自己买不起的东西，我的方法是悄然走过，连头也不转过去。也不给自己列出时间表，决定在某某时间之前挣到一笔钱，把这件衣服买下。人不能成为任何人的奴隶，当然更不能成为一件衣服的奴隶。

7. 大中小学的同学聚会的场所。

中国人珍视同学间的友谊，同学有个特殊的称谓，叫作"同窗"。很喜欢这个词，觉得有一种旷远和依偎之感。窗不会很大，一个窗口，只能容下一两个脑袋凭窗远眺。彼此能感觉到体温，目光一起射向云端。中国人恋旧，特别是大家成年之后，先是各自打拼，有一段时间似乎淡漠了，彼此不通音讯。突然间，大家就像雨后的蘑菇似的从地下钻了出来，一传十、十传百的，就都汇合起来。这时各自的经济状况、社会地位、婚姻等，就有了不同的分野。原本都是一起批量印刷出来的书，此刻有的成了精装书，有的被翻皱了书页，有的夹着精美的书签，有的被人折了角撕了页，有的被人拿在手里朗诵，有的几乎被卖到了废品收购站……

这种场合，来的多是踌躇意满者，缺席的多是穷困潦倒者。民间有个形容，出门的年轻人跺着脚说："我要不混出个样儿来，就不回来见父老乡亲……"其实细想起来，这话不在理。聚会，念的是友谊，不是名利场的大比武。所以就算你只是平头百姓，也可雄赳赳、气昂昂地走进聚会的场所。

我在小说《女工》当中，就写了这样一个女子。电视剧中有这样的镜头：当年她是班上的中队长，后来当了工人，之后又下了岗。同学们到老师家聚会，她帮老师打扫卫生，在厨房忙活。大家来的时候，她去开门，同学们居然没有认出她来，以为她是老师家请来的保姆。面对那种难堪，她从容应对，同学们一点都没有小看她，反倒说要向当年的中队长学习。

我不知道这算不算是理想主义的描写，我衷心希望同学们聚会的场所，充满了温馨、平等的友善。

岁月是流淌在血液里面的经历，是藏在心灵树洞里的故事。然而它也会轻易地从你的生活姿态里流露出来，并获得回应。只要你不再自卑，万物为之静好。

8. 在国外。

到国外的时候，看到人家整齐的街道、干净的广场、高大的建筑物、清澈的河流、葱茏的山野、晴朗的蓝天……往往容易让人生出羡慕之情。羡慕过了头，有的人就变成了自卑，这可以理解。我觉得羡慕是可以的，但人家的土地不会让给你居住，所以，还是直接把羡慕转化成奋斗的动力，把自己国家的事情办好。要知道，你若不爱自己的国家，别的国家不会爱你。你变成一个没有国家的人，你就丧失了归属。归属感，是人类极为重要的感觉，没有了这种感觉，真是连丧家犬都不如了。

9. 被别人嗔责的时候，极容易滋生自卑感。

没有人喜欢被人批评，可同时也没有人能避免被人批评。若是被批评的时候，都生出自卑感，那我们几乎每天都要在自卑的阴影下讨生活了。如果你从根本上承认自己不是一个十全十美的人，并且承认十全十美是一种不可能的状态，那么你也就承认了被别人批评也是一种常态了。接受批评，不要把批评泛化。在这个问题上，我特别赞成"就事论事"。

长久以来，"就事论事"好像是个贬义词，好像避重就轻，不肯深挖思想根源。其实，大多数的事情，就事论事就好了，尤其不要把一件事的不成功，扩展成一个人的不成功。把一时的不成功，当成一辈子的不成功。批评只是别人对你的评价，且不说这评价是否公允，就算是无懈可击的评价，也只代表那个人的看法，他不能代表世界。就算整个世界都否认你（这几乎是不可能的），只要你自己对自己有信心，事情就可能有变化。

10. 被别人拒绝，特别是失恋的时候。

被人拒绝的滋味不好受啊！这一点相信大家都有体会。当我们向别人提出要求的时候，都有一个美好的设想在后面紧紧跟随。被人拒绝，不仅让我们的设想破灭，而且会诱发我们很多不愉快的联想。我们会认为拒绝我们的这个人，是不是不喜欢我们？是不是认为我们不重要？是不是否定我们的整个计划？是不是从此对我们印象恶劣？是不是……

我相信只要你信马由缰地沿着这条负面的小道走下去，你一定会想出千百种让你自馁的解释，你的悲观情绪就会连绵不断，自卑的沼泽就在那里冒出冰冷的气泡了。最好的应对方式，就是承认别人有拒绝的权利，对拒绝报以平常心。不管对方是出于什么原因拒绝了你的要求，你另谋出路就是。不要把别人的拒绝变成了自己的拒绝。

这里要特别说一说失恋。如果说别的拒绝，我们还能就事论事的话，失恋这件事，那可真是直指你这个人了。

失恋大体上可分为两方。一方是主动拒绝者，也就是说，你主动选择了"失去"对方。这种失去，由于是你经过慎重斟酌之后做出的决定，相比之下，接受起来比较轻松些。最难办的是那种被人拒绝的一方，很多人简直就像陷入了灭顶之灾。他们茶饭不思，体重锐减。当然个别的人，也可能因此暴饮暴食，反倒体重骤升。

中国人闹情绪的传统，一般是食欲不振、蒙头大睡、不思饮食。男生双颊陷骨，须根尽现。女生骨瘦如柴，面容枯槁。国外有些人遇到这种时刻，胃口会变得出奇的好，牛排、汉堡胡吃海塞，好像到了世界末日。近年来，咱们国人在闹情绪的时候，这类大吃大喝的类型也有所增加。所以，在抑郁症的诊断标准中，将食欲的突然改变——无论是减少还是增加，都列在异常的范畴中。

失恋是一种强烈而惨痛的被拒绝。人在回忆的烧烤架上煎熬自己，直到滴出痛苦的骨髓。不过，请你牢记，拒绝你的只是一个男人或女人，而不是所有的男人或女人。你失去的是恋人，而不是自我。那些最悲怆的失恋者，所体验到的不是没有人爱的这种可能性，而是深刻的"丧失"。他或她觉得自己丧失了生活的动力，丧失了别人的认可，丧失了全世界的温暖，丧失了自我肯定的能力……

把以上这些感觉一一列出，失恋的人可能就会反驳说，哈！也没有这样严重啊！

如果你能这样讲，那就太好了。丧失的确很可怕，但所有的丧失都没有心中的火焰熄灭可怕。只要你相信自己，所有的丧失，就都会褪掉可怕的魔衣，显露出不堪一击的本色。眼泪溃堤而出之后，也许奇迹将翩然而至。

11. 突如其来的不自在感。

你有没有不自在感突然发作的时候？手足无措，目光的焦点不知道聚在哪里才合适？立刻发现自己有那么多不美好的地方，裤子太短了，衣服有皱褶，领带的颜色不对头，手指甲太长了，说话的时候喷出了一个唾沫星子，原本可以回答出来的问题，一下子全忘了……凡此种种不可理喻之处，其实都很有可能是深层的自卑情结，因为一个小小导火索而引发，扰乱了我们整个情绪的罗盘，让我们惊慌失措，发挥不出应有的水平。

12. 认为自己要对别人的烦恼负责任。

当这种感觉泛滥的时候，我们常常陷入深深的自责。自责什么呢？有时候好像也并不明确，很多时候，我们完全是无辜的。但就算你在理智上明白你对他人的烦恼并不负有责任，可你仍然不能释怀。你觉得自己一定有什么地方做错了，因为你尚未察觉，所以这错误就更加不可饶恕，这种感觉很折磨人。有一位朋友告诉我，哪怕是在素不相识的公共汽车上，哪怕她坐在第一排，最后一排座位上有人吵架，她也觉得一定是自己做错了什么，要不然，为什么会有人不开心?

我真的万分痛惜她。她因为从小生活在一个充满了争吵的家庭里,父母每当爆发激烈的冲突之后,都会指着她的鼻子说,如果没有你,我们早就离婚了,这一切,都是因为你!

后来,父母终于离婚了,她被判给了母亲。母亲的口头禅就是,如果没有你,我早就嫁给我所喜欢的人了;如果没有你,我哪里会老得这样快;如果没有你,我的身体哪会得病……

这些类似诅咒一样的话,深深地刺伤了她幼小的心灵。久而久之,朋友觉得自己是全天下的罪人,自卑极了。任何响动都会惊吓到她。尽管她学习优异,待人友善,但她还是觉得自己是个多余的人,讨人厌。

请记住,每个人都要为自己的情绪负责,这不单是说给自己听的,也是说给那些让别人为自己负责的人听的。特别是做父母的,你在办公室受了委屈,请不要把怒火撒向无辜的孩子。你不仅欺负了一个弱者,而且把一颗自卑的种子送给了孩子。

13.其他任何你不相信自己,感觉很差的时候。

这最后一条,简直像一只大笸箩,无所不包。似乎无的放矢,不过你记住这句话,当你实在找不到烦恼的理由,却又萎靡不振、垂头丧气、百无聊赖、消极低落的时候,不要以为那是无迹可寻的偶然事件,这很可能有一个潜伏很深的自卑情结,在灵魂里红肿热痛地发炎了。自卑有时也像心上的一颗肿瘤,大多数时间安静地存在着,不用疼痛打扰你,但它会慢慢地不动声色地长大,突然有一天,癌变,置你于死地。

接纳自卑，它会以意料不到的方式来帮助你

承认自卑是人人都曾有的一种"正常"心理反应，会让你的感觉不那么差。这里所说的正常，并不是说听之任之，而是知道自己并不孤独，并不是异类，你不过是有一道人人都有的伤口，遭遇到了一个人人都曾陷落的洼地。现在，就看你如何应对。

我常常收到很多人发来的信件，诉说因为种种理由而自卑。比如个子矮小，家庭贫困，父母双亡或是单亲，受教育的程度太低，不知道某个常识被人耻笑，开运动会买不起新的运动鞋，嗓子太粗不能像夜莺般美妙歌唱，头太大了，被别人起外号，说话带有明显的乡下口音，口吃，夜里尿床，职务提升得太慢，薪水太少，得了癌症……

如果说这些理由，因为在一般人眼中还算是弱项，它们成了自卑起因还让人比较容易理解的话，那么我还听到过有人因为自己太美丽而自卑。那姑娘讲，她付出努力所取得的一切成就，都被人归结为美貌带来的幸运，甚至还有人话里话外地敲打她是不是运用了某种潜规则。

这个清丽的女生满怀幽怨地说，我为我的相貌而深深自卑。我很想去整容，把自己整丑陋一些，这样就可以抬起头来做人，人们就会认识到我是一个有内在价值的人。不骗你，我真的到整形医院去了，可整形师说从来没有接收过这样的病例，他想不出如何操作。

对于人人都自卑这件事，我是百分百相信。你若是不信，可以抽空看看名人的传记，几乎没有一个名人不谈到自己是自卑的。让我举一个例子，咱们先听听她的自述。

我不如别人，我自卑，所以我不停地努力。当年从郑州到国家队的时候，没有一个人肯定我，他们全说1.5米的我打球不会打得如何，为了证明给他们看，我快发了疯，每天都比别人训练刻苦，我知道我的个子不如别人，别人允许有失败的机会，我没有。我只能赢，所以我打球凶狠，那是逼出来的。后来我成功了，别人又说我没有大脑，只会打球。于是我发疯地学习，英语从不认识字母到熟练地和外国人对话。我不比别人聪明，我还自卑，但一旦设定了目标，就绝不轻言放弃。什么都不用解释，用胜利说明一切！

　　临近退役时，我便开始设计自己将来的路，有人认为运动员只能在自己熟悉的运动项目中继续工作，而我就是要证明：运动员不仅能够打好比赛，同时也能做好其他事情。哪天我不当运动员了，我的新起点也就开始了。

　　1996年底，我被萨老提名为国际奥委会运动委员会委员。我明白，这既是国际奥委会的重用和信任，也是一次严峻的挑战。奥委会的办公语言是英语和法语。然而，当时我的英语基础几乎是零，法语也是一窍不通。面对如此重要的工作岗位和自己外语水平的反差，我心里急得火上房。

　　1996年亚特兰大奥运会结束后，我怀着兴奋而又忐忑的心情迈进清华大学。老师想看看我的水平——你写出26个英文字母看看。我费了一阵心思总算写了出来，看着一会儿大写、一会儿小写的字母，我有些不好意思——老师，就这个样子了，但请老师放心，我一定努力！

　　上课时老师的讲述对我而言无异于天书，我只能尽力一字不漏地听着、记着，回到宿舍，再一点点翻字典，一点点硬啃硬记。我给自己制定了学习计划：一切从零开始，坚持三个第一——从课本第一页学起，从第一个字母、第一个单词背起。一天必须保证14个小时的学习时间，每天5点准时起床，读音标、背单词、练听力，直到正式上课。晚上整理讲义，温习功课，直到深夜12点。

　　看到这里，你一定猜出了这个人是谁。对，她就是获得过18个世界冠军，得过4枚奥运金牌的邓亚萍。

由于全身心地投入学习，邓亚萍几乎完全取消了与朋友的聚会及无关紧要的社会活动，就连给父母打电话的次数也大大减少。为了提高自己的听力和会话能力，她除了定期光顾语音室，还买来多功能复读机。由于总是一边听磁带，一边跟着读。同学们总是跟她开玩笑："亚萍，你成天读个不停，当心嘴唇磨出茧子呀！"

但我相信：没有超人的付出，就不会有超人的成绩。这也是我多年闯荡赛场的切身体验。

学习是紧张的，每天的课程都排得满满的。除学习之外，邓亚萍每周还要三次往返几十里路到国家队训练基地进行训练，疲劳程度可想而知。

每天清晨起床时，我都会发现枕头上有许多头发，梳头的时候也会有不少头发脱落下来。对此我并不太在意，倒是教练和队友见到我十分惊讶："小邓，你怎么了？"我说："没什么，可能是学习的用脑和打球的用脑不一样吧。"

虽然都是一个"苦"字，但此时的我却有不一样的感受：以前当运动员，训练累得实在动不了，只要一听到加油声，一咬牙，挺过来了；遇到了难题、关坎，教练一点拨，通了；比赛遇到困难，观众一阵吼声，劲头上来了，转危为安。但读书呢，常常要一个人孤零零面壁苦思，那种清苦、孤独是另一种折磨，没意志、没恒心是坚持不下去的。

她终于获得了英国剑桥大学的经济学博士学位。

就是姚明，小时候也很自卑呢，因为他和别人长得不一样。别的孩子上公共汽车还不用买票的时候，他就得买票。他吃饭比别人多，个子长得大。刚上一年级的时候，就把老师吓了一跳，说班上这个小朋友，怎么和老师一样高啊！

不要把自卑看得那么可怕，因为渺小的人类对于浩瀚的宇宙来说，是自卑的；因为羸弱的婴孩对于伟壮的成人来说，是自卑的；因为短暂的生命对于无涯的时空来说，是自卑的；因为我们的种种欠缺和无奈，对于光明的期望和理想来说，是自卑的。

刚才说了这许多自卑的合理性，并非是要大家对自卑安之若素。其实，你接纳了自卑，你把自卑当成一个朋友，它就会以意料不到的方式来帮助你。

为了战胜自卑，我们就会更加努力。因为自卑的持续存在，我们或许会比较少骄横。因为自卑，我们记得渺小和尊崇，这何尝不是因祸得福呢。

写下自己的优点，学会自我鼓励

阿尔弗雷德·阿德勒认为，人从一出生就伴随着自卑感，之后需要用一生的时间，去提高自己的技能、优越感和对别人的重要性。

卑微也是我们的朋友，卑微里也有不容小觑的力量。

应对自卑有一个好方法，就是不要把目光总停留在缺憾处，应转而注意自己的优点。具体步骤就是：写下自己的优点。

不要以为优点都是惊天动地的。我看过一个人写下的优点就是"爱睡觉"，我觉得这很可爱。因为失眠是非常痛苦而且顽固的毛病，对我们的健康干扰很大，一个人爱睡觉并且睡得着，这难道不是大大的优点吗？

有一次，我去参加一个孩子们的聚会，当让大家写出优点的时候，相当一部分人交了白卷，没有交白卷的，也是在上面画了个大大的圆圈，意思就是"优点为零"。

这样的孩子，就是自卑的后备军。

诚实果敢，智慧助人，勤劳朴实，守时互信，任劳任怨，一不怕苦二不怕死，善解人意，享受在后……这些都是优点。

早睡早起，拾金不昧，歌声悠扬，舞姿柔曼……这些也都是优点。

字写得好，衣服洗得干净，会修理电器，能爬山会开汽车……这也都是优点啊。

吃饭不掉米粒，指甲总是剪得短短的，没有污垢。牙齿刷得很洁白，脸上常带笑容，睡觉不打呼噜……

不作践自己的身体，不染黑自己的语言，不屈膝以把自己调成讨好众人的姿态，不让自己因为懒惰而装扮成散淡的人。

这些也都是优点！

多看自己的优点，不是让你骄傲，是让你树立起信心，也学会懂得欣赏别人。

记得啊，不要做一个完美主义者。

世界本来就是不完美的，太阳有黑子，月亮有阴晴圆缺。十个手指头伸出来长短不齐，伟人还说自己是三七开呢，我们能做到 5.1 比 4.9，也就不错了。

在决定不做一个完美主义者之后，你就要宽容自己。出了差错，找到了原因，制定了避免的措施，适当的自责之后，就向前看。旧的一页翻过去了，新的篇章开始了。不在写满了字迹的纸张上画新的图画。

回顾自己的成就，如果你愿意，就把自己已经取得过的成绩，写在一个精美的小本子上，自卑发作的时候，不妨拿出来看看。

你有过怎样的胜利？不管它们看起来如何微不足道。从赢得一场比赛获得冠军，到气喘吁吁地爬到了山顶。

你成功地面对过怎样的挑战？从一个不可能完成的任务，到学会了一项本领。

你有什么技能？从一门手艺一个秘诀到炒的一手好菜。

他人对你有过什么正面评价？从领导说这个人很有潜力到街坊老奶奶说你有孝心。

估计这个法子很多人觉得陌生。咱们耳熟能详的话是"不要躺在功劳簿上"，好像功劳簿是个让人丧失斗志的朽坏榻榻米。也许，对少许狂妄自大的人来说，功劳簿是有害的，躺在上面更是退步的温床。对一般人来说，功劳簿是可以有的，甚至是必须的。只是你不必躺在上面，你看看，想想自己也曾成功和胜利，当自卑的情绪悄然隐退之后，你就把功劳簿从容地收起来，然后斗志昂扬地重新出发。

你要不断地鼓励自己。注意啊，鼓励和表扬是有不同的，表扬更多的是看到结果，而鼓励是看过程。主要是自己是否已经尽力。我们习惯于别人鼓励我们，但是，不要把鼓励看成是别人的专利，要大力提倡鼓励和自我鼓励相结合。对别人，我们要多多鼓励：做父母的，要鼓励孩子；做丈夫妻子的，要鼓励爱人；做领导的，要鼓励下属；做朋友的，要鼓励朋友。最重要的，是要学会自我鼓励。要知道，我们身体里百千亿个细胞，漫长的血管和搏击不停的心脏，都在期待着鼓励。我们的胸膛、大脑、眼睛和四肢百骸，都需要清晰的明确的充满温情的鼓励。清晨你醒来，鼓励自己这是新的一天，太阳再次升起，烦恼留在黑夜，一切重新开始。夜晚你入睡，鼓励自己无论是成功还是失败，你都在学习中成长。

找到新模式，
覆盖内心深处的自卑

前面我们提到过内心深处的不良规则模式，你先是要找到它，然后就使用"覆盖"的功能，用新的模式代替它。

如果你以前是这样想的：我小时候受到过侵害，我要把自己封闭和保护起来，这样我就不会受到侵害了。

新的模式：我已经长大了，我有能力来保护自己。只要我是坚强的，就没有人能真正伤害到我。所以，我可以在平等的条件下，和更多的人接触。

再比如：

旧模式：如果有人批评我，这就意味着我失败了。为了避免失败，我要尽量躲避那些富有挑战性的工作和场合。如果有人批评我，我就要在第一时间把他顶回去，不然更多的人知道了并同意他批评我的说法，那我就更失败了。

新的模式：谁都有可能失败。这不是耻辱，甚至可以说是成功的奠基石。失败并没有什么可怕，下一次我会做得完善。批评的人，不管他是出于什么动机，只要他说得对，我就可以接受。如果他是恶意攻击我，那么，暴露的只是他的狭隘，对我并没有伤害。我相信大多数人，是可以信任并且明辨是非的。就算是在一个短暂的时间范围内，不能正确地评价我，这并不会妨碍我的努力。

旧模式：失恋了，这非常痛苦。因为我被人抛弃了，她（或者他），为什么不选择我呢？这说明我不可爱。我是一个失败的人，在对方眼里一无是处。

新的模式：我们并不因为另外一个人的评价变化而随之改变。我还是我，我们的价值来自自我的尊严，别人无法剥夺。我不是因为别人的可爱而存在。

姻缘这个事情，有很多因素，并不是因为你的好或是不好就能够决定的。做出这个决定的是对方，并不是我，我不必为此负责。事情最坏能发展到什么地步呢？地球不会停止转动，我也不会因此死掉。我可以悲伤一段时间，但不必沉溺于此。设想一下，如果我的好朋友失恋了，我就觉得他没有价值了吗？当然不是这样的。好了，既然答案很明确，我就忍耐这一段日子的伤感，相信时间会让我慢慢复原。

你不必是一个伟大的人，只要是个感觉良好的人就行了。

我们常常是从别人的眼里来判断自己的。但其实评价这个东西，有时候很靠不住的。

比如：

滴滴涕（DDT）是第一个大量使用的有机合成杀虫剂。早在1874年，人们已发现，用氯苯和三氯乙醛反应生成一种物质，具有杀虫效力。1939年，瑞士化学家保罗·米勒发现这种物质可以迅速杀死蚊子、虱子和庄稼地里的害虫，命名它叫滴滴涕。保罗·米勒因为这个发现，得到1948年诺贝尔生理医学奖，并为之申请了专利。滴滴涕是1943年正式投入生产，在20世纪40年代被广为使用。说起来，这个滴滴涕实在是厉害，对昆虫有极强的触杀和胃毒作用，用于防治庄稼、果蔬的害虫都有极好的效果，用途非常广泛。在之后的30年里，滴滴涕一直是最重要的杀虫剂。正当人们为滴滴涕的神效而欢欣鼓舞的时候，滴滴涕强大的副作用暴露了出来。它不易被生物分解，会在土壤和水源中残留下来，造成持久的环境污染，于是，人们纷纷反戈一击，封杀滴滴涕。自1971年之后，许多国家对之实行禁用。

同样一个滴滴涕，当年喜获诺贝尔奖光彩夺目，如今几乎成了人民公敌销声匿迹。由此可见，人们的评价有时候完全靠不住。

再比如咱们都熟知的一句话："路遥知马力，日久见人心。"说的也是评价这个事情，受时间、地点、情势的影响很大。如果你总是按照外界的评论来修正自我的认知，很遗憾，你的头脑就成了被复印的A4纸。

再者众口难调。好比吃饭，有的人不喜欢川菜，嫌太辣，这并不能说明川菜不好。有的人嫌粤菜太清淡，这也不能说明粤菜不好，只能说明人们的评价体系是多元的。如果你跟风，特别是在如何看待自己的这个要害问题上人云亦云，那就是对自己的高度不负责任。世界上的事情千奇百怪千变万化，你永远会听到截然不同的多种声音。

你想取悦所有的人，不仅是不可能的，而且是有害的。你无法让所有的人对你都有好评，这就注定了你是一个失败者。再者，就算你让大多数的人都说你的好话，你对自己的看法仍然是沙上建塔。因为你为了维持这种局面，就会谨小慎微地讨好所有的人，丧失了个性和主动性，成了舆论小心翼翼的婢女。

自卑的形成不是一朝一夕之功，那么要消除自卑的观念，也是不可能一蹴而就的，这是一个长期的功课。正因为要长久的努力才会有效果，我们就更要从现在做起。

自卑并不可怕，它是我们每个人在一生当中都会与之相伴的朋友。如果你学会了和自卑友好相处，不要让它左右了你的心境，又能不断地利用自卑对你的激励和升华作用，那么你就会变成一个超越了自卑而生机勃勃的人。那时候，你对自己将有一个良好而恰当的评价，既不狂妄，也不气馁，对于自己的期望值恰如其分。对自己多鼓励，少批评；当自己犯错误的时候，能够清醒地接受自己的限制，找到自己的成长方向，日新月异地进步；能恰当地照顾自己，喜欢自己的身体，善待自己的身体；能够清醒地认识自己的优缺点，有条不紊地工作学习生活，享受生活中的美好时光。

幸福的颜色

恰到好处的幸福

我学医生涯的开端颇为惊悚。根本就不懂任何医学知识的新兵到了西藏边防部队，卫生科长对我们说，给你们每人分一个老卫生员为师，让他先教你们打针，然后穿上白大褂就能上班了。

我觉得这不像学医，像学木匠。我师傅是个胖胖的老卫生员。说他老，大约也只有二十岁出头吧，但对十六七岁的我们来说，已足够沧桑。他找来一个塑料的人体小模型，用粗壮的食指在那人的屁股上画了个虚拟的"十"字，然后说：打针的时候，针头扎在臀部这个十字的外上四分之一处，不然容易伤了神经。伤了，下肢就会瘫痪。

很可怕。我点点头，说记住了，屁股的外上四分之一。

老卫生员说，从此你不能说屁股，说臀部。

我像鹦鹉一样重复：臀部，臀部。

老卫生员又说，记住消毒的步骤，先是 2% 碘酒，再是 75% 酒精。棉球要涂同心圆，不能像刷油漆似的乱抹。

我说，记得啦！

老卫生员又说，考考你，酒精要用多少度的？

我说，75%。

他说，那么，80% 的行不行呢？

我暗自揣摩，75% 一定是能达到消毒目的的最低标准。藏北山高路远，所用物资千里迢迢地运来，使用一定力求节省。所以，问题的答案不言而喻。

我说，80% 行。

老兵的面容很平静，继续问，那么，90% 的酒精怎么样？

我说，那当然也行。

老兵说，100% 呢？

我说，肯定更好啦！只是那样太浪费了。

老兵被高原紫外线晒成紫色的脸庞，变成棕黑色，说，错啦！75%的酒精可以破坏细菌的膜，药水渗入到内里去，整个细菌就被杀死了。浓度更高的酒精，飞快地把细菌外膜凝固了，就像砌起一道墙，反倒阻止了药液进一步浸透到细菌内部，杀不死细菌，有些东西，并不是越浓越好，要恰到好处。

那一天，我记住了"臀部"和"恰到好处"。

我到国外某机构参观。辉煌大厅中竖立着金字的企业精神。其中有一条，叫作"合理期望"。

我说，这一条有点特别，一般都会更励志一些，比如"崇高期望"云云。

陪同人员解答，这是我们的创始人尊崇的原则。期望并不是越高越好，而是要恰到好处。期望太高了，达不到，就会心生怨恨和沮丧，长久以往，就会丧失信心。期望太低了，没有动力和目标，得过且过，也会让人萎靡不振。所以，合理的期望，是一种正确评估，在愿望和实际情况之间，找到最佳的平衡点。

在那一瞬，我向后回忆想到了酒精，向前展望想到了幸福。

酒精的浓度不能太高，过了那个最佳值，结果就适得其反。幸福也是一样，切不要贪得无厌。

有些人，把目光瞄向自己目力所及的享受最高等级处。某种机缘看到了好房子，就设想以后能在这屋结婚生子。看到豪华的车，就设想能开着这车呼朋引类风驰电掣。看到人家的高职务，就发愿我以后要比你升得更高。看到别人的娇妻，就想我的伴侣定要倾国倾城。看到人家狂发美食图片，暗自发誓有一天我将吃龙肝凤髓并昭告天下。知道寿星活了90岁，就渴慕自己赶超100岁……

凡此等等，皆为不合理期望。

且不说把这些物质形态和外在指标当成是否幸福的指标是否明智，单说目光如此之高，便有违"恰到好处"这一原则。

房子完全不需要那么大，够用即可。太大了，就算你有那个银两买下来，也是暴殄天物。地球资源有限，你为什么要享用那么多的地盘，剥夺了他人的空间？

食品完全不必那么精益求精，因为它的主要功能是为我们的机体提供营养。只要洁净并能够供给身体的需求即可。太稀缺惊险的食材，太复杂劳烦的烹制方法，太考究并故弄玄虚的进食环境，都是不可取的。它们所附着的是炫耀高阶层的沾沾自喜，而这些，恰好和幸福朴素温暖的宗旨不相容。

配偶不必求国色天香出人头地，价值观相同，彼此说得来话，相互喜欢，就是神仙伴侣。

职务这件事儿，和你能力有一定的关联，但也和局面与关系牵连，并不是单纯凭着努力就一定达到目的，高下也没有绝对的公平。刨去坏人，这世界上的能人很多，自己坐不到那个位置，让别人来坐，未必就一定不妥。僧多粥少的事情，为何非要收入你囊中？

车子主要是代步工具，不必把它看成是硕大的勋章或是族徽，彰显财力不可一世。那不是幸福的氛围，而是自卑的秽气沿街抛洒。

至于活多久，这可是含有天机的秘密。你不可胜天，不要太狂狷。况且生死并不是胜败与否的决斗，只是无尽长河中的一环。泰然相向，生命之高下并不决定绵长或短暂，更在于丰美和深邃。

身体健康也不必求全，就算体检表上有了向上或是向下的小箭头，我们也可以适时纠正。实在纠正不了，从容逝去就是。幸福是思想的花朵，和身体器官是否无懈可击，并不相关。

恰到好处，是一种哲学和艺术的结晶体。它代表的豁达和淡然，是幸福门前的长廊。轻轻走过它，你就可以拍打幸福的门环。

幸福的颜料是平静

欧文女士高高的个子，高原湖泊一样蓝的眼珠，在新墨西哥州第一眼看到她的时候，就感到此人可亲近。这次到美国去，我有意识地在做一个小小试验，因为语言蹩脚，外语几乎起不到作用，我就尝试着用自己的直觉去感知一个人，辅以观察对方的形体语言，以判断他的内在情感。这样做好处成双。一是我觉得自己对人的把握更直截了当一些，好像在片刻之中，就与他的精神内核有一个碰撞。二是虽然我不懂他的语言，但我全神贯注地看着他，令对方感到自己受到尊重。

一天，欧文女士抛给我一个难题，说明天上午的活动让我在两项当中任意选择。一是到另类治疗中心看治疗师实施催眠术，一是到她家看她如何在丝绸上作画。如果我想学，她愿意教我。

真是"鱼和熊掌不可兼得"，而且谁是鱼，谁是熊掌？说到这里，我倒想对这句古语发表点意见。我总觉得把鱼和熊掌列在同一类里，似乎不妥。就算古时候的熊比现在多得多，古时候的鱼比现在难抓得多，它们的味道也还是不能比。

我很想看看外国当代的催眠术是怎样的。特别是欧文女士强调了"另类"，更是激起了我强烈的好奇心。还有一个重要的因素，我估计安妮也是对催眠术的兴趣更大一些。虽然她是非常中立地为我翻译了欧文女士的意见，但依我的直觉，我猜安妮可能更想看看催眠术是如何现场操作的。

至于绘画，我真是一窍不通。我在博物馆的专业柜台上看到了欧文女士的手绘丝巾，我很喜欢，我觉得那里面有一种飘然的平缓，一种让人心绪浮动的细腻。我很想亲眼看到一位西方的艺术家是怎样在中国的丝绸上作画的。

我对安妮说："让我想5分钟。"

我想催眠术，无论中国的外国的都差不多吧，此地可能更神秘、更现代或是更诡谲些？虽想象不出具体的情形，恐怕万变不离其宗。

丝绸绘画一定是静谧和柔软的，它充满了欧文女士个人化的特色，离开了新墨西哥州的圣塔非，就再也领略不到这份异国的精彩。

我突然明白了自己面临的选择，实际上是在很有限的时间里，我选择让自己的神经经历一次峰回路转的惊诧，还是温柔淡定的平静。

思绪一整理清楚，选择就浮出来了。我对安妮说："很对不起你了，我想谢绝那位治疗师的另类的催眠术，而到欧文女士家观赏手绘丝巾。"

第二天早上，欧文女士驾驶着她的越野吉普车准时来到饭店。我们出了城，沿着山路走到一个孤立的山包上，在山顶处，有一栋敦实而现代的住宅。欧文女士说："到了，这就是我的家。"

欧文女士单身过很长时间，她一直在寻找自己的意中人，她走过很多地方，很多国家。她是一个很看重爱情、婚姻和家庭的人。她一直在寻找，后来找到了自己的丈夫。婚后他们非常幸福。

欧文女士说："我很庆幸自己终于找到了他。而且非常奇怪，我在全世界找这个人，却没想到这个人就在我们这座小城里。结婚的时候，我对他说：'我有艺术，你有什么？'他说：'我有房子，可以把你的艺术放在里面……'"

听到这里，我说："我知道了，您的房子一定是充满了艺术的气息。"

欧文女士说："别的艺术我不敢说，但我敢说我的房子里充满了中国艺术的气息。"

在长满了沙生植物的山坡上，欧文女士的家像一座现代城堡。走进房门，室内笼罩在蛋清样清亮的微光中，原来采用的是日光照明，房顶上有高科技的天窗，据说即使在阴天的日子里室内也有柔光。再往里走，就有浓郁的东方味道飘荡过来。在客厅墙上，悬挂着中国的服装。在展示文物的橱柜中，可以看到芦笙、京胡、绣片、漆盘……墙上还挂着一幅巨大的丙烯画，红艳喷薄欲出。第一眼看过去，以为把夕阳切下了一个角，仔细看才能分辨出那是鲜红欲滴的玫瑰花……

欧文女士有两间画室，她领着我们来到其中一间好似作坊的工作室里，说："我平时画头巾就在这里，一般是不许外人参观的啊。"欧文女士拿出两条纯白的丝巾。一条是大而正方的，一条是小而长方的。欧文女士说，大的头巾让我做试验品，小的头巾是她的教具。

"时间不多了，咱们就开始吧。"欧文女士说。

我说："好吧，师傅。"

大家就都笑起来。

欧文女士打开她的颜料柜，我的天！这么多瓶瓶罐罐，可能有几百个吧。欧文女士抚摸着这些瓶瓶罐罐，如同骑士抚摸着他的战马和剑。欧文女士用木梁制作了类似绣花绷子的架子，把丝绸头巾固定在上面，如同平整的鼓面。之后她拿出画笔，又一次让我惊叹不已。那些笔呀，全是正宗的上等中国货，古色古香，粗细兼备。

她接着传授于我："在头巾上作画一定要用曲线，头巾是女性的珍爱，曲线最能表达女性的优美。和中国画写意中的大片留白不同，丝巾上是不可留白的。要用艳丽的色泽把整个丝巾涂得满满的，最美妙的是各种色泽相接的地方，由于丝绸的特性和染料的作用，会在颜色交叉处产生浸润和覆盖，那是很神奇的，会有意料不到的效果出现，有一点像烧瓷器时的'窑变'。当然，交叉之处浸染的规律也很多哦，要反复练习和摸索才能掌握。"

"丝绸围巾画好之后，就要放到锅里去蒸。"欧文女士说。

我问："为什么要蒸？"

欧文女士说："为的是不掉颜色。丝绸围巾容易掉色，是一个很难解决的问题。特别是手绘的头巾，有的质量不过关，新的时候看着挺漂亮的，脏了一洗，不得了，颜色淌了，一塌糊涂。不知你们注意到了没有，几乎所有想买丝绸手绘头巾的人都要问一句：'会不会掉颜色啊？'我也是研究摸索了好久，才找出了这套方法。"

欧文女士说着，拿出一个巨大的蒸锅。我好不容易才忍住自己的惊奇，因为想起早年间坐长途汽车，路边的小饭馆从这种蒸锅里拿出来的包子足够全车人吃的。

"这可是我的专利啊。"欧文女士说着，把丝巾和一种特殊的纸包裹在一起，然后紧紧地卷起来，一层压着一层，折叠之后约有手掌大小，再用干净的白布裹好，摆在笼屉里。"蒸的时间要足够的长，但是火可不能大。洗好之后，就是晾晒了。千万不要到太阳下面晒，但也不可在潮湿的地方慢慢阴干。要在有太阳的天气里，在太阳的阴影中将丝巾快速吹干。然后喷上熨衣浆，要喷在丝巾图案的背面，不可喷在正面。喷好熨衣浆之后，把丝巾折叠起来，稍等片刻，然后把它们熨好……"

我看欧文女士讲解得这般细致，不要说实地操作一遍，单是这样听下来都觉得辛苦。待她讲到这里，我插嘴道："熨好之后，可就大功告成了。"

欧文女士笑眯眯地看着我说："没告成，还有点睛之笔呢！"

她说着拿出一瓶金色的染料："我喜欢用金色签上我的名字。因为我所绘出的每一条头巾都是我的一次创造。我从来没有重复过自己。有的时候，绘出一条特别美丽的头巾，我会舍不得把它拿到博物馆的专柜出卖。我就把它留在自己的身边，但这样保留下去自己身边的丝巾越来越多，也不是个办法啊。时间长了，我就会把一些原来准备保留的丝巾送到博物馆去。送去之后，我心里又非常惦念它们，经常到专柜柜台去看望我的那些丝巾。甚至，我很希望我的这些丝巾卖不出去，那样我就可以再把它们名正言顺地收回来，保存在自己的身边。但是，很遗憾，我最喜欢的那些丝巾都以最快的速度被人挑选走了。我在伤感的同时也有满足和快乐，因为我知道了自己所喜欢的东西也是大多数人所喜欢的。能给我带来快乐和美感的东西，也给别人带来了快乐和美感。"

我听得入神，心中真羡慕欧文女士对丝巾的这种感情，好像它们是她孵出的一群鸡雏。

她领我到画室配好颜料，然后帮我把丝巾绷在架子上，微笑着说："你可以开始了。"

我不知道怎样开始，突然惊慌起来，比我当年做卫生员第一次给病人打针时还紧张。怎么把针头戳进皮肤好歹还在白萝卜上练过，可这么大的一块雪亮丝绸，一笔下去就不可更改了，心中忐忑。

欧文女士用毛笔饱蘸了天蓝色的染料，在为我做示范的小丝巾上涂上了深浅不一的条块。一边画，一边对我说："蓝色是最丰富的色彩之一，特别是在丝绸上表现的时候，同样的一条蓝色，上沿多用些水，下沿多用些染料，就会出现立体的变幻效果。"

我颤颤巍巍地抓了笔，也蘸上了蓝色的染料，还是想不出画些什么。可能是蓝色刺激了我的想象，或者是我的想象实在贫乏，我用蘸着蓝色染料的毛笔在白丝绸上写下了一个大字——天……

欧文女士惊奇地看着我，可能因为汉字的象形性质，她一开始并没有意识到我是在写一个字，以为我是在画几缕高天流云，待看明白我是写下了一个"天"字的时候，她很欣赏地笑起来，说："很有特点，你接着画吧。"

我却更为难了。蓝色已被写了"天"字，之后，再画或者说再写什么字呢？

欧文女士问我："你还需要什么颜色？"

这时，一个想法蹦出脑海。我很坚决地说："我要赭红色。"

欧文女士拿出一个颜料瓶。我端到齐眉处，对着阳光看看，说："不是这个颜色，这个太偏向咖啡色了，我要更红一些的。"

我看安妮向欧文翻译这些话的时候，一副不知我的葫芦里卖什么药的神情。我也不解释，看了欧文向我推荐的第二种颜色，依然说："不是。我要的不是这种颜色。"

后来，我干脆自己动手，在欧文众多的颜料瓶里挑出一种色彩。

欧文看了，提示我说："一般人通常是不喜欢棕色和咖啡色的。"

我说："师傅，谢谢你告诉我，但是，这幅画我想还是要用这种颜色。"

颜色调出来了，我用笔尖蘸了色，在雪白的丝绸上用赭红色写下了"印第安"三个大字，这些字写得像搭建起来的小房子。

原来，就在前一天，我们到了印第安人的保留地参观。古老的部落，残败的建筑（那不能叫建筑，只能说是用红土夯建的小屋）衬托在蔚蓝色的天幕，给我留下了非常深刻的哀伤之感。

印第安人没有文字，于是他们的历史湮灭在荒原之上，遗留下来的就只有这近似废墟的崖壁。我想用一种东方古老的文字寄托自己苍凉无尽的追念。

欧文女士看着我的画，说："你画得不错。你把这幅画留给我，我来把最后的工序完成。"

这个上午过得非常充实。临走的时候，我问欧文女士："你已经完成了多少幅手绘的丝巾？"

欧文女士说："我没有特别精确的数字。手工创作不会件件都是成品，有一些不满意的，我就把它们销毁了。大致算下来，我绘出了70000条丝巾。"

我"啊"了一声，说："那么多啊！"

欧文女士说："是啊，我说的是卖出去的数字。我一想到在世界的各个角落，有70000名妇女系着我手绘的丝巾装点着她们的生活，我就非常兴奋。"

我说："欧文女士，你可以用一句话概括你手绘丝巾的风格吗？"

欧文女士稍微思索了一下，说："我用的颜料是平静。我把我的平静融化到我的颜料中，然后把它们浸透到遥远的中国制造的丝绸中，我把平静和丝绸结合起来。"临走的时候，欧文女士附在我的耳边说："丝巾的四个角，你一定要用鲜艳的颜料填满，因为它们会飘扬在女士的脖子上，非常重要。再有一个小秘密，你一定要记住。在你的手绘丝巾的最后一道工序没有完成之前，你千万不要给任何一个外人看，就是你最好的朋友你也不要给她看。没有完成的丝巾是不美丽的。如果你对自己的丝巾不满意，觉得它没有惊人的美丽，你就把它销毁，不要拿出来。记住，一定要把丝巾熨得平平整整，在它光彩四溢的时候，再把它拿出来。"

幸福的颜色

提醒幸福

　　我们从小就习惯了在提醒中过日子。天气刚有一丝风吹草动，妈妈就说，别忘了多穿衣服。才相识了一个朋友，爸爸就说，小心他是个骗子。你取得了一点成功，还没容得乐出声来，所有关切着你的人一起说，别骄傲！你沉浸在欢快中的时候，自己不停地对自己说："千万不可太高兴，苦难也许马上就要降临……"我们已经习惯了在提醒中过日子。看得见的恐惧和看不见的恐惧始终像乌鸦盘旋在头顶。

　　在皓月当空的良宵，提醒会走出来对你说：注意风暴。于是我们忽略了皎洁的月光，急急忙忙做好风暴来临前的一切准备。当我们大睁着眼睛枕戈待旦之时，风暴却像迟归的羊群，不知在哪里徘徊。当我们实在忍受不了等待灾难的煎熬时，我们甚至会恶意地祈盼风暴早些到来。

　　风暴终于姗姗地来了。我们怅然发现，所做的准备多半是没有用的。事先能够抵御的风险毕竟有限，世上无法预计的灾难却是无限的。战胜灾难靠的更多的是临门一脚，先前的惴惴不安帮不上忙。

　　当风暴的尾巴终于远去，我们守住零乱的家园。气还没有喘匀，新的提醒又智慧地响起来，我们又开始对未来充满恐惧的期待。

　　人生总是有灾难。其实大多数人早已练就了对灾难的从容，我们只是还没有学会灾难间隙的快活。我们太多注重了自己警觉苦难，我们太忽视提醒幸福。

　　请从此注意幸福！

　　幸福也需要提醒吗？

　　提醒注意跌倒……提醒注意路滑……提醒受骗上当……提醒荣辱不惊……先哲们提醒了我们一万零一次，却不提醒我们幸福。

　　也许他们认为幸福不提醒也跑不了的。也许他们以为好的东西你自会珍惜，犯不上谆谆告诫。也许他们太崇尚血与火，觉得幸福无足挂齿。他们总是站在危崖上，指点我们逃离未来的苦难。但避去苦难之后的时间是什么？

那就是幸福啊！

享受幸福是需要学习的，当幸福即将来临的时刻需要提醒。人可以自然而然地学会感官的享乐，却无法天生地掌握幸福的韵律。灵魂的快意同器官的舒适像一对孪生兄弟，时而相傍相依，时而南辕北辙。

幸福是一种心灵的震颤。它像会倾听音乐的耳朵一样，需要不断地训练。

简言之，幸福就是没有痛苦的时刻。它出现的频率并不像我们想象的那样少。

人们常常只是在幸福的金马车已经驶过去很远，捡起地上的金鬃毛说，原来我见过它。

人们喜爱回味幸福的标本，却忽略幸福披着露水散发清香的时刻。那时候我们往往步履匆匆，瞻前顾后不知在忙着什么。

世上有预报台风的，有预报蝗虫的，有预报瘟疫的，有预报地震的。没有人预报幸福。其实幸福和世界万物一样，有它的征兆。

幸福常常是朦胧的，很有节制地向我们喷洒甘霖。你不要总希冀轰轰烈烈的幸福，它多半只是悄悄地扑面而来。你也不要企图把水龙头拧得更大，使幸福很快地流失。你只需静静地以平和之心，体验幸福的真谛。

幸福绝大多数是朴素的。它不会像信号弹似的，在很高的天际闪烁红色的光芒。它披着本色外衣，亲切温暖地包裹起我们。

幸福不喜欢喧嚣浮华，常常在暗淡中降临。贫困中相濡以沫的一块糕饼，患难中心心相印的一个眼神，父亲一次粗糙的抚摸，女友一个温馨的字条……这都是千金难买的幸福啊！像一粒粒缀在旧绸子上的红宝石，在凄凉中愈发熠熠夺目。

幸福有时会同我们开一个玩笑，乔装打扮而来。机遇、友情、成功、团圆……它们都酷似幸福，但它们并不等同于幸福。幸福会借了它们的衣裙，袅袅婷婷而来，走得近了，揭去帏幔，才发觉它有钢铁般的内核。幸福有时会很短暂，不像苦难似的笼罩天空。如果把人生的苦难和幸福分置天平两端，苦难体积庞大，幸福可能只是一块小小的矿石。但指针一定要向幸福这一侧倾斜，因为它有生命的黄金。

幸福有梯形的切面，它可以扩大也可以缩小，就看你是否珍惜。

我们要提高对于幸福的警惕，当它到来的时刻，激情地享受每一分钟。据科学家研究，有意注意的结果比无意要好得多。

当春天来临的时候，我们要对自己说，这是春天啦！心里就会泛起茸茸的绿意。

幸福的时候，我们要对自己说，请记住这一刻！幸福就会长久地伴随我们。那我们岂不是拥有了更多的幸福！

所以，丰收的季节，先不要去想可能的灾年，我们还有漫长的冬季来得及考虑这件事。我们要和朋友们跳舞唱歌，渲染喜悦。既然种子已经回报了汗水，我们就有权沉浸在幸福中。不要管以后的风霜雨雪，让我们先把麦子磨成面粉，烘一个香喷喷的面包。

所以，当我们从天涯海角相聚在一起的时候，请不要踌躇片刻后的别离。在今后漫长的岁月里，有无数孤寂的夜晚可以独自品尝愁绪。现在的每一分钟，都让它像纯净的酒精，燃烧成幸福的淡蓝色火焰，不留一丝渣滓。让我们一起举杯，说：我们幸福。

所以，当我们守候在年迈的父母膝下时，哪怕他们鬓发苍苍，哪怕他们垂垂老矣，你都要有勇气对自己说：我很幸福。因为天地无常，总有一天你会失去他们，会无限追悔此刻的时光。

幸福并不与财富地位声望婚姻同步，这只是你心灵的感觉。

所以，当我们一无所有的时候，我们也能够说：我很幸福。因为我们还有健康的身体。当我们不再享有健康的时候，那些最勇敢的人可以依然微笑着说：我很幸福，因为我还有一颗健康的心。甚至当我们连心也不再存在的时候，那些人类最优秀的分子仍旧可以对宇宙大声说：我很幸福，因为我曾经生活过。

常常提醒自己注意幸福，就像在寒冷的日子里经常看看太阳，心就不知不觉暖洋洋亮光光。

幸福的七种颜色

幸福应该有多少种颜色呢？说不清。我回答。

大家听了可能有点迷糊，说你自己既然不知道，为什么又曾说过有七种颜色呢？在文化中，七这个数字，有一点古怪。

欧洲人自古以来就格外钟情于七这个数字。最早的源头该是古希腊人，许多巧合都和七有关。希腊人认为自然界是由水火风土四种元素组成的，而社会的基本细胞是家庭。把完整的家庭细分，是由父亲、母亲和孩子三部分组成。再做一次加法，把自然和社会组成的世界统计一下，就有七种基本元素。古希腊人酷爱加法，认为世界的基本图形是正方形、三角形以及完美的圆形，毕达哥拉斯学派就是这一主张的坚定拥趸。你劳神把这些图形的角的数量加起来，哈！也是七。由于太多的东西与神秘的七有关，他们造七座坛、献七份祭、行七次叩拜之礼，什么都爱凑个七字。"七大主教""七大美德"，连罪也要数到"七宗罪"。

当然，最最著名的是神也喜欢七，于是一个礼拜是七天，第七天你可以休息。

七在佛教里面也是吉祥之数，有七宝、七层浮屠等等。中华文化对七也颇多好感。《说文》里面说：七，阳之正。这个七啊，又神秘又空灵。常为泛指，表明多的意思。

托尔斯泰老人家说，幸福的家庭都是相似的，唯有不幸的家庭，各有各的不幸。我当过多年的心理医生，觉得不幸的家庭都是相似的，唯有幸福的家庭却是各有各的不同。

你可能要说，这不是成心和托尔斯泰抬杠嘛！我还没有落到那种无事生非的地步。你想啊，只有香甜的味道，才可反复品尝，才能添加更多的美味在其中，让味蕾快乐起舞。比如椰蓉，比如可可，比如奶油……丰富的层次会让你觉得生活美好万象更新。

如果那底味已是巨咸巨苦巨涩，任你再搁进多少冰糖多少香料，都顷刻消解。那难耐难忍的味道，依然所向披靡，让你除了干呕，再无良策。

早年间我当兵在西藏阿里，冬天大雪封山，零下几十度的严寒，断绝了一切和外界的联系。我们每日除了工作，就是望着雪山冰川发呆。有一天，闲坐的女孩子们突然争论起来，求证一片黄连素的苦，可以平衡多少葡萄糖的甜。（由此可见，我们已多么百无聊赖！）一派说，大约 500 毫升 5% 的葡萄糖就可以中和苦味了。另一派说，估计不灵。500 毫升葡萄糖是可以的，只是浓度要提高，起码提到 10%，甚至 25%……争执不下，最后决定实地测查。那时候，我们是卫生员，葡萄糖和黄连素乃手到擒来之物，说试就试。方案很简单，把一片黄连素用药钵细细磨碎了，先泡在 5% 浓度的葡萄糖水里，大家分别来尝尝，若是不苦了，就算找到答案了。要是还苦，就继续向溶液里添加高浓度的葡萄糖，直到不苦了为止，然后计算比例。临到实验开始，我突然有些许不安。虽然小女兵们利用工作之便，搞到这两种药物都不费吹灰之力，但藏北距离内地，山路迢迢，关山重重。物品运送到阿里不容易啊，不应这样为了自己的好奇暴殄天物。黄连碎末混入到葡萄糖液里，整整一瓶原本可以输入血管救死扶伤的营养液，就报废了。至于黄连素，虽不是特别宝贵的东西，能省也省着点吧。我说，咱缩减一下量，黄连素只用四分之一片，葡萄糖液也只用四分之一瓶，行不行呢？

我是班长，大家挺尊重我的意见的，说好啊。有人想起前两天有一瓶葡萄糖，里面漂了个小黑点，不知道是什么杂物，不敢输入到病人身体里面，现在用来做苦甜之战的试验品，也算废物利用了。

实验开始。四分之一片没有包裹糖衣的黄连素被碾成粉末（记得操作这一步骤的时候，搅动得四周空气都是苦的），兑到 125 毫升 5% 的葡萄糖水中。那个最先提出以这个浓度就可消解黄连之苦的女孩，率先用舌头舔了舔已经变成黄色的液体。她是这一比例的倡导者，大家怕她就算觉得微苦，也要装也不苦的样子，损伤试验的公正性，将信将疑地盯着她的脸色。没想到她大口吐着唾沫，连连叫着，苦死了，你们千万不要来试，赶紧往里面兑糖……我们为自己以小人之心度君子之腹感到羞惭，拿起高浓度的糖就往黄水里倒，然后又推举一个人来尝。这回试验者不停地咳嗽，咧着嘴巴吐着舌头说，太苦了，啥都别说了，兑糖吧……那一天，循环往复的场景就是——女孩子们不断地往小半瓶微黄的液体里兑着葡萄糖，然后伸出舌尖来舔，顷刻抽搐着脸，大叫"苦啊苦啊"……

直到糖水已经弄到了几乎要拉出黏丝，那液体还是只需一滴，就会苦得让人打寒战。实验到此被迫告停，好奇的女兵们到底也没有求证多少葡萄糖能够中和黄连的苦味。大家意犹未尽，又试着把整片的黄连泡进剩下的半瓶里去，趁着黄连还没有融化，一口吞下，看看结果如何。这一次，很快得到证明，没有融化的黄连之苦，还是可以忍受的。

把这个实验一步步说出来，真是无聊至极。不过，它也让我体会到，即使你一生中一定会邂逅黄连，比如生活强有力地非要赐予你极困窘的境遇，比如你遭逢危及生命的重患，必得要用黄连解救，比如……你都可以毫无惧色地吞咽黄连。毕竟，黄连是一味良药啊！只是，千万不要人为地将黄连碾碎，再细细品尝，敝帚自珍地长久回味。太多的人，习惯珍藏苦难，甚至以此自傲和自虐。这种苦难的持久迷恋和品尝，会毒化你的感官，会损伤你对美好生活的精细体察，还会让你歧视没有经受过苦难的人。这些就是苦难的副作用。苦的力量比甜的力量，要强大得多。不要把黄连掰碎，不要让它丝丝入扣地嵌入我们的生活。

只要你认真寻找，幸福比比皆是。幸福不是一种颜色，也不是七种颜色，甚至也不是一百种颜色……幸福比所有这些的相加还要多，幸福是无限的。

飘扬的长发与人生的幸福

接到一封读者来信，是一个名牌大学的男生写来的。他说恋爱过程连战累挫，女友抛弃了他，他很痛苦，简直丧失了活下去的勇气。他问我拯救自己的方式是否是马上进入下一场恋爱。以前的每一位女友都有飘逸的长发，都是一见钟情。他说，我还要找一头长发的女孩，还要一见钟情。

通常的读者来信，我是不回的。但这一封，让我沉吟。他谈到了一个我不能同意的救赎自我的方法，我想对长发谈点看法。因为长发对他成了一种绝望与新生的象征。

早年间，看到很多女孩留长发，司空见惯了，也不去寻找这后面所包含的信息。后来，我偶然发现一位已婚女友的发式常有变化，有时是长发，有时是短发。刚开始我以为这是她出于美观或是时尚的考虑，后来她告诉我这和她的婚姻状况有关。如果这一阶段与她的丈夫关系不错，她就梳短发；如果关系很僵，她就留长发。我说，哦，我明白了，头发和爱情密切相关。她笑话我说，亏你还是个作家呢，难道不知头发是人的第三性征？

后来，我见到她稳定地梳起了马尾巴。说实话，那一头飘扬的长发（她的头发不错），和她满脸的皱纹实在是有些不相宜。好在我明白了头发的意义，对她说，你是下定了离婚的决心，要重新寻找新的伴侣了。

她有些惊奇地说，我还没来得及告诉你，你怎么就知道了？

我说是你的头发出卖了你。她抚摸着头发说，这是爱情的护照。

从那以后，我就对长发渐渐地留意起来。

女性的头发的样式表示她的婚姻状况，这是一种集体无意识，已经深深地刻在我们的骨骼上了。女孩子为什么要留长发？首先因为一个人的头发是一个很好的晴雨表，可以反映这个人的健康状况。在中医学里，称"发为血之余"。一个人的头发是否健康，表示着他的血脉是否丰沛充盈，生命力是否蓬勃旺盛，服饰可以调换，颜面可以化妆，但一个人的头发，是不能全面颠覆的。血自骨髓来，骨髓是一个人先天后天的精华之府。在骨髓的后面站着——肾。"肾主骨生髓"，这才是关键所在。众所周知，在东方人的文化中，"肾"并不仅仅是一个泌尿器官，而是和人的生殖系统有着极为密切的关系。

好了，现在我们已经逐渐捅到了问题的核心。长发在某种意义上，表达的是这个人"肾"的健康状况，也就是间接地反映着他的生殖潜能。当你以为只是展示你飘扬的长发的时候，你其实是在暴露你的健康史。

所以，一般说来，未婚的和期望求偶的女子，爱留长发。如果一个未婚女孩梳个短发，大家就会说她像个"假小子"。女子在结婚的时候，会把头发来一个改变，正如那首著名的歌曲中唱到的："谁把你的长发盘起，谁为你穿上嫁衣？"

如今，对女子头发的要求，是越来越苛刻了。君不见某些品牌的洗发水广告，拍出的长发美女，那头发的长度已经到了一挂黑瀑的险恶境地。画面曲折表达的意思是——你想赢得性感高分吗？请向我看齐。潇洒到形销骨立的刘德华干脆说：我的梦中情人，有一头乌黑亮丽的长发。潜台词即是：你想成为著名歌星的梦中情人吗？此处有一个绝好的机会——请用我们这个牌子的洗发水吧！

这种要求渐渐全方位起来。比如男性歌手团体F4的走红，除了种种因素之外，我觉得和他们形象中的一统长发有相当的关联。不单男性需要知道女性的健康和性征资料，女性也有同样的要求。女性的潜在的平等诉求被察觉和被满足，于是F4蓬松长发油然而生并一炮而红。

不厌其烦地就头发讨论了半天，是想说明"性"这个因素是仅次于"食"的人类基本本能之一，它的影响力不可低估。它在很多时候，渗入到我们生活的种种缝隙中，以"缘分"甚至是"思想"这类面孔闪亮登场。

再来说说一见钟情。我是医生出身，见过若干关于"一见钟情"的生物学分析。在那些神话般的境遇之中，很可能是男女双方的体味在相互吸引，要么就是基因的配型有着某种契合，还有免疫互补……甚至，童年经验也在润物细无声地影响着我们。不要把"一见钟情"说得那么神秘，那么不可思议的权威。我们不是生活在真空，很多以为虚无缥缈的事件背后，有着我们今天还不能彻底通晓的物质基础。

在我们以为是天作之合的帷幕下，有时埋伏着的不过是人的本能这个老狐狸。我在这里绝没有鄙薄本能的意思，但作为主人，知道有乔装打扮的本能先生混在客人堆里一个劲儿地劝酒，觥筹交错时就要提防酩酊大醉，以防完全丧失了理智，被本能夺了嫡。

本能这个东西，很有意思，魔力就在于我们能否察觉它。它习惯在暗中出没，魔法无边。我们被它辖制而不自知，它就是君临天下的主宰。但是，如果把它揪到光天化日之下，它就像雪人一样瘫软乏力。假设那位来信的男生，知道了他期望找到一位长发女友这一先入的标准，不过是要查询和检验一个女子的生殖系统潜能和最近若干时间以来的健康状况，那么，他在考虑长发因素的时候，可能就有了更多的角度和更宽容的把握。

本能是很会乔装打扮的，它不狡猾，但它善变。能够识出它的种种变相，不仅要凭一己的经验，也要借助他人的心得和科学的研究。

如果有人现在对那个男孩子讲，你选择女友的标准只是看她如何性感，我猜他一定要反驳，说根本就不是那样浅薄，我们情投意合，我们非常默契，我要找到的就是和她在一起的这一份独特的感觉等等。

其实在婚姻这件事上，绝对的好或是绝对的坏，大约是没有或是极少的，有的只是常态，只是平衡，只是相宜。单凭某个孤立的条件来寻找爱人，只怕是不够成熟的表现。你是一个什么人，你可要先认清，才好去寻找一个和你相宜的人。我很喜欢一个词，叫作"志同道合"，人们常常以为这句话是指事业，我觉得写予婚姻更妙。

有的年轻朋友会说，我找的是伴侣，火眼金睛地把对方认清了不就得了，干吗先要从自己开刀？

理由很简单。忠诚的人只能欣赏忠诚，而不能欣赏背叛。诚恳的人只能接纳诚恳，而不能接纳谎言。慷慨的人可以忍受一时的小气，却不会喜欢长久的吝啬。怯懦的人可以伪装暂时的勇敢，却无法在无尽的折磨中从容。谁想用婚姻改造人，只是一个幻彩的泡沫，真实只能是——人必然改造婚姻。

恋爱、婚姻是一个寻找对方更是寻找自己的过程。你整个的价值和思想体系，都在这种亲密无间的关系中得以延伸和凸现。

如果你把金钱当作人生的要素，你就不要寻找一个侠肝义胆的爱人。因为你即使在危难中曾受惠于他，但那是他的禀性，而非对你的赞同。当有一天你祭起"金钱至上"的大旗，无论你怎样娇姿百媚，还是挽不回壮士出走的决心。

如果你荆钗布裙安于寡淡，就不要寻找一个鸿鹄千里的爱人。即使你以非凡的预见知道他会直抵云天，也不要向这预见屈服，把自己的一生押了出去。否则他的翅膀上坠着你，他无法自在遨游，你也被稀薄的空气掠得胆战心惊。

　　如果你单纯以色相示人，就要准备在人老色衰的时候被厌恶和抛弃。如果你喜欢夸夸其谈，你就等着被欺骗的结局吧。

　　物以类聚，人以群分。失恋男生喜欢长发和一见钟情，他就不断地被这些吸引。他把恋爱当成了一道算术题，当一个答案打上红叉的时候，他赶忙用橡皮擦掉笔迹，在毛糙的纸上写下另一个答案，殊不知他早已将题目抄错。

　　不要把长发当成唯一，一见钟情也没有什么神秘。我手头就有若干个例子，某些离散的婚姻，往往始于绚烂无缺的开端。比起开头来，人们更重视过程和结尾，这就是"创业难，守成更难"。这就是"行百里者半九十"的含义。

　　我在一个有鸟鸣的清晨给这位男生回信。因为我已心境沧桑，而对方是一位青年，人在清晨的时候心脉比较年轻。我说，不要把人生匆匆结束，不要把恋爱匆匆开始，你把一件事做完再做另一件事好吗？

　　他很快给我回了信。他说，不是我没有做完，而是事情已经被女友提前结束。我复信说，为了你一生的幸福，你要把爱的前提好好掂量，为此花费一点时间是值得的。没想清楚之前，旧的就不算真正结束。我明白你想用新鲜替代腐烂，想把新发丝黏结在旧发丝上让它随风飘扬……可你见过馊了的牛奶吗？如果你不把酸奶倒掉，不把罐子刷洗干净，便把新牛奶倒进去，那么，只怕很快我们就又要捂起鼻子了……

　　他已经久未来信了。我不知他是生我的气了，还是已酝酿了清新的爱情。

天使和魔鬼的数量

一天，突然想就天使和魔鬼的数量，做一番民意测验。先问一个小男孩，你说是天使多啊还是魔鬼多？孩子想了想说，天使是那种长着翅膀的小飞人，魔鬼是青面獠牙要下油锅炸的那种吗？我想他脑子中的印象，可能有些中西合璧，天使是外籍的，魔鬼却好像是国产的。我纠正说，天使就是好神仙，很美丽；魔鬼就是恶魔王，很丑的那种。简单点讲，就是好的和坏的法力无边的人。小男孩严肃地沉默了一会儿，说，我想还是魔鬼多。

我穷追不舍问，各有多少呢？

孩子回答，我想，有 100 个魔鬼，才会有一个天使。

于是我知道了，在孩子的眼中，魔和仙的比例是一百比一。

又去问成年的女人。她们说，婴孩生下的时候，都是天使啊。人一天天长大，就是向魔鬼的路上走。魔鬼的坏子在男人里含量更高，魔性就像胡子，随着年纪一天天浓重。中年男人身上，几乎都能找到魔鬼的成分。到了老年，有的人会渐渐善良起来，恢复一点天使的味道。只不过那是一种老天使了，衰老得没有力量的天使。

我又问，你以为魔鬼和天使的数量各有多少呢？

女人们说，要是按时间计算，大约遇到 10 次魔鬼，才会出现一次天使。天使绝不会太多的。天使聚集的地方，就是天堂了。你看我们周围的世界，像是天堂的模样吗？

在这铁的逻辑面前，我无言以对，只有沉默。于是去问男人，就是那被女人称为魔性最盛的那种壮年男子。他们很爽快地回答，天使吗，多为小孩和女人，全是没有能力的细弱种类，飘渺加上无知。像蚌壳里面的透明软脂，味道鲜美但不堪一击。世界绝不可能都由天使组成，太甜腻太懦弱了。魔鬼一般都是雄性，虽然看起来丑陋，但腾云驾雾，肌力矫健。掌指间呼风唤雨，能量很大。

我说，数量呢？按你的估计，天使和魔鬼，各占世界的多少份额？

男人微笑着说，数量其实是没有用的，要看质量。一个魔鬼，可以让一打天使哭泣。我固执地问下去，数量加质量，总有个综合指数吧？现在几乎一切都可用数字表示，从人体的曲线到原子弹的当量。

男人果决地说，世上肯定有许多天使，但在最终的综合实力上，魔鬼是"1"，天使是"0"。当然，"0"也是一种存在，只不过当它孤立于世的时候，什么也没有，什么也不是。不代表任一，不象征实体。留下的，唯有惨淡和虚无。无论多少个零叠加，都无济于事，圈环相套，徒然摆起一口美丽的黑井，里面蛰伏着天使不再飘逸的裙裾和生满红锈的爱情弓箭。但如果有了"1"挂帅，情境就大不一样了。魔鬼是一匹马，使整个世界向前，天使只是华丽的车轮，它无法开道，只有辚辚地跟随其后，用清晰的车辙掩盖跋涉的马蹄印。后来的人们，指着渐渐淡去的轮痕说，看！这就是历史。

我从这人嘴里，听到了关于天使和魔鬼最悬殊的比例，零和无穷大。

我最后问的是一位老人。他慈祥地说，世上原是没有什么魔鬼和天使之分的，它们是人幻想出来的善和恶的化身。它们的家，就是我们的心。智者早已给过答复，人啊人，一半是天使，一半是魔鬼。

我说，那指的是在某一刻在某一个人身上。我想问的是古往今来，宏观地看，人群中究竟是魔鬼多，还是天使多？假如把所有的人用机器粉碎，离心沉淀，以滤纸过滤，被仪器分离，将那善的因子塑成天使，将那恶的渣滓捏成魔鬼，每一品种都纯正地道，制作精良。将它们壁垒分明地重新排起队来，您以为哪一支队伍蜿蜒得更长？

老人不看我，以老年人的睿智坚定地重复，一半是天使，一半是魔鬼。

不管怎么说，这是在我所有征集到的答案里，对天使数目最乐观的估计——二一添作五。我又去查书，想看看前人对此问题的分析判断。恕我孤陋寡闻，只找到了外国的资料，也许因为"天使"这个词，原本就是舶来。

最早的记录见于公元4世纪。基督教先哲，亚历山大城主教、阿里乌斯教派的反对者圣阿塔纳西曾说过："空中到处都是魔鬼"。

与他同时代的圣马卡里奥称魔鬼："多如黄蜂"。

1467年，阿方索·德·斯皮纳认为当时的魔鬼总数为133316666名。（多么精确！魔鬼的户籍警察真是负责。）

一百年以后，也就是 16 世纪中叶，约翰·韦耶尔认为魔鬼的数字没有那么多，魔鬼共有 666 群，每群 6666 个魔鬼，由 66 位魔王统治，共有 44435622 名。

随着中世纪蒙昧时代的结束，关于魔鬼的具体统计数目，就湮灭在科学的霞光里，不再见诸书籍。

那么天使呢？在魔鬼横行的时代，天使的人口是多少？这是问题的关键。

据有关记载，魔鬼数目最鼎盛的 15 世纪，达到 1.3 亿时，天使的数目是整整 4 亿！

我在这数字面前叹息。

人类的历史上，由于知识的蒙昧和神化的想象，曾经在传说中勾勒了无数魔鬼和天使的故事。在迷蒙的臆想中，在贫瘠的物质中，在大自然威力的震慑中，在荒诞和幻想中，天使和魔鬼生息繁衍着，生死搏斗着，留下无数可歌可泣的故事。祖先是幼稚的，也是真诚的。他们对世界的基本判断，仍使今天的我们感到震惊。即使是魔鬼最兴旺发达的时期，天使的人数也是魔鬼的 3 倍。也就是说，哪怕在最黑暗的日子里，天使依旧占据了这个世界的压倒多数。

当我把魔鬼和天使的统计数据，告诉他人的时候，不知为什么，许多人显出若有所失的样子，疑惑地问，天使，真的曾有 75% 那么多吗？

我反问道，那你以为天使应该有多少名呢？

他们回答，一直以为世上的魔鬼，肯定要比天使多得多！

为什么我们已习惯撞到魔鬼？为什么普遍认为天使无力？为什么越是对世界一无所知的孩童，越把魔鬼想象为无敌？为什么女人害怕魔鬼，男人乐以魔鬼自居？为什么老境将至时，会在估价中渐渐增加天使的数目？为什么当科学昌明，人类从未有过地强大以后，知道了世上本无魔鬼和天使，反倒在善与恶的问题上，大踏步地倒退，丧失了对世间美好事物的向往与信赖？

把魔鬼的力气、智慧、出现的频率和它们掌握的符咒，以及一切威力无穷的魑魅魍魉手段，整合在一起，我相信那一定是规模天文的数字。但人类没有理由悲观，要永远相信天使的力量。哪怕是单兵较量的时候，一名天使打败不了一个魔鬼，但请不要忘记，天使的数目，比起魔鬼来占了压倒优势，团结就是力量。如果说普通人的团结都可点土成金，天使们的合力，一定更具有斗转星移的神功。

感谢祖上遗留给我们的宝贵遗产，天使的基数比魔鬼多。推断下来，天使的力量与日俱增，也一定比魔鬼大。这种优势，哪怕是只多出一个百分点，也是签发给人类光明与快乐的保证书。反过来说，魔鬼在历史的进程中，也必定是一直居着下风。否则的话，假如魔鬼多于天使，加上不搞计划生育，它们苔藓一样蔓延，摩肩接踵，群魔乱舞，人间早成地狱。人类一天天前进着，这就是天使曾经胜利和继续胜利的可靠证据。更不消说，天使有时只需一个微笑，就会让整座魔鬼的宫殿坍塌。

分泌幸福的 "内啡肽"

我曾看过一则新闻：英国有家报社，向社会有奖征答 "谁是最幸福的人"，然后排出第一种最幸福的人，是一个妈妈给孩子洗完澡、怀抱着婴儿；第二种最幸福的人，是一个医生治好了病人并目送他远去；第三种最幸福的人，是一个孩子在海滩上筑起了沙堡；备选答案是，一个作家写完了著作的最后一个字，放下笔的那一瞬间。

看完这则不很引人注目的报道，那一瞬间，我真的像被子弹打中一样，感到极度震惊——这四种状况都曾集于我一身，但是，我没有感觉到幸福！

我为什么没有幸福感？有了这个问号后，我就去观察周围的人，这才发现，有幸福感的人是如此之少。有一年，我拿出贺卡看了看，结果发现最多的是 "祝你幸福"，这可能是中国人的集体无意识，所以才会觉得是永远的吉祥话。

可是，幸福的本质是什么东西呢？

日本春山茂雄博士《脑内革命》一书说，当我们感知幸福的时候，其实是生理在分泌一种内啡肽，即幸福感是体内内啡肽的分泌。从罂粟里提炼的啡肽是毒品，它的魔力正是在于它的分子结构模拟了生理基础上的内啡肽，让你体验到一种伪装的、模拟的快乐。当你觉得真正快乐的时候，例如接到大学录取通知书时，如果去抽血查验体内的生化水平，你的内啡肽水平是很高的。

据春山茂雄研究，人体内啡肽的分泌，和马斯洛 "需要层次" 的金字塔理论惊人地吻合：吃饭能带来愉悦，人在生理基础上是快乐的；然后，在实现安全、爱和尊严的需要的过程中，伴随着更大量内啡肽的分泌，让你感知自己的幸福；最重要的是，当你完成自我实现的时候，内啡肽就到达非常高的水平，远远超出吃饭带来的幸福感。

这种生理和心理的结合，使我觉得，能够体验到幸福感，是一个需要训练、感知且不断提高的过程，因为为幸福不是与生俱来的。

我觉得世界上的幸福，首先来自一个坚定的信念。

我常去高校和大学生交流，给我最多的感觉是，他们面临着一个非常重要的问题——人生观的确立和价值观的走向，即人为什么活着。

经常有媒体采访我的心理咨询中心，最喜欢提的问题是："咨询最多的问题是什么？"我说，心理咨询室这张米黄色的沙发如若有知，一定会一次次地听到来访者在问："我为什么活着？"我觉得人是追索意义的动物，尤其是年轻人，都曾经无数次地叩问这个问题。

以前，我们喜欢用灌输式的方法，从小将主义、理想或目标灌输给孩子，希望能够在他心中扎下根，成为他一生的坐标。可我现在发现，一个人的目标，一定需要他自己经过艰苦地摸索，然后在心理结构里确立下来，否则，无论我们多么用心良苦、谆谆教导，它真的只是一个外部的东西。

其实，每个人都早早地确立了一生的目标，因为它原本已存在于你的内心：从童年经验开始，你所热爱、尊敬、向往、要为之奋斗的东西，其实早已植根于心里，只不过被许多世俗的东西、繁杂的外界所影响，甚至被遮蔽了。当一个人开始有意识地关注自己的心理健康时，那是在清理他的心理结构，然后明白心中取得最主打作用的架构和体系。

我曾在一所非常好的大学做讲座，台下有学生递条子说："毕老师，我想问问你，我年轻貌美，又有这么好的大学文凭，要是不找一个大款把自己嫁了，我是不是浪费了资源？"我想，在大学生寻找目标的迷茫过程中，能够有这种朋友式的探讨，是特别重要的。

另外，我觉得自我形象的定位，是幸福感来源非常重要的一部分。

在大学生自我形象的构建里，有一部分是他们的"出身"（阶层）：他们从各种阶层突然聚合到一起，大学虽是个相对小的、封闭的环境，却也是整个社会的缩影，因此，如何看待自己不可选择的出身阶层，这是自我形象非常重要的部分。另外一部分是他们的学业，包括学习的能力、智商的能力、人际交往的能力等，可归为自己奋斗来的部分。

然而，还有特别重要的一部分，就是外在条件——长相。

我曾在一所大学做关于自我形象、自我认知的讲座，请台下的学生回答：你们有谁曾经为自己的长相自卑？结果齐刷刷地举手——所有的人都自卑！

我当时一下子不知该如何反应：没料到当代年轻人在相貌问题上，居然有如此大的压力。

后来，我悄悄问一位女生，问她为自己相貌的哪一点自卑，我实在找不着——她身材窈窕、黑发如瀑、明眸皓齿、肤如凝脂，真的是美女。

她说，我有一颗牙齿长得不好看。

我说，哪颗牙齿？

她说，第六颗牙齿。

我说，谢谢你告诉我，否则站在对面看你一百年，我也看不见你那颗牙齿不好。

她说，你不知道，可是我知道。我不敢笑，从来都是抿着嘴只露出两颗牙齿。同学都说我多"冷"、多高傲，其实，我只是怕人看到第六颗牙齿。男生追求我的时候，我就想，我有一颗牙齿不好，他还追求我，肯定是别有用心，于是放弃了好几个条件很好的男生。

我觉得，当一个人不能接纳自己，不能和自己友好地相处的时候，他就不能和别人友好地相处。因为，他对自己都那么百般挑剔、那样苛刻，又怎能和别人有真诚的、良好的沟通与关系？

其实，我挺欣赏基督教里的说法：接受你不可改变的那一部分。我们可以列一列，像出身的阶层、长相及缺陷，这些是我们不可改变的。而我们能够去修炼、弥补和提高的，就是我们可改变的那一部分。

面对一个我们不可改变的东西，该如何对待它，每个人的答案是不一样的，而这个不一样的答案，却可能深刻地影响我们的一生。比如，一个人认为他丑，就认定自己完全不会幸福了，觉得他既然这么丑，有什么权利得到幸福？一个人说他很贫寒，为什么别人可以含着银汤匙出生，而他却含着草根出生？

面对种种不平等，我常跟年轻人说，不平等是社会有机组成的一部分，而让它变得更为平等，是你义不容辞的责任之一。

首先，你要丢掉幻想，坦然接纳不公平、巨大的差异或先天不良。然后，对于自己可改变的部分，你就要细细地分析，找出自己的优缺点，是优点就让它更好，是缺点就要去弥补，尤其要突出优点，把自己光彩照人的方面表达出来。因为中国文化特别容易告诉你哪里不行，生怕你忘了自己的缺点，而你有什么优点，告诉你的人可不太多，所以要坦然接受自己的优点，将它发扬光大。

心理咨询中心来过一位留英硕士，月薪 12 万元，可他将自己说得一无是处，弄得我都心酸。我才知道，一个人接不接纳自己，其实不在于外在的条件，也不在于世俗的评判标准，而完全在于他内心框架的衡量。

我通常咨询完了不会给谁留作业，但那天我说，我给你留个作业：下星期来见我之前，你要写出自己的 15 条优点。

他快晕过去了，说，我怎么能找到 15 条优点呢？至多也就找出一两条。这个世界上，可能只有您相信我还有优点，我父母就不相信我有优点，所有人都不相信我有优点！

我说，你老板起码相信你有优点吧，否则怎会出月薪 12 万元雇你？

他突然在这个事实面前愣了半天，然后说，噢，那我试试看。

所以我觉得，应该去认识自己的长处，将它发扬光大，去接纳那些不可改变的东西。当你能够坦然地面对自己的时候，其实也就可以坦然地面对世界——放下包袱后，你才可以轻装前进。

费尔巴哈说过："你的第一责任是使你自己幸福。你自己幸福了，你也就能使别人幸福，因为，幸福的人愿意在自己周围只看到幸福的人。"

感动是一种能力

　　"感动"在词典上的意思是——思想感情受外界事物的影响而激动，引得同情或向慕。虽然我对这本词典抱有崇高的敬意，依然认为这种说法不够精准，甚至有点词不达意。难道感动如此狭窄，只能将我们引向同情或是向慕的小道吗？这对"感动"来说，似乎不全面不公平吧？感动比这要丰饶得多，辽阔得多，深邃得多啊。

　　"感动"最望文生义、最平直的解释就是——感情动起来了。你的眼睛会蒸腾出温热的霞光，你的听觉会察觉远古的微响，你的内心像有一只毛茸茸的小松鼠越过，它纤细而奔跑的影子惊扰了你，思维的树叶久久还在摇曳。你的手会不由自主地出汗，好像无意中捡到了天堂的房卡，你的足弓会轻轻地弹起，似乎想如赤脚的祖先一般迅跑在高原……

　　感动的来源是我们的感官，眼耳鼻舌身加上触觉和压觉。如果封闭了我们的感官，就戮杀了感动的根，当然也就看不到感动的芽和感动的果了。感官是一群懒惰的小精灵，同样的事物经历得多了，感官就麻痹松懈了。现代社会五光十色、瞬息万变，感官更像被塞进太多脂肪的孩子，变得厌食和疲沓。如今人渐渐丧失了感动的能力，感动闪现的瞬间越来越短，感动扩散的涟漪越来越淡。因为稀缺，感动变成了奢侈品。很多人无法享受感动，于是他们反过来讥讽感动，嘲笑感动，把感动和理性对立起来，将感动打入了盲目和幼稚的泥沼之中。

　　感动是一种幸福。在物欲横流的尘垢中，顽强闪现着钻石般的瑰彩。当我们为古树下的一株小草绝不自惭形秽，而是昂首挺胸成长而感动的时刻，其实我们想到的是人的尊严。我上小学的时候，在一次考试中，得到了有生以来最差的分数。万念俱灰之时，我看到一只蜘蛛锲而不舍地在织补它残破的网。它已经失败了三次，一次是因为风，一次是因为比它的网要凶猛百倍的鸟，第三次是因为我的恶作剧。蜘蛛把破坏者感动了，风改了道，鸟儿不再飞过，我把百无聊赖的手握成了拳。我知道自己可以如同它那样，用努力和坚忍弥补天灾人祸，重新织出梦想。我也曾在藏北雪原仰望浩渺星空而泪流满面，一种博大的感动类似天毯，自九天而下裹挟全身。银河如此浩瀚，在我浅淡生命之前无数年代，它们就已存在，在我生命之后无数年代，它们也依然存在。那么，我的存在又有什么意义呢？在这个惶然的瞬间，我被存在而感动，决心要对得起这稍纵即逝的生命。

我喜欢常常感动的女人，不论那感动我们的起因，是一瓣花还是一滴水，是一个笑颜还是一缕白发，是一本举足轻重的证书还是片言只语的旧笺……引发感动的导火索，也许不胜枚举，可以有形，也可以是无所不在的氛围和若隐若现的天籁。感动可以有着任何颜色的羽毛，在清晨或是深夜，不打招呼就进入心灵的客厅，在那里和我们的灵魂倾谈。

珍惜我们的感动，就是珍惜了生命的零件。在感动中我们耳濡目染，不由自主地逼近那些曾经感动过我们的灵魂。也许有一天，我们也在无意间成了感动的小小源头，它凉凉地流向了另一双渴望感动的眼眸。

对自己诚实一点

当你企图在两个不同的自我之间游走时，你在生活中的形象就变得复杂混乱，你面临的形势也更加琢磨不透，甚至你的身体也无所适从了。

我们总是希图表现得比我们实际的情况要好一些。

好比我们小的时候，如果有客人要来，我们会被父母要求："你要乖一些啊！"等客人走了，父母会说："好了，现在你可以放松一下了。"这些都是很平常的话，却在不知不觉中给我们留存了一个印象——你要在某些特殊的场合和人物面前，努力表现得比你实际拥有的状况更好。

什么是更好呢？

就是按照世俗的标准，我们要更聪明、更好学、更勤劳、更大度、更幽默、更有责任感、更勇敢、更……还可以举出更多的"更"。总之，是比你本人更完美。

这个主观动机可能并不是太坏。爱美之心，人皆有之嘛！

不过，这就形成了一个习惯。我们把一个不真实的自我呈现在别人面前，并以为这才是可爱的，才是有价值的。而那个真实的自我，则是上不得台面的残次品，是应该被掩藏和遮盖的。

这就是自我形象的分裂。我们不喜欢真实的自我，我们把一个乔装打扮的"假我"拿给大家看。当这个"假我"被人欢迎和夸赞的时候，我们一方面沾沾自喜，觉得自己成功地扮演了一个角色，而这个角色就是别人眼中的"我"。另外一方面，我们的自卑加重了，我们知道外界的评价都是给予那个不存在的"我"，真实的我反倒像灰姑娘一样，躲在角落里捡煤渣。

长久下去，我们就变成了一个分裂的人。

这种现象，比比皆是。比如我们常常听到女性朋友说，结婚以后，他的真面目暴露出来了，我几乎不敢相信他和结婚前是同一个人。

也有的领导会说，这个人是我招聘的，当时看他十分勤快，想不到真的走上岗位以后，却非常懒惰，毫无工作的主动性。

　　以上这两个例子，最后是以离婚和炒鱿鱼作结。可见，伪装的自我，可以骗人一时，却不能矫饰久远，最后吃亏的还是你。

　　如果你觉得真实的自我还不够完善，那么最好的方法，是让自己渐渐变得完善起来，而不是敷衍、遮盖或欺骗。那样的话，自己很辛苦不说，离完美也是越来越远。再有，天下的人都不是傻子，你装得了一时三刻，却没有法子永远生活在一个不属于你的光环中。一旦被人家识破，你被减分更多。

　　我年轻的时候，心其实很累。因为总想表现得比自己真实的状态更好一些，便不由自主地要作假。明明不快乐，怕被人看出，以为是思想问题，就表现出欢天喜地的兴奋。对领导有意见，怕领导对自己看法不良，影响进步，就故意在领导面前格外卖力地工作。其实，那彼此的不融洽，大家心知肚明。在会议上有不同意见，因为判断出自己是少数，就放弃主见随大流，默不作声……凡此种种，以为是老练的举措，都让我做人辛苦，不胜其烦。

　　后来，我终于明白了，要以自己的真实面目示人。没有必要取悦他人，没有必要委屈自己。这样做了以后，我本以为机会一定要少很多，因为抱定了破釜沉舟的决心，只求这一生做一个真实的自我，付出代价也认了。不想，却多了朋友，多了机缘。

　　思来想去，原来大家都更喜欢真实的东西。你真实了，自己安全了，也让他人觉得安全，机遇反倒萌生。从此，我竭力真实，不但自己省力、省心，节省出的能量可以做更多的事情，而且成功的概率也高了起来。

泥沙俱下的生活

有年轻人问，对生活，你有没有产生过厌倦的情绪？

说心里话，我是一个从本质上对生命持悲观态度的人，但对生活，基本上没产生过厌倦情绪。这好像是矛盾的两极，骨子里其实相通。也许因为青年时代，在对世界的感知还混混沌沌的时候，我就毫无准备地抵达了海拔五千米的藏北高原。猝不及防中，灵魂经历了大的恐惧、大的悲哀。平定之后，也就有了对一般厌倦的定力。面对穷凶极恶的高寒缺氧、无穷无尽的冰川雪岭，你无法抗拒人是多么渺小、生命是多么孤单这副铁枷。你有一千种可能性会死，比如雪崩，比如坠崖，比如高原肺水肿，比如急性心力衰竭，比如战死疆场，比如车祸枪伤……但你却在苦难的夹缝当中，仍然完整地活着。而且，只要你不打算立即结束自己，就得继续活下去。愁云惨淡畏畏缩缩的是活，昂扬快乐兴致勃勃的也是活。我盘算了一下，权衡利弊，觉得还是取后种活法比较适宜。不单是自我感觉稍愉快，而且让他人（起码是父母）也较为安宁。就像得过了剧烈的水痘，对类似的疾病就有了抗体，从那以后，一般的颓丧就无法击倒我了。我明白日常生活的核心，其实是如何善待每人仅此一次的生命。如果你珍惜生命，就不必因为小的苦恼而厌倦生活。因为泥沙俱下并不完美的生活，正是组成宝贵生命的原材料。

他又问，你对自己的才能有没有过怀疑或是绝望？

我是一个"泛才能论"者，即认为每个人都必有自己独特的才能，赞成李白所说的"天生我材必有用"。只是这才能到底是什么，没人事先向我们交底，大家都蒙在鼓里。本人不一定清楚，家人朋友也未必明晰，全靠仔细寻找加上运气。有的人可能一下子就找到了；有的人费时一世一生；还有的人，干脆终生在暗中摸索，不得所终。飞速发展的现代科技，为我们提供了越来越多施展才能的领域。例如，爱好音乐，爱好写作……都是比较传统的项目；

热爱电脑，热爱基因工程……则是近若干年才开发出来的新领域。有时想，擅长操纵计算机的才能，以前必定悄悄存在着，但世上没这物件时，具有此类本领潜质的人，只好委屈地干着别的行当。他若是去学画画，技巧不一定高，就痛苦万分，觉得自己不成才。比尔·盖茨先生若是生长在唐朝，整个就算瞎了一代英雄。所以，寻找才能是一项相当艰巨重大的工程，切莫等闲视之。

人们通常把爱好当作才能，一般说来，两相符合的概率很高，但并不像克隆羊那样惟妙惟肖。爱好这个东西，有时候很能迷惑人。一门心思凭它引路，也会害人不浅。有时你爱的恰好是你所不具备特长的东西，就像病人热爱健康、矮个儿渴望长高一样。因为不具备，所以，就更爱得痴迷，九死不悔。我判断人对自己的才能，产生深度的怀疑以至绝望，多半产生于这种"爱好不当"的旋涡之中。因此，在大的怀疑和绝望之前，不妨先静下心来，冷静客观地分析一下，考察一下自己的才能，真正投影于何方。评估关头，最好先安稳地睡一觉，半夜时分醒来，万籁俱寂时，摈弃世俗和金钱的阴影，纯粹从人的天性出发，充满快乐地想一想。

为什么一定要强调充满快乐地去想呢？我以为，真正令才能充分发育的土壤，应该同时是我们分泌快乐的源泉。

他的最后一个问题是，你是怎样度过人生的低潮期的？

安静地等待。好好睡觉，像一只冬眠的熊。锻炼身体，坚信无论是承受更深的低潮或是迎接高潮，好的体魄都用得着。和知心的朋友谈天，基本上不发牢骚，主要是回忆快乐的时光。多读书，看一些传记。一来增长知识，顺带还可瞧瞧别人倒霉的时候是怎么挺过去的。趁机做家务，把平时忙碌顾不上的活儿都抓紧此时干完。

我很重要

当我说出"我很重要"这句话的时候，颈项后面掠过一阵战栗。我知道这是把自己的额头裸露在弓箭之下了，心灵极容易被别人的批判洞伤。许多年来，没有人敢在光天化日之下表示自己"很重要"。我们从小受到的教育都是——"我不重要"。

作为一名普通士兵，与辉煌的胜利相比，我不重要。

作为一个单薄的个体，与浑厚的集体相比，我不重要。

作为一位奉献型的女性，与整个家庭相比，我不重要。

作为随处可见的人的一分子，与宝贵的物质相比，我们不重要。

我们——简明扼要地说，就是每一个单独的"我"——到底重要还是不重要？

我是由无数星辰日月草木山川的精华汇聚而成的。只要计算一下我们一生吃进去多少谷物，饮下了多少清水，才凝聚成一具美轮美奂的躯体，我们一定会为那数字的庞大而惊讶。平日里，我们尚要珍惜一粒米、一叶菜，难道可以对亿万粒菽粟亿万滴甘露濡养的万物之灵，掉以丝毫的轻心吗？

当我在博物馆里看到北京猿人窄小的额和前凸的吻时，我为人类原始时期的粗糙而黯然。他们精心打制出的石器，用今天的目光来看不过是极简单的玩具。如今很幼小的孩童，就能熟练地操纵语言，我们才意识到人类已经在进化之路上前进了多远。我们的头颅就是一部历史，无数祖先进步的痕迹储存于脑海深处。我们是一株亿万年苍老树干上最新萌发的绿叶，不单属于自身，更属于土地。人类的精神之火，是连绵不断的链条，作为精致的一环，我们否认了自身的重要，就是推卸了一种神圣的承诺。

回溯我们诞生的过程，两组生命基因的嵌合，更是充满了人所不能把握的偶然性。我们每一个个体，都是机遇的产物。

常常遥想，如果是另一个男人和另一个女人，就绝不会有今天的我……

即使是这一个男人和这一个女人，如果换了一个时辰相爱，也不会有此刻的我……

即使是这一个男人和这一个女人在这一个时辰，由于一片小小落叶或是清脆鸟啼的打搅，依然可能不会有如此的我……

一种令人怅然以至走入恐惧的想象，像雾霭一般不可避免地缓缓升起，模糊了我们的来路和去处，令人不得不断然打住思绪。

我们的生命，端坐于概率垒就的金字塔的顶端。面对大自然的鬼斧神工，我们还有权利和资格说我不重要吗？

对于我们的父母，我们永远是不可重复的孤本。无论他们有多少儿女，我们都是独特的一个。

假如我不存在了，他们就空留一份慈爱，在风中蛛丝般飘荡。

假如我生了病，他们的心就会皱缩成石块，无数次向上苍祈祷我的康复，甚至愿灾痛以十倍的烈度降临于他们自身，以换取我的平安。

我的每一滴成功，都如同经过放大镜，进入他们的瞳孔，摄入他们心底。

假如我们先他们而去，他们的白发会从日出垂到日暮，他们的泪水会使太平洋为之涨潮。面对这无法承载的亲情，我们还敢说我不重要吗？

我们的记忆，同自己的伴侣紧密地缠绕在一处，像两种混淆于一碟的颜色，已无法分开。你原先是黄，我原先是蓝，我们共同的颜色是绿，绿得生机勃勃，绿得苍翠欲滴。失去了妻子的男人，胸口就缺少了生死攸关的肋骨，心房裸露着，随着每一阵轻风滴血。失去了丈夫的女人，就是齐崭崭折断的琴弦，每一根都在雨夜长久地自鸣……面对相濡以沫的同道，我们忍心说我不重要吗？

俯对我们的孩童，我们是至高至尊的唯一。我们是他们最初的宇宙，我们是深不时测的海洋。假如我们隐去，孩子就永失淳厚无双的血缘之爱，天倾东南，地陷西北，万劫不复。盘子破裂可以粘起，童年碎了，永不复原。伤口流血了，没有母亲的手为他包扎。面临抉择，没有父亲的智慧为他谋略……面对后代，我们有胆量说我不重要吗？

与朋友相处，多年的相知，使我们仅凭一个微蹙的眉尖、一次睫毛的抖动，就可以明了对方的心情，假如我不在了，就像计算机丢失了一份不曾复制的文件，她的记忆库里留下不可填补的黑洞。夜深人静时，手指在揿了几个电话键码后，骤然停住，那一串数字再也用不着默诵了。逢年过节时，她写下一沓沓的贺卡。轮到我的地址时，她闭上眼睛……许久之后，她将一张没有地址只有姓名的贺卡填好，在无人的风口将它焚化。

相交多年的密友，就如同沙漠中的古陶，摔碎一件就少一件，再也找不到一模一样的成品。面对这般友情，我们还好意思说我不重要吗？

我很重要。

我对于我的工作我的事业，是不可或缺的主宰。我的独出心裁的创意，像鸽群一般在天空翱翔，只有我才捉得住它们的羽毛。我的设想像珍珠一般散落在海滩上，等待着我把它用金线串起。我的意志向前延伸，直到地平线消失的远方……没有人能替代我，就像我不能替代别人。

我很重要。

我对自己小声说。我还不习惯嘹亮地宣布这一主张，我们在不重要中生活得太久了。

我很重要。

我重复了一遍。声音放大了一点。我听到自己的心脏在这种呼唤中猛烈地跳动。

我很重要。

我终于大声地对世界这样宣布。片刻之后，我听到山岳和江海传来回声。

是的，我很重要。我们每一个人都应该有勇气这样说。我们的地位可能很卑微，我们的身份可能很渺小，但这丝毫不意味着我们不重要。

重要并不是伟大的同义词，它是心灵对生命的允诺。

对于一株新生的树苗，每一片叶子都很重要，对于一个孕育中的胚胎，每一段染色体碎片都很重要。甚至驰骋寰宇的航天飞机，也可以因为一个油封橡皮圈的疏漏而凌空爆炸，你能说它不重要吗？

人们常常从成就事业的角度，断定我们是否重要；但我要说，只要我们在时刻努力着，为光明在奋斗着，我们就在无比重要地生活着。

让我们昂起头，对着我们这颗美丽的星球上无数的生灵，响亮地宣布——

我很重要！

面具后面的脸

参观新墨西哥州乔治亚·奥基弗博物馆附近的女子艺术辅导学校。乔治亚·奥基弗是美国最杰出的女画家之一，她的那幅《头骨和白玫瑰》表达着经典的凄美和让人战栗的死亡体验。在她去世后，博物馆遵照她的遗嘱开办了女子艺术辅导学校。

指导教师杰茜娅白发黑衣，举止卓尔不群，目光熠熠生辉。一句话，开门见山。她说："我们开设的艺术指导课程，不仅仅是指导艺术，更是指导人的全面发展。比如，根据哈佛大学的研究，经过艺术训练的女生，她们的领导才能就有所加强。"

我很感兴趣，问："这是为什么？艺术和领导，通常好像是不搭界的。"

杰茜娅说："艺术让人的大脑全面发展，增强人的自信心。特别是女孩子，她们的艺术才能往往是比较突出的。如果受到重视，得到相应的训练，她们就会惊喜地发现自己是有价值的。如果她们的艺术作品出色，就会不断地获奖。这样，她们就有了成功的经验。对一个孩子来说，什么最重要呢？就是有成功的经验，感觉到自己的价值。在正常的学校里，让孩子能有成功经验的机会并不是很多的。学习文法和数理化，是很枯燥的过程，很多孩子不适应。只有少数的孩子，能在常规的学习中感受到乐趣和成就感，大多数的孩子会觉得自己不够聪明。可以这样说，常规的学习过程，给予孩子们失败的经验比较多。但是，学习艺术就不是这样了。首先我们相信一个大前提，那就是每一个孩子，都必定有所长。它们冬眠着、潜伏着，等待人们的挖掘。不存在'有没有'的问题，是'一定有'，只是需要发现。再者，艺术允许广阔的想象，没有统一的标准，关于成功的概念也是更为开放和宽松的。而且，孩子和成人，谁离艺术的真谛更近一些呢？是孩子。她们对世界有直觉的把握，在创作的同时也更清晰地感觉到了真实的世界。她们在艺术中学习，这种成功的经验会蔓延开来，延展到她生活的各个领域。"

这一番话，颇有醍醐灌顶之感。当我们的某些父母只是把艺术作为一种训练、一种特长，甚至当成一块高考就业"敲门砖"的时候，杰茜娅她们已经巧妙地把它变成了赋予孩子最初成功体验的阶梯。

是啊，有什么比一个人，特别是一个孩子的体验和记忆更重要、更珍贵呢？回想我们的一生，所以会有种种命运，虽不敢说全部，但其中偌大的一部分是源自我们童年经验的烙印。"精神分析派"的师长甚至不无悲观地说，每个人一生将要上演的脚本，都已在我们六岁前的经历中秘密写定。如此说来，谁能改变一个孩子的童年体验，谁就能改变他眼中的世界和他人生的蓝图。

人的记忆是非常奇怪的东西。我们希望记住的东西，它虚与委蛇，给你一个过眼烟云；我们希望遗忘的东西，它执拗着，死心塌地铭记。记忆的钢钉，就这样不由分说地锲入灵魂最软弱的地方，却从那里发布一道道指令，陪伴你到永远。于是人们背负着无法选择的童年记忆，挺进在人生的曲径上。记忆是有魔法的，它轻而易兴趣地决定着我们的好恶，指导着我们的行动，规定着我们的决策，甚至操纵着我们的生涯……

中国有句俗话，叫作"三岁看老"，看来和弗洛伊德老先生的学说有异曲同工之妙。这话有前瞻之明，但也有掩饰不住的悲观和宿命。三岁之前，孩子在无知无识中酿出了怎样咸苦的卤水，让他的一生决定于此？或者反过来说，面对着一个孩子，成人世界有什么力量，可以润物细无声地沁入思维的草地，从此染绿他一生的春秋？

杰茜娅女士的话，正是在这个微妙的层面，给我启迪和震撼。如果说教育是一种外在的渗透，那么，让孩子们深入艺术的创造之中去，就生出了发自内在的事半功倍的奇效。让蛰伏内心的翅膀舒展开来，让成功的霞光照亮漆黑的眸子，让最初的成功烙在心扉的玄关……童年的珍藏，就会在漫长的岁月里发酵，香飘一路。

面对着这样的理论和尝试，我肃然起敬。

我说："你这里走出多少艺术家？"杰茜娅说："我从来没有统计过。"

我说："哦，她们还小。艺术的成功要很多年后才见分晓。我知道现在谈这些，一切都为时过早。"

杰茜娅说："不仅因为统计操作上的困难。开办这个学校，并不是为了从小培养出几个艺术的天才，而是为了更多的孩子生活中多一些阳光和快乐，发展健全的人格。我把孩子们的艺术品都保存了起来。其实，对于她们来说，这些并不是艺术，是另外一种心灵的表达。她们并不是为了成为艺术家才进行创造的，她们把艺术当成了心灵的一部分。但是，这不正是艺术最原始、最根本的标志吗？"

我说："能否让我看看孩子们的艺术创造？"

杰茜娅说："好吧，请跟我来。在仓库里。"

那一天，是休息日。宽敞的校舍里没有一个人。我走在寂静的走廊，忽然生出心灵探险的感觉。想象不出我将看到的是怎样的作品，但我确知那是一扇扇年轻的珠贝分泌出的珍珠，不论它们圆还是不圆。

杰茜娅捧出一摞石膏面具。我说："这是什么？"

杰茜娅说："这是我们做过的一次练习，题目是'面具后面的脸'。"

我说："这个题目很有意思啊。"

杰茜娅说："是这样的。孩子们渐渐长大的过程，也就是她们对成人世界渐渐认识的过程。她们脱去了最初的纯真，学会了戴上面具。没有面具是不可能和不现实的。但是，人不能总在面具后面生活，特别是人对自己的面具要有清醒的认识，要知道哪些是面具，哪些是真实的自我。明白自己的面具是怎么来的，如果有可能，要将面具减到最少。要使真我和面具尽可能地统一起来。总之，就是对面具有一个明白的认识和把握，不能让面具主宰一切。"

很深刻，也很玄妙。我说："能让我看一个具体的孩子的创作吗？"

杰茜娅说："好啊。"说完，她就从一摞面具中挑选出了一个，递给我。

这是一个美丽的面具。石膏模型的正面，是如花的笑脸。挑起的眉梢，长而上翘的睫毛，桃色的腮和银粉的唇。各种色彩涂得很到位、很和谐，甚至可以说是性感的。

我说："很美。"

杰茜娅说："是啊。这个女生的名字我不告诉你，就叫她安娜吧。安娜在人前就是这个样子。可是，你看看面具的后面。"

我把面具翻了过来。在面具的凹面中，填满了石子和羽毛。石子是尖锐和粗糙的，棱角分明；羽毛肮脏残破，绝非常见的蓬松温暖，支支像劣质的鹅毛笔，横七竖八地乱戳着；特别是在面具背后的眼眶下面，画着一串串黑色的水滴，每一滴都拖着细长的尾巴，仿佛蝌蚪正从一个黑色的湖泊源源不断地游出来……

这个没有一个字一句话的面具，如同医院做冷冻治疗的雾气，把一种彻骨的寒冷传递到我的指掌。

是的。这就是安娜内心，她的另一张面孔、更真实的面孔。她的母亲患癌症去世了。安娜目睹了她从患病到死亡的极端痛苦的过程，这使她深受刺激。她的父亲酗酒，夜夜醉得不省人事。她只有寄居在亲戚那里。她每天都在微笑，是一个人见人爱的孩子，她生怕别人不喜欢她。如果没有这种艺术的创造和表达，大概没有人知道她的痛苦。她被压抑的内心在这种创造中得到了舒缓，也使她认识到自己的分裂和冲突。她开始调整自己，认识到母亲的去世并不是自己的过错，她并不负有让别人都喜欢她的使命。她可以在人前流泪，也可以直率地表达自己，她有这个权利。

听到杰茜娅女士说到这里，我才深深地吁出了一口气。是的，你能说这不是艺术吗？不能。你能说这是简单的艺术吗？不能。孩子和艺术就这样的天衣无缝地黏合在一起，艺术成了生活的一部分。这样的艺术直击心扉。我说："还有吗？我非常喜欢你和孩子的创意。"

杰茜娅说："这里还有女孩子画的画。是命题的画，题目就叫《80岁的奶奶》。乔治亚·奥基弗说过：颜色和语言的意义是不一样的，颜色和形状比文字更能下定义。"

我说："是请一位老奶奶做模特，让孩子画她吗？"

杰茜娅说："我要求每个孩子对着镜子，想象自己80岁时候的模样。要画得像，让别人一看就知道那是你。要画出沧桑和年纪的痕迹，还要画出你的职业和家庭对你的影响。因为这些随着年龄的增长，就会在人的相貌上体现出来。当然了，在画画之前，你要为自己写出一个小传。80岁的人不是凭空变成的，是经历了很多过程的人。你要心中有数，她到底走过了怎样的人生，你才能画好她。"

我说："真是有趣得很。您的目的是什么呢？"

杰茜娅说："除了画画的基本技巧之外，我想让女孩们知道衰老是正常的，不是可怕的。只要她们活着，就一定会变老。她们将在自己光滑的额头上，画出密密的皱纹，那是岁月赠送的不可抗拒的礼物。特别是她们将要思考自己的一生将怎样度过。做什么职业，成为什么样的人。包括希望成立怎样的家庭。"

我说："我明白了，孩子是在这幅画里画出自己的理想和人生。我可以看看她们的画吗？"

杰茜娅拿出了厚厚的画稿。

她飞快地翻动。于是，我看到一位位老媪，额头和嘴角都有夸张的皱纹。头发稀疏、皮肤松弛、白发苍苍、面带微笑……在这群苍老的女人画像下面，是她们各自的小传。有女滑冰运动员、女服装设计师、女汽车制造商、女医生、女律师……

有一幅最有趣，一位老奶奶的膝下围着无数的孩子，我说："这位老奶奶是开幼儿园的吗？"

杰茜娅说："不是。这位女生的理想就是要生这么多的孩子。"

那一瞬我非常感动。试着想想这些画的创造过程吧。一些嫩绿的叶子，对着镜子，观察着自己的脸庞。然后迅速地画下脸部的轮廓，然后就是长久的沉默。她们一笔笔地在这张青春勃发的面庞上，刀刻般地画出嶙峋的皱纹，每一笔都是挑战和承诺。在生命的这一头，眺望生命的那一头，万千感受聚集一心。从郁郁葱葱到黄叶遍地。

"我看见被乌云藏起的月亮，我听见在水下游泳的风，我哭泣，因为我是古堡里的蚯蚓……"杰茜娅朗诵了一首女孩子创作的诗。

"艺术不仅是艺术，更是灵魂的栖息之地。"配以一个有力优雅的手势，杰茜娅结束了她的谈话。

幸福的颜色

奶奶的灵丹妙药

高原上的人不聪明，以为只有农民才吃新鲜的东西，而比较讲究的是吃加工过的食品。比如，认定罐头里的苹果，一定比刚从树上摘下来的高级。这样，我们一到阿里，听说没有绿色蔬菜吃，除了脱水菜就是罐头，女兵们简直高兴极了。

说实话，罐头食品刚吃的时候，口味相当不错。特别是水果罐头，最大的优点是可以把天南地北不同节气的果子集中在一起，大饱口福。你可以刚吃了一口河北赵县的雪花梨，马上就塞两腮帮子福建厦门产的名叫妃子笑的红荔枝。喉咙里广西的香蕉还没咽下去，立刻又被陕西的苹果噎得翻白眼……阿里有个优良传统，大伙儿都善待新来的弟兄，好让他们早些适应高原。老同志慷慨地把自己积攒下的水果罐头拿出来大宴我们。我们也就懵懵懂懂地吃了个够。

后来才知道，士兵每个月的罐头定量是一公斤半。军用罐头胖墩墩、圆滚滚，体积庞大，每个净重一公斤。也就是说，每人每月按规定只能领到一筒半罐头。罐头当然不能锯开来，变通的办法是，或者每两个月领一次，一回可得三筒。或是两个人成立个互助组，合在一起领。

起初我们采取的是第二个方案，自由结合，我和果平是一组。领罐头的时候，兴高采烈。你想啊，要是自己一个人，又想要菠萝又想要蜜桃，很容易顾此失彼，留下长久的遗憾。两个人合伙，挑选余地大，众人拾柴火焰高，品种花样就齐全多了。我俩手挽手地领回苹果、香蕉、橘子各一筒，取其南北结合甜酸搭配。摆在桌子上，亮铮铮的一排，好似一列威武的锡兵（注意啊，军用罐头和街面上卖的罐头可不一样，没有那些花花绿绿的包装，朴素的白铁皮外衣，像是镀了一层银）。计划一个星期吃一筒，调剂胃口。只是这样算下来，月末就会有一个星期断了粮草。不过，我们都很乐观，心想那是二十多天以后的事了，对于年轻人来说，实在是个遥远的日子。再说那时已临近下个月发罐头的日子，曙光就在前头，等待的滋味也就比较好忍了。

罐头领回来以后，我和果平眼巴巴地看着从属于自己名下的这么多物资，不禁摩拳擦掌，口舌生津。我们几乎异口同声地说，吃掉一筒吧！

意见高度统一，立即行动起来。看着整齐的三个锡兵，第一个问题是——先吃谁呢？

没想到，我俩分歧甚大。果平想吃苹果，我却对橘子情有独钟。争论的结果，谁也不愿妥协，但也不忍心伤害对方。最后达成协议，折中一下，先吃香蕉罐头。

一截截的断香蕉泡在浑黄的水里，味道尚好，只是形象很不雅，容易使人想起某种排泄物。它还有一个致命的缺点，就是罐头汤不好喝，有一种令人懊恼的泔水味。要知道，水果罐头除了吃固体物，喝汤也是至关重要的享受，甚至比果肉还美味。比如，梨汤可以治咳嗽，橘子汁简直就是玉液琼浆。

吃完香蕉罐头，我俩抹抹嘴，意犹未尽。但谁也不好再说什么，已经提前完成了这个星期的指标，舌头的渴望只好到下个星期的此时才能满足。

我们开始看《卫生员手册》，以抵挡肚子里馋虫的呼唤。半个小时后，果平抬起头，皱着眉对我说，哎呀呀，胃不好受。

我们那时刚学了一点有关的医学知识，果平已经不用老百姓的语言，说是"心口痛"，而是很准确地指着自己的胸骨下方，说胃疼。

我吃了一惊说，那可如何是好？我赶紧去找医生吧。要是需要吃药，我这就给你把开水凉上。要是需要针灸呢，我保证给你挑一枚又细又长的新针，一下子就扎进你的穴位……

果平吓得叫起来，说，我的好姐姐呀，你怎么这么狠！就没有什么好一点的治疗方案了吗？

我劝她道，良药苦口利于病哇！

果平忸忸怩怩地说，我这也是个老病根了，在家的时候就常犯的。我奶奶有一个偏方，可不似你的招数这般吓人，又舒服又好吃，一咽下去，药到病除。

我的胃从来没疼过，简直是个铁胃，所以，就格外同情胃难受的人。听说古代的美人西施就是因为得了胃炎，才整天愁眉苦脸地捂着胸口，成了无数人爱怜的对象。果平若是也一直痛下去，就得成了效颦的东施。

我忙说，那是什么药？我们这里可有？

果平的眉梢挑起来，连连说道，有啊。就在你身边，怕你舍不得。

我越发听不明白了，说，我哪里有这样的灵丹妙药？

果平一指还剩两个的锡兵说，就是苹果罐头啊。

我大笑起来，说果平你要是馋得忍不住了，就如实招来，犯不上做出这鬼样子吓我。

果平一本正经地说，真的不是骗你。我奶奶每年冬天都要在麦仓里藏上一些苹果，都是又大又红一个虫子眼也没有的。我心口一疼，她就从仓里摸出个苹果，在灶里的热灰中焐熟了，用小勺子挖了苹果心喂我，又热乎又香甜，甭管我疼得多厉害，一个熟苹果下肚，立马就不疼了，要多灵有多灵！

我听得发呆，心想偏方治大病，还是有讲究的。我为难地说，果平，只是你奶奶这种焐熟的煳苹果，我们到哪里去找？

不想果平胸有成竹，说，你把苹果罐头打开，我自有办法。

我就拿了罐头刀，吭哧吭哧地打开了第二个锡兵。这是一种个头很大的苹果制作的罐头，里面只盛了三块，就满满当当。我把罐头推到果平面前，说，前期准备我已完成，后面如何操作就看你的了。

果平虽然胃疼，但看到渴望已久的苹果罐头，立刻恢复了活力。她几乎一跃而起，手脚麻利而拿过我的刷牙缸，把我的牙刷牙膏稀里哗啦地倒出来，腾出一个空杯。然后用一把勺子溚着，以防苹果块儿掉出来，倾斜了罐头筒，把苹果罐头汁倒进我的牙缸。她走到炉火前，把火苗拨拉得更旺些，然后把存着半筒苹果块儿的罐头筒炖在炉子上。

窗外是藏北高原呼啸的狂风，屋内是熊熊的炉火。我们无声地注视着火焰上的锡兵，有温暖而甜腻的蒸汽从锡兵的头上冒出来，好像还染着粉红色苹果花的光彩。筒底剩的果汁原本就不多，火力猛攻之下，不一会儿就有了干锅的咝咝声，果香的味道也越发浓烈起来，有点像关东糖，让空气都变得黏起来，仿佛能拉出丝来。我有些焦急，心想再不赶快抢救，马上就要煳锅了。果平依然不慌不忙，取了小勺，轻轻地翻动着筒内的果块儿，上下搅拌着。还不时地以勺为杵，如捣药的玉兔一般用力戳着渐渐柔软的苹果糊……

屋内现在弥漫的空气，已经不完全是苹果的味道，而有了一种略带呛人的烟熏火燎之气。果平扶起锡兵的耳朵（那是我挑开的罐头盖，支棱在一旁），把它放在地上。和屋外荒凉大地连在一起的室内地面，无论炉火怎样燃烧，都顽强地保持着冻土的温度。火热的锡兵一站在上面，立刻像红铁在冰水中淬火，激起团团蒸汽，好像披上了白色的伪装服。等了许久，白雾才袅袅散去。果平把锡兵请上桌面，热情邀我——好了，吃吧。

我说，吃什么？

果平说，烤苹果。

我说，我不吃，这是你辛辛苦苦制出的药啊。

果平说，我一个人也吃不了这么多啊。

我说，那你就加油吃，这回多吃点，没准儿你的病就去根了。

果平抽着鼻子，被焦煳的苹果所陶醉，见我无心于她的药，也不再谦让，说，那你喝苹果汤吧。

我用刷牙缸子和果平的锡兵碰杯，那是一种很奇怪的声响，闷闷的，好像两个聋哑人在拥抱。

那一大缸子罐头苹果汁，只喝得我像一个溺水身亡的人，肚胀如鼓。我非常愤恨果平的粗心大意，她没有把我的刷牙缸子洗干净就草率行事，结果是我的舌头每品尝一次苹果的香气，都顺便领略一回牙膏的怪味。

果平一边用小勺舀着煳苹果，一边心满意足地抚着胸口说，苹果罐头没有我奶奶焐的好吃，但是在这离家万里的地方，能吃上差不多的东西，也就不错了。

我说，你就别说什么好吃难吃的话了。我关心的是，你的病究竟好了没有？

果平说，病？什么病？

我说，你的心口疼啊。

果平一下子开心地笑起来说，你怎么和我奶奶一样好骗呢？我用这个办法，一年里不知从我奶奶手里骗来多少个苹果。真奇怪，那个麦囤就好像是个万宝囊，我怎么吃也吃不尽。但它只听我奶奶的话，有好几次我趁着她不在，自己到里面去摸，就是摸不到。这个谜，我到今天也想不通。

我气愤得大叫，好个果平，馋嘴猫！装得好像！我再也不相信你了！

我躲到一边去看书，不理果平。她在那边闹出许多声响，我看也不看。过了一会儿，我突然闻到了橘子的清香。刚开始我以为是自己想吃橘子走火入魔，鼻子作起怪来，就镇定住自己，不去想它。没想到，橘子的味道越来越强烈，简直好像有一个人在你面前不到一尺的地方，种了一大片橘林，把一个奇大无比的蜜橘，像海星一般剥开，让每一瓣挂着橘络的橘肉，花一样盛开……

真有点不可思议。我把一直遮挡在眼前的书本挪开。于是我看到果平把我们的最后一个锡兵打开了，橘瓣在金黄色的橘汁中，像一弯弯初七八的月亮，动荡着，起伏着。

我啼笑皆非，说，果平，今天已经吃得肠胃要爆炸了，你这是何苦？

果平说，你并没有吃多少罐头啊。你听我来算账，刚开始我们每人半筒香蕉罐头，不过是五百克。后来的苹果，你只喝了一些汤，又能有多少？我知道，你特别爱吃橘子罐头，今天我已经吃到了童年时最喜欢吃的东西，我想让你也开心。

说着，果平双手把最后一个锡兵递给我。

面对这样的朋友，你还能说什么？

尽管在后面的日子里，逢到别人吃罐头的时候，我和果平总要借故走出房间，站到冷冷的山冈上，但我们从不后悔，在发下罐头的第一天，就吃完了整个月份的定量。

做女人的智慧

　　不论男性还是女性，每个人都有一个发现自己、认识自己的过程，它伴随着一个人成长的全过程，也随着每个人的成长而深化。我读心理学，就是想更好地了解人、了解自己。我觉得，人如果能把自己搞明白，是件很有意思很好玩的事。作为女性，更要了解自己，发现自己。通常，人说"人贵有自知之明"，都是说要明白自己的不足之处。而我认为，女性不光要了解自己的缺点，更要了解自己的优点、自己的特点，这才真的"珍贵"。

　　我做过医生，对女性的生理比较了解。男女生理上最大的不同是生殖系统的不同，但这种不同并不从根本上决定性别的优劣、强弱。我觉得男女的差异主要体现在社会性别上。我在西藏当兵的时候，我们司令员曾特别惋惜地对我说："你要是个男的就好了。"我问为什么，他说："你挺能干的，我想提你当参谋，以后还可以当参谋长。可惜你是个女的，这就没有一点儿办法了。"这是我长大成人后第一次鲜明地意识到男女性别上的不平等。现实中，女性在权利、义务、文化、尊严等方面与男性是有很大差距的，女性在社会上的声音总是很微弱，这是和人类社会的发展过程息息相关的。古时候人们要打仗，丈二的长矛，女的就是拎不动。而现在，坐在电脑前，男女都一样，而且女的输入得可能还更快。人类的科技进步，为推动男女平等提供了基础，男女因为生理原因导致的不平等是可以渐渐被淡化的。

　　我发现我们女性和男性的差异，主要是由于文化上的原因造成的。比如，严父慈母大家都觉得很正常，但如果一个家里是严母慈父，大家会觉得有点儿例外。其实，慈、慈悲，是男女共有的品性，不是女人的专利。我曾看过一位作家写的文章，说更年期本是人一个正常的生理过程，但人们说起时会认为它包含一种贬义。这里头就有非常多的文化因素。在大学听我做报告的女学生特别多，从她们的眼神中我知道她们在思考，可到自由提问的时候，通常第一个站起来的总是男生。从我们的文化上讲，一个女孩子总要先看看别人讲什么，这么站起来会不会冒失啊，又担心自己的问题会不会太幼稚啦，实际上是一种文化在压迫着她。从某种程度上说，这是女性的"自动放弃"。人是生而平等的啊！平等不是等出来的，是自己做出来的。这种"文化上的压迫"存于心间，即使平等已经到来了，女性自己心里还觉得不平等，那么这种平等就不能真正到来。

女性要学会思考，真正成熟起来。女性心理成熟和自身的阅历在一定程度上相关，而这种阅历只是一种成熟的土壤，成熟则需要智慧。比如一个女人经历了失败的婚姻，上一次她找了一个比自己强的失败了，这次就去找一个差的，最后她可能结了四次婚，还是失败了。阅历没有上升成为智慧，没有思考，失败可能还会重复，而并不能使她真正成熟。我常常看到鸟儿一根一根地叼来树枝，千辛万苦也要给自己搭一个窝，我想，它们也是需要一个家，需要一种安全感的。人也一样，只是女性在体力上没法跟男性比，所以才对安全感要求更高。她们更需要男性的责任感，更需要关怀和呵护，这种需要是正当的。外在的柔软并不意味着女性就是弱者。在面对困境和生命挑战时，男女采取的方式可能不同，但克服困难的本质是一样的。女性凭借自己内在的力量能够赋予自身生命的意义、人格的尊严。她们在挑战自我的程度上，在承担社会责任的能力上，是和男性相同的。

女性对自身的了解和认识，包括她对自身生命意义的认识。女性到底是为谁活着？很多女人视孩子和丈夫超过自己的生命，以他们为自己生存的意义而忽略了自己。丈夫、孩子无疑是值得女人为之付出的，但并不是女人的自身或全部。我们说世界上没有相同的两片树叶，生命属于女人自己，女人应该是她自己，应该为自己活着。不少女人在失去丈夫时觉得自己没法活下去了，在孩子不在身边后突然觉得生活空空荡荡没了着落。漫长的岁月里她们总是在等，等孩子的长大，等丈夫的闲暇，当这些都等到时，才发现自己已经衰老，已经远离了自己原本想干的事。每个人应该对自己负责，女性如果把自己生存的意义完全寄寓于对方，寄寓于别人对自己负责，这对男人也是不公平的。

女人因为柔软，所以更需要智慧。情感充沛是女人天性的特点，但不应该是女人的弱点。情感是好东西，女人怎么能没有情感呢？只是女人在付出情感时需要判断对方的真假，付出情感后还要保持与男人发展的同步。当然，这种同步不一定是事业上的，而是精神上的同步，精神上的成熟。女人在工作、家庭中的角色本身也是在发展变化中的。一劳永逸是不行的，坐等十年，智慧也是等不来的。智慧不是来自于外界，而是女人自身的修炼、内在的积累。智慧的女人给人的感觉会是宁静的、平和的。

如果我有一个女儿（我有一个很会自己拿主意的儿子），我不预期她将来干什么，我会让她自己去经历成长，我希望她去读更多的书，希望她在智慧上比我更胜一筹。我相信读书会开启女性自身的智慧。相比之下，我觉得"春蕾计划"更是难能可贵的。平等的受教育的机会对女性是非常重要的。

从女性的特点来说，女性敏感细腻，更容易感受幸福。幸福对每个人的定义是不确定的。我在感到自己有力量的时候，有一种幸福的感觉。这种"有力量"不是指别的，而是我能感知美好的东西，我有能力决定自己的生活。

由从医到写作，是因为写作让我觉得愉快，让我了解人，了解自己，发现自己。我没有理由去做让自己不愉快的事。生命有不可预见性，生活多么新奇，能让我不断地要向前走，不断地进步，我感到很高兴。我想，所有的女性都一样，如果能真正了解自己，能有智慧，做自己能做好的事，那么，幸福就在不远处。

再选你的父母

我猜很多人一看到这个题目，就大不以为然，甚至愤愤然了，觉得毕淑敏是不是昏了头，父母是可以再选的吗？中国是孝之邦，身体发肤，受之父母，戴德还表达不尽，岂容再选？我的父母是天下最好的父母，让我重选父母，这不是逼人不孝吗？若是父母已驾鹤西行，这题目简直就是违背天伦。

请您相信我，我没有一丁点想冒犯您的意思，也不是为了震撼视听哗众取宠，实在是为了您的心理健康。

父母可不可以批评？我想大家理论上一定承认父母是可以批评的。即使是伟人，也有这样那样的错误和缺点，我们的父母肯定不是完人，当然也可以讨论。可实际上，有多少人心平气和地批评过我们的父母，并收到了良好的回馈，最终取得了让人满意的效果呢？我能客观地审视父母的优劣长短、得失沉浮吗？我相信愤怒的青年可以大吵一架离家出走，但这并不代表着他能公允地建设性地评价父母。也许有人会说，那是历史了，我们有什么理由在很多年后，甚至在父母都离世之后，还议论他们的功过是非呢？

我想郑重地说，有。因为那些历史并没有消失，它们就存在于我们心灵最隐秘的地方，时时在引导着我们的行为准则，操纵着我们的喜怒哀乐。

父母是会伤人的，家庭是会伤人的。当我们还是孩子的时候，我们无力分辨哪些是真正的教导、哪些只是父母自身情绪的宣泄。我们如同酒店里恭顺的小伙计，把父母的话和表情，还有习惯和嗜好，如同流水账一般记录在年幼的脑海中。他们是我们的长辈，他们供给我们吃穿住行，在某种程度上说，我们是凭借他们的喜爱和给予，才得以延续自己幼小的生命。那时候，他们就是我们的天和地，我们根本就没有力量抗辩他们、忤逆他们。

你的父母塑造了你，你在不知不觉中重复着他们展示给你的模板，你是他们某种程度的复制品。分析他们的过程其实是在分析你自己。

请你准备一张白纸，让思绪和想象自由驰骋。在白纸上方写下你的名字，左边写上"再选"二字。现在，纸上的这行字变成了"再选×"，你在这行字的右面写上"的父母"三个字。

"再选×的父母"。我敢说，也许在此刻之前，你从来没有想过可以把自己的父母炒了鱿鱼，让他们下岗，自行再来招聘一对父母。请你郑重地写下你为自己再选父母的名字。

父：
母：

我猜你一定狠狠地愣一下。虽然我们对自己的父母有过种种的不满，但真的把他们淘汰了，你一定目瞪口呆。你要挺住啊，记住这不过是一个游戏。

谁是我们再选父母的最佳人选呢？你不必煞费苦心，心灵游戏的奥妙之处就在于它的一闪念之中。你的潜意识如同潜藏深海的美人鱼，一个鱼跃，跳出海面，露出了它流线型的身躯和嘴边的胡须。原来，它并非美女，也不是猛兽。关于你的再选父母的人选，你把头脑中涌起的第一个人名写下就是了。

他们可以是英雄豪杰，也可以是邻居家的老媪；可以是已经逝去的英豪，也可以是依然健在的大款；可以是绝色佳人，也可以是末路英雄；可以是动物植物，也可以是山岳湖泊；可以是日月星辰，也可以是布帛黍粟；可以是一代枭雄，也可以是飞禽走兽；可以是自己仰慕的长辈，也可以是弟妹同学……总之，你就尽量展开想象的翅膀，天上地下地为自己选择一对心仪的父母。

你再选的父母是什么类型的东西（原谅我用了"东西"这个词，没有不敬的意思，只是一言以蔽之），这不重要。重要的是你在这个游戏中重新认识了你的父母，你在弥补你童年的缺憾，你在重新构筑你心灵的世界。你会发现自己缺少的东西、追求的东西到底是什么。

有个农村来的孩子，父母都是贫苦的乡民。在重选父母的游戏中，他令自己的母亲变成了玛丽莲·梦露，让自己的父亲变成了乾隆。我想这是一个非常典型的例子，我首先要感谢这位朋友的坦率和信任。因为这样的答案太容易引起歧义和嘲笑了，虽然它可能是很多人的向往。

我问他，玛丽莲·梦露这个女性，在你的字典中代表了什么？他回答说，

幸福的颜色

她是我见过的最美丽和最现代的女人。我说，那么，你是不是觉得自己亲生母亲丑陋和不够现代？他沉默了很久说，正是这样。中国有句俗话叫作"儿不嫌母丑，狗不嫌家贫"，我嫌弃我的母亲丑，这真是大不敬的恶行。平常我从来不敢跟人表露，但她实在是太丑的女人，让我从小到大蒙受了很多耻辱。我在心里是讨厌她的。从我开始知道美丑的概念，我就不容她和我一道上街，就是距离很远，一前一后的也不行，因为我会感到人们的目光像线一样把我和她联系起来。后来我到城里读高中，她到学校看我，被我呵斥走了。同学问起来，我就说，她是一个丐婆，我曾经给过她钱，她看我好心，以为我好欺负，居然跟到这里来了……我说这些话的时候，觉得自己也很有道理，因为母亲丑，并把她的丑遗传给了我，让我承受世人的白眼，我想她是对不住我的。至于我的父亲，他是乡间的小人物，会一点小手艺，能得到人们的一点小尊敬。我原来是以他为豪的，后来到了城里，上了大学，才知道山外有山、天外有天，才知道父亲是多么草芥。同学们的父亲，不是经常在本地电视要闻中露面的政要，就是腰缠万贯、挥金如土的巨富，最次的也是个国企的老总，就算厂子穷得叮当响，照样有公车来接子女上下学。我的位于社会底层的位置是我的父母强加给我的，这太不公平。深层的怒火潜伏在我心底，使我在自卑的同时非常敏感，性格懦弱，但在某些时候又像地雷似的一碰就炸……算了，不说我了，我本来认命了，因为父母是不能选择的，所以也从来没有动过这方面的脑筋。既然你今天让做换父母的游戏，让我可以大胆设想、别具一格，我一下子就想到了梦露和乾隆。

我说，先问你一个问题，如果父亲不是乾隆，换成布什或布莱尔，要不就是拉登，你以为如何？

他笑起来说，拉登就免了吧，虽然名气大，但是个恐怖分子，再说翻山越岭胡子老长的也太辛苦。布什或布莱尔？当然可以。

我说，你希望有一个总统或是皇上当父亲，这背后反映出来的复杂思绪，我想你能察觉。

他静了许久，说，我明白那永远伴随着我的怒气从何而来了。我仰慕地位和权势，我希图在众人视线的聚焦点上。我看重身份，热爱钱财，我希望背靠大树好乘凉……当这些无法满足的时候，我就怨天尤人，心态偏激，觉得从自己一落地就被打入了另册。因此我埋怨父母，可是中国"孝"字当先，我又无法直抒胸臆，情绪翻搅，就让我永远不得轻松。工作中、生活中遇到的任何挫折，都会在第一时间让我想起先天的差异，觉得自己无论怎样奋斗也无济于事……

我说，谢谢你的这番真诚告白。只是事情还有另一面的解释，我不知你想过没有？

他说，我很想听一听。

我说，这就是，你那样平凡贫困的父母在艰难中养育了你，你长得并不好看，可他们没有像你嫌弃他们那样嫌弃你，而是给了你力所能及的爱和帮助。他们自己处于社会的底层，却竭尽全力供养你读书，让你进了城，有了更开阔的眼界和更丰富的知识。他们明知你不以他们为荣，可他们从不计较你的冷淡，一如既往地以你为荣。他们以自己孱弱的肩膀托起了你的前程，我相信这不是希求你的回报，只是一种无私无悔的爱。

你把梦露和乾隆的组合当成你的父母的最佳结合，恕我直言，这种跨越国籍和历史的组合，攫取了威权和美貌的叠加，在这后面你是否舍弃了自己努力的空间？

梦露是出自上帝之手的珍稀品种，乾隆也是天分和无数拼杀才造就的英才。在你的这种搭配中，我看到是一厢情愿的无望，还有不切实际的奢求。

那位年轻人若有所思地走了。我注视着他的背影，期待他今后可能会有改变。

请你静静地和你的心在一起，面对着你写下的期望中的父母的名字，去感受这种差异后面麇集的情愫。发现是改变的尖兵。

决定日月，决定悲欣

别听信那些说年轻有多么美好的话儿，听了也千万不要当真。

青春时，你一无所有，有的只是特别敏感的神经和特别匮乏的机遇。当然，还有双手和大脑。

不要津津乐道那些贵人相助云开雾散的故事。那是极小概率的事件，而你不过是大概率当中的一员。养成自甘普通的心态非常重要，可以让你一辈子宠辱不惊。有道是由俭入奢易，由奢入俭难。认定自己是普通人，就是情绪上的勤俭持家。偶遇常人难以企及的好运，就是人生的奢侈。不用怕自己适应不了天降祥瑞，就提前一厢情愿地预演美事。白日梦做多了，容易怨天尤人走火入魔。

不要对比，滋生沮丧。人和人是不一样的。比父母，你如处在低等阶层，就会生出父母不如人的怨气。而我们永远不能怨恨父母将我们生出，诞生没有假设，生命只有神圣。比相貌，假如你不是国色天香潘安再世，就会生出自卑心理。相貌是不可改变的，你必须接受天然的模样，从此泰然处之。比学历，假如你不够高，你可以继续努力读书。假如你所热爱的事务，主要需从实践中学习，那你就不必拘泥于一纸文书，你可以努力让自己成为这一行的佼佼者，再去教导后人。比房子大小，更是和动物撒尿圈领地属于同等级别，人应该有更高的追求。你知道史上那些英雄豪杰住过的房子是多少平方米吗？如果你不知道，那就证明他们不是因为住房面积这件事而青史留名。也许你说你是普通人，那就更没有必要在这件事情上攀比了。从环保的角度讲，人不应该霸占那么大的地方，留给别人更多的空间，是一种修养。

年轻人常常感觉很无助，无助的根源就在于比较。只要你收起了比较，你就享得了最基本的自由。

年轻时神经非常敏锐，感官非常丰富。一切痛苦都会被放大，令你哀痛难熬。一切欢乐又那么稍纵即逝，令你惆怅惋惜。你常常以为，当你拥有了某些东西，比如业绩，比如融进一个城市，比如住在豪宅，比如提升到某个职务，比如获得了某个奖励，比如娶了美女或是嫁了高富帅……从此你就掉到蜜罐里永无痛楚。但真实的情况是，你拥有了那些东西之后，忧愁依然在，茫然依然在，唯一不在的是你的耐心。

我看过一个资料，说是这世界上真正有作为的专家，要对所操行业达到专精，至少要经过一万个小时以上的学习或是训练。关于天赋和师资等条件咱们姑且不论，单是时间，就漫长到绝望。按每日五小时浸淫其中（专注的时间太长，反倒没有效率。此处指的是全神贯注的高质量学习），要两千天。按照每年两百个工作日计算，需要整整十年。

十年！足以让一个血气方刚的青年，变成沉着稳健的中年。

年轻时磨炼之意义，就在于因为这过程你经历过，就在于你终于知道它的转归。你锻炼出耐心，在看起来毫无希望的时候，不急于求成。

举个自己的例子，很多我年轻时在意的东西，现在好像被开水焯过的血沫子，已经褪去颜色。我在意过生死，当我距离它尚远的时候，噤若寒蝉。当我离它更近的时候，反倒安宁了。我在意过名次，现在索性不参加比赛了。怡然耕耘的人，汗水之外，两袖清风。我在意过朋友的多寡，现在才知道，有一些人当初就不是为了友谊而来。如落叶遇到风霜，散去本是正常。不变的是我的人生，越来越胸有成竹。

年轻时多选择，每个选择都通往不同的道路，每逢选择时就会不安，生怕一着不慎，满盘皆输。比如，在街头一间不算太大的超市里，共有超过两万五千多种商品可供你选择。只要你乐意购买，有将近一万份杂志可供你阅读。你还可以选择收看几百个电视台的任何一个频道。更不用说打开电脑，有海量的信息如原始时期的大洪水扑来，可以将你淹得两眼翻白。

不用那么紧张。

只要你的选择和你的人生大方向相一致，你的基本价值观是真善美的，那么，就不会犯原则性的错误。这就是年轻的好处，走错了，你可以重新再来。如果因为怕犯错误而驻足不前，那才是枉费了青春，犯了最大的错误。

年轻的时候，你除了可以决定自己的方向和选择之外，还可以决定心情。你可能没有很多东西，但你一定会有自己的心情。你不能改变很多东西，但只要你愿意，你一定能改变自己的心情。所以，你可以决定日月，决定悲欣。

你或许要说，日和月，多么光芒万丈的天体，我哪里就能决定它们呢？别着急，日和月合在一起，是什么？是明天的"明"字啊。通过努力，我们可以把握自己的明天，让自己开始一个欢欣的早晨。

坚持糊涂

我的一位远亲，住在老干部休养所内，那里林木森森，有一种暮霭沉沉的苍凉之感。隔几年，我会到那里暂住几天。我称她为姑妈。

干休所很寂寞，只有到了周末，才有些儿孙辈的探望，带来轻微的喧闹。平日的白天，绿树掩映的一栋栋小楼，好似荒凉的农舍，悄无声息。每一栋小楼的故事，被门前的小径湮没。也有短暂的热闹时光，那是每天晚上新闻联播和焦点访谈之后，就有三三两两的老人，从各自温暖的家中走出来，好像一种史前生物浮出海面，沿着干休所的甬路缓缓散步。这时分很少有车辆进出，所以老人们放心地排着不很规则的横列，差不多壅塞了整个道路，便议论边踱着，无所顾忌地传播着国家大事和邻里小事……大约一个小时之后，他们疲倦了，就稀落地散去。

我也有晚饭后散步的习惯，跟在老人们背后受限，超过他们又觉不敬，便把时间后移。姑妈怕我一个人寂寞，陪我。

这时老人们已基本结束晚练，甬路空旷寂寥。我和姑妈随意地走着，突然，看到前方拐角的昏暗处有一个树墩状的物体移动着，之上有枝杈在不规则地摇动……

我吓了一跳，想跑过去看个究竟，姑妈一把拽住我说，别去！我们离远些！

那个"树墩"渐渐挪远，我刚想问个明白，没想到姑妈还是紧闭着嘴，并用眼光示意我注意侧方。我又看到一个苗条的身影，像狸猫一样轻捷地跟随着"树墩"，若隐若现地尾随而去……

那一瞬，我真被搞糊涂了。在这很有与世隔绝之感的干休所，好像有迷雾浮动。

拉开足够的距离，确信我们的谈话不会被任何人听到后，姑妈说：前面走的那个是苗部长，她偏瘫了，每天晚上发着狠锻炼。她特别要强，不愿旁人看到她一瘸一拐、手臂像弹弦子一样乱抓的模样。所以，她总是要等到别人都回家以后，才一个人出来走。大伙儿都不和她打招呼，假装没看见，体谅她。后面跟的那人是她家的小保姆，暗地里照顾她，又不敢让她瞅见……

我插嘴道，那保姆看起来岁数可不小了。

姑妈说，平日说"小保姆"说顺嘴了，你眼力不错。苗部长以前是做组织工作的，身子瘫了，脑瓜一点不糊涂。她说保姆长期服侍病人，年龄太小，耐性恐成问题。所以她特地挑了个中年妇女，还一定要不识字的，因为她老伴老高是搞宣传的，家里藏书很多。要是挑来个识文断字的保姆，还不够她一天看故事、读小说的。这个被左挑右选来的保姆叫檀嫂，你这是晚上见她，看不清楚脸面。人长得好，也干净利落，身世挺可怜的，男人死了，也没个孩子，对老苗可好了……

第二年，我再去的时候，一切如旧，但和姑妈散步的时候，却没有看到树墩状的苗部长和狸猫样的檀嫂。我随口问道：苗部长好了？檀嫂走了？

即使在微弱的路灯下，我也能看到姑妈脸上浮现着高深莫测的沉思表情。不知道。她说，把嘴唇抿得紧紧，好似面对刑讯的女共产党员。我也不便深问，此事轻轻带过。

再一年散步的时候，却猝不及防地看到了"树墩"。她摇晃得很厉害，手臂的划动也更加颤抖和无规则，艰难地挪着，每一个瞬间都可能整个扑到马路上，但她偏偏不可思议地挺进着。我马上去搜寻她的侧面，果然又看到了那狸猫样的身影，只是没了往日的灵动。待光线稍好，我看清檀嫂怀里还抱着一个婴儿。

苗部长病得好像更重了。我说。

是。姑妈说。

檀嫂结婚了？我说。

没。姑妈说。

那孩子是谁的？我问。

苗部长生的。姑妈说。

我差点摔个大马趴，虽然脚下的路很平。我说，姑妈，你不是开玩笑吧？且不说苗部长有重病，单说她多大年纪了？早就过了更年期了，怎么还会有孩子？

姑妈说，苗部长退休好几年了，你说她有多大年纪？孩子嘛，老蚌含珠，古书上也是有记载的。去年，苗部长和檀嫂很长时间不出门，后来，他们家就传出了月娃子的哭声……

　　我说，是不是……

　　姑妈堵住我的嘴说，天下就你聪明吗？苗部长说那娃娃是自己生的，谁又能说不是？我们这儿的人，什么都不说。

　　我也什么都不说，等待着那一对奇异的散步搭档再次路过我们身旁。这一回，我站在半截冬青墙后，仔细地观察着。苗部长的面容是平静和坚忍的，她的身体仿佛在说着一句话——我要重新举步如飞！檀嫂是顺从和周到的，但从她抱着孩子的姿势中，也透出浅浅的幸福之意。

　　我什么也说不出来。

　　过了两年，再去姑妈那里，散步的时候，又不见了"树墩"和"狸猫"。我问姑妈，苗部长呢？

　　去世了。姑妈淡淡地说。

　　我猛地想起"三言二拍"中常说的一句话：奸出人命赌出贼，紧张地问，请法医鉴定了吗？

　　姑妈好生奇怪地反问我，请法医干吗？苗部长在医院住了很长时间，檀嫂服侍得非常周到。去世的时候，她拉着老高的手，说自己非常满意了，并祝老高幸福。还拉着檀嫂的手说"谢谢"。最后她是亲吻着那个小小的孩子离世的。

　　我说，后来檀嫂就和老高结婚了，现在很幸福。对吗？

　　姑妈说，是的。你怎么知道的？

　　我说，这件事再清楚不过了，只要有70分的智商就能理出脉络。你们这里的人都不明白吗？

　　姑妈微笑着说，我们这里的人戎马一生，几乎每个人都杀过人。可是我们都不想弄明白这件事。这件事里没有人不乐意。对不对？老高要是不乐意，就没有那个孩子。苗部长要是不乐意，就不会承认那个孩子是自己生的。檀嫂要是不乐意，就不会那么精心地服侍苗部长那么长的时间……坚持把一件事弄明白不容易，始终把一件事不弄明白，坚持糊涂也不容易。你说是不是？

　　我深深地点点头。

紧张

一个有趣的游戏。两人一组，其中一人会拿到一些字条，上面写着字，表达的都是人们常有的一些情绪，比如高兴、漠不关心、嫉妒、疲倦已极……

拿到字条的人，要按照字条上的指示做出相应的表情和行动，让另外的那个人猜。

例如，甲看了看手中的字条上的字迹，沉思片刻后开始表演。先是豹眼圆睁，辅以一个箭步上前，右手揪住假想中的某人脖领，同时挥出弧度漂亮的左勾拳，击中那人腮帮……

乙在目睹了甲的表情和行动以后，也沉思片刻。然后大声说出他解读出的对方情绪——愤怒。

甲颔首道："基本正确。不过，我手中的字条上写的是：'狂怒'。"

乙人说："嘿！如果是'狂'，你的这个表达等级味道尚欠浓烈。倘若换我，一般的愤怒，就已达到这个档次。真到了狂怒阶段，还要加上怒发冲冠、拳打脚踢、暴跳如雷……"

这个小游戏，说明人和人之间并不是很容易沟通的，人们通常按照自己表达情绪的方式，来理解他人。

但人和人之间仍是可以沟通的，需要语言的帮助和长久的磨合。程度差异很大，可以一叶知秋，也可能盲人摸象。

我很喜欢玩这个游戏，可以更深刻地感知他人的内心，察觉人群的异同。正是这种无休止的差异，造成了人的丰富多彩和无数悲欢离合。

某次，我遇到了一位有趣的合作者，他是一位老板。

他拿了字条开始表演，目光炯炯，眉头紧皱，身板僵直，双手攥拳……

我绕着他走了三圈，思考不出他这番表演的内涵，求助道："你能不能示意得再明确些？"

他是个好商量的人。思忖片刻后，加上了一个表情：嘴角紧抿。

我还是百思不得其解，只得求饶道："猜不出猜不出。我投降，快告诉我底牌吧。"

他把字条递给我，上面写着"焦虑"。

想想也有道理，某些人焦虑的时候，就是这副沉闷苦恼的模样。

第二轮测验开始。他看了一眼手中新的字条，开始表演：目光炯炯，眉头紧皱，身板僵直，双手攥拳……

我丧气地说："不行，再具体些。"

他就又加了一个表情：嘴角紧抿。

天啊，我一筹莫展。甚至想，这一堆测验的字条里，不会有两张"焦虑"吧？

我说："完了，我弱智了，请你告诉我吧。"

他手心摊开，我看到了谜底"沮丧"。

沮丧是这个样子的吗？我不服气地说："你的表演有问题，沮丧的时候，目光通常是低垂的。"

"但是，我沮丧的时候就是如此，聚精会神的。"他很诚恳地说。我只得服输。是啊，你不能否认有些人虽败犹荣，屡败屡战，永远目光炯炯。

再一次轮到他表演的时候，我格外当心。他拿了字条，踌躇了一下，然后胸有成竹地开始演示。

目光炯炯，眉头紧皱，身板僵直，双手攥拳……

看到我的茫然愁苦的模样，他善解人意地加上了一个补充动作：紧抿嘴角。

我极快地调侃道："干脆杀了我，我无法破译你的密码。"

这次轮到他吃惊了，说："我有那么神秘吗？其实，这一次，我表达的是一种很平和的情绪——'安静'！"

我几乎昏了过去，说："您的大驾尊容居然能称得上是安静？！我想，当你自以为安静的时候，周边的人绝不敢打扰你。"

说者无心，听者有意。他静默了片刻，一拍大腿说："哦，你这样一讲我就明白了，为什么我以为自己温和的时候，大家依然说我严厉。"

那一次令人难忘的游戏结尾有些苦涩的味道。因为我的这位朋友，无论他拿到写着怎样字迹的字条，他的表情都像一个模子里刻出来的。目光炯炯……嘴角紧抿……甚至当"爱情"出现的时候，他也如此刻板和冷峻。

我问他："你成家了吗？"

他说："成了，但是，又散了。"

我说："还打算成吗？"

他说："暂时没有打算。"

我说："没有了好。"

他说："你为什么这样说？"

我说："我的意思是，你若不把表情修改一下，即使有了女朋友，也会莫名其妙地走开。"

我后来同这位老板详细地探讨了他的表情。他说："我一个当老板的，哪能事事都流露在脸上，让人看个透明？我这是深沉。"

我说："表情的僵化和不动声色并不能画等号。对家人和对谈判对手，哪能一样？周恩来可算是大家，他的表情就丰富得很，并非整天板着阶级斗争的脸。咱们常常羡慕外国的老板当得潇洒，其中重要的一点就是他们真实，当怒则怒，当喜则喜。况且，老板也是人，也有七情六欲。事业做得好，人也要活得自然、自在。"

后来，我和这位老板进行了比较深入的谈话，才明白在他那千篇一律的面具之后，准确地说，既不是焦虑，也不是沮丧，当然更不是安静，而是紧张。

紧张，是现代人逃脱不掉的伴侣。

紧张的时候，我们的心跳加快，瞳孔变大、呼吸急促，血流湍急……我们的思索急迫而锋利，我们的行动敏捷而有力。

"紧张"这个词，很多年以前被写进一所著名大学的校训。我想，那时它一定是有的放矢，有着历史的必然和辉煌的功绩。

时代在发展，如今，当我们不再从战火和铁血的角度看待紧张，紧张就有了更多探讨的意义。

短时间的紧张，很好，会使我们焕发出非凡的爆发力。不过，世界上的事情，一蹴而就的肯定有，但终是有限，大量的成功孕育在日积月累的跋涉中。紧张是一百米短跑，成长则是马拉松比赛。长久的紧张，如同长久的鞭策一样，是不能维持的，它会导致反应的迟钝。紧张可以应对一时，却无法达至永恒。

紧张是一种无休止的激动，是一种没有间歇的高亢，是一种针插不进水泼不进的致密，是一种应急和应激的全力以赴。

你见过没有起落的江河吗？你听过没有顿挫的乐曲吗？你爬过没有沟崖的山峦吗？你走过没有悲喜的人生吗？

紧张是面具。紧张的下面潜伏着怎样的暗流？换句话说，什么导致我们长久的紧张？

紧张的人，思维是直线而不是发散的，因为他的注意力太集中了，心无旁骛。当我们的视野中只有一个目标的时候，它是收束和狭窄的（不是指远大的唯一的目标，是指运筹帷幄的策略）。我们的显意识之下是深广的潜意识。当紧张的时候，理智和经验就占据了上风，而人类在长久的进化中所积累的本体感觉被抑制和忽略。所以，紧张的人很容易累。因为他是在用5%的能力，负载着100%甚至更高的压力，怎么能不累呢？

紧张的人，其实是不安全的。他处于风声鹤唳之中，对自己的位置和处境有深深的忧虑。他大张着自己所有的感官——眼睛瞪着，耳朵张着，手脚绷紧，呼吸也是浅而快的，他的全身就像一架打开的雷达，侦察着周围的一草一木。

他因袭着以往的重担，关注着周围的一举一动，无法平和地看待他人和看待自己。紧张的人，睡眠通常不良。因为在睡梦中，他也不由自主地睁着半只眼睛。

打个比喻，什么动物最易于紧张呢？通常一下子就会想起老鼠、兔子、麻雀之类的，大都是弱小的、谨慎的、没有强大的防御能力的生灵。如果是老虎、狮子、大象，甚至蟒蛇，我们想起它们的时候，可以觉得它们懒洋洋或佯装安宁，但我们不会浮现出它们是紧张的这样一个印象。在突袭猎物的时候，它们快则快矣，狠则狠矣，你可以痛恨它，但它依然是从容的，它们不紧张。

再举南极洲的企鹅为例，这些穿西服的鸟们，似乎也没有伶牙俐齿可供攻伐猎物与保障自身，胖墩墩的战斗力不强，但是，毫无疑问它们不紧张。不是来自它们自身的强大，而是没有人类的迫害和袭扰，它们尚不知"紧张"为何物。

所以，紧张不是强大，只是懦弱的一件涂着迷彩的旧风衣。

紧张往往使我们看问题的角度趋向负面。因为不安全，所以防御感强，假如在判断不清的时候，首先断定对方是有敌意和杀伤力的，考虑自己怎样防卫、怎样规避、怎样逃脱……紧张会使我们误会了朋友的友谊，曲解了爱情的试探，加深了创伤的痛楚，减缓了复原的时间。在紧张的时刻，决定往往是短期和激烈的。

　　紧张的时候，我们无法清晰地聆听到真实的声音。我们自身澎湃的血流，主导了我们的听觉。我们看到的可能并非真实的世界，因为自身的目光已经有了某种先入为主的景象。我们无法虚怀若谷地接纳他人的意见，因为自己的念头依然盘踞在心。我们难以深刻地反省局限，因为注意力全然集中对外，内心演出了一场"空城计"……紧张如同凹凸镜一般，真实的世界变形了，让我们进入高度的备战状态。

　　紧张的人，是很难和别人和睦相处的。紧张的人，通常落落寡合慎言忧郁。紧张的人，孤独寂寞。他们可以置身于灯红酒绿、车水马龙当中，好似应者云集，但他们的心多疑多虑，缩成一块石头。

　　人们很推崇的一个词——大将风度。我以为其中极重要的组成部分，就是不紧张。每一行真正的高手，几乎都是举重若轻、温柔淡定的。草船借箭诸葛空城，功夫在诗外，无论形势多么危急，他们都成竹在胸。无论己方多么孤立，他们都胜券在握。哪怕局面间不容发，他们都眼观六路，耳听八方。

　　大将不紧张。

逃避苦难

万里迢迢，到了甘肃敦煌。鸣沙山像一个橙黄色的诱惑，半明半暗卧在傍晚的戈壁上。

人们像朝圣似的扒下鞋袜，一步一滑地向沙顶爬去。

"你是想后来居上吗？"友人从五层楼高的沙坡上向我招手。

我抱着双肘，半仰着脸对她说："我不爬山。"

"那你怎么到达山那边如画的月牙泉？"

"雇一匹骆驼。"

"要是雇不到骆驼呢？"友人从六层楼高的沙丘上向我喊话。

"那就只好沿着山根转过去。"

"这可是鸣沙山啊！"友人已经到了七层楼高的沙峰。

"不管是什么山，只要给我选择的自由，我就不爬。"

"我憎恶爬山！"

我对友人喊，她已经到了十几层楼高的沙崖，没有回头。

她没有听到我的话，听到了也不会赞同。

经历是我们爱憎的最初的和永远的源泉。

我曾经穿行于世界上最高的峰峦与旷野，山给予我太多的苦难。那个时候我17岁，当现在的女孩娇嗔地把这个年龄称为"花季"的时候，我正在昆仑山上度着永远的冬季。

在最冷的日子里，我们要爬很多皑皑的雪山。我背着枪支、弹药、十字箱、雨布、干粮、大头鞋、皮大衣，还有背包，加起来六七十斤。

第一天行进的路程，只是爬一座山。那座山悬挂在遥远的天际，像一匹白马的标本。

还没有走到山脚下，我就一步也迈不动了。宿营地在山的那边，遥远得如同我已死去了的曾祖父母。我完全不知道自己将怎样走过这漫长的征途。

缺氧使我憋闷得直想撕裂胸膛，把自己的心像一穗玉米那样扒出，晾晒在高原冰冷的阳光中。

生命给予我的全部功能都成了感受痛苦的容器，我的眼珠被冰雪冻住了，雪花像六角形的芒刺牢固地粘在眼皮上，绝不融化，眼睛像两只雪刺猬。呼呼的风声将耳膜压得像弓弦一样紧张，根本听不到除此以外的任何声响。关节里所有的滑液都被冻住了，每走一步都感觉到冰碴的摩擦。手指全然失掉知觉，感到手腕以下是光秃秃的……

时至夜半，我仍未走出那座山。我慢慢地、慢慢地倒向昆仑山万古不化的寒冰。我不走了，一步也不想走了，走比死亡可怕得多。枕着冰雪，仰望高海拔处才能见到的宝蓝色天空。我愿意永不复生。

参谋长几乎是用枪逼迫我站起来重新走。

从此，我惧怕爬山，仅次于死亡。

惧怕爬山，实际上是惧怕苦难。山，这些地球表面疙里疙瘩的赘物，驱使我们抵抗地心强大的引力，以自身微薄的力量把自己举起来。当我们悬浮在距海平面很远的山峦上，以为自己很高大，其实我们不过是山的玩偶。

苦难是对人的肉体和心灵的酷刑。那些叫嚷热爱苦难的人，我总怀疑他们未曾经历过刻骨铭心的苦难。或者曾将苦难与苦难换取的荣誉置于跷跷板的两头，他们发现荣誉飘扬在半空，遮蔽了苦难，他们觉得值。

苦难是对人的信念最残酷的锤打。当你饥肠辘辘，当你衣不蔽体，当你的尊严被践踏于泥泞之中，当你纯洁的期冀被苦难蚀得千疮百孔之时，你对整个人类光明的企盼极有可能在这"黑海洋"中颠覆。命运之舟破碎了，只剩几块残骸，即使逃脱困厄的风口，理想也受到致命的一击。再要抬起翅膀，需要积蓄永远的力量……

经受苦难而不委靡、不沦落、不摇尾乞怜、不柔若无骨、不娼不盗、不偷不抢、不失魂落魄、不死去活来，是天才、是领袖、是超人，非平常人可比。

然而历史是平常人创造的。

幸亏人类害怕苦难，人类才得以不断进步、发展、繁荣。假如人类什么都不怕，什么都满足，那么至今还穴居山顶、茹毛饮血、火种刀耕。

最稚嫩最敏感的部位最怕疼，例如我们的手指尖。粗糙它、磨砺它，指肚便会结出厚厚的茧子，这是一种悲哀的退化。

手指结茧可以消退，心灵的蛹若被苦难之丝围绕，善与美的蛾儿便难以飞出，多数窒息于黑暗之中。

当然，当苦难像飓风一样无以回避地迎面扑来时，我也会勇敢地迎上去，任沙砾打得遍体鳞伤，任头发像一面黑色的旗帜高高飘扬……

为了逃避苦难，我一生奋斗不息。

苦难也像幸福一样，分有许多层次，好像一条漫长的台阶。苦难宫殿里的至尊之王，是心灵的痛楚。

没有血迹，没有伤痕，假如心灵被洞穿，那伤口永世新鲜。

我相信在人类的心灵国度里，通行"痛苦守恒定律"。无论怎样的位极人臣，无论怎样的花团锦绣，无论怎样的二八佳丽，无论怎样的鹤发童颜，都有潜藏的伤口，淌着透明的血。

逃避了食不果腹、衣不蔽体的小苦难，便滋生出建功立业、壮志未酬的大痛苦，待功成名就、踌躇满志之时，又生出孤独寂寞、高处不胜寒的凄凉……人类只要存在感觉，苦难便像影子永远伴随。成功地逃避一次又一次苦难，人类就在进化的阶梯上匍匐向前了。

西域古道上，驼铃叮当。我骑着骆驼，绕到月牙泉。

"没有爬上鸣沙山，你要后悔一辈子。"友人气喘吁吁滑下沙丘对我说。

我不后悔。世界上的山是爬不完的，能少爬一座就少爬一座吧。

像逃避瘟疫一般，我逃避苦难。

为了雪山的尊严

一

人们常常问我：你发表处女座是哪一年？我说，是 1987 年，那一年我已经三十五周岁了。人们就"啊"了一声，不再说什么，但表情里含了疑惑：早些年你干吗去了？

在写作以前，我在遥远的西藏当兵，学的是医务。我在白衣战士的那条战线上，当到了内科主治医师的位置。假如不是改了行，就当到了副主任，您现在到医院看我的门诊，就要挂三块钱一个的号了。

一个女人，更具体地说，是一个医术很好颇有人缘的女大夫，在已过了"而立之年"的沉稳日子里，为什么要弃医从文，拿起生疏的文学之笔开始艰难的跋涉？

在许多孤寂写作的深夜，我对着苍天自问。

我不知道。

但是我感到一个苍凉而喑哑的声音，在寒冷的西部呼唤我。

我知道苍茫的云隙中，有一双期望的睿眼在注视着我。

"你既然来到了这里，你就要让世人知道这里。"

他说。带着无上的权威。

我没有办法抗拒。你可以违背一个人的意志，但是你不能违背一座雪山。

这就是昆仑山啊，我们民族最伟大的峰峦。

不管文化古籍里怎样考证，说传说中的昆仑山是现如今的什么什么山，我总认为它不是一座具体的山，而是一个象征。想想那时候，交通工具多么不便，又没有精确的地图，指南针还没有发明出来。古人们绝不可能把山与山的分野搞得条块分明。他们只有对着西部广袤的隆起兴叹，在落日辉煌的余晖里，勾勒云霭中浮动着的鬼斧神工的宫殿……于是他们把无数神奇的传说附丽其上，敷衍出最雄伟的想象。那里有九条尾巴的天神把守的天宫，那里有直插云霄的天稻，每一粒谷子都是鸡蛋大的玉石……

无独有偶。在印度辽阔的恒河平原上，更为优雅的神话野火般流传。赤足的人们向西眺望，看到皑皑的冰峰劈裂云霄。他们认为有超凡入圣的法力统治其上，于是说那里是佛祖居住的地方……

两大古老种族神秘的目光交会于此——这就是地球上最高耸的原野——藏北高原。

当我十六岁的时候，离开北京，穿上军装。火车不断地向西向西，到了新疆的乌鲁木齐。又换上汽车向西向西。在茫茫戈壁上奔跑了六天以后，到达南疆重镇喀什。这一次汽车不是向地面上的哪个方向行驶了，而是向"天上"爬去。又经历了六天无与伦比的颠簸，我作为藏北某部队第一批五个女兵当中的一员，到达了共和国这块最高的土地。

这块土地是喜马拉雅山、冈底斯山和喀喇昆仑山聚合的地方，平均高度在海拔五千米以上，它有一个奇怪的名字，叫作"阿里"。

没有人知道"阿里"是什么意思。我曾经问过博学的藏学家，也没能给出一个明晰的回答，只是说这个词语可能属于一个早已消亡的语系。于是我就沿用了一个我在阿里搜集到的民间传说：阿里的意思是"我的"。

"我的"什么呢？我的高原？我的山川？我的牦牛和我的盐巴？我的清澈的湖泊和险恶的风暴？不知道。人类的远祖用我们不懂的语言，为我们留下了一道永恒的谜。也许在先民们眼中，所有的一切都是有灵性的，他们都在呼唤着"我的"。

我小的时候，学习很好。语文好，数学也好。语文老师说我以后可以当个记者（不知为什么她从来没提到要我当作家，可能觉得当记者比较实际，而如何才能当上作家，她也不知道）。数学老师则说我以后可以上清华大学，成为一个女数学家。我回到家里，很高兴地把这些话学给妈妈。没想到她训斥我说，这都是老师们逗你玩的，你不要相信别人说你如何好的话。

我挺伤心的，从此对别人的夸奖总是半信半疑。我不知这习惯到底好不好，但它使我在荣誉面前天生地镇静起来。比如我的作文被老师批过"5+"的分数，但是小小的我丝毫不骄傲，因为我知道那是她逗我玩的。

我小学毕业后考进了北京外国语学院附属学校。据说是很难考的，录取率只有几百分之一，而且女生录取得很少，只及总数的四分之一。在我这个年纪的北京人，都会记得当时每年一度的北京外语学校招生，是怎么样地惊动京城。

我考上了，妈妈难得地高兴了一回。但是我已经养成了宠辱不惊的脾气，并没有特别的兴奋。

在外语学校读书的时候，我的成绩依然很好。我现在还保存着一张当时的成绩单，所有的科目平时都是 5 分，期末考试都是"优"。我后来在军队院校军医专业学习的时候，每次考试也都是第一。由于一贯的优异，使我在内心深处看不起在校学习这件事。你想啊，上边有老师喋喋不休在讲，周围有同学可研讨，你什么事都没有，一门心思学那点前人遗下的知识，你要是还学不好，不是太说不过去了吗？

我在外语学校最大的收获，是见了一个比较大的世面，读了不少的书。退回去三十多年，许多社会名流的孩子已经在"反帝反修"的同时，孜孜不倦地开始学习外语。我们这所学校干部子女的密集程度，大概超过了京城的任何一座学校。我的父亲是军队的一位正师级干部，但相比之下，我只能算作平民子弟。由于我优异的学习成绩，使我保持了一种尊严的生活态度。我得以近距离地观察到真正的"贵族"气派，看到它的华贵，也看到它的羸弱。

读了许多的课外书，则得益于"文化大革命"的停课。我们学校里有一个很大的图书馆，平日里我们是没有机会读小说的。功课压得非常紧，老师原本要求我们夜里说梦话都用外语的。现在一停课，大松心了，快活无比。只是图书馆里的书可不是无偿看的，看一本，要写出一篇批判文章。

刚开始大伙觉得这个交易做得来，不就是看完之后胡乱照着报纸抄点革命词语就能交差了吗？于是大家都去借，并相约看完了自己的那本以后，彼此交换。这样各人写一篇批判稿，并可以看几本好小说，不是太合算了吗？

但实践的结果并不美妙。很多人书是看了，但批判稿久久写不出来，时间长了，就失去了继续借书的资格。我也不愿意写大批判文章，你想啊，都是世界名著，看的时候，对大师们佩服得五体投地，书皮一合上，就要批判他们，这是一件多么残酷的事情！但负责管理图书馆的小个子老师很严厉，交不了稿，你就不要想从她的手里再借出一张纸。为了阅读大师们的作品，我只有硬起头皮来批判大师们。

道理虽说明白了，但写的时候，心痛如绞。我终于想出了一个两全其美的办法。比如看完《复活》，我就在纸上写：以下部分暴露出列夫·托尔斯泰的资产阶级人道主义倾向……然后我开始大段地抄录老托尔斯泰的原文，抄得很仔细，连一个标点都不错过……

还书的时候心情好忐忑，生怕小个子老师看出什么。没想到，她连连表扬我的认真，原来她是只看标题，看字迹是否整齐，看篇幅的长短，并不在意你写的是什么。

只有我一个人坚持借书写批判稿了，同屋的同学开始央求我，要我看完了书暂不要还，让大家都传着看一看。我当然不能拒绝，只是有的人看得很慢，已经过了好多天了，你问她看完了没有，她还说没完。知道书看到半截被人夺走的苦处，我不好意思催，只得耐心地等。但看惯了书的人，就像大烟瘾，是很难忍得住的。我就在下次借书时想办法——连借带偷。图书馆的小个子老师对我已是十分信任了，每次我来借书，她不跟着了，让我自己在书架里挑。

我们的图书馆是一座建于20世纪初的西式楼房，窗户很高很小，像旧时的教堂。加上书架遮挡了大部分的阳光，走道幽暗深邃。这真是一个作案的好场所。我在书架里转啊转，看到一本好书，就夹在胳肢窝的衣服里……这样几圈下来，双臂就像机械的木偶，动也不敢动了。最后僵硬地走到老师跟前，只把手里抱着的书登记。

这样我看好几本书，只需写一本书的大批判稿，不但减轻了手的负担，还加快了看书的速度，更重要的是减轻了心灵的负担，不必昧着良心写那些可怕的话了。更不消说我的同学们也可以比较从容地看我借来的书了。

但还书的时候，气氛挺吓人的。借的时候，只图一时快活，完全忘记了是从哪个犄角旮旯掏出来的书，可还的时候一定要归位。小个子老师是很认真的，一旦她发现大量的图书放错了地方，怀疑到了我的身上，我的秘密书库就彻底摧毁了，后果不堪设想。我谨慎地控制着偷书的数量，严格地完璧归赵。每次还书的时候，都恐惧万分。身上夹带着好几本书，像个沉重的孕妇，还要等着小个子老师验收批判文章，心中狂跳不止。待老师那里过了关，急急钻进书架的峡谷，拼命回想上次取书的位置，冷汗涔涔。好不容易放了回去，刚轻松了一秒钟，又贪婪地开始了新一轮的夹带……

同学们坐享其成，却全然不体谅我的苦衷。轮到我要还书了，她们就耍赖，说还没看完呢。我说，那你们也得给我一个时间，你们不能老这么耽误我呀。她们就说，谁能跟你似的，看得那么快啊，要不这样吧，书你现在就可以拿走，但是你得把书中的故事讲给我们听。

于是，在"文化大革命"最激烈的年代，在北京城内一所古老的校舍里，每逢夜深人静，在一间住着八个女孩的房间里，就会传出我转述名著的娓娓话语。中外文学大师的智慧，像月光清冷地笼罩着我们，伴我们走进悠远的梦乡。

为了给同学们讲得不露破绽，我读原著的时候就格外认真。几十年过去了，我的一位现已在美国定居的朋友，说她至今记着我给她讲过的《笑面人》，而且拒绝看雨果的原著。她说，毕淑敏在那个夏夜所讲的笑面人是世界上最好的笑面人，我再没听过比这更好的故事了。

我对这个评价淡然一笑。我知道这是她在怀念自己的少女时代。

二

我从北京来到西藏的阿里当兵，严酷的自然环境将我震撼。所有的日子都充满严寒，绿色成为遥远而模糊的记忆。

吃的是脱水菜，像纸片一样干燥的洋葱皮，在雪水的浸泡下，膨胀成赭色的浆团。炒或熬以后，一种辛辣而懊恼的气味充斥军营。

即使在日历上最炎热的夏季，你也绝不可以脱下棉衣，否则夜里所有的关节就会嘎嘎作响。

由于缺乏维生素，我的嘴唇像兔子一样裂开了，讲话的时候就会有红红的血珠掉下来。这是很不雅的事情，我就去问老医生怎样才能治好嘴唇。医生想了半天说，你要大量地吃维生素。我说吃啦，每天都吃一大把，足足有二十多片呢！可我的嘴唇为什么还是长不拢？医生说那就是你说话太多了，紧紧地闭一个星期的嘴巴，你的嘴唇就长好了。我说，那可不行，我是卫生班的班长，就算跟伙伴们可以不说话，跟病人也是要讲话的……老医生表示爱莫能助。

后来我的嘴唇还是我自己给治好的。夜里睡觉的时候，用胶布把自己的嘴巴给粘起来，强迫裂开的口子靠在一起。白天撕开照常讲话。坚持了一段时间，在某一个清晨就好了。

由于缺氧，我的指甲猛烈地凹陷下去，像一个搅拌咖啡的小勺。年轻的女孩就是爱斗嘴，有一天，女卫生员争论起来谁的指甲凹得最厉害，最后决定用注射器针头往指甲坑里注水，一滴滴往下灌，水的滴数多而不流淌溢出者为胜。记得我荣登榜首。好像是贮藏了十几滴水吧，在指甲中心凝聚得圆圆的，像一颗巨大的露珠。

　　我是一个优秀的卫生员。有一天，我在军报上看到了一个叫作"毕淑敏"的人写的一首诗，就轻轻地笑了一下。我知道我的名字很大众，全中国从八岁到八十岁的女人，有几万叫这个名字的吧。但是我的姓是比较少的。现在有了一个同名同姓的人写了一首诗，觉得很亲切，就很仔细地读。

　　一读之下，我吃了一惊。因为这首诗是我写的。但是千真万确，我没有向任何一家报刊投过稿。

　　我不知道这是怎么一回事儿，也没有人负责向我解释。时间一长，我就把它忘了。但许久之后军邮车上高原的时候（由于道路封山，邮车很长时间才上来一趟），报社给我寄来了一个黄色封面的采访本。我才得以确认那首诗是我的作品，这个本子就是稿费了。我用那个本子记了许多有关解剖和生理方面的知识。

　　在一个很偶然的机会，政治部的一位干事对我说，你的那首诗啊，里面充满了鲜血和死亡的意识，真不像是一个十几岁的女孩子所写。

　　我恍然大悟说，噢！原来我的那首诗是你给我投到报社去的啊！

　　他说，不是我。

　　他这才告诉我，是军报的一位记者到阿里高原采访。高原反应像重量级的拳击手，毫不留情地击倒了他，第二天他就下山返回平原了。但记者很忠于职守，就在高原的这仅有的一天里，挣扎着看了一些单位的黑板报，摘了一些作品带回去，我的小诗也在其中。回去以后，别人的都没选中，只发了我的那一首……

　　我不知道自己随手涂抹的句子还有这样的经历，但幼时妈妈的教育使我绝不大惊小怪。我没有看见自己的作品变成铅字的喜悦，总认为这是一个巧合。不会再有第二个记者匆匆下山，不会再有人看上我的小诗……

　　我继续专心地学习医学知识，一点也没有因此想投稿搞创作什么的。

　　当了几年兵，我回家探亲。我的父亲很郑重地同我谈到了那首诗，说他很高兴。

我从小是一个乖孩子，愿意使自己的父母快活。但我还是没想到写作，只感到一种隐隐约约的愿望在内心起伏。

我在藏北高原当了十一年的兵，把自己最宝贵的青年时代留在了冰川与雪岭之间。

我曾经背负武器、红十字箱、干粮、行军帐篷，徒步跋涉在无人区。也曾骑马涉过冰河急驰在雪原，给藏族老乡送医送药。我曾在万古不化的寒冰上，铺一张雨布席地而眠。初次这样露营时，我想醒来身体还不得泊在一片汪洋之中？我真是高估了人的微薄热量，黎明当我掀开雨布查看时，只见雪原依旧，连个人形的凹陷都没有。除了双膝像凝固般的疼痛，一切都很正常。

攀越海拔六千多米的高山时，心脏在胸膛炸成碎片，仿佛要随着急遽的呼吸迸溅出嘴巴。仰望云雾缭绕的顶峰，俯视脚下深不可测的渊薮，只有十七岁的我，第一次想到了死。

我想这样爬上去太苦难了，干脆装着一失脚，掉下悬崖……没有人会发现我是故意这样做的。在如此险恶的行军中，死人的事经常发生。我牺牲于军事行动，也要算作小小的烈士，这样我的父母也会有一份光荣……

我把一切都周密地盘算好了，只需找一块陡峻的峭壁实施自戕的方案。

片刻之后，地方选好了。那是一处很美丽的山崖，天像纯蓝墨水一样浓郁地凝结着，有凝然不动的苍鹰像图钉似的镶入苍天。这里的积雪比较薄，赭色的山岩像礁石一般浮出雪原（我知道要找一块山石狰狞的地方下手，否则叫厚雪一垫，很可能功亏一篑）……

一切都策划好了，但是我遇到了最大的困难。我的脚不听我的指挥，想让右脚腾空，可是它紧紧地用脚趾抠住毛皮鞋底儿，鞋底儿粘在酷寒的土地上，丝毫不肯像我计划的那样飞翔而起……

我转而命令左脚，它倒是抬起来，可它不是向下滑动，而是挣扎着向上挪去……

青春的机体不服从我的死亡指令，各部分零件出于本能居然独自求生……

那一瞬我苦恼至极，生也不成，死也不成，生命为何如此苛待于我？

一个老兵牵着咻咻吐白气的马走过来，他是负责后卫收容的。他说，曼巴（藏语的"医生"之意），拉着我的马尾巴吧，它会把你带到山顶。我看了一眼马毛被汗湿成一绺绺绳子样的军马。它背上驮着掉队者的背包、干粮和武器，已是不堪重负。

不，我不。我说。

老兵痛惜地看着我说，你是不是怕它扬起后蹄踢了你？放心吧，它没有那个劲儿了。在这么陡的山上，它再累也不敢踢你。只要它的蹄子一松劲，就得滚到峡谷里去。它是老马了，懂得这个利害。你就大着胆子揪它的尾巴吧。

我迟疑着，久久没有揪那条马尾。

不是害怕马，甚至也不是怜悯马。

我在考虑自己的尊严。

一个战士，揪着马尾巴攀越雪山，这是不是比死还让人难堪？

我的意志做出一个回答，生存的本能做出另一个回答。

意志终于在本能面前屈服，我伸出手，揪住了马尾巴……

我的瞳孔看到许多年轻的生命，永远地留在了万水千山之间。他们发生过悲凉或欣喜的故事，被呼啸的山风卷得毫无痕迹。

我为一个二十岁的班长换过尸衣，脱下被血染红的军装，清理他口袋里的遗物。他兜里装着几块水果糖，纸都磨光了，糖块像一只只斑驳的小乌龟，沾着他的血迹……我一点都不害怕，因为我的兜里也有和他一样的水果糖，这件小小的物品使我觉得他是兄弟。

我们把他肚子上覆盖的瓷碗取下来。碗里扣着的，是他流出的肠子。敌人的子弹贯穿了他的腹腔，严寒使掉出的肠管变得像铁管一样坚硬，没有办法再填回他的肚子里去了。

我们给他换上崭新的军装，把风纪扣严严实实地系好。除了他的腰间因为流出的肠子，扎了皮带也显得有些臃肿，真是一个精干的小战士呢。

趁人不注意，我在他的衣兜里又放上了几块水果糖。我不敢让别人知道，因为老兵们一定会笑话我的，他们把生生死死看得像蚕蜕皮一样正常。但我真的觉得，这个班长需要这几块水果糖。糖是我特意挑的，每一块的糖纸都很完整，硬挺地支棱着，像一种干燥的翅果。

那个小兵被安葬在阿里高原，距今已经有二十多年了。我想他身边的永冻土层中，有一小块一定微微发甜。他在晴朗的月夜，也许会尝一尝吧？

三

1980 年我转业到北京，在一家工厂的卫生所当医生，后来当了所长。结婚、生子，操持家务……一个女人来到这个世界上该做的事情，我都很认真地做了。贤妻良母好医生，这是人们众口一词的评价。

对一个三十岁的女医生来说，你还需要什么？

按说是不需要什么了，我应该安安静静地沿着命运已经勾勒的轨道，盘旋下去。

我虽然从小生活在北京，对北京的一草一木都无比熟悉，此次归来，我却不再是过去的那个我了。怀里揣了那么多藏北的风雪，它们强烈地撞击着我的心脏。我对这个巨大的都市，开始了新的审视。我到过这个国家最偏远最荒凉的地方，在横贯整个中国的旅行中，我知道了它的富饶与贫瘠。我在妖娆的霓虹灯中行走，身旁会突然显现白茫茫的雪原。在文明的喧哗与躁动之间，我倾听到遥远的西部有一座山在虎啸龙吟……

我的父亲有一天对我说，我看你是可以写一点东西的，你为什么不写呢？

我的父亲是一个很聪明的人，而且在文学艺术方面有很好的天赋。只是由于他们那一代人所处的环境，使他戎马一生，始终未能从事文学。我从他的目光里看到了期望，我决定一试。

一个微茫的希望在远方磷火般的闪动。我想用我的笔，告诉世人一些风景和故事。我想让我的父母惊喜。

于是在一个普通的日子，我铺开了一张洁白的纸。那是在深夜的内科值班室，轮到我值班，恰好没有病人。日光灯管发出咝咝的叫声，四周一片寂静。记忆在蛰伏了多少年后苏醒，将高原的生命与鲜血铺陈于我面前。

我在高耸的雪山上开始了我为医的生涯，雪山也将它的身影，倾泻于我的笔端。

我与雪山有缘。

握紧你的右手

常常见女孩郑重地平伸着自己的双手，仿佛托举着一条透明的哈达。看手相的人便说：男左女右。女孩把左手背在身后，把右手手掌对准湛蓝的天。

常常想世上可真有命运这种东西？它是物质还是精神？难道说我们的一生都早早地被一种符咒规定，谁都无力更改？我们的手难道真是激光唱盘，所有的祸福都像音符微缩其中？

当我沮丧的时候，当我彷徨的时候，当我孤独寂寞悲凉的时候，我曾格外地相信命运，相信命运的不公平。

当我快乐的时候，当我幸福的时候，当我成功优越欣喜的时候，我格外地相信自己，相信只有耕耘才有收成。

渐渐地，我终于发现命运是我怯懦时的盾牌，当我叫嚷命运不公最响的时候，正是我预备逃遁的前奏。命运像一只筐，我把对自己的姑息、原谅以及所有的延宕都一股脑儿地塞进去。然后蒙一块宿命的轻纱。我背着它慢慢地向前走，心中有一份心安理得的坦然。

有时候也诧异自己的手。手心叶脉般的纹路还是那样琐细，但这只手做过的事情，却已有了几番变迁。

在喜马拉雅山、冈底斯山、喀喇昆仑山三山交汇的高原上我当过卫生员，在机器轰鸣铜水飞溅的重工业厂区里我做过主治医师。今天，当我用我的笔杆写我对这个世界的想法时，我觉得是用我的手把我的心制成薄薄的切片，置于真和善的天平之上……

高原呼啸的风雪，卷走了我一生中最好的年华，并以浓重的阴影，倾泻于行程中的每一处驿站。

岁月送给我苦难，也随赠我清醒与冷静。我如今对命运的看法，恰恰与少年时相反。

当我快乐当我幸福当我成功当我优越当我欣喜的时候，当一切美好辉煌的时刻，我要提醒我自己——这是命运的光环笼罩了我。在这个环里，居住着机遇，居住着偶然性，居住着所有帮助过我的人。

而当我挫折和悲哀的时候，我便镇静地走出那个怨天尤人的我，像孙悟空的分身术一样，跳起来，站在云头上，注视着那个不幸的人，于是我清楚地看到了她的软弱，她的懦怯，她的虚荣以及她的愚昧……

年近不惑，我对命运已心平气和。

小时候是个女孩儿，大起来成为女人，总觉得做个女人要比男人难，大约以后成了老婆婆，也要比老爷爷累。

生活中就像没有无缘无故的爱一样，也没有无缘无故的幸运。对于女人，无端的幸运往往更像一场阴谋一个陷阱的开始。我不相信命运，我只相信我的手。因为它不属于冥冥之中任何未知的力量，而只属于我的心。我可以支配它，去干我想干的任何一件事情。我不相信手掌的纹路，但我相信手掌加上手指的力量。

蓝天下的女孩儿，在你纤细的右手里，有一粒金苹果的种子。所有的人都看不见它，唯有你清楚地知道它将你的手心炙得发痛。

那是你的梦想，你的期望！

女孩，握紧你的右手，千万别让它飞走！相信自己的手，相信它会在你的手里，长成一棵会唱歌的金苹果树。

生命的借记卡

生命的借记卡

我有一个西式钱包，钱包里有很多小格子，这些格子的用途是装载各式各样的卡，我没让它们闲着，装得满满当当。

我有附近多家超市的亲情卡，虽然我每次购物之后都毕恭毕敬地出示该店的卡，但一年下来累计的分数，总也到不了可以领取优惠券的地步（因为我购物不够专一，总是在各个不同的店家游荡），于是在某一个商家规定的日子里被残忍地"归零"，一切又要重新开始。

我还有电话卡，到外地出差的时候，虽然接待方会很热情地说，房间的长途已经开通，您只管用，我还是为饭店附加在电话上的费用斤斤计较，出于为邀请方省些银两的考虑，自己到酒店大堂去打公用电话。每打一次，都有一种小小的成就感。

我还有几家馆子的优惠卡，有一次拿出来结账，服务员小姐看了半天，说不认识这卡，从来没见客人使过。我说，你来这家店多久了呢？她说，一年了。我说，这卡是你们店开张的时候给的，说是永久有效呢。小姐就拿了卡去问元老，笑吟吟地回来说，你说得不错，只是连她们也没见过这种卡，一直找到老板才说确有这么回事。

啰唆了这半天，还没说到正题上。我的正题是什么呢？就是我虽然有多张看起来也是硬邦邦闪烁烁的卡，但其实那种可以透支可以境外使用的货真价实的银行卡，一张也没有。

先生说过很多次了，说这是时尚，你在高档场所结账的时候，如果掏出一大把皱皱巴巴的现金，是要遭人耻笑的。

我说，你也不是不知道，我平日最频繁的交易场所就是农贸市场，别说那里没有刷卡的设备，即便有了，买上一个西瓜刷一次卡，买三条黄瓜半斤草莓再刷两次卡，你觉得如何呢？

家人就嘲讽我近乎一个纯粹的农妇，不能在金融方面与时俱进。好在这羞惭近日得到了雪洗的机会。单位为了发放工资方便，为大家统一办理了银行借记卡。

我拿到借记卡，反复端详并仔细地阅读了有关条文，突然思绪就飞到了很远的地方。

喜欢这个"借"字。我们的一切都是借来的，总归有要还的那一天。

《红楼梦》里的公子贾宝玉出生的时候，嘴里是衔了一块玉的。我们每个人出生的时候，并非是两手空空，而是捏了一张生命的借记卡。

阳世通行的银行卡分有钻石卡、白金卡等细则，生命的卡则一律平等，并不因了出身的高下和财富的多寡，就对持卡人厚此薄彼。

这张卡是风做的，是空气做的，透明、无形，却又无时无刻不在拂动着我们的羽毛。

在你的亲人还没有为你写下名字的时候，这张卡就已经毫不迟延地启动了业务。卡上存进了我们生命的总长度，它被分解成一分钟一分钟的时间，树木倾斜的阴影就是它轻轻的脚印了。

密码虽然在你的手里，储藏在生命借记卡的这个数字，你虽是主人，却无从知道。这是一个永恒的秘密，不到借记卡归零的时候，你在混沌中。也许，它很短暂呢，幸好我不知你不知，我们才能无忧无虑地生活着，懵然向前，支出着我们的时间，而在某一个早上那卡突然就不翼而飞，生命戛然停歇。

很多银行卡是可以透支的，甚至把透支当成一种福祉和诱饵，引领着我们超前消费，然而也温柔地收取了不菲的利息。而生命银行冷峻而傲慢，它可不搞这些花样，制度森严铁面无私。你存在账面上的数字，只会一天天一刻刻地义无反顾地减少，绝不会增多。也许将来随着医学的进步，能把两张卡拼成一张卡，现阶段绝无可能。以后也要看生命银行的脸色，如果它太觉尊严被冒犯和亵渎，只怕也难以操作。咱们今天就不再讨论。

也许有人会说，现在发布的生命预期表，人的寿命已经到了七八十岁的高龄，想起来，很是令人神往呢。如果把这些年头折算成分分秒秒，一年365天，一天24小时，一小时3600秒……

按照我们能活80年计算，卡上的时间共计是2522880000秒（没找到计算器，老眼昏花地用笔算，反复演算了几遍，应该是准确的）。

真是一个天文数字，一下子呼吸也畅快起来，腰杆子也挺起来，每个人出生的时候，都是时间的大富翁。不过，且慢。既然算账，就要考虑周全。

借记卡有一个名为"缴费通"的业务，可以代缴代扣。比如手机话费、小灵通话费、宽带上网费、水电费、图文电视费……呵呵，弹指间，你的必要消费就统统交付了。

生命也是有必要消费的。就在我们这一呼一吸之间，卡上的数字就要减掉若干秒了。我们有很多必不可少的支出，你必须要优先保证。

首先，令人感到晦气的是——我们要把借记卡上大约三分之一的数额，支付给床板。床板是个哑巴，从来不会对你大叫大喊，可它索要最急，日日不息。你当然可以欠着床板的账，它假装敦厚，不动声色。一年两年甚至十年八年，它不威逼你，是个温柔的"黄世仁"。

它的阴险在长久的沉默之后渐渐显露，它不动声色地无声无息地报复你，让你面色干枯发摇齿动，烦躁不安歇斯底里……

它会让你乖乖地把欠着它的钱加倍偿还，如果它不满意，还会把还账的你拒之门外。倘若你欠它的太多了，一怒之下，也许它会彻底撕毁了你的借记卡，纷纷扬扬飘失一地，让"杨白劳"就此永远躺下。

所以，两害相权取其轻吧，从长远计，你切不可以慢待了床板这个索债鬼，不管它多么笑容可掬，你每天都要按时还它时间。

你还要用大约三分之一的时间来吃饭、排泄、运动、交通、打电话，接吻、示爱和做爱，到远方去旅游，听朋友讲过去的事情，当然也包括发脾气和生气，和上司吵架还有哭泣……

当然你也可以将这些压缩到更少的时间，但你如果在这些方面太吝啬支出，你就变成了一架冰冷的机器，而不再是活生生的人。为了让我们的生命丰富多彩，这些支出你无法逃避。

当太老的时候，或者你太小的时候，你有一些时间将不知道自己干了什么。当然，如果有另外的人清楚地记录着你的支出，我想那些时间应该被称为"成长"和"休养生息"。

这是一些时间的黑洞，你却必不可少。就像你原来有一笔积蓄，你觉得自己很是俭省，从未乱花过一分钱，但那些钱财还是在不知不觉中流淌，让你囊中渐空。

你幼小的时候不能工作和学习，这不是你的过错，只是你的过程。你年老的时候不能创造和奋斗，这也不是你的过错，而是你的必然。

为了盛极时的响彻云天，蝉虫必须在泥土中蛰伏蜕变 15 年，和它相比，人类还算早熟。人类的进步带来了人类的长寿，那多积攒出来的时间，基本上都是晚年。

所以，你不能埋怨。你的生命借记卡上的时间的价值并不等值，对此你只有一笑了之。

借记卡有一个功能，就是代缴各种费用。你的生命刨去了这样多的必需支出，你还剩下多少黄金时段？

如果我们能够知道自己生命中能够有效利用的时间到底有多少，我相信一半以上的人都会活得更加精彩。因为借记卡的数字隐藏在无边的黑暗中，这就更需要我们在黑暗中坚定地摸索着前进。

你的密码只有你自己知道。不要把密码告诉陌生人，不要让他人主宰了你的生活。如果你的密码被泄漏，不要伤心，不要自暴自弃。密码是可以修改的，你可以重新夺回你对自己生命的控制权。

这张借记卡，只要你自己不拱手相让，就没有任何人能把它从你手中夺走。

不要用你手中的卡，去做纯粹为了虚荣和炫耀的消费。因为那都是过眼烟云，你付出的是生命，收获的是荒凉。

不要用你手中的卡，去买你不喜欢的东西。生命是我们能够享有的唯一，它的光彩和价值就在于它独树一帜的意义。找寻你生命的脐带，它维系着你的历史和光荣，这是你的责任和勇敢所在。

如果你逃避或是挥霍，你就彻头彻尾地对不起了一个人，让那个人在无望中泪水流淌。

这个人不是你的爸爸妈妈，虽然他们也可能为此伤感，但在他们逝去之后，你依然可以看到新鲜的泪珠在闪耀。

这个人也不是你的师长，虽然他们可能会因此失望，但他们还有更多的学生可以期待。

要知道，你最对不起的人就是你自己，你委屈了千载难逢的表达。

唯有我们不知道生命的长短，生命才更凸显。

也许，运动可以在我们的卡里增添一些跳动的数字？也许大病一场将剧烈地减少我们的存款？不知道。

那么，在不知道自己有多少银两的时候，精打细算就不但是本能更是澄澈的智慧了。在不知道自己所要购买的愿景和器物，有着怎样的高远和昂贵，就一掷千金毅然付出，那才是真的猛士视金钱如粪土。

这张卡是朴素的，也是昂贵的。你可以在卡上镶上钻石，那就是你的眼泪和汗珠了。没有白金也没有黄金，如果一定要找到类似的东西，美化我们的借记卡，那只有骨骼的硬度和血液的温度了。

你的借记卡就是你的藏赘。当我们最后驾鹤西行的时候，能带走的唯一物品，是我们空空如也的借记卡。当那个时候，我们回首查询借记卡上一项项的支出，能够莞尔一笑，觉得每一笔支出都事出有因不得不花，并将这笑容实实在在地保持到虚无缥缈间，也就是灵魂的勋章了。

其实，当你吐出最后的呼吸之时，你的借记卡就铿锵粉碎了。但是，且慢，也许在那之后，有人愿意收藏你的借记卡，犹如收藏一枚古钱。

生命的借记卡

关于生命与命运的遐想

甲为乙办事，乙就付给甲报酬，价钱彼此可以谈得很清楚。

甲为乙丙两人办事，乙丙就付报酬给甲，也是很清楚的事。但每个人只需付二分之一，也很明白。

甲若是为百个人办事，无论每个人得的收益如何，大家只觉得付给甲百分之一是正当的，否则就是甲多吃多占了。

假如甲为一千个人、十万个人服务呢？假如他服务的人群数字再无限地增大下去呢？按照数学的规律，这个无穷大的分之一，结果就是零。

也就是说，受惠的人群可以心安理得地享受甲的劳动成果，却不必为此支付报酬，甚至连感谢都不必说一声。

这就是为什么传说中的英雄丹柯掏出自己的心，燃烧起来为众人引路。危险过去后，人们会把他跌落地上仍在发光的心踩灭。

这不是众人的无情，是铁的规律。

文学在某种意义上，就是这种为无穷大的民众服务的事业。

所以它的清贫与无功利性，几乎是命中注定的。

矢志干这一行的人，不必愤而不平，只问自己是否愿意承受。

人的生命是一根链条，永远有比你年轻的孩子和比你年迈的老人。我们每个人都有自己的位置，它是一宗谁也掠夺不去的财宝。不要计较何时年轻，何时年老。只要我们生存一天，青春的财富，就闪闪发光。能够遮蔽它的光芒的暗夜只有一种，那就是你自以为已经衰老。

人类的表情肌，除了表达笑容，还用以表达愤怒、悲哀、思索、惆怅以至绝望。它就像天空中的七色彩虹，相辅相成。所有的表情都是完整的人生所必需的，是生命的元素。

痛苦有两种存在形式——包裹着和开放着。

就我个人来讲，我比较喜欢开放的痛苦。它就像会褪色的毛衣一样，在阳光下渐渐失去新鲜的色彩。

有些人不敢敞开自己的痛苦，是因为惧怕打开痛苦那一瞬刺入肺腑的疼痛。但包裹着的痛苦会像癌症一般生长，蔓延，吞噬我们的心灵。

我们只要把最猛烈的痛苦坚挺过去，就会发现可以比较从容地收拾痛苦的残骸了。

每个人的血液中都有与众不同的液体，可惜我们往往意识不到。如果有一种可以测量出我们特殊才能的仪器，我们就会发现有多少人荒废了他们的才能，终生在从事和他们天性相悖的职业。

每个人都在寻找，从幼年就开始找。找准了自己位置的人，是极少数的幸运者。

许多人在暗中摸索了一生，终究在迷茫中告别。如果我们找到了自己爱好的事业，万万不要放松。它会使我们不再计较得失，最大限度地感到自己存在的价值。

生理是心理的镜子。

每个人都是他自己的朋友和杀手。许多人的疾病其实是自身心理攻击生理造成的。一个人越是懦弱，他伤害自己的频率越高。

无论爱一个人还是恨一个人，有时都是很残忍的事情。

爱和恨，都有两个层面，一个是精神，一个是肉体。

你嘘寒问暖或是往对方脸上泼硫酸，都是首先作用于肉体，然后传递于心灵。你呵护或是残害他的灵魂，作用要更为深远得多。肉体和精神有时相连，有时隔膜。有的人肉体残缺后精神愈加完整，有的人躯体强健，精神却是破碎的。精神可以支配肉体，肉体却不可能控制精神。

小的危机就像感冒，不单是无法完全避免的，而且还可以给人以刺激，调动防御能力，增加免疫功能。

但是注意不要转成肺炎。

每个人都会有伤口。有的人愈合得天衣无缝，有的人留下累累疤痕。

这当然和利物刺进的深浅有关了。但我们经常看到，有的人，在深刻的创伤之后，仍然完整光滑。有的人，在小小不言的刺激下，就面目全非了。

在医学上，后一种人有一个特殊的名称，叫作——疤痕体质。

愿我们每一个人都不是意志上的疤痕体质。

我们可以受伤，我们可以流血。但我们要在最短的时间里，医治好自己的伤口，尽可能整旧如新。

没有快乐，谁也别想留住健康。

眼睛对眼睛，是可以说话的。它们进行无声的交流，在这种通行的世界语里，容不得谎言，用不着翻译。它们比嘴巴更真实地反映着一个人隐秘的内心世界。

我们可以吓唬别人，但不可吓唬病人。当我们患病的时候，精神是一片深秋的旷野。无论多么轻微的寒风，都会引起萧萧黄叶的凋零。

让我们像呵护水晶一样呵护病人的心灵。

生命的燧石在死亡之锤的击打下，易于迸溅灿烂的火花。死亡使一切结束，它不允许反悔。无论选择正确还是谬误，死亡都强化了它的力量。尤其是死亡的前夕，大奸大恶，大美大善，大彻大悟，大悲大喜，都有极淋漓的宣泄，成为人生最后的定格。

一个人有太多选择的时候，常常径直选了那最容易、最易在短时间内见成效的一条路。一个人只有一种选择的时候，实际上丧失了选择，只是接受命运。所以选择不宜太多也不宜太少，以能充分发挥意志、表达信念为最好。

惊奇，是天性的一种流露。

生命的第一瞬就是惊奇。我们周围的世界，为什么由黑暗变明朗？为什么由水变成了气？温度为什么由温暖变得清凉？外界的声音为何如此响亮？那个不断俯视我们亲吻我们的女人是谁？

……

从此我们在惊奇中成长。

这个世界上，有多少值得惊奇的事情啊。苹果为什么落地，流星为什么下雨，人为什么兵戎相见，历史为什么世代更迭……

孩子大睁着纯洁的双眼，面对着未知的世界，不断地惊奇着，探索着，在惊奇中渐渐长大。

惊奇是幼稚的特权，惊奇是一张白纸。

当我沮丧的时候，当我彷徨的时候，当我孤独寂寞悲凉的时候，我曾格外相信命运，相信命运的不公平。

世上可真有命运这种东西？它是物质还是精神？难道说我们的一生都早早地被一种符咒规定，谁都无力更改？我们的手难道真是激光唱盘，所有的祸福都像音符微缩其中？

不幸者常常愿意同幸运者相比，抱怨自己的运气。

幸运者常常不愿同不幸者相比，相信自己的努力。

命运中的不速之客永远比有速之客来得多。

所以应付前一种客人，是人生的必修。他既为客，就是你拒绝不了的。所以怨天尤人没有用，平安地尽快把客人送走，才是高明主人。

命运是我怯懦时的盾牌，当我叫嚷命运不公最响的时候，正是我预备逃遁的前奏。命运像一只筐，我把对自己的姑息、原谅以及所有的延宕都一股脑儿地塞进去，然后蒙一块宿命的轻纱。我背着它慢慢地向前走，心中有一份心安理得的坦然。

当我快乐当我幸福当我成功当我优越当我欣喜的时候，当一切美好辉煌的时刻，我要提醒我自己——这是命运的光环笼罩了我。在这个环里，居住着机遇，居住着偶然性，居住着所有帮助过我的人。

假如在这死亡将至的时候，依然刻骨铭心地惦记着一件事，依然期望等待，不依不饶，那这个心愿便集中反映了一个人的个性，甚至是他生命的支点。古人说的死不瞑目，指的就是这种情况。

死亡基本上可以分为两种——有准备的死和没有准备的死。猝死就是没有准备的死（当然在广义上除了极幼小的孩童，我们都或多或少考虑过死亡），有准备的死则是一个缓慢的过程。人们冷静地回忆自己的一生，犹如上溯一条绵长的河流。世俗的纠缠，在死亡的背景之上，它平素所具有的魔力异乎寻常地浅淡了，人便格外公允格外豁达，有置身物外的超然与智慧。

关于人生的沉思

世上有一种伪坦率，最需提防。

他把许多恶毒的计策，摊到桌面上来。他把你对他的疑点，抢先说破，使你自觉心地龌龊，对他不起。他把事件的最坏可能一一预告，反倒让你觉得万无一失……

人们常常有一种善良的错觉，以为只有隐瞒才是欺骗。殊不知最高明的骗术，正是在光天化日之下进行的。

伪坦率是一种更高水准的虚伪，它利用的是一种人们对坦率的信任。

坦率其实不说明更多的问题，它只是把双方的意见公开出来，本身并不等同真诚。

人生有无数的岔道，在分歧的路口，多半摆着诱惑。我们常常被物质的光怪陆离耀花了眼睛。

需要在漆黑的静夜想一想，想想我们与生俱来的理想，想想我们将要迈步的台阶，距我们最终的目标是近还是远。

眼睛当然是有用的。但有时闭上眼睛的时候，我们才能更好地倾听心灵的回答。

不负责任的表扬往往比批评还令人难堪。

因为他并没有注意到你的真正长处，仅仅是借此显示个人的风度。当他对你最有好感的时候，都这样疏忽大意，可见你在他心中的位置。

不实的批评，你还有权愤恨。对于不实的表扬，你只有悲哀。

我对赞同我的人，感悟的是他的善意。

我对反对我的人，考察的是他的智慧。

如果在赞同者那里看到的是逢迎，在反对者那里感觉的是愚昧，那么这两种人的意见我都不屑再听。任凭人们议论我的孤僻和不逊，自己并不在意。

懒散在通常的情形下，是不可取的。但懒散的状态有时会使我们浮想联翩，这时的懒散就不是无所用心的思想游缰，而是孕育新状态的热身运动。

有些人无时无刻不在显示他们的重要。高声说话，目光威严地扫射，很喧哗的笑声，不合时宜的服装和故意迟到，甚至不断地在报刊上制造耸人听闻的噱头……

我总在这些做作的举动之中，发现一种属于恫吓的虚弱和勉力为之的疲倦。

生命是为自己而存在的。它是一种朴素而自然的事情，不是在众人之前的杂耍。

拒绝是没有错的，错误的是我们在拒绝前做出的判断。

我们不要害怕拒绝，我们只需要更周密地决断。

比起赞同来，我更欣赏拒绝。

拒绝是一种删繁就简，拒绝是一种举重若轻，拒绝是一种大智若愚，拒绝是一种水落石出。

当利益像万花筒一般使你眼花缭乱之时，你会在混沌之中模糊了视线。尝试一下拒绝吧……

拒绝犹如断臂，带有旧情不再的痛楚。

拒绝犹如狂飙突进，孕育天马横空的独行。

拒绝有时是一首挽歌，回荡袅袅的哀伤。

拒绝更多是破釜沉舟的勇气，直面淋漓鲜血的惨淡人生。

在北京的名人故居有鲁迅、郭沫若、老舍、宋庆龄……

一位经商的朋友愤愤地说，为什么没有大商人的故居呢？

我想，除了从商这一行的规则难以令所有的人心悦诚服以外，人们对在他们的故居可看到什么，大概表示乏味。也许可以看到文化，但何必看支流呢？既然源头存在。

所有的商品和文字相比，都是速朽的。

对于现世，人们注重物质。

对于久远，人们更注重精神。

一个人最少需要一种非功利的爱好。

比如爱钓鱼，并不是为了解馋。

爱书法，并不是为了卖钱。

爱跑步，并不是要创世界纪录。

爱跳舞，并不是为了上台表演……

它不仅仅是富裕的精力有所附丽，主要是精神有了种舒展自如的安置与发挥，感受到人生的美好真谛。

一个人的魅力，往往在他退休后看得更清楚。

属于职务的光环被岁月褪去，属于个人的精神光芒焕发出来。这个过程对有的人是苦闷，对有的人是新生。

我渴望衰老，因为生命的苦难。

我知道我生存一天，就要不懈地努力一天。取消所有责任的正当途径只有一条，这就是死亡。

衰老靠近死亡，所以我无所畏惧。

钻石是我们这个星球上最坚硬的物质。那么钻石是靠什么物质来切割打磨的呢？

答案——靠另一颗钻石。

钻石自己敲打自己，是为了完美。

人类也需要他人不断地敲打。

期望能给人勇气也易引起沮丧，关键在于期望的"值"。期望既不应太少也不能太多，但适中的量很难掌握。

两相比较，若是对自己，我以为还是期望得多一些为好，失败了虽易颓唐，但有时也会激起意料不到的勇气。若是对他人，期望值还是少一些为好，比较少失望和伤害。

"怕"好像历来是个贬义词。怕什么？别怕！天不要怕，地不要怕……好像不怕才是人生的大境界。

其实人的一生总要怕点什么，这就是中国古代说的"相克"。金木水火土，都有所怕的东西。要是不相克，也就没有了相生，宇宙不就乱了套？

惊奇是一种天然，而不是制造出来的。它是真情实感的火花。一块滚圆的鹅卵石，便不再会惊讶江河的波浪。惊奇蕴涵着奋进的活力。

世界上有些事情，记住，永不要说。

你不说，就没有任何人知道。

你不知道我不知道，我们永远都不需要知道。不要把错误想得那么分明。不要去讨论那个过程，把它像标本一样在记忆中固定。有些事情不值得总结，忘记它的最好方法就是绝不回头。也许那事情很严重，但最大的改正是永不重复。

对于别人的拒绝，我们有的时候过分看重"理由"这个东西。其实理由并不重要，重要的是它所传递的那个真实而不易表达的目的。

如果我们摔倒了，却不知道是哪块石头绊倒了我们，这难道不是比摔倒更为懊丧的事情吗？

忠厚是无用的别名。无用却不是忠厚的别名，同它的意思近似的有——懒惰、低能、弱智以及弄巧成拙等等。所以忠厚还可训练，无用却几乎是废物了。

人须怕法，那是众人行事的准则。人还须怕天，那是自然界运行的规律。怕是一个大的框架，在这个范畴里，我们可以自由活动。假如突破了它的边缘，就成了无法无天之徒，那是人类的废品。

了解一个人最大的缺点比了解一个人最大的优点更重要。因为忍耐比欣赏要艰难得多。

谣言也有一大用处，当它飞扬的时候，警告某种灾难正在酝酿。

刚富的穷人和刚穷的富人，都比较触目惊心。前者是要做出富过一百年的样子，后者是要做出还将富一百年的样子。

人如果被人利用，一般认为是大不幸。但世上的物要是不能被人利用，这物就是废物，是要被抛弃的。人比物高等，更应该有利用的价值。

自己可以利用自己，别人就不能利用你，是否是一种自私？

不是能否被利用的问题，而是对方利用你的时候，你是否得到了应有的回报。这是不是带有浓烈的功利色彩？

所以被人利用还不是人生的大不幸。人要是完全无法被人利用，才是最悲哀的。

凡声称自己很少被欺骗的人，也很少相信别人。

信任有时简直就是被欺骗的别名。

有没有两全其美的办法呢？只有一条，那就是智慧加上训练有素的直觉。

寡闻不一定必是坏事。现代社会信息爆炸，许多时髦的东西还是充耳不闻的好。付出的代价是被人讥笑为落伍，收获的果实是心境的清明。

当那些最勇敢最智慧的人，攀到前所未有的高度时，迎接他们的是严寒与荒凉。

面对纷繁的星空和遥远的黑洞，你踏出高贵而孤独的脚步。

你极有可能走错，湮灭如灰尘。

传送带是不保留探索者的脚印的，它淡然地看着一位位先驱者扑倒，只为成功者留下位置。

宇宙用死亡限制人们的步伐。人类的每一个婴儿降生，都是历史的一次重新开始。智者离开时，卷走了他们没有诉诸文字的所有发现。

历史不记录回声。人的生命是长度固定的锁链，为了对抗死亡，为了在重复学习之余留出创造的空间，只有在每一个生命之环上负载更多的希冀与沉重，人类日益变得匆忙与紧张。

我知道了什么叫作崇高。它其实是一种发源于恐惧的感情，是一种战胜了恐惧之后的豪迈。

我会在没有人的暗夜，深深检讨自己的缺憾。但我不愿在众目睽睽之下，把自己像次品一般展览。

不要以为普通的小人物就没有尊严。不要以为女人的尊严感天生就薄弱于男人或人类的平均值。不要以为曾经失去过尊严的人就一定不再珍惜尊严。

崇高的侧面可以是平凡，但绝不是卑微。

智慧是划分区域的。从商的智慧是金色的，从政的智慧是血色的，爱情的智慧是无色的，仇恨的智慧是黑色的。没有谁的智慧是万能的，所以人们在一些领域绝顶聪明，在另一个领域混沌不堪。

苍凉的生命

面对荒凉的山口、孤独的废墟和沙暴盘旋出的昏暗，她第一次懂得了什么叫作博大和苍老，触摸到了一个古老的民族曾经消失的辉煌和重新崛长的祈望。

群山在壮丽的阳光和湛蓝的天幕下沸腾，每一块岩石和每一朵冰雪，都固执地保持着它们凝固时的模样。极端的严寒，极端的缺氧，极端强烈的紫外线，极端艰苦的跋涉……她的眼泪在某一处悬崖上，凝成了椭圆形的冰粒，至今还悬挂在海拔 6000 米的峭壁上……然而，苍穹和高原，是她终生眷恋的诲人不倦的尊者，它们哺给她短暂的生命和宇宙的无涯。

当一个 17 岁的少女，几乎在一无所知的情况下，告别了北京——这个当时中国内地最先进和繁荣的城市，跋涉万里，到达青藏高原最边塞和最险恶的山峦之中，她所感到的恐惧和震惊，她所经历的心理跌宕和起伏，即使在 30 年之后的今天，每于暗夜中想起，仍常常不寒而栗。

11 年后，她从西藏回来了，回到她自幼生活的城市，回到她的亲人和朋友中间。她觉得自己有一种分裂之感，有时会在安逸温暖的家中，突然不知自己身在何方。在那一瞬，她灵魂出窍，思绪如烟，飘到九霄云外。

她的神魄又回到雪山上去了。在那个特定的时期，在那个遥远的高耸的地方，发生了一些事情。它们被呼啸的风雪掩埋，成为冰的木乃伊。如果没有人提起，注定永远无人知道。这个当年的女生，现在已经不年轻的女人，经历了这些事情。它们在她的血液中游走着，带着尖锐的冰凌，拒绝融化。她的脑子也因为缺氧，发生了一些不妙的变化。那些记忆搅缠在一起，编成了一条鞭子，在催促着她，做些什么。

于是她开始尝试着写作。她是一名医生，给人开药方是很内行的，甚至可以说她是个受人尊敬的好医生。可是，写作完全是门外汉。好在她还算勇敢，心想，常用汉字就那么几千个，我都会写（当然有时也有错别字，但大的意思还是有把握的）。只要能把所思所想所感所悟写出来，对得起那段岁月，即可。

她就在一个平平常常的傍晚开始了写作。她写得很快，因为都是自己熟悉的事和人。他们在她的文字中说笑行走，哭泣和攀登。她所要做的事，就是把他们大体地记录下来。所以，她觉得写作的过程不像有人说的那样苦，倒像是被一根魔棒击中，时光倒转一下子回到了从前……她要感谢写作这根魔棒才对。当她把生平第一部中篇小说写完，她很高兴，觉得把一笔对于雪山的债还了。

小说没有名字。她想，故事是发生在昆仑山的，所以，在名字里一定要有"昆仑"两个字。这个方针一定下来，她就发觉自己面临一个大难题。因为"昆仑"两个字是很重的，它们出现在题目里，就像两个巨无霸，谁能和它们匹配着，肩并肩地屹立在小说的第一行呢？好像有一架巨大的天平，她不由分说地把"昆仑"两个砝码，压在了天平的这一边。在那一边，要有怎样沉重的字，才能镇住天平的均衡？她无奈地想到了，要不，以多胜少吧，用三个甚至四个五个字，来抵住"昆仑"的雄风吧。

想了半天，没结果。她有点发愁。她有个习惯，一到了想不出办法的时候，就睡觉。她会在睡觉之前，把那个难题在脑海里重复一遍。好像脑海岸有一片沙滩，海浪扫过之后，洁净平滑舒缓阔大的样子。她把"昆仑"两个字刻在脑海的沙滩之上，就安稳地睡去了。

那一夜，她睡得很好。当她醒来的时候，她就真的有了一个题目。那个题目是在梦中出现的，只不过它不是镌写在海滩上，而是呈现在一块石板上。好像乡下的孩子读书时用的那种青石板，用乳白色的石笔写下了——"昆仑殇"三个大字（现实中，她从来也没有用过那样的青石板，真奇怪）。

她有点不解。因为"殇"是个冷僻字，在她当医生的生涯里，不曾用过这个字。印象中，这个字，孤独地弥漫在2000年前楚国悲壮的挽歌中……

不过，她确知，这个字组成的篇名，在这一瞬击中了她。它是这篇小说天造地设的标题。她很高兴，她的潜意识像一头勤恳的牛，黑夜中，无声地帮她犁开了一片板结的土地。

聪明的朋友们，看到这里，你们一定知道了，文中的这个"她"就是我了。我就是这样写出了生平的第一篇小说，也就是处女作。

这些年来，每当有人问我最喜欢的小说最满意的小说是什么。我都说，我还没有最喜欢的小说，因为我还不曾写出。我也还没有最满意的小说，也因为不曾写出。这样讲，有点俗气，但我真是这样想的，我就要这样说。我不能因为害怕人家说我俗气，就编一个瞎话。在说谎和俗气之间，我是宁要俗气的诚实的。同时，我每次都很自觉地告诉访问我的人，我说，我可以报告给你——我印象最深刻的小说，那就是《昆仑殇》。

有很多东西，不是因为它的价值高或者是身世奇特我们才珍视它，是因为它其中蕴含了我们太多的心意和太久的眷恋。《昆仑殇》就是一部这样的作品。当我写作它的时候，我毫无功利之心，完全是因为血液里的那些冰凌作怪，才匆匆动笔。如果说，在那以后的岁月中，我有时会以一个职业作家的习惯来从事写作，我可以坦诚地说，在《昆仑殇》中，我唯有一颗拳拳的赤子之心。

《昆仑殇》发表之后，获得了很大的反响。至今，我尚不能完全明白这是因为什么。也许，那里太遥远了，那里发生的故事太悲壮了。也许，小说中描写了一种人类生存的极限，和一种在极限中的挑战与人性的苦难奋斗，渗入了人们心中柔软的死穴。

这不是我的能力，这是那座雄伟的高山，假我的手，传递了一点它的神髓。

我要感谢苍凉的西部。因为有了这样的经历，我的一生在某种意义上，变得不同寻常。

生命和死亡如影随形

我为什么要谈论死亡？这使我像猫头鹰一样被认作不祥。

有人语重心长地对我说，人间已经有够多的恐惧和害怕，为什么还要在不痒的地方开始搔扒？何苦呢？你这不是自寻烦恼吗？如果你想给人注入希望，为什么要用这种永恒不变的黑暗之事来袭扰我们本来就千疮百孔的意志？呜呼，我们还很年轻，为什么不把死亡留给那些垂死的人去想呢？最起码，也是给那些五十岁以上的人出题目吧。

哦，我回答。生命和死亡是如此如影随形，它们并不是像阿拉伯数字，有一个稳定的排列顺序，在19之后才是20。它们是随心所欲不按牌理出牌的，没有一个必然的节奏。要死死记住，这世界上没有任何人可以并且有能力向你承诺：你可以无忧无虑地活到某个期限之后才来考虑这个问题。死亡可以在任何地点任何时间不打任何招呼地贸然现身。

嘿，这世上有一些最重要的事情，不管你喜欢不喜欢，它们在生命的海洋里坚定地存在着。在某些特定的时刻，毫无征兆地掀起滔天巨浪。很遗憾很确定的是——死亡就在这张清单中。

对于一个你生命中如此重要的归宿之点，你不去想，如果不是懦弱，就是极大的荒疏了。

古罗马的哲学家塞内加冷冰冰又满怀热情地说过："只有愿意并准备好结束生命的人，才能享受真正的人生滋味。"

我们是必死的动物。又因为我们是高等的动物，所以，我们千真万确地知道这一点。否认死亡，就是否认了你是一个真正有脑子的人。你把自己混同于一只鸡或是一条毛虫。在这里，我丝毫没有看不起鸡和毛虫的意思，只是明白人与它们是不同的物种。

奥运会开幕式、闭幕式的时候，人人都害怕天公不作美，降下雨滴。如果甘霖洒下，尽管对于干旱的北京是解了渴，但那些精心排练的无与伦比的美妙场景就会大打折扣。人们在不断逼问气象学家那天晚上究竟会不会下雨的同时，也热切地寄希望于我们的高科技，可以将雨云催落在他乡。

开幕式的时候，我还正在墨西哥湾上航海。当我回到家中，查找到开幕式的报纸。果然看到报道，那一天晚上阴云奔突，为了防止在鸟巢上空降雨，有关部门发射了催雨的火箭，将水汽提前搅散，让那传说中的雨，降在了别处。于是，亿万人才看到了鸟巢璀璨晶莹的完美夜景，听到激越躁烈的击缶声震荡寰宇。可见，催化剂这种东西的魔力，在于将一桶必然要爆炸的火药提前引动，变为无害而可以忍受。它在某种程度上可以化腐朽为神奇，保障了最重要的阶段完整无缺。

思考死亡就是这样一种精神的催化剂，可以把人从必死的恐惧中，升华到更高的生存状态——那就是兴致勃勃地生活。对于死亡的觉察，如同手脚并用地攀爬了一座高山。山顶上，一览众山小，使人不由自主地远离了山脚、山腰处万千琐事的凝视，为生命提供辽远、开阔和完全不同的视角。

你如果听了上述这些话，还是对探讨这个问题心有余悸，那么，在我束手无策之前，容我给你开一张空白的心灵支票吧：对于死亡的思考，可以拯救你生命的很多时刻；对死亡的关切，有可能让你的生命有一种灿灿金光。虽然随着岁月流逝，身体会不断枯竭，但精神却能越来越健硕。

只是这张支票兑现的具体日期和数额，要由你自己来填写。谁都不能代替谁思考。不知你内心的恐惧，还会持续多久？

有个女子说，她以前有一个习惯，就是从来都不彻底地完成一件事情。本子总是用不完的，要留下几张纸。喝水会把底儿留在杯子里，美其名曰"有水根儿（就是水碱）"，喝了要得肾结石的。这借口虽明知荒谬，也还是一再重复着，哪怕是喝瓶装的纯净水，也绝不喝干。因为怕离别，她总会提早从聚会的场所离开，总能找到各式各样的理由让自己抽身。甚至吃饭菜的时候，都不会吃完，留下一口，并认为这是礼貌。打扫房间，也不会彻底，留下一个角落，说等下一次再来清洁吧，从小长辈就觉得她这是偷懒，说过无数次，她就是不改。

大家看到这里，也许会说，这不过是很多人都有的小毛病，充其量也不过是个说不上好也说不上不好的习惯。当然了，如果事情仅仅停留在这个阶段，也许人们都还能容忍，但是，每个人行事的规律，无论大事小事，内里其实都是惊人地相似。

这女子工作以后，无法在任何一个单位待到两年以上，总是不断跳槽，有时有明确的原因，有时自己也说不明白，好像完全找不到充分的缘由，只是突然想走就走了。冲动一起，是那样地难以克制，似乎在逃避躲避什么可怕的东西，唯有中断，才是出路。再后来，她连自己的婚姻也坚持不下去了，厌倦、恐惧和平淡，让她最终选择了放弃。

不过，这世界上好的男人，比起好的工作，似乎要少。况且就算是工作，如果那个单位满员，你也无法插入。婚姻更是具有鲜明的排他性。鹊巢鸠占，鹊就回不来了。她的主动退场，很快就让别的虎视眈眈的女子填补了空白。当她意识到自己的前夫多么难得的时候，金瓯已缺，丧失了恢复原状的可能。

她是如此苦恼，如此憔悴。在庞杂纷嚣的混乱之下，我一时也一筹莫展。如同面对一张粘满了蛛网的条案，纵横交错，不知道哪里才是混乱的支点。

关于漫长的谈话过程，我在这里就不赘述了，感谢她的无比信任。我后来才知道，匍匐在她内心的蜘蛛，是自幼年就潜藏下的恐惧。她在非常幼小的时候，连续失去亲人，棺材前摇曳的烛火、血肉模糊的尸身，都让她对终结的恐惧变得如此根深蒂固。这恐惧化身为"不要把事情做到底"的潜意识，如同魔咒，贯穿了所有岁月。她给自己定了一条规则，也算是"潜规则"吧——只有逃避结束，才能对抗死亡。

说到底，我们对于死亡的恐惧是会化装的，会以各种各样我们匪夷所思的模样乔装打扮出现。惧怕死亡就如同一盘粗壮的藤，蜿蜒盘曲结着不同的瓜。也许是人际关系的不和睦，也许是做事的极端完美主义，也许是关键时刻的优柔寡断，也许是婚姻和感情的破坏与纷扰……如果你无法长久地保持安宁的心智，经常出现无法描述的悲伤或烦躁，很可能就是在死亡这个问题上没有直面的勇气。总之，对死亡的恐惧如同百变妖魔，有万千种表现手法。原谅我带一点武断地说，每一个无以解释的焦虑之梦背后，都是死亡之魔起舞的广场。

对此，最好的方式，就是在源头上把这件事搞清楚，从此不怕死，把死亡视为一个成熟的过程，有勇气饮尽生命的最后一滴甘露，之后从容安详地赴死，变成细碎虚空的分子，与宇宙合为一体。在这之前，有滋有味地生活。

死亡的过程对每一个人来说，都是一项崭新的学习体验。为什么你一定要一直想着你老了老了？为什么要一次又一次踮起脚来张望归途？

有朋友曾经这样气恼地问过我,她觉得我不断地谈论死亡必将到来,让她噤若寒蝉。她说你的文字通常是安详和温暖的,但那些关于死亡的论述夹杂其中,就像一些粗粝的贝壳碎片,会刺破手心的皮肤,让人淌血。

　　我说,既然死亡是一个规律,为什么不能讨论?既然归途本来就存在,为什么不能张望?为了保持我整个生命的质量,为了当我发摇齿稀之时仍然能保有尊严和快乐,我就要提前下手了。如果你不快,那我很抱歉。不过请原谅,我还是要这样做。

为生命找到意义

古代人常常专注于最基本的生存需求。日常生活天然地具备了提供精彩意义的能力。人们的生活是如此接近土地，每个人都毫不怀疑自己是大自然的一部分。他们耕地、播种、收获、烹调，生养小孩子，然后生病和死亡，最后回归泥土。他们很自然地展望未来，觉得未来是如此清晰，那就是——吃饱饭，子子孙孙地繁衍，实现一轮又一轮的更迭，如同能够每日每年看到的大自然的循环。他们对日月星辰、山川河流这类庞然大物有强烈的归属感，他们深深明白自己是家庭和族群不可或缺的一部分。对以上这种基本存在，从来不曾有过问号。

是啊，有谁能对一个埋头苦干的农夫字斟句酌地问，你这样辛苦是为了什么呢？他一定头也不抬地继续干活，对他来说，家里的妻儿老小和他自己的口粮，就在这劳作中生发着，这难道还用得着问吗？

可是，今天，这些意义消失了。都市化、工业化，让生活中少了和大自然血肉相依的关联。我们看不到星空，我们每个人几乎都脱离了世界的基本生命链。你焊接电脑上的一块线路板，你在股票市场卖出买进，可这和意义有什么关联呢？

我们有太多的时间提出更多的问题，我们必须面对自由的无情拷问，可是我们失去了参照物。工作不再提供意义，一点儿创造力也没有，生养小孩也没有了意义。世界人口爆炸，也许不生养更有意义。

生命的意义是非常重要的心理架构，与每个人都有非常重要的关系。伟大的心理学家荣格说，我的病人大约有三分之一并不是罹患了任何临床可以定义的疾病，而只是因为生命没有意义，没有目标。

这个问题到了心理学家法兰克那里，有了升级版。他说，最少有百分之五十的来访者有这种问题——觉得生命没有意义。

萨特说过，人是一种徒劳无益的热情。我们的诞生毫无意义，死亡也没有意义。但萨特这样说完之后，在他自己的小说中又明确地肯定了意义的追求，包括在世界上寻找一个家、同志之谊、行动、自由、反对压迫、服务他人、启蒙、自我实现和参与。

在现在的情况下，为生命找到意义，就成了非常紧迫的任务。

每个人要有一个自我的意义系统，包括行为准则：勇敢、高傲的反抗、友好的团结、爱、尘世的圣洁等。

生命的颜色

　　记得接到湖南卫视邀我做嘉宾，飞赴上海采访陆幼青的电话时，踌躇犹豫。因为一个星期后，我就要到美国去，临走之前，诸事繁多，更主要的是心中忐忑。在大众传媒上展示死亡和面对死亡的接纳，我知道这在中国是一个新的课题。以画面表现一个濒临死亡的人的生存状态和精神思索，是沉重和令人惊惧的。我佩服湖南卫视的勇气，如果我是一个观众，我期待着看到这样发人深省的节目。但我自己可不想参与其中。死亡话题，轻了重了都会出问题，分寸感非常重要。实话说，我对采访没把握，我对自己没信心。

　　我把这份顾虑对着话筒说了。在感谢湖南卫视"有话好说"对我的高度信任之后，坚决婉拒出任这一角色。电话那一头的编导王骏很有韧性，毫不气馁，对我说，毕老师，我读过您的《预约死亡》，我在互联网上以"死亡"为题查找资料，所得甚少，我们再三考虑，觉得您还是一个合适的人选，我们等着您。

　　那一瞬，我沉默了。我能体会到他查找资料的那一份艰辛。

　　也许是因为自己做过医生的经历，我对死亡的研究十分关注。几年前，当我决定以临终关怀医院的题材创作一部小说的时候，为了补充自己的学养，临时抱佛脚，到处搜寻有关死亡学的资料，也是遭遇到了显著的困难。我惊异地发现，对于这样一个每个人都必定完结的归宿，我们的文化忌讳深深。王骏的话，使我更加感到了陆幼青的勇敢和可贵。他是一个孤独的斗士，在死亡的不归之路上疾行，留下串串脚印。无论是从哪个角度讲，他都是值得钦佩的。我们活着的人，难道不能和他一道走过一程吗？在这种关头，迟疑地斟酌自己的形象得失，不仅仅是怯懦，更是一种不仁慈。

　　这样将了自己一军之后，我答应王骏，即日飞赴上海。

　　心立刻坠沉了起来。去美国的衣物还来不及购买和准备，外汇也没有换，还有诸多的事物也未梳理，统统放下了。先从网上 down（下载）下来陆幼青的日记，一篇篇细细阅读。然后把家中能找到的关于死亡学的资料，快速复习浏览。最后开始打点行装。

带什么样的衣服呢？让我费了心思。正是夏末秋初的日子，北京的早晚已有些微的冷。上海比这里南，该是热的。但是，若是赶上风雨，是不是也有凉意呢？旅途辛苦，回来后马上又要渡重洋，可不能感冒。再者，衣服的颜色非常重要。因为这次采访非同寻常，面对的是这样一个聪明而特别的人，一栏视角独特氛围凝重的节目，我作为采访嘉宾，着装的色彩就不能凭着自己的喜好，而应以符合整个情境为妥。

我为自己选了两件白色的长短衬衣带上，心想白色总是不会出大错的，又在衣橱里挑了一件淡荷粉色的短袖衫，压在旅行箱的最底层。我对这件衣服到底用得着用不着，没多少把握。衣衫的粉色虽然极淡，毕竟偏向暖和红，不知陆幼青的心境和这一份色彩系统是否吻合。有备无患吧。又找出一件米黄色夹杂黑纹路的旧短袖衫，留着自己路上穿。它柔软舒适，摸爬滚打都相宜，随身方便。

主持人马东和编导王骏与我在电话里探讨如何将这期节目筹划得更有分量，大家都感到压力很大。国内同样的节目几乎未曾有过，对观众的接受程度，也有几分不摸底。网上已经有人在嘀咕陆幼青作秀，节目的分寸感就更显凸出。既要充分显示出陆幼青思考的力度，肯定这是直面死亡的勇气，又不能光是空洞的赞扬，要更深地挖掘人性中的多个侧面。

电话打得很长，思绪还是未曾理清。关键是对陆幼青本人的状态不是很明晰。古话说"知己知彼，百战不殆"，我们现在只是半知。从电话里听得出，马东是视野开阔思维敏捷的主持人，有一种从善如流的气度。王骏更是好学有为的青年。这使得我们之间的谈话，从一开始就是坦率和富有建设性的。我说，在正式的节目录制之前，我们是否可以和陆幼青本人有一个接触。我虽然当过多年的医生，也接触过很多濒临死亡的人，但每一个人都是不同的。陆幼青更是一个非凡的人。这是一期引人深思的节目，为了对广大的观众负责，咱们尽量把准备工作做得细致些。

马东说，他很理解我的想法。只是为了保持现场的新鲜感，这档节目的惯例，是在录制之前，嘉宾和主持人都只是研究书面的资料，并不同接受访谈者直接见面。

生命的借记卡

我坚持了一下自己的主张。主要是从医生的角度考虑。我说，我从陆幼青在网上发布的日记来看，他的身体已出现缺氧和短时间窒息的情况。拍摄过程是很辛苦的，光照很强，时间也很难控制。对一个晚期癌症的病人，人道与尊重是非常重要的。我们不能只是从自己工作圆满的角度考虑，而忽视了陆幼青的权利。正因为他已视死如归，正因为他会强忍自己的痛苦，全力配合节目的录制，我们更要替他想得周到。况且，依我的经验，这种关于死亡的讨论，有时会深刻地搅动思维最底层的记忆，也需通盘设计。再者，我不知陆幼青对某些话题是否有特殊的爱好或是禁忌，准备工作多多益善。

马东思忖片刻说，这样吧，毕老师，咱们分头从长沙和北京动身；到达上海的当天，我们同陆幼青先生的夫人时牧言女士见个面；如此，我们就可比较详尽地了解到有关陆幼青方方面面的情况，又能保持正式拍摄时的新鲜感。

就这样约定了。

买机票的时候，我特地选了浦东机场。虽说下了飞机后的路途比较远，但因为知道了陆幼青所工作的单位，和浦东的开发有关，心想这样走一走，顺便也可对陆幼青工作时每日看到的景象，多一点感性的体验。

通常我上飞机，会穿着随体赋形的旧衣服蒙眬入睡。这一次不行了，目光炯炯，心中充满焦虑和不安。

见了马东和王骏，果然和预想的一样，是勤勉聪慧、机警博识的年轻人，且有很好的教养，不愠不躁。我们找了住处周围的一间很小的酒吧，坐下开始讨论。已是下午时分，马东还没有吃午饭，要了一点简单的食品，边吃边说。我在飞机上吃了少许东西，便点了一杯矿泉水，边喝边说。

我们谈得很投机，设想得很全面，提出了种种的假设，特别是把陆幼青的日记逐句逐段地阅读，探讨在这些文字后面的那颗灵魂在怎样思索和表达。我敢说，在那时的中国，将陆幼青的文字读到如此细致深入程度的人，不敢说绝无仅有，肯定是不多的。

我们的身体，被上海八月末的下午潮热的暑气蒸腾着。我们的大脑，被生命行将终结的严峻的冷气凝滞着。当一个我们所尊敬的人，正在每分钟地远去，我们又需挖掘出他内心的隐秘甚至隐痛的时候，挑战的力度和选择的艰难是那样矛盾。

最后，我们统一在"真诚和真实"。我们要向世人展示一个真实的陆幼青，展示他的现状和他的内心世界。马东希望我能就死亡学的研究和进展谈一点学理上的东西，我在本子上做了记录和整理。

讨论之后，稍事休息，我们赶往一处饭店，和陆幼青的夫人时牧言女士会面。

晶莹热闹的大堂，喧哗中弥漫着鼎沸的人气。我们到得比较早，枯坐在一张餐桌旁，静静地等待着。在这一瞬，时牧言会是一个怎样的人，强烈地引发我们的想象。如果说，陆幼青的心脉还可以在他的文字中摸到搏动，那他的妻子，在这样的生离死别面前，将是怎样的心态和举止，更令人猜测。因为餐桌位于餐厅中段，来客几乎可以从任一方向走过来，我不时地四处张望，期待着能在众多的客人中认出她来。

我甚至在想，她会穿着怎样的衣服呢？在这样的时刻，她的服装表达着她的愿望和信心。她会为自己和丈夫的心情而穿衣吧？

时牧言来了，沉稳而憔悴。她穿着橙色的衣服，鲜艳夺目。我悄悄环顾，因为这色彩太暖了，类乎海难时的救生衣，整个餐厅没有一个人着这个颜色的服装，她就显得特别光彩，悲怆而明亮。

那天和时牧言的谈话，令我非常钦佩和感动。同为女人，我可以感受到她的痛楚和坚韧，她的大度和勇气。我知道在这艰难的时刻，她竭尽全力，要协助自己的爱人完成生命中最后的飞跃。

我们就第二天下午所要进行的采访，反复讨论，确定哪些话题深入讨论，哪些点到为止。我们还讨论了很多细节，比如提前在何时应用止痛剂，以便在药物疗效的峰值时进行采访，这样陆幼青感受到的痛苦较小。

将近尾声的时候，马东问道，陆先生可有什么禁忌吗？

没有，你们什么都可以问。时牧言坦然答道。

我说，在我们的衣服穿着颜色方面，你家有什么讲究吗？

时牧言迟疑了一下，还是很直率地说道，绿色，我们家喜欢绿色，那是生命的颜色；你们明天到我家去，就可以看到，到处是我种的花草，紫红的喇叭花，非常鲜艳美丽；黄色也好，黑色和白色最好不用。

我们用力地点点头。

回饭店的路上，马东说，我平常最喜欢穿黑色的衣服，此次到上海来，带的也是黑衣服；明天一大早，我到商店去买新衣服。

我这时又在心里埋怨自己那件粉色的衣服太淡了，在强光照耀之下，恐近乎白色，忙说，我也去吧。

第二天，我和马东直奔商店。进了店门，在标志牌下站住，马东说，男装在三楼，女装在四楼，咱们分头去买衣服，半小时以后，咱们还在这里会合。

匆匆上楼。买过无数次衣服，都不似此次单刀直入。不在意款式质地，只求颜色。看到绿色的，特别是那种生机勃勃的绿，简直就是扑上去，忙不迭地说，小姐，请拿一件我能穿的……

也许因为上海人多纤巧玲珑，连连看中的衣服，都没有我能穿的型号。只得退而求其次，去买T恤衫。想这种衣服，弹性较大，也许能找到色彩和尺码都相宜的。改变战术之后，很快就见了效。我在一家专卖店里，找到了基本符合要求的衣服。只是那绿色不很纯粹，近乎青柏色，翠中有一份苍老，实为美中不足。我相中了一款黄色T恤衫，黄得振作而昂扬，仿佛葵花瓣揉出汁液染成的，欣欣向荣。想来想去，我买下这件黄色衣服，又对小姐说，也许我会来换，先和你打个招呼。小姐态度很好，说，没关系的，只要不弄脏，你随时可以来换的。

果不其然，在会合处，马东亮宝似的拿出的衣服，正是明亮的嫩黄色。他说，我从来没穿过这种颜色的衣服，好像是一把太阳伞。您买的是什么颜色呢？我对他说，对不起，你还得等我一会儿。

我赶忙跑回刚才的柜台，对小姐说，不好意思啊，还要麻烦你，我要换成刚才的那件绿色。小姐说，为什么不喜欢这件了呢？我看还是黄色的比较配你的脸色的。我说，因为我有一个同伴，他已经买了黄色，我要和他配合，所以要调换。

换了绿T恤衫，我和马东回到住处。当我把自己买的衣服拿给大家看的时候，没想到他们说，唔，这个不好，毕老师，我们看你就穿下飞机时那件米黄色条纹的衣服好了，很亲切。

我就听从了年轻人们的建议。

那一天的采访，很成功。不单是制作了一档精彩的节目，我也从陆幼青身上学到了很多的东西。

生命之序

一位患"非典"的香港心脏科医生住进了医院的"深切治疗部"。"深切治疗"这个词是温煦的，但缝隙间有幽幽的冷风散了出来，让人感到病情的重笃。医生脱险后接受采访。记者问，一个人孤独地住在病房里，想了些什么？医生沉吟了一会儿说，想得最多的是，要把人生中最重要的事和一般的事分开，先做那些重要的事情。记者当然追问，你生命中最重要的事，是什么呢？医生答，和我的家人在一起。

几天后，我又见到一位脚夫老人。大家都熟悉的陕北民歌"赶牲灵"，就是脚夫们走沟穿壑在高原上吼出的。他说"活着做遍，死了无怨"，意思是人活着时候，把你想做的事都做了，就一生完满，活得够本，可以安然就死了。

医生是留洋博士，脚夫满面黄尘苍凉。不同层面的人，异曲同工的话，于是在突如其来的瘟疫背后，就有了哲学的味道。人是脆弱的，种种意外的蛰伏，使得能上天入地能让电脑每秒钟运算若干亿次的现代人，却无法估算出每人大限到来的时刻。面对永恒困境，只剩下一个可行的方法，就是把那些我们以为最重要的事抓紧做完。简言之，你要给生命排一个序。

什么是生命中最重要的事呢？夜深人静月朗星稀之时，每个人心平气和地想想：也许是事业有成，也许是周游世界，也许是孝顺父母，也许是舍己为人，也许是永远探索，也许是安分守己……我相信都会得出自己的答案。

寻找最重要的事情，其实就是寻找生命的价值——它是我们立下的宏愿，是你选定的主牌。有了它，一应事务的顺序就排出来了。现代人陷入日常的忙碌，无数细小而琐碎的事件，缭乱了我们的双眼，模糊了我们的视线，凝滞了我们的脚步，壅塞了我们的襟怀……现在，"非典"这个小小但却凶狠的病毒，抑缓了陀螺转动的速度，让我们被迫停步眺望。于是无数人像那位香港医生，在病榻的阴影下，情不自禁地思考起了顺序和意义。

无论"非典"还将肆虐多久，相信它必被遏制。但人类对于自己生存状态的判断，却永不会终结。把你杂乱的牌阵理出顺序，把你最重要的事情放在首位，那就无论怎样邪恶的病毒，也扰乱不了我们澄清的心。

悲悯生命

　　科技发展了，现代人读的是电子读物，乘的是波音飞机。作家，比以前不好当。你能看到的书，他人也能看到。你能参观的自然景点、异域风光，别人也许去过得更早更多。从前的诗人，骑一小毛驴，走啊走，四蹄就踏出一首千古绝唱。现代你就是跨着登月火箭，也是干抓一把火山灰阑珊归来。

　　也许是不自信，我基本上不写游记，不写历史，不写我的时代以外的故事。我将笔触更多地剖向我所生长的土壤，目光关注危机四伏的世界。

　　写作长篇小说，是一个作家的光荣与梦想（绝无贬低专写短篇小说的大师的意思）。几年前，当我决定开始写作生平第一部长篇小说的时候，具体写什么内容，一时拿不定主意。经过多年储备，很有几份材料，是可以写成长篇小说的。它们像一些元宵的胚芽，小而很有棱角地站在我的糯米面箩里，召唤着我，期待着我均匀地摇动它们，让它们身上包裹更丰富的米粉，缓缓地膨胀起来，丰满起来，变得洁白而蓬松，渐渐趋近成品。

　　委实有些决定不下。想写这个，那个又在诱惑；放下这个，又觉得于心不忍。后来我很坚决地对自己说，既然对我来说，哪个都敝帚自珍，就想一想更广大的人更迫切需要什么。我是一个视责任为天职的人。这样一比较，对于毒品的痛恨和有关生命的哲学思考，就凸现出来。也许是我做过多年医生的经历，同病人携手与死亡斗争，我无法容忍任何一丝对生命的漠视与欺骗。也许是我在海拔 5000 米的藏北高原当兵的十几年生涯，使我痛感生命是那样宝贵与短暂，发誓永远珍爱保卫这单向的航程。

　　一位屡戒屡吸的女孩对我说，她是因为好奇加无知，才染上毒瘾的。我说，报上不是经常宣传吗，你为何置若罔闻？她说，我们不看报，看了也不信，如果你能写一部非常好看的小说，让更多的人早点读到，也许可以救命。

　　我不相信文学有那么大的效力，就像我当医生的时候，不相信医学可以战胜死亡。但生命本身，就是明知不可为而为之的悲壮过程。我要用我手中的笔，与生命对话。

整个《红处方》的写作，是离开北京，在我母亲家完成的。有朋友问，你写作此书的时候，是否非常痛苦与沉重？我说，不是。当我做好准备进入写作状态时，基本上心平气和。我知道要走到哪里去，何地迂回，何地直插，胸中大体有数。长篇小说是马拉松跑，如果边设计边施工，顿挫无序，是无法完成整体设计的。

每天早晨按时起床，稍许锻炼后，开始劳作，像一个赶早拾粪的老农。母亲为我做好了饭，我不吃，她也不吃。在这样的督促下，我顿顿准时吃得盆光碗净，好像幼儿园的小朋友。大约三个月后，初稿完成了。我把它养在电脑里，不去看，也不去想。又大约三个月后，最初的痕迹渐渐稀薄，再把初稿调出。陌生使人严格。看自己的东西，好像是看别人的东西，眼光沉冷起来，发现了许多破绽。能补的补，能缝的缝，当然最主要的是删节。删节真是个好帮手，能使弱处藏匿，主旨分明。

书出版后，很多电视台来联系改编电视剧的事，前后大约有几十家吧。天津电视台的导演和制片人，往返多次，同我谈他们对小说的理解，我被他们的诚意所感动。说，那我就把《红处方》托付给你们了，希望你们郑重地把这件事做好。

我想表达对生命的悲悯与救赎。

用生命擦拭生命

有个奇怪的悖论。我们都希望自己和别人不一样，却希望别人应该和自己一样。很多人爱说"将心比心"，这在常态下可行。在特殊情形之下，就不那么灵光。

我认识一些女朋友，爱穿奇形怪状的衣服，理由就是"我不想和别人一样"，这恐怕可以印证上面的说法。

其实，一样和不一样，都是相对的。我第一次上人体解剖课的时候，最惊讶的是那些尸体上肌肉的起止点，居然和书上写的一模一样。

我问老医生，有没有不是这样长的肌肉呢？

外科老医生说，他做过几千例手术了，都差不多，几乎没有例外。

那一刻，我感到很失望。原来看起来千姿百态的衣物遮盖之下的人体，居然这样整齐划一。

从此，我不再追求外在形式上的出新，因为我们骨子里，都是一样的组织、内脏、骨骼、细胞……

但是，我们又常常说，没有一片叶子是相同的。叶子都不同，人当然更不同了。这不同之处就在于我们的心灵。生命如此百媚千娆，用生命点亮生命，用生命擦拭生命，用生命拥抱生命，用生命联结生命，都是美好的事。

自助者天助之

　　学会不怨天尤人，勇敢地负起自己应该负起的责任，这是一种美德，并且会给自己带来意想不到的礼物，那就是——你将一手造就自己的经历，为自己带来好运气。

　　我一直很相信这样一种说法——当你坚定地承担责任勇往直前的时候，天地万物好像听到了一个指令，会齐心协力地帮助你、提携你。于是，贵人也出现了，机会也在最不可能滋生的崖缝中，露出了细芽。

　　我有时自己也想不通，这不是迷信吗？天下万物怎么会听从一个指令呢？它们的耳朵在哪里？它们的听力如何？这个指令是什么人发出来的呢？它用的是何种语言？

　　想不通啊想不通！但现实中确实有这样的故事，我听到很多人这样说过，在充满了感动的同时，也充满了疑惑。想啊想，我终于理出了一点头绪。

　　那个帮你忙的指令，其实出自你的内心。一个人，如果他是积极向上永不妥协的，那么，他的一举一动、一笑一颦，都会放射出这种不屈的信息。这就像香草就要发出烘烤般的酥香气息，拦也拦不住，堵也堵不了。所有经过他身边的人，都会看到这种灼热光华，如同走过夜明珠的身旁。

　　我坚信，很多人在内心里，是愿意帮助别人的。特别是这种帮助并不会带给自身重大损失的时候，很多人都愿意伸出友谊之手。

　　这种援手，有的时候是一个机遇，给谁都是给，为什么不给一个让我们心生好感的人呢？为什么不给一个让人们心怀敬重的人呢？为什么不给一个具备美德的人呢？于是你就得到了它。

　　有的时候，援手是一个信息。因为你让对方感到愉悦，人在愉悦的时候就会浮想联翩。施助者的潜意识喜欢你，就想——也许这个消息对这个人会有益处呢？于是它把这句话送到了主人的嘴边。很可能连主人都没有意识到这种好感和这条信息之间的关联，但勤快的潜意识就麻利地把事情给办妥了，没想到不经意间，这便成就了你的新生。

更多的时候，援手是一点小钱。这对有钱人算不得什么，对贫困之中的人，却是天降甘露。你可能因为有了这一点小钱，而获得了转机，迎来了拐点。这对于施恩之人来说，很可能是举手之劳。钱和钱的概念有时有天壤之别，用处也大相径庭，钱是会玩魔术的。

援手有的时候只是鼓励和关爱。虽然鼓励和关爱并不需要太大的付出，但人们只会鼓励那些和自己的人生大目标相投的人，会关爱和自己的爱好信仰相符的人。

一个人只有在光明磊落的时候，才会不避讳自己的奋斗目标，才会在很多不经意的瞬间显示出美德和惹人怜爱的细节。而这些，恰好具有打动人心的力量，奇迹就慢慢地显影了。

世界上的事都是因人而异，对你难于上青天的事，对另外一些人不过是弹指间的小菜一碟。所以，先锤炼你的人格和目标吧。当它们光彩照人的时候，机遇就在不知不觉中降临了。

这没有什么可神秘的。只要你像雏鹰，无数次张开翅膀，有一次正好刮过来了风，那是一股上升的气流。如果你蜷曲在巢中，无论刮过怎样的风，对你都只是寒冷。

没有一棵小草自惭形秽

被人邀请去看一棵树，一棵古老的树。大约有五千年的历史，已被唐朝的地震弯折了腰，半匍匐着，依然不倒，享受着人们尊敬的注视。

我混在人群中直着脖子虔诚地仰望着古树顶端稀疏的绿叶，一边想，人和树相比是多么地渺小啊。人生出来，肯定是比一粒树种要大很多倍，但人没法长得如树般伟岸。在树小的时候，人是很容易就把树枝包括树干折断，甚至把树连根拔起，树就结束了生命。就算是小树长成了大树，归宿也是被人伐了去，修成各种各样实用的物件。长得好的树，花纹美丽木质出众，也像美女一样，红颜薄命，被人劫掠的可能性更大，于是很多珍贵的树种濒临灭绝。在这一点上，树是不如人的。美女可以人造，树却是不可以人造的。

树比人活得长久，只要假以天年，人是绝对活不过一棵树的。树并不以此傲人，爷爷种下的树，照样以累累果实报答那人的孙子或是其他人的后代。

通常情况下，树是绝对不伤人的。即便如前几天报上所载一些村民在树下避雨，遭了雷击致死，那元凶也不是树，而是闪电，树也是受害者。人却是绝对伤树的，地球上森林数量的锐减就是明证，人成了树的天敌。

树比人坚忍。在人不能居住的地方，树却裸身生长着，不需要炉火或是空调的保护。树会帮助人的，在饥馑的时候，人扒过树的皮以充饥，我们却从未听到过树会扒下人的什么零件的传闻。

很多书籍记载过这棵古树，若是在树群里评选名人的话，这棵古树是一定名列前茅了。很多诗人词人咏颂过这棵古树，如果树把那些词句都当作叶子一般披挂起来，一定不堪重负。唐朝的地震不曾把它压倒，这些赞美会让它扑在地上。

树的寿命是如此地长久，居然看到过妲己那个朝代的事情。在我们死后很多年，这棵古树还会枝叶繁茂地生长着。一想到这一点，无边的嫉妒就转成深深的自卑。作为一个人活不了那么久远，伤感让我低下头来，于是我就看到了一棵小草，一棵长在古树之旁的小草。只有细长的两三片叶子，纤细得如同婴儿的睫毛。树叶缝隙的阳光打在草叶的几丝脉络上，再落到地上，阳光变得如绿纱一样飘浮了。

这样一株柔弱的小草，在这样一棵神圣的树底下，一定该俯首称臣毕恭毕敬了吧？我竭力想从小草身上找出低眉顺眼的谦卑，最后以失望告终。这棵不知名的小草，毫无疑问是非常渺小的。就寿命计算，假设一岁一枯荣，老树很可能见过小草五千辈以前的祖先。就体量计算，老树抵得过千百万小草集合而成的大军。就价值来说，人们千里万里路地赶了来，只为瞻仰老树，我敢肯定没有一个人是为了探望小草。

既然我作为一个人，都在古树面前自惭形秽了，小草你怎能不顶礼膜拜？我这样想着，就蹲下来看着小草。在这样一棵历史久远、声名卓著的古树身边为邻，你岂不要羞愧死了？

小草昂然立着，我向它吐了一口气，它就被吹得蜷曲了身子，但我气息一尽，它就像弹簧般伸展了叶脉，快乐地抖动着。我再吹一口气，它还是在弯曲之后怡然挺立。我悲哀地发现，不停地吹下去，有我气绝倒地的一刻，小草却安然。

草是卑微的，但卑微并非指向羞惭。在庄严的大树身旁，一棵微不足道的小草都可以毫不自惭形秽地生活着，何况我们万物灵长的人类！

你为什么而活着

　　我有过若干次讲演的经历，在北大和清华，在军营和监狱，在农村土坯搭建的课堂和美国最奢华的私立学校……面对从医学博士到纽约贫民窟的孩子等各色人群，我都会很直率地谈出对问题的想法。在我的记忆中，有一次的经历非常难忘。

　　那是一所很有名望的大学，约过我好几次了，说学生们期待和我进行讨论。我一直推辞，我从骨子里不喜欢演说。每逢答应一桩这样的公差，就要莫名地紧张好几天。但学校方面很执着，在第 N 次邀请的时候说，该校的学生思想之活跃甚至超过了北大，会对演讲者提出极为尖锐的问题，常常让人下不了台，有时演讲者简直是灰溜溜地离开学校。

　　听他们这样一讲，我的好奇心就被激励起来，我说我愿意接受挑战。于是，我们商定了一个日子。

　　那天，大学的礼堂挤得满满的，当我穿过密密的人群走向讲台的时候，心里涌起怪异的感觉，好像是"文革"期间的批斗会场，不知道今天将有怎样的场面出现。果然，从我一开始讲话，就不断地有条子递上来，不一会儿，就在手边积成了厚厚一堆，好像深秋时节被清洁工扫起的落叶。我一边讲课，一边充满了猜测，不知道树叶中潜伏着怎样的"思想炸弹"。讲演告一段落，进入回答问题阶段，我迫不及待地打开了堆积如山的纸条，一张张阅读。那一瞬，台下变得死寂，偌大的礼堂仿若空无一人。

　　我看完了纸条说，有一些表扬我的话，我就不念了。除此之外，纸条上提得最多的问题是——

　　人生有什么意义？请你务必说真话，因为我们已经听过太多言不由衷的假话了。

　　我念完这个纸条以后，台下响起了掌声。我说你们今天提出这个问题很好，我会讲真话。我在西藏阿里的雪山之上，面对着浩瀚的苍穹和壁立的冰川，如同一个茹毛饮血的原始人，反复地思索过这个问题。我相信，一个人在他年轻的时候，是会无数次地叩问自己——我的一生，到底要追索怎样的意义？

我想了无数个晚上和白天，终于得到了一个答案。今天，在这里，我将非常负责地对大家说，我思索的结果是：人生是没有任何意义的！

这句话说完，全场出现了短暂的寂静，如同旷野。但是，紧接着就响起了暴风雨般的掌声。

那是我在讲演中获得的最热烈的掌声。在以前，我从来不相信有什么"暴风雨"般的掌声这种话，觉得那只是一个拙劣的比喻。但这一次，我相信了。我赶快用手做了一个"暂停"的手势，但掌声还是绵延了若干时间。

我说，大家先不要忙着给我鼓掌，我的话还没有说完。我说人生是没有意义的，这不错，但是——我们每一个人要为自己确立一个意义！

是的，关于人生的意义的讨论，充斥在我们的周围。很多说法，由于熟悉和重复，已让我们从熟视无睹滑到了厌烦。可是，这不是问题的真谛。真谛是，别人强加给你的意义，无论它多么正确，如果它不曾进入你的心理结构，它就永远是身外之物。比如我们从小就被家长灌输过人生意义的答案。在此后漫长的岁月里，谆谆告诫的老师和各种类型的教育，也都不断地向我们批发人生意义的补充版。但是，有多少人把这种外在的框架，当成了自己内在的标杆，并为之下定了奋斗终生的决心？

那一天结束讲演之后，我听到有同学说，他觉得最大的收获是听到有一个活生生的中年人亲口说，人生是没有意义的，你要为之确立一个意义。

其实，不单是中国的青年人在目标这个问题上飘忽不定，就是在美国的著名学府哈佛大学，也有很多人无法在青年时代就确立自己的目标。我看到一则材料，说某年哈佛的毕业生临出校门的时候，校方对他们做了一个有关人生目标的调查，结果是：百分之二十七的人完全没有目标；百分之六十的人目标模糊；百分之十的人有近期目标；只有百分之三的人有着清晰而长远的目标。

二十五年过去了，那百分之三的人不懈地朝着一个目标坚忍努力，成了社会的精英，而其余的人，成就要相差很多。

我之所以提到这个例子，是想说明在人生目标的确立上，无论中国还是外国的青年，都遭遇到了相当程度的朦胧或是混沌状态。有人会说，是啊，那又怎么样？我可以一边慢慢成长，一边寻找自己的人生意义啊。我平日也碰到很多青年朋友，诉说他们的种种苦难。我在耐心地听完那些折磨他们的烦心事之后，把他们乞求帮助的目光撇在一旁，我会问，你的人生目标是什么呢？

他们通常会很吃惊，好像怀疑我是否听懂了他们的愁苦，甚至恼怒我为什么对具体的问题视而不见，而盘问他们如此不着边际的空话。更有甚者，以为我根本就没有心思听他们说话，自己胡乱找了个话题来搪塞。

我会迎着他们疑虑的目光，说，请回答我的这个问题，你为什么而活着呢？

年轻人一般会很懊恼地说，这个问题太大了，和我现在遇到的事没有一点关联。我会说，你错了，世上的万事万物都有关联，有人常常以为心理上的事只和单一的外界刺激有关，就事论事，其实心理和人生的大目标有着纲举目张的紧密接触；很多心理问题，实际上都是人生的大目标出现了混乱和偏移。

举个例子。一个小伙子找到我，说他为自己说话很快而苦恼，他交了一个女朋友，感情很好。但女孩子不喜欢他说话太快。一听他口若悬河滔滔不绝地说个没完，女孩就说自己快变成大头娃娃了。还说如果他不改掉这毛病，就不能把他引荐给自己的妈妈，因为老人家最烦的就是说话爱吐唾沫星子的人。

你说我怎么才能改掉说话太快的毛病？他殷切地看着我，闹得我都觉得如果不帮他这个忙，简直就成了毁掉他一生爱情和事业的凶手。

我说，你为什么要讲话那么快呢？

他说，如果慢了，我怕人家没有耐心听完我的话。您知道，现在的社会节奏那么快，你讲慢了，人家就跑了。

我说，如果按照你的这个观点发挥下去，社会节奏越来越快，你岂不是就得说绕口令了？你的准丈母娘就不是这样的人啊，她就喜欢说话速度慢一点并且注意礼仪的人啊。

他说，好吧，就算你说的这两种人都可以并存，但我还是觉得说话快一些，比较占便宜，可以在单位时间内传达更多的信息。

我说，那你的关键就是期待别人能准确地接受你的信息。你以为只有快速发射信息才是唯一的途径。你对自己的观点并不自信。

他说，正是这样。我生怕别人不听我的，我就快快地说，多多地说。

当他这样说完之后，连自己也笑起来。我说，其实别人能否接受我们的观点，语速并不是最重要的。而且，你能告诉我，你为什么这样在意别人是否能接受你的观点？

这个说话很快的男孩突然语塞起来，忸怩着说，我把理想告诉你，你可不要笑话我。

我连连保证绝不泄密。他说，我的理想是当一个政治家，所有的政治家都很雄辩，你说对吧？

我说，这咱们就比较接触到了问题的实质。要当一个政治家，第一要自信。他们的雄辩不是来自速度，而是来自信念。一个自信的人，不论说话快还是慢，他们对自我信念的坚守流露出来，会感染他人。我知道你有如此远大的理想，这很好。你要做的事，不是把话越说越快，而是积攒自己的力量，让自己的信念更加坚强。

那一天的谈话到此为止。后来，这个男生告诉我，他讲话的速度就慢了下来，也被批准见到了自己的准丈母娘，听说很受欢迎。

这边刚刚解决了一个说话快的问题，紧接着又来了一位女硕士，说自己的心理问题是讲话太慢，周围的人都认为她有很深的城府，不敢和她交朋友，以为在她那些缓慢吐出的话语背后，隐藏着怎样的阴谋。

我试了很多方法，却无法让自己说话快起来，烦死了。她慢吞吞地对我这样说，语速的确有一种压抑人的迟缓，好像在话的背后还隐藏着另一句话。

我看她急迫的神情，知道她非常焦虑。

我说，你讲每一句话是否都要经过慎重的考虑？

她说，是啊。如果不考虑，讲错了话，谁负得了这个责？

我说，你为什么特别怕讲错话？

女硕士说，因为我输不起。我家庭背景不好，家里有人犯了罪，周围的人都看不起我们；家里很穷，从小靠亲戚的施舍我才能坚持学业。我生怕一句话说差了，人家不高兴，就不给我学费了。所以，连问一句"你吃了吗？"这样中国最普通的话，我也要三思而后行。我怕人家说，你连自己的饭都吃不饱，也配来问别人吃饭问题。

听到这里，我说，我明白了。你觉得自己的每一句话都可能引致他人的误解，给自己造成不良影响。

女硕士连连说，对对，就是这样的。

我笑了，说，你这一句话说得并不慢啊。

她说，那是我相信你不会误会我。

我说，这就对了。你说话速度慢，不是一个技术性的问题，是你不能相信别人。你是否准备一辈子都不相信任何人？如果是这样，我断定你的讲话速度是不会改变的。如果你从此相信他人，讲话的速度自然会比较适宜，既不会太慢，也不会太快，而是能收放自如。

那个女生后来果然有了很大的改变，她的人际关系也有了进步。

今天我们从一个很大的目标谈起，结果要在一个很小的地方结束。我想说，一个人的心理是一座斗拱飞檐的宫殿，这座宫殿的基础就是我们对自己人生目标的规划和对世界对他人的基本看法。一些看起来是技术和表面的问题，其实内里都和我们的基本人生观有着千丝万缕的联系。心理问题切不可头痛医头脚痛医脚，那样如同创可贴，只能暂时封住小伤口，却无法从根本上让我们的精神强健起来。

每只小狗都有一个目标

有一对夫妇有两个孩子，一个叫莎拉，一个叫克里斯蒂。当孩子还小的时候，父母决定为他们养一只小狗。小狗抱回来以后，他们想请一位朋友帮忙训练这只小狗。他们搂着小狗来到朋友家，安然坐下，在第一次训练前，女驯狗师问："小狗的目标是什么？"夫妻俩面面相觑，很是意外，他们实在想不出狗还有什么另外的目标，嘟囔着说："一只小狗的目标？那当然就是当一只狗了。"女驯狗师极为严肃地摇了摇头说："每只小狗都得有一个目标。"

夫妇俩商量之后，为小狗确立了一个目标——白天和孩子们一道玩，夜里要能看家。后来，小狗被成功地训练成了孩子的好朋友和家中财产的守护神。

这对夫妇就是美国的前任副总统阿尔·戈尔和他的妻子迪帕。他们牢牢地记住了这句话——做一只狗要有目标。推而广之，做一个人也要有目标。

在现实生活中，却有太多太多的人，没有目标。其实寻找目标并不是一件太难的事，关键是你要知道天下有这样一件唯此唯大的事，然后尽早来做。正是你自己需要一个目标，而不是你的父母或是你的老师或是你的上级需要它。它的存在，和别人的关系都没有和你的关系那样密切。也就是说，它将是你最亲爱的伙伴，其血肉相连的程度，绝对超过了你和你的父母，你和你的妻子儿女，你和你的同伴及领导的关系。你可能丧失了所有的财产和所有的亲人，但只要你的目标还在，你就还有一个完整的系统存在，你就并不孤独和无望。

我们常常把别人的期待当成了自己的目标，在孩童的时候，这几乎是顺理成章的事情。但是，你会渐渐地长大，无论别人的期望是怎样地美好，它也不属于你。除非有一天，你成功地在自己的心底移植了这个期望，这个期望生根发芽，长成了你的目标。那时，尽管所有的枝叶都和原本的母本一脉相承，但其实它已面目全非，它的灵魂完完全全只属于你，它被你的血脉所濡养。

我们常常把世俗的流转当成自己的目标。这一阵子崇尚钱，你就把挣钱当成了自己的目标。殊不知钱只是手段而非目标，有了钱之后，事情远远没有结束。把钱当成目标，就是把叶子当成了根。目标是终极的代名词，它悬挂在人生的瀚海之中，你向它航行，却永远不会抵达。你的快乐就在这跋涉的过程中流淌，而并非把目标攫为己有。从这个意义上说，钱不具备终极目标的资格。过一阵子流行美丽，你就把制造美丽保存美丽当成了目标。殊不知美丽的标准有所不同，美丽是可以变化的，目标却是相当恒定的。美丽之后你还要做什么？美丽会褪色，目标却永远鲜艳。

有人把快乐和幸福当成了终极目标，我觉得这也值得推敲。快乐并不只是单纯的快感，类乎饮食和繁殖的本能。科学家通过研究，发现最长远最持久的快乐，来自于你的自我价值的体现。而毫无疑问，自我价值是从属于你的目标，一个连目标都没有的人，何谈价值呢！

一棵树的目标也许是雕成大厦的栋梁，也许是撑一把绿伞送人阴凉。也许是化作无数张白纸传递知识，也许是制成一次性筷子让人大快朵颐……还有数不清的可能，我们不是树，我们不可能穷尽也不可能明白树的心思。我们是人，我们可以为自己确立一个目标。这是做人的本分之一。

第二志愿

人们常常把所有的注意力，都集中在第一志愿上。这些年，随着考试严酷性的不断升级，关于填报志愿的说法，也越来越霸道了——那就是，全力以赴关注你的第一志愿。某些大学的录取人员公开宣布，我们是不会录取第二志愿的学生的。因为你的热爱不够专一，录来也学不好的。

高考形势特殊，僧多粥少，对于学校的取舍，旁人不好议论是非。但我以为，如果把高考报志愿的经验推而广之，把第一志愿至上，扩散成人生选择的一大信条，就有商榷的必要了。

人生的选择绝少是唯一的。

听一位美国心理学家讲座，谈到男女青年挑选恋爱对象时，他说："如果你在读大学的时候，一眼扫去，本班级上的异性，有三分之一以上可以成为你的配偶候选人，那么……"

讲到这里，说是悬念也好，说是征询民意也好，他成心留出一个长长的停顿，用苍蓝的眼珠扫视全场。台下发出汹涌的低语声，均说："那他就是一个神经病！"

美国的心理学家耸耸肩膀说："喏！那他或她，就是一个心理健康的人。"

这观点有点好玩，也有点耸人听闻，是不是？当然，他指的寻找伴侣，是在大学校园内，智商和背景有大的相仿，并不能波及整个社会，说某个男人觉得与世上三分之一的女人都可成眷属，才属正常。

但这一论点也可以说明，既然结为夫妻这样严肃的问题，都不妨有一手或是几手打算，那么，在其他场合的选择，当有更大的弹性。

当孤注一掷地把自己的命运押在某个"唯一"头上的时候，我们实际上处于自我封闭和焦灼无序的状态。内心流淌的是自卑和虚弱。以为只有这狭窄的途径，才是抵达目的地的独木桥，无法设想在另外的情形下，还有道路尚可通行。某些人的信念虽执着但脆弱，难以容忍自己的不成功。由于太惧怕失败的阴影了，拒绝想象除胜利以外，事态还同时存有一千种以上暗淡的可能。他们能够争取的自卫措施，就是放下眼帘。以为只要不去想，不良的结果就可能像鬼魅，只能在暗夜中游走，不会真的在太阳下现身。

于是每当选择的关头，我们可以看到那么多鸵鸟似的奋不顾身、色厉内荏地跑跳着，到了没有退路的时候，就把小小的脑袋埋入沙丘。他们并不仅仅骗别人，首先的和更重要的，是用这种虚张的气势，为自己打气加力。他们拒不考虑第二志愿，觉着给自己留了退路，就是懦夫和逃兵。甚至以为那是一个不祥的兆头，好像夜啼的猫头鹰，早早赶走平安。他们竭力不去前瞻那潜伏着的败笔和危险，好像不带粮草就杀入沙漠的孤军。即使为了应付局面多做准备，也是马马虎虎潦潦草草，虚与委蛇地写下第二、第三志愿……不走脑子，秋水无痕。不敢一针见血地问自己，假若第一志愿失守，能否依旧从容微笑？

可惜世上的事情，不如愿者十有八九。当冰冷的结局出现时，很多人就像遇到雪崩的攀缘者，一落千丈。

此刻，你以前不经意间随手填写的第二志愿，就像保险绳一样，在你下坠的过程中，有力地拽住了你，还你一方风景。

惊魂未定的你，此刻心中百感交集。被第一志愿抛弃的巨大失落，使百骸俱软，无暇顾及和珍视第二志愿的援手。你垂头丧气地望着崖下，第一志愿的游魂还在碎石中闪着虚光。有人恨不能纵身一跳，以七尺之躯殉了那未竟的理想。即便被亲人和世俗的利害劝得暂且委曲求全，那心中的苦郁悲凉，也经久不散。

第二志愿如同灰姑娘，龟缩在角落里，打扫尘埃，收拾残局，等待那不知何日才能莅临的金马车。

其实人的才能是多方面的，守节般的效忠第一志愿，愚蠢不说，更是浪费。候鸟是在不断的迁徙当中，寻找自己的最佳栖息地，并在长途艰苦的跋涉中，锻炼了羽翼。在屋檐下盘旋的鸟，除了麻雀，还能想出谁。

寻找第二志愿的过程，实质上是对自己的一次再发现。除了那最突出最显著的特点之外，我还有什么优长之处？第一志愿和第二志愿之间，可否像两位相得益彰的前锋，交互支援？我还有哪些潜藏着的特质，有待发掘和培养？平日疏忽的爱好，也许可在失落中渐渐显影。

第二志愿的考虑和填写，也许比第一志愿更取舍艰难。惟妙惟肖地预想失败，直面败后的残局和补救的措施，绝非乐事，但却必须。尝试着在出征前就布置退却和迂回的路线，并在这种惨淡经营的设计当中，规划自己再一次崛起的蓝图，是一种经验，更是勇气。

也许是因为害怕面对这种挫折的演习，有人敷衍了事般地拟下第二志愿，并不曾经历大脑深远的思考。他们以为这是勇往直前、背水一战的魄力，殊不知暴露的只是自己乏于坚忍和气血两虚。

不可搪塞第二志愿。它依旧是人生重要的选择，是你面对逆境的备份文件。它是进可以攻、退可以守的支撑点，它是无惧无悔的屏障，它是一个终结和起跑的双重底线。

或许有人以为，有了第二志愿、第三志愿……人就易颓败，不进取。这是一个谬论。亡命之徒不可取，它使人铤而走险，一旦失利，便是绝望与死寂。不妨想想杂技演员。有了保险绳的时候，他们的表演会无后顾之忧，更精妙绝伦。

在填写第一志愿的时候，把其后的每一份志愿也都认真地考虑，这是人生不屈不挠的法门之一。

最重的咨询者

我猜你第一眼看到这个题目，一定以为是"最重要的咨询者"。很抱歉，不是最重要，是最重。你可能要大吃一惊，说你们的心理咨询室里还设磅秤吗？每个来咨询的客人，都要量体重吗？

并没有人体秤，我也从来没有问过来访者的体重。只是这位来访者实在太胖了，不用任何器械，我也能断定他是我所接待过的来访者中体重第一。

他穿了一条肥大的牛仔裤，一看就是那种出口转内销的外贸尾单货，专供欧美等国特大号胖子装备的。上身是一件黄蓝相间的花衬衣，有点儿苏格兰格子的味道，想来是从国外淘买回来的，亚洲人难得有这样庞大的规格。他名叫武威，正在上大学三年级。

我好着呢！什么毛病也没有！武威开门见山地说。他小山似的身体将咨询室的沙发挤得满满当当，腰腹部的赘肉从沙发的扶手镂空处挤出来，好像是脂肪的河流发山洪溢出了河道。我暗自庆幸当年置办办公家具的时候，选择了不锈钢腿的沙发。若是全木质精雕细刻的，在这样的负荷之下，难免断裂。

我说，既然您觉得自己一切正常，为什么到我们这里来呢？

我问这话，不单单是一个询问策略，实实在在也是自己心中的困惑。当然了，武威的体型令人瞠目结舌，但如果当事人不觉得这是一个问题，心理咨询师也犯不上自告奋勇、迫不及待地为人排忧解难。

武威一笑，笑容有一种孩子般的天真。他说，我说我觉得自己正常，但这并不代表着我的家人也觉得我正常。

我说，这么说，是家里人让你来看心理医生的？

武威说，可不是嘛！他们说我太胖了，马上就要面临大学毕业找工作，像我这样的体形，会受到歧视，更甭说以后找对象结婚的事了。总之，他们让我减肥，我吃过各式各样的减肥药，喝过名目繁多的减肥茶，还尝试过针灸、推拿、揉肚子……

我问，什么叫揉肚子？

武威说，一种新近流行起来的减肥方法，就是好几个人在你的肚子上像和面一样揉啊揉的，据说能把腹部的脂肪颗粒粉碎，这样就可以排出体外了。还有一种吸油纸，就像胶布一样贴在你想减肥的部位，大概过上一个小时，就会看到那片纸变透明了，全都是油滴。

我大吃一惊。以我当过20年医生的经验，绝对不相信人体内的脂肪会被一张纸榨出来。

这是真的吗？我问。

武威说，有一次，我把吸油纸贴在冰箱外壳上。一个小时之后，吸油纸也是油光闪闪的。

我愤然，怎么能这样骗人！

武威说，现在社会上流行以瘦为美，商家就利用人们的这种心理大发减肥财呗。

我发现武威虽然看起来动作迟缓，但思维清晰敏捷。

我说，想必你尝试过种种减肥方法，都没效果。

武威说，您说对了一半。就我尝试过的方法，公平地说，除了吸油纸是彻头彻尾的骗术以外，其他的多少都有一些效果。它们之中要么是用了泻药，要么使用了西药抑制人的食欲，每次我都能成功地减掉几十公斤。

我又一次坠入雾海。若是每一次都减肥成功，那么武威目前就不会是如此的庞然大物了。或者说，他以前简直重如泰山？

看到我百思不得其解的模样，武威说，是的，每一次都成功，可是，您知道反弹吗？

我说，知道，就是体重又恢复到原来的分量了。

武威说，岂止是原来的分量，更上一层楼了。我就这样，一次又一次地减肥，然后一次又一次地比原来更肥。

我觉得武威说完这句话应该愁眉苦脸，起码也会叹一口气吧？可是，武威依然是安之若素的模样，甚至嘴角还浮现出隐隐的笑意。

我有点儿怀疑自己的眼神，但是，没错，武威脸上并没有任何沮丧的神气，看来，他说自己没有问题，也不是毫无根据的。但是，面对着这种明显不正常的体重，还要说一切正常，这是不是正是要害所在呢？

我对武威说，我看，你对自己的体重并不觉得有什么不合适的地方。

武威好像遇到了知音，说，哎呀，您可真说到我的心里了，我并不觉得这不正常。

把一个明显不对头的事，说成正常，这也是问题啊。我说，武威，你可以有一个选择。你要是觉得自己没有一点儿问题，就可以走了。你要是希望自己变得更好，咱们就来探讨一下有关问题。毕竟，你的体重超标了，这是一个事实。

武威迟疑了一下。看来，他是一个好脾气的胖子，所以，他并不想忤逆父母的意愿，就乖乖地来见心理医生了。不过，他打算走个过场，然后就照样我行我素。现在，面临选择，他费了思量。过了一会儿，他说，您说这话我愿意听——谁不愿意把自己变得更好呢？我愿意和您讨论一下我的体重问题。

很好，显著的进步。武威终于承认自己的体重是一个问题了。

我说，你从小就比较胖吗？

武威连连摇头说，我小的时候一点儿都不胖。从 12 岁零 3 个月的时候，开始发胖。以后就越发不可控制，差不多每年长 20 斤。要说一个月长一斤多肉，也不是什么了不起的事，但日积月累，就成了现在的样子。

这段话初听起来，好像很普通。但我注意到了一个奇怪的数字，12 岁零 3 个月。按说体重增加并不是突然发生的，但武威为什么把日期记得那样清楚呢？

我说，武威，当你 12 岁零 3 个月的时候，发生了什么？

武威低下头说，我不能告诉你。

我说，为什么？

武威说，因为一想起那段日子，我就太悲伤了。

我说，武威，将近 10 年过去了，你还这样痛苦。我猜想，这也许和你的一位挚爱的人离去有关。

武威抬起头来，我看到他的眼珠被泪水包裹。他说，您说对了。我从小就是和外婆在一起，她是个非常慈祥的老太太。我从她那里，得到了温暖和做人的道理。我觉得她这样的好人是永远不会死的。可是，她得了癌症。很多人得了癌症，也都可以治疗，比如化疗什么的，就算不能挽回生命，坚持个三年五载的也大有人在。可我外婆什么治疗都不能做，从发现患病到去世，只有短短的 20 天。我痛不欲生，于是就拼命吃饭，从那以后，就踏上了变胖的不归路……

我的脑海开始快速运转。按说痛不欲生的结果，是令人食欲大减，饭不思茶不饮的，似这般暴饮暴食，胡吃海塞，搞得体重骤升的，实在罕见。

我说，原谅我问得可能比较细，你吃下那么多东西的时候，想的是什么？

武威说，我想这就是纪念我外婆的一种方式。

我又一次糊涂了。祭奠亲人的方式，可能有千千万万种，但用超常的食欲来思念外婆，这里面有着怎样的逻辑？

我说，你外婆一直鼓励你多吃饭吗？

武威说，没有。外婆是非常清秀的江南女子，直到那么老的年纪都非常美丽，每餐只吃一点点饭。

我说，那么，你为什么要用吃饭悼念外婆呢？

武威陷入了痛苦的回忆。许久，他喃喃地说，也许……是因为……我听到了一句话。

我说，那是一句怎样的话？

武威用手支撑着巨大的头颅说，那一天，我到医院去看望外婆。正是中午，大家都休息了。当我路过医生值班室的时候，听到两位值班医生在说话。男医生说，13 床的治疗方案最后确定了没有？女医生说，没有什么治疗方案了，就是保守对症，减轻病人一点儿痛苦。男医生问，干吗不手术呢？女医生答，年纪太大了，如果手术，很可能就下不了台子，比不做还糟糕。男医生又开言，那么化疗呢？资料上说，现在新的药物对这种癌症效果不错的。女医生接着回答，13 床太瘦弱了，化疗方案一上去，人肯定就不行了，还不如这样熬着，活一天算一天……

13 床，就是我的外婆啊。医生们的这段对话，让我留下了非常深刻的印象。我觉得外婆的死，就是因为她太瘦了，瘦到无法接受治疗，如果她胖一点儿，就能够战胜死神，就能一直陪伴在我身边……

武威断断续续地讲着，他的眼泪一滴滴洒落在黄绿相间的格子衬衣上，让黄的地方更黄，绿的地方更绿。胖人的眼泪也比一般人的要硕大很多，每一滴都像一颗透明的弹球。

我默默地坐着，能够想见至亲的人离去给当年的小男孩以怎样摧毁般的打击。他以自己的方式表示着痛入心肺的哀伤，表示着对死神的强大愤怒，表示着对外婆的无比眷念……难怪他不认为这是不正常的，难怪他在每一次减肥之后都让自己的体重更加重。

在接下来的多次咨询中，我和武威慢慢地讨论着这些。当然，我不能把自己的判断一股脑儿地告知他，而是在我们的共同探讨中渐渐向前。

武威后来成功地减下了50公斤体重，成了英俊潇洒的靓仔。对外婆的悼念也化成了力量，他各方面都很优秀。

莺鸟与铁星

在南太平洋的岛屿中，飞翔着一种有着动听鸣叫的美丽小鸟，叫作莺鸟。它们长着形色各异的喙，岛屿上物产丰富的日子，莺鸟们靠吃多种草籽为生，活得优哉游哉。

但是饥馑来了。干旱袭击了岛屿，整个大地好像是刚刚凝固的炽热火山，赤红的土地，看不到一丝绿色。

科学家找到一些从前研究过的莺鸟，它们的腿上拴着铁环，观测结果，发现莺鸟们的体重大减，挣扎在死亡线上。原因是食物奇缺，能吃的都吃光了，唯一剩下的是一种叫"蒺藜"的草籽。它浑身是锋利的硬刺，锐不可当，在深深的内核里隐藏着种仁，好像美味的巧克力封死在铁匣中。

蒺藜还有一个名字叫作"铁星"，象征着难以攻克。拉丁文的意思是"挤压和疼痛"。

莺鸟用自己柔弱的喙，啄开一粒铁星，先要把它顶在地上，又咬又扭，然后顶住岩石，上喙发力，下喙挤压，直到精疲力竭才能把外壳扭掉，吃到活命的粮草。

岛上开始了残酷的生存之战。没有刀光剑影，唯一的声音就是嗑碎蒺藜的噼啪声。很多莺鸟饿死了，有些顽强地生存了下来。科学家想，生和死的区别在哪里呢？

经过详尽研究，喙长 11 毫米的莺鸟，就能够嗑开铁星，而喙长 10.5 毫米的莺鸟，就望"星"兴叹，无论如何也叩不开戒备森严的生命之门。

0.5 毫米之差，就决定了莺鸟的生死存亡。在丰衣足食的时候，一切都被温柔地遮盖了，但月亮并不总是圆的，事物的规律跌宕起伏。

我猜想，那些饿死的莺鸟在最后时分，倘若能思索，一定万分后悔地想自己为什么没能生就一枚长长的利喙！短喙的莺鸟，是天生的，它们遭到了大自然无情的淘汰。但人类的喙——我们思维的强度，历练的经验，广博的智慧，强健的体力，合作的风采，幽默的神韵……却可以在日复一日的积累中，渐渐地磨炼增长，成为我们度过困厄的支柱。

比树更长久的

　　人们对于生命比自己更长久的物件，通常报以恭敬和仰慕。对于活得比自己短暂的东西，则多轻视和俯视。前者比如星空，比如河海，比如久远的庙宇和沙埋的古物。后者比如朝露，比如秋霜，比如瞬息即逝的流萤和轻风。甚至是对于动物和植物，也是比较尊崇那些寿命高渺的巨松和老龟，而轻慢浮游的孑孓和不知寒冬的秋虫。在这种厚此薄彼的好恶中，折射着人间对于时间的敬畏和对死亡的慑服。

　　妈妈说过，人是活不过一棵树的。所以我从小就决定种几棵树，当我死了以后，这些树还活着，替我晒太阳和给人阴凉，包括也养活几条虫子，让鸟在累的时候填饱肚子，然后歇脚和唱歌。我当少先队员的时候，种过白蜡和柳树。后来植树节的时候，又种过杨树和松树。当我在乡下有了几间小屋，有了一块属于自己的小园子之后，我种了玫瑰和玉兰，种了法桐和迎春。有一天，我在路上走，看到一节干枯的树桩，所有的枝都被锯掉了，树根仅剩一些凌乱的须，仿佛一只倒竖的鸡毛掸子。我问老乡，这是什么？老乡说，柴禾。我说我知道它现在是柴禾，想知道它以前是什么。老乡说，苹果树。我说，它能结苹果吗？老乡说，结过。我不禁忿然道，为什么要把开花结果的树伐掉？老乡说，修路。

　　公路横穿果园，苹果树只好让路。人们把细的枝条锯下填了灶坑，剩下这拖泥带土的根，连生火的价值都打了折扣，弃在一边。

　　我说，我要是把这树根拿回去栽起来，它会活吗？老乡说，不知道。树的心事，谁知道呢？我惊，说树也会想心事吗？老乡很肯定地说，会。如果它想活，它就会活。

　　我把"鸡毛掸子"种在了园子里。挖了一个很大的坑，浇了很多的水。先生说，根须已经折断了大部分，根本就用不了这么大的坑，又不是要埋一个人。水也太多了，好像不是种树，是蓄洪。我说，坑就是它的家，水就是它的粮食。我希望它有一份好心情。

种下苹果树之后的两个月，我一直四处忙，没时间到乡下去。当我再一次推开园子的小门，看到苹果树的时候，惊艳绝倒。苹果树抽出几十支长长短短的枝条，绿叶盈盈，在微风中如同千手观音一般舞着，曼妙多姿。

我绕着苹果树转了又转，骇然于生命的强韧。甚至不敢去抚摸它紫青色的树干，唯恐惊扰了这欣欣向荣的轮回。此刻的苹果树在我眼中，非但有了心情，简直就有了灵性。

当我看到云南个旧市老阴山上的文学林的时候，知道自己又碰上了一群有灵性的树。1983 年的春天，丁玲、杨沫、白桦、茹志鹃、王安忆等二十多位作家，在这里种下了树。二十一年过去了，我看到一棵高高的杉树，上面挂着一个铭牌，写着"李乔"。李乔是位彝族作家，已然仙逝。我没缘分见到他本人，但我看到了他栽下的树。以后当我想起他的时候，记不得他的音容笑貌，但会闪现出这棵高大的杉树。李乔已经把生命的一部分嫁接到杉的枝叶里，这棵杉树从此有了自己的名姓。

也许是考虑到每人一棵树，不一定能保证成活，也不一定能保证多少年后依然健在，这次聚会，栽树的仪式改为大家同栽一棵树。这是一棵很大的树，枝叶繁茂。我也挤在人群中扬了几锹土，然后悄悄问旁人，这是一棵什么树？

是棕树的一种，国家二类保护树种呢！工作人员告诉我。

这棵树能活多少年呢？我又追问。

这个……不大清楚。想来，一百年总是有的吧。工作人员沉吟着。

我看着那棵新栽下的棕树，心想不管它的寿命多么长久，总有凋亡的那一天。也许是被雷火劈中，也许是山洪冲毁，也许是冰霜压垮，也许是盗木者砍伐……总之，一棵树也像一个人一样，有无数种死法，总之是不会永远长青的。

在栽树的时候，去谋划一棵树的死亡，这近乎是刻毒了。我不想诅咒一棵树。鉴于一个人总是要死的，人们寄希望于那些比个体生命更悠远的事物。但一棵树也是会死的，即使像我捡来的苹果树那样顽强且有好心情的树，也是会死的。既然树木无望，我们只有寄托于精神的不灭。

一个人是活不过一棵树的，然而再古老的树也有尽头。在所有的树的上面，飞翔着我们不灭的精神，而文学是精神之林的一片红叶。

疲倦

疲倦是现代人越来越常见的一种生存状态，在我们的周围，随便看一眼吧，有多少垂头丧气的儿童，萎靡不振的青年，疲惫已极的中年，落落寡合的老年……人们广泛而漠然地疲倦着。很多人已见怪不怪，以为疲倦是正常的了。

有一次，我把一条旧呢裤送到街上的洗染店。师傅看了以后，说，我会尽力洗熨的。但是，你的裤子，这一回穿得太久了，恐怕膝盖前面的鼓包是没法熨平了。它疲倦了。

我吃惊地说，裤子——它居然也会疲倦？

师傅说，是啊。不但呢子会疲倦，羊绒衫也会疲倦的，所以，穿过几天之后，你要脱下晾晾它，让毛衫有一个喘气的机会。皮鞋也会疲倦的，你要几双倒换着上脚，这样才可延长皮子的寿命……

我半信半疑，心想，莫不是这老师傅太热爱他所从事的工作了，所以才这般体恤手下无生命的衣料。

又一次，我在一家先进的工厂，看到一种特别的合金，如同谄媚的叛臣，能折弯无数次，韧度不减。我说，天下无双了。总工程师摇摇头道，它有一个强大的对手。

我好奇地发问，谁？

总工程师说，就是它自己的疲劳。

我讶然，金属也会疲劳啊？

总工程师说，是啊。这种内伤，除了预防，无药可医。如果不在它的疲劳限度之前让它休息，那么，它就会突然断裂，引发灾难。

那一瞬间，我知道了疲倦的厉害。铁打钢铸的金属尚且如此，遑论肉胎凡身！

疲倦发生的时候，如同一种会流淌的灰暗，在皮肤表面蔓延，使人整个地困顿和蜷缩起来。如果不加以克服和调整，这种黏滞的不适，就会如寒露一般，侵袭到我们身体的底层。到那个悲惨的时候，我们就不再将这种令人不安的情况称为"疲倦"，我们会径直地说"我病了""我垮了"。

疲倦首先是从眼睛开始的。在通常需要集中注意力的时刻，我们无奈地垂下睫毛。我们以自己的充满了血液的眼帘，充当了厚重的幕布，隔绝光线和信息无休止地介入。我们就地取材地为自己制造了一场人工的黑暗。

在那些老生常谈的会议上，在那些议而不决的争执中，在那些絮絮叨叨的繁杂中，在那些痛苦焦灼的等待中……五花八门的无聊冲击，让我们的瞳孔首当其冲地磨损了。它无法明亮清晰地观察这个世界，便怯懦地后退了，选择了躲闪和逃避。

疲倦然后蔓延到我们的表情。疲倦的人，通常是无精打采的。在呆滞的目光之下，是苍白或是潮红的面庞。疲倦使血的流速异常地减慢或是加快，失却了内部的平衡与稳定。在应该疾速反应的时候，疲倦的人延宕迟疑。在应该稳健沉着的时候，疲倦的人如同受惊的公鸡一般病态亢奋。殊不知这种竭泽而渔的抖擞，更加快了疲倦的发展。

疲倦的人，很难听到别人的声音。因为，声音是一种锐利的刺激。你丧失快速反应的同时，为了遮盖你的乏力，索性封闭了传达的通道。常常听到有人说，对不起，我把某某事忘记了。别人不解，奇怪他记忆为何如此之差。其实结论可能很简单——他疲倦了。疲倦的时候，我们的耳朵就不由自主地关拢闸门。不要埋怨他们的听觉，猜疑他们的品质，负罪的该是疲倦。

疲倦的人，通常懒言寡语。发表意见，是为了阐发观点，影响他人。此种特别的愉悦，来自为了让世界注意你的存在。你丧失了对外界的关注，也就主动取消了自己的发言权。当你不再聆听的同时，你也不再歌唱。喉舌是听命于大脑的。大脑钝了，大脑枯竭了，大脑空白了，我们必无话可说。

当疲倦在全身泛滥的时候，我们是徒有虚名的人了。我们了无热情，心灰意懒。我们不再关注春芽何时萌动，秋叶何时飘零。我们迷茫地看着孩子的微笑，不知道他们为何快乐。我们不爱惜自己了，觉察不到自己的珍贵。我们不热爱他人了，因为他人是使我们厌烦的源头。我们麻木困惑，每天的太阳都是旧的。阳光已不再播洒温暖，只是射出逼人的光线。我们得过且过地敷衍着工作，因为它已不是创造性思维的动力。

疲倦是一种淡淡的腐蚀剂，当它无色无嗅地积聚着，潜移默化地浸泡着我们的时候，意志的酥软就发生了。

在身体疲倦的背后，是精神率先疲倦了。我们丧失了好奇心，不再如饥似渴地求知，生活被纳入灰色的模式。甚至婚姻也会疲倦。它刻板地重复着，没有新意，没有发展。婚姻的弹性老化了，像一只很久没有充气的球，表皮皲裂，塌陷着，摔到地上，"噗噗"地发出充满怨恨的声音，却再不会轻盈地跳起，奔跑着向前。

疲倦到了极点的时候，人会完全感觉不到生命和生活的乐趣，所有的感官都在感受苦难，于是它们就保护性地、不约而同地封闭了。我们便被闭锁在一个狭小的茧里，呼吸窘迫，四肢蜷曲，渐渐逼近窒息了。

疲倦的可怕，还在于它的传染性。一个人疲倦了，他就变成一炷迷香，在人群中持久地散布着疲倦的细微颗粒。他低落地徘徊着，拖抑着整体的步伐。当我们的周围生活着一个疲倦的人时，就像有一个饿着肚子的人，无声地要求着我们把自己精神的谷粒，拨一些到他的空碗中。不过，如果我们这样做了之后，才发觉不但没有使他振作起来，自身也莫名其妙地被削弱了。

身体的疲倦，转而加剧着精神的苦闷。

变更太频繁了，信息太繁复了，刺激太猛烈了，扰动太浩大了，强度太凶，频率太高……即使是喜悦和财富，如果没有清醒的节制，铺天盖地而来，也会使我们在震惊之后深刻地疲倦了。

当疲倦发生的时候，我们怎么办呢？

当无计可施的时候，看看大自然吧。当春天的花开得疲倦的时候，它们就悄然地撤离枝头，放弃了美丽，留下了小小的果实。当风疲倦的时候，它就停止了荡涤，让大地恢复平静。当海浪疲倦的时候，洋面就丝绸般的安宁了。当天空疲倦的时候，它就用月亮替换太阳……

人们应对疲倦的办法，没有自然界高明。不信，你看。当道路疲倦的时候，就塞车。当办公室疲倦的时候，就推诿和没有效率。当组织者疲倦的时候，就出现混乱和不公。当社会疲倦的时候，就冷漠和麻木……

疲倦对我们的伤害，需要平心静气地休养生息。让目光重新敏锐，让步伐恢复轻捷，让天性生长快乐，让手足温暖有力。耳朵能够捕捉到蜻蜓的呼吸，发梢能够感受到阳光的抚摸，微笑能如鲜橙般耀眼，眼泪能如菩提般仁慈……

生命的借记卡

疲倦是可以战胜的，法宝就是珍爱我们自己。疲倦是可以化险为夷的，战术就是宁静致远。疲倦考验着我们，折磨着我们。疲倦也锤炼着我们，升华着我们。

炼蜜为丸

新体验是旧体验树上新绽开的花。

我做过许多年的医生，自以为已经熟谙了死亡。当我躺到临终关怀医院凹陷的病床上时，才发现我还远远不懂死亡。

国人重生不重死。"好死不如赖活着""或轻于鸿毛或重于泰山"是古人传下来的真理，被伟人用语录加以固定，好像生死只有这两极。

绝大多数的人，死得如同鹅卵石，他们是泰山的一部分，却不会飞到天上去，不轻也不重。

我早就想描绘这部分人的死，因为我也在这一类。

感谢《北京文学》。他们的动议像引信，使我的写作欲望爆炸起来，于是有了许多寒风凛冽中的采访，有了许多北京街头的踯躅，有了许多促膝谈心的温馨，有了许多深夜敲击电脑的疲倦……我径直走进将逝者最后的心灵，观察人生完结的瞬间。那真是对神经猛烈地敲击，以至于我怀疑面纱是否不要撩起？一位60岁的生物教授得知我的写作计划说，我不要看你的这篇小说，不要看！我不想谈论死亡。

我不知持她这意见的是人群的全部还是个别。也许是因为我还年轻，死亡距离我还远，所以谈起来还有些勇气，少年不知死滋味。

那更要赶快谈了。人到了畏惧死亡的那一天，死亡可就真真同我们摩肩接踵。

还有那些陪伴将逝者的善良人们，我深深地为他们所感动。感动在某些人眼中，似乎是一种低级体验，却是我写作时持久的源泉。唯有感动了我的人和事，我才会以血为墨写下去，否则便不如罢笔。这感动是有严格界限的，对个人尤为苛刻。我会经常为一些私事苦恼，它可以纠缠我，却不会感动我。或者说我尽量不让那些只属于个人的悲哀蒙住我的双眼。个人的情感只有同人类共同的精神相通时，我以为它才有资格进入创作视野，否则只不过是隐私。

在这篇名为《预约死亡》的小说里，没有通常的故事和人，只有一些故事的片断像浮冰漂动着。除了贯穿始终的那个"我"，基本上是我的思维脉络，其它为虚拟。一位朋友说，你跑了那么多次，录了那么多音，做了那么多的笔记，看了那么多的书，甚至躺在死过无数人的病床上……我告诉你，你身上一定沾了死人的碎屑。在付出了这么多以后，你却写小说。小说没有这么写的，小说不是这么写的。写小说用不着这么难。

但我这篇小说就是这么写的，在付出了和一个报告文学家不敢说超过起码可以说相仿的劳动之后，我用它们做了一篇小说。我在书案前重听濒危者的叹息，不是为了写出那个老人操劳的一生，只是为了让自己进入一种氛围。故事是经过提炼的，氛围绝对真实。我把许多真实的故事砸烂，像捣药的月兔一样，操作不停。我最后制出一颗药丸，它和所有的草药茎叶都不相同，但毫无疑义，它是它们的儿子。至于它是它们的精华还是它们的糟粕，那在于我提炼的手艺好孬，与我的主张无关。

体验不可以嫁接，但能够生长。

中药里有一句术语，叫作"炼蜜为丸"。意为用上等蜂蜜作为黏合剂，使药料紧结为一体，润滑光泽，黑亮美丽。新体验小说光有情感体验我以为是不够的，或者说这体验里不仅包括了感觉的真谛，更须涵盖思想的真谛。真正的小说家应该也必须是思想家，只不过他们的思想是用优美的故事、栩栩如生的人物、跌宕起伏的情节、缜密的神经颤动、精彩的语言包装过的，犹如一发发糖衣炮弹。他们不是有意这样做的。有意这样做的，叫作哲学家。

你欣赏小说的时候，自然也可以买椟还珠，只喜欢作家的某一技巧，比如语言。这都不妨事的，好像一盘菜，你不爱吃里面的葱，挑出来就是了，但葱已渗进所有的羊肉，你在不知不觉中已明了作家对世界的把握。感觉如果只是神经末梢风声鹤唳的抖动，时间长了，只怕要断。

我在临终关怀医院采访的时候，泪水许多次潸然而下。我不是一个爱哭的女人，但悲哀像盐水浸泡着我。当我写作的时候，我已经超然，是死亡教会了我勇敢，教会了我快乐，教会了我珍惜生命，教会了我热爱老人。当然我以前也不是没有这些优良的想法，它们像空的气球皮，瘪在心灵的角落。

临终关怀医院像气筒把它们充得膨胀起来，飘扬在天空。

　　我希望我的笔将我的念头传达出来，尽可能地不失真。

　　人只要活着，就生活在体验的海洋里，无以逃遁。

　　文学是古老而求新的行当，当感受时代的新痛苦、新欢乐。

附录

毕淑敏主要作品出版年表

1991 →《昆仑殇》（中篇小说集），作家出版社。

1994 →《女人之约》（中篇小说集），中国青年出版社。

1995 →《白杨木鼻子》（短篇小说集），中国对外翻译出版社。

《走出白衣》（散文集），群众出版社。

1996 →《素面朝天》（散文集），南海出版社。

《性别按钮》（散文集），云南人民出版社。

《预约死亡》（中篇小说集），云南人民出版社。

《提醒幸福》（散文集），珠海出版社。

《呵护心灵》（散文集），天津人民出版社。

《随风飘逝》（散文集），上海人民出版社。

《没有墙壁的工作间》（散文集），四川人民出版社。

1997 →《红处方》（长篇小说），北京十月文艺出版社。

《一厘米》（中篇小说集），日本东方书屋株式会社。

《我从西藏高原来》（长篇小说），台湾民生出版社。

1998 →《保持惊奇》（散文集），解放军文艺出版社。

《大雁落脚的地方》（散文集），中国妇女出版社。

《在印度河上游》（散文集），吉林人民出版社。

《非血之爱》（散文集），江苏人民出版社。

《生生不已》（中篇小说集），河北教育出版社。

1999 →《毕淑敏随笔自选集》（散文集），广西民族出版社。

2000 →《附耳细说》（散文集），山东明天出版社。

《爱怕什么》（散文集），华夏出版社。

《儿子方程式》（散文集），安徽少年儿童出版社。

2001 →《毕淑敏散文》（散文集），浙江文艺出版社。

《血玲珑》（长篇小说），人民文学出版社。

2002 →《毕淑敏小说自选集》（中篇小说集），中国社会出版社。

《藏红花》（中篇小说集），新世界出版社。

《源头朗》（中篇小说集），群众出版社。

《面具后面的脸》（散文集），中国社会出版社。

《握紧你的右手》（散文集），漓江出版社。

2003 →《紫色人形》（中篇小说集），江苏文艺出版社。

《拯救乳房》（长篇小说），人民文学出版社。

《风不能把阳光打败》（散文集），中国青年出版社。

《幸福与不幸永在》（散文集），河北花山文艺出版社。

《结婚约等于》（散文集），北京十月文艺出版社。

《忍受快乐》（散文集），新华出版社。

《养心的妙药》（散文集），时代文艺出版社。

《心灵拒绝创可贴》（散文集），国际文化出版公司。

2004 →《养心的妙药》（散文集），时代文艺出版社。

《心灵拒绝创可贴》（散文集），国际文化出版公司。

2005 →《我的故事》（散文集），中国青年出版社。

《我喜欢的女性》（散文集），中国青年出版社。

2006 →《人生真实》（散文集），时代文艺出版社。

《人生预知》（散文集），时代文艺出版社。

《我敬畏生命的过程》（散文集），花山文艺出版社。

2007 →《心灵游戏》（散文集），北京十月文艺出版社。

《女心理师》（上下）（长篇小说），重庆出版社。

2008 →《话说孩子》（散文集），时代文艺出版社。

《话说心情》（散文集），时代文艺出版社。

《话说家庭》（散文集），时代文艺出版社。

《话说生活》（散文集），时代文艺出版社。

《写给女儿们的散文》（散文集），中国文联出版社。

《情感按钮》（散文集），北方文艺出版社。

《毕淑敏感悟心灵》（散文集），长江文艺出版社。

2009 →《心灵密码》（散文集），安徽文艺出版社。

2010 →《幸福的七种颜色》（散文集），北京十月文艺出版社。

《蓝色天堂》（散文集），湖南文艺出版社。

《我从西藏高原来》（长篇小说），21世纪出版社。

2011 → 《带上灵魂去旅行》（散文集），漓江出版社。

《精神的三间小屋》（散文集），漓江出版社。

《送你一颗光芒海》（散文集），漓江出版社。

《今世的五百次回眸》（散文集），漓江出版社。

《银耗牛尾》（短篇小说集），江苏文艺出版社

2012 → 《预约幸福》（散文集），湖南文艺出版社。

《离太阳最近的树》（散文集），湖南文艺出版社。

《女心理师》（长篇小说），湖南文艺出版社。

《鲜花手术》（长篇小说），江苏文艺出版社。

《花冠病毒》（长篇小说），湖南文艺出版社。

2013 → 《柔和的力量》（散文集），湖南文艺出版社。

《藏红花》（中篇小说集），湖南文艺出版社。

《预约财富》（小说集），湖南文艺出版社。

《愿你与这世界温暖相拥》（散文集），江苏文艺出版社。

2014 → 《恰到好处的幸福》（散文集），湖南文艺出版社。

《温柔就是能够对抗世间所有的坚硬》（散文集），湖南文艺出版社。

《人生终要有一场触及灵魂的旅行》（散文集），湖南文艺出版社。

《最大程度逼近真实》（散文集），湖南文艺出版社。

《送你一条红地毯》（小说集），湖南文艺出版社。

《向好葡萄学习》（散文集），湖南文艺出版社。

《雪线上的蛋花汤》（散文集），湖南文艺出版社。

《女人之约》（中篇小说集），湖南文艺出版社。

《藏在这世界的优美》（散文集），湖南文艺出版社。

《拯救乳房》（长篇小说），湖南文艺出版社。

2015 → 《青春当远行》（散文集），中国青年出版社。

《你要好好爱自己》（散文集），北京联合出版有限责任公司。

《出发和遇见》（散文集），中国青年出版社。

《女生：我悄悄对你说》（心理自助），中国青年出版社。

《男生：我大声对你说》（心理自助），中国青年出版社。

《白云剪裁的衣服》（散文集），中国青年出版社。

《欣喜是自酿的》（散文集），中国青年出版社。

《一个人就是一支骑兵》（散文集），湖南文艺出版社。

2016 →《晚安·夜风相伴》（散文集），万卷出版有限责任公司。

《晚安·当一切入睡》（散文集），万卷出版有限责任公司。

《让美好现在发生》（散文集），云南人民出版社。

《幸福的七种颜色》（散文集），北京十月文艺出版社。

《红处方》（修订本）（长篇小说），金城出版社。

《血玲珑》（修订本）（长篇小说），金城出版社。

《拯救乳房》（修订本）（长篇小说），金城出版社。

《我很重要》（散文集），漓江出版社。

《女子心智图》（散文集），漓江出版社。

《一念三千里》（散文集），漓江出版社。

《海拔五千的青春》（散文集），漓江出版社。

《从此登陆未来》（散文集），广西师范大学出版社。

《勇敢做自己》（散文集），广西师范大学出版社。

《擦亮爱的那颗星》（散文集），广西师范大学出版社。

《远方并不远》（散文集），广西师范大学出版社。

《领悟人生的亮色》（散文集），广西师范大学出版社。

《世界竞走》（散文集），广西师范大学出版社。

《我很重要》（散文集），山东文艺出版社。

《我的五样》（散文集），作家出版社。

《教养的关系花园》（散文集），生活书店出版有限公司。

《心理医生附耳细说》（散文集），生活书店出版有限公司。

《我喜欢辽阔的地方》（散文集），生活书店出版有限公司。

《写下你的墓志铭》（散文集），生活书店出版有限公司。

《女心理师（上下）》（十年纪念本）（长篇小说），长江文艺出版社。

《孜孜不倦地爱与被爱》（散文集），北京十月文艺出版社。

《非洲三万里》（散文集），湖南文艺出版社。

《每个人都有盛放的理由》（散文集），北京十月文艺出版社。